ZADIG OU LA DESTINÉE
MICROMÉGAS
ET AUTRES CONTES

Paru dans Le Livre de Poche :

CANDIDE OU L'OPTIMISME,
LA PRINCESSE DE BABYLONE
ET AUTRES CONTES.

VOLTAIRE

Zadig ou la destinée
 Micromégas
 et autres contes

PRÉFACE, COMMENTAIRES ET NOTES
DE J. VAN DEN HEUVEL

LE LIVRE DE POCHE

Ancien élève de l'École Normale Supérieure, professeur de littérature française à l'Université de Paris X, Jacques Van den Heuvel s'est consacré à l'étude de Voltaire et du XVIIIᵉ siècle. Il est notamment l'auteur d'une thèse de doctorat ès lettres, *Voltaire dans ses contes*, parue chez A. Colin en 1968 et couronnée par l'Académie française.

PRÉFACE *

La condition de sage est bien dangereuse.

J.-J. ROUSSEAU.

RAREMENT existence fut aussi pleine et mouvementée :
d'une famille parisienne et bourgeoise — le père est
notaire au Châtelet — naît en 1694 François-Marie
Arouet, chétive créature vouée à un destin précoce. A dix
ans, enfant terrible prodige, il entre chez les jésuites, y fait
des études étourdissantes, tout en rimant mille riens ini-
mitables, sous les yeux éblouis et indulgents de ses maîtres — il leur en gardera toujours une impertinente affection ; dès douze ans, alors qu'il est en cinquième, son
vieux parrain l'abbé de Châteauneuf l'introduit dans la
société des Vendôme au Temple, faisant probablement de
lui, en même temps que le cadet des humanistes, le plus
jeune libertin de France. A peine adolescent, il s'est attaché ceux qui seront les amis de sa vie, d'Argental, les
d'Argenson, l'aimable Cideville : le voilà déjà tout entier
lui-même, au sortir du collège, avec ses sympathies profondes, ses aversions impitoyables : on tourne le dos à la

---

* Voir, du même auteur, la préface à *Candide,* tome I des contes de
Voltaire.

profession paternelle, « ne voulant point d'une considération qui s'achetât » ; on ne veut devoir son rang qu'à sa
plume, on sera homme de lettres et homme du monde. A
dix-huit ans, les frasques commencent, avec les ennuis,
mais aussi les profits qu'on en retire. Le bon parrain est
mort, mais son frère est nommé ambassadeur à La
Haye : François-Marie l'accompagnera en qualité de page.
Il fait bientôt scandale à Amsterdam pour avoir voulu
enlever, et convertir, la charmante et calviniste Pimpette
du Noyer. Un retour s'impose, hâtif, vers la capitale, et un
stage dans l'austère étude de maître Alain, au cours duquel il s'attache Thiriot pour la vie. Mais à peine rentré,
nouvelle affaire : il s'est attaqué au très officiel Houdard
de La Motte, et lui assigne, dans *Le Bourbier,* une place des
plus dérisoires au pied du Parnasse. Il faut éloigner d'ur-
gence le jeune imprudent à Saint-Ange, chez M. de Cau-
martin. Il y gagne cette fois la compagnie d'un hôte de
marque et mille anecdotes inestimables sur la Cour du
Grand Siècle. L'année suivante (1716), rentré à Paris et
toujours dévoré de malice, il vise cette fois au plus haut
en décochant ses flèches sur le Régent en personne. La
riposte vient, assez bénigne : un exil semi-officiel à Sully-
sur-Loire, où il mène, dans un tourbillon de nuits blanches, la plus opulente des vies de château. Cependant, il
s'acharne sur son prétendu bourreau, et passe de la raillerie à l'outrage. Les vers latins d'une satire *(« Puero
regnante... »)* lui valent un embastillement de onze mois.
Près d'une année, cet instable va méditer sur l'inconvé-
nient de demeurer dans une chambre. Mais quand il sort,
il s'est acquis la consécration des « grands genres » : une
tragédie, l'*Œdipe,* qui va aux nues (1718), et un poème
épique, *La Ligue,* dont il fera plus tard *La Henriade* ; un
nom, enfin, qui sonne clair et haut, Voltaire. Par un coup

de maître, il tire sa faveur du récit de sa disgrâce, et son poème *De la Bastille* le réconcilie avec le Régent. Désormais, jusqu'à la trentaine, il va mener l'existence d'un poète à la mode, prié de château en château, accumulant les liaisons flatteuses, encensant la Cour, assagi, un peu affadi aussi dans l'aisance et la frivolité : un nouveau Fontenelle. La bastonnade que lui fit infliger le chevalier de Rohan, pour avoir porté trop haut l'insolence du roturier, l'arrache heureusement pour lui à ce conformisme de salon. La menace de la Bastille, derechef, s'appesantit sur sa frêle personne. Il troque la prison contre un nouvel exil, et s'en va chercher refuge en Angleterre (1726-1728).

A côté de ces « Welches » asservis et prétentieusement frivoles, les Anglais « pensent profondément » et connaissent la liberté. Voltaire adhère avec frénésie à leur civilisation, dans la mesure où il se sent rejeté par la sienne, et son enthousiasme prend très rapidement l'allure d'une revanche. Il transporte à Londres le rythme de son existence parisienne, apprend la langue, converse librement avec les whigs et les tories, dîne avec un évêque, soupe avec un quaker, va le samedi à la synagogue et le dimanche à Saint-Paul, passe de la cour à la Bourse avec sa mobilité coutumière, retrouve Bolingbroke, rencontre le Lord-Marchand Falkener, Walpole, Swift, Pope, Young, Berkeley et Clarke, et s'engoue à son tour pour les idées : sur ce monde plane l'ombre impressionnante de Locke et de Newton. Pourtant, dès que le retour devient possible, le banni se réinstalle, en sourdine d'abord, puis bruyamment, dans la société parisienne. Les scandales reprennent, et chaque année qui passe en apporte un nouveau, de grande allure. Ils s'appellent désormais *Les Adieux d'Adrienne Lecouvreur* (1730), *L'Histoire de Charles XII* (1731),

l'*Épître à Uranie* (1733)... En 1734, enfin, ces « fichues »
Lettres anglaises, selon sa propre expression, qui ont le tort
d'être trop « philosophiques » : libraire arrêté, livre brûlé,
et pour recommencer la ronde infernale, à nouveau la
perspective de la Bastille. Cette fois, c'est la fuite quasi
définitive : le Parisien consommé qu'était Voltaire ne rési-
dera plus guère à Paris.

Il est vrai que la retraite lui sera assez douce : il vient
de rencontrer la marquise du Châtelet, et c'est avec elle,
chez elle, dans une propriété de Champagne qu'il va longtemps « se terrer » à quelques lieues de la frontière lorraine. Il a quarante ans, et devant lui s'ouvre la période
heureuse de Cirey. Émilie est adorable, mais sérieuse
aussi : elle donne dans les austères délectations de la science,
sachant beaucoup de latin et encore plus de mathématiques. Ses amis sont des maîtres à penser, et non des
moindres, Maupertuis, Clairaut, Koenig, voire le séduisant
Algarotti, ce « newtonien à l'usage des dames ». Pour ne
pas demeurer en reste, Voltaire s'attaque à la physique, à
l'astronomie, manipule sextants, cornues et téléscopes,
écrit les *Éléments de la philosophie de Newton* (1738). Émilie
est sérieuse, mais elle aime aussi à plaire et à être dis-
traite. Quand le « bonhomme du Châtelet », fort peu en-
combrant d'ailleurs, s'est retiré après le souper dans son
appartement, la fête spirituelle commence : on discute,
on fait la lecture, on joue la comédie avec les invités.
Voltaire se déchaîne, raconte des histoires drôles, montre
les marionnettes ou la lanterne magique... Cette existence
dura plus de dix années. Dix années de travail et de
confort : l'écho des querelles extérieures n'arrivait plus
qu'atténué, il semblait que l'horloge du temps se fût blo-
quée dans une bienheureuse éternité. De son côté le jeune
prince héritier de Prusse s'engoue pour l'idole, et multi-

plie les lettres flatteuses ; le « divin Socrate » se garde d'être en reste, et répond dans les mêmes termes au « Salomon du Nord ». Les faveurs de Versailles ne tardent pas à suivre celles de Potsdam. L'ami d'Argenson devient ministre des Affaires étrangères (1744), et pendant quelques années l'ancien pensionnaire de la Bastille accumule les dignités officielles, poète « lauréat » chantre de Fontenoy, fournisseur attitré des fêtes royales, historiographe de Sa Majesté, membre de l'Académie française, voire peut-être diplomate extraordinaire s'il peut jouer de son influence auprès du nouveau roi Frédéric II. La faveur de Voltaire monte avec celle de la Pompadour. Mais ce fragile édifice se dégrade rapidement. Émilie a la passion du cavagnole, et elle n'est pas fort riche. Qu'elle se méfie des fripons ! Cette phrase malheureuse, bien que lancée en anglais au Jeu de la Reine, sonne pour Voltaire le glas de la faveur royale. Il faut recommencer à fuir. Le couple se cache à Sceaux, puis échoue en Lorraine à la modeste cour du roi Stanislas. Pourquoi fallut-il qu'Émilie, qui détestait la poésie, allât s'enticher du plus fade des poètes, ce Saint-Lambert dont le destin fut de faire successivement le malheur de Voltaire et de Rousseau ? Elle disparut bientôt, victime de son infidélité, en mettant au jour le « fruit de sa faute », et laissa Voltaire seul de nouveau, sans but, sans domicile, et cela à l'âge de cinquante-cinq ans (1749) !

C'est alors qu'il se résigna, sans trop d'illusions, à accepter l'hospitalité de Frédéric et l'esclavage doré qui devait s'ensuivre. Au début pourtant sa nouvelle vie berlinoise l'enchante, il soupe tous les soirs avec le roi, trône au milieu d'un cénacle d'esprits forts et de joyeux vivants. Il fait sa cour à la reine mère en lui lisant des chants de *La Pucelle,* qu'il lui présente comme un libelle antipapiste,

monte des comédies, et fait « histrionner » les propres
frères du roi. Mais le chambellan en titre qu'il est devenu
est en réalité préposé à la toilette grammaticale des œuvres du maître, qui se pique d'écrire des vers français.
Peut-il se considérer de gaieté de cœur comme cette
orange dont on presse le jus et jette l'écorce ? La boutade
méchante du maître lui a été répétée par La Mettrie, et le
poursuit ; deuxième sujet de rancœur : Frédéric est ladre,
il rogne sur le chocolat et sur la chandelle. Voltaire n'est
pas désintéressé non plus, toujours un peu à cheval, selon
sa propre expression, « sur le Parnasse et la rue Quin-
campoix ». Une première affaire éclate. Voltaire est convaincu d'avoir agioté au détriment de la Couronne par
l'intermédiaire d'un banquier juif, et il tombe en disgrâce
à l'intérieur de son propre exil. Il s'humilie, le protecteur
pardonne, mais leur animosité mutuelle n'attend plus
désormais qu'une occasion pour se déchaîner ; ils la trouvent l'un et l'autre dans une querelle scientifique entre
Maupertuis, autre protégé du roi, président de l'Académie
des sciences de Berlin, et le leibnizien Koenig, que soutient Voltaire pour les besoins de la cause, après l'avoir
tellement brocardé, jadis, du temps de Cirey. La *Diatribe
du Docteur Akakia* atteint sévèrement le roi à travers son
protégé. Elle s'imprime, l'Europe en fait des gorges chau-
des, le chambellan rend sa clef, s'enfuit à travers l'Allemagne, avec les « poeshies » royales, destinées à faire rire
toutes les cours. Mais Frédéric le poursuit et lui fait rendre gorge à Francfort. Ils continueront pourtant, vieux
complices, à s'écrire...

Une fois de plus, l'éternelle question se pose : où trouver refuge contre les tracasseries des hommes, comment
ruser avec les frontières ? Situation pénible quand on touche à la soixantaine. Voltaire essaya tout, il s'étourdit

dans les charmes de Madame Denis, sa nièce, s'enferma chez les bénédictins de Senones, puis songea à la calviniste Genève, dont apparemment les citoyens étaient libres, et assez philosophes. Quelques tâtonnements marqueront encore le choix d'une résidence définitive : d'abord *Les Délices* — mais avec cette sûreté qu'il montra souvent dans l'art de déplaire, il s'aliène le Grand Conseil en montant un théâtre précisément dans la ville de Calvin ; puis Monrion près de Lausanne, puis Tournay, Ferney, enfin, situé en France, mais de justesse, proche de la Suisse, mais aussi de la Savoie « un terrier à plusieurs trous ». Seigneur, indépendant, riche, arrivé, installé, il avait enfin trouvé son point d'équilibre, mais c'était un vieillard, ou plutôt, selon son expression, « un mort qui aurait oublié de se faire enterrer ». Il s'y survivra pourtant près de vingt ans, vieux gamin infatigable. Son perpétuel besoin de mouvement reflue dans ses activités philosophiques ; il y écrit une volumineuse correspondance, d'innombrables « rogatons et petits pâtés » servis tout chauds au public, et beaucoup de théâtre, comme toujours ; il y compose le *Dictionnaire philosophique,* administre ses terres, élève une église à Dieu ; l'esprit et le cœur innombrables, il soutient les bonnes causes, recueille les opprimés, et milite contre l'« Infâme » avec une sorte de frénésie et d'ubiquité intellectuelles. Louis XV avait raison, « on ne pouvait faire taire cet homme » ; le Ferney des dernières années ne peut se décrire qu'en termes de légende. Cette vie inquiète et agitée va se terminer en apothéose. A l'occasion de sa tragédie *Irène*, Voltaire « interrompit son agonie » pour venir recevoir, squelette en perruque, l'hommage délirant de la capitale (1778) ; après quoi, seulement, il se laissa mourir.

J. VAN DEN HEUVEL.

ZADIG OU LA DESTINÉE[1]

Histoire orientale

ZADIG *parut d'abord sous le titre de* Memnon, *à Amsterdam, en juillet 1747. Malgré l'incertitude de ses souvenirs, — il semble avoir confondu deux séjours que fit Voltaire auprès de la duchesse du Maine en 1746 et 1747 —,* Longchamp, *le secrétaire de Voltaire, n'a pu inventer de toutes pièces les liens qui unissent à la cour de Sceaux la destinée du* Memnon-Zadig : *«Mme du Maine, raconte-t-il dans ses* Mémoires, *avait témoigné à M. de Voltaire son désir de le voir communiquer aux personnes qui composaient alors sa petite cour ces contes et ces romans qui l'avaient tant amusée lorsqu'il venait tous les soirs prendre son repas dans la ruelle de son lit, et que personne n'aurait soupçonné d'être sortis de la même plume qui avait écrit* La Henriade, Œdipe, Brutus, Zaïre, Mahomet, *etc. M. de Voltaire lui obéit. Il savait aussi bien lire que composer. Ces petits ouvrages furent trouvés charmants, et chacun le pressa de n'en pas priver le public. Il remontra que ces opuscules de société s'éclipsaient d'ordinaire au grand jour, et ne méritaient pas d'y paraître. On ne voulut point entendre ses raisons, et on insista tellement que, pour mettre fin aux sollicitations des personnes qui l'entouraient, il fut obligé de leur promettre qu'à son retour à Paris, il songerait*

---

1. Voir les notes en fin de volume. Les notes en bas de page sont de Voltaire.

à les faire imprimer... Il fit choix d'abord de Zadig *comme un des plus marquants.* » Quoi qu'il en soit, le véritable Zadig *paraîtra en septembre 1748, avec les épisodes du* Basilic, *des* Combats *et de* L'Ermite *(début). En 1752 sera ajoutée l'anecdote de* Yébor; *en 1756 sera supprimée celle d'*Irax, *et développée celle des* Jugements (Le Ministre, Les Audiences). *Quant aux deux morceaux intitulés* La Danse *et* Les Yeux bleus, *composés sans doute à cette époque, il les gardera par-devers lui, pour une raison inconnue, sans les publier. Par sa structure même, celle d'un récit largement étalé dans le temps, — et c'est là une nouveauté en regard des premiers contes,* Zadig *figure les désillusions, les abdications successives de Voltaire en face de son idéal. L'histoire commence comme le plus banal des romans : c'est l'évocation d'une plénitude de bonheur dans un état d'innocence pure. L'existence de Zadig, sans problèmes, sans obstacles, est rendue par la fluidité des phrases qui s'écoulent comme un rêve. Le héros est jeune, riche, beau, sage, intelligent, savant, heureux, et promis de ce fait à une enviable destinée. Tout le début fait songer à un conte bleu, ou encore à ces innombrables productions de la Romancie utopique et généreuse qui avaient fleuri au XVIIe siècle. Mais très vite vont fondre sur ce «juste» les pires catastrophes. Fuyant Babylone pour échapper au plus cruel des supplices, et faisant un retour sur son passé, il dénonce longuement le scandale de la Destinée : «Qu'est-ce donc que la vie humaine ? O vertu ! à quoi m'avez-vous servi ? » L'ironie du sort semble avoir fait de Zadig une vulgaire marionnette entre les mains d'on ne sait quelle puissance aveugle, incohérente dans ses manifestations. Pourtant, si l'on considère toutes ses aventures, non plus au jour le jour, mais d'une manière rétrospective et à la lumière du dénouement, on s'apercevra qu'en réalité il n'y a pas de hasard : plus le cheminement de l'histoire est long et capricieux, plus s'affirme en profondeur l'existence d'un ordre providentiel. Il y a comme une structure cycloïdale de Zadig qui fait qu'en fin de compte aucune expérience n'est perdue et que, sur le plan de la*

technique romanesque comme sur celui de l'existence du héros,
tous les détails concourent strictement à l'édification de l'ensemble.
A condition d'être interprétée globalement, la destinée de Zadig
offre un sens; les autres destinées que Zadig et l'ermite croisent
sur leur chemin, pour absurdes qu'elles paraissent, ont le même
aspect providentiel. Par une symbolique très habile — composition
en « abysme » — Voltaire a disposé à l'intérieur de son récit prin-
cipal de petites anecdotes qui apportant le même enseignement
élargissent à l'ensemble de l'humanité les problèmes que posait
l'existence du seul Zadig. «Apprenez, dit l'ermite à Zadig, que
sous les ruines de cette maison où la Providence a mis le feu, le
maître a trouvé un trésor immense; apprenez que ce jeune
homme, dont la Providence a tordu le cou, aurait assassiné sa
tante dans un an, et vous dans deux.» Apprenez, aurait-il pu
ajouter avec la même vraisemblance, que sous les décombres de
votre propre existence se trouvent deux joyaux des plus précieux :
l'amour d'Astarté et le trône de Babylone.

A ne lire que le récit des aventures de Zadig, sans se soucier
d'aucun commentaire, on s'aperçoit que la Providence y manifeste
ses vues d'une manière qui peut sembler sur le moment bien obs-
cure, mais qui devient à la longue éclatante. Elle a les moyens
qui lui sont propres pour faire triompher le principe du meilleur.
Dans les années 1745-1747, Voltaire est loin d'en être tout à fait
quitte avec Leibniz et sa Théodicée...

V. den H.

ZADIG OU LA DESTINÉE

Histoire orientale

ÉPÎTRE DÉDICATOIRE DE *ZADIG*
A LA SULTANE SHERAA
PAR SADI

Le 18 du mois de schewal,[1] l'an 837 de l'hégire.

CHARME *des prunelles, tourment des cœurs, lumière de l'esprit, je ne baise point la poussière de vos pieds, parce que vous ne marchez guère, ou que vous marchez sur des tapis d'Iran ou sur des roses. Je vous offre la traduction d'un livre d'un ancien sage, qui, ayant le bonheur de n'avoir rien à faire, eut celui de s'amuser à écrire l'histoire de Zadig[2]: ouvrage qui dit plus qu'il ne semble dire. Je vous prie de le lire et d'en juger : car, quoique vous soyez dans le printemps de votre vie, quoique tous les plaisirs vous cherchent, quoique vous soyez belle, et que vos talents ajoutent à votre beauté; quoiqu'on vous loue du soir au matin, et que par toutes ces raisons vous soyez en droit de n'avoir pas le sens commun, cependant vous avez l'esprit très sage et le goût très fin, et je vous ai entendue raisonner mieux que de vieux derviches à longue barbe et à bonnet pointu. Vous êtes discrète, et vous n'êtes point défiante; vous êtes douce sans être faible; vous êtes bienfaisante avec discernement; vous aimez vos amis, et vous ne vous faites point d'ennemis. Votre esprit n'emprunte jamais ses agréments des traits de la médisance; vous ne dites de mal, ni n'en faites, malgré la prodigieuse facilité que vous y auriez. Enfin votre âme m'a toujours paru pure comme votre beauté. Vous avez même un petit fonds de philosophie qui m'a fait croire que vous prendriez plus de goût qu'une autre à cet ouvrage d'un sage.*

Il fut écrit d'abord en ancien chaldéen, que ni vous ni moi n'entendons. On le traduisit en arabe, pour amuser le célèbre sultan Ouloug-beg. C'était du temps où les Arabes et les Persans commençaient à écrire des Mille et une nuits, *des* Mille et un jours, *etc. Ouloug*[1] *aimait mieux la lecture de Zadig, mais les sultanes aimaient les* Mille et un. *« Comment pouvez-vous préférer, leur disait le sage Ouloug, des contes qui sont sans raison et qui ne signifient rien ? — C'est précisément pour cela que nous les aimons », répondaient les sultanes.*

Je me flatte que vous ne leur ressemblerez pas, et que vous serez un vrai Ouloug. J'espère même que, quand vous serez lasse des conversations générales, qui ressemblent assez aux Mille et un, *à cela près qu'elles sont moins amusantes, je pourrai trouver une minute pour avoir l'honneur de vous parler raison. Si vous aviez été Thalestris du temps de Scander, fils de Philippe; si vous aviez été la reine de Sabée du temps de Soleiman, c'eussent été ces rois qui auraient fait le voyage.*

Je prie les vertus célestes que vos plaisirs soient sans mélange, votre beauté durable, et votre bonheur sans fin.

SADI.

LE BORGNE

Du temps du roi Moabdar il y avait à Babylone un jeune
homme nommé Zadig, né avec un beau naturel fortifié
par l'éducation. Quoique riche et jeune, il savait modérer
ses passions ; il n'affectait rien ; il ne voulait point toujours
avoir raison, et savait respecter la faiblesse des hommes.
On était étonné de voir qu'avec beaucoup d'esprit il
n'insultât jamais par des railleries à ces propos si vagues,
si rompus, si tumultueux, à ces médisances téméraires, à
ces décisions ignorantes, à ces turlupinades[1] grossières, à
ce vain bruit de paroles, qu'on appelait *conversation* dans
Babylone. Il avait appris, dans le premier livre de Zoroastre, que l'amour-propre est un ballon gonflé de vent, dont
il sort des tempêtes quand on lui fait une piqûre. Zadig
surtout ne se vantait pas de mépriser les femmes et de les
subjuguer. Il était généreux ; il ne craignait point d'obliger
des ingrats, suivant ce grand précepte de Zoroastre :
Quand tu manges, donne à manger aux chiens, dussent-ils te
mordre. Il était aussi sage qu'on peut l'être, car il cherchait
à vivre avec des sages. Instruit dans les sciences des
anciens Chaldéens, il n'ignorait pas les principes physiques
de la nature tels qu'on les connaissait alors, et savait de la
métaphysique ce qu'on en a su dans tous les âges, c'est-à-
dire fort peu de chose. Il était fermement persuadé que
l'année était de trois cent soixante et cinq jours et un
quart, malgré la nouvelle philosophie de son temps, et
que le soleil était au centre du monde ; et quand les principaux mages lui disaient, avec une hauteur insultante,
qu'il avait de mauvais sentiments, et que c'était être
ennemi de l'État que de croire que le soleil tournait sur
lui-même et que l'année avait douze mois, il se taisait sans
colère et sans dédain.

Zadig, avec de grandes richesses, et par conséquent
avec des amis, ayant de la santé, une figure aimable, un
esprit juste et modéré, un cœur sincère et noble, crut qu'il
pouvait être heureux. Il devait se marier à Sémire,[1] que sa
beauté, sa naissance et sa fortune rendaient le premier
parti de Babylone. Il avait pour elle un attachement solide
et vertueux, et Sémire l'aimait avec passion. Ils touchaient
au moment fortuné qui allait les unir, lorsque, se promenant ensemble vers une porte de Babylone, sous les pal-
miers qui ornaient le rivage de l'Euphrate, ils virent venir
à eux des hommes armés de sabres et de flèches.
C'étaient les satellites du jeune Orcan, neveu d'un ministre, à qui les courtisans de son oncle avaient fait accroire
que tout lui était permis. Il n'avait aucune des grâces ni
des vertus de Zadig ; mais, croyant valoir beaucoup mieux,
il était désespéré de n'être pas préféré. Cette jalousie, qui
ne venait que de sa vanité, lui fit penser qu'il aimait éperdument Sémire. Il voulait l'enlever. Les ravisseurs la saisirent, et dans les emportements de leur violence ils la bles-
sèrent, et firent couler le sang d'une personne dont la vue
aurait attendri les tigres du mont Imaüs.[2] Elle perçait le
ciel de ses plaintes. Elle s'écriait : « Mon cher époux ! on
m'arrache à ce que j'adore ! » Elle n'était point occupée de
son danger ; elle ne pensait qu'à son cher Zadig. Celui-ci,
dans le même temps, la défendait avec toute la force que
donnent la valeur et l'amour. Aidé seulement de deux
esclaves, il mit les ravisseurs en fuite et ramena chez elle
Sémire, évanouie et sanglante, qui en ouvrant les yeux vit
son libérateur. Elle lui dit : « Ô Zadig ! je vous aimais
comme mon époux ; je vous aime comme celui à qui je
dois l'honneur et la vie. » Jamais il n'y eut un cœur plus
pénétré que celui de Sémire. Jamais bouche plus ravis-
sante n'exprima des sentiments plus touchants par ces
paroles de feu qu'inspirent le sentiment du plus grand des

bienfaits et le transport le plus tendre de l'amour le plus légitime. Sa blessure était légère ; elle guérit bientôt. Zadig était blessé plus dangereusement ; un coup de flèche reçu près de l'œil lui avait fait une plaie profonde. Sémire ne demandait aux dieux que la guérison de son amant. Ses yeux étaient nuit et jour baignés de larmes : elle attendait le moment où ceux de Zadig pourraient jouir de ses regards ; mais un abcès survenu à l'œil blessé fit tout craindre. On envoya jusqu'à Memphis chercher le grand médecin Hermès,[1] qui vint avec un nombreux cortège. Il visita le malade, et déclara qu'il perdrait l'œil ; il prédit même le jour et l'heure où ce funeste accident devait arriver. « Si c'eût été l'œil droit, dit-il, je l'aurais guéri ; mais les plaies de l'œil gauche sont incurables. » Tout Babylone, en plaignant la destinée de Zadig, admira la profondeur de la science d'Hermès. Deux jours après, l'abcès perça de lui-même ; Zadig fut guéri parfaitement. Hermès écrivit un livre où il lui prouva qu'il n'avait pas dû guérir. Zadig ne le lut point ; mais, dès qu'il put sortir, il se prépara à rendre visite à celle qui faisait l'espérance du bonheur de sa vie et pour qui seule il voulait avoir des yeux. Sémire était à la campagne depuis trois jours. Il apprit en chemin que cette belle dame, ayant déclaré hautement qu'elle avait une aversion insurmontable pour les borgnes, venait de se marier à Orcan la nuit même. A cette nouvelle, il tomba sans connaissance ; sa douleur le mit au bord du tombeau ; il fut longtemps malade ; mais enfin la raison l'emporta sur son affliction, et l'atrocité de ce qu'il éprouvait servit même à le consoler.

« Puisque j'ai essuyé, dit-il, un si cruel caprice d'une fille élevée à la cour, il faut que j'épouse une citoyenne. » Il choisit Azora, la plus sage et la mieux née de la ville ; il l'épousa et vécut un mois avec elle dans les douceurs de l'union la plus tendre. Seulement il remarquait en elle un peu de légèreté et beaucoup de penchant à trouver toujours que les jeunes gens les mieux faits étaient ceux qui avaient le plus d'esprit et de vertu.

LE NEZ

Un jour Azora revint d'une promenade tout en colère et faisant de grandes exclamations. « Qu'avez-vous, lui dit-il, ma chère épouse ? qui vous peut mettre ainsi hors de vous-même ? — Hélas ! dit-elle, vous seriez comme moi si vous aviez vu le spectacle dont je viens d'être témoin. J'ai été consoler la jeune veuve Cosrou, qui vient d'élever depuis deux jours un tombeau à son jeune époux auprès du ruisseau qui borde cette prairie. Elle a promis aux dieux, dans sa douleur, de demeurer auprès de ce tombeau tant que l'eau de ce ruisseau coulerait auprès. — Eh bien, dit Zadig, voilà une femme estimable, qui aimait véritablement son mari ! — Ah ! reprit Azora, si vous saviez à quoi elle s'occupait quand je lui ai rendu visite ! — A quoi donc, belle Azora ? — Elle faisait détourner le ruisseau. » Azora se répandit en des invectives si longues, éclata en reproches si violents contre la jeune veuve, que ce faste de vertu ne plut pas à Zadig.

Il avait un ami, nommé Cador, qui était un de ces jeunes gens à qui sa femme trouvait plus de probité et de mérite qu'aux autres : il le mit dans sa confidence et s'assura, autant qu'il le pouvait, de sa fidélité par un présent considérable. Azora, ayant passé deux jours chez une de ses amies à la campagne, revint le troisième jour à la maison. Des domestiques en pleurs lui annoncèrent que son mari était mort subitement la nuit même, qu'on n'avait pas osé lui porter cette funeste nouvelle, et qu'on venait d'ensevelir Zadig dans le tombeau de ses pères, au bout du jardin. Elle pleura, s'arracha les cheveux, et jura de mourir. Le soir, Cador lui demanda la permission de lui parler, et ils pleurèrent tous deux. Le lendemain, ils pleurèrent moins, et dînèrent ensemble. Cador lui confia que son ami lui avait laissé la plus grande partie de son bien, et lui fit entendre qu'il mettrait son bonheur à partager sa fortune avec elle. La dame pleura, se fâcha, s'adoucit ; le souper fut plus long que le dîner ; on se parla avec plus de confiance : Azora fit l'éloge du défunt ; mais elle avoua qu'il avait des défauts dont Cador était exempt.

Au milieu du souper, Cador se plaignit d'un mal de rate violent ; la dame, inquiète et empressée, fit apporter toutes les essences dont elle se parfumait, pour essayer s'il n'y en avait pas quelqu'une qui fût bonne pour le mal de rate ; elle regretta beaucoup que le grand Hermès ne fût pas encore à Babylone ; elle daigna même toucher le côté où Cador sentait de si vives douleurs. « Êtes-vous sujet à cette cruelle maladie ? lui dit-elle avec compassion. — Elle me met quelquefois au bord du tombeau, lui répondit Cador, et il n'y a qu'un seul remède qui puisse me soulager ; c'est de m'appliquer sur le côté le nez d'un homme mort la veille. — Voilà un étrange remède, dit Azora. — Pas plus étrange, répondit-il, que les sachets du sieur Arnou* contre l'apoplexie. » Cette raison, jointe à l'extrême mérite du jeune homme, détermina enfin la dame. « Après tout, dit-elle, quand mon mari passera du monde d'hier dans le monde du lendemain sur le pont Tchinavar,¹ l'ange Asraël lui accordera-t-il moins de passage, parce que son nez sera un peu moins long dans la

---

*. Il y avait dans ce temps un Babylonien nommé Arnou, qui guérissait et prévenait toutes les apoplexies, dans les gazettes, avec un sachet pendu au cou.

seconde vie que dans la première ? » Elle prit donc un rasoir ; elle alla au tombeau de son époux, l'arrosa de ses larmes, et s'approcha pour couper le nez à Zadig, qu'elle trouva tout étendu dans la tombe. Zadig se relève en tenant son nez d'une main et arrêtant le rasoir de l'autre. « Madame, lui dit-il, ne criez plus tant contre la jeune Cosrou ; le projet de me couper le nez vaut bien celui de détourner un ruisseau. »

LE CHIEN ET LE CHEVAL

ZADIG éprouva que le premier mois du mariage, comme il est écrit dans le livre du *Zend*,[1] est la lune du miel, et que le second est la lune de l'absinthe. Il fut quelque temps après obligé de répudier Azora qui était devenue trop difficile à vivre, et il chercha son bonheur dans l'étude de la nature. « Rien n'est plus heureux, disait-il, qu'un philosophe qui lit dans ce grand livre que Dieu a mis sous nos yeux. Les vérités qu'il découvre sont à lui ; il nourrit et il élève son âme ; il vit tranquille ; il ne craint rien des hommes, et sa tendre épouse ne vient point lui couper le nez. »

Plein de ces idées, il se retira dans une maison de campagne sur les bords de l'Euphrate. Là il ne s'occupait pas à calculer[2] combien de pouces d'eau coulaient en une seconde sous les arches d'un pont, ou s'il tombait une ligne cube de pluie dans le mois de la souris plus que dans le mois du mouton. Il n'imaginait point de faire de la soie avec des toiles d'araignée, ni de la porcelaine avec des bouteilles cassées ; mais il étudia surtout les propriétés des animaux et des plantes, et il acquit bientôt une saga-

cité qui lui découvrait mille différences où les autres hommes ne voient rien que d'uniforme.

Un jour, se promenant auprès d'un petit bois, il vit
accourir à lui un eunuque de la reine, suivi de plusieurs
officiers qui paraissaient dans la plus grande inquiétude,
et qui couraient çà et là, comme des hommes égarés, qui
cherchent ce qu'ils ont perdu de plus précieux. « Jeune
homme, lui dit le premier eunuque, n'avez-vous point vu
le chien de la reine ? » Zadig répondit modestement :
« C'est une chienne, et non pas un chien. — Vous avez
raison, reprit le premier eunuque. — C'est une épagneule
très petite, ajouta Zadig. Elle a fait depuis peu des chiens ;
elle boite du pied gauche de devant, et elle a les oreilles
très longues. — Vous l'avez donc vue ? dit le premier
eunuque tout essoufflé. — Non, répondit Zadig, je ne l'ai
jamais vue, et je n'ai jamais su que la reine avait une
chienne. »

Précisément dans le même temps, par une bizarrerie
ordinaire de la fortune, le plus beau cheval de l'écurie du
roi s'était échappé des mains d'un palefrenier dans les
plaines de Babylone. Le grand veneur et tous les autres
officiers couraient après lui avec autant d'inquiétude que
le premier eunuque après la chienne. Le grand veneur
s'adressa à Zadig et lui demanda s'il n'avait point vu passer le cheval du roi. « C'est, répondit Zadig, le cheval qui
galope le mieux ; il a cinq pieds de haut, le sabot fort
petit ; il porte une queue de trois pieds et demi de long ;
les bossettes de son mors sont d'or à vingt-trois carats ; ses
fers sont d'argent à onze deniers. — Quel chemin a-t-il
pris ? où est-il ? demanda le grand veneur. — Je ne l'ai
point vu, répondit Zadig, et je n'en ai jamais entendu parler. »

Le grand veneur et le premier eunuque ne doutèrent
pas que Zadig n'eût volé le cheval du roi et la chienne de

la reine; ils le firent conduire devant l'assemblée du grand desterham, qui le condamna au knout et à passer le reste de ses jours en Sibérie. A peine le jugement fut-il rendu qu'on retrouva le cheval et la chienne. Les juges furent dans la douloureuse nécessité de réformer leur arrêt; mais ils condamnèrent Zadig à payer quatre cents onces d'or pour avoir dit qu'il n'avait point vu ce qu'il avait vu. Il fallut d'abord payer cette amende; après quoi il fut permis à Zadig de plaider sa cause au conseil du grand desterham[1]; il parla en ces termes :

« Étoiles de justice, abîmes de science, miroirs de vérité, qui avez la pesanteur du plomb, la dureté du fer, l'éclat du diamant et beaucoup d'affinité avec l'or! Puisqu'il m'est permis de parler devant cette auguste assemblée, je vous jure par Orosmade[2] que je n'ai jamais vu la chienne respectable de la reine, ni le cheval sacré du roi des rois. Voici ce qui m'est arrivé. Je me promenais vers le petit bois, où j'ai rencontré depuis le vénérable eunuque et le très illustre grand veneur. J'ai vu sur le sable les traces d'un animal, et j'ai jugé aisément que c'étaient celles d'un petit chien. Des sillons légers et longs, imprimés sur de petites éminences de sable, entre les traces des pattes, m'ont fait connaître que c'était une chienne dont les mamelles étaient pendantes, et qu'ainsi elle avait fait des petits il y a peu de jours. D'autres traces en un sens différent, qui paraissaient toujours avoir rasé la surface du sable à côté des pattes de devant, m'ont appris qu'elle avait les oreilles très longues; et, comme j'ai remarqué que le sable était toujours moins creusé par une patte que par les trois autres, j'ai compris que la chienne de notre auguste reine était un peu boiteuse, si je l'ose dire.

« A l'égard du cheval du roi des rois, vous saurez que, me promenant dans les routes de ce bois, j'ai aperçu les marques des fers d'un cheval; elles étaient toutes à égales

distances. « Voilà, ai-je dit, un cheval qui a un galop par-
« fait. » La poussière des arbres, dans une route étroite
qui n'a que sept pieds de large, était un peu enlevée à
droite et à gauche, à trois pieds et demi du milieu de la
route. « Ce cheval, ai-je dit, a une queue de trois pieds et
demi, qui, par ses mouvements de droite et de gauche,
a balayé cette poussière. » J'ai vu sous les arbres, qui
formaient un berceau de cinq pieds de haut, les feuilles
des branches nouvellement tombées, et j'ai connu que ce
cheval y avait touché, et qu'ainsi il avait cinq pieds de
haut. Quant à son mors, il doit être d'or à vingt-trois
carats : car il en a frotté les bossettes contre une pierre
que j'ai reconnue être une pierre de touche et que j'ai fait
l'essai. J'ai jugé enfin, par les marques que ses fers ont
laissées sur des cailloux d'une autre espèce, qu'il était
ferré d'argent à onze deniers de fin. »

Tous les juges admirèrent le profond et subtil discernement de Zadig ; la nouvelle en vint jusqu'au roi et à la
reine. On ne parlait que de Zadig dans les antichambres,
dans la chambre et dans le cabinet ; et quoique plusieurs
mages opinassent qu'on devait le brûler comme sorcier,
le roi ordonna qu'on lui rendît l'amende des quatre cents
onces d'or à laquelle il avait été condamné. Le greffier,
les huissiers, les procureurs, vinrent chez lui en grand
appareil lui rapporter ses quatre cents onces ; ils en retin-
rent seulement trois cent quatre-vingt-dix-huit pour les
frais de justice, et leurs valets demandèrent des honoraires.

Zadig vit combien il était dangereux quelquefois d'être
trop savant, et se promit bien, à la première occasion, de
ne point dire ce qu'il avait vu.

Cette occasion se trouva bientôt. Un prisonnier d'État
s'échappa ; il passa sous les fenêtres de sa maison. On
interrogea Zadig, il ne répondit rien ; mais on lui prouva

qu'il avait regardé par la fenêtre. Il fut condamné pour ce
crime à cinq cents onces d'or, et il remercia ses juges de
leur indulgence, selon la coutume de Babylone. « Grand
Dieu ! dit-il en lui-même, qu'on est à plaindre quand on se
promène dans un bois où la chienne de la reine et le cheval du roi ont passé ! qu'il est dangereux de se mettre à la
fenêtre ! et qu'il est difficile d'être heureux dans cette
vie ! »

L'ENVIEUX

Zadig voulut se consoler par la philosophie et par l'amitié, des maux que lui avait faits la fortune. Il avait, dans
un faubourg de Babylone, une maison ornée avec goût,
où il rassemblait tous les arts et tous les plaisirs dignes
d'un honnête homme. Le matin, sa bibliothèque était
ouverte à tous les savants ; le soir, sa table l'était à la
bonne compagnie ; mais il connut bientôt combien les
savants sont dangereux. Il s'éleva une grande dispute sur
une loi de Zoroastre qui défendait de manger du griffon !
« Comment défendre le griffon, disaient les uns, si cet animal n'existe pas ? — Il faut bien qu'il existe, disaient les
autres, puisque Zoroastre ne veut pas qu'on en mange. »
Zadig voulut les accorder, en leur disant : « S'il y a des
griffons, n'en mangeons point ; s'il n'y en a point, nous en
mangerons encore moins, et par là nous obéirons tous à
Zoroastre. »

Un savant, qui avait composé treize volumes sur les
propriétés du griffon, et qui de plus était grand théurgite,
se hâta d'aller accuser Zadig devant un archimage
nommé Yébor, le plus sot des Chaldéens, et partant le

plus fanatique. Cet homme aurait fait empaler Zadig pour la plus grande gloire du soleil, et en aurait récité le bréviaire de Zoroastre d'un ton plus satisfait. L'ami Cador (un ami vaut mieux que cent prêtres) alla trouver le vieux Yébor, et lui dit : « Vivent le soleil et les griffons ! gardezvous bien de punir Zadig : c'est un saint, il a des griffons dans sa basse-cour, et il n'en mange point ; et son accusateur est un hérétique qui ose soutenir que les lapins ont le pied fendu et ne sont point immondes. — Eh bien, dit Yébor en branlant sa tête chauve, il faut empaler Zadig pour avoir mal pensé des griffons, et l'autre pour avoir mal parlé des lapins. » Cador apaisa l'affaire par le moyen d'une fille d'honneur à laquelle il avait fait un enfant, et qui avait beaucoup de crédit dans le collège des mages. Personne ne fut empalé ; de quoi plusieurs docteurs murmurèrent, et en présagèrent la décadence de Babylone. Zadig s'écria : « A quoi tient le bonheur ! tout me persécute dans ce monde, jusqu'aux êtres qui n'existent pas. » Il maudit les savants, et ne voulut plus vivre qu'en bonne compagnie.

Il rassemblait chez lui les plus honnêtes gens de Babylone et les dames les plus aimables ; il donnait des soupers délicats, souvent précédés de concerts, et animés par des conversations charmantes dont il avait su bannir l'empressement de montrer de l'esprit, qui est la plus sûre manière de n'en point avoir et de gâter la société la plus brillante. Ni le choix de ses amis ni celui des mets n'étaient faits par la vanité : car en tout il préférait l'être au paraître ; et par là il s'attirait la considération véritable, à laquelle il ne prétendait pas.

Vis-à-vis sa maison demeurait Arimaze, personnage dont la méchante âme était peinte sur sa grossière physionomie. Il était rongé de fiel et bouffi d'orgueil ; et, pour comble, c'était un bel esprit ennuyeux. N'ayant jamais pu réussir dans le monde, il se vengeait par en médire. Tout riche qu'il était, il avait de la peine à rassembler chez lui des flatteurs. Le bruit des chars qui entraient le soir chez Zadig l'importunait, le bruit de ses louanges l'irritait davantage. Il allait quelquefois chez Zadig, et se mettait à table sans être prié : il y corrompait toute la joie de la société, comme on dit que les harpies infectent les viandes qu'elles touchent. Il lui arriva un jour de vouloir donner une fête à une dame qui, au lieu de la recevoir, alla souper chez Zadig. Un autre jour, causant avec lui dans le palais, ils abordèrent un ministre qui pria Zadig à souper, et ne pria point Arimaze. Les plus implacables haines n'ont pas souvent des fondements plus importants. Cet homme, qu'on appelait l'Envieux dans Babylone, voulut perdre Zadig parce qu'on l'appelait l'Heureux. L'occasion de faire du mal se trouve cent fois par jour, et celle de faire du bien une fois dans l'année, comme dit Zoroastre.

L'envieux alla chez Zadig, qui se promenait dans ses jardins avec deux amis et une dame, à laquelle il disait souvent des choses galantes, sans autre intention que celle de les dire. La conversation roulait sur une guerre que le roi venait de terminer heureusement contre le prince d'Hyrcanie,[1] son vassal. Zadig, qui avait signalé son courage dans cette courte guerre, louait beaucoup le roi, et encore plus la dame. Il prit ses tablettes, et écrivit quatre vers qu'il fit sur-le-champ et qu'il donna à lire à cette belle personne. Ses amis le prièrent de leur en faire part ; la modestie, ou plutôt un amour-propre bien entendu, l'en empêcha. Il savait que des vers impromptus ne sont jamais bons que pour celle en l'honneur de qui ils sont faits : il brisa en deux la feuille des tablettes sur laquelle il venait d'écrire, et jeta les deux moitiés dans un buisson de roses où on les chercha inutilement. Une petite pluie survint ; on regagna la maison. L'envieux, qui resta dans le jardin, chercha tant qu'il trouva un morceau de la feuille. Elle avait été tellement rompue que chaque moitié de vers qui remplissait la ligne faisait un sens, et même un vers d'une plus petite mesure ; mais, par un hasard encore plus étrange, ces petits vers se trouvaient former un sens qui contenait les injures les plus horribles contre le roi. On y lisait :

> Par les plus grands forfaits
> Sur le trône affermi,
> Dans la publique paix
> C'est le seul ennemi.

L'envieux fut heureux pour la première fois de sa vie. Il avait entre les mains de quoi perdre un homme ver-. tueux et aimable. Plein de cette cruelle joie, il fit parvenir jusqu'au roi cette satire écrite de la main de Zadig : on le fit mettre en prison, lui, ses deux amis et la dame. Son procès lui fut bientôt fait, sans qu'on daignât l'entendre. Lorsqu'il vint recevoir sa sentence, l'envieux se trouva sur son passage, et lui dit tout haut que ses vers ne valaient rien. Zadig ne se piquait pas d'être bon poète ; mais il était au désespoir d'être condamné comme criminel de lèse-majesté et de voir qu'on retînt en prison une belle dame et deux amis pour un crime qu'il n'avait pas fait. On ne lui permit pas de parler, parce que ses tablettes parlaient. Telle était la loi de Babylone. On le fit donc aller au supplice à travers une foule de curieux, dont aucun n'osait le plaindre, et qui se précipitaient pour exa-miner son visage et pour voir s'il mourrait avec bonne grâce. Ses parents seulement étaient affligés, car ils n'héri-taient pas. Les trois quarts de son bien étaient confisqués au profit du roi, et l'autre quart au profit de l'envieux.

Dans le temps qu'il se préparait à la mort, le perroquet du roi s'envola de son balcon, et s'abattit dans le jardin de

Zadig sur un buisson de roses. Une pêche y avait été portée d'un arbre voisin par le vent : elle était tombée sur un
morceau de tablette à écrire auquel elle s'était collée.
L'oiseau enleva la pêche et la tablette, et les porta sur les
genoux du monarque. Le prince, curieux, y lut des mots
qui ne formaient aucun sens, et qui paraissaient des fins
de vers. Il aimait la poésie, et il y a toujours de la ressource avec les princes qui aiment les vers : l'aventure de
son perroquet le fit rêver. La reine, qui se souvenait de ce
qui avait été écrit sur une pièce de la tablette de Zadig, se
la fit apporter. On confronta les deux morceaux, qui
s'ajustaient ensemble parfaitement ; on lut alors les vers
tels que Zadig les avait faits :

> Par les plus grands forfaits j'ai vu troubler la terre.
> Sur le trône affermi, le roi sait tout dompter.
> Dans la publique paix l'amour seul fait la guerre :
> C'est le seul ennemi qui soit à redouter.

Le roi ordonna aussitôt qu'on fît venir Zadig devant lui,
et qu'on fît sortir de prison ses deux amis et la belle
dame. Zadig se jeta le visage contre terre aux pieds du roi
et de la reine : il leur demanda très humblement pardon
d'avoir fait de mauvais vers ; il parla avec tant de grâce,
d'esprit et de raison que le roi et la reine voulurent le
revoir. Il revint et plut, encore davantage. On lui donna
tous les biens de l'envieux qui l'avait injustement accusé ;
mais Zadig les rendit tous, et l'envieux ne fut touché que
du plaisir de ne pas perdre son bien. L'estime du roi
s'accrut de jour en jour pour Zadig. Il le mettait de tous
ses plaisirs et le consultait dans toutes ses affaires. La
reine le regarda dès lors avec une complaisance qui pouvait devenir dangereuse pour elle, pour le roi son auguste
époux, pour Zadig et pour le royaume. Zadig commençait
à croire qu'il n'est pas difficile d'être heureux.

LES GÉNÉREUX

L temps arriva où l'on célébrait une grande fête qui revenait tous les cinq ans. C'était la coutume à Babylone de déclarer solennellement, au bout de cinq années, celui des citoyens qui avait fait l'action la plus généreuse! Les grands et les mages étaient les juges. Le premier satrape, chargé du soin de la ville, exposait les plus belles actions qui s'étaient passées sous son gouvernement. On allait aux voix; le roi prononçait le jugement. On venait à cette solennité des extrémités de la terre. Le vainqueur recevait des mains du monarque une coupe d'or garnie de pierreries, et le roi lui disait ces paroles : *Recevez ce prix de la générosité, et puissent les dieux me donner beaucoup de sujets qui vous ressemblent!*

Ce jour mémorable venu, le roi parut sur son trône, environné des grands, des mages, et des députés de toutes les nations qui venaient à ces jeux, où la gloire s'acquérait non par la légèreté des chevaux, non par la force du corps, mais par la vertu. Le premier satrape rapporta à haute voix les actions qui pouvaient mériter à leurs auteurs ce prix inestimable. Il ne parla point de la grandeur d'âme avec laquelle Zadig avait rendu à l'envieux toute sa fortune : ce n'était pas une action qui méritât de disputer le prix.

Il présenta d'abord un juge qui, ayant fait perdre un procès considérable à un citoyen par une méprise dont il n'était pas même responsable, lui avait donné tout son bien, qui était la valeur de ce que l'autre avait perdu.

Il produisit ensuite un jeune homme qui, étant éperdument épris d'une fille qu'il allait épouser, l'avait cédée à un ami près d'expirer d'amour pour elle, et qui avait encore payé la dot en cédant la fille.

Ensuite, il fit paraître un soldat qui, dans la guerre d'Hyrcanie, avait donné encore un plus grand exemple de générosité. Des soldats ennemis lui enlevaient sa maîtresse, et il la défendait contre eux ; on vint lui dire que d'autres Hyrcaniens enlevaient sa mère à quelques pas de là : il quitta en pleurant sa maîtresse, et courut délivrer sa mère ; il retourna ensuite vers celle qu'il aimait, et la trouva expirante. Il voulut se tuer ; sa mère lui remontra qu'elle n'avait que lui pour tout secours, et il eut le courage de souffrir la vie.

Les juges penchaient pour ce soldat. Le roi prit la parole, et dit : « Son action et celle des autres sont belles ; mais elles ne m'étonnent point ; hier Zadig en a fait une qui m'a étonné. J'avais disgracié depuis quelques jours mon ministre et mon favori Coreb. Je me plaignais de lui avec violence, et tous mes courtisans m'assuraient que j'étais trop doux ; c'était à qui me dirait le plus de mal de Coreb. Je demandai à Zadig ce qu'il en pensait, et il osa en dire du bien. J'avoue que j'ai vu, dans nos histoires, des exemples qu'on a payé de son bien une erreur, qu'on a cédé sa maîtresse, qu'on a préféré une mère à l'objet de son amour ; mais je n'ai jamais lu qu'un courtisan ait parlé avantageusement d'un ministre disgracié, contre qui son souverain était en colère. Je donne vingt mille pièces d'or à chacun de ceux dont on vient de réciter les actions généreuses ; mais je donne la coupe à Zadig.

— Sire, lui dit-il, c'est Votre Majesté seule qui mérite la coupe, c'est elle qui a fait l'action la plus inouïe, puisque, étant roi, vous ne vous êtes point fâché contre votre esclave, lorsqu'il contredisait votre passion. »

On admira le roi et Zadig. Le juge qui avait donné son

bien, l'amant qui avait marié sa maîtresse à son ami, le soldat qui avait préféré le salut de sa mère à celui de sa maîtresse, reçurent les présents du monarque ; ils virent leurs noms écrits dans le livre des généreux. Zadig eut la coupe. Le roi acquit la réputation d'un bon prince, qu'il ne garda pas longtemps. Ce jour fut consacré par des fêtes plus longues que la loi ne le portait. La mémoire s'en conserve encore dans l'Asie. Zadig disait : « Je suis donc enfin heureux ! » Mais il se trompait.

LE MINISTRE

Le roi avait perdu son premier ministre. Il choisit Zadig pour remplir cette place. Toutes les belles dames de Babylone applaudirent à ce choix ; car depuis la fondation de l'empire il n'y avait jamais eu de ministre si jeune. Tous les courtisans furent fâchés ; l'envieux en eut un crachement de sang, et le nez lui enfla prodigieusement. Zadig, ayant remercié le roi et la reine, alla remercier aussi le perroquet : « Bel oiseau, lui dit-il, c'est vous qui m'avez sauvé la vie, et qui m'avez fait premier ministre : la chienne et le cheval de Leurs Majestés m'avaient fait beaucoup de mal, mais vous m'avez fait du bien. Voilà donc de quoi dépendent les destins des hommes ! Mais, ajouta-t-il, un bonheur si étrange sera peut-être bientôt évanoui. » Le perroquet répondit : « Oui. » Ce mot frappa Zadig ; cependant, comme il était bon physicien et qu'il ne croyait pas que les perroquets fussent prophètes, il se rassura bientôt, et se mit à exercer son ministère de son mieux.

Il fit sentir à tout le monde le pouvoir sacré des lois, et

ne fit sentir à personne le poids de sa dignité. Il ne gêna point les voix du divan,¹ et chaque visir pouvait avoir un avis sans lui déplaire. Quand il jugeait une affaire, ce n'était pas lui qui jugeait, c'était la loi; mais, quand elle était trop sévère, il la tempérait, et, quand on manquait de lois, son équité en faisait qu'on aurait prises pour celles de Zoroastre.

C'est de lui que les nations tiennent ce grand principe : qu'il vaut mieux hasarder de sauver un coupable que de condamner un innocent. Il croyait que les lois étaient faites pour secourir les citoyens autant que pour les intimider. Son principal talent était de démêler la vérité, que tous les hommes cherchent à obscurcir.

Dès les premiers jours de son administration il mit ce grand talent en usage. Un fameux négociant de Babylone était mort aux Indes; il avait fait ses héritiers ses deux fils par portions égales, après avoir marié leur sœur, et il laissait un présent de trente mille pièces d'or à celui de ses deux fils qui serait jugé l'aimer davantage. L'aîné lui bâtit un tombeau, le second augmenta d'une partie de son héritage la dot de sa sœur; chacun disait : « C'est l'aîné qui aime le mieux son père; le cadet aime mieux sa sœur; c'est à l'aîné qu'appartiennent les trente mille pièces. »

Zadig les fit venir tous deux l'un après l'autre. Il dit à l'aîné : « Votre père n'est point mort, il est guéri de sa dernière maladie, il revient à Babylone. — Dieu soit loué, répondit le jeune homme; mais voilà un tombeau qui m'a coûté bien cher ! » Zadig dit ensuite la même chose au cadet. « Dieu soit loué, répondit-il, je vais rendre à mon père tout ce que j'ai; mais je voudrais qu'il laissât à ma sœur ce que je lui ai donné. — Vous ne rendrez rien, dit Zadig, et vous aurez les trente mille pièces : c'est vous qui aimez le mieux votre père. »

Une fille fort riche avait fait une promesse de mariage à deux mages, et, après avoir reçu quelques mois des instructions de l'un et de l'autre, elle se trouva grosse. Ils voulaient tous deux l'épouser. « Je prendrai pour mon mari, dit-elle, celui des deux qui m'a mise en état de donner un citoyen à l'empire. — C'est moi qui ai fait cette bonne œuvre, dit l'un. — C'est moi qui ai eu cet avantage, dit l'autre. — Eh bien, répondit-elle, je reconnais pour père de l'enfant celui des deux qui lui pourra donner la meilleure éducation. » Elle accoucha d'un fils. Chacun des mages veut l'élever. La cause est portée devant Zadig. Il fait venir les deux mages. « Qu'enseigneras-tu à ton pupille ? dit-il au premier. — Je lui apprendrai, dit le docteur, les huit parties d'oraison, la dialectique, l'astrologie, la démonomanie, ce que c'est que la substance et l'accident, l'abstrait et le concret, les monades et l'harmonie préétablie. — Moi, dit le second, je tâcherai de le rendre juste et digne d'avoir des amis. » Zadig prononça : *Que tu sois son père ou non, tu épouseras sa mère.*

LES DISPUTES ET LES AUDIENCES

C'est ainsi qu'il montrait tous les jours, la subtilité de son génie et la bonté de son âme ; on l'admirait, et cependant on l'aimait. Il passait pour le plus fortuné de tous les hommes ; tout l'empire était rempli de son nom ; toutes les femmes le lorgnaient ; tous les citoyens célébraient sa justice ; les savants le regardaient comme leur oracle ; les prêtres même avouaient qu'il en savait plus que le vieux archimage Yébor. On était bien loin alors de lui faire des procès sur les griffons ; on ne croyait que ce qui lui semblait croyable.

Il y avait une grande querelle dans Babylone, qui durait depuis quinze cents années, et qui partageait l'empire en deux sectes opiniâtres : l'une prétendait qu'il ne fallait jamais entrer dans le temple de Mithra que du pied gauche ; l'autre avait cette coutume en abomination, et n'entrait jamais que du pied droit. On attendait le jour de la fête solennelle du feu sacré pour savoir quelle secte serait favorisée par Zadig. L'univers avait les yeux sur ses deux pieds, et toute la ville était en agitation et en suspens. Zadig entra dans le temple en sautant à pieds joints et il prouva ensuite, par un discours éloquent, que le Dieu du ciel et de la terre, qui n'a acception de personne, ne fait pas plus de cas de la jambe gauche que de la jambe droite.

L'envieux et sa femme prétendirent que dans son discours il n'y avait pas assez de figures, qu'il n'avait pas fait assez danser les montagnes et les collines. « Il est sec et sans génie, disaient-ils : on ne voit chez lui ni la mer s'enfuir, ni les étoiles tomber, ni le soleil se fondre comme de la cire ; il n'a point le bon style oriental. » Zadig se contentait d'avoir le style de la raison. Tout le monde fut pour lui, non pas parce qu'il était dans le bon chemin, non pas parce qu'il était raisonnable, non pas parce qu'il était aimable, mais parce qu'il était premier visir.

Il termina aussi heureusement le grand procès entre les mages blancs et les mages noirs. Les blancs soutenaient que c'était une impiété de se tourner, en priant Dieu, vers l'orient d'hiver ; les noirs assuraient que Dieu avait en horreur les prières des hommes qui se tournaient vers le couchant d'été. Zadig ordonna qu'on se tournât comme on voudrait.

Il trouva ainsi le secret d'expédier le matin les affaires particulières et les générales ; le reste du jour, il s'occupait des embellissements de Babylone; il faisait représenter des tragédies où l'on pleurait, et des comédies où l'on riait;[1] ce qui était passé de mode depuis longtemps, et ce qu'il fit renaître parce qu'il avait du goût. Il ne prétendait pas en savoir plus que les artistes; il les récompensait par des bienfaits et des distinctions, et n'était point jaloux en secret de leurs talents. Le soir, il amusait beaucoup le roi, et surtout la reine. Le roi disait: « Le grand ministre! », la reine disait: « L'aimable ministre! » et tous deux ajoutaient: « C'eût été grand dommage qu'il eût été pendu. »

Jamais homme en place ne fut obligé de donner tant d'audiences aux dames. La plupart venaient lui parler des affaires qu'elles n'avaient point, pour en avoir une avec lui. La femme de l'envieux s'y présenta des premières; elle lui jura par Mithra, par *Zend-Avesta,* et par le feu sacré, qu'elle avait détesté la conduite de son mari; elle lui confia ensuite que ce mari était un jaloux, un brutal; elle lui fit entendre que les dieux le punissaient en lui refusant les précieux effets de ce feu sacré par lequel seul l'homme est semblable aux immortels: elle finit par laisser tomber sa jarretière; Zadig la ramassa avec sa politesse ordinaire, mais il ne la rattacha point au genou de la dame; et cette petite faute, si c'en est une, fut la cause des plus horribles infortunes. Zadig n'y pensa pas, et la femme de l'envieux y pensa beaucoup.

D'autres dames se présentaient tous les jours. Les annales secrètes de Babylone prétendent qu'il succomba une fois, mais qu'il fut tout étonné de jouir sans volupté, et d'embrasser son amante avec distraction. Celle à qui il donna, presque sans s'en apercevoir, des marques de sa protection, était une femme de chambre de la reine Astarté. Cette tendre Babylonienne se disait à elle-même pour se consoler: « Il faut que cet homme-là ait prodigieusement d'affaires dans la tête, puisqu'il y songe

encore même en faisant l'amour. » Il échappa à Zadig,
dans les instants où plusieurs personnes ne disent mot, et
où d'autres ne prononcent que des paroles sacrées, de
s'écrier tout d'un coup : « La reine ! » La Babylonienne
crut qu'enfin il était revenu à lui dans un bon moment et
qu'il lui disait : « Ma reine ! » Mais Zadig, toujours très distrait, prononça le nom d'Astarté. La dame, qui dans ces
heureuses circonstances interprétait tout à son avantage,
s'imagina que cela voulait dire : « Vous êtes plus belle que
la reine Astarté ! » Elle sortit du sérail de Zadig avec de
très beaux présents. Elle alla conter son aventure à
l'envieuse, qui était son amie intime : celle-ci fut cruellement piquée de la préférence. « Il n'a pas daigné seulement, dit-elle, me rattacher ma jarretière que voici, et
dont je ne veux plus me servir. — Oh ! oh ! dit la fortunée
à l'envieuse, vous portez les mêmes jarretières que la
reine ! Vous les prenez donc chez la même faiseuse ? »
L'envieuse rêva profondément, ne répondit rien, et alla
consulter son mari l'envieux.

Cependant Zadig s'apercevait qu'il avait toujours des
distractions quand il donnait des audiences et quand il
jugeait ; il ne savait à quoi les attribuer : c'était là sa seule
peine.

Il eut un songe : il lui semblait qu'il était couché
d'abord sur des herbes sèches, parmi lesquelles il y en
avait quelques-unes de piquantes qui l'incommodaient, et
qu'ensuite il reposait mollement sur un lit de roses, dont
il sortait un serpent qui le blessait au cœur de sa langue
acérée et envenimée. « Hélas ! disait-il, j'ai été longtemps
couché sur ces herbes sèches et piquantes, je suis maintenant sur le lit de roses ; mais quel sera le serpent ? »

LA JALOUSIE

L‍E malheur de Zadig vint de son bonheur même, et surtout de son mérite. Il avait tous les jours des entretiens
avec le roi et avec Astarté, son auguste épouse. Les charmes de la conversation redoublaient encore par cette
envie de plaire qui est à l'esprit ce que la parure est à la
beauté ; sa jeunesse et ses grâces firent insensiblement sur
Astarté une impression dont elle ne s'aperçut pas d'abord.
Sa passion croissait dans le sein de l'innocence. Astarté se
livrait sans scrupule et sans crainte au plaisir de voir et
d'entendre un homme cher à son époux et à l'État ; elle
ne cessait de le vanter au roi ; elle en parlait à ses femmes qui enchérissaient encore sur ses louanges ; tout servait à enfoncer dans son cœur le trait qu'elle ne sentait
pas. Elle faisait des présents à Zadig, dans lesquels il
entrait plus de galanterie qu'elle ne pensait ; elle croyait
ne lui parler qu'en reine contente de ses services, et quelquefois ses expressions étaient d'une femme sensible.

Astarté était beaucoup plus belle que cette Sémire qui
haïssait tant les borgnes, et que cette autre femme qui
avait voulu couper le nez à son époux. La familiarité
d'Astarté, ses discours tendres, dont elle commençait à
rougir, ses regards, qu'elle voulait détourner, et qui se
fixaient sur les siens, allumèrent dans le cœur de Zadig
un feu dont il s'étonna. Il combattit ; il appela à son
secours la philosophie, qui l'avait toujours secouru ; il n'en
tira que des lumières, et n'en reçut aucun soulagement.
Le devoir, la reconnaissance, la majesté souveraine violée,
se présentaient à ses yeux comme des dieux vengeurs ; il
combattait, il triomphait ; mais cette victoire, qu'il fallait
remporter à tout moment, lui coûtait des gémissements
et des larmes. Il n'osait plus parler à la reine avec cette

douce liberté qui avait eu tant de charmes pour tous deux ; ses yeux se couvraient d'un nuage ; ses discours étaient contraints et sans suite ; il baissait la vue ; et quand, malgré lui, ses regards se tournaient vers Astarté, ils rencontraient ceux de la reine mouillés de pleurs, dont il partait des traits de flamme ; ils semblaient se dire l'un après l'autre : « Nous nous adorons, et nous craignons de nous aimer ; nous brûlons tous deux d'un feu que nous condamnons. »

Zadig sortait d'auprès d'elle égaré, éperdu, le cœur surchargé d'un fardeau qu'il ne pouvait plus porter : dans la violence de ses agitations, il laissa pénétrer son secret à son ami Cador, comme un homme qui, ayant soutenu longtemps les atteintes d'une vive douleur, fait enfin connaître son mal par un cri qu'un redoublement aigu lui arrache, et par la sueur froide qui coule sur son front.

Cador lui dit : « J'ai déjà démêlé les sentiments que vous vouliez vous cacher à vous-même ; les passions ont des signes auxquels on ne peut se méprendre. Jugez, mon cher Zadig, puisque j'ai lu dans votre cœur, si le roi n'y découvrira pas un sentiment qui l'offense. Il n'a d'autre défaut que celui d'être le plus jaloux des hommes. Vous résistez à votre passion avec plus de force que la reine ne combat la sienne, parce que vous êtes philosophe et parce que vous êtes Zadig. Astarté est femme ; elle laisse parler ses regards avec d'autant plus d'imprudence qu'elle ne se croit pas encore coupable. Malheureusement rassurée sur son innocence, elle néglige des dehors nécessaires. Je tremblerai pour elle tant qu'elle n'aura rien à se reprocher. Si vous étiez d'accord l'un et l'autre, vous sauriez tromper tous les yeux : une passion naissante et combattue éclate ; un amour satisfait sait se cacher. » Zadig frémit à la proposition de trahir le roi, son bienfaiteur ; et jamais il ne fut plus fidèle à son prince que quand il fut coupable envers lui d'un crime involontaire. Cependant la reine prononçait si souvent le nom de Zadig, son front se couvrait de tant de rougeur en le prononçant, elle était tantôt si animée, tantôt si interdite, quand elle lui parlait en présence du roi; une rêverie si profonde s'emparait d'elle quand il était sorti, que le roi fut troublé. Il crut tout ce qu'il voyait et imagina tout ce qu'il ne voyait point. Il remarqua surtout que les babouches de sa femme étaient bleues, et que les babouches de Zadig étaient bleues, que les rubans de sa femme étaient jaunes et que le bonnet de Zadig était jaune : c'étaient là de terribles indices pour un prince délicat. Les soupçons se tournèrent en certitude dans son esprit aigri.

Tous les esclaves des rois et des reines sont autant d'espions de leurs cœurs. On pénétra bientôt qu'Astarté était tendre, et que Moabdar était jaloux. L'envieux engagea l'envieuse à envoyer au roi sa jarretière, qui ressemblait à celle de la reine. Par surcroît de malheur, cette jarretière était bleue. Le monarque ne songea plus qu'à la manière de se venger. Il résolut une nuit d'empoisonner la reine, et de faire mourir Zadig par le cordeau, au point du jour. L'ordre en fut donné à un impitoyable eunuque, exécuteur de ses vengeances. Il y avait alors dans la chambre du roi un petit nain qui était muet, mais qui n'était pas sourd. On le souffrait toujours : il était témoin de ce qui se passait de plus secret, comme un animal domestique. Ce petit muet était très attaché à la reine et à Zadig. Il entendit, avec autant de surprise que d'horreur, donner l'ordre de leur mort. Mais comment faire pour prévenir cet ordre effroyable, qui allait s'exécuter dans peu d'heures ? Il ne savait pas écrire, mais il avait appris à peindre, et savait surtout faire ressembler. Il passa une partie de la nuit à crayonner ce qu'il voulait faire entendre à la reine. Son dessin représentait le roi agité de fureur, dans un coin du tableau, donnant des ordres à son eunuque ; un cordeau bleu et un vase sur la table, avec des jarretières bleues et des rubans jaunes ; la reine dans le milieu du tableau, expirante entre les bras de ses femmes, et Zadig étranglé à ses pieds. L'horizon représentait un soleil levant, pour marquer que cette horrible exécution devait se faire aux premiers rayons de l'aurore. Dès qu'il eut fini cet ouvrage, il courut chez une femme d'Astarté, la réveilla, et lui fit entendre qu'il fallait dans l'instant même porter ce tableau à la reine.

Cependant, au milieu de la nuit, on vient frapper à la porte de Zadig ; on le réveille ; on lui donne un billet de la reine ; il doute si c'est un songe ; il ouvre la lettre d'une main tremblante. Qu'elle fut sa surprise, et qui pourrait exprimer la consternation et le désespoir dont il fut accablé, quand il lut ces paroles : *Fuyez, dans l'instant même, ou l'on va vous arracher la vie. Fuyez, Zadig, je vous l'ordonne au nom de notre amour et de mes rubans jaunes. Je n'étais point coupable ; mais je sens que je vais mourir criminelle.*

Zadig eut à peine la force de parler. Il ordonna qu'on fit venir Cador, et, sans lui rien dire, il lui donna ce billet. Cador le força d'obéir et de prendre sur-le-champ la route de Memphis. « Si vous osez aller trouver la reine, lui dit-il, vous hâtez sa mort ; si vous parlez au roi, vous la perdez encore. Je me charge de sa destinée ; suivez la vôtre. Je répandrai le bruit que vous avez pris la route des Indes. Je viendrai bientôt vous trouver, et je vous apprendrai ce qui se sera passé à Babylone. »

Cador, dans le moment même, fit placer deux dromadaires des plus légers à la course vers une porte secrète du palais ; il fit monter Zadig, qu'il fallut porter et qui était près de rendre l'âme. Un seul domestique l'accompagna ; et bientôt Cador, plongé dans l'étonnement et dans la douleur, perdit son ami de vue.

Cet illustre fugitif, arrivé sur le bord d'une colline dont on voyait Babylone, tourna la vue sur le palais de la reine, et s'évanouit ; il ne reprit ses sens que pour verser des larmes et pour souhaiter la mort. Enfin, après s'être occupé de la destinée déplorable de la plus aimable des femmes et de la première reine du monde, il fit un moment de retour sur lui-même et s'écria : « Qu'est-ce donc que la vie humaine ? O vertu ! à quoi m'avez-vous servi ? Deux femmes m'ont indignement trompé, la troisième qui n'est point coupable, et qui est plus belle que les autres, va mourir ! Tout ce que j'ai fait de bien a toujours été pour moi une source de malédictions, et je n'ai été élevé au comble de la grandeur que pour tomber dans le plus horrible précipice de l'infortune. Si j'eusse été méchant comme tant d'autres, je serais heureux comme eux. » Accablé de ces réflexions funestes, les yeux chargés du voile de la douleur, la pâleur de la mort sur le visage, et l'âme abîmée dans l'excès d'un sombre désespoir, il continuait son voyage vers l'Égypte.

LA FEMME BATTUE

ZADIG dirigeait sa route sur les étoiles. La constellation d'Orion et le brillant astre de Sirius le guidaient vers le pôle de Canope! Il admirait ces vastes globes de lumière qui ne paraissent que de faibles étincelles à nos yeux, tandis que la terre, qui n'est en effet qu'un point imperceptible dans la nature, paraît à notre cupidité quelque chose de si grand et de si noble. Il se figurait alors les hommes tels qu'ils sont en effet, des insectes se dévorant les uns les autres sur un petit atome de boue. Cette image vraie semblait anéantir ses malheurs en lui retraçant le néant de son être et celui de Babylone. Son âme s'élançait jusque dans l'infini, et contemplait, détachée de ses sens, l'ordre immuable de l'univers. Mais lorsque ensuite, rendu à lui-même et rentrant dans son cœur, il pensait qu'Astarté était peut-être morte pour lui, l'univers disparaissait à ses yeux, et il ne voyait dans la nature entière qu'Astarté mourante et Zadig infortuné.

Comme il se livrait à ce flux et à ce reflux de philosophie sublime et de douleur accablante, il avançait vers les frontières de l'Égypte ; et déjà son domestique fidèle était dans la première bourgade, où il lui cherchait un logement. Zadig cependant se promenait vers les jardins qui bordaient ce village. Il vit, non loin du grand chemin, une femme éplorée qui appelait le ciel et la terre à son secours, et un homme furieux qui la suivait. Elle était déjà atteinte par lui, elle embrassait ses genoux. Cet homme l'accablait de coups et de reproches. Il jugea, à la violence de l'Égyptien et aux pardons réitérés que lui demandait la dame, que l'un était un jaloux et l'autre une infidèle ; mais quand il eut considéré cette femme, qui était d'une beauté touchante, et qui même ressemblait un peu à la malheureuse Astarté, il se sentit pénétré de compassion pour elle et d'horreur pour l'Égyptien. « Secourez-moi, s'écria-t-elle à Zadig avec des sanglots ; tirez-moi des mains du plus barbare des hommes, sauvez-moi la vie. »

A ces cris, Zadig courut se jeter entre elle et ce barbare. Il avait quelque connaissance de la langue égyptienne. Il lui dit en cette langue : « Si vous avez quelque humanité, je vous conjure de respecter la beauté et la faiblesse. Pouvez-vous outrager ainsi un chef-d'œuvre de la nature, qui est à vos pieds, et qui n'a pour sa défense que des larmes ? — Ah ! ah ! lui dit cet emporté, tu l'aimes donc aussi ; et c'est de toi qu'il faut que je me venge. » En

disant ces paroles, il laisse la dame qu'il tenait d'une main
par les cheveux, et, prenant sa lance, il veut en percer
l'étranger. Celui-ci, qui était de sang-froid, évita aisément
le coup d'un furieux. Il se saisit de la lance près du fer
dont elle est armée. L'un veut la retirer, l'autre l'arracher.
Elle se brise entre leurs mains. L'Égyptien tire son épée ;
Zadig s'arme de la sienne. Ils s'attaquent l'un l'autre.
Celui-ci porte cent coups précipités ; celui-là les pare avec
adresse. La dame, assise sur un gazon, rajuste sa coiffure
et les regarde. L'Égyptien était plus robuste que son
adversaire ; Zadig était plus adroit. Celui-ci se battait en
homme dont la tête conduisait le bras et celui-là comme
un emporté, dont une colère aveugle guidait les mouvements au hasard. Zadig passe à lui et le désarme ; et, tandis que l'Égyptien, devenu plus furieux, veut se jeter sur
lui, il le saisit, le presse, le fait tomber en lui tenant l'épée
sur la poitrine ; il lui offre de lui donner la vie. L'Égyptien,
hors de lui, tire son poignard ; il en blesse Zadig dans le
temps même que le vainqueur lui pardonnait. Zadig, indigné, lui plonge son épée dans le sein. L'Égyptien jette un
cri horrible, et meurt en se débattant.

Zadig alors s'avança vers la dame, et lui dit d'une voix
soumise : « Il m'a forcé de le tuer : je vous ai vengée ;
vous êtes délivrée de l'homme le plus violent que j'aie
jamais vu. Que voulez-vous maintenant de moi, Madame ?
— Que tu meures, scélérat, lui répondit-elle, que tu meures ;[1] tu as tué mon amant ; je voudrais pouvoir déchirer
ton cœur. — En vérité, Madame, vous aviez là un étrange
homme pour amant, lui répondit Zadig ; il vous battait de
toutes ses forces, et il voulait m'arracher la vie parce que
vous m'avez conjuré de vous secourir. — Je voudrais qu'il
me battît encore, reprit la dame en poussant des cris. Je
le méritais bien, je lui avais donné de la jalousie. Plût au
Ciel qu'il me battît, et que tu fusses à sa place ! » Zadig,

plus surpris et plus en colère qu'il ne l'avait été de sa vie, lui dit : « Madame, toute belle que vous êtes, vous mériteriez que je vous battisse à mon tour, tant vous êtes extravagante ; mais je n'en prendrai pas la peine. » Là-dessus, il remonta sur son chameau et avança vers le bourg. A peine avait-il fait quelques pas qu'il se retourne au bruit que faisaient quatre courriers de Babylone. Ils venaient à toute bride. L'un d'eux, en voyant cette femme, s'écria : « C'est elle-même ; elle ressemble au portrait qu'on nous en a fait. » Ils ne s'embarrassèrent pas du mort et se saisirent incontinent de la dame. Elle ne cessait de crier à Zadig : « Secourez-moi encore une fois, étranger généreux ! Je vous demande pardon de m'être plainte de vous. Secourez-moi, et je suis à vous jusqu'au tombeau. » L'envie avait passé à Zadig de se battre désormais pour elle. « A d'autres ! répondit-il ; vous ne m'y attraperez plus. »

D'ailleurs il était blessé, son sang coulait, il avait besoin de secours ; et la vue des quatre Babyloniens, probablement envoyés par le roi Moabdar, le remplissait d'inquiétude. Il s'avance en hâte vers le village, n'imaginant pas pourquoi quatre courriers de Babylone venaient prendre cette Égyptienne, mais encore plus étonné du caractère de cette dame.

L'ESCLAVAGE

COMME il entrait dans la bourgade égyptienne, il se vit entouré par le peuple. Chacun criait : « Voilà celui qui a enlevé la belle Missouf, et qui vient d'assassiner Clétofis ! — Messieurs, dit-il, Dieu me préserve d'enlever jamais votre belle Missouf ! elle est trop capricieuse, et, à l'égard de Clétofis, je ne l'ai point assassiné, je me suis défendu seulement contre lui. Il voulait me tuer, parce que je lui avais demandé très humblement grâce pour la belle Missouf, qu'il battait impitoyablement. Je suis un étranger qui vient chercher un asile dans l'Égypte ; et il n'y a pas d'apparence qu'en venant demander votre protection, j'ai commencé par enlever une femme, et par assassiner un homme. »

Les Égyptiens étaient alors justes et humains. Le peuple conduisit Zadig à la maison de ville. On commença par le faire panser de sa blessure, et ensuite on l'interrogea, lui et son domestique séparément, pour savoir la vérité. On reconnut que Zadig n'était point un assassin ; mais il était coupable du sang d'un homme ; la loi le condamnait à être esclave. On vendit au profit de la bourgade ses deux chameaux ; on distribua aux habitants tout l'or qu'il avait apporté ; sa personne fut exposée en vente dans la place publique, ainsi que celle de son compagnon de voyage. Un marchand arabe, nommé Sétoc, y mit l'enchère ; mais le valet, plus propre à la fatigue, fut vendu bien plus chèrement que le maître. On ne faisait pas de comparaison entre ces deux hommes. Zadig fut donc esclave subordonné à son valet : on les attacha ensemble avec une chaîne qu'on leur passa aux pieds, et en cet état ils suivirent le marchand arabe dans sa maison. Zadig, en chemin, consolait son domestique et l'exhortait à la patience ; mais, selon sa coutume, il faisait des réflexions sur la vie humaine. « Je vois, lui disait-il, que les malheurs de ma destinée se répandent sur la tienne. Tout m'a tourné jusqu'ici d'une façon bien étrange. J'ai été condamné à l'amende pour avoir vu passer une chienne ; j'ai pensé être empalé pour un griffon ; j'ai été envoyé au supplice parce que j'avais fait des vers à la louange du roi ; j'ai été sur le point d'être étranglé parce que la reine avait des

rubans jaunes; et me voici esclave avec toi parce qu'un
brutal a battu sa maîtresse. Allons, ne perdons point courage; tout ceci finira peut-être; il faut bien que les marchands arabes aient des esclaves; et pourquoi ne le serais-
je pas comme un autre, puisque je suis un homme
comme un autre? Ce marchand ne sera pas impitoyable;
il faut qu'il traite bien ses esclaves, s'il en veut tirer des
services. » Il parlait ainsi, et, dans le fond de son cœur, il
était occupé du sort de la reine de Babylone.

Sétoc, le marchand, partit deux jours après pour l'Arabie déserte, avec ses esclaves et ses chameaux. Sa tribu
habitait vers le désert d'Horeb.[1] Le chemin fut long et
pénible. Sétoc, dans la route, faisait bien plus de cas du
valet que du maître, parce que le premier chargeait bien
mieux les chameaux; et toutes les petites distinctions
furent pour lui.

Un chameau mourut à deux journées d'Horeb; on
répartit sa charge sur le dos de chacun des serviteurs;
Zadig en eut sa part. Sédoc se mit à rire en voyant tous
ses esclaves marcher courbés. Zadig prit la liberté de lui
en expliquer la raison, et lui apprit les lois de l'équilibre.
Le marchand, étonné, commença à le regarder d'un autre
œil. Zadig, voyant qu'il avait excité sa curiosité, la redoubla en lui apprenant beaucoup de choses qui n'étaient
point étrangères à son commerce; les pesanteurs spécifi-
ques des métaux et des denrées sous un volume égal; les
propriétés de plusieurs animaux utiles; le moyen de rendre tels ceux qui ne l'étaient pas; enfin il lui parut un
sage. Sétoc lui donna la préférence sur son camarade qu'il
avait tant estimé. Il le traita bien, et n'eut pas sujet de s'en
repentir.

Arrivé dans sa tribu, Sétoc commença par redemander
cinq cents onces d'argent à un Hébreu auquel il les avait
prêtées en présence de deux témoins; mais ces deux

témoins étaient morts, et l'Hébreu, ne pouvant être convaincu, s'appropriait l'argent du marchand, en remerciant Dieu de ce qu'il lui avait donné le moyen de tromper un Arabe. Sétoc confia sa peine à Zadig, qui était devenu son conseil. « En quel endroit, demanda Zadig, prêtâtes-vous vos cinq cents onces à cet infidèle ? — Sur une large pierre, répondit le marchand, qui est auprès du mont Horeb. — Quel est le caractère de votre débiteur ? dit Zadig. — Celui d'un fripon, reprit Sétoc. — Mais je vous demande si c'est un homme vif ou flegmatique, avisé ou imprudent. — C'est de tous les mauvais payeurs, dit Sétoc, le plus vif que je connaisse. — Eh bien, insista Zadig, permettez que je plaide votre cause devant le juge. » En effet, il cita l'Hébreu au tribunal, et il parla ainsi au juge : « Oreiller du trône d'équité, je viens redemander à cet homme, au nom de mon maître, cinq cents onces d'argent, qu'il ne veut pas rendre. — Avez-vous des témoins ? dit le juge. — Non, ils sont morts ; mais il reste une large pierre sur laquelle l'argent fut compté ; et, s'il plaît à Votre Grandeur d'ordonner qu'on aille chercher la pierre, j'espère qu'elle portera témoignage ; nous resterons ici, l'Hébreu et moi, en attendant que la pierre vienne ; je l'enverrai chercher aux dépens de Sétoc, mon maître. — Très volontiers », répondit le juge. Et il se mit à expédier d'autres affaires.

A la fin de l'audience : « Eh bien, dit-il à Zadig, votre pierre n'est pas encore venue ? » L'Hébreu, en riant, répondit : « Votre Grandeur resterait ici jusqu'à demain que la pierre ne serait pas encore arrivée ; elle est à plus de six milles d'ici, et il faudrait quinze hommes pour la remuer. — Eh bien, s'écria Zadig, je vous avais bien dit que la pierre porterait témoignage ; puisque cet homme sait où elle est, il avoue donc que c'est sur elle que l'argent fut compté. » L'Hébreu, déconcerté, fut bientôt contraint de tout avouer. Le juge ordonna qu'il serait lié à la pierre, sans boire ni manger, jusqu'à ce qu'il eût rendu les cinq cents onces, qui furent bientôt payées.

L'esclave Zadig et la pierre furent en grande recommandation dans l'Arabie.

LE BÛCHER

SÉTOC, enchanté, fit de son esclave son ami intime. Il ne pouvait pas plus se passer de lui qu'avait fait le roi de Babylone; et Zadig fut heureux que Sétoc n'eût point de femme. Il découvrait dans son maître un naturel porté au bien, beaucoup de droiture et de bon sens. Il fut fâché de voir qu'il adorait l'armée céleste, c'est-à-dire le soleil, la lune et les étoiles, selon l'ancien usage d'Arabie.[1] Il lui en parlait quelquefois avec beaucoup de discrétion. Enfin il lui dit que c'étaient des corps comme les autres, qui ne méritaient pas plus son hommage qu'un arbre ou un rocher. « Mais, disait Sétoc, ce sont des êtres éternels dont nous tirons tous nos avantages; ils animent la nature; ils règlent les saisons; ils sont d'ailleurs si loin de nous qu'on ne peut pas s'empêcher de les révérer. — Vous recevez plus d'avantages, répondit Zadig, des eaux de la mer Rouge, qui portent vos marchandises aux Indes. Pourquoi ne serait-elle pas aussi ancienne que les étoiles? Et, si vous adorez ce qui est éloigné de vous, vous devez adorer la terre des Gangarides,[2] qui est aux extrémités du monde. — Non, disait Sétoc, les étoiles sont trop brillantes pour que je ne les adore pas. » Le soir venu, Zadig alluma un grand nombre de flambeaux dans la tente où il devait souper avec Sétoc ; et, dès que son patron parut, il se jeta à genoux devant ces cires allumées, et leur dit : « Éternelles et brillantes clartés, soyez-moi toujours propices. » Ayant proféré ces paroles, il se mit à table sans regarder Sétoc. « Que faites-vous donc ? lui dit Sétoc étonné. — Je fais comme vous, répondit Zadig ; j'adore ces chandelles, et je néglige leur maître et le mien. » Sétoc comprit le sens profond de cet apologue. La sagesse de son esclave entra dans son âme ; il ne prodigua plus son encens aux créatures, et adora l'Être éternel qui les a faites.

Il y avait alors dans l'Arabie une coutume affreuse, venue originairement de Scythie, et qui, s'étant établie dans les Indes par le crédit des bracmanes, menaçait d'envahir tout l'Orient. Lorsqu'un homme marié était mort et que sa femme bien-aimée voulait être sainte, elle se brûlait en public sur le corps de son mari. C'était une fête solennelle qui s'appelait *le bûcher du veuvage*. La tribu dans laquelle il y avait eu le plus de femmes brûlées était la plus considérée. Un Arabe de la tribu de Sétoc étant mort, sa veuve, nommée Almona, qui était fort dévote, fit savoir le jour et l'heure où elle se jetterait dans le feu au son des tambours et des trompettes. Zadig remontra à Sétoc combien cette horrible coutume était contraire au bien du genre humain ; qu'on laissait brûler tous les jours de jeunes veuves qui pouvaient donner des enfants à l'État, ou du moins élever les leurs ; et il le fit convenir qu'il fallait, si on pouvait, abolir un usage si barbare. Sétoc répondit : « Il y a plus de mille ans que les femmes sont en possession de se brûler. Qui de nous osera changer une loi que le temps a consacrée ? Y a-t-il rien de plus respectable qu'un ancien abus ? — La raison est plus ancienne, reprit Zadig. Parlez aux chefs des tribus, et je vais trouver la jeune veuve. »

Il se fit présenter à elle ; et, après s'être insinué dans son esprit par des louanges sur sa beauté, après lui avoir dit combien c'était dommage de mettre au feu tant de charmes, il la loua encore sur sa constance et sur son courage. « Vous aimiez donc prodigieusement votre mari ? dit-il. — Moi ? Point du tout, répondit la dame arabe. C'était un brutal, un jaloux, un homme insupportable ; mais je suis fermement résolue de me jeter sur son bûcher. — Il faut, dit Zadig, qu'il y ait apparemment un plaisir bien délicieux à être brûlée vive. — Ah ! cela fait frémir la nature, dit la dame ; mais il faut en passer par là. Je suis dévote ; je serais perdue de réputation, et tout le monde se moquerait de moi, si je ne me brûlais pas. » Zadig, l'ayant fait convenir qu'elle se brûlait pour les autres, et par vanité, lui parla longtemps d'une manière à lui faire aimer un peu la vie, et parvint même à lui inspirer quelque bienveillance pour celui qui lui parlait. « Que feriez-vous enfin, lui dit-il, si la vanité de vous brûler ne vous tenait pas ? — Hélas ! dit la dame, je crois que je vous prierais de m'épouser. »

Zadig était trop rempli de l'idée d'Astarté pour ne pas éluder cette déclaration ; mais il alla dans l'instant trouver les chefs des tribus, leur dit ce qui s'était passé, et leur conseilla de faire une loi par laquelle il ne serait pas permis à une veuve de se brûler qu'après avoir entretenu un jeune homme, tête à tête, pendant une heure entière. Depuis ce temps, aucune dame ne se brûla en Arabie. On eut au seul Zadig l'obligation d'avoir détruit en un jour une coutume si cruelle, qui durait depuis tant de siècles. Il était donc le bienfaiteur de l'Arabie.

LE SOUPER

SÉTOC, qui ne pouvait se séparer de cet homme en qui
habitait la sagesse, le mena à la grande foire de Balzora[1],
où devaient se rendre les plus grands négociants de la terre
habitable. Ce fut pour Zadig une consolation sensible de
voir tant d'hommes de diverses contrées réunis dans la
même place. Il lui paraissait que l'univers était une
grande famille qui se rassemblait à Balzora. Il se trouva à
table, dès le second jour, avec un Égyptien, un Indien gangaride, un habitant du Cathay[2], un Grec, un Celte, et plusieurs autres étrangers qui, dans leurs fréquents voyages
vers le golfe arabique, avaient appris assez d'arabe pour
se faire entendre. L'Égyptien paraissait fort en colère.
« Quel abominable pays que Balzora ! disait-il ; on m'y
refuse mille onces d'or sur le meilleur effet du monde. —
Comment donc ! dit Sétoc ; sur quel effet a-t-on refusé
cette somme ? — Sur le corps de ma tante, répondit
l'Égyptien ; c'était la plus brave femme d'Égypte. Elle
m'accompagnait toujours ; elle est morte en chemin : j'en
ai fait une des plus belles momies que nous ayons ; et je
trouverais dans mon pays tout ce que je voudrais en la
mettant en gage. Il est bien étrange qu'on ne veuille pas
seulement me donner ici mille onces d'or sur un effet si
solide. » Tout en se courrouçant, il était prêt de manger
d'une excellente poule bouillie, quand l'Indien, le prenant
par la main, s'écria avec douleur : « Ah ! qu'allez-vous
faire ? — Manger de cette poule, dit l'homme à la
momie. — Gardez-vous-en bien, dit le Gangaride. Il se
pourrait faire que l'âme de la défunte fût passée dans le
corps de cette poule, et vous ne voudriez pas vous expo-
ser à manger votre tante. Faire cuire des poules, c'est
outrager manifestement la nature. — Que voulez-vous

dire avec votre nature et vos poules ? reprit le colérique Égyptien ; nous adorons un bœuf,[1] et nous en mangeons bien. — Vous adorez un bœuf ! est-il possible ? dit l'homme du Gange. — Il n'y a rien de si possible, repartit l'autre ; il y a cent trente-cinq mille ans que nous en usons ainsi ; et personne parmi nous n'y trouve à redire. — Ah ! cent trente-cinq mille ans ! dit l'Indien, ce compte est un peu exagéré ; il n'y en a que quatre-vingt mille que l'Inde est peuplée, et assurément nous sommes vos anciens ; et Brahma nous avait défendu de manger des bœufs avant que vous vous fussiez avisés de les mettre sur les autels et à la broche. — Voilà un plaisant animal que votre Brahma, pour le comparer à Apis ! dit l'Égyptien ; qu'a donc fait votre Brahma de si beau ? » Le bramin répondit : « C'est lui qui a appris aux hommes à lire et à écrire, et à qui toute la terre doit le jeu des échecs. — Vous vous trompez, dit un Chaldéen qui était auprès de lui ; c'est le poisson Oannès[2] à qui on doit de si grands bienfaits, et il est juste de ne rendre qu'à lui ses hommages. Tout le monde vous dira que c'était un être divin, qu'il avait la queue dorée, avec une belle tête d'homme, et qu'il sortait de l'eau pour venir prêcher à terre trois heures par jour. Il eut plusieurs enfants, qui furent rois, comme chacun sait. J'ai son portrait chez moi, que je révère comme je le dois. On peut manger du bœuf tant qu'on veut ; mais c'est assurément une très grande impiété de faire cuire du poisson ; d'ailleurs vous êtes tous deux d'une origine trop peu noble et trop récente pour ne rien disputer. La nation égyptienne ne compte que cent trente-cinq mille ans et les Indiens ne se vantent que de quatre-vingt mille, tandis que nous avons des almanachs de quatre mille siècles. Croyez-moi, renoncez à vos folies, et je vous donnerai à chacun un beau portrait d'Oannès. »

L'homme de Cambalu,[1] prenant la parole, dit : « Je respecte fort les Égyptiens, les Chaldéens, les Grecs, les Celtes, Brahma, le bœuf Apis, le beau poisson Oannès ; mais peut-être que le Li ou le Tien*, comme on voudra l'appeler, vaut bien les bœufs et les poissons. Je ne dirai rien de mon pays ; il est aussi grand que la terre d'Égypte, la Chaldée et les Indes ensemble. Je ne dispute pas d'antiquité, parce qu'il suffit d'être heureux, et que c'est fort peu de chose d'être ancien ; mais, s'il faut parler d'almanachs, je dirais que toute l'Asie prend les nôtres, et que nous en avions de fort bons avant qu'on sût l'arithmétique en Chaldée.

— Vous êtes de grands ignorants tous tant que vous êtes, s'écria le Grec ; est-ce que vous ne savez pas que le chaos est le père de tout, et que la forme et la matière ont mis le monde dans l'état où il est ? » Ce Grec parla longtemps ; mais il fut enfin interrompu par le Celte, qui, ayant beaucoup bu pendant qu'on disputait, se crut alors plus savant que tous les autres, et dit en jurant qu'il n'y avait que Teutath[2] et le gui de chêne qui valussent la peine qu'on en parlât ; que, pour lui, il avait toujours du gui dans sa poche ; que les Scythes, ses ancêtres, étaient les seuls gens de bien qui eussent jamais été au monde ; qu'ils avaient, à la vérité, quelquefois mangé des hommes, mais que cela n'empêchait pas qu'on ne dût avoir beaucoup de respect pour sa nation ; et qu'enfin, si quelqu'un parlait mal de Teutath, il lui apprendrait à vivre. La querelle s'échauffa pour lors, et Sétoc vit le moment où la table allait être ensanglantée. Zadig, qui avait gardé le silence pendant toute la dispute, se leva enfin : il s'adressa d'abord au Celte, comme au plus furieux ; il lui

---

*. Mots chinois qui signifient proprement : *Li,* la lumière naturelle, la raison, et *Tien,* le ciel, et qui signifient aussi Dieu.

dit qu'il avait raison, et lui demanda du gui ; il loua le Grec sur son éloquence, et adoucit tous les esprits échauffés. Il ne dit que très peu de chose à l'homme de Cathay, parce qu'il avait été le plus raisonnable de tous. Ensuite il leur dit : « Mes amis, vous alliez vous quereller pour rien, car vous êtes tous du même avis. » A ce mot, ils se récrièrent tous. « N'est-il pas vrai, dit-il au Celte, que vous n'adorez pas ce gui, mais celui qui a fait le gui et le chêne ? — Assurément, répondit le Celte. — Et vous, monsieur l'Égyptien, vous révérez apparemment dans un certain bœuf celui qui vous a donné les bœufs ? — Oui, dit l'Égyptien. — Le poisson Oannès, continua-t-il, doit céder à celui qui a fait la mer et les poissons. — D'accord, dit le Chaldéen. — L'Indien, ajouta-t-il, et le Cathayen reconnaissent comme vous un premier principe ; je n'ai pas trop bien compris les choses admirables que le Grec a dites, mais je suis sûr qu'il admet aussi un Être supérieur, de qui la forme et la matière dépendent. » Le Grec, qu'on admirait, dit que Zadig avait très bien pris sa pensée. « Vous êtes donc tous de même avis, répliqua Zadig, et il n'y a pas là de quoi se quereller. » Tout le monde l'embrassa. Sétoc, après avoir vendu fort cher ses denrées, reconduisit son ami Zadig dans sa tribu. Zadig apprit en arrivant qu'on lui avait fait son procès en son absence et qu'il allait être brûlé à petit feu.

LES RENDEZ-VOUS

PENDANT son voyage à Balzora les prêtres des étoiles avaient résolu de le punir. Les pierreries et les ornements des jeunes veuves qu'ils envoyaient au bûcher leur appartenaient de droit ; c'était bien le moins qu'ils fissent brûler Zadig pour le mauvais tour qu'il leur avait joué. Ils accusèrent donc Zadig d'avoir des sentiments erronés sur l'armée céleste[1] ; ils déposèrent contre lui, et jugèrent qu'ils lui avaient entendu dire que les étoiles ne se couchaient pas dans la mer. Ce blasphème effroyable fit frémir les juges ; ils furent prêts de déchirer leurs vêtements quand ils ouïrent ces paroles impies, et ils l'auraient fait sans doute, si Zadig avait eu de quoi les payer. Mais, dans l'excès de leur douleur, ils se contentèrent de le condamner à être brûlé à petit feu. Sétoc, désespéré, employa en vain son crédit pour sauver son ami ; il fut bientôt obligé de se taire. La jeune veuve Almona, qui avait pris beaucoup de goût à la vie et qui en avait obligation à Zadig, résolut de le tirer du bûcher, dont il lui avait fait connaître l'abus. Elle roula son dessein dans sa tête, sans en parler à personne. Zadig devait être exécuté le lendemain ; elle n'avait que la nuit pour le sauver : voici comme elle s'y prit, en femme charitable et prudente.

Elle se parfuma, elle releva sa beauté par l'ajustement le plus riche et le plus galant, et alla demander une audience secrète au chef des prêtres des étoiles. Quand elle fut devant ce vieillard vénérable, elle lui parla en ces termes : « Fils aîné de la grande ourse, frère du taureau, cousin du grand chien (c'étaient les titres de ce pontife), je viens vous confier mes scrupules. J'ai bien peur d'avoir commis un péché énorme en ne me brûlant pas dans le bûcher de mon cher mari. En effet, qu'avais-je à conserver ? une chair périssable, et qui est déjà toute flétrie. » En disant ces paroles, elle tira de ses longues manches de soie ses bras nus, d'une forme admirable et d'une blancheur éblouissante. « Vous voyez, dit-elle, le peu que cela vaut. » Le pontife trouva dans son cœur que cela valait beaucoup. Ses yeux le dirent, et sa bouche le confirma : il

jura qu'il n'avait vu de sa vie de si beaux bras. « Hélas ! lui
dit la veuve, les bras peuvent être un peu moins mal que
le reste ; mais vous m'avouerez que la gorge n'était pas
digne de mes attentions. » Alors elle laissa voir le sein le
plus charmant que la nature eût jamais formé. Un bouton
de rose sur une pomme d'ivoire n'eût paru auprès que de
la garance sur du buis, et les agneaux sortant du lavoir
auraient semblé d'un jaune brun. Cette gorge, ses grands
yeux noirs qui languissaient en brillant doucement d'un
feu tendre, ses joues animées de la plus belle pourpre
mêlée au blanc de lait le plus pur, son nez, qui n'était pas
comme la tour du mont Liban, ses lèvres, qui étaient
comme deux bordures de corail renfermant les plus belles perles de la mer d'Arabie, tout cela ensemble fit croire
au vieillard qu'il avait vingt ans. Il fit en bégayant une
déclaration tendre. Almona, le voyant enflammé, lui
demanda la grâce de Zadig. « Hélas ! dit-il, ma belle dame,
quand je vous accorderais sa grâce, mon indulgence ne
servirait de rien ; il faut qu'elle soit signée de trois autres
de mes confrères. — Signez toujours, dit Almona. —
Volontiers, dit le prêtre, à condition que vos faveurs
seront le prix de ma facilité. — Vous me faites trop
d'honneur, dit Almona ; ayez seulement pour agréable de
venir dans ma chambre après que le soleil sera couché, et
dès que la brillante étoile Sheat[1] sera sur l'horizon. Vous
me trouverez sur un sofa couleur de rose, et vous en use-
rez comme vous pourrez avec votre servante. » Elle sortit
alors emportant avec elle la signature, et laissa le vieillard
plein d'amour et de défiance de ses forces. Il employa le
reste du jour à se baigner ; il but une liqueur composée
de la cannelle de Ceylan et des précieuses épices de Tidor
et de Ternate[2], et attendit avec impatience que l'étoile
Sheat vînt à paraître.

Cependant la belle Almona alla trouver le second pon-

tife. Celui-ci l'assura que le soleil, la lune et tous les feux
du firmament n'étaient que des feux follets en comparaison de ses charmes. Elle lui demanda la même grâce, et
on lui proposa d'en donner le prix. Elle se laissa vaincre,
et donna rendez-vous au second pontife au lever de
l'étoile Algénib.[1] De là, elle passa chez le troisième et chez
le quatrième prêtre, prenant toujours une signature et
donnant un rendez-vous d'étoile en étoile. Alors elle fit
avertir les juges de venir chez elle pour une affaire importante. Ils s'y rendirent : elle leur montra les quatre noms
et leur dit à quel prix les prêtres avaient vendu la grâce
de Zadig. Chacun d'eux arriva à l'heure prescrite ; chacun
fut bien étonné d'y trouver ses confrères, et plus encore
d'y trouver les juges, devant qui leur honte fut manifestée.
Zadig fut sauvé. Sétoc fut si charmé de l'habileté
d'Almona qu'il en fit sa femme. Zadig partit après s'être
jeté aux pieds de sa belle libératrice. Sétoc et lui se quit-
tèrent en pleurant, en se jurant une amitié éternelle et en
se promettant que le premier des deux qui ferait une
grande fortune en ferait part à l'autre.

Zadig marcha du côté de la Syrie, toujours pensant à la
malheureuse Astarté, et toujours réfléchissant sur le sort
qui s'obstinait à se jouer de lui et à le persécuter. « Quoi !
disait-il, quatre cents onces d'or pour avoir vu passer une
chienne ! condamné à être décapité pour quatre mauvais
vers à la louange du roi ! prêt à être étranglé parce que la
reine avait des babouches de la couleur de mon bonnet !
réduit en esclavage pour avoir secouru une femme qu'on
battait ! et sur le point d'être brûlé pour avoir sauvé la vie
à toutes les jeunes veuves arabes ! »

LE BRIGAND

EN arrivant aux frontières qui séparent l'Arabie Pétrée de la Syrie, comme il passait près d'un château assez fort, des Arabes armés en sortirent. Il se vit entouré; on lui criait : « Tout ce que vous avez nous appartient, et votre personne appartient à notre maître. » Zadig pour réponse tira son épée; son valet, qui avait du courage, en fit autant. Ils renversèrent morts les premiers Arabes qui mirent la main sur eux; le nombre redoubla; ils ne s'étonnèrent point, et résolurent de périr en combattant. On voyait deux hommes se défendre contre une multitude; un tel combat ne pouvait durer longtemps. Le maître du château, nommé Arbogad, ayant vu d'une fenêtre les prodiges de valeur que faisait Zadig, conçut de l'estime pour lui. Il descendit en hâte, et vint lui-même écarter ses gens et délivrer les deux voyageurs. « Tout ce qui passe sur mes terres est à moi, dit-il, aussi bien que ce que je trouve sur les terres des autres; mais vous me paraissez un si brave homme que je vous exempte de la loi commune. » Il le fit entrer dans son château, ordonnant à ses gens de le bien traiter, et, le soir, Arbogad voulut souper avec Zadig.

Le seigneur du château était un de ces Arabes qu'on appelle *voleurs;* mais il faisait quelquefois de bonnes actions parmi une foule de mauvaises; il volait avec une rapacité furieuse, et donnait libéralement; intrépide dans l'action, assez doux dans le commerce, débauché à table, gai dans la débauche, et surtout plein de franchise. Zadig lui plut beaucoup; sa conversation, qui s'anima, fit durer le repas; enfin Arbogad lui dit : « Je vous conseille de vous enrôler sous moi; vous ne sauriez mieux faire; ce métier-ci n'est pas mauvais; vous pourrez un jour devenir

ce que je suis. — Puis-je vous demander, dit Zadig, depuis
quel temps vous exercez cette noble profession ? — Dès
ma plus tendre jeunesse, reprit le seigneur. J'étais valet
d'un Arabe assez habile ; ma situation m'était insupportable. J'étais au désespoir de voir que dans toute la terre,
qui appartient également aux hommes, la destinée ne
m'eût pas réservé ma portion. Je confiai mes peines à un
vieil Arabe, qui me dit : « Mon fils, ne désespérez pas : il
« y avait autrefois un grain de sable qui se lamentait
« d'être un atome ignoré dans les déserts ; au bout de
« quelques années il devint diamant, et il est à présent le
« plus bel ornement de la couronne du roi des Indes. »
Ce discours me fit impression ; j'étais le grain de sable, je
résolus de devenir diamant. Je commençai par voler deux
chevaux ; je m'associai des camarades ; je me mis en état
de voler de petites caravanes ; ainsi je fis cesser peu à peu
la disproportion qui était d'abord entre les hommes et
moi. J'eus ma part aux biens de ce monde, et je fus
même dédommagé avec usure : on me considéra beaucoup ; je devins seigneur brigand, j'acquis ce château par
voie de fait. Le satrape de Syrie voulut m'en déposséder ;
mais j'étais déjà trop riche pour avoir rien à craindre : je
donnai de l'argent au satrape, moyennant quoi je conser-
vai ce château, et j'agrandis mes domaines ; il me nomma
même trésorier des tributs que l'Arabie Pétrée payait au
roi des rois. Je fis ma charge de receveur, et point du tout
celle de payeur.

« Le grand desterham de Babylone envoya ici, au nom
du roi Moabdar, un petit satrape pour me faire étrangler.
Cet homme arriva avec son ordre : j'étais instruit de tout ;
je fis étrangler en sa présence les quatre personnes qu'il
avait amenées avec lui pour serrer le lacet ; après quoi je
lui demandai ce que pouvait lui valoir la commission de
m'étrangler. Il me répondit que ses honoraires pouvaient

aller à trois cents pièces d'or. Je lui fis voir clair qu'il y aurait plus à gagner avec moi. Je le fis sous-brigand ; il est aujourd'hui un de mes meilleurs. officiers, et des plus riches. Si vous m'en croyez, vous réussirez comme lui. Jamais la saison de voler n'a été meilleure, depuis que Moabdar est tué et que tout est en confusion dans Babylone.

— Moabdar est tué ! dit Zadig, et qu'est devenue la reine Astarté ? — Je n'en sais rien, reprit Arbogad. Tout ce que je sais, c'est que Moabdar est devenu fou, qu'il a été tué, que Babylone est un grand coupe-gorge, que tout l'empire est désolé, qu'il y a de beaux coups à faire encore, et que pour ma part j'en ai fait d'admirables. — Mais la reine ? dit Zadig ; de grâce, ne savez-vous rien de la destinée de la reine ? — On m'a parlé d'un prince d'Hyrcanie, reprit-il ; elle est probablement parmi ses concubines, si elle n'a pas été tuée dans le tumulte ; mais je suis plus curieux de butin que de nouvelles. J'ai pris plusieurs femmes dans mes courses ; je n'en garde aucune ; je les vends cher quand elles sont belles, sans m'informer de ce qu'elles sont. On n'achète point le rang ; une reine qui serait si laide ne trouverait pas marchand : peut-être ai-je vendu la reine Astarté, peut-être est-elle morte ; mais peu m'importe, et je pense que vous ne devez pas vous en soucier plus que moi. » En parlant ainsi il buvait avec tant de courage, il confondait tellement toutes les idées, que Zadig n'en put tirer aucun éclaircissement.

Il restait interdit, accablé, immobile. Arbagad buvait toujours, faisait des contes, répétait sans cesse qu'il était le plus heureux de tous les hommes, exhortant Zadig à se rendre aussi heureux que lui. Enfin, doucement assoupi par les fumées du vin, il alla dormir d'un sommeil tranquille. Zadig passa la nuit dans l'agitation la plus violente.

« Quoi ! disait-il, le roi est devenu fou ! il est tué ! Je ne peux m'empêcher de le plaindre. L'empire est déchiré, et ce brigand est heureux. O fortune ! ô destinée ! un voleur est heureux et ce que la nature a fait de plus aimable a péri peut-être d'une manière affreuse, ou vit dans un état pire que la mort. O Astarté ! qu'êtes-vous devenue ? »

Dès le point du jour il interrogea tous ceux qu'il rencontrait dans le château ; mais tout le monde était occupé, personne ne lui répondit : on avait fait pendant la nuit de nouvelles conquêtes, on partageait les dépouilles. Tout ce qu'il put obtenir dans cette confusion tumultueuse, ce fut la permission de partir. Il en profita sans tarder, plus abîmé que jamais dans ses réflexions douloureuses.

Zadig marchait inquiet, agité, l'esprit tout occupé de la malheureuse Astarté, du roi de Babylone, de son fidèle Cador, de l'heureux brigand Arbogad, de cette femme si capricieuse que des Babyloniens avaient enlevée sur les confins de l'Égypte ; enfin de tous les contretemps et de toutes les infortunes qu'il avait éprouvés.

LE PÊCHEUR

A QUELQUES lieues du château d'Arbogad, il se trouva sur le bord d'une petite rivière, toujours déplorant sa destinée et se regardant comme le modèle du malheur. Il vit un pêcheur couché sur la rive, tenant à peine d'une main languissante son filet, qu'il semblait abandonner, levant les yeux vers le ciel.

« Je suis certainement le plus malheureux de tous les hommes, disait le pêcheur. J'ai été, de l'aveu de tout le monde, le plus célèbre marchand de fromages à la crème dans Babylone, et j'ai été ruiné. J'avais la plus jolie femme qu'homme de ma sorte pût posséder, et j'en ai été trahi. Il me restait une chétive maison, je l'ai vue pillée et détruite. Réfugié dans une cabane, je n'ai de ressource que ma pêche, et je ne prends pas un poisson. O mon filet ! je ne te jetterai plus dans l'eau, c'est à moi de m'y jeter. » En disant ces mots il se lève, et s'avance dans l'attitude d'un homme qui allait se précipiter et finir sa vie.

« Eh quoi ! se dit Zadig à lui-même, il y a donc des hommes aussi malheureux que moi ! » L'ardeur de sauver la vie au pêcheur fut aussi prompte que cette réflexion. Il court à lui, il l'arrête, il l'interroge d'un air attendri et consolant. On prétend qu'on en est moins malheureux quand on ne l'est pas seul. Mais, selon Zoroastre, ce n'est pas par malignité, c'est par besoin. On se sent alors entraîné vers un infortuné comme vers son semblable. La joie d'un homme heureux serait une insulte ; mais deux malheureux sont comme deux arbrisseaux faibles qui, s'appuyant l'un sur l'autre, se fortifient contre l'orage.

« Pourquoi succombez-vous à vos malheurs ? dit Zadig au pêcheur. — C'est, répondit-il, parce que je n'y vois pas de ressource. J'ai été le plus considéré du village de Derlback[1] auprès de Babylone, et je faisais, avec l'aide de ma femme, les meilleurs fromages à la crème de l'empire. La reine Astarté et le fameux ministre Zadig les aimaient passionnément. J'avais fourni à leur maison six cents fromages. J'allai un jour à la ville pour être payé ; j'appris, en arrivant dans Babylone, que la reine et Zadig avaient disparu. Je courus chez le seigneur Zadig, que je n'avais jamais vu : je trouvai les archers du grand desterham, qui, munis d'un papier royal, pillaient sa maison loyalement et avec ordre. Je volai aux cuisines de la reine : quelques-uns des seigneurs de la bouche me dirent qu'elle était morte ; d'autres dirent qu'elle était en prison ; d'autres prétendirent qu'elle avait pris le fuite; mais tous m'assurèrent qu'on ne me paierait point mes fromages. J'allai avec ma femme chez le seigneur Orcan, qui était une de mes pratiques : nous lui demandâmes sa protection dans notre disgrâce; il l'accorda à ma femme, et me la refusa. Elle était plus blanche que ses fromages à la crème, qui commencèrent mon malheur; et l'éclat de la pourpre de Tyr n'était pas plus brillant que l'incarnat qui animait cette blancheur. C'est ce qui fit qu'Orcan la retint, et me chassa de sa maison. j'écrivis à ma chère femme la lettre d'un désespéré. Elle dit au porteur : « Ah, ah! oui, je sais quel « est l'homme qui m'écrit, j'en ai entendu parler : on dit « qu'il fait des fromages à la crème excellents; qu'on « m'en apporte, et qu'on les lui paie. »

« Dans mon malheur, je voulus m'adresser à la justice. Il me restait six onces d'or : il fallut en donner deux onces à l'homme de loi que je consultai, deux au procureur qui entreprit mon affaire, deux au secrétaire du premier juge. Quand tout cela fut fait, mon procès n'était pas encore commencé, et j'avais déjà dépensé plus d'argent que mes fromages et ma femme ne valaient. Je retournai à mon village dans l'intention de vendre ma maison pour avoir ma femme.

« Ma maison valait bien soixante onces d'or; mais on me voyait pauvre et pressé de vendre. Le premier à qui je m'adressai m'en offrit trente onces, le second vingt, et le troisième dix. J'étais prêt enfin de conclure, tant j'étais aveuglé, lorsqu'un prince d'Hyrcanie vint à Babylone et ravagea tout sur son passage. Ma maison fut d'abord saccagée, et ensuite brûlée.

« Ayant ainsi perdu mon argent, ma femme et ma maison, je me suis retiré dans ce pays où vous me voyez. J'ai tâché de subsister du métier de pêcheur; les poissons se moquent de moi comme les hommes. Je ne prends rien,

je meurs de faim; et, sans vous, auguste consolateur,
j'allais mourir dans la rivière. »

Le pêcheur ne fit point ce récit tout de suite; car à tout
moment Zadig, ému et transporté, lui disait : « Quoi! vous
ne savez rien de la destinée de la reine? — Non, Seigneur, répondait le pêcheur; mais je sais que la reine et
Zadig ne m'ont point payé mes fromages à la crème,
qu'on a pris ma femme, et que je suis au désespoir. — Je
me flatte, dit Zadig, que vous ne perdrez pas tout votre
argent. J'ai entendu parler de ce Zadig; il est honnête
homme; et s'il retourne à Babylone, comme il l'espère, il
vous donnera plus qu'il ne vous doit; mais pour votre
femme, qui n'est pas si honnête, je vous conseille de ne
pas chercher à la reprendre. Croyez-moi, allez à Babylone; j'y serai avant vous, parce que je suis à cheval et
que vous êtes à pied. Adressez-vous à l'illustre Cador;
dites-lui que vous avez rencontré son ami; attendez-moi
chez lui. Allez; peut-être ne serez-vous pas toujours malheureux.

« O puissant Orosmade! continua-t-il, vous vous servez
de moi pour consoler cet homme, de qui vous servirez-
vous pour me consoler? » En parlant ainsi il donnait au
pêcheur la moitié de tout l'argent qu'il avait apporté
d'Arabie, et le pêcheur, confondu et ravi, baisait les pieds
de l'ami de Cador, et disait : « Vous êtes un ange sauveur. »

Cependant Zadig demandait toujours des nouvelles et
versait des larmes. « Quoi! Seigneur, s'écria le pêcheur,
vous seriez donc aussi malheureux, vous qui faites du
bien? — Plus malheureux que toi cent fois, répondait Zadig. — Mais comment se peut-il faire, disait le
bonhomme, que celui qui donne soit plus à plaindre que
celui qui reçoit? — C'est que ton plus grand malheur,
reprit Zadig, était le besoin, et que je suis infortuné par

le cœur. — Orcan vous aurait-il pris votre femme ? » dit
le pêcheur. Ce mot rappela dans l'esprit de Zadig toutes
ses aventures : il répétait la liste de ses infortunes, à commencer depuis la chierme de la reine jusqu'à son arrivée
chez le brigand Arbogad. « Ah ! dit-il au pêcheur, Orcan
mérite d'être puni. Mais d'ordinaire ce sont ces gens-là
qui sont les favoris de la destinée. Quoi qu'il en soit, va
chez le seigneur Cador, et attends-moi. » Ils se séparèrent : le pêcheur marcha en remerciant son destin, et
Zadig courut en accusant toujours le sien.

LE BASILIC

ARRIVÉ dans une belle prairie, il y vit plusieurs femmes
qui cherchaient quelque chose avec beaucoup d'applica-
tion. Il prit la liberté de s'approcher de l'une d'elles et de
lui demander s'il pouvait avoir l'honneur de les aider dans
leurs recherches. « Gardez-vous-en bien, répondit la
Syrienne ; ce que nous cherchons ne peut être touché que
par des femmes. — Voilà qui est bien étrange, dit Zadig ;
oserai-je vous prier de m'apprendre ce que c'est qu'il n'est
permis qu'aux femmes de toucher ? — C'est un basilic,[1]
dit-elle. — Un basilic, Madame ? et pour quelle raison, s'il
vous plaît, cherchez-vous un basilic ? — C'est pour notre
seigneur et maître Ogul,[2] dont vous voyez le château sur le
bord de cette rivière, au bout de la prairie. Nous sommes
ses très humbles esclaves ; le seigneur Ogul est malade ;
son médecin lui a ordonné de manger un basilic cuit dans
l'eau rose, et comme c'est un animal fort rare, qui ne se
laisse jamais prendre que par des femmes, le seigneur

Ogul a promis de choisir pour sa femme bien-aimée celle
de nous qui lui apporterait un basilic : laissez-moi chercher, s'il vous plaît, car vous voyez ce qu'il m'en coûterait
si j'étais prévenue par mes compagnes. »

Zadig laissa cette Syrienne et les autres chercher leur
basilic, et continua de marcher dans la prairie. Quand il
fut au bord d'un petit ruisseau, il y trouva une autre dame
couchée sur le gazon, et qui ne cherchait rien. Sa taille
paraissait majestueuse, mais son visage était couvert d'un
voile. Elle était penchée vers le ruisseau ; de profonds soupirs sortaient de sa bouche. Elle tenait en main une petite
baguette, avec laquelle elle traçait des caractères sur un
sable fin qui se trouvait entre le gazon et le ruisseau.
Zadig eut la curiosité de voir ce que cette femme écrivait ;
il s'approcha, il vit la lettre Z, puis un A ; il fut étonné ;
puis parut un D ; il tressaillit. Jamais surprise ne fut égale
à la sienne quand il vit les deux dernières lettres de son
nom. Il demeura quelque temps immobile ; enfin, rom-
pant le silence d'une voix entrecoupée : « O généreuse
dame ! pardonnez à un étranger, à un infortuné, d'oser
vous demander par quelle aventure étonnante je trouve
ici le nom de Zadig tracé de votre main divine. » A cette
voix, à ces paroles, la dame releva son voile d'une main
tremblante, regarda Zadig, jeta un cri d'attendrissement,
de surprise et de joie, et, succombant sous tous les mouvements divers qui assaillaient à la fois son âme, elle
tomba évanouie entre ses bras. C'était Astarté elle-même,
c'était la reine de Babylone, c'était celle que Zadig adorait,
et qu'il se reprochait d'adorer ; c'était celle dont il avait
tant pleuré et tant craint la destinée. Il fut un moment
privé de l'usage de ses sens ; et quand il eut attaché ses
regards sur les yeux d'Astarté, qui se rouvraient avec une
langueur mêlée de confusion et de tendresse : « O puissances immortelles ! s'écria-t-il, qui présidez aux destins

des faibles humains, me rendez-vous Astarté ? En quel
temps, en quels lieux, en quel état la revois-je ! » Il se jeta
à genoux devant Astarté, et il attacha son front à la poussière de ses pieds. La reine de Babylone le relève, et le
fait asseoir auprès d'elle sur le bord de ce ruisseau ; elle
essuyait à plusieurs reprises ses yeux dont les larmes
recommençaient toujours à couler. Elle reprenait vingt
fois des discours que ses gémissements interrompaient ;
elle l'interrogeait sur le hasard qui les rassemblait, et prévenait soudain ses réponses par d'autres questions. Elle
entamait le récit de ses malheurs, et voulait savoir ceux
de Zadig. Enfin tous deux ayant un peu apaisé le tumulte
de leurs âmes, Zadig lui conta en peu de mots par quelle
aventure il se trouvait dans cette prairie. « Mais, ô malheureuse et respectable reine ! comment vous retrouvé-je
en ce lieu écarté, vêtue en esclave, et accompagnée
d'autres femmes esclaves qui cherchent un basilic pour le
faire cuire dans de l'eau rose par ordonnance du médecin ?

— Pendant qu'elles cherchent leur basilic, dit la belle
Astarté, je vais vous apprendre tout ce que j'ai souffert, et
tout ce que je pardonne au Ciel depuis que je vous revois.
Vous savez que le roi mon mari trouva mauvais que vous
fussiez le plus aimable de tous les hommes ; et ce fut pour
cette raison qu'il prit une nuit la résolution de vous faire
étrangler et de m'empoisonner. Vous savez comme le
Ciel permit que mon petit muet m'avertît de l'ordre de Sa
Sublime Majesté. A peine le fidèle Cador vous eut-il forcé
de m'obéir et de partir qu'il osa entrer chez moi au
milieu de la nuit par une issue secrète. Il m'enleva, et me
conduisit dans le temple d'Orosmade, où le mage, son
frère, m'enferma dans une statue colossale dont la base
touche aux fondements du temple et dont la tête atteint
la voûte. Je fus là comme ensevelie, mais servie par le

mage et ne manquant d'aucune chose nécessaire. Cependant, au point du jour, l'apothicaire de Sa Majesté entra dans ma chambre avec une potion mêlée de jusquiame,[1] d'opium, de ciguë, d'ellébore noir et d'aconit ; et un autre officier alla chez vous avec un lacet de soie bleue. On ne trouva personne. Cador, pour mieux tromper le roi, feignit de venir nous accuser tous deux. Il dit que vous aviez pris la route des Indes, et moi celle de Memphis : on envoya des satellites après vous et après moi.

« Les courriers qui me cherchaient ne me connaissaient pas. Je n'avais presque jamais montré mon visage qu'à vous seul, en présence et par ordre de mon époux. Ils coururent à ma poursuite, sur le portrait qu'on leur avait fait de ma personne : une femme de la même taille que moi, et qui peut-être avait plus de charmes, s'offrit à leurs regards sur les frontières de l'Égypte. Elle était éplorée, errante. Ils ne doutèrent pas que cette femme ne fût la reine de Babylone ; ils la menèrent à Moabdar. Leur méprise fit entrer d'abord le roi dans une violente colère ; mais bientôt, ayant considéré de plus près cette femme, il la trouva très belle, et fut consolé. On l'appelait Missouf. On m'a dit depuis que ce nom signifie en langue égyptienne *la belle capricieuse*. Elle l'était en effet ; mais elle avait autant d'art que de caprice. Elle plut à Moabdar. Elle le subjugua au point de se faire déclarer sa femme. Alors son caractère se développa tout entier ; elle se livra sans crainte à toutes les folies de son imagination. Elle voulut obliger le chef des mages, qui était vieux et goutteux, de danser devant elle ; et, sur le refus du mage, elle le persécuta violemment. Elle ordonna à son grand écuyer de lui faire une tourte de confitures. Le grand écuyer eut beau lui représenter qu'il n'était point pâtissier, il fallut qu'il fît la tourte ; et on le chassa parce qu'elle était trop brûlée. Elle donna la charge de grand écuyer à son nain, et la place de chancelier à un page. C'est ainsi qu'elle gouverna Babylone. Tout le monde me regrettait. Le roi, qui avait été assez honnête homme jusqu'au moment où il avait voulu m'empoisonner et vous faire étrangler, semblait avoir noyé ses vertus dans l'amour prodigieux qu'il avait pour la belle capricieuse. Il vint au temple le grand jour du feu sacré. Je le vis implorer les dieux pour Missouf aux pieds de la statue où j'étais renfermée. J'élevai la voix ; je lui criai : *Les dieux refusent les vœux d'un roi devenu tyran, qui a voulu faire mourir une femme raisonnable pour épouser une extravagante.* Moabdar fut confondu de ces paroles au point que sa tête se troubla. L'oracle que j'avais rendu et la tyrannie de Missouf suffisaient pour lui faire perdre le jugement. Il devint fou en peu de jours.

« Sa folie, qui parut un châtiment du Ciel, fut le signal de la révolte. On se souleva, on courut aux armes. Babylone, si longtemps plongée dans une mollesse oisive, devint le théâtre d'une guerre civile affreuse. On me tira du creux de ma statue, et on me mit à la tête d'un parti. Cador courut à Memphis pour vous ramener à Babylone. Le prince d'Hyrcanie, apprenant ces funestes nouvelles, revint avec son armée faire un troisième parti dans la Chaldée. Il attaqua le roi, qui courut au-devant de lui avec son extravagante Égyptienne. Moabdar mourut percé de coups. Missouf tomba aux mains des vainqueurs. Mon malheur voulut que je fusse prise moi-même par un parti hyrcanien, et qu'on me menât devant le prince précisément dans le temps qu'on lui amenait Missouf. Vous serez flatté, sans doute, en apprenant que le prince me trouva plus belle que l'Égyptienne ; mais vous serez fâché d'apprendre qu'il me destina à son sérail. Il me dit fort résolument que, dès qu'il aurait fini une expédition militaire qu'il allait exécuter, il viendrait à moi. Jugez de ma douleur. Mes liens avec Moabdar étaient rompus, je pou-

vais être à Zadig; et je tombais dans les chaînes d'[...]
barbare. Je lui répondis avec toute la fierté que me don[...]
naient mon rang et mes sentiments. J'avais toujours
entendu dire que le Ciel attachait aux personnes de ma
sorte un caractère de grandeur qui, d'un mot et d'un
coup d'œil, faisait rentrer dans l'abaissement du plus profond respect les téméraires qui osaient s'en écarter. Je
parlai en reine; mais je fus traitée en demoiselle suivante.
L'Hyrcanien, sans daigner seulement m'adresser la parole,
dit à son eunuque noir que j'étais une impertinente, mais
qu'il me trouvait jolie. Il lui ordonna d'avoir soin de moi,
et de me mettre au régime des favorites, afin de me
rafraîchir le teint et de me rendre plus digne de ses
faveurs pour le jour où il aurait la commodité de m'en
honorer. Je lui dis que je me tuerais; il répliqua en riant
qu'on ne se tuait point, qu'il était fait à ces façons-là, et
me quitta comme un homme qui vient de mettre un perroquet dans sa ménagerie. Quel état pour la première
reine de l'univers, et, je dirai plus, pour un cœur qui était
à Zadig!»

A ces paroles, il se jeta à ses genoux et les baigna de
larmes. Astarté le releva tendrement, et elle continua
ainsi: «Je me voyais au pouvoir d'un barbare et rivale
d'une folle avec qui j'étais renfermée. Elle me raconta son
aventure d'Égypte. Je jugeai par les traits dont elle vous
peignait, par le temps, par le dromadaire sur lequel vous
étiez monté, par toutes les circonstances, que c'était Zadig
qui avait combattu pour elle. Je ne doutai pas que vous
ne fussiez à Memphis; je pris la résolution de m'y retirer.
« Belle Missouf, lui dis-je, vous êtes beaucoup plus plai-
« sante que moi, vous divertirez bien mieux que moi le
« prince d'Hyrcanie. Facilitez-moi les moyens de me sau-
« ver; vous régnerez seule, vous me rendrez heureuse en
« vous débarrassant d'une rivale. » Missouf concerta avec

moi les moyens de ma fuite. Je partis donc secrètement avec une esclave égyptienne.

« J'étais déjà près de l'Arabie, lorsqu'un fameux voleur, nommé Arbogad, m'enleva, et me vendit à des marchands qui m'ont amenée dans ce château, où demeure le seigneur Ogul. Il m'a achetée sans savoir qui j'étais. C'est un homme voluptueux qui ne cherche qu'à faire grande chère, et qui croit que Dieu l'a mis au monde pour tenir table. Il est d'un embonpoint excessif, qui est toujours prêt à le suffoquer. Son médecin, qui n'a que peu de crédit auprès de lui quand il digère bien, le gouverne despotiquement quand il a trop mangé. Il lui a persuadé qu'il le guérirait avec un basilic cuit dans de l'eau rose. Le seigneur Ogul a promis sa main à celle de ses esclaves qui lui apporterait un basilic. Vous voyez que je les laisse s'empresser à mériter cet honneur, et je n'ai jamais eu moins d'envie de trouver ce basilic que depuis que le Ciel a permis que je vous revisse. »

Alors Astarté et Zadig se dirent tout ce que des sentiments longtemps retenus, tout ce que leurs malheurs et leurs amours pouvaient inspirer aux cœurs les plus nobles et les plus passionnés ; et les génies qui président à l'amour portèrent leurs paroles jusqu'à la sphère de Vénus.

Les femmes rentrèrent chez Ogul sans avoir rien trouvé. Zadig se fit présenter à lui, et lui parla en ces termes : « Que la santé immortelle descende du ciel pour avoir soin de tous vos jours ! Je suis médecin ; j'ai accouru vers vous sur le bruit de votre maladie, et je vous ai apporté un basilic cuit dans de l'eau rose. Ce n'est pas que je prétende vous épouser. Je ne vous demande que la liberté d'une jeune esclave de Babylone que vous avez depuis quelques jours ; et je consens de rester en esclavage à sa place si je n'ai pas le bonheur de guérir le magnifique seigneur Ogul. »

La proposition fut acceptée. Astarté partit pour Babylone avec le domestique de Zadig, en lui promettant de
lui envoyer incessamment un courrier pour l'instruire de
tout ce qui se serait passé. Leurs adieux furent aussi tendres que l'avait été leur reconnaissance. Le moment où
l'on se retrouve et celui où l'on se sépare sont les deux
plus grandes époques de la vie, comme dit le grand livre
du *Zend.* Zadig aimait la reine autant qu'il le jurait, et la
reine aimait Zadig plus qu'elle ne lui disait.

Cependant Zadig parlait ainsi à Ogul : « Seigneur, on
ne mange point mon basilic, toute sa vertu doit entrer
chez vous par les pores. Je l'ai mis dans une petite outre
bien enflée et couverte d'une peau fine : il faut que vous
poussiez cette outre de toute votre force, et que je vous la
renvoie à plusieurs reprises ; et en peu de jours de régime
vous verrez ce que peut mon art. » Ogul, dès le premier
jour, fut tout essoufflé, et crut qu'il mourrait de fatigue.
Le second, il fut moins fatigué, et dormit mieux. En huit
jours il recouvra toute la force, la santé, la légèreté et la
gaieté de ses plus brillantes années. « Vous avez joué au
ballon, et vous avez été sobre, lui dit Zadig : apprenez
qu'il n'y a point de basilic dans la nature, qu'on se porte
toujours bien avec de la sobriété et de l'exercice, et que
l'art de faire subsister ensemble l'intempérance et la santé
est un art aussi chimérique que la pierre philosophale,
l'astrologie judiciaire[1] et la théologie des mages. »

Le premier médecin d'Ogul, sentant combien cet
homme était dangereux pour la médecine, s'unit avec
l'apothicaire du corps pour envoyer Zadig chercher des
basilics dans l'autre monde. Ainsi, après avoir été toujours
puni pour avoir bien fait, il était près de périr pour avoir
guéri un seigneur gourmand. On l'invita à un excellent
dîner. Il devait être empoisonné au second service ; mais
il reçut un courrier de la belle Astarté au premier. Il

quitta la table, et partit. « Quand on est aimé d'une belle
femme, dit le grand Zoroastre, on se tire toujours d'affaire
dans ce monde. »

LES COMBATS

LA reine avait été reçue à Babylone avec les transports
qu'on a toujours pour une belle princesse qui a été malheureuse. Babylone alors paraissait être plus tranquille. Le
prince d'Hyrcanie avait été tué dans un combat. Les Babyloniens, vainqueurs, déclarèrent qu'Astarté épouserait
celui qu'on choisirait pour souverain. On ne voulut point
que la première place du monde, qui serait celle de mari
d'Astarté et de roi de Babylone, dépendît des intrigues et
des cabales. On jura de reconnaître pour roi le plus vaillant et le plus sage. Une grande lice bordée d'amphithéâtres magnifiquement ornés fut formée à quelques lieues
de la ville. Les combattants devaient s'y rendre armés de
toutes pièces. Chacun d'eux avait derrière les amphithéâtres un appartement séparé où il ne devait être vu ni
connu de personne. Il fallait courir quatre lances. Ceux
qui seraient assez heureux pour vaincre quatre chevaliers
devraient combattre ensuite les uns contre les autres ; de
façon que celui qui resterait le dernier maître du champ
serait proclamé le vainqueur des jeux. Il devait revenir
quatre jours après, avec les mêmes armes, et expliquer
les énigmes proposées par les mages. S'il n'expliquait
point les énigmes, il n'était point roi, et il fallait recommencer à courir des lances jusqu'à ce qu'on trouvât un
homme qui fût vainqueur dans ces deux combats ; car on
voulait absolument pour roi le plus vaillant et le plus

sage. La reine, pendant tout ce temps, devait être étroite-ment gardée : on lui permettait seulement d'assister aux jeux, couverte d'un voile ; mais on ne souffrait pas qu'elle parlât à aucun des prétendants, afin qu'il n'y eût ni faveur ni injustice.

Voilà ce qu'Astarté faisait savoir à son amant, espérant qu'il montrerait pour elle plus de valeur et d'esprit que personne. Il partit, et pria Vénus de fortifier son courage et d'éclairer son esprit. Il arriva sur le rivage de l'Euphrate la veille de ce grand jour. Il fit inscrire sa devise parmi celles des combattants, en cachant son visage et son nom, comme la loi l'ordonnait, et alla se reposer dans l'appartement qui lui échut par le sort. Son ami Cador, qui était revenu à Babylone après l'avoir inu-tilement cherché en Égypte, fit porter dans sa loge une armure complète que la reine lui envoyait. Il lui fit ame-ner aussi de sa part le plus beau cheval de Perse. Zadig reconnut Astarté à ces présents : son courage et son amour en prirent de nouvelles forces et de nouvelles espérances.

Le lendemain, la reine étant venue se placer sous un dais de pierreries,[1] et les amphithéâtres étant remplis de toutes les dames et de tous les ordres de Babylone, les combattants parurent dans le cirque. Chacun d'eux vint mettre sa devise aux pieds du grand mage. On tira au sort les devises ; celle de Zadig fut la dernière. Le premier qui s'avança était un seigneur très riche, nommé Itobad, fort vain, peu courageux, très maladroit, et sans esprit. Ses domestiques l'avaient persuadé qu'un homme comme lui devait être roi ; il leur avait répondu : « Un homme comme moi doit régner. » Ainsi on l'avait armé de pied en cap. Il portait une armure d'or émaillée de vert, un panache vert, une lance ornée de rubans verts. On s'aper-çut d'abord, à la manière dont Itobad gouver-

nait son cheval, que ce n'était pas un homme comme lui
à qui le Ciel réservait le sceptre de Babylone. Le premier
cavalier qui courut contre lui le désarçonna ; le second le
renversa sur la croupe de son cheval, les deux jambes en
l'air et les bras étendus. Itobad se remit, mais de si mauvaise grâce que tout l'amphithéâtre se mit à rire. Un troisième ne daigna pas se servir de sa lance ; mais en lui faisant une passe, il le prit par la jambe droite, et, lui faisant
faire un demi-tour, il le fit tomber sur le sable ; les
écuyers des jeux accoururent à lui en riant et le remirent
en selle. Le quatrième combattant le prend par la jambe
gauche, et le fait tomber de l'autre côté. On le conduisit
avec des huées à sa loge, où il devait passer la nuit selon
la loi ; et il disait en marchant à peine : « Quelle aventure
pour un homme comme moi ! »

Les autres chevaliers s'acquittèrent mieux de leur
devoir. Il y en eut qui vainquirent deux combattants de
suite ; quelques-uns allèrent jusqu'à trois. Il n'y eut que le
prince Otame qui en vainquit quatre. Enfin Zadig combattit à son tour : il désarçonna quatre cavaliers de suite avec
toute la grâce possible. Il fallut donc voir qui serait vainqueur d'Otame ou de Zadig. Le premier portait des armes
bleues et or, avec un panache de même ; celles de Zadig
étaient blanches. Tous les vœux se partageaient entre le
cavalier bleu et le cavalier blanc. La reine, à qui le cœur
palpitait, faisait des prières au Ciel pour la couleur blanche.

Les deux champions firent des passes et des voltes avec
tant d'agilité, ils se donnèrent de si beaux coups de lance,
ils étaient si fermes sur leurs arçons, que tout le monde,
hors la reine, souhaitait qu'il y eût deux rois dans Babylone. Enfin, leurs chevaux étant lassés, et leurs lances
rompues, Zadig usa de cette adresse : il passe derrière le
prince bleu, s'élance sur la croupe de son cheval, le prend

par le milieu du corps, le jette à terre, se met en selle à sa place et caracole autour d'Otame étendu sur la place. Tout l'amphithéâtre crie : « Victoire au cavalier blanc ! » Otame, indigné, se relève, tire son épée ; Zadig saute de cheval, le sabre à la main. Les voilà tous deux sur l'arène, livrant un nouveau combat, où la force et l'agilité triomphent tour à tour. Les plumes de leur casque, les clous de leurs brassards, les mailles de leur armure sautent au loin sous mille coups précipités. Ils frappent de pointe et de taille, à droite, à gauche, sur la tête, sur la poitrine ; ils reculent, ils avancent, ils se mesurent, ils se rejoignent, ils se saisissent, ils se replient comme des serpents, ils s'attaquent comme des lions ; le feu jaillit à tout moment des coups qu'ils se portent. Enfin Zadig, ayant un moment repris ses esprits, s'arrête, fait une feinte, passe sur Otame, le fait tomber, le désarme, et Otame s'écrie : « O chevalier blanc ! c'est vous qui devez régner sur Babylone. » La reine était au comble de la joie. On reconduisit le chevalier bleu et le chevalier blanc chacun à sa loge, ainsi que tous les autres, selon ce qui était porté par la loi. Des muets vinrent les servir et leur apporter à manger. On peut juger si le petit muet de la reine ne fut pas celui qui servit Zadig. Ensuite on les laissa dormir seuls jusqu'au lendemain matin, temps où le vainqueur devait apporter sa devise au grand mage pour la confronter et se faire reconnaître.

Zadig dormit, quoique amoureux, tant il était fatigué. Itobad, qui était couché auprès de lui, ne dormit point. Il se leva pendant la nuit, entra dans la loge, prit les armes blanches de Zadig avec sa devise, et mit son armure verte à la place. Le point du jour étant venu, il alla fièrement au grand mage déclarer qu'un homme comme lui était vainqueur. On ne s'y attendait pas ; mais il fut proclamé pendant que Zadig dormait encore. Astarté, surprise et le désespoir dans le cœur, s'en retourna dans Babylone. Tout l'amphithéâtre était déjà presque vide lorsque Zadig s'éveilla ; il chercha ses armes, et ne trouva que cette armure verte. Il était obligé de s'en couvrir, n'ayant rien autre chose auprès de lui. Étonné et indigné, il les endosse avec fureur, il avance dans cet équipage.

Tout ce qui était encore sur l'amphithéâtre et dans le cirque le reçut avec des huées. On l'entourait ; on lui insultait en face. Jamais homme n'essuya des mortifications si humiliantes. La patience lui échappa ; il écarta à coups de sabre la populace qui osait l'outrager ; mais il ne savait quel parti prendre. Il ne pouvait voir la reine ; il ne pouvait réclamer l'armure blanche qu'elle lui avait envoyée : c'eût été la compromettre ; ainsi, tandis qu'elle était plongée dans la douleur, il était pénétré de fureur et d'inquiétude. Il se promenait sur les bords de l'Euphrate, persuadé que son étoile le destinait à être malheureux sans ressources, repassant dans son esprit toutes ses disgrâces, depuis l'aventure de la femme qui haïssait les borgnes jusqu'à celle de son armure. « Voilà ce que c'est, disait-il, de m'être éveillé trop tard ; si j'avais moins dormi, je serais roi de Babylone, je posséderais Astarté. Les sciences, les mœurs, le courage, n'ont donc jamais servi qu'à mon infortune. » Il lui échappa enfin de murmurer contre la Providence, et il fut tenté de croire que tout était gouverné par une destinée cruelle qui opprimait les bons et qui faisait prospérer les chevaliers verts. Un de ses chagrins était de porter cette armure verte qui lui avait attiré tant de huées. Un marchand passa, il la lui vendit à vil prix, et prit du marchand une robe et un bonnet long. Dans cet équipage, il côtoyait l'Euphrate, rempli de désespoir, et accusant en secret la Providence, qui le persécutait toujours.

L'ERMITE

IL rencontra en marchant un ermite dont la barbe blanche et vénérable lui descendait jusqu'à la ceinture. Il tenait en main un livre qu'il lisait attentivement. Zadig s'arrêta, et lui fit une profonde inclination. L'ermite le salua d'un air si noble et si doux que Zadig eut la curiosité de l'entretenir. Il lui demanda quel livre il lisait. « C'est le livre des destinées, dit l'ermite ; voulez-vous en lire quelque chose ? » Il mit le livre dans les mains de Zadig, qui, tout instruit qu'il était dans plusieurs langues, ne put déchiffrer un seul caractère du livre. Cela redoubla encore sa curiosité. « Vous me paraissez bien chagrin, lui dit ce bon père. — Hélas ! que j'en ai sujet ! dit Zadig. — Si vous permettez que je vous accompagne, repartit le vieillard, peut-être vous serai-je utile : j'ai quelquefois répandu des sentiments de consolation dans l'âme des malheureux. » Zadig se sentit du respect pour l'air, pour la barbe et pour le livre de l'ermite. Il lui trouva dans la conversation des lumières supérieures. L'ermite parlait de la destinée, de la justice, de la morale, du souverain bien, de la faiblesse humaine, des vertus et des vices, avec une éloquence si vive et si touchante que Zadig se sentit entraîné vers lui par un charme invincible. Il le pria avec instance de ne le point quitter jusqu'à ce qu'ils fussent de retour à Babylone. « Je vous demande moi-même cette grâce, lui dit le vieillard ; jurez-moi par Orosmade que vous ne vous séparerez point de moi d'ici à quelques jours, quelque chose que je fasse. » Zadig jura, et ils partirent ensemble.

Les deux voyageurs arrivèrent le soir à un château

superbe. L'ermite demanda l'hospitalité pour lui et pour
le jeune homme qui l'accompagnait. Le portier, qu'on
aurait pris pour un grand seigneur, les introduisit avec
une espèce de bonté dédaigneuse. On les présenta à un
principal domestique, qui leur fit voir les appartements
magnifiques du maître. Ils furent admis à sa table, au bas
bout, sans que le seigneur du château les honorât d'un
regard ; mais ils furent servis comme les autres, avec délicatesse et profusion. On leur donna ensuite à laver dans
un bassin d'or garni d'émeraudes et de rubis. On les
mena coucher dans un bel appartement, et le lendemain
matin un domestique leur apporta à chacun une pièce
d'or, après quoi on les congédia.

« Le maître de la maison, dit Zadig en chemin, me
paraît être un homme généreux, quoique un peu fier ; il
exerce noblement l'hospitalité. » En disant ces paroles, il
aperçut qu'une espèce de poche très large que portait
l'ermite paraissait tendue et gonflée : il y vit le bassin d'or
garni de pierreries, que celui-ci avait volé. Il n'osa d'abord
en rien témoigner ; mais il était dans une étrange surprise.

Vers le midi l'ermite se présenta à la porte d'une maison très petite où logeait un riche avare ; il y demanda
l'hospitalité pour quelques heures. Un vieux valet mal
habillé le reçut d'un ton rude, et fit entrer l'ermite et
Zadig dans l'écurie, où on leur donna quelques olives
pourries, de mauvais pain et de la bière gâtée. L'ermite
but et mangea d'un air aussi content que la veille ; puis,
s'adressant à ce vieux valet, qui les observait tous deux
pour voir s'ils ne volaient rien et qui les pressait de partir,
il lui donna les deux pièces d'or qu'il avait reçues le matin
et le remercia de toutes ses attentions. « Je vous prie,
ajouta-t-il, faites-moi parler à votre maître. » Le valet,
étonné, introduisit les deux voyageurs : « Magnifique sei-

gneur, dit l'ermite, je ne puis que vous rendre de très humbles grâces de la manière noble dont vous nous avez reçus : daignez accepter ce bassin d'or comme un faible gage de ma reconnaissance. » L'avare fut près de tomber à la renverse. L'ermite ne lui donna pas le temps de revenir de son saisissement ; il partit au plus vite avec son jeune voyageur. « Mon père, lui dit Zadig, qu'est-ce que tout ce que je vois ? Vous ne me paraissez ressembler en rien aux autres hommes : vous volez un bassin d'or garni de pierreries à un seigneur qui vous reçoit magnifiquement, et vous le donnez à un avare qui vous traite avec indignité. — Mon fils, répondit le vieillard, cet homme magnifique, qui ne reçoit les étrangers que par vanité et pour faire admirer ses richesses, deviendra plus sage ; l'avare apprendra à exercer l'hospitalité : ne vous étonnez de rien, et suivez-moi. » Zadig ne savait encore s'il avait affaire au plus fou ou au plus sage de tous les hommes ; mais l'ermite parlait avec tant d'ascendant que Zadig, lié d'ailleurs par son serment, ne put s'empêcher de le suivre.

Ils arrivèrent le soir à une maison agréablement bâtie, mais simple, où rien ne sentait ni la prodigalité ni l'avarice. Le maître était un philosophe retiré du monde, qui cultivait en paix la sagesse et la vertu, et qui cependant ne s'ennuyait pas. Il s'était plu à bâtir cette retraite, dans laquelle il recevait les étrangers avec une noblesse qui n'avait rien de l'ostentation. Il alla lui-même au-devant des deux voyageurs, qu'il fit reposer d'abord dans un appartement commode. Quelque temps après, il les vint prendre lui-même pour les inviter à un repas propre et bien entendu, pendant lequel il parla avec discrétion des dernières révolutions de Babylone. Il parut sincèrement attaché à la reine, et souhaita que Zadig eût paru dans la lice pour disputer la couronne. « Mais les hommes, ajouta-t-il, ne méritent pas d'avoir un roi comme Zadig. » Celui-ci rougissait et sentait redoubler ses douleurs. On convint dans la conversation que les choses de ce monde n'allaient pas toujours au gré des plus sages. L'ermite soutint toujours qu'on ne connaissait pas les voies de la Providence, et que les hommes avaient tort de juger d'un tout dont ils n'apercevaient que la plus petite partie.

On parla des passions. « Ah! qu'elles sont funestes! disait Zadig. — Ce sont les vents qui enflent les voiles du vaisseau, repartit l'ermite; elles le submergent quelquefois; mais sans elles il ne pourrait voguer. La bile rend colère et malade; mais sans la bile l'homme ne saurait vivre. Tout est dangereux ici-bas, et tout est nécessaire. »

On parla du plaisir, et l'ermite prouva que c'est un présent de la Divinité : « Car, dit-il, l'homme ne peut se donner ni sensations ni idées, il reçoit tout; la peine et le plaisir lui viennent d'ailleurs, comme son être. »

Zadig admirait comment un homme qui avait fait des choses si extravagantes pouvait raisonner si bien. Enfin, après un entretien aussi instructif qu'agréable, l'hôte reconduisit ses deux voyageurs dans leur appartement, en bénissant le Ciel qui lui avait envoyé deux hommes si sages et si vertueux. Il leur offrit de l'argent d'une manière aisée et noble qui ne pouvait déplaire. L'ermite le refusa, et lui dit qu'il prenait congé de lui, comptant partir pour Babylone avant le jour. Leur séparation fut tendre; Zadig se sentait plein d'estime et d'inclination pour un homme si aimable.

Quand l'ermite et lui furent dans leur appartement, ils firent longtemps l'éloge de leur hôte. Le vieillard au point du jour éveilla son camarade. « Il faut partir, dit-il; mais, tandis que tout le monde dort encore, je veux laisser à cet homme un témoignage de mon estime et de mon affection. » En disant ces mots, il prit un flambeau, et mit le feu à la maison. Zadig, épouvanté, jeta des cris, et voulut l'empêcher de commettre une action si affreuse. L'ermite l'entraînait par une force supérieure ; la maison était enflammée. L'ermite, qui était déjà assez loin avec son compagnon, la regardait brûler tranquillement. « Dieu merci ! dit-il, voilà la maison de mon cher hôte détruite de fond en comble ! L'heureux homme ! » A ces mots Zadig fut tenté à la fois d'éclater de rire, de dire des injures au révérend père, de le battre, et de s'enfuir, mais il ne fit rien de tout cela, et, toujours subjugué par l'ascendant de l'ermite, il le suivit malgré lui à la dernière couchée.

Ce fut chez une veuve charitable et vertueuse qui avait un neveu de quatorze ans, plein d'agréments et son unique espérance. Elle fit du mieux qu'elle put les honneurs de sa maison. Le lendemain, elle ordonna à son neveu d'accompagner les voyageurs jusqu'à un pont qui, étant rompu depuis peu, était devenu un passage dangereux. Le jeune homme, empressé, marche au-devant d'eux. Quand ils furent sur le pont : « Venez, dit l'ermite au jeune homme, il faut que je marque ma reconnaissance à votre tante. » Il le prend alors par les cheveux et le jette dans la rivière. L'enfant tombe, reparaît un moment sur l'eau, et est engouffré dans le torrent. « O monstre ! ô le plus scélérat de tous les hommes ! s'écria Zadig. — Vous m'aviez promis plus de patience, lui dit l'ermite en l'interrompant : apprenez que, sous les ruines de cette maison où la Providence a mis le feu, le maître a trouvé un trésor immense ; apprenez que ce jeune homme, dont la Providence a tordu le cou, aurait assassiné sa tante dans un an, et vous dans deux. — Qui te l'a dit, barbare ? cria Zadig ; et quand tu aurais lu cet événement dans ton livre des destinées, t'est-il permis de noyer un enfant qui ne t'a point fait de mal ? »

Tandis que le Babylonien parlait, il aperçut que le vieillard n'avait plus de barbe, que son visage prenait les traits de la jeunesse. Son habit d'ermite disparut; quatre belles ailes couvraient son corps majestueux et resplendissant de lumière. « O envoyé du Ciel! ô ange divin! s'écria Zadig en se prosternant, tu es donc descendu de l'empyrée¹pour apprendre à un faible mortel à se soumettre aux ordres éternels? — Les hommes, dit l'ange Jesrad? jugent de tout sans rien connaître : tu étais celui de tous les hommes qui méritait le plus d'être éclairé. » Zadig lui demanda la permission de parler. « Je me défie de moi-même, dit-il; mais oserai-je te prier de m'éclaircir un doute : ne vaudrait-il pas mieux avoir corrigé cet enfant, et l'avoir rendu vertueux, que de le noyer? » Jesrad reprit : « S'il avait été vertueux, et s'il eût vécu, son destin était d'être assassiné lui-même avec la femme qu'il devait épouser, et le fils qui en devait naître. — Mais quoi! dit Zadig, il est donc nécessaire qu'il y ait des crimes et des malheurs, et les malheurs tombent sur les gens de bien? — Les méchants, répondit Jesrad, sont toujours malheureux : ils servent à éprouver un petit nombre de justes répandus sur la terre, et il n'y a point de mal dont il ne naisse un bien. — Mais, dit Zadig, s'il n'y avait que du bien, et point de mal? — Alors, reprit Jesrad, cette terre serait une autre terre; l'enchaînement des événements serait un autre ordre de sagesse; et cet autre ordre, qui serait parfait, ne peut être que dans la demeure éternelle de l'Être suprême, de qui le mal ne peut approcher. Il a créé des millions de mondes dont aucun ne peut ressembler à l'autre. Cette immense variété est un attribut de sa puissance immense. Il n'y a ni deux feuilles d'arbre sur la terre, ni deux globes dans les champs infinis du ciel, qui soient semblables; et tout ce que tu vois sur le petit atome où tu es né devait être dans sa place et dans son temps fixe, selon les ordres immuables de celui qui embrasse tout. Les hommes pensent que cet enfant qui vient de périr est tombé dans l'eau par hasard, que c'est par un même hasard que cette maison est brûlée ; mais il n'y a point de hasard : tout est épreuve, ou punition, ou récompense, ou prévoyance. Souviens-toi de ce pêcheur qui se croyait le plus malheureux de tous les hommes. Orosmade t'a envoyé pour changer sa destinée. Faible mortel, cesse de disputer contre ce qu'il faut adorer. — Mais, dit Zadig... » Comme il disait *mais*, l'ange prenait déjà son vol vers la dixième sphère.[1] Zadig, à genoux, adora la Providence, et se soumit. L'ange lui cria du haut des airs : « Prends ton chemin vers Babylone. »

LES ÉNIGMES

ZADIG, hors de lui-même et comme un homme auprès de qui est tombé le tonnerre, marchait au hasard. Il entra dans Babylone le jour où ceux qui avaient combattu dans la lice étaient déjà assemblés dans le grand vestibule du palais pour expliquer les énigmes, et pour répondre aux questions du grand mage. Tous les chevaliers étaient arrivés, excepté l'armure verte. Dès que Zadig parut dans la ville, le peuple s'assembla autour de lui ; les yeux ne se rassasiaient point de le voir, les bouches de le bénir, les cœurs de lui souhaiter l'empire. L'envieux le vit passer, frémit, et se détourna ; le peuple le porta jusqu'au lieu de l'assemblée. La reine, à qui on apprit son arrivée, fut en proie à l'agitation de la crainte et de l'espérance ; l'inquiétude la dévorait : elle ne pouvait comprendre ni pourquoi Zadig était sans armes, ni comment Itobad portait l'armure blanche. Un murmure confus s'éleva à la vue de

Zadig. On était surpris et charmé de le revoir ; mais il
n'était permis qu'aux chevaliers qui avaient combattu de
paraître dans l'assemblée.

« J'ai combattu comme un autre, dit-il ; mais un autre
porte ici mes armes ; et, en attendant que j'aie l'honneur
de le prouver, je demande la permission de me présenter
pour expliquer les énigmes. » On alla aux voix : sa réputation de probité était encore si fortement imprimée dans
les esprits qu'on ne balança pas à l'admettre.

Le grand mage proposa d'abord cette question :

« Quelle est de toutes les choses du monde la plus longue et la plus courte, la plus prompte et la plus lente, la
plus divisible et la plus étendue, la plus négligée et la plus
regrettée, sans qui rien ne peut se faire, qui dévore tout
ce qui est petit, et qui vivifie tout ce qui est grand ? »

C'était à Itobad à parler. Il répondit qu'un homme
comme lui n'entendait rien aux énigmes, et qu'il suffisait
d'avoir vaincu à grands coups de lance. Les uns dirent
que le mot de l'énigme était la fortune, d'autres la terre,
d'autres la lumière. Zadig dit que c'était le temps. « Rien
n'est plus long, ajouta-t-il, puisqu'il est la mesure de l'éternité ; rien n'est plus court, puisqu'il manque à tous nos
projets ; rien n'est plus lent pour qui attend ; rien de plus
rapide pour qui jouit ; il s'étend jusqu'à l'infini en grand ;
il se divise jusque dans l'infini en petit ; tous les hommes
le négligent, tous en regrettent la perte ; rien ne se fait
sans lui ; il fait oublier tout ce qui est indigne de la postérité, et il immortalise les grandes choses. » L'assemblée
convint que Zadig avait raison.

On demanda ensuite : « Quelle est la chose qu'on reçoit
sans remercier, dont on jouit sans savoir comment, qu'on
donne aux autres quand on ne sait où l'on en est, et
qu'on perd sans s'en apercevoir ? »

Chacun dit son mot. Zadig devina seul que c'était la

vie. Il expliqua toutes les autres énigmes avec la même facilité. Itobad disait toujours que rien n'était plus aisé, et qu'il en serait venu à bout tout aussi facilement s'il avait voulu s'en donner la peine. On proposa des questions sur la justice, sur le souverain bien, sur l'art de régner. Les réponses de Zadig furent jugées les plus solides. « C'est bien dommage, disait-on, qu'un si bon esprit soit un si mauvais cavalier.

— Illustres seigneurs, dit Zadig, j'ai eu l'honneur de vaincre dans la lice. C'est à moi qu'appartient l'armure blanche. Le seigneur Itobad s'en empara pendant mon sommeil : il jugea apparemment qu'elle lui siérait mieux que la verte. Je suis prêt à lui prouver d'abord devant vous, avec ma robe et mon épée, contre toute cette belle armure blanche qu'il m'a prise, que c'est moi qui ai eu l'honneur de vaincre le brave Otame. »

Itobad accepta le défi avec la plus grande confiance. Il ne doutait pas qu'étant casqué, cuirassé, brassardé, il ne vînt aisément à bout d'un champion en bonnet de nuit et en robe de chambre. Zadig tira son épée, en saluant la reine, qui le regardait, pénétrée de joie et de crainte. Itobad tira la sienne, en ne saluant personne. Il s'avança sur Zadig comme un homme qui n'avait rien à craindre. Il était prêt à lui fendre la tête. Zadig sut parer le coup, en opposant ce qu'on appelle le fort de l'épée au faible de son adversaire, de façon que l'épée d'Itobad se rompit. Alors Zadig, saisissant son ennemi au corps, le renversa par terre ; et, lui portant la pointe de son épée au défaut de la cuirasse : « Laissez-vous désarmer, dit-il, ou je vous tue. » Itobad, toujours surpris des disgrâces qui arrivaient à un homme comme lui, laissa faire Zadig, qui lui ôta paisiblement son magnifique casque, sa superbe cuirasse, ses beaux brassards, ses brillants cuissards, s'en revêtit, et courut, dans cet équipage, se jeter aux genoux d'Astarté.

Cador prouva aisément que l'armure appartenait à Zadig. Il fut reconnu roi d'un consentement unanime, et surtout de celui d'Astarté, qui goûtait, après tant d'adversités, la douceur de voir son amant digne aux yeux de l'univers d'être son époux. Itobad alla se faire appeler monseigneur dans sa maison. Zadig fut roi, et fut heureux. Il avait présent à l'esprit ce que lui avait dit l'ange Jesrad. Il se souvenait même du grain de sable devenu diamant. La reine et lui adorèrent la Providence. Zadig laissa la belle capricieuse Missouf courir le monde. Il envoya chercher le brigand Arbogad, auquel il donna un grade honorable dans son armée, avec promesse de l'avancer aux premières dignités s'il se comportait en vrai guerrier, et de le faire pendre s'il faisait le métier de brigand.

Sétoc fut appelé du fond de l'Arabie, avec la belle Almona, pour être à la tête du commerce de Babylone. Cador fut placé et chéri selon ses services ; il fut l'ami du roi, et le roi fut alors le seul monarque de la terre qui eût un ami. Le petit muet ne fut pas oublié. On donna une belle maison au pêcheur. Orcan fut condamné à lui payer une grosse somme et à lui rendre sa femme ; mais le pêcheur, devenu sage, ne prit que l'argent.

Ni la belle Sémire ne se consolait d'avoir cru que Zadig serait borgne, ni Azora ne cessait de pleurer d'avoir voulu lui couper le nez. Il adoucit leurs douleurs par des présents. L'envieux mourut de rage et de honte. L'empire jouit de la paix, de la gloire et de l'abondance ; ce fut le plus beau siècle de la terre : elle était gouvernée par la justice et par l'amour. On bénissait Zadig, et Zadig bénissait le Ciel.

LA DANSE

SÉTOC devait aller, pour les affaires de son commerce, dans l'île de Serendib;[1] mais le premier mois de son mariage, qui est, comme on sait, la lune de miel, ne lui permettait ni de quitter sa femme, ni de croire qu'il pût jamais la quitter : il pria son ami Zadig de faire pour lui le voyage. « Hélas! disait Zadig, faut-il que je mette encore un plus vaste espace entre la belle Astarté et moi? Mais il faut servir mes bienfaiteurs. » Il dit, il pleura et il partit.

Il ne fut pas longtemps dans l'île de Serendib sans y être regardé comme un homme extraordinaire. Il devint l'arbitre de tous les différends entre les négociants, l'ami des sages, le conseil du petit nombre de gens qui prennent conseil. Le roi voulut le voir et l'entendre. Il connut bientôt tout ce que valait Zadig; il eut confiance en sa sagesse, et en fit son ami. La familiarité et l'estime du roi fit trembler Zadig. Il était nuit et jour pénétré du malheur que lui avaient attiré les bontés de Moabdar. « Je plais au roi, disait-il; ne serai-je pas perdu? » Cependant il ne pouvait se dérober aux caresses de Sa Majesté : car il faut avouer que Nabussan, roi de Serendib, fils de Nussanab, fils de Nabassun, fils de Sanbusna, était un des meilleurs princes de l'Asie, et que, quand on lui parlait, il était difficile de ne le pas aimer.

Ce bon prince était toujours loué, trompé et volé ; c'était à qui pillerait ses trésors. Le receveur général de l'île de Serendib donnait toujours cet exemple, fidèlement suivi par les autres. Le roi le savait : il avait changé de trésorier plusieurs fois ; mais il n'avait pu changer la mode établie de partager les revenus du roi en deux moitiés inégales, dont la plus petite revenait toujours à Sa Majesté, et la plus grosse aux administrateurs.

Le roi Nabussan confia sa peine au sage Zadig. « Vous qui savez tant de belles choses, lui dit-il, ne sauriez-vous point le moyen de me faire trouver un trésorier qui ne me vole point ? — Assurément, répondit Zadig, je sais une façon infaillible de vous donner un homme qui ait les mains nettes. » Le roi, charmé, lui demanda en l'embrassant comment il fallait s'y prendre. « Il n'y a, dit Zadig, qu'à faire danser tous ceux qui se présenteront pour la dignité de trésorier, et celui qui dansera avec le plus de légèreté sera infailliblement le plus honnête homme. — Vous vous moquez, dit le roi ; voilà une plaisante façon de choisir un receveur de mes finances. Quoi ! vous prétendez que celui qui fera le mieux un entrechat sera le financier le plus intègre et le plus habile ? — Je ne vous réponds pas qu'il sera le plus habile, repartit Zadig ; mais je vous assure que ce sera indubitablement le plus honnête homme. » Zadig parlait avec tant de confiance que le roi crut qu'il avait quelque secret surnaturel pour connaître les financiers. « Je n'aime pas le surnaturel, dit Zadig ; les gens et les livres à prodiges m'ont toujours déplu : si Votre Majesté veut me laisser faire l'épreuve que je lui propose, elle sera bien convaincue que mon secret est la chose la plus simple et la plus aisée. » Nabussan, roi de

Serendib, fut bien plus étonné d'entendre que ce secret
était simple que si on le lui avait donné pour un miracle.
« Or bien, dit-il, faites comme vous l'entendrez. — Laissez-
moi faire, dit Zadig, vous gagnerez à cette épreuve plus
que vous ne pensez. » Le jour même il fit publier, au nom
du roi, que tous ceux qui prétendaient à l'emploi de haut
receveur des deniers de Sa Gracieuse Majesté Nabussan,
fils de Nussanab, eussent à se rendre, en habits de soie
légère, le premier de la lune du crocodile, dans l'antichambre du roi. Ils s'y rendirent au nombre de soixante
et quatre. On avait fait venir des violons dans un salon
voisin ; tout était préparé pour le bal ; mais la porte de ce
salon était fermée, et il fallait, pour y entrer, passer par
une petite galerie assez obscure. Un huissier vint chercher
et introduire chaque candidat, l'un après l'autre, par ce
passage dans lequel on le laissait seul quelques minutes.
Le roi, qui avait le mot, avait étalé tous ses trésors dans
cette galerie. Lorsque tous les prétendants furent arrivés
dans le salon, Sa Majesté ordonna qu'on les fît danser.
Jamais on ne dansa plus pesamment et avec moins de
grâce. Ils avaient tous la tête baissée, les reins courbés, les
mains collées à leurs côtés. « Quels fripons ! » disait tout
bas Zadig. Un seul d'entre eux formait des pas avec agilité, la tête haute, le regard assuré, les bras étendus, le
corps droit, le jarret ferme. « Ah ! l'honnête homme ! le
brave homme ! » disait Zadig. Le roi embrassa ce bon
danseur, le déclara trésorier, et tous les autres furent
punis et taxés avec la plus grande justice du monde : car
chacun, dans le temps qu'il avait été dans la galerie, avait
rempli ses poches et pouvait à peine marcher. Le roi fut
fâché pour la nature humaine que de ces soixante et quatre danseurs il y eût soixante et trois filous. La galerie
obscure fut appelée *le corridor de la tentation*. On aurait, en
Perse, empalé ces soixante et trois seigneurs ; en

d'autres pays, on eût fait une chambre de justice qui eût consommé en frais le triple de l'argent volé, et qui n'eût rien remis dans les coffres du souverain ; dans un autre royaume, ils se seraient pleinement justifiés, et auraient fait disgracier ce danseur si léger : à Serendib, ils ne furent condamnés qu'à augmenter le trésor public, car Nabussan était fort indulgent.

Il était aussi fort reconnaissant ; il donna à Zadig une somme d'argent plus considérable qu'aucun trésorier n'en avait jamais volé au roi son maître. Zadig s'en servit pour envoyer des exprès à Babylone, qui devaient l'informer de la destinée d'Astarté. Sa voix trembla en donnant cet ordre, son sang reflua vers son cœur, ses yeux se couvrirent de ténèbres, son âme fut prête à l'abandonner. Le courrier partit, Zadig le vit embarquer ; il rentra chez le roi, ne voyant personne, croyant être dans sa chambre, et prononçant le nom d'amour. « Ah ! l'amour, dit le roi, est précisément ce dont il s'agit ; vous avez deviné ce qui fait ma peine. Que vous êtes un grand homme ! J'espère que vous m'apprendrez à connaître une femme à toute épreuve, comme vous m'avez fait trouver un trésorier désintéressé. » Zadig ayant repris ses sens, lui promit de le servir en amour comme en finance, quoique la chose parût plus difficile encore.

LES YEUX BLEUS

« LE corps et le cœur », dit le roi à Zadig… A ces mots, le Babylonien ne put s'empêcher d'interrompre Sa Majesté. « Que je vous sais bon gré, dit-il, de n'avoir point dit *l'esprit et le cœur !* car on n'entend que ces mots dans les conversations de Babylone ; on ne voit que des livres où il est question du cœur et de l'esprit composés par des gens qui n'ont ni de l'un ni de l'autre ; mais, de grâce, Sire, poursuivez. » Nabussan continua ainsi : « Le corps et le cœur sont chez moi destinés à aimer ; la première de ces deux puissances a tout lieu d'être satisfaite. J'ai ici cent femmes à mon service, toutes belles, complaisantes, prévenantes, voluptueuses même, ou feignant de l'être avec moi. Mon cœur n'est pas à beaucoup près si heureux. Je n'ai que trop éprouvé qu'on caresse beaucoup le roi de Serendib, et qu'on se soucie fort peu de Nabussan. Ce n'est pas que je croie mes femmes infidèles ; mais je voudrais trouver une âme qui fût à moi ; je donnerais pour un pareil trésor les cent beautés dont je possède les charmes : voyez si, sur ces cent sultanes, vous pouvez m'en trouver une dont je sois sûr d'être aimé. »

Zadig lui répondit comme il avait fait sur l'article des financiers : « Sire, laissez-moi faire ; mais permettez d'abord que je dispose de ce que vous aviez étalé dans la galerie de la tentation ; je vous en rendrai bon compte et vous n'y perdrez rien. » Le roi le laissa le maître absolu. Il choisit dans Serendib trente-trois petits bossus des plus vilains qu'il put trouver, trente-trois pages des plus beaux, et trente-trois bonzes des plus éloquents et des plus robustes. Il leur laissa à tous la liberté d'entrer dans les cellules des sultanes ; chaque petit bossu eut quatre mille pièces d'or à donner, et dès le premier jour tous les bossus furent heureux. Les pages, qui n'avaient rien à donner qu'eux-mêmes, ne triomphèrent qu'au bout de deux ou trois jours. Les bonzes eurent un peu plus de peine ; mais enfin trente-trois dévotes se rendirent à eux. Le roi, par des jalousies qui avaient vue sur toutes les cellules, vit toutes ces épreuves, et fut émerveillé. De ses cent femmes, quatre-vingt-dix-neuf succombèrent à ses yeux.

Il en restait une toute jeune, toute neuve, de qui Sa

Majesté n'avait jamais approché. On lui détacha un, deux,
trois bossus, qui lui offrirent jusqu'à vingt mille pièces ;
elle fut incorruptible, et ne put s'empêcher de rire de
l'idée qu'avaient ces bossus de croire que de l'argent les
rendrait mieux faits. On lui présenta les deux plus beaux
pages ; elle dit qu'elle trouvait le roi encore plus beau. On
lui lâcha le plus éloquent des bonzes, et ensuite le plus
intrépide ; elle trouva le premier un bavard, et ne daigna
pas même soupçonner le mérite du second. « Le cœur fait
tout, disait-elle ; je ne céderai jamais ni à l'or d'un bossu,
ni aux grâces d'un jeune homme, ni aux séductions d'un
bonze ; j'aimerai uniquement Nabussan fils de Nussanab,
et j'attendrai qu'il daigne m'aimer. » Le roi fut transporté
de joie, d'étonnement et de tendresse. Il reprit tout
l'argent qui avait fait réussir les bossus, et en fit présent à
la belle Falide ; c'était le nom de cette jeune personne. Il
lui donna son cœur : elle le méritait bien. Jamais la fleur
de la jeunesse ne fut si brillante ; jamais les charmes de la
beauté ne furent si enchanteurs. La vérité de l'histoire ne
permet pas de taire qu'elle faisait mal la révérence ; mais
elle dansait comme les fées, chantait comme les sirènes et
parlait comme les Grâces : elle était pleine de talents et
de vertus.

   Nabussan, aimé, l'adora ; mais elle avait les yeux bleus,
et ce fut la source des plus grands malheurs. Il y avait une
ancienne loi qui défendait aux rois d'aimer une de ces
femmes que les Grecs ont appelées depuis *boopies*.[1] Le chef
des bonzes avait établi cette loi il y avait plus de cinq
mille ans ; c'était pour s'approprier la maîtresse du premier roi de l'île de Serendib que ce premier bonze avait
fait passer l'anathème des yeux bleus en constitution fon-
damentale d'État. Tous les ordres de l'Empire vinrent
faire à Nabussan des remontrances. On disait publiquement que les derniers jours du royaume étaient arrivés,

que l'abomination était à son comble, que toute la nature était menacée d'un événement sinistre ; qu'en un mot Nabussan fils de Nussanab aimait deux grands yeux bleus. Les bossus, les financiers, les bonzes et les brunes remplirent le royaume de leurs plaintes.

Les peuples sauvages qui habitent le nord de Serendib profitèrent de ce mécontentement général. Ils firent une irruption dans les États du bon Nabussan. Il demanda des subsides à ses sujets ; les bonzes, qui possédaient la moitié des revenus de l'État, se contentèrent de lever les mains au ciel, et refusèrent de les mettre dans leurs coffres pour aider le roi. Ils firent de belles prières en musique, et laissèrent l'État en proie aux barbares.

« O mon cher Zadig, me tireras-tu encore de cet horrible embarras ? s'écria douloureusement Nabussan. — Très volontiers, répondit Zadig ; vous aurez de l'argent des bonzes tant que vous en voudrez. Laissez à l'abandon les terres où sont situés leurs châteaux, et défendez seulement les vôtres. » Nabussan n'y manqua pas : les bonzes vinrent se jeter aux pieds du roi et implorer son assistance. Le roi leur répondit par une belle musique dont les paroles étaient des prières au Ciel pour la conservation de leurs terres. Les bonzes enfin donnèrent de l'argent, et le roi finit heureusement la guerre. Ainsi Zadig, par ses conseils sages et heureux, et par les plus grands services, s'était attiré l'irréconciliable inimitié des hommes les plus puissants de l'État : les bonzes et les brunes jurèrent sa perte ; les financiers et les bossus ne l'épargnèrent pas ; on le rendit suspect au bon Nabussan. Les services rendus restent souvent dans l'antichambre, et les soupçons entrent dans le cabinet, selon la sentence de Zoroastre : c'était tous les jours de nouvelles accusations ; la première est repoussée, la seconde effleure, la troisième blesse, la quatrième tue.

Zadig intimidé, qui avait bien fait les affaires de son ami Sétoc et qui lui avait fait tenir son argent, ne songea plus qu'à partir de l'île, et résolut d'aller lui-même chercher des nouvelles d'Astarté. « Car, disait-il, si je reste dans Serendib, les bonzes me feront empaler ; mais où aller ? Je serai esclave en Égypte, brûlé, selon toutes les apparences, en Arabie, étranglé à Babylone. Cependant il faut savoir ce qu'Astarté est devenue : partons, et voyons à quoi me réserve ma triste destinée. »

C'est ici que finit le manuscrit qu'on a retrouvé de l'histoire de Zadig. Ces deux chapitres doivent être certainement placés après le douzième, et avant l'arrivée de Zadig en Syrie. On sait qu'il a essuyé bien d'autres aventures qui ont été fidèlement écrites. On prie messieurs les interprètes des langues orientales de les communiquer, si elles parviennent jusqu'à eux.

MICROMÉGAS

HISTOIRE PHILOSOPHIQUE

*CE TEXTE pose un problème capital pour la genèse et l'évolution
du conte voltairien. En effet, Micromégas a été publié pendant
le séjour de Voltaire en Prusse. Le manuscrit de l'œuvre telle
qu'elle a paru sous ce titre est attesté dans la correspondance à la
fin de 1750 et au début de 1751. L'édition originale paraît sans
date, mais les deux éditions suivantes sont datées de Londres, 1752. De fait, jusqu'à une époque récente, la critique littéraire a toujours placé Micromégas entre Zadig et Candide.
Puis on a tendu à établir que le Micromégas de 1752 serait
semblable, à quelques différences près, dont le nom du héros, au
Voyage du baron de Gangan que Voltaire envoie à Frédéric
dès le mois de juin 1739, et dont malheureusement nous ne possédons pas le texte. En effet les allusions que nous pouvons relever
dans la correspondance de Voltaire à cette époque nous montrent
Gangan comme « un voyageur céleste », qui « ressemble fort aux
habitants de notre globe », et cadrent parfaitement avec Micromégas. En changeant le nom de son héros Gangan pour celui
plus intellectualisé de Micromégas, Voltaire donne, croyons-nous,*

*la signification du conte. A l'échelle planétaire, tout être est par rapport aux autres à la fois petit et grand : tel le Saturnien qui est un nain par rapport à son camarade de Sirius, et un géant par rapport aux hommes, tel le Sirien lui-même, tel l'homme enfin, et c'est là évidemment l'essentiel où veut en venir Voltaire. Pascal avait délibérément situé l'homme entre deux abîmes, celui de l'infiniment petit et de l'infiniment grand, pour que pris de vertige il réalisât qu'il était un monstre incompréhensible. Tout autre est le propos de Voltaire : l'homme est à sa place dans la grande chaîne des êtres tendue par la Providence, et cette idée même est éminemment rassurante. Dépossédé du caractère de créature exceptionnelle que lui confère la religion chrétienne, il est de ce fait délivré d'un lourd fardeau, celui du péché originel. Cette perspective, Voltaire l'emprunte à Pope, dont il songe alors à traduire l'*Essay on Man*, et qu'il imitera bientôt dans ses* Dis-cours en vers sur l'homme*. L'homme n'est ni ange ni bête, il se situe raisonnablement entre les deux : d'où la leçon de modes-tie que lui donnent les voyageurs célestes. Si le livre de la vérité suprême reste blanc pour lui, entendons s'il ne peut accéder aux vérités métaphysiques, il est de fait qu'il peut atteindre de nom-breuses vérités d'expérience. Ce positivisme raisonnable vient de Locke, et de son* Essai sur l'entendement humain, *dont le* Traité de Métaphysique* de Voltaire, écrit vers 1734, fait un éloge constant et embrasse étroitement les vues. Si l'homme veut sortir des bornes où la nature le cantonne, il est éminemment ridicule, comme ce disciple de saint Thomas, « petite mite philoso-phique », quand il veut montrer aux voyageurs célestes que le monde entier a été fait uniquement pour l'homme, provoquant par là un rire inextinguible dont ils ont bien du mal à se remet-tre. Dans le monde entier, on découvre des proportions : la sagesse consiste donc à se « proportionner ». Telle est la signification du conte, et le « credo » de Voltaire dans ce que fut son « paradis » de Cirey.*

V. den H.

MICROMÉGAS[1]

HISTOIRE PHILOSOPHIQUE

CHAPITRE PREMIER

VOYAGE D'UN HABITANT DU MONDE DE L'ÉTOILE SIRIUS DANS LA PLANÈTE DE SATURNE

Dans une de ces planètes qui tournent autour de l'étoile nommée Sirius, il y avait un jeune homme de beaucoup d'esprit, que j'ai eu l'honneur de connaître dans le dernier voyage qu'il fit sur notre petite fourmilière ; il s'appelait Micromégas, nom qui convient fort à tous les grands. Il avait huit lieues de haut : j'entends, par huit lieues, vingt-quatre mille pas géométriques de cinq pieds chacun.

Quelques algébristes, gens toujours utiles au public, prendront sur-le-champ la plume, et trouveront que, puisque M. Micromégas, habitant du pays de Sirius, a de la tête aux pieds vingt-quatre mille pas, qui font cent vingt mille pieds de roi, et que nous autres, citoyens de la terre, nous n'avons guère que cinq pieds, et que notre globe a neuf mille lieues de tour ; ils trouveront, dis-je, qu'il faut absolument que le globe qui l'a produit ait au juste vingt et un millions six cent mille fois plus de circonférence que notre petite terre. Rien n'est plus simple et plus ordinaire dans la nature. Les États de quelques souverains d'Allemagne ou d'Italie, dont on peut faire le tour en une demi-heure, comparés à l'empire de Turquie, de Moscovie

ou de la Chine, ne sont qu'une très faible image des prodigieuses différences que la nature a mises dans tous les
êtres.

La taille de Son Excellence étant de la hauteur que j'ai
dite, tous nos sculpteurs et tous nos peintres conviendront
sans peine que sa ceinture peut avoir cinquante mille
pieds de roi de tour; ce qui fait une très jolie proportion.

Quant à son esprit, c'est un des plus cultivés que nous
ayons; il sait beaucoup de choses, il en a inventé quelques-unes : il n'avait pas encore deux cent cinquante ans,
et il étudiait, selon la coutume, au collège des jésuites de
sa planète, lorsqu'il devina, par la force de son esprit, plus
de cinquante propositions d'Euclide. C'est dix-huit de plus
que Blaise Pascal, lequel, après en avoir deviné trente-
deux en se jouant, à ce que dit sa sœur,[1] devint depuis un
géomètre assez médiocre et un fort mauvais métaphysicien. Vers les quatre cent cinquante ans, au sortir de
l'enfance, il disséqua beaucoup de ces petits insectes qui
n'ont pas cent pieds de diamètre, et qui se dérobent aux
microscopes ordinaires; il en composa un livre fort
curieux, mais qui lui fit quelques affaires. Le muphti[2] de
son pays, grand vétillard et fort ignorant, trouva dans son
livre des propositions suspectes, malsonnantes, téméraires,
hérétiques, sentant l'hérésie, et le poursuivit vivement : il
s'agissait de savoir si la forme substantielle des puces de
Sirius était de même nature que celle des colimaçons.
Micromégas se défendit avec esprit; il mit les femmes de
son côté; le procès dura deux cent vingt ans. Enfin le
muphti fit condamner le livre par des jurisconsultes qui
ne l'avaient pas lu, et l'auteur eut ordre de ne paraître à
la cour de huit cents années.

Il ne fut que médiocrement affligé d'être banni d'une
cour qui n'était remplie que de tracasseries et de petites-
ses. Il fit une chanson fort plaisante contre le muphti,

dont celui-ci ne s'embarrassa guère ; et il se mit à voyager de planète en planète, pour achever de se former *l'esprit et le cœur,* comme l'on dit. Ceux qui ne voyagent qu'en chaise de poste ou en berline seront sans doute étonnés des équipages de là-haut : car nous autres, sur notre petit tas de boue, nous ne concevons rien au-delà de nos usages. Notre voyageur connaissait merveilleusement les lois de la gravitation,[1] et toutes les forces attractives et répulsives. Il s'en servait si à propos que, tantôt à l'aide d'un rayon de soleil, tantôt par la commodité d'une comète, il allait de globe en globe, lui et les siens, comme un oiseau voltige de branche en branche. Il parcourut la voie lactée en peu de temps ; et je suis obligé d'avouer qu'il ne vit jamais, à travers les étoiles dont elle est semée, ce beau ciel empyrée que l'illustre vicaire Derham[2] se vante d'avoir vu au bout de sa lunette. Ce n'est pas que je prétende que M. Derham ait mal vu, à Dieu ne plaise ! mais Micromégas était sur les lieux, c'est un bon observateur, et je ne veux contredire personne. Micromégas, après avoir bien tourné, arriva dans le globe de Saturne. Quelque accoutumé qu'il fût à voir des choses nouvelles, il ne put d'abord, en voyant la petitesse du globe et de ses habitants, se défendre de ce sourire de supériorité qui échappe quelquefois aux plus sages. Car enfin Saturne n'est guère que neuf cents fois plus gros que la terre, et les citoyens de ce pays-là sont des nains qui n'ont que mille toises[3] de haut ou environ. Il s'en moqua un peu d'abord avec ses gens, à peu près comme un musicien italien se met à rire de la musique de Lulli, quand il vient en France. Mais, comme le Sirien avait un bon esprit, il comprit bien vite qu'un être pensant peut fort bien n'être pas ridicule pour n'avoir que six mille pieds de haut. Il se familiarisa avec les Saturniens, après les avoir étonnés. Il lia une étroite amitié avec le secrétaire de l'Académie de

Saturne,[1] homme de beaucoup d'esprit, qui n'avait à la vérité rien inventé, mais qui rendait un fort bon compte des inventions des autres, et qui faisait passablement de petits vers et de grands calculs. Je rapporterai ici, pour la satisfaction des lecteurs, une conversation singulière que Micromégas eut un jour avec monsieur le secrétaire.

CHAPITRE II

CONVERSATION DE L'HABITANT DE SIRIUS AVEC CELUI DE SATURNE

APRÈS que Son Excellence se fut couchée, et que le secrétaire se fut approché de son visage : « Il faut avouer, dit Micromégas, que la nature est bien variée. — Oui, dit le Saturnien, la nature est comme un parterre dont les fleurs... — Ah! dit l'autre, laissez là votre parterre. — Elle est, reprit le secrétaire, comme une assemblée de blondes et de brunes dont les parures... — Eh! qu'ai-je affaire de vos brunes? dit l'autre. — Elle est donc comme une galerie de peintures dont les traits... — Eh non! dit le voyageur, encore une fois la nature est comme la nature. Pourquoi lui chercher des comparaisons? — Pour vous plaire, répondit le secrétaire. — Je ne veux point qu'on me plaise, répondit le voyageur, je veux qu'on m'instruise; commencez d'abord par me dire combien les hommes de votre globe ont de sens. — Nous en avons soixante et douze, dit l'académicien; et nous nous plaignons tous les jours du peu. Notre imagination va au-delà de nos besoins; nous trouvons qu'avec nos soixante et douze sens, notre anneau, nos cinq lunes, nous sommes trop bornés; et, malgré toute notre curiosité et le nombre assez grand de passions qui résultent de nos soixante et douze sens, nous avons tout le temps de nous ennuyer. — Je le crois bien, dit Micromégas : car dans notre globe nous avons près de mille sens, et il nous reste encore je ne sais quel désir vague, je ne sais quelle inquiétude, qui nous avertit sans cesse que nous sommes peu de chose, et qu'il y a des êtres beaucoup plus parfaits. J'ai un peu voyagé ; j'ai vu des mortels fort au-dessous de nous ; j'en ai vu de fort supérieurs ; mais je n'en ai vu aucuns qui n'aient plus de désirs que de vrais besoins, et plus de besoins que de satisfaction. J'arriverai peut-être un jour au pays où il ne manque rien ; mais jusques à présent personne ne m'a donné de nouvelles positives de ce pays-là. » Le Saturnien et le Sirien s'épuisèrent alors en conjectures ; mais, après beaucoup de raisonnements fort ingénieux et fort incertains, il en fallut revenir aux faits. « Combien de temps vivez-vous ? dit le Sirien. — Ah ! bien peu, répliqua le petit homme de Saturne. — C'est tout comme chez nous, dit le Sirien : nous nous plaignons toujours du peu. Il faut que ce soit une loi universelle de la nature. — Hélas ! nous ne vivons, dit le Saturnien, que cinq cents grandes révolutions du Soleil. (Cela revient à quinze mille ans ou environ, à compter à notre manière.) Vous voyez bien que c'est mourir presque au moment que l'on est né ; notre existence est un point, notre durée un instant, notre globe un atome. A peine a-t-on commencé à s'instruire un peu que la mort arrive avant qu'on ait l'expérience. Pour moi, je n'ose faire aucuns projets ; je me trouve comme une goutte d'eau dans un océan immense. Je suis honteux, surtout devant vous, de la figure ridicule que je fais dans ce monde. »

Micromégas lui repartit : « Si vous n'étiez pas philosophe, je craindrais de vous <u>affliger</u> en vous apprenant que notre vie est sept cents fois plus longue que la vôtre ;

mais vous savez trop bien que quand il faut rendre son corps aux éléments, et ranimer la nature sous une autre forme, ce qui s'appelle mourir; quand ce moment de métamorphose est venu, avoir vécu une éternité ou avoir vécu un jour, c'est précisément la même chose. J'ai été dans des pays où l'on vit mille fois plus longtemps que chez moi, et j'ai trouvé qu'on y murmurait encore. Mais il y a partout des gens de bon sens qui savent prendre leur parti et remercier l'auteur de la nature. Il a répandu sur cet univers une profusion de variétés, avec une espèce d'uniformité admirable. Par exemple, tous les êtres pensants sont différents, et tous se ressemblent au fond par le don de la pensée et des désirs. La matière est partout étendue; mais elle a dans chaque globe des propriétés diverses. Combien comptez-vous de ces propriétés diverses dans votre matière? — Si vous parlez de ces propriétés, dit le Saturnien, sans lesquelles nous croyons que ce globe ne pourrait subsister tel qu'il est, nous en comptons trois cents, comme l'étendue, l'impénétrabilité, la mobilité, la gravitation, la divisibilité, et le reste. — Apparemment, répliqua le voyageur, que ce petit nombre suffit aux vues que le Créateur avait sur votre petite habitation. J'admire en tout sa sagesse; je vois partout des différences, mais aussi partout des proportions. Votre globe est petit, vos habitants le sont aussi; vous avez peu de sensations; votre matière a peu de propriétés : tout cela est l'ouvrage de la Providence. De quelle couleur est votre soleil, bien examiné? — D'un blanc fort jaunâtre, dit le Saturnien; et quand nous divisons un de ses rayons, nous trouvons qu'il contient les sept couleurs. — Notre soleil tire sur le rouge, dit le Sirien, et nous avons trente-neuf couleurs primitives. Il n'y a pas un soleil, parmi tous ceux dont j'ai approché, qui se ressemble, comme chez vous il n'y a pas un visage qui ne soit différent de tous les autres. »

Après plusieurs questions de cette nature, il s'informa combien de substances essentiellement différentes on comptait dans Saturne. Il apprit qu'on n'en comptait qu'une trentaine, comme Dieu, l'espace, la matière, les êtres étendus qui sentent, les êtres étendus qui sentent et qui pensent, les êtres pensants qui n'ont point d'étendue, ceux qui se pénètrent, ceux qui ne se pénètrent pas, et le reste. Le Sirien, chez qui on en comptait trois cents, et qui en avait découvert trois mille autres dans ses voyages, étonna prodigieusement le philosophe de Saturne. Enfin, après s'être communiqué l'un à l'autre un peu de ce qu'ils savaient et beaucoup de ce qu'ils ne savaient pas, après avoir raisonné pendant une révolution du soleil, ils résolurent de faire ensemble un petit voyage philosophique.

CHAPITRE III

VOYAGE DES DEUX HABITANTS DE SIRIUS ET DE SATURNE

Nos deux philosophes étaient prêts à s'embarquer dans l'atmosphère de Saturne, avec une fort jolie provision d'instruments mathématiques, lorsque la maîtresse du Saturnien, qui en eut des nouvelles, vint en larmes faire ses remontrances. C'était une jolie petite brune qui n'avait que six cent soixante toises, mais qui réparait par bien des agréments la petitesse de sa taille. « Ah, cruel ! s'écriat-elle, après t'avoir résisté quinze cents ans, lorsque enfin je commençais à me rendre, quand j'ai à peine passé cent ans entre tes bras, tu me quittes pour aller voyager avec un géant d'un autre monde ; va, tu n'es qu'un curieux, tu n'as jamais eu d'amour ; si tu étais un vrai Saturnien, tu

serais fidèle. Où vas-tu courir ? Que veux-tu ? Nos cinq
lunes sont moins errantes que toi, notre anneau est
moins changeant. Voilà qui est fait, je n'aimerai jamais
plus personne. » Le philosophe l'embrassa, pleura avec
elle, tout philosophe qu'il était, et la dame, après s'être
pâmée, alla se consoler avec un petit-maître du pays.

Cependant nos deux curieux partirent ; ils sautèrent
d'abord sur l'anneau, qu'ils trouvèrent assez plat, comme
l'a fort bien deviné un illustre habitant de notre petit
globe ;[1] de là ils allèrent de lune en lune. Une comète passait tout auprès de la dernière ; ils s'élancèrent sur elle
avec leurs domestiques et leurs instruments. Quand ils
eurent fait environ cent cinquante millions de lieues, ils
rencontrèrent les satellites de Jupiter. Ils passèrent dans
Jupiter même, et y restèrent une année, pendant laquelle
ils apprirent de fort beaux secrets, qui seraient actuellement sous presse sans messieurs les inquisiteurs, qui ont
trouvé quelques propositions un peu dures. Mais j'en ai lu
le manuscrit dans la bibliothèque de l'illustre archevêque
de..., qui m'a laissé voir ses livres avec cette générosité et
cette bonté qu'on ne saurait assez louer.

Mais revenons à nos voyageurs. En sortant de Jupiter,
ils traversèrent un espace d'environ cent millions de
lieues, et ils côtoyèrent la planète de Mars, qui, comme
on sait, est cinq fois plus petite que notre petit globe ; ils
virent deux lunes qui servent à cette planète, et qui ont
échappé aux regards de nos astronomes. Je sais bien que
le père Castel[2] écrira, et même assez plaisamment, contre
l'existence de ces deux lunes ; mais je m'en rapporte à
ceux qui raisonnent par analogie. Ces bons philosophes-là
savent combien il serait difficile que Mars, qui est si loin
du soleil, se passât à moins de deux lunes. Quoi qu'il en
soit, nos gens trouvèrent cela si petit qu'ils craignirent de
n'y pas trouver de quoi coucher, et ils passèrent leur che-

min, comme deux voyageurs qui dédaignent un mauvais
cabaret de village et poussent jusqu'à la ville voisine. Mais
le Sirien et son compagnon se repentirent bientôt. Ils allèrent longtemps, et ne trouvèrent rien. Enfin ils aperçurent
une petite lueur ; c'était la terre : cela fit pitié à des gens
qui venaient de Jupiter. Cependant, de peur de se repentir une seconde fois, ils résolurent de débarquer. Ils passèrent sur la queue de la comète, et, trouvant une aurore
boréale toute prête, ils se mirent dedans, et arrivèrent à
terre sur le bord septentrional de la mer Baltique, le cinq
juillet mil sept cent trente-sept, nouveau style.[1]

CHAPITRE IV

CE QUI LEUR ARRIVE
SUR LE GLOBE DE LA TERRE

APRÈS s'être reposés quelque temps, ils mangèrent à leur
déjeuner deux montagnes que leurs gens leur apprêtèrent
assez proprement. Ensuite ils voulurent reconnaître le
petit pays où ils étaient. Ils allèrent d'abord du nord au
sud. Les pas ordinaires du Sirien et de ses gens étaient
d'environ trente mille pieds de roi ; le nain de Saturne suivait de loin en haletant ; or il fallait qu'il fît environ douze
pas quand l'autre faisait une enjambée : figurez-vous (s'il
est permis de faire de telles comparaisons) un très petit
chien de manchon qui suivrait un capitaine des gardes du
roi de Prusse.

Comme ces étrangers-là vont assez vite, ils eurent fait
le tour du globe en trente-six heures ; le soleil, à la vérité,
ou plutôt la terre, fait un pareil voyage en une journée ;
mais il faut songer qu'on va bien plus à son aise quand

on tourne sur son axe que quand on marche sur ses
pieds. Les voilà donc revenus d'où ils étaient partis, après
avoir vu cette marée, presque imperceptible pour eux,
qu'on nomme *la Méditerranée,* et cet autre petit étang qui,
sous le nom du *grand Océan,* entoure la taupinière. Le
nain n'en avait eu jamais qu'à mi-jambe, et à peine l'autre
avait-il mouillé son talon. Ils firent tout ce qu'ils purent en
allant et en revenant dessus et dessous pour tâcher d'apercevoir si ce globe était habité ou non. Ils se baissèrent, ils
se couchèrent, ils tâtèrent partout ; mais, leurs yeux et
leurs mains n'étant point proportionnés aux petits êtres
qui rampent ici, ils ne reçurent pas la moindre sensation
qui pût leur faire soupçonner que nous et nos confrères
les autres habitants de ce globe avons l'honneur d'exister.

Le nain, qui jugeait quelquefois un peu trop vite,
décida d'abord qu'il n'y avait personne sur la terre. Sa
première raison était qu'il n'avait vu personne. Micromégas lui fit sentir poliment que c'était raisonner assez mal :
« Car, disait-il, vous ne voyez pas avec vos petits yeux certaines étoiles de la cinquantième grandeur que j'aperçois
très distinctement ; concluez-vous de là que ces étoiles
n'existent pas ? — Mais, dit le nain, j'ai bien tâté. — Mais,
répondit l'autre, vous avez mal senti. — Mais, dit le nain,
ce globe-ci est si mal construit, cela est si irrégulier et
d'une forme qui me paraît si ridicule ! tout semble être ici
dans le chaos : voyez-vous ces petits ruisseaux dont aucun
ne va de droit fil, ces étangs qui ne sont ni ronds, ni carrés, ni ovales, ni sous aucune forme régulière ; tous ces
petits grains pointus dont ce globe est hérissé, et qui
m'ont écorché les pieds ? (Il voulait parler des montagnes.)
Remarquez-vous encore la forme de tout le globe, comme
il est plat aux pôles, comme il tourne autour du soleil
d'une manière gauche, de façon que les climats des pôles

sont nécessairement <u>incultes</u>? En vérité, ce qui fait que je pense qu'il n'y a ici personne, c'est qu'il me paraît que des gens de bon sens ne voudraient pas y demeurer. — Eh bien, dit Micromégas, ce ne sont peut-être pas non plus des gens de bon sens qui l'habitent. Mais enfin il y a quelque apparence que ceci n'est pas fait pour rien. Tout vous paraît irrégulier ici, dites-vous, parce que tout est tiré au cordeau dans Saturne et dans Jupiter. Eh! c'est peut-être par cette raison-là même qu'il y a ici un peu de confusion. Ne vous ai-je pas dit que dans mes voyages j'avais toujours remarqué de la variété? » Le Saturnien répliqua à toutes ces raisons. La dispute n'eût jamais fini, si par bonheur Micromégas, en s'échauffant à parler, n'eût cassé le fil de son collier de diamants. Les diamants tombèrent : c'étaient de jolis petits carats assez inégaux, dont les plus gros pesaient quatre cents livres, et les plus petits cinquante. Le nain en ramassa quelques-uns; ils s'aperçut, en les approchant de ses yeux, que ces diamants, de la façon dont ils étaient taillés, étaient d'excellents microscopes. Il prit donc un petit microscope de cent soixante pieds de diamètre, qu'il appliqua à sa prunelle; et Micromégas en choisit un de deux mille cinq cents pieds. Ils étaient excellents; mais d'abord on ne vit rien par leur secours : il fallait s'ajuster. Enfin l'habitant de Saturne vit quelque chose d'imperceptible qui remuait entre deux eaux dans la mer Baltique : c'était une baleine. Il la prit avec le petit doigt fort adroitement, et, la mettant sur l'ongle de son pouce, il la fit voir au Sirien, qui se mit à rire pour la seconde fois de l'excès de petitesse dont étaient les habitants de notre globe. Le Saturnien, convaincu que notre monde est habité, s'imagina bien vite qu'il ne l'était que par des baleines; et, comme il était grand raisonneur, il voulut deviner d'où un si petit atome tirait son mouvement, s'il avait des idées, une volonté, une liberté. Micromégas y fut

fort embarrassé : il examina l'animal fort patiemment, et
le résultat de l'examen fut qu'il n'y avait pas moyen de
croire qu'une âme fût logée là. Les deux voyageurs incli-
naient donc à penser qu'il n'y a point d'esprit dans notre
habitation, lorsqu'à l'aide du microscope ils aperçurent
quelque chose de plus gros qu'une baleine qui flottait sur
la mer Baltique. On sait que dans ce temps-là même une
volée de philosophes revenait du cercle polaire, sous
lequel ils avaient été faire des observations dont personne
ne s'était avisé jusqu'alors. Les gazettes dirent que leur
vaisseau échoua aux côtes de Botnie, et qu'ils eurent bien
de la peine à se sauver ; mais on ne sait jamais dans ce
monde le dessous des cartes. Je vais raconter ingénument
comme la chose se passa, sans y rien mettre du mien, ce
qui n'est pas un petit effort pour un historien.

CHAPITRE V

EXPÉRIENCES ET RAISONNEMENTS
DES DEUX VOYAGEURS

MICROMÉGAS étendit la main tout doucement vers
l'endroit où l'objet paraissait, et, avançant deux doigts et
les retirant par la crainte de se tromper, puis les ouvrant
et les serrant, il saisit fort adroitement le vaisseau qui portait ces messieurs, et le mit encore sur son ongle, sans le
trop presser de peur de l'écraser. « Voici un animal bien
différent du premier », dit le nain de Saturne ; le Sirien
mit le prétendu animal dans le creux de sa main. Les passagers et les gens de l'équipage, qui s'étaient crus enlevés
par un ouragan, et qui se croyaient sur une espèce de
rocher, se mettent tous en mouvement ; les matelots

prennent des tonneaux de vin, les jettent sur la main de Micromégas et se précipitent après. Les géomètres prennent leurs quarts de cercle,[1] leurs secteurs, et des filles laponnes, et descendent sur les doigts du Sirien. Ils en firent tant qu'il sentit enfin remuer quelque chose qui lui chatouillait les doigts : c'était un bâton ferré qu'on lui enfonçait d'un pied dans l'index ; il jugea, par ce picotement, qu'il était sorti quelque chose du petit animal qu'il tenait. Mais il n'en soupçonna pas d'abord davantage. Le microscope, qui faisait à peine discerner une baleine et un vaisseau, n'avait point de prise sur un être aussi imperceptible que des hommes. Je ne prétends choquer ici la vanité de personne, mais je suis obligé de prier les importants de faire ici une petite remarque avec moi : c'est qu'en prenant la taille des hommes d'environ cinq pieds, nous ne faisons pas sur la terre une plus grande figure qu'en ferait, sur une boule de dix pieds de tour, un animal qui aurait à peu près la six cent millième partie d'un pouce en hauteur. Figurez-vous une substance qui pourrait tenir la terre dans sa main, et qui aurait des organes en proportion des nôtres ; et il se peut très bien faire qu'il y ait un grand nombre de ces substances : or concevez, je vous prie, ce qu'elles penseraient de ces batailles qui nous ont valu deux villages qu'il a fallu rendre.

Je ne doute pas que si quelque capitaine des grands grenadiers lit jamais cet ouvrage, il ne hausse de deux grands pieds au moins les bonnets de sa troupe ; mais je l'avertis qu'il aura beau faire, et que lui et les siens ne seront jamais que des infiniment petits.

Quelle adresse merveilleuse ne fallut-il donc pas à notre philosophe de Sirius pour apercevoir les atomes dont je viens de parler ! Quand Leuwenhoek et Hartsoeker[2] virent les premiers, ou crurent voir, la graine dont nous sommes formés, ils ne firent pas à beaucoup près une si étonnante

découverte. Quel plaisir sentit Micromégas en voyant
remuer ces petites machines, en examinant tous leurs
tours, en les suivant dans toutes leurs opérations ! comme
il s'écria ! comme il mit avec joie un de ses microscopes
dans les mains de son compagnon de voyage ! « Je les
vois, disaient-ils tous deux à la fois ; ne les voyez-vous pas
qui portent des fardeaux, qui se baissent, qui se relè-
vent ? » En parlant ainsi, les mains leur tremblaient, par
le plaisir de voir des objets si nouveaux et par la crainte
de les perdre. Le Saturnien, passant d'un excès de
défiance à un excès de crédulité, crut apercevoir qu'ils tra-
vaillaient à la propagation. *Ah !* disait-il, *j'ai pris la nature
sur le fait.* Mais il se trompait sur les apparences, ce qui
n'arrive que trop, soit qu'on se serve ou non de microscopes.

CHAPITRE VI

CE QUI LEUR ARRIVA AVEC DES HOMMES

MICROMÉGAS, bien meilleur observateur que son nain, vit
clairement que les atomes se parlaient ; et il le fit remarquer à son compagnon, qui, honteux de s'être mépris sur
l'article de la génération, ne voulut point croire que de
pareilles espèces pussent se communiquer des idées. Il
avait le don des langues, aussi bien que le Sirien ; il
n'entendait point parler nos atomes, et il supposait qu'ils
ne parlaient pas. D'ailleurs, comment ces êtres imperceptibles auraient-ils les organes de la voix, et qu'auraient-ils
à dire ? Pour parler, il faut penser, ou à peu près ; mais,
s'ils pensaient, ils auraient donc l'équivalent d'une âme.
Or, attribuer l'équivalent d'une âme à cette espèce, cela
lui paraissait absurde. « Mais, dit le Sirien, vous avez cru

tout à l'heure qu'ils faisaient l'amour. Est-ce que vous croyez qu'on puisse faire l'amour sans penser et sans proférer quelque parole, ou du moins sans se faire entendre ? Supposez-vous d'ailleurs qu'il soit plus difficile de produire un argument qu'un enfant ? Pour moi, l'un et l'autre me paraissent de grands mystères. — Je n'ose plus ni croire ni nier, dit le nain ; je n'ai plus d'opinion. Il faut tâcher d'examiner ces insectes, nous raisonnerons après. — C'est fort bien dit », reprit Micromégas ; et aussitôt il tira une paire de ciseaux dont il se coupa les ongles, et d'une rognure de l'ongle de son pouce il fit sur-le-champ une espèce de grande trompette parlante comme un vaste entonnoir, dont il mit le tuyau dans son oreille. La circonférence de l'entonnoir enveloppait le vaisseau et tout l'équipage. La voix la plus faible entrait dans les fibres circulaires de l'ongle, de sorte que grâce à son industrie le philosophe de là-haut entendit parfaitement le bourdonnement de nos insectes de là-bas. En peu d'heures il parvint à distinguer les paroles, et enfin à entendre le français. Le nain en fit autant, quoique avec plus de difficulté. L'étonnement des voyageurs redoublait à chaque instant. Ils entendaient des mites parler d'assez bon sens : ce jeu de la nature leur paraissait inexplicable. Vous croyez bien que le Sirien et son nain brûlaient d'impatience de lier conversation avec les atomes : il craignait que sa voix de tonnerre, et surtout celle de Micromégas, n'assourdît les mites sans en être entendue. Il fallait en diminuer la force. Ils se mirent dans la bouche des espèces de petits cure-dents, dont le bout fort effilé venait donner auprès du vaisseau. Le Sirien tenait le nain sur ses genoux, et le vaisseau avec l'équipage sur son ongle. Il baissait la tête et parlait bas. Enfin, moyennant toutes ces précautions et bien d'autres encore, il commença ainsi son discours :

« Insectes invisibles, que la main du Créateur s'est plu à faire naître dans l'abîme de l'infiniment petit, je le remercie de ce qu'il a daigné me découvrir des secrets qui semblaient impénétrables. Peut-être ne daignerait-on pas vous regarder à ma cour ; mais je ne méprise personne, et je vous offre ma protection. »

Si jamais il y a eu quelqu'un d'étonné, ce furent les gens qui entendirent ces paroles. Ils ne pouvaient deviner d'où elles partaient. L'aumônier du vaisseau récita les prières des exorcismes, les matelots jurèrent, et les philosophes du vaisseau firent un système ; mais, quelque système qu'ils fissent, ils ne purent jamais deviner qui leur parlait. Le nain de Saturne, qui avait la voix plus douce que Micromégas, leur apprit alors en peu de mots à quelles espèces ils avaient affaire. Il leur conta le voyage de Saturne, les mit au fait de ce qu'était M. Micromégas, et, après les avoir plaints d'être si petits, il leur demanda s'ils avaient toujours été dans ce misérable état si voisin de l'anéantissement, ce qu'ils faisaient dans un globe qui paraissait appartenir à des baleines, s'ils étaient heureux, s'ils multipliaient, s'ils avaient une âme, et cent autres questions de cette nature.

Un raisonneur de la troupe, plus hardi que les autres et choqué de ce qu'on doutait de son âme, observa l'interlocuteur avec des pinnules[1] braquées sur un quart de cercle, fit deux stations, et, à la troisième, il parla ainsi : « Vous croyez donc, Monsieur, parce que vous avez mille toises depuis la tête jusqu'aux pieds que vous êtes un... — Mille toises ! s'écria le nain. Juste ciel ! d'où peut-il savoir ma hauteur ? mille toises ! Il ne se trompe pas d'un pouce. Quoi ! cet atome m'a mesuré ! Il est géomètre. Il connaît ma grandeur ; et moi, qui ne le vois qu'à travers un microscope, je ne connais pas encore la sienne ! — Oui, je vous ai mesuré, dit le physicien, et je mesurerai bien

encore votre grand compagnon. » La proposition fut
acceptée ; Son Excellence se coucha de son long, car, s'il
se fût tenu debout, sa tête eût été trop au-dessus des nuages. Nos philosophes lui plantèrent un grand arbre dans
un endroit que le docteur Swift nommerait, mais que je
me garderai bien d'appeler par son nom à cause de mon
grand respect pour les dames. Puis, par une suite de triangles liés ensemble, ils conclurent que ce qu'ils voyaient
était en effet un jeune homme de cent vingt mille pieds
de roi.

Alors Micromégas prononça ces paroles : « Je vois plus
que jamais qu'il ne faut juger de rien sur sa grandeur
apparente. O Dieu, qui avez donné une intelligence à des
substances qui paraissent si méprisables, l'infiniment petit
vous coûte aussi peu que l'infiniment grand ; et, s'il est
possible qu'il y ait des êtres plus petits que ceux-ci, ils peuvent encore avoir un esprit supérieur à ceux de ces super-
bes animaux que j'ai vus dans le ciel, dont le pied seul
couvrirait le globe où je suis descendu. »

Un des philosophes lui répondit qu'il pouvait en toute
sûreté croire qu'il est en effet des êtres intelligents beaucoup plus petits que l'homme. Il lui conta, non pas tout ce
que Virgile a dit de fabuleux sur les abeilles,[1] mais ce que
Swammerdam[2] a découvert, et ce que Réaumur a disséqué. Il lui apprit enfin qu'il y a des animaux qui sont
pour les abeilles ce que les abeilles sont pour l'homme, ce
que le Sirien lui-même était pour ces animaux si vastes
dont il parlait, et ce que ces grands animaux sont pour
d'autres substances devant lesquelles ils ne paraissent que
comme des atomes. Peu à peu la conversation devint intéressante, et Micromégas parla ainsi.

CHAPITRE VII

CONVERSATION AVEC LES HOMMES

« O ATOMES intelligents, dans qui l'Être éternel s'est plu à
manifester son adresse et sa puissance, vous devez sans
doute goûter des joies bien pures sur votre globe ; car,
ayant si peu de matière et paraissant tout esprit, vous
devez passer votre vie à aimer et à penser, c'est la véritable vie des esprits. Je n'ai vu nulle part le vrai bonheur,
mais il est ici sans doute. » A ce discours, tous les philosophes secouèrent la tête ; et l'un d'eux, plus franc que les
autres, avoua de bonne foi que, si l'on en excepte un petit
nombre d'habitants fort peu considérés, tout le reste est
un assemblage de fous, de méchants et de malheureux.
« Nous avons plus de matière qu'il ne nous en faut, dit-il,
pour faire beaucoup de mal, si le mal vient de la matière,
et trop d'esprit, si le mal vient de l'esprit. Savez-vous bien,
par exemple, qu'à l'heure que je vous parle, il y a cent
mille fous de notre espèce, couverts de chapeaux, qui
tuent cent mille autres animaux couverts d'un turban,[1] ou
qui sont massacrés par eux, et que, presque par toute la
terre, c'est ainsi qu'on en use de temps immémorial ? » Le
Sirien frémit et demanda quel pouvait être le sujet de ces
horribles querelles entre de si chétifs animaux. « Il s'agit,
dit le philosophe, de quelque tas de boue grand comme
votre talon. Ce n'est pas qu'aucun de ces millions d'hommes qui se font égorger prétende un fétu sur ce tas de
boue. Il ne s'agit que de savoir s'il appartiendra à un certain homme qu'on nomme *Sultan* ou à un autre qu'on
nomme, je ne sais pourquoi, *César*. Ni l'un ni l'autre n'a
jamais vu ni ne verra jamais le petit coin de terre dont il

s'agit, et presque aucun de ces animaux qui s'égorgent mutuellement n'a jamais vu l'animal pour lequel ils s'égorgent.

— Ah, malheureux ! s'écria le Sirien avec indignation, peut-on concevoir cet excès de rage forcenée ? Il me prend envie de faire trois pas, et d'écraser de trois coups de pied toute cette fourmilière d'assassins ridicules. — Ne vous en donnez pas la peine, lui répondit-on ; ils travaillent assez à leur ruine. Sachez qu'au bout de dix ans il ne reste jamais la centième partie de ces misérables ; sachez que, quand même ils n'auraient pas tiré l'épée, la faim, la fatigue ou l'intempérance les emportent presque tous. D'ailleurs, ce n'est pas eux qu'il faut punir : ce sont des barbares sédentaires qui, du fond de leur cabinet, ordonnent, dans le temps de leur digestion, le massacre d'un million d'hommes, et qui ensuite en font remercier Dieu solennellement. » Le voyageur se sentait ému de pitié pour la petite race humaine, dans laquelle il découvrait de si étonnants contrastes. « Puisque vous êtes du petit nombre des sages, dit-il à ces messieurs, et qu'apparemment vous ne tuez personne pour de l'argent, dites-moi, je vous en prie, à quoi vous vous occupez. — Nous disséquons des mouches, dit le philosophe, nous mesurons des lignes, nous assemblons des nombres, nous sommes d'accord sur deux ou trois points que nous entendons, et nous disputons sur deux ou trois mille que nous n'entendons pas. » Il prit aussitôt fantaisie au Sirien et au Saturnien d'interroger ces atomes pensants pour savoir les choses dont ils convenaient. « Combien comptez-vous, dit-il, de l'étoile de la Canicule à la grande étoile des Gémeaux ? » Ils répondirent tous à la fois : « Trente-deux degrés et demi. — Combien comptez-vous d'ici à la lune ? — Soixante demi-diamètres de la terre en nombre rond. — Combien pèse votre air ? » Il croyait les attraper, mais tous lui dirent que l'air pèse environ neuf cents fois moins qu'un pareil volume de l'eau la plus légère, et dix-neuf mille fois moins que l'or de ducat. Le petit nain de Saturne, étonné de leurs réponses, fut tenté de prendre pour des sorciers ces mêmes gens auxquels il avait refusé une âme un quart d'heure auparavant.

Enfin Micromégas leur dit : « Puisque vous savez si bien ce qui est hors de vous, sans doute vous savez encore mieux ce qui est dedans. Dites-moi ce que c'est que votre âme et comment vous formez vos idées. » Les philosophes parlèrent tous à la fois comme auparavant ; mais ils furent tous de différents avis. Le plus vieux citait Aristote, l'autre prononçait le nom de Descartes, celui-ci de Male-branche, cet autre de Leibniz, cet autre de Locke. Un vieux péripatéticien[1] dit tout haut avec confiance : « L'âme est une *entéléchie*,[2] et une raison par qui elle a la puissance d'être ce qu'elle est. C'est ce que déclare expressément Aristote, page 633 de l'édition du Louvre[3] Ἐυτελέχεια ἐοτι. etc.

— Je n'entends pas trop bien le grec, dit le géant. — Ni moi non plus, dit la mite philosophique. — Pourquoi donc, reprit le Sirien, citez-vous un certain Aristote en grec ? — C'est, répliqua le savant, qu'il faut bien citer ce qu'on ne comprend point du tout dans la langue qu'on entend le moins. »

Le cartésien prit la parole, et dit : « L'âme est un esprit pur, qui a reçu dans le ventre de sa mère toutes les idées métaphysiques et qui, en sortant de là, est obligée d'aller à l'école, et d'apprendre tout de nouveau ce qu'elle a si bien su et qu'elle ne saura plus. — Ce n'était donc pas la peine, répondit l'animal de huit lieues, que ton âme fût si savante dans le ventre de ta mère, pour être si ignorante quand tu aurais de la barbe au menton. Mais qu'entends-tu par esprit ? — Que me demandez-vous là ? dit le raisonneur, je n'en ai point d'idée : on dit que ce n'est pas de la matière. — Mais sais-tu au moins ce que c'est que de la matière? — Très bien, répondit l'homme. Par exemple, cette pierre est grise, et d'une telle forme, elle a ses trois dimensions, elle est pesante et divisible. — Eh bien, dit le Sirien, cette chose qui te paraît être divisible, pesante et grise, me dirais-tu bien ce que c'est? Tu vois quelques attributs; mais le fond de la chose, le connais-tu? — Non, dit l'autre. — Tu ne sais donc point ce que c'est que la matière. »

Alors M. Micromégas, adressant la parole à un autre sage qu'il tenait sur son pouce, lui demanda ce que c'était que son âme, et ce qu'elle faisait. « Rien du tout, répondit le philosophe malebranchiste, c'est Dieu qui fait tout pour moi; je vois tout en lui, je fais tout en lui : c'est lui qui fait tout sans que je m'en mêle. — Autant vaudrait ne pas être, reprit le sage de Sirius. Et toi, mon ami, dit-il à un leibnizien qui était là, qu'est-ce que ton âme? — C'est, répondit le leibnizien, une aiguille qui montre les heures pendant que mon corps carillonne; ou bien, si vous voulez, c'est elle qui carillonne pendant que mon corps montre l'heure; ou bien mon âme est le miroir de l'univers, et mon corps est la bordure du miroir : cela est clair. »

Un petit partisan de Locke était là tout auprès; et quand on lui eut enfin adressé la parole : « Je ne sais pas, dit-il, comment je pense, mais je sais que je n'ai jamais pensé qu'à l'occasion de mes sens. Qu'il y ait des substances immatérielles et intelligentes, c'est de quoi je ne doute pas; mais qu'il soit impossible à Dieu de communiquer la pensée à la matière, c'est de quoi je doute fort. Je révère la puissance éternelle, il ne m'appartient pas de la borner; je n'affirme rien, je me contente de croire qu'il y a plus de choses possibles qu'on ne pense. »

L'animal de Sirius sourit : il ne trouva pas celui-là le

moins sage; et le nain de Saturne aurait embrassé le sec-
tateur de Locke, sans l'extrême disproportion. Mais il y
avait là, par malheur, un petit animalcule en bonnet
carré, qui coupa la parole à tous les animalcules philosophes; il dit qu'il savait tout le secret, que cela se trouvait
dans la *Somme* de saint Thomas; il regarda de haut en bas
les deux habitants célestes; il leur soutint que leurs personnes, leurs mondes, leurs soleils, leurs étoiles, tout était
fait uniquement pour l'homme. A ce discours, nos deux
voyageurs se laissèrent aller l'un sur l'autre en étouffant
de ce rire inextinguible qui, selon Homère, est le partage
des dieux; leurs épaules et leurs ventres allaient et
venaient, et dans ces convulsions le vaisseau que le Sirien
avait sur son ongle tomba dans une poche de la culotte
du Saturnien. Ces deux bonnes gens le cherchèrent longtemps; enfin ils retrouvèrent l'équipage, et le rajustèrent
fort proprement. Le Sirien reprit les petites mites; il leur
parla encore avec beaucoup de bonté, quoiqu'il fût un
peu fâché dans le fond du cœur de voir que les infiniment petits eussent un orgueil presque infiniment grand.
Il leur promit de leur faire un beau livre de philosophie,
écrit fort menu pour leur usage, et que dans ce livre ils
verraient le bout des choses. Effectivement, il leur donna
ce volume avant son départ: on le porta à Paris à l'Académie des sciences; mais, quand le secrétaire l'eut ouvert,
il ne vit rien qu'un livre tout blanc: *Ah!* dit-il, *je m'en étais
bien douté.*

L'INGÉNU

Notice

PREMIÈRE *mention de* L'Ingénu *dans une lettre de Voltaire à d'Alembert du 21 juillet 1767. L'édition originale paraît à Genève chez Cramer au début d'août. Le 3 septembre est accordée l'autorisation « tacite » de publier* L'Ingénu. *Le succès, considérable, redouble encore lorsque le 17 septembre l'autorisation est rapportée. Depuis,* L'Ingénu *a connu une réputation presque égale à celle de* Candide.

*On a avancé sur ce conte beaucoup d'interprétations en apparence divergentes : réponse aux théories de Rousseau sur la nature, attaque contre les jésuites, pamphlet contre l'absolutisme et l'Ancien Régime, énoncé des théories sociales de Voltaire, etc. L'analyse du texte montre que l'idée de base est bien la confrontation entre la nature et la société. Voltaire reprend le mythe du bon sauvage américain qui s'épanouit en de nombreux ouvrages depuis le début du XVIIᵉ siècle (*Grand voyage au pays des Hurons *de Gabriel Sagard Théodat, récollet, publié en 1632, et accompagné d'un* Dictionnaire de la langue huronne, *où figurent trois mots utilisés dans* L'Ingénu *même par Voltaire; les* Dialogues de M. le baron de La Hontan *et d'un sauvage de l'Amérique (1704), et du même La Hontan, les* Voyages au Canada *(1728); les* Mœurs des sauvages comparées aux mœurs des premiers temps, *du père Lafitau (1742); les* Lettres iroquoises de*

*Maubert du Gouvest (1752). Dans ce mythe de l'homme naturel,
Voltaire exploite l'aspect de robustesse et de santé qui carac-
térise le Huron : « L'Ingénu avait une mémoire excellente. La
fermeté des organes de Basse-Bretagne, fortifiée par le climat
du Canada, avait rendu sa tête si vigoureuse que, quand on
frappait dessus, à peine le sentait-il ; et, quand on gravait
dedans, rien ne s'effaçait ; il n'avait jamais rien oublié. »*

*Esprit positif, nouvel avatar du « héros lucide » des contes
voltairiens, avec son honnêteté foncière, sa rectitude intellec-
tuelle, sa fierté, sa noblesse d'âme, son intransigeance, l'Ingénu
s'identifie tout au long du roman avec cette loi naturelle dont
il est toujours prêt à prendre la défense, et apparaît d'une
certaine manière comme une réfutation des théories d'Helvétius
qui avait voulu dans son ouvrage De l'Esprit représenter
l'homme comme « un pur produit de la civilisation ». Mais il
s'en faut que cet homme naturel puisse être assimilé au bon
sauvage de Rousseau : la loi de nature, si elle veut régénérer
pleinement la civilisation, se doit pour cela de composer
avec la loi positive. La vertu, toute négative, du sauvage consiste
à n'avoir « ni bons cuisiniers, ni bons musiciens, ni beaux
meubles, ni luxe, etc. »* (Lettre au docteur Pansophe). *L'article* HOMME *du* Dictionnaire philosophique *remarque que
l' « état que l'on nomme de pure nature » serait justement celui
d'un animal fort au-dessous des premiers Iroquois. De fait,
tout en ne manquant jamais de rendre hommage à ses vertus, le
roman de Voltaire insiste avec humour sur les « singularités »
du Huron, à qui il n'a fallu rien de moins qu'un séjour pro-
longé à la Bastille pour être changé « de brute en homme ».
D'ailleurs, la véritable origine de l'Ingénu, qui éclate dans une
scène de reconnaissance traditionnelle, remet très bien les
choses au point. Le « Huron » est tout bonnement le neveu de
l'abbé de Kerkabon et de sa sœur. Cet homme naturel n'a rien
à voir avec les sauvages : c'est simplement un enfant français de
la nature qui en s'assimilant une culture deviendra un homme*

complet, à la fois philosophe et capitaine : nouvelle génération dans laquelle Voltaire maintenant fonde tous ses espoirs, et appelée à régénérer l'humanité.

Le début de L'Ingénu *nous ramène aux tout premiers contes de Voltaire : issu de la vieille tradition des* Lettres persanes *ou des* Lettres philosophiques, *l' « étranger » vient porter un regard neuf sur un pays de lui inconnu, et fait apparaître le ridicule de ses contradictions. Les personnages secondaires, selon une recette éprouvée, sont simplifiés à l'extrême : un bon vieux prieur un peu falot, une vieille fille, sa sœur, à la fois sensuelle et dévote, une jeune Basse-Brette curieuse, mais bien élevée, un « interrogant bailli ». Mais, à partir du moment où l'Ingénu, ayant repoussé les Anglais, va chercher récompense à Paris, une atmosphère de roman sensible se substitue progressivement à celle de conte satirique, au point que débutant comme* Micromégas *ou* Candide, L'Ingénu *se termine presque comme un roman de Richardson. Ce phénomène peut s'expliquer en partie par le goût du public qui a singulièrement évolué en ce domaine, entre 1759 et 1767, comme pourraient en témoigner notamment La* Nouvelle Héloïse *de Rousseau, l'*Éloge de Richardson *de Diderot, ainsi que l'article* ROMAN *du chevalier de Jaucourt, paru en 1765 dans l'*Encyclopédie, *où il est dit que les Anglais emploient le genre du roman « pour inspirer en amusant l'amour des bonnes mœurs et de la vertu par des tableaux simples, naturels et ingénieux des événements de la vie ». Malgré ses railleries à l'égard du roman anglais, la dette de Voltaire envers le roman sensible est considérable. Peu à peu, au cours du roman, la peinture l'emporte sur la caricature, et le « touchant » sur le satirique. La réalité quotidienne est peinte avec le souci de restituer une certaine atmosphère. Les personnages évoluent : le Huron et le janséniste Gordon, par leur influence réciproque, se changent mutuellement en hommes. A partir du moment où l'Ingénu sort de la Bastille, les scènes attendrissantes se succèdent, dans le goût de Greuze et de Dide-*

rot. Les thèmes du roman noble, qui avait été parodié dans
Candide, *sont repris ici, semble-t-il avec un certain sérieux :*
héros courageux et fidèle, héroïne aimante et vertueuse, idylle de
deux cœurs accordés l'un à l'autre. Il y a un rapport fondamen-
tal entre les emprunts de Voltaire, sur le plan technique, au
genre sensible qui est exaltation certes mais aussi acceptation
de la nature, et son évolution idéologique, l'idéal étant amené
à composer avec les exigences de la vie. Sur tous les plans,
L'Ingénu *apparaît donc comme un roman de la réconciliation.*

V. den H.

L'INGÉNU

HISTOIRE VÉRITABLE
tirée des manuscrits du P. Quesnel[1]

CHAPITRE PREMIER

*Comment le prieur de Notre-Dame de la Montagne
et mademoiselle sa sœur rencontrèrent un Huron.*

Un jour saint Dunstan,[2] Irlandais de nation et saint de
profession, partit d'Irlande sur une petite montagne qui
vogua vers les côtes de France, et arriva par cette voiture à la baie de Saint-Malo. Quand il fut à bord, il
donna la bénédiction à sa montagne, qui lui fit de profondes révérences et s'en retourna en Irlande par le
même chemin qu'elle était venue.

Dunstan fonda un petit prieuré dans ces quartiers-là
et lui donna le nom de *prieuré de la Montagne,* qu'il porte
encore, comme un chacun sait.

En l'année 1689, le 15 juillet au soir, l'abbé de Kerkabon, prieur de Notre-Dame de la Montagne, se promenait sur le bord de la mer avec Mlle de Kerkabon, sa
sœur, pour prendre le frais. Le prieur, déjà un peu sur
l'âge, était un très bon ecclésiastique, aimé de ses voisins,
après l'avoir été autrefois de ses voisines. Ce qui lui
avait donné surtout une grande considération, c'est

qu'il était le seul bénéficier du pays qu'on ne fût pas obligé de porter dans son lit quand il avait soupé avec ses confrères. Il savait assez honnêtement de théologie; et, quand il était las de lire saint Augustin, il s'amusait avec Rabelais : aussi tout le monde disait du bien de lui.

Mlle de Kerkabon, qui n'avait jamais été mariée, quoiqu'elle eût grande envie de l'être, conservait de la fraîcheur à l'âge de quarante-cinq ans; son caractère était bon et sensible; elle aimait le plaisir et était dévote.

Le prieur disait à sa sœur, en regardant la mer : « Hélas! c'est · ici que s'embarqua notre pauvre frère avec notre chère belle-sœur Mme de Kerkabon, sa femme, sur la frégate *l'Hirondelle,* en 1669, pour aller servir en Canada. S'il n'avait pas été tué, nous pourrions espérer de le revoir encore.

— Croyez-vous, disait Mlle de Kerkabon, que notre belle-sœur ait été mangée par les Iroquois, comme on nous l'a dit? Il est certain que, si elle n'avait pas été mangée, elle serait revenue au pays. Je la pleurerai toute ma vie : c'était une femme charmante; et notre frère, qui avait beaucoup d'esprit, aurait fait assurément une grande fortune. »

Comme ils s'attendrissaient l'un et l'autre à ce souvenir, ils virent entrer dans la baie de Rance un petit bâtiment qui arrivait avec la marée : c'étaient des Anglais qui venaient vendre quelques denrées de leur pays. Ils sautèrent à terre, sans regarder M. le prieur ni mademoiselle sa sœur, qui fut très choquée du peu d'attention qu'on avait pour elle.

Il n'en fut pas de même d'un jeune homme très bien fait, qui s'élança d'un saut par-dessus la tête de ses compagnons, et se trouva vis-à-vis mademoiselle. Il lui fit un signe de tête, n'étant pas dans l'usage de faire la révé-

rence. Sa figure et son ajustement attirèrent les regards
du frère et de la sœur. Il était nu-tête et nu-jambes, les
pieds chaussés de petites sandales, le chef orné de longs
cheveux en tresses, un petit pourpoint qui serrait une
taille fine et dégagée; l'air martial et doux. Il tenait dans
sa main une petite bouteille d'eau des Barbades,[1] et dans
l'autre une espèce de bourse dans laquelle était un gobelet et de très bon biscuit de mer. Il parlait français fort
intelligemment. Il présenta de son eau des Barbades à
Mlle de Kerkabon et à monsieur son frère; il en but
avec eux; il leur en fit reboire encore, et tout cela d'un
air si simple et si naturel que le frère et la sœur en
furent charmés. Ils lui offrirent leurs services, en lui
demandant qui il était et où il allait. Le jeune homme
leur répondit qu'il n'en savait rien, qu'il était curieux,
qu'il avait voulu voir comment les côtes de France
étaient faites, qu'il était venu, et allait s'en retourner.

M. le prieur, jugeant à son accent qu'il n'était pas
Anglais, prit la liberté de lui demander de quel pays il
était. « Je suis Huron », lui répondit le jeune homme.

Mlle de Kerkabon, étonnée et enchantée de voir un
Huron qui lui avait fait des politesses, pria le jeune
homme à souper; il ne se fit pas prier deux fois, et
tous trois allèrent de compagnie au prieuré de Notre-
Dame de la Montagne.

La courte et ronde demoiselle le regardait de tous ses
petits yeux, et disait de temps en temps au prieur : « Ce
grand garçon-là a un teint de lis et de rose! qu'il a une
belle peau pour un Huron! — Vous avez raison, ma
sœur », disait le prieur. Elle faisait cent questions coup
sur coup, et le voyageur répondait toujours fort juste.

Le bruit se répandit bientôt qu'il y avait un Huron au
prieuré. La bonne compagnie du canton s'empressa d'y
venir souper. L'abbé de Saint-Yves y vint avec mademoi-

selle sa sœur, jeune Basse-Brette,[1] fort jolie et très bien
élevée. Le bailli, le receveur des tailles et leurs femmes
furent du souper. On plaça l'étranger entre Mlle de Kerkabon, et Mlle de Saint-Yves. Tout le monde le regardait
avec admiration; tout le monde lui parlait et l'interrogeait à la fois; le Huron ne s'en émouvait pas. Il semblait qu'il eût pris pour sa devise celle de milord Bolingbroke : *nihil admirari*. Mais à la fin, excédé de tant de
bruit, il leur dit avec assez de douceur, mais avec un peu
de fermeté : « Messieurs, dans mon pays on parle l'un
après l'autre; comment voulez-vous que je vous réponde
quand vous m'empêchez de vous entendre? » La raison
fait toujours rentrer les hommes en eux-mêmes pour
quelques moments. Il se fit un grand silence. M. le bailli,
qui s'emparait toujours des étrangers dans quelque maison qu'il se trouvât, et qui était le plus grand question-
neur de la province, lui dit en ouvrant la bouche d'un
demi-pied : « Monsieur, comment vous nommez-vous?
— On m'a toujours appelé *l'Ingénu*, reprit le Huron, et
on m'a confirmé ce nom en Angleterre, parce que je dis
toujours naïvement ce que je pense, comme je fais tout
ce que je veux.

    — Comment, étant né Huron, avez-vous pu, Monsieur,
venir en Angleterre? — C'est qu'on m'y a mené; j'ai été
fait, dans un combat, prisonnier par les Anglais, après
m'être assez bien défendu; et les Anglais, qui aiment la
bravoure, parce qu'ils sont braves et qu'ils sont aussi
honnêtes que nous, m'ayant proposé de me rendre à
mes parents ou de venir en Angleterre, j'acceptai le dernier parti, parce que de mon naturel j'aime passionnément à voir du pays.

    — Mais, Monsieur, dit le bailli avec son ton imposant,
comment avez-vous pu abandonner ainsi père et mère?
— C'est que je n'ai jamais connu ni père ni mère », dit

l'étranger. La compagnie s'attendrit, et tout le monde répétait : *Ni père, ni mère!* « Nous lui en servirons, dit la maîtresse de la maison à son frère le prieur; que ce monsieur le Huron est intéressant! » L'Ingénu la remercia avec une cordialité noble et fière, et lui fit comprendre qu'il n'avait besoin de rien.

« Je m'aperçois, monsieur l'Ingénu, dit le grave bailli, que vous parlez mieux français qu'il n'appartient à un Huron. — Un Français, dit-il, que nous avions pris dans ma grande jeunesse en Huronie, et pour qui je conçus beaucoup d'amitié, m'enseigna sa langue; j'apprends très vite ce que je veux apprendre. J'ai trouvé en arrivant à Plymouth un de vos Français réfugiés que vous appelez *huguenots,* je ne sais pourquoi; il m'a fait faire quelques progrès dans la connaissance de votre langue; et, dès que j'ai pu m'exprimer intelligemment, je suis venu voir votre pays, parce que j'aime assez les Français quand ils ne font pas trop de questions. »

L'abbé de Saint-Yves, malgré ce petit avertissement, lui demanda laquelle des trois langues lui plaisait davantage, la huronne, l'anglaise ou la française. « La huronne, sans contredit, répondit l'Ingénu. — Est-il possible? s'écria Mlle de Kerkabon; j'avais toujours cru que le français était la plus belle de toutes les langues après le bas-breton. »

Alors ce fut à qui demanderait à l'Ingénu comment on disait en huron du tabac, et il répondait *taya;* comment on disait manger, et il répondait *essenten.* Mlle de Kerkabon voulut absolument savoir comment on disait faire l'amour; il lui répondit *trovander*,* et soutint, non sans apparence de raison, que ces mots-là valaient bien

---

*. Tous ces noms sont en effet hurons.

les mots français et anglais qui leur correspondaient. *Trovander* parut très joli à tous les convives.

M. le prieur, qui avait dans sa bibliothèque la grammaire huronne dont le révérend père Sagard-Théodat, récollet,[1] fameux missionnaire, lui avait fait présent, sortit de table un moment pour l'aller consulter. Il revint tout haletant de tendresse et de joie. Il reconnut l'Ingénu pour un vrai Huron. On disputa un peu sur la multiplicité des langues, et on convint que, sans l'aventure de la tour de Babel, toute la terre aurait parlé français.

L'interrogant bailli, qui jusque-là s'était défié un peu du personnage, conçut pour lui un profond respect; il lui parla avec plus de civilité qu'auparavant, de quoi l'Ingénu ne s'aperçut pas.

Mlle de Saint-Yves était fort curieuse de savoir comment on faisait l'amour au pays des Hurons. « En faisant de belles actions, répondit-il, pour plaire aux personnes qui vous ressemblent. » Tous les convives applaudirent avec étonnement. Mlle de Saint-Yves rougit, et fut fort aise. Mlle de Kerkabon rougit aussi, mais elle n'était pas si aise; elle fut un peu piquée que la galanterie ne s'adressât pas à elle, mais elle était si bonne personne que son affection pour le Huron n'en fut point du tout altérée. Elle lui demanda, avec beaucoup de bonté, combien il avait eu de maîtresses en Huronie. « Je n'en ai jamais eu qu'une, dit l'Ingénu; c'était Mlle Abacaba, la bonne amie de ma chère nourrice; les joncs ne sont pas plus droits, l'hermine n'est pas plus blanche, les moutons sont moins doux, les aigles moins fiers, et les cerfs ne sont pas si légers que l'était Abacaba. Elle poursuivait un jour un lièvre dans notre voisinage, environ à cinquante lieues de notre habitation. Un Algonquin mal élevé, qui habitait cent lieues plus loin, vint lui prendre son lièvre; je le sus, j'y courus, je terrassai l'Algonquin d'un coup de massue, je l'amenai aux pieds de ma maîtresse, pieds et poings liés. Les parents d'Abacaba voulurent le manger, mais je n'eus jamais de goût pour ces sortes de festins; je lui rendis sa liberté, j'en fis un ami. Abacaba fut si touchée de mon procédé qu'elle me préféra à tous ses amants. Elle m'aimerait encore si elle n'avait pas été mangée par un ours. J'ai puni l'ours, j'ai porté longtemps sa peau mais cela ne m'a pas consolé. »

Mlle de Saint-Yves, à ce récit, sentait un plaisir secret d'apprendre que l'Ingénu n'avait eu qu'une maîtresse, et qu'Abacaba n'était plus; mais elle ne démêlait pas la cause de son plaisir. Tout le monde fixait les yeux sur l'Ingénu; on le louait beaucoup d'avoir empêché ses camarades de manger un Algonquin.

L'impitoyable bailli, qui ne pouvait réprimer sa fureur de questionner, poussa enfin la curiosité jusqu'à s'informer de quelle religion était M. le Huron; s'il avait choisi la religion anglicane, ou la gallicane, ou la huguenote. « Je suis de ma religion, dit-il, comme vous de la vôtre. — Hélas; s'écria la Kerkabon, je vois bien que ces malheureux Anglais n'ont pas seulement songé à le baptiser. — Eh! mon Dieu, disait Mlle de Saint-Yves, comment se peut-il que les Hurons ne soient pas catholiques? Est-ce que les RR. PP. jésuites ne les ont pas tous convertis. » L'Ingénu l'assura que dans son pays on ne convertissait personne; que jamais un vrai Huron n'avait changé d'opinion, et que même il n'y avait point dans sa langue de terme qui signifiât *inconstance*. Ces derniers mots plurent extrêmement à Mlle de Saint-Yves.

« Nous le baptiserons, nous le baptiserons, disait la Kerkabon à M. le prieur; vous en aurez l'honneur, mon cher frère; je veux absolument être sa marraine;

M. l'abbé de Saint-Yves le présentera sur les fonts : ce
sera une cérémonie bien brillante; il en sera parlé dans
toute la Basse-Bretagne, et cela nous fera un honneur
infini. » Toute la compagnie seconda la maîtresse de la
maison; tous les convives criaient : « Nous le baptiserons! » L'Ingénu répondit qu'en Angleterre on laissait
vivre les gens à leur fantaisie. Il témoigna que la proposition ne lui plaisait point du tout, et que la loi des
Hurons valait pour le moins la loi des Bas-Bretons;
enfin, il dit qu'il repartait le lendemain. On acheva de
vider sa bouteille d'eau des Barbades, et chacun s'alla
coucher.

    Quand on eut reconduit l'Ingénu dans sa chambre,
Mlle de Kerkabon et son amie Mlle de Saint-Yves ne
purent se tenir de regarder par le trou d'une large
serrure pour voir comment dormait un Huron. Elles
virent qu'il avait étendu la couverture du lit sur le plan-
cher, et qu'il reposait dans la plus belle attitude du
monde.

CHAPITRE SECOND

Le Huron, nommé l'Ingénu, reconnu de ses parents.

L'INGÉNU, selon sa coutume, s'éveilla avec le soleil au
chant du coq, qu'on appelle en Angleterre et en Huronie
la trompette du jour.[1] Il n'était pas comme la bonne
compagnie qui languit dans un lit oiseux jusqu'à ce que
le soleil ait fait la moitié de son tour, qui ne peut ni dormir ni se lever, qui perd tant d'heures précieuses dans
cet état mitoyen entre la vie et la mort, et qui se plaint
encore que la vie est trop courte.

Il avait déjà fait deux ou trois lieues, il avait tué trente pièces de gibier à balle seule, lorsqu'en rentrant il trouva M. le prieur de Notre-Dame de la Montagne et sa discrète sœur, se promenant en bonnet de nuit dans leur petit jardin. Il leur présenta toute sa chasse, et, en tirant de sa chemise une espèce de petit talisman qu'il portait toujours à son cou, il les pria de l'accepter en reconnaissance de leur bonne réception. « C'est ce que j'ai de plus précieux, leur dit-il; on m'a assuré que je serais toujours heureux tant que je porterais ce petit brimborion sur moi, et je vous le donne afin que vous soyez toujours heureux. »

Le prieur et mademoiselle sourirent avec attendrissement de la naïveté de l'Ingénu. Ce présent consistait en deux petits portraits assez mal faits, attachés ensemble avec une courroie fort grasse.

Mlle de Kerkabon lui demanda s'il y avait des peintres en Huronie. « Non, dit l'Ingénu, cette rareté me vient de ma nourrice; son mari l'avait eue par conquête, en dépouillant quelques Français du Canada qui nous avaient fait la guerre; c'est tout ce que j'en ai su. »

Le prieur regardait attentivement ces portraits; il changea de couleur, il s'émut, ses mains tremblèrent. « Par Notre-Dame de la Montagne, s'écria-t-il, je crois que voilà le visage de mon frère le capitaine et de sa femme! » Mademoiselle, après les avoir considérés avec la même émotion, en jugea de même. Tous deux étaient saisis d'étonnement et d'une joie mêlée de douleur; tous deux s'attendrissaient; tous deux pleuraient; leur cœur palpitait; ils poussaient des cris; ils s'arrachaient les portraits; chacun d'eux les prenait et les rendait vingt fois en une seconde; ils dévoraient des yeux les portraits et le Huron; ils lui demandaient l'un après l'autre, et tous deux à la fois, en quel lieu, en quel temps, comment ces

miniatures étaient tombées entre les mains de sa nourrice; ils rapprochaient, ils comptaient les temps depuis
le départ du capitaine; ils se souvenaient d'avoir eu nouvelle qu'il avait été jusqu'au pays des Hurons, et
que depuis ce temps ils n'en avaient jamais entendu
parler.

L'Ingénu leur avait dit qu'il n'avait connu ni père ni
mère. Le prieur, qui était homme de sens, remarqua que
l'Ingénu avait un peu de barbe; il savait très bien que
les Hurons n'en ont point. « Son menton est cotonné,
il est donc fils d'un homme d'Europe. Mon frère et ma
belle-sœur ne parurent plus après l'expédition contre
les Hurons en 1669; mon neveu devait alors être à la
mamelle; la nourrice huronne lui a sauvé la vie et
lui a servi de mère. » Enfin, après cent questions et cent
réponses, le prieur et sa sœur conclurent que le Huron
était leur propre neveu. Ils l'embrassaient en versant des
larmes; et l'Ingénu riait, ne pouvant s'imaginer qu'un
Huron fût neveu d'un prieur bas-breton.

Toute la compagnie descendit; M. de Saint-Yves, qui
était grand physionomiste, compara les deux portraits
avec le visage de l'Ingénu; il fit très habilement remarquer qu'il avait les yeux de sa mère, le front et le nez de
feu monsieur le capitaine de Kerkabon, et des joues qui
tenaient de l'un et de l'autre.

Mlle de Saint-Yves, qui n'avait jamais vu le père ni la
mère, assura que l'Ingénu leur ressemblait parfaitement. Ils admiraient tous la Providence et l'enchaînement des événements de ce monde.[1] Enfin on était si persuadé, si convaincu de la naissance de l'Ingénu, qu'il
consentit lui-même à être neveu de M. le prieur, en
disant qu'il aimait autant l'avoir pour son oncle qu'un
autre.

On alla rendre grâce à Dieu dans l'église de Notre-

Dame de la Montagne, tandis que le Huron, d'un air indifférent, s'amusait à boire dans la maison.

Les Anglais, qui l'avaient amené, et qui étaient prêts à mettre à la voile, vinrent lui dire qu'il était temps de partir. « Apparemment, leur dit-il, que vous n'avez pas retrouvé vos oncles et vos tantes : je reste ici; retournez à Plymouth, je vous donne toutes mes hardes, je n'ai plus besoin de rien au monde, puisque je suis le neveu d'un prieur. » Les Anglais mirent à la voile, en se souciant fort peu que l'Ingénu eût des parents ou non en Basse-Bretagne.

Après que l'oncle, la tante et la compagnie eurent chanté le *Te Deum;* après que le bailli eut encore accablé l'Ingénu de questions; après qu'on eut épuisé tout ce que l'étonnement, la joie, la tendresse peuvent faire dire, le prieur de la Montagne et l'abbé de Saint-Yves conclurent à faire baptiser l'Ingénu au plus vite. Mais il n'en était pas d'un grand Huron de vingt-deux ans comme d'un enfant qu'on régénère sans qu'il en sache rien. Il fallait l'instruire, et cela paraissait difficile : car l'abbé de Saint-Yves supposait qu'un homme qui n'était pas né en France n'avait pas le sens commun.

Le prieur fit observer à la compagnie que, si en effet monsieur l'Ingénu, son neveu, n'avait pas eu le bonheur de naître en Basse-Bretagne, il n'en avait pas moins d'esprit; qu'on en pouvait juger par toutes ses réponses; et que sûrement la nature l'avait beaucoup favorisé, tant du côté paternel que du maternel.

On lui demanda d'abord s'il avait jamais lu quelque livre. Il dit qu'il avait lu Rabelais traduit en anglais, et quelques morceaux de Shakespeare qu'il savait par cœur; qu'il avait trouvé ces livres chez le capitaine du vaisseau qui l'avait amené de l'Amérique à Plymouth, et qu'il en était fort content. Le bailli ne manqua pas de l'interroger sur ces livres. « Je vous avoue, dit l'Ingénu, que j'ai cru en deviner quelque chose, et que je n'ai pas entendu le reste. »

L'abbé de Saint-Yves, à ce discours, fit réflexion que c'est ainsi que lui-même avait toujours lu, et que la plupart des hommes ne lisaient guère autrement. « Vous avez sans doute lu la Bible ? dit-il au Huron. — Point du tout, monsieur l'abbé ; elle n'était point parmi les livres de mon capitaine ; je n'en ai jamais entendu parler. — Voilà comme sont ces maudits Anglais, criait Mlle Kerkabon ; ils feront plus de cas d'une pièce de Shakespeare, d'un ploum-pouding et d'une bouteille de rhum que du Pentateuque. Aussi n'ont-ils jamais converti personne en Amérique. Certainement ils sont maudits de Dieu ; et nous leur prendrons la Jamaïque et la Virginie avant qu'il soit peu de temps.[1] »

Quoi qu'il en soit, on fit venir le plus habile tailleur de Saint-Malo pour habiller l'Ingénu de pied en cap. La compagnie se sépara ; le bailli alla faire ses questions ailleurs. Mlle de Saint-Yves, en partant, se retourna plusieurs fois pour regarder l'Ingénu ; et il lui fit des révérences plus profondes qu'il n'en avait jamais fait à personne en sa vie.

Le bailli, avant de prendre congé, présenta à Mlle de Saint-Yves un grand nigaud de fils qui sortait du collège ; mais à peine le regarda-t-elle, tant elle était occupée de la politesse du Huron.

CHAPITRE TROISIÈME

Le Huron, nommé l'Ingénu, converti.

M. LE PRIEUR, voyant qu'il était un peu sur l'âge, et que Dieu lui envoyait un neveu pour sa consolation, se mit en tête qu'il pourrait lui résigner son bénéfice s'il réussissait à le baptiser et à le faire entrer dans les ordres.

L'Ingénu avait une mémoire excellente. La fermeté des organes de Basse-Bretagne, fortifiée par le climat du Canada, avait rendu sa tête si vigoureuse que, quand on frappait dessus, à peine le sentait-il; et, quand on gravait dedans, rien ne s'effaçait; il n'avait jamais rien oublié. Sa conception était d'autant plus vive et plus nette que, son enfance n'ayant point été chargée des inutilités et des sottises qui accablent la nôtre, les choses entraient dans sa cervelle sans nuage. Le prieur résolut enfin de lui faire lire le Nouveau Testament. L'Ingénu le dévora avec beaucoup de plaisir; mais, ne sachant ni dans quel temps ni dans quel pays toutes les aventures rapportées dans ce livre étaient arrivées, il ne douta point que le lieu de la scène ne fût en Basse-Bretagne, et il jura qu'il couperait le nez et les oreilles à Caïphe et à Pilate si jamais il rencontrait ces marauds-là.

Son oncle, charmé de ces bonnes dispositions, le mit au fait en peu de temps; il loua son zèle, mais il lui apprit que ce zèle était inutile, attendu que ces gens-là étaient morts il y avait environ seize cent quatre-vingt-dix années. L'Ingénu sut bientôt presque tout le livre par cœur. Il proposait quelquefois des difficultés qui

mettaient le prieur fort en peine. Il était obligé souvent
de consulter l'abbé de Saint-Yves qui, ne sachant que
répondre, fit venir un jésuite bas-breton pour achever la
conversion du Huron.

Enfin la grâce opéra; l'Ingénu promit de se faire chrétien; il ne douta pas qu'il ne dût commencer par être
circoncis : « Car, disait-il, je ne vois pas dans le livre
qu'on m'a fait lire un seul personnage qui ne l'ait été;
il est donc évident que je dois faire le sacrifice de mon
prépuce : le plus tôt c'est le mieux. » Il ne délibéra point.
Il envoya chercher le chirurgien du village et le pria
de lui faire l'opération, comptant réjouir infiniment
Mlle de Kerkabon et toute la compagnie quand une
fois la chose serait faite. Le frater, qui n'avait point
encore fait cette opération, en avertit la famille, qui jeta
les hauts cris. La bonne Kerkabon trembla que son
neveu, qui paraissait résolu et expéditif, ne se fît lui-
même l'opération très maladroitement, et qu'il n'en ré-
sultât de tristes effets auxquels les dames s'intéressent
toujours par bonté d'âme.

Le prieur redressa les idées du Huron; il lui remontra
que la circoncision n'était plus de mode, que le baptême
était beaucoup plus doux et plus salutaire, que la loi de
grâce n'était pas comme la loi de rigueur. L'Ingénu, qui
avait beaucoup de bon sens et de droiture, disputa, mais
reconnut son erreur, ce qui est assez rare en Europe aux
gens qui disputent; enfin il promit de se faire baptiser
quand on voudrait.

Il fallait auparavant se confesser, et c'était là le plus
difficile. L'Ingénu avait toujours en poche le livre que
son oncle lui avait donné. Il n'y trouvait pas qu'un seul
apôtre se fût confessé, et cela le rendait très rétif. Le
prieur lui ferma la bouche en lui montrant, dans l'épître
de saint Jacques le Mineur, ces mots qui font tant de

peine aux hérétiques : *Confessez vos péchés les uns aux autres*. Le Huron se tut, et se confessa à un récollet. Quand il eut fini, il tira le récollet du confessionnal, et, saisissant son homme d'un bras vigoureux, il se mit à sa place et le fit mettre à genoux devant lui : « Allons, mon ami, il est dit : *Confessez-vous les uns aux autres;*[1] je t'ai conté mes péchés, tu ne sortiras pas d'ici que tu ne m'aies conté les tiens. » En parlant ainsi, il appuyait son large genou contre la poitrine de son adverse partie. Le récollet pousse des hurlements qui font retentir l'église. On accourt au bruit, on voit le cathécumène qui gour-mait[2]le moine au nom de saint Jacques le Mineur. La joie de baptiser un Bas-Breton huron et anglais était si grande qu'on passa par-dessus ces singularités. Il y eut même beaucoup de théologiens qui pensèrent que la confession n'était pas nécessaire, puisque le baptême tenait lieu de tout.

On prit jour avec l'évêque de Saint-Malo, qui, flatté, comme on le peut croire, de baptiser un Huron, arriva dans un pompeux équipage, suivi de son clergé. Mlle de Saint-Yves, en bénissant Dieu, mit sa plus belle robe et fit venir la coiffeuse de Saint-Malo, pour briller à la cérémonie. L'interrogant bailli accourut avec toute la contrée. L'église était magnifiquement parée; mais, quand il fallut prendre le Huron pour le mener aux fonts baptismaux, on ne le trouva point.

L'oncle et la tante le cherchèrent partout. On crut qu'il était à la chasse, selon sa coutume. Tous les conviés à la fête parcoururent les bois et les villages voisins : point de nouvelles du Huron.

On commençait à craindre qu'il ne fût retourné en Angleterre. On se souvenait de lui avoir entendu dire qu'il aimait fort ce pays-là. M. le prieur et sa sœur étaient persuadés qu'on n'y baptisait personne, et tremblaient pour l'âme de leur neveu. L'évêque était confondu et prêt à s'en retourner; le prieur et l'abbé de Saint-Yves se désespéraient; le bailli interrogeait tous les passants avec sa gravité ordinaire. Mlle de Kerkabon pleurait; Mlle de Saint-Yves ne pleurait pas, mais elle poussait de profonds soupirs qui semblaient témoigner son goût pour les sacrements. Elles se promenaient tristement le long des saules et des roseaux qui bordent la petite rivière de Rance, lorsqu'elles aperçurent au milieu de la rivière une grande figure assez blanche, les deux mains croisées sur la poitrine. Elles jetèrent un grand cri et se détournèrent. Mais, la curiosité l'emportant bientôt sur toute autre considération, elles se coulèrent doucement entre les roseaux, et, quand elles furent bien sûres de n'être point vues, elles voulurent voir de quoi il s'agissait.

CHAPITRE QUATRIÈME

L'Ingénu baptisé

Le prieur et l'abbé, étant accourus, demandèrent à l'Ingénu ce qu'il faisait là. « Eh parbleu! Messieurs, j'attends le baptême. Il y a une heure que je suis dans l'eau jusqu'au cou, et il n'est pas honnête de me laisser morfondre.

— Mon cher neveu, lui dit tendrement le prieur, ce n'est pas ainsi qu'on baptise en Basse-Bretagne; reprenez vos habits et venez avec nous. » Mlle de Saint-Yves en entendant ce discours disait tout bas à sa compagne :

« Mademoiselle, croyez-vous qu'il reprenne sitôt ses habits? »

Le Huron cependant repartit au prieur : « Vous ne m'en ferez pas accroire cette fois-ci comme l'autre; j'ai bien étudié depuis ce temps-là, et je suis très certain qu'on ne se baptise pas autrement. L'eunuque de la reine Candace[1] fut baptisé dans un ruisseau; je vous défie de me montrer dans le livre que vous m'avez donné qu'on s'y soit jamais pris d'une autre façon. Je ne serai point baptisé du tout, ou je le serai dans la rivière. » On eut beau lui remontrer que les usages avaient changé. L'Ingénu était têtu, car il était Breton et Huron. Il revenait toujours à l'eunuque de la reine Candace. Et, quoique mademoiselle sa tante et Mlle de Saint-Yves, qui l'avaient observé entre les saules, fussent en droit de lui dire qu'il ne lui appartenait pas de citer un pareil homme, elles n'en firent pourtant rien; tant était grande leur discrétion. L'évêque vint lui-même lui parler, ce qui est beaucoup; mais il ne gagna rien : le Huron disputa contre l'évêque.

« Montrez-moi, lui dit-il, dans le livre que m'a donné mon oncle, un seul homme qui n'ait pas été baptisé dans la rivière, et je ferai tout ce que vous voudrez. »

La tante, désespérée, avait remarqué que, la première fois que son neveu avait fait la révérence, il en avait fait une plus profonde à Mlle de Saint-Yves qu'à aucune autre personne de la compagnie; qu'il n'avait pas même salué M. l'évêque avec ce respect mêlé de cordialité qu'il avait témoigné à cette belle demoiselle. Elle prit le parti de s'adresser à elle dans ce grand embarras; elle la pria d'interposer son crédit pour engager le Huron à se faire baptiser de la même manière que les Bretons, ne croyant pas que son neveu pût jamais être chrétien s'il persistait à vouloir être baptisé dans l'eau courante.

Mlle de Saint-Yves rougit du plaisir secret qu'elle sentait d'être chargée d'une si importante commission. Elle s'approcha modestement de l'Ingénu et lui serrant la main d'une manière tout à fait noble : « Est-ce que vous ne ferez rien pour moi ? » lui dit-elle ; et, en prononçant ces mots, elle baissait les yeux et les relevait avec une grâce attendrissante. « Ah ! tout ce que vous voudrez, Mademoiselle, tout ce que vous me commanderez : baptême d'eau, baptême de feu, baptême de sang ; il n'y a rien que je vous refuse. » Mlle de Saint-Yves eut la gloire de faire en deux paroles ce que ni les empressements du prieur, ni les interrogations réitérées du bailli, ni les raisonnements même de M. l'évêque n'avaient pu faire. Elle sentit son triomphe ; mais elle n'en sentait pas encore toute l'étendue.

Le baptême fut administré et reçu avec toute la décence, toute la magnificence, tout l'agrément possibles. L'oncle et la tante cédèrent à M. l'abbé de Saint-Yves et à sa sœur l'honneur de tenir l'Ingénu sur les fonts. Mlle de Saint-Yves rayonnait de joie de se voir marraine. Elle ne savait pas à quoi ce grand titre l'asservissait ; elle accepta cet honneur sans en connaître les fatales conséquences.

Comme il n'y a jamais eu de cérémonie qui ne fût suivie d'un grand dîner, on se mit à table au sortir du baptême. Les goguenards de Basse-Bretagne dirent qu'il ne fallait pas baptiser son vin. M. le prieur disait que le vin, selon Salomon, réjouit le cœur de l'homme.[1] M. l'évêque ajoutait que le patriarche Juda devait lier son ânon à la vigne, et tremper son manteau dans le sang du raisin,[2] et qu'il était bien triste qu'on n'en pût faire autant en Basse-Bretagne, à laquelle Dieu a dénié les vignes. Chacun tâchait de dire un bon mot sur le baptême de l'Ingénu et des galanteries à la marraine. Le bailli, toujours interrogant, demandait au Huron s'il serait fidèle à ses promesses. « Comment voulez-vous que je manque à mes promesses, répondit le Huron, puisque je les ai faites entre les mains de Mlle de Saint-Yves ? »

Le Huron s'échauffa ; il but beaucoup à la santé de sa marraine. « Si j'avais été baptisé de votre main, dit-il, je sens que l'eau froide qu'on m'a versée sur le chignon m'aurait brûlé. » Le bailli trouva cela trop poétique, ne sachant pas combien l'allégorie est familière au Canada. Mais la marraine en fut extrêmement contente.

On avait donné le nom d'Hercule au baptisé. L'évêque de Saint-Malo demandait toujours quel était ce patron dont il n'avait jamais entendu parler. Le jésuite, qui était fort savant, lui dit que c'était un saint qui avait fait douze miracles. Il y en avait un treizième qui valait les douze autres, mais dont il ne convenait pas à un jésuite de parler ; c'était celui d'avoir changé cinquante filles en femmes en une seule nuit. Un plaisant qui se trouva là releva ce miracle avec énergie. Toutes les dames baissèrent les yeux, et jugèrent à la physionomie de l'Ingénu qu'il était digne du saint dont il portait le nom.

CHAPITRE CINQUIÈME

L'Ingénu amoureux

Il faut avouer que depuis ce baptême et ce dîner, Mlle de Saint-Yves souhaita passionnément que M. l'évêque la fît encore participante de quelque beau sacrement avec M. Hercule l'Ingénu. Cependant, comme elle était bien élevée et fort modeste, elle n'osait convenir tout à fait avec elle-même de ses tendres sentiments; mais s'il lui échappait un regard, un mot, un geste, une pensée, elle enveloppait tout cela d'un voile de pudeur infiniment aimable. Elle était tendre, vive et sage.

Dès que M. l'évêque fut parti, l'Ingénu et Mlle de Saint-Yves se rencontrèrent sans avoir fait réflexion qu'ils se cherchaient. Ils se parlèrent sans avoir imaginé ce qu'ils se diraient. L'Ingénu lui dit d'abord qu'il l'aimait de tout son cœur, et que la belle Abacaba, dont il avait été fou dans son pays, n'approchait pas d'elle. Mademoiselle lui répondit, avec sa modestie ordinaire, qu'il fallait en parler au plus vite à M. le prieur son oncle et à Mlle sa tante, et que de son côté elle en dirait deux mots à son cher frère l'abbé de Saint-Yves, et qu'elle se flattait d'un consentement commun.

L'Ingénu lui répond qu'il n'avait besoin du consentement de personne; qu'il lui paraissait extrêmement ridicule d'aller demander à d'autres ce qu'on devait faire; que, quand deux parties sont d'accord, on n'a pas besoin d'un tiers pour les accommoder. « Je ne consulte personne, dit-il, quand j'ai envie de déjeuner, ou de chasser, ou de dormir. Je sais bien qu'en amour il n'est pas mal d'avoir le consentement de la personne à qui on en veut; mais, comme ce n'est ni de mon oncle ni de ma tante que je suis amoureux, ce n'est pas à eux que je dois m'adresser dans cette affaire; et, si vous m'en croyez, vous vous passerez aussi de M. l'abbé de Saint-Yves. »

On peut juger que la belle Bretonne employa toute la délicatesse de son esprit à réduire son Huron aux termes de la bienséance. Elle se fâcha même, et bientôt se radoucit. Enfin on ne sait comment aurait fini cette conversation, si, le jour baissant, M. l'abbé n'avait ramené sa sœur à son abbaye. L'Ingénu laissa coucher son oncle et sa tante, qui étaient un peu fatigués de la cérémonie et de leur long dîner. Il passa une partie de la nuit à faire des vers en langue huronne pour sa bien-aimée : car il faut savoir qu'il n'y a aucun pays de la terre où l'amour n'ait rendu les amants poètes.

Le lendemain, son oncle lui parla ainsi après le déjeuner, en présence de Mlle Kerkabon, qui était tout attendrie : « Le Ciel soit loué de ce que vous avez l'honneur, mon cher neveu, d'être chrétien et Bas-Breton! mais cela ne suffit pas; je suis un peu sur l'âge; mon frère n'a laissé qu'un petit coin de terre qui est très peu de chose; j'ai un bon prieuré : si vous voulez seulement vous faire sous-diacre, comme je l'espère, je vous résignerai mon prieuré, et vous vivrez fort à votre aise, après avoir été la consolation de ma vieillesse. »

L'Ingénu répondit : « Mon oncle, grand bien vous fasse! vivez tant que vous pourrez. Je ne sais pas ce que c'est que d'être sous-diacre ni que de résigner; mais tout me sera bon pourvu que j'aie Mlle de Saint-Yves à ma disposition. — Eh, mon Dieu! mon neveu, que me dites-vous là? Vous aimez donc cette belle demoiselle à la folie? — Oui, mon oncle. — Hélas! mon neveu, il est impossible que vous l'épousiez. — Cela est très possible, mon oncle; car non seulement elle m'a serré la main en me quittant, mais elle m'a promis qu'elle me demanderait en mariage; et assurément je l'épouserai. — Cela est impossible, vous dis-je : elle est votre marraine; c'est un péché épouvantable à une marraine de serrer la main de son filleul; il n'est pas permis d'épouser sa marraine; les lois divines et humaines s'y opposent. — Morbleu! mon oncle, vous vous moquez de moi; pourquoi serait-il défendu d'épouser sa marraine quand elle est jeune et jolie? Je n'ai point vu dans le livre que vous m'avez donné qu'il fût mal d'épouser les filles qui ont aidé les gens à être baptisés. Je m'aperçois tous les jours qu'on fait ici une infinité de choses qui ne sont point dans votre livre, et qu'on n'y fait rien de tout ce qu'il dit. Je vous avoue que cela m'étonne et me fâche. Si on me prive de la belle Saint-Yves sous prétexte de mon baptême, je vous avertis que je l'enlève et que je me débaptise. »

Le prieur fut confondu; sa sœur pleura. « Mon cher frère, dit-elle, il ne faut pas que notre neveu se damne; notre saint-père le pape peut lui donner dispense, et alors il pourra être chrétiennement heureux avec ce qu'il aime. » L'Ingénu embrassa sa tante. « Quel est donc, dit-il, cet homme charmant qui favorise avec tant de bonté les garçons et les filles dans leurs amours? Je veux lui aller parler tout à l'heure. »

On lui expliqua ce que c'était que le pape, et l'Ingénu fut encore plus étonné qu'auparavant. « Il n'y a pas un mot de tout cela dans votre livre, mon cher oncle; j'ai voyagé, je connais la mer; nous sommes ici sur la côte de l'Océan, et je quitterais Mlle de Saint-Yves pour aller demander la permission de l'aimer à un homme qui demeure vers la Méditerranée, à quatre cents lieues d'ici, et dont je n'entends point la langue! Cela est d'un ridicule incompréhensible. Je vais sur-le-champ chez M. l'abbé de Saint-Yves, qui ne demeure qu'à une lieue de vous, et je vous réponds que j'épouserai ma maîtresse dans la journée. »

Comme il parlait encore, entra le bailli, qui, selon sa coutume, lui demanda où il allait. « Je vais me marier », dit l'Ingénu en courant; et au bout d'un quart d'heure il était déjà chez sa belle et chère Basse-Brette, qui dormait encore. « Ah! mon frère, disait Mlle de Kerkabon au prieur, jamais vous ne ferez un sous-diacre de notre neveu. »

Le bailli fut très mécontent de ce voyage : car il prétendait que son fils épousât la Saint-Yves; et ce fils était encore plus sot et plus insupportable que son père.

CHAPITRE SIXIÈME

L'Ingénu court chez sa maîtresse, et devient furieux.

A PEINE l'Ingénu était arrivé, qu'ayant demandé à une vieille servante où était la chambre de sa maîtresse, il avait poussé fortement la porte mal fermée et s'était élancé vers le lit. Mlle de Saint-Yves, se réveillant en sursaut, s'était écriée : « Quoi! c'est vous! ah! c'est vous! arrêtez-vous, que faites-vous? » Il avait répondu : « Je vous épouse »; et en effet il l'épousait, si elle ne s'était pas débattue avec toute l'honnêteté d'une personne qui a de l'éducation.

L'Ingénu n'entendait pas raillerie; il trouvait toutes ces façons-là extrêmement impertinentes. « Ce n'était pas ainsi qu'en usait Mlle Abacaba, ma première maîtresse; vous n'avez point de probité; vous m'avez promis mariage, et vous ne voulez point faire mariage : c'est manquer aux premières lois de l'honneur; je vous apprendrai à tenir votre parole, et je vous remettrai dans le chemin de la vertu. »

L'Ingénu possédait une vertu mâle et intrépide, digne de son patron Hercule, dont on lui avait donné le nom à son baptême; il allait l'exercer dans toute son étendue, lorsqu'aux cris perçants de la demoiselle plus discrète-

ment vertueuse accourut le sage abbé de Saint-Yves, avec
sa gouvernante, un vieux domestique dévot et un prêtre
de la paroisse. Cette vue modéra le courage de l'assail-
lant. « Eh, mon Dieu! mon cher voisin, lui dit l'abbé,
que faites-vous là? — Mon devoir, répliqua le jeune
homme; je remplis mes promesses, qui sont sacrées. »

Mlle de Saint-Yves se rajusta en rougissant. On emme-
na l'Ingénu dans un autre appartement. L'abbé lui remontra l'énormité du procédé. L'Ingénu se défendit sur
les privilèges de la loi naturelle, qu'il connaissait parfaitement. L'abbé voulut prouver que la loi positive devait
avoir tout l'avantage, et que, sans les conventions faites
entre les hommes, la loi de nature ne serait presque
jamais qu'un brigandage naturel. « Il faut, lui disait-il,
des notaires, des prêtres, des témoins, des contrats, des
dispenses. » L'Ingénu lui répondit par la réflexion que
les sauvages ont toujours faite : « Vous êtes donc de
bien malhonnêtes gens, puisqu'il faut entre vous tant
de précautions. »

L'abbé eut de la peine à résoudre cette difficulté. « Il
y a, dit-il, je l'avoue, beaucoup d'inconstants et de fripons parmi nous, et il y en aurait autant chez les Hurons
s'ils étaient rassemblés dans une grande ville; mais aussi
il y a des âmes sages, honnêtes, éclairées, et ce sont ces
hommes-là qui ont fait les lois. Plus on est homme de
bien, plus on doit s'y soumettre; on donne l'exemple
aux vicieux, qui respectent un frein que la vertu s'est
donné elle-même. »

Cette réponse frappa l'Ingénu. On a déjà remarqué
qu'il avait l'esprit juste. On l'adoucit par des paroles
flatteuses; on lui donna des espérances : ce sont les deux
pièges où les hommes des deux hémisphères se prennent; on lui présenta même Mlle de Saint-Yves, quand
elle eut fait sa toilette. Tout se passa avec la plus grande

bienséance... Mais, malgré cette décence, les yeux étincelants de l'Ingénu Hercule firent toujours baisser ceux de sa maîtresse, et trembler la compagnie.

On eut une peine extrême à le renvoyer chez ses parents. Il fallut encore employer le crédit de la belle Saint-Yves; plus elle sentait son pouvoir sur lui, et plus elle l'aimait. Elle le fit partir, et en fut très affligée; enfin, quand il fut parti, l'abbé, qui non seulement était le frère très aîné de Mlle de Saint-Yves, mais qui était aussi son tuteur, prit le parti de soustraire sa pupille aux empressements de cet amant terrible. Il alla consulter le bailli, qui, destinant toujours son fils à la sœur de l'abbé, lui conseilla de mettre la pauvre fille dans une communauté. Ce fut un coup terrible : une indifférente qu'on mettrait au couvent jetterait les hauts cris; mais une amante, et une amante aussi sage que tendre, c'était de quoi la mettre au désespoir.

L'Ingénu, de retour chez le prieur, raconta tout avec sa naïveté ordinaire. Il essuya les mêmes remontrances, qui firent quelque effet sur son esprit, et aucun sur ses sens; mais le lendemain, quand il voulut retourner chez sa belle maîtresse pour raisonner avec elle sur la loi naturelle et sur la loi de convention, M. le bailli lui apprit avec une joie insultante qu'elle était dans un couvent. « Eh bien, dit-il, j'irai raisonner dans ce couvent. — Cela ne se peut », dit le bailli. Il lui expliqua fort au long ce que c'était qu'un couvent ou un convent; que ce mot venait du latin *conventus,* qui signifie assemblée; et le Huron ne pouvait comprendre pourquoi il ne pouvait pas être admis dans l'assemblée. Sitôt qu'il fut instruit que cette assemblée était une espèce de prison où l'on tenait les filles renfermées, chose horrible, inconnue chez les Hurons et chez les Anglais, il devint aussi furieux que le fut son patron Hercule lorsque Euryte, roi d'Œchalie, non moins cruel que l'abbé de Saint-Yves, lui refusa la belle Iole sa fille, non moins belle que la sœur de l'abbé. Il voulait aller mettre le feu au couvent, enlever sa maîtresse, ou se brûler avec elle. Mlle de Kerkabon, épouvantée, renonçait plus que jamais à toutes les espérances de voir son neveu sous-diacre, et disait en pleurant qu'il avait le diable au corps depuis qu'il était baptisé.

CHAPITRE SEPTIÈME

L'Ingénu repousse les Anglais

L'INGÉNU, plongé dans une sombre et profonde mélancolie, se promena vers le bord de la mer, son fusil à deux coups sur l'épaule, son grand coutelas au côté, tirant de temps en temps sur quelques oiseaux, et souvent tenté de tirer sur lui-même; mais il aimait encore la vie à cause de Mlle de Saint-Yves. Tantôt il maudissait son oncle, sa tante, et toute la Basse-Bretagne, et son baptême; tantôt il les bénissait puisqu'ils lui avaient fait connaître celle qu'il aimait. Il prenait sa résolution d'aller brûler le couvent, et il s'arrêtait tout court de peur de brûler sa maîtresse. Les flots de la Manche ne sont pas plus agités par les vents d'est et d'ouest que son cœur l'était par tant de mouvements contraires.

Il marchait à grands pas, sans savoir où, lorsqu'il entendit le son du tambour. Il vit de loin tout un peuple dont une moitié courait au rivage, et l'autre s'enfuyait.

Mille cris s'élevèrent de tous côtés; la curiosité et le courage le précipitent à l'instant vers l'endroit d'où partaient ces clameurs; il y vole en quatre bonds. Le commandant de la milice, qui avait soupé avec lui chez le prieur, le reconnut aussitôt; il court à lui, les bras ouverts : « Ah! c'est l'Ingénu, il combattra pour nous. » Et les milices, qui mouraient de peur, se rassurèrent et crièrent aussi : « C'est l'Ingénu! c'est l'Ingénu! »

« Messieurs, dit-il, de quoi s'agit-il? Pourquoi êtes-vous si effarés? A-t-on mis vos maîtresses dans des couvents? » Alors cent voix confuses s'écrient : « Ne voyez-vous pas les Anglais qui abordent?[1] — Eh bien, répliqua le Huron, ce sont de braves gens; ils ne m'ont jamais proposé de me faire sous-diacre; ils ne m'ont point enlevé ma maîtresse. »

Le commandant lui fit entendre que les Anglais venaient piller l'abbaye de la Montagne, boire le vin de son oncle, et peut-être enlever Mlle de Saint-Yves; que le petit vaisseau sur lequel il avait abordé en Bretagne n'était venu que pour reconnaître la côte; qu'ils faisaient des actes d'hostilité sans avoir déclaré la guerre au roi de France, et que la province était exposée. « Ah! si cela est, ils violent la loi naturelle, laissez-moi faire; j'ai demeuré longtemps parmi eux, je sais leur langue, je leur parlerai; je ne crois pas qu'ils puissent avoir un si méchant dessein. »

Pendant cette conversation, l'escadre anglaise approchait; voilà le Huron qui court vers elle, se jette dans un petit bateau, arrive, monte au vaisseau amiral, et demande s'il est vrai qu'ils viennent ravager le pays sans avoir déclaré la guerre honnêtement. L'amiral et tout son bord firent de grands éclats de rire, lui firent boire du punch, et le renvoyèrent.

L'Ingénu, piqué, ne songea plus qu'à se bien battre contre ses anciens amis pour ses compatriotes et pour M. le prieur. Les gentilshommes du voisinage accou-

raient de toutes parts : il se joint à eux; on avait quelques canons; il les charge, il les pointe, il les tire l'un
après l'autre. Les Anglais débarquent; il court à eux,
il en tue trois de sa main, il blesse même l'amiral qui
s'était moqué de lui. Sa valeur anime le courage de
toute la milice; les Anglais se rembarquent, et toute la
côte retentissait des cris de victoire : « Vive le roi! vive
l'Ingénu! » Chacun l'embrassait, chacun s'empressait
d'étancher le sang de quelques blessures légères qu'il
avait reçues. « Ah! disait-il, si Mlle de Saint-Yves était
là, elle me mettrait une compresse. »

Le bailli, qui s'était caché dans sa cave pendant le
combat, vint lui faire compliment comme les autres.
Mais il fut bien surpris quand il entendit Hercule l'Ingénu dire à une douzaine de jeunes gens de bonne volonté, dont il était entouré : « Mes amis, ce n'est rien
d'avoir délivré l'abbaye de la Montagne; il faut délivrer
une fille. » Toute cette bouillante jeunesse prit feu à ces
seules paroles. On le suivait déjà en foule, on courait
au couvent. Si le bailli n'avait pas sur-le-champ averti
le commandant, si on n'avait pas couru après la troupe
joyeuse, c'en était fait. On ramena l'Ingénu chez son
oncle et sa tante, qui le baignèrent de larmes de tendresse.

« Je vois bien que vous ne serez jamais ni sous-diacre,
ni prieur, lui dit l'oncle; vous serez un officier encore
plus brave que mon frère le capitaine, et probablement
aussi gueux. » Et Mlle de Kerkabon pleurait toujours
en l'embrassant, et en disant : « Il se fera tuer comme
mon frère, il vaudrait bien mieux qu'il fût sous-
diacre. »

L'Ingénu, dans le combat, avait ramassé une grosse
bourse remplie de guinées, que probablement l'amiral
avait laissé tomber. Il ne douta pas qu'avec cette bourse

il ne pût acheter toute la Basse-Bretagne, et surtout faire Mlle de Saint-Yves grande dame. Chacun l'exhorta de faire le voyage de Versailles pour y recevoir le prix de ses services. Le commandant, les principaux officiers, le comblèrent de certificats. L'oncle et la tante approuvèrent le voyage du neveu. Il devait être, sans difficulté, présenté au roi : cela seul lui donnerait un prodigieux relief dans la province. Ces deux bonnes gens ajoutèrent à la bourse anglaise un présent considérable de leurs épargnes. L'Ingénu disait en lui-même : « Quand je verrai le roi, je lui demanderai Mlle de Saint-Yves en mariage, et certainement il ne me refusera pas. » Il partit donc aux acclamations de tout le canton, étouffé d'embrassements, baigné des larmes de sa tante, béni par son oncle, et se recommandant à la belle Saint-Yves.

CHAPITRE HUITIÈME

L'Ingénu va en cour.
Il soupe en chemin avec des huguenots.

L'Ingénu prit le chemin de Saumur par le coche, parce qu'il n'y avait point alors d'autre commodité. Quand il fut à Saumur, il s'étonna de trouver la ville presque déserte, et de voir plusieurs familles qui déménageaient. On lui dit que, six ans auparavant, Saumur contenait plus de quinze mille âmes, et qu'à présent il n'y en avait pas six mille.[1] Il ne manqua pas d'en parler à souper dans son hôtellerie. Plusieurs protestants étaient à table; les uns se plaignaient amèrement, d'autres frémissaient de colère, d'autres disaient en pleurant : *Nos dulcia linquimus arva, nos patriam fugimus.*[1] L'Ingénu qui ne savait pas le latin, se fit expliquer ces paroles, qui signifient : Nous abandonnons nos douces campagnes, nous fuyons notre patrie.

« Et pourquoi fuyez-vous votre patrie, Messieurs? — C'est qu'on veut que nous reconnaissions le pape. — Et pourquoi ne le reconnaîtriez-vous pas? Vous n'avez donc point de marraines que vous vouliez épouser? car on m'a dit que c'était lui qui en donnait la permission. — Ah! Monsieur, ce pape dit qu'il est le maître du domaine des rois! — Mais, Messieurs, de quelle profession êtes-vous? — Monsieur, nous sommes pour la plupart des drapiers et des fabricants. — Si votre pape dit qu'il est le maître de vos draps et de vos fabriques, vous faites très bien de ne pas le reconnaître; mais pour les rois, c'est leur affaire : de quoi vous mêlez-vous? » Alors un petit homme noir prit la parole, et exposa très savamment les griefs de la compagnie. Il parla de la révocation de l'édit de Nantes avec tant d'énergie, il déplora d'une manière si pathétique le sort de cinquante mille familles fugitives et de cinquante mille autres converties par les dragons, que l'Ingénu à son tour versa des larmes. « D'où vient donc, disait-il, qu'un si grand roi, dont la gloire s'étend jusque chez les Hurons, se prive ainsi de tant de cœurs qui l'auraient aimé, et de tant de bras qui l'auraient servi?

— C'est qu'on l'a trompé comme les autres grands rois, répondit l'homme noir. On lui a fait croire que, dès qu'il aurait dit un mot, tous les hommes penseraient comme lui, et qu'il nous ferait changer de religion, comme son musicien Lulli fait changer en un moment les décorations de ses opéras. Non seulement il perd déjà cinq ou six cent mille sujets très utiles, mais

il s'en fait des ennemis; et le roi Guillaume, qui est
actuellement maître de l'Angleterre, a composé plusieurs
régiments de ces mêmes Français qui auraient combattu
pour leur monarque.

« Un tel désastre est d'autant plus étonnant que le
pape régnant, à qui Louis XIV sacrifie une partie de son
peuple, est son ennemi déclaré.[1] Ils ont encore tous deux,
depuis neuf ans, une querelle violente. Elle a été poussée
si loin que la France a espéré enfin de voir briser le joug
qui la soumet depuis tant de siècles à cet étranger, et
surtout de ne lui plus donner d'argent, ce qui est le
premier mobile des affaires de ce monde. Il paraît donc
évident qu'on a trompé ce grand roi sur ses intérêts
comme sur l'étendue de son pouvoir, et qu'on a donné
atteinte à la magnanimité de son cœur. »

L'Ingénu, attendri de plus en plus, demanda quels
étaient les Français qui trompaient ainsi un monarque si
cher aux Hurons. « Ce sont les jésuites, lui répondit-on;
c'est surtout le père de La Chaise, confesseur de Sa
Majesté. Il faut espérer que Dieu les en punira un jour,
et qu'ils seront chassés comme ils nous chassent. Y a-t-il
un malheur égal aux nôtres? Mons de Louvois nous
envoie de tous côtés des jésuites et des dragons.

— Oh bien! Messieurs, répliqua l'Ingénu, qui ne pouvait plus se contenir, je vais à Versailles recevoir la
récompense due à mes services; je parlerai à ce mons de
Louvois : on m'a dit que c'est lui qui fait la guerre, de
son cabinet. Je verrai le roi, je lui ferai connaître la
vérité; il est impossible qu'on ne se rende pas à cette
vérité quand on la sent. Je reviendrai bientôt pour épouser Mlle de Saint-Yves, et je vous prie à la noce. » Ces
bonnes gens le prirent alors pour un grand seigneur
qui voyageaient *incognito* par le coche. Quelques-uns le
prirent pour le fou du roi.

Il y avait à table un jésuite déguisé qui servait d'espion au révérend père de La Chaise. Il lui rendait compte de tout, et le père de La Chaise en instruisait mons de Louvois. L'espion écrivit. L'Ingénu et la lettre arrivèrent presque en même temps à Versailles.

CHAPITRE NEUVIÈME

*Arrivée de l'Ingénu à Versailles. Sa réception
à la cour.*

L'Ingénu débarque en pot de chambre* dans la cour des cuisines. Il demande aux porteurs de chaise à quelle heure on peut voir le roi. Les porteurs lui rient au nez, tout comme avait fait l'amiral anglais. Il les traîna de même, il les battit; ils voulurent le lui rendre, et la scène allait être sanglante s'il n'eût passé un garde du corps, gentilhomme breton, qui écarta la canaille. « Monsieur, lui dit le voyageur, vous me paraissez un brave homme; je suis le neveu de M. le prieur de Notre-Dame de la Montagne; j'ai tué des Anglais, je viens parler au roi : je vous prie de me mener dans sa chambre. » Le garde, ravi de trouver un brave de sa province, qui ne paraissait pas au fait des usages de la cour, lui apprit qu'on ne parlait pas ainsi au roi, et qu'il fallait être présenté par monseigneur de Louvois. « Eh bien, menez-moi donc chez ce monseigneur de Louvois, qui sans doute me conduira chez Sa Majesté. — Il est encore plus diffi-

---

* C'est une voiture de Paris à Versailles, laquelle ressemble à un petit tombereau couvert.

cile, répliqua le garde, de parler à monseigneur de Louvois qu'à Sa Majesté. Mais je vais vous conduire chez M. Alexandre,[1] le premier commis de la guerre : c'est comme si vous parliez au ministre. » Ils vont donc chez ce M. Alexandre, premier commis, et ils ne purent être introduits; il était en affaire avec une dame de la cour, et il y avait ordre de ne laisser entrer personne. « Eh bien, dit le garde, il n'y a rien de perdu; allons chez le premier commis de M. Alexandre : c'est comme si vous parliez à M. Alexandre lui-même. »

Le Huron, tout étonné, le suit; ils restent ensemble une demi-heure dans une petite antichambre. « Qu'est-ce donc que tout ceci? dit l'Ingénu; est-ce que tout le monde est invisible dans ce pays-ci? Il est bien plus aisé de se battre en Basse-Bretagne contre des Anglais que de rencontrer à Versailles les gens à qui on a affaire. » Il se désennuya en racontant ses amours à son compatriote. Mais l'heure en sonnant rappela le garde du corps à son poste. Ils se promirent de se revoir le lendemain; et l'Ingénu resta encore une autre demi-heure dans l'antichambre, en rêvant à Mlle de Saint-Yves, et à la difficulté de parler aux rois et aux premiers commis.

Enfin le patron parut. « Monsieur, lui dit l'Ingénu, si j'avais attendu pour repousser les Anglais aussi longtemps que vous m'avez fait attendre mon audience, ils ravageraient actuellement la Basse-Bretagne tout à leur aise. » Ces paroles frappèrent le commis. Il dit enfin au Breton : « Que demandez-vous? — Récompense, dit l'autre; voici les titres. » Il lui étala tous ses certificats. Le commis lut, et lui dit que probablement on lui accorderait la permission d'acheter une lieutenance. « Moi! que je donne de l'argent pour avoir repoussé les Anglais? que je paie le droit de me faire tuer pour vous, pendant que vous donnez ici vos audiences tranquillement? Je crois que vous voulez rire. Je veux une compagnie de cavalerie pour rien. Je veux que le roi fasse sortir Mlle de Saint-Yves du couvent, et qu'il me la donne par mariage. Je veux parler au roi en faveur de cinquante mille familles que je prétends lui rendre. En un mot, je veux être utile : qu'on m'emploie et qu'on m'avance.

— Comment vous nommez-vous, Monsieur, qui parlez si haut? — Oh! oh! reprit l'Ingénu, vous n'avez donc pas lu mes certificats? C'est donc ainsi qu'on en use? Je m'appelle Hercule de Kerkabon; je suis baptisé, je loge au Cadran bleu, et je me plaindrai de vous au roi. » Le commis conclut, comme les gens de Saumur, qu'il n'avait pas la tête bien saine, et n'y fit pas grande attention.

Ce même jour, le révérend père La Chaise, confesseur de Louis XIV, avait reçu la lettre de son espion, qui accusait le Breton Kerkabon de favoriser dans son cœur les huguenots, et de condamner la conduite des jésuites. M. de Louvois, de son côté, avait reçu une lettre de l'interrogant bailli, qui dépeignait l'Ingénu comme un garnement qui voulait brûler les couvents et enlever les filles.

L'Ingénu, après s'être promené dans les jardins de Versailles, où il s'ennuya, après avoir soupé en Huron et en Bas-Breton, s'était couché dans la douce espérance de voir le roi le lendemain, d'obtenir Mlle de Saint-Yves en mariage, d'avoir au moins une compagnie de cavalerie, et de faire cesser la persécution contre les huguenots. Il se berçait de ces flatteuses idées, quand la maréchaussée entra dans sa chambre. Elle se saisit d'abord de son fusil à deux coups et de son grand sabre.

On fit un inventaire de son argent comptant, et on le

mena dans le château que fit construire le roi Charles V,
fils de Jean II, auprès de la rue Saint-Antoine, à la porte
des Tournelles.[1]

Quel était en chemin l'étonnement de l'Ingénu, je
vous le laisse à penser. Il crut d'abord que c'était un
rêve. Il resta dans l'engourdissement; puis tout à coup,
transporté d'une fureur qui redoublait ses forces, il
prend à la gorge deux de ses conducteurs qui étaient
avec lui dans le carrosse, les jette par la portière, se
jette après eux, et entraîne le troisième, qui voulait le
retenir. Il tombe de l'effort, on le lie, on le remonte dans
la voiture. « Voilà donc, disait-il, ce que l'on gagne à
chasser les Anglais de la Basse-Bretagne! Que dirais-tu,
belle Saint-Yves, si tu me voyais dans cet état? »

On arrive enfin au gîte qui lui était destiné. On le
porte en silence dans la chambre où il devait être
enfermé, comme un mort qu'on porte dans un cimetière.
Cette chambre était déjà occupée par un vieux solitaire
de Port-Royal, nommé Gordon,[2] qui s'y languissait depuis
deux ans. « Tenez, lui dit le chef des sbires, voilà de
la compagnie que je vous amène »; et sur-le-champ on
referma les énormes verrous de la porte épaisse, revêtue
de larges barres. Les deux captifs restèrent séparés de
l'univers entier.

CHAPITRE DIXIÈME

L'Ingénu enfermé à la Bastille avec un janséniste.

M. GORDON était un vieillard frais et serein, qui savait
deux grandes choses : supporter l'adversité et consoler
les malheureux. Il s'avança d'un air ouvert et compa-

tissant vers son compagnon, et lui dit en l'embrassant :
« Qui que vous soyez qui venez partager mon tombeau,
soyez sûr que je m'oublierai toujours moi-même pour
adoucir vos tourments dans l'abîme infernal où nous
sommes plongés. Adorons la Providence qui nous y a
conduits, souffrons en paix, et espérons. » Ces paroles
firent sur l'âme de l'Ingénu l'effet des gouttes d'Angleterre[1] qui rappellent un mourant à la vie, et lui font
entrouvrir des yeux étonnés.

Après les premiers compliments, Gordon, sans le
presser de lui apprendre la cause de son malheur, lui
inspira par la douceur de son entretien, et par cet
intérêt que prennent deux malheureux l'un à l'autre,
le désir d'ouvrir son cœur et de déposer le fardeau qui
l'accablait ; mais il ne pouvait deviner le sujet de son
malheur : cela lui paraissait un effet sans cause, et
le bonhomme Gordon était aussi étonné que lui-
même.

« Il faut, dit le janséniste au Huron, que Dieu ait de
grands desseins sur vous, puisqu'il vous a conduit du
lac Ontario en Angleterre et en France, qu'il vous a fait
baptiser en Basse-Bretagne, et qu'il vous a mis ici pour
votre salut. — Ma foi, répondit l'Ingénu, je crois que
le diable s'est mêlé seul de ma destinée. Mes compatriotes d'Amérique ne m'auraient jamais traité avec la
barbarie que j'éprouve ; ils n'en ont pas d'idée. On les
appelle *sauvages ;* ce sont des gens de bien grossiers,
et les hommes de ce pays-ci sont des coquins raffinés.
Je suis, à la vérité, bien surpris d'être venu de l'autre
monde pour être enfermé dans celui-ci sous quatre verrous avec un prêtre ; mais je fais réflexion au nombre
prodigieux d'hommes qui partent d'un hémisphère
pour aller se faire tuer dans l'autre, ou qui font nau-
frage en chemin, et qui sont mangés des poissons : je

ne vois pas les gracieux desseins de Dieu sur tous ces gens-là. »

On leur apporta à dîner par un guichet. La conversation roula sur la Providence, sur les lettres de cachet, et sur l'art de ne pas succomber aux disgrâces auxquelles tout homme est exposé dans ce monde. « Il y a deux ans que je suis ici, dit le vieillard, sans autre consolation que moi-même et des livres; je n'ai pas eu un moment de mauvaise humeur.

— Ah! monsieur Gordon, s'écria l'Ingénu, vous n'aimez donc pas votre marraine? Si vous connaissiez comme moi Mlle de Saint-Yves, vous seriez au désespoir. » A ces mots il ne put retenir ses larmes, et il se sentit alors un peu moins oppressé. « Mais, dit-il, pourquoi donc les larmes soulagent-elles? Il me semble qu'elles devraient faire un effet contraire. — Mon fils, tout est physique en nous, dit le bon vieillard; toute sécrétion fait du bien au corps, et tout ce qui le soulage soulage l'âme : nous sommes les machines de la Providence. »

L'Ingénu, qui, comme nous l'avons dit plusieurs fois, avait un grand fonds d'esprit, fit de profondes réflexions sur cette idée, dont il semblait qu'il avait la semence en lui-même. Après quoi il demanda à son compagnon pourquoi sa machine était depuis deux ans sous quatre verrous. « Par la grâce efficace, répondit Gordon; je passe pour janséniste : j'ai connu Arnauld et Nicole; les jésuites nous ont persécutés. Nous croyons que le pape n'est qu'un évêque comme un autre; et c'est pour cela que le père de La Chaise a obtenu du roi, son pénitent, un ordre de me ravir, sans aucune formalité de justice, le bien le plus précieux des hommes, la liberté.

— Voilà qui est bien étrange, dit l'Ingénu; tous les

malheureux que j'ai rencontrés ne le sont qu'à cause du pape.

« A l'égard de votre grâce efficace, je vous avoue que je n'y entends rien; mais je regarde comme une grande grâce que Dieu m'ait fait trouver dans mon malheur un homme comme vous, qui verse dans mon cœur des consolations dont je me croyais incapable. »

Chaque jour la conversation devenait plus intéressante et plus instructive. Les âmes des deux captifs s'attachaient l'une à l'autre. Le vieillard savait beaucoup, et le jeune homme voulait beaucoup apprendre. Au bout d'un mois il étudia la géométrie; il la dévorait. Gordon lui fit lire la *Physique* de Rohault,[1] qui était encore à la mode, et il eut le bon esprit que n'y trouver que des incertitudes.

Ensuite il lut le premier volume de la *Recherche de la vérité*.[2] Cette nouvelle lumière l'éclaira. « Quoi! dit-il, notre imagination et nos sens nous trompent à ce point! quoi! les objets ne forment point nos idées, et nous ne pouvons nous les donner nous-mêmes. » Quand il eut lu le second volume, il ne fut plus si content, et il conclut qu'il est plus aisé de détruire que de bâtir.

Son confrère, étonné qu'un jeune ignorant fît cette réflexion qui n'appartient qu'aux âmes exercées, conçut une grande idée de son esprit et s'attacha à lui davantage.

« Votre Malebranche, lui dit un jour l'Ingénu, me paraît avoir écrit la moitié de son livre avec sa raison, et l'autre avec son imagination et ses préjugés. »

Quelques jours après, Gordon lui demanda : « Que pensez-vous donc de l'âme, de la manière dont nous recevons nos idées, de notre volonté, de la grâce, du libre arbitre? — Rien, lui repartit l'Ingénu; si je pensais quelque chose, c'est que nous sommes sous la puissance de l'Être éternel comme les astres et les éléments; qu'il fait tout en nous, que nous sommes de petites roues de la machine immense dont il est l'âme; qu'il agit par des lois générales et non par des vues particulières; cela seul me paraît intelligible, tout le reste est pour moi un abîme de ténèbres.

— Mais, mon fils, ce serait faire Dieu auteur du péché!
— Mais, mon père, votre grâce efficace ferait Dieu auteur du péché aussi : car il est certain que tous ceux à qui cette grâce serait refusée pécheraient; et qui nous livre au mal n'est-il pas l'auteur du mal? »

Cette naïveté embarrassait fort le bonhomme; il sentait qu'il faisait de vains efforts pour se tirer de ce bourbier, et il entassait tant de paroles qui paraissaient avoir du sens et qui n'en avaient point (dans le goût de la prémotion physique)[1] que l'Ingénu en avait pitié. Cette question tenait évidemment à l'origine du bien et du mal; et alors il fallait que le pauvre Gordon passât en revue la boîte de Pandore, l'œuf d'Orosmade percé par Arimane, l'inimité entre Typhon et Osiris, et enfin le péché originel; et ils couraient l'un et l'autre dans cette nuit profonde, sans jamais se rencontrer. Mais enfin ce roman de l'âme détournait leur vue de la contemplation de leur propre misère; et, par un charme étrange, la foule des calamités répandues sur l'univers diminuait la sensation de leurs peines : ils n'osaient se plaindre quand tout souffrait.

Mais, dans le repos de la nuit, l'image de la belle Saint-Yves effaçait dans l'esprit de son amant toutes les idées de métaphysique et de morale. Il se réveillait les yeux mouillés de larmes; et le vieux janséniste oubliait sa grâce efficace, et l'abbé de Saint-Cyran,[2] et Jansénius pour consoler un jeune homme qu'il croyait en péché mortel.

Après leurs lectures, après leurs raisonnements, ils parlaient encore de leurs aventures; et après en avoir inutilement parlé, ils lisaient ensemble ou séparément. L'esprit du jeune homme se fortifiait de plus en plus. Il serait surtout allé très loin en mathématiques, sans les distractions que lui donnait Mlle de Saint-Yves.

Il lut des histoires, elles l'attristèrent. Le monde lui parut trop méchant et trop misérable. En effet, l'histoire n'est que le tableau des crimes et des malheurs. La foule des hommes innocents et paisibles disparaît toujours sur ces vastes théâtres. Les personnages ne sont que des ambitieux pervers. Il semble que l'histoire ne plaise que comme la tragédie, qui languit si elle n'est animée par les passions, les forfaits et les grandes infortunes. Il faut armer Clio du poignard comme Melpomène.

Quoique l'histoire de France soit remplie d'horreurs ainsi que toutes les autres, cependant elle lui parut si dégoûtante dans ses commencements, si sèche dans son milieu, si petite enfin, même du temps de Henri IV, toujours si dépourvue de grands monuments, si étrangère à ces belles découvertes qui ont illustré d'autres nations, qu'il était obligé de lutter contre l'ennui pour lire tous ces détails de calamités obscures resserrées dans un coin du monde.

Gordon pensait comme lui. Tous deux riaient de pitié quand il était question des souverains de Fezensac, de Fezensaguet et d'Astarac.[1] Cette étude en effet ne serait bonne que pour leurs héritiers, s'ils en avaient. Les beaux siècles de la république romaine le rendirent quelque temps indifférent pour le reste de la terre. Le spectacle de Rome victorieuse et législatrice des nations occupait son âme entière. Il s'échauffait en contemplant ce peuple qui fut gouverné sept cents ans par l'enthousiasme de la liberté et de la gloire.

Ainsi se passaient les jours, les semaines et les mois; et il se serait cru heureux dans le séjour du désespoir, s'il n'avait point aimé.

Son bon naturel s'attendrissait encore sur le prieur de Notre-Dame de la Montagne et sur la sensible Kerkabon. « Que penseront-ils, répétait-il souvent, quand ils n'auront point de mes nouvelles? Ils me croiront un ingrat. » Cette idée le tourmentait; il plaignait ceux qui l'aimaient, beaucoup plus qu'il ne se plaignait lui-même.

CHAPITRE ONZIÈME

Comment l'Ingénu développe son génie

LA lecture agrandit l'âme, et un ami éclairé la console. Notre captif jouissait de ces deux avantages qu'il n'avait pas soupçonnés auparavant. « Je serais tenté, dit-il, de croire aux métamorphoses, car j'ai été changé de brute en homme. » Il se forma une bibliothèque choisie d'une partie de son argent dont on lui permettait de disposer. Son ami l'encouragea à mettre par écrit ses réflexions. Voici ce qu'il écrivit sur l'histoire ancienne :

Je m'imagine que les nations ont été longtemps comme moi, qu'elles ne se sont instruites que fort tard, qu'elles n'ont été occupées pendant des siècles que du moment présent qui coulait, très peu du passé, et jamais de l'avenir. J'ai parcouru cinq ou six cents lieues du Canada, je n'y ai pas trouvé un seul monument; personne n'y sait rien de ce qu'a fait son bisaïeul. Ne serait-ce pas là l'état naturel de l'homme? L'espèce de ce continent-ci me paraît supérieure à celle de l'autre. Elle a augmenté son être depuis plusieurs siècles par les arts et par

les connaissances. Est-ce parce qu'elle a de la barbe au menton
et que Dieu a refusé la barbe aux Américains? Je ne le crois
pas; car je vois que les Chinois n'ont presque point de barbe, et
qu'ils cultivent les arts depuis plus de cinq mille années. En
effet, s'ils ont plus de quatre mille ans d'annales, il faut bien
que la nation ait été rassemblée et florissante depuis plus de
cinquante siècles.

Une chose me frappe surtout dans cette ancienne histoire de
la Chine, c'est que presque tout y est vraisemblable et naturel.
Je l'admire en ce qu'il n'y a rien de merveilleux.

Pourquoi toutes les autres nations se sont-elles donné des
origines fabuleuses? Les anciens chroniqueurs de l'histoire de
France, qui ne sont pas fort anciens, font venir les Français
d'un Francus, fils d'Hector. Les Romains se disaient issus d'un
Phrygien, quoiqu'il n'y eût pas dans leur langue un seul mot
qui eût le moindre rapport à la langue de Phrygie. Les dieux
avaient habité dix mille ans en Égypte et les diables en Scythie
où ils avaient engendré les Huns. Je ne vois, avant Thucydide,
que des romans semblables aux Amadis,[1] et beaucoup moins
amusants. Ce sont partout des apparitions, des oracles, des prodiges, des sortilèges, des métamorphoses, des songes expliqués, et
qui font la destinée des plus grands empires et des plus petits
États : ici des bêtes qui parlent, là des bêtes qu'on adore, des
dieux transformés en hommes, et des hommes transformés en
dieux. Ah! s'il nous faut des fables, que ces fables soient du
moins l'emblème de la vérité! J'aime les fables des philosophes,
je ris de celles des enfants, et je hais celles des imposteurs.

Il tomba un jour sur une histoire de l'empereur Justi-
nien. On y lisait que les apédeutes de Constantinople
avaient donné, en très mauvais grec, un édit contre le
plus grand capitaine du siècle, parce que ce héros avait
prononcé ces paroles dans la chaleur de la conversation :
La vérité luit de sa propre lumière, et on n'éclaire pas les

esprits avec les flammes des bûchers. Les apédeutes assurèrent que cette proposition était hérétique, sentant l'hérésie, et que l'axiome contraire était catholique, universel et grec : *On n'éclaire les esprits qu'avec la flamme des bûchers, et la vérité ne saurait luire de sa propre lumière.* Ces linostoles condamnèrent ainsi plusieurs discours du capitaine, et donnèrent un édit.

« Quoi! s'écria l'Ingénu, des édits rendus par ces gens-là! — Ce ne sont point des édits, répliqua Gordon, ce sont des contre-édits, dont tout le monde se moquait à Constantinople, et l'empereur tout le premier : c'était un sage prince qui avait su réduire les apédeutes linostoles[1] à ne pouvoir faire que du bien. Il savait que ces messieurs-là et plusieurs autres pastophores avaient lassé de contre-édits la patience des empereurs ses prédécesseurs en matière plus grave. — Il fit fort bien, dit l'Ingénu; on doit soutenir les pastophores et les contenir. »

Il mit par écrit beaucoup d'autres réflexions qui épouvantèrent le vieux Gordon. « Quoi! dit-il en lui-même, j'ai consumé cinquante ans à m'instruire, et je crains de ne pouvoir atteindre au bon sens naturel de cet enfant presque sauvage! Je tremble d'avoir laborieusement fortifié des préjugés; il n'écoute que la simple nature. »

Le bonhomme avait quelques-uns de ces petits livres de critique, de ces brochures périodiques où des hommes incapables de rien produire dénigrent les productions des autres, où les Visé insultent aux Racine, et les Faydit[2] aux Fénelon. L'Ingénu en parcourut quelques-uns. « Je les compare, disait-il, à certains moucherons qui vont déposer leurs œufs dans le derrière des plus beaux chevaux : cela ne les empêche pas de courir. » A peine les deux philosophes daignèrent-ils jeter les yeux sur ces excréments de la littérature.

Ils lurent bientôt ensemble les éléments de l'astronomie; l'Ingénu fit venir des sphères : ce grand spectacle le ravissait. « Qu'il est dur, disait-il, de ne commencer à connaître le Ciel que lorsqu'on me ravit le droit de le contempler! Jupiter et Saturne roulent dans ces espaces immenses; des millions de soleils éclairent des milliards de mondes; et, dans le coin de la terre où je suis jeté, il se trouve des êtres qui me privent, moi être voyant et pensant, de tous ces mondes où ma vue pourrait atteindre, et de celui où Dieu m'a fait naître! La lumière faite pour tout l'univers est perdue pour moi. On ne me la cachait pas dans l'horizon septentrional où j'ai passé mon enfance et ma jeunesse. Sans vous, mon cher Gordon, je serais ici dans le néant. »

CHAPITRE DOUZIÈME

Ce que l'Ingénu pense des pièces de théâtre

LE jeune Ingénu ressemblait à un de ces arbres vigoureux qui, nés dans un sol ingrat, étendent en peu de temps leurs racines et leurs branches quand ils sont transplantés dans un terrain favorable; et il était bien extraordinaire qu'une prison fût ce terrain.

Parmi les livres qui occupaient le loisir des deux captifs, il se trouva des poésies, des traductions de tragédies grecques, quelques pièces du théâtre français. Les vers qui parlaient d'amour portèrent à la fois dans l'âme de l'Ingénu le plaisir et la douleur. Ils lui parlaient tous de sa chère Saint-Yves. La fable des *Deux pigeons* lui perça le cœur : il était bien loin de pouvoir revenir à son colombier.

Molière l'enchanta. Il lui faisait connaître les mœurs de Paris et du genre humain. « A laquelle de ses comédies donnez-vous la préférence? — Au *Tartuffe,* sans difficulté. — Je pense comme vous, dit Gordon; c'est un tartufe qui m'a plongé dans ce cachot, et peut-être ce sont des tartufes qui ont fait votre malheur.

— Comment trouvez-vous ces tragédies grecques? — Bonnes pour des Grecs », dit l'Ingénu. Mais quand il lut l'*Iphigénie* moderne, *Phèdre, Andromaque, Athalie,* il fut en extase, il soupira, il versa des larmes, il les sut par cœur sans avoir envie de les apprendre.

« Lisez *Rodogune,* lui dit Gordon; on dit que c'est le chef-d'œuvre du théâtre; les autres pièces qui vous ont fait tant de plaisir sont peu de chose en comparaison. » Le jeune homme, dès la première page, lui dit : « Cela n'est pas du même auteur. — A quoi le voyez-vous? — Je n'en sais rien encore; mais ces vers-là ne vont ni à mon oreille ni à mon cœur. — Oh! ce n'est rien que les vers », répliqua Gordon. L'Ingénu répondit : « Pourquoi donc en faire? »

Après avoir lu très attentivement la pièce, sans autre dessein que celui d'avoir du plaisir, il regardait son ami avec des yeux secs et étonnés, et ne savait que dire. Enfin, pressé de rendre compte de ce qu'il avait senti, voici ce qu'il répondit : « Je n'ai guère entendu le commencement; j'ai été révolté du milieu; la dernière scène m'a beaucoup ému, quoiqu'elle me paraisse peu vraisemblable; je ne me suis intéressé pour personne, et je n'ai pas retenu vingt vers, moi qui les retiens tous quand ils me plaisent.

— Cette pièce passe pourtant pour la meilleure que nous ayons. — Si cela est, répliqua-t-il, elle est peut-être comme bien des gens qui ne méritent pas leurs places. Après tout, c'est ici une affaire de goût : le mien ne doit

pas encore être formé; je peux me tromper; mais vous
savez que je suis assez accoutumé à dire ce que je pense,
ou plutôt ce que je sens. Je soupçonne qu'il y a souvent
de l'illusion, de la mode, du caprice, dans les jugements
des hommes. J'ai parlé d'après la nature : il se peut que
chez moi la nature soit très imparfaite; mais il se peut
aussi qu'elle soit quelquefois peu consultée par la plupart des hommes. » Alors il récita des vers d'*Iphigénie,*
dont il était plein, et, quoiqu'il ne déclamât pas bien, il
y mit tant de vérité et d'onction qu'il fit pleurer le vieux
janséniste. Il lut ensuite *Cinna* : il ne pleura point, mais
il admira.

CHAPITRE TREIZIÈME

La belle Saint-Yves va à Versailles

PENDANT que notre infortuné s'éclairait plus qu'il ne se
consolait; pendant que son génie, étouffé depuis si longtemps, se déployait avec tant de rapidité et de force;
pendant que la nature, qui se perfectionnait en lui, le
vengeait des outrages de la fortune, que devinrent
M. le prieur et sa bonne sœur, et la belle recluse Saint-
Yves? Le premier mois on fut inquiet, et au troisième
on fut plongé dans la douleur : les fausses conjectures,
les bruits mal fondés, alarmèrent; au bout de six mois
on le crut mort. Enfin, M. et Mlle de Kerkabon apprirent, par une ancienne lettre qu'un garde du roi avait
écrite en Bretagne, qu'un jeune homme semblable à
l'Ingénu était arrivé un soir à Versailles, mais qu'il avait

été enlevé pendant la nuit, et que depuis ce temps personne n'en avait entendu parler.

« Hélas! dit Mlle Kerkabon, notre neveu aura fait quelque sottise et se sera attiré de fâcheuses affaires. Il est jeune, il est Bas-Breton, il ne peut savoir comme on doit se comporter à la cour. Mon cher frère, je n'ai jamais vu Versailles ni Paris; voici une belle occasion, nous retrouverons peut-être notre pauvre neveu : c'est le fils de notre frère, notre devoir est de le secourir. Qui sait si nous ne pourrons point parvenir enfin à le faire sous-diacre, quand la fougue de la jeunesse sera amortie? Il avait beaucoup de disposition pour les sciences. Vous souvenez vous comme il raisonnait sur l'Ancien et sur le Nouveau Testament? Nous sommes responsables de son âme; c'est nous qui l'avons fait baptiser; sa chère maîtresse Saint-Yves passe les journées à pleurer. En vérité, il faut aller à Paris. S'il est caché dans quelqu'une de ces vilaines maisons de joie dont on m'a fait tant de récits, nous l'en tirerons. » Le prieur fut touché des discours de sa sœur. Il alla trouver l'évêque de Saint-Malo qui avait baptisé le Huron, et lui demanda sa protection et ses conseils. Le prélat approuva le voyage. Il donna au prieur des lettres de recommandation pour le père de La Chaise, confesseur du roi, qui avait la première dignité du royaume; pour l'archevêque de Paris Harlay, et pour l'évêque de Meaux Bossuet.

Enfin le frère et la sœur partirent; mais, quand ils furent arrivés à Paris, ils se trouvèrent égarés comme dans un vaste labyrinthe sans fil et sans issue. Leur fortune était médiocre; il leur fallait tous les jours des voitures pour aller à la découverte, et ils ne découvraient rien.

Le prieur se présenta chez le révérend père de La Chaise : il était avec Mlle du Tron, et ne pouvait donner audience à des prieurs. Il alla à la porte de l'archevêque : le prélat était enfermé avec la belle Mme de Lesdiguières pour les affaires de l'Église. Il courut à la maison de campagne de l'évêque de Meaux : celui-ci examinait avec Mlle de Mauléon l'amour mystique de Mme Guyon.[1] Cependant il parvint à se faire entendre de ces deux prélats; tous deux lui déclarèrent qu'ils ne pouvaient se mêler de son neveu, attendu qu'il n'était pas sous-diacre.

Ensuite il vit le jésuite; celui-ci le reçut à bras ouverts, lui protesta qu'il avait toujours eu pour lui une estime particulière, ne l'ayant jamais connu. Il jura que la Société avait toujours été attachée aux Bas-Bretons. « Mais, dit-il, votre neveu n'aurait-il pas le malheur d'être huguenot? — Non assurément, mon révérend père. — Serait-il point janséniste? — Je puis assurer à Votre Révérence qu'à peine est-il chrétien. Il y a environ onze mois que nous l'avons baptisé. — Voilà qui est bien, voilà qui est bien, nous aurons soin de lui. Votre bénéfice est-il considérable? — Oh! fort peu de chose, et mon neveu nous coûte beaucoup. — Y a-t-il quelques jansénistes dans le voisinage? Prenez bien garde, mon cher monsieur le prieur, ils sont plus dangereux que les huguenots et les athées. — Mon révérend père, nous n'en avons point; on ne sait ce que c'est que le jansénisme à Notre-Dame de la Montagne. — Tant mieux; allez, il n'y a rien que je ne fasse pour vous. » Il congédia affectueusement le prieur, et n'y pensa plus.

Le temps s'écoulait, le prieur et la bonne sœur se désespéraient.

Cependant le maudit bailli pressait le mariage de son grand benêt de fils avec la belle Saint-Yves, qu'on avait fait sortir exprès du couvent. Elle aimait toujours son cher filleul autant qu'elle détestait le mari qu'on lui présentait. L'affront d'avoir été mise dans un couvent augmentait sa passion. L'ordre d'épouser le fils du bailli y mettait le comble. Les regrets, la tendresse et l'horreur bouleversaient son âme. L'amour, comme on sait, est bien plus ingénieux et plus hardi dans une jeune fille que l'amitié ne l'est dans un vieux prieur et dans une tante de quarante-cinq ans passés. De plus, elle s'était bien formée dans son couvent par les romans qu'elle avait lus à la dérobée.

La belle Saint-Yves se souvenait de la lettre qu'un garde du corps avait écrite en Basse-Bretagne, et dont on avait parlé dans la province. Elle résolut d'aller elle-même prendre des informations à Versailles, de se jeter aux pieds des ministres si son mari était en prison, comme on le disait, et d'obtenir justice pour lui. Je ne sais quoi l'avertissait secrètement qu'à la cour on ne refuse rien à une jolie fille. Mais elle ne savait pas ce qu'il en coûtait.

Sa résolution prise, elle est consolée, elle est tranquille, elle ne rebute plus son sot prétendu; elle accueille le détestable beau-père, caresse son frère, répand l'allégresse dans la maison; puis, le jour destiné à la cérémonie, elle part secrètement à quatre heures du matin avec ses petits présents de noce et tout ce qu'elle a pu rassembler. Ses mesures étaient si bien prises qu'elle était déjà à plus de dix lieues lorsqu'on entra dans sa chambre vers le midi. La surprise et la consternation furent grandes. L'interrogant bailli fit ce jour-là plus de questions qu'il n'en avait fait dans toute la semaine; le mari resta plus sot qu'il ne l'avait jamais été. L'abbé de Saint-Yves en colère prit le parti de courir après sa sœur. Le bailli et son fils voulurent l'accompagner. Ainsi la destinée conduisait à Paris presque tout ce canton de la Basse-Bretagne.

La belle Saint-Yves se doutait bien qu'on la suivait. Elle était à cheval; elle s'informait adroitement des courriers s'ils n'avaient point rencontré un gros abbé, un énorme bailli et un jeune benêt, qui couraient sur le chemin de Paris. Ayant appris au troisième jour qu'ils n'étaient pas loin, elle prit une route différente, et eut assez d'habileté et de bonheur pour arriver à Versailles tandis qu'on la cherchait inutilement dans Paris.

Mais comment se conduire à Versailles? Jeune, belle, sans conseil, sans appui, inconnue, exposée à tout, comment oser chercher un garde du roi? Elle imagina de s'adresser à un jésuite du bas étage; il y en avait pour toutes les conditions de la vie, comme Dieu, disaient-ils, a donné différentes nourritures aux diverses espèces d'animaux. Il avait donné au roi son confesseur, que tous les solliciteurs de bénéfices appelaient le *chef de l'Église gallicane*; ensuite venaient les confesseurs des princesses; les ministres n'en avaient point : ils n'étaient pas si sots. Il y avait les jésuites du grand commun, et surtout les jésuites des femmes de chambre, par lesquelles on savait les secrets des maîtresses, et ce n'était pas un petit emploi. La belle Saint-Yves s'adressa à un de ces derniers, qui s'appelait le père Tout-à-Tous. Elle se confessa à lui, lui exposa ses aventures, son état, son danger, et le conjura de la loger chez quelque bonne dévote qui la mît à l'abri des tentations.

Le père Tout-à-Tous l'introduisit chez la femme d'un officier du gobelet,[1] l'une de ses plus affidées pénitentes. Dès qu'elle y fut, elle s'empressa de gagner la confiance et l'amitié de cette femme; elle s'informa du garde breton, et le fit prier de venir chez elle. Ayant su de lui que son amant avait été enlevé après avoir parlé à un premier commis, elle court chez ce commis : la vue d'une belle femme l'adoucit, car il faut convenir que Dieu n'a créé les femmes que pour apprivoiser les hommes.

Le plumitif attendri lui avoua tout. « Votre amant est à la Bastille depuis près d'un an, et sans vous il y serait peut-être toute sa vie. » La tendre Saint-Yves s'évanouit. Quand elle eut repris ses sens, le plumitif lui dit : « Je suis sans crédit pour faire du bien; tout mon pouvoir se borne à faire du mal quelquefois. Croyez-moi, allez chez M. de Saint-Pouange, qui fait le bien et le mal, cousin et favori de monseigneur de Louvois. Ce ministre a deux âmes : M. de Saint-Pouange en est une; Mme du Belloy, l'autre; mais elle n'est pas à présent à Versailles; il ne vous reste que de fléchir le protecteur que je vous indique. »

La belle Saint-Yves, partagée entre un peu de joie et d'extrêmes douleurs, entre quelque espérance et de tristes craintes, poursuivie par son frère, adorant son amant, essuyant ses larmes et en versant encore, tremblante, affaiblie, et reprenant courage, courut vite chez M. de Saint-Pouange.

CHAPITRE QUATORZIÈME

Progrès de l'esprit de l'Ingénu

L'INGÉNU faisait des progrès rapides dans les sciences, et surtout dans la science de l'homme. La cause du développement rapide de son esprit était due à son éducation sauvage presque autant qu'à la trempe de son âme. Car, n'ayant rien appris dans son enfance, il n'avait point appris de préjugés. Son entendement n'ayant point été courbé par l'erreur, était demeuré dans toute

sa rectitude. Il voyait les choses comme elles sont, au
lieu que les idées qu'on nous donne dans l'enfance nous
les font voir toute notre vie comme elles ne sont point.
« Vos persécuteurs sont abominables, disait-il à son ami
Gordon. Je vous plains d'être opprimé, mais je vous
plains d'être janséniste. Toute secte me paraît le rallie-
ment de l'erreur. Dites-moi s'il y a des sectes en géométrie. — Non, mon cher enfant, lui dit en soupirant
le bon Gordon; tous les hommes sont d'accord sur la
vérité quand elle est démontrée, mais ils sont trop par-
tagés sur les vérités obscures. — Dites sur les faussetés
obscures. S'il y avait eu une seule vérité cachée dans vos
amas d'arguments qu'on ressasse depuis tant de siècles,
on l'aurait découverte sans doute; et l'univers aurait été
d'accord au moins sur ce point-là. Si cette vérité était
nécessaire comme le soleil l'est à la terre, elle serait
brillante comme lui. C'est une absurdité, c'est un outrage
au genre humain, c'est un attentat contre l'Être infini
et suprême de dire : « Il y a une vérité essentielle à
« l'homme, et Dieu l'a cachée. »

Tout ce que disait ce jeune ignorant, instruit par la
nature, faisait une impression profonde sur l'esprit du
vieux savant infortuné. « Serait-il bien vrai, s'écria-t-il,
que je me fusse rendu malheureux pour des chimères?
Je suis bien plus sûr de mon malheur que de la grâce
efficace. J'ai consumé mes jours à raisonner sur la liberté
de Dieu et du genre humain, mais j'ai perdu la mienne;
ni saint Augustin ni saint Prosper[1] ne me tireront de
l'abîme où je suis. »

L'Ingénu, livré à son caractère, dit enfin : « Voulez-
vous que je vous parle avec une confiance hardie? Ceux
qui se font persécuter pour ces vaines disputes de l'école
me semblent peu sages; ceux qui persécutent me paraissent des monstres. »

Les deux captifs étaient fort d'accord sur l'injustice de leur captivité. « Je suis cent fois plus à plaindre que vous, disait l'Ingénu; je suis né libre comme l'air; j'avais deux vies, la liberté et l'objet de mon amour : on me les ôte. Nous voici tous deux dans les fers, sans en savoir la raison, et sans pouvoir la demander. J'ai vécu Huron vingt ans; on dit que ce sont des barbares parce qu'ils se vengent de leurs ennemis; mais ils n'ont jamais opprimé leurs amis. A peine ai-je mis le pied en France que j'ai versé mon sang pour elle; j'ai peut-être sauvé une province, et pour récompense je suis englouti dans ce tombeau des vivants, où je serais mort de rage sans vous. Il n'y a donc point de lois dans ce pays! On condamne les hommes sans les entendre! Il n'en est pas ainsi en Angleterre. Ah! ce n'est pas contre les Anglais que je devais me battre. » Ainsi sa philosophie naissante ne pouvait dompter la nature outragée dans le premier de ses droits, et laissait un libre cours à sa juste colère.

Son compagnon ne le contredit point. L'absence augmente toujours l'amour qui n'est pas satisfait, et la philosophie ne le diminue pas. Il parlait aussi souvent de sa chère Saint-Yves que de morale et de métaphysique. Plus ses sentiments s'épuraient, et plus il aimait. Il lut quelques romans nouveaux; il en trouva peu qui lui peignissent la situation de son âme. Il sentait que son cœur allait toujours au-delà de ce qu'il lisait. « Ah! disait-il, presque tous ces auteurs-là n'ont que de l'esprit et de l'art. » Enfin le bon prêtre janséniste devenait insensiblement le confident de sa tendresse. Il ne connaissait l'amour auparavant que comme un péché dont on s'accuse en confession. Il apprit à le connaître comme un sentiment aussi noble que tendre, qui peut élever l'âme autant que l'amollir, et produire même quelquefois des vertus. Enfin, pour dernier prodige, un Huron convertissait un janséniste.

CHAPITRE QUINZIÈME

La belle Saint-Yves résiste à des propositions délicates

LA belle Saint-Yves, plus tendre encore que son amant, alla donc chez M. de Saint-Pouange, accompagnée de l'amie chez qui elle logeait, toutes deux cachées dans leurs coiffes. La première chose qu'elle vit à la porte ce fut l'abbé de Saint-Yves, son frère qui en sortait. Elle fut intimidée; mais la dévote amie la rassura. « C'est précisément parce qu'on a parlé contre vous qu'il faut que vous parliez. Soyez sûre que dans ce pays les accusateurs ont toujours raison si on ne se hâte pas de les confondre. Votre présence d'ailleurs, ou je me trompe fort, fera plus d'effet que les paroles de votre frère. »

Pour peu qu'on encourage une amante passionnée, elle est intrépide. La Saint-Yves se présente à l'audience. Sa jeunesse, ses charmes, ses yeux tendres, mouillés de quelques pleurs, attirèrent tous les regards. Chaque courtisan du sous-ministre oublia un moment l'idole du pouvoir pour contempler celle de la beauté. Le Saint-Pouange la fit entrer dans un cabinet; elle parla avec attendrissement et avec grâce. Saint-Pouange se sentit touché. Elle tremblait, il la rassura. « Revenez ce soir, lui dit-il; vos affaires méritent qu'on y pense et qu'on en parle à loisir. Il y a ici trop de monde. On expédie les audiences trop rapidement. Il faut que je vous entretienne à fond de tout ce qui vous regarde. » Ensuite, ayant fait l'éloge de sa beauté et de ses sentiments, il lui recommanda de venir à sept heures du soir.

Elle n'y manqua pas; la dévote amie l'accompagna encore, mais elle se tint dans le salon, et lut le *Pédagogue chrétien*,[1] pendant que le Saint-Pouange et la belle Saint-Yves étaient dans l'arrière-cabinet. « Croiriez-vous bien, Mademoiselle, lui dit-il d'abord, que votre frère est venu me demander une lettre de cachet contre vous? En vérité j'en expédierais plutôt une pour le renvoyer en Basse-Bretagne. — Hélas! Monsieur, on est donc bien libéral de lettres de cachet dans vos bureaux, puisqu'on en vient solliciter du fond du royaume, comme des pensions? Je suis bien loin d'en demander une contre mon frère. J'ai beaucoup à me plaindre de lui, mais je respecte la liberté des hommes; je demande celle d'un homme que je veux épouser, d'un homme à qui le roi doit la conservation d'une province, qui peut le servir utilement, et qui est fils d'un officier tué à son service. De quoi est-il accusé? Comment a-t-on pu le traiter si cruellement sans l'entendre? »

Alors le sous-ministre lui montra la lettre du jésuite espion et celle du perfide bailli. « Quoi! il y a de pareils monstres sur la terre! et on veut me forcer ainsi à épouser le fils ridicule d'un homme ridicule et méchant! et c'est sur de pareils avis qu'on décide ici de la destinée des citoyens! » Elle se jeta à genoux, elle demanda avec des sanglots la liberté du brave homme qui l'adorait. Ses charmes dans cet état parurent dans leur plus grand avantage. Elle était si belle que le Saint-Pouange, perdant toute honte, lui insinua qu'elle réussirait si elle commençait par lui donner les prémices de ce qu'elle réservait à son amant. La Saint-Yves, épouvantée et confuse, feignit longtemps de ne le pas entendre; il fallut s'expliquer plus clairement. Un mot lâché d'abord avec retenue en produisait un plus fort, suivi d'un autre plus expressif. On offrit non seulement la révocation de la lettre de cachet, mais des récompenses, de l'argent, des honneurs, des établissements; et plus on promettait, plus le désir de n'être pas refusé augmentait.

La Saint-Yves pleurait, elle était suffoquée, à demi renversée sur un sofa, croyant à peine ce qu'elle voyait, ce qu'elle entendait. Le Saint-Pouange, à son tour, se jeta à ses genoux. Il n'était pas sans agréments, et aurait pu ne pas effaroucher un cœur moins prévenu. Mais Saint-Yves adorait son amant et croyait que c'était un crime horrible de le trahir pour le servir. Saint-Pouange redoublait les prières et les promesses. Enfin, la tête lui tourna au point qu'il lui déclara que c'était le seul moyen de tirer de sa prison l'homme auquel elle prenait un intérêt si violent et si tendre. Cet étrange entretien se prolongeait. La dévote de l'antichambre, en lisant son *Pédagogue chrétien,* disait : « Mon Dieu! que peuvent-ils faire là depuis deux heures? Jamais monseigneur de Saint-Pouange n'a donné une si longue audience; peut-être qu'il a tout refusé à cette pauvre fille, puisqu'elle le prie encore. »

Enfin sa compagne sortit · de l'arrière-cabinet, tout éperdue, sans pouvoir parler, réfléchissant profondément sur le caractère des grands et des demi-grands qui sacrifient si légèrement la liberté des hommes et l'honneur des femmes.

Elle ne dit pas un mot pendant tout le chemin. Arrivée chez l'amie, elle éclata, elle lui conta tout. La dévote fit de grands signes de croix. « Ma chère amie, il faut consulter dès demain le père Tout-à-Tous, notre directeur; il a beaucoup de crédit auprès de M. de Saint-Pouange; il confesse plusieurs servantes de sa maison; c'est un homme pieux et accommodant, qui dirige aussi des femmes de qualité. Abandonnez-vous à lui, c'est ainsi que j'en use; je m'en suis toujours bien trouvée. Nous autres, pauvres femmes, nous avons besoin d'être conduites par un homme. — Eh bien donc! ma chère amie, j'irai trouver demain le père Tout-à-Tous. »

CHAPITRE SEIZIÈME

Elle consulte un jésuite

Dès que la belle et désolée Saint-Yves fut avec son bon confesseur, elle lui confia qu'un homme puissant et voluptueux lui proposait de faire sortir de prison celui qu'elle devait épouser légitimement, et qu'il demandait un grand prix de son service; qu'elle avait une répugnance horrible pour une telle infidélité, et que, s'il ne s'agissait que de sa propre vie, elle la sacrifierait plutôt que de succomber.

« Voilà un abominable pécheur! lui dit le père Tout-à-Tous. Vous devriez bien me dire le nom de ce vilain homme; c'est à coup sûr quelque janséniste; je le dénoncerai à Sa Révérence le père de La Chaise, qui le fera mettre dans le gîte où est à présent la chère personne que vous devez épouser. »

La pauvre fille, après un long embarras et de grandes irrésolutions, lui nomma enfin Saint-Pouange.

« Monseigneur de Saint-Pouange! s'écria le jésuite; ah! ma fille, c'est tout autre chose; il est cousin du plus grand ministre que nous ayons jamais eu, homme de bien, protecteur de la bonne cause, bon chrétien; il ne peut avoir eu une telle pensée, il faut que vous ayez mal

entendu. — Ah! mon père, je n'ai entendu que trop
bien; je suis perdue quoi que je fasse; je n'ai que le
choix du malheur et de la honte; il faut que mon amant
reste enseveli tout vivant, ou que je me rende indigne
de vivre. Je ne puis le laisser périr, et je ne puis le
sauver. »

Le père Tout-à-Tous tâcha de la calmer par ces douces
paroles :

« Premièrement, ma fille, ne dites jamais ce mot, *mon
amant;* il a quelque chose de mondain qui pourrait
offenser Dieu. Dites : *mon mari;* car, bien qu'il ne le soit
pas encore, vous le regardez comme tel, et rien n'est
plus honnête.

« Secondement, bien qu'il soit votre époux en idée, en
espérance, il ne l'est pas en effet : ainsi vous ne com-
mettriez pas un adultère, péché énorme qu'il faut toujours éviter autant qu'il est possible.

« Troisièmement, les actions ne sont pas d'une malice
de coulpe quand l'intention est pure; et rien n'est plus
pur que de délivrer votre mari.

« Quatrièmement, vous avez des exemples dans la
sainte antiquité qui peuvent merveilleusement servir à
votre conduite. Saint Augustin rapporte que, sous le pro-
consulat de Septimius Acindynus, en l'an 340 de notre
salut, un pauvre homme, ne pouvant payer à César ce
qui appartenait à César, fut condamné à la mort, comme
il est juste, malgré la maxime : *Où il n'y a rien le roi perd
ses droits.* Il s'agissait d'une livre d'or; le condamné
avait une femme en qui Dieu avait mis la beauté et la
prudence. Un vieux richard promit de donner une livre
d'or, et même plus, à la dame, à condition qu'il commettrait avec elle le péché immonde. La dame ne crut
point mal faire en sauvant la vie à son mari. Saint Augustin approuve fort sa généreuse résignation. Il est vrai

que le vieux richard la trompa, et peut-être même son mari n'en fut pas moins pendu; mais elle avait fait tout ce qui était en elle pour sauver sa vie.

« Soyez sûre, ma fille, que, quand un jésuite vous cite saint Augustin, il faut que ce saint ait pleinement raison. Je ne vous conseille rien; vous êtes sage; il est à présumer que vous serez utile à votre mari. Monseigneur de Saint-Pouange est un honnête homme, il ne vous trompera pas; c'est tout ce que je puis vous dire; je prierai Dieu pour vous, et j'espère que tout se passera à sa plus grande gloire. »

La belle Saint-Yves, non moins effrayée des discours du jésuite que des propositions du sous-ministre, s'en retourna éperdue chez son amie. Elle était tentée de se délivrer par la mort de l'horreur de laisser dans une captivité affreuse l'amant qu'elle adorait, et de la honte de le délivrer au prix de ce qu'elle avait de plus cher, et qui ne devait appartenir qu'à cet amant infortuné.

CHAPITRE DIX-SEPTIÈME

Elle succombe par vertu

ELLE priait son amie de la tuer; mais cette femme, non moins indulgente que le jésuite, lui parla plus clairement encore. « Hélas! dit-elle, les affaires ne se font guère autrement dans cette cour si aimable, si galante et si renommée. Les places les plus médiocres et les plus considérables n'ont souvent été données qu'au prix qu'on exige de vous. Écoutez, vous m'avez inspiré de l'amitié et de la confiance; je vous avouerai que, si j'avais été

aussi difficile que vous l'êtes, mon mari ne jouirait pas
du petit poste qui le fait vivre; il le sait, et, loin d'en
être fâché, il voit en moi sa bienfaitrice, et il se regarde
comme ma créature. Pensez-vous que tous ceux qui ont
été à la tête des provinces, ou même des armées, aient
dû leurs honneurs et leur fortune à leurs seuls services?
Il en est qui en sont redevables à mesdames leurs
femmes. Les dignités de la guerre ont été sollicitées par
l'amour; et la place a été donnée au mari de la plus
belle.

« Vous êtes dans une situation bien plus intéressante :
il s'agit de rendre votre amant au jour et de l'épouser;
c'est un devoir sacré qu'il vous faut remplir. On n'a
point blâmé les belles et grandes dames dont je vous
parle; on vous applaudira, on dira que vous ne vous
êtes permis une faiblesse que par un excès de vertu.
— Ah! quelle vertu! s'écria la belle Saint-Yves; quel labyrinthe d'iniquités! quel pays! et que j'apprends à connaître
les hommes! Un père de La Chaise et un bailli ridicule
font mettre mon amant en prison; ma famille me persécute; on ne me tend la main dans mon désastre que
pour me déshonorer. Un jésuite a perdu un brave homme,
un autre jésuite veut me perdre; je ne suis entourée que
de pièges, et je touche au moment de tomber dans la
misère! Il faut que je me tue ou que je parle au roi;
je me jetterai à ses pieds sur son passage, quand il ira
à la messe ou à la comédie.

— On ne vous laissera pas approcher, lui dit sa bonne
amie; et, si vous aviez le malheur de parler, mons de
Louvois et le révérend père de La Chaise pourraient
vous enterrer dans le fond d'un couvent pour le reste de
vos jours. »

Tandis que cette brave personne augmentait ainsi les
perplexités de cette âme désespérée et enfonçait le poi-

gnard dans son cœur, arrive un exprès de M. de Saint-Pouange avec une lettre et deux beaux pendants d'oreilles. Saint-Yves rejeta le tout en pleurant, mais l'amie s'en chargea.

Dès que le messager fut parti, notre confidente lit la lettre, dans laquelle on propose un petit souper aux deux amies pour le soir. Saint-Yves jure qu'elle n'ira point. La dévote veut lui essayer les deux boucles de diamants; Saint-Yves ne le put souffrir, elle combattit la journée entière. Enfin, n'ayant en vue que son amant, vaincue, entraînée, ne sachant où on la mène, elle se laisse conduire au souper fatal. Rien n'avait pu la déterminer à se parer de ses pendants d'oreilles; la confidente les apporta, elle les lui ajusta malgré elle avant qu'on se mît à table. Saint-Yves était si confuse, si troublée, qu'elle se laissait tourmenter; et le patron en tirait un augure très favorable. Vers la fin du repas, la confidente se retira discrètement. Le patron montra alors la révocation de la lettre de cachet, le brevet d'une gratification considérable, celui d'une compagnie, et n'épargna pas les promesses. « Ah! lui dit Saint-Yves, que je vous aimerais si vous ne vouliez pas être tant aimé! »

Enfin après une longue résistance, après des sanglots, des cris, des larmes, affaiblie du combat, éperdue, languissante, il fallut se rendre. Elle n'eut d'autre ressource que de se promettre de ne penser qu'à l'Ingénu tandis que le cruel jouirait impitoyablement de la nécessité où elle était réduite.

CHAPITRE DIX-HUITIÈME

Elle délivre son amant et un janséniste

Au point du jour, elle vole à Paris, munie de l'ordre
du ministre. Il est difficile de peindre ce qui se passait
dans son cœur pendant ce voyage. Qu'on imagine une
âme vertueuse et noble, humiliée de son opprobre, eni-
vrée de tendresse, déchirée des remords d'avoir trahi son
amant, pénétrée du plaisir de délivrer ce qu'elle adore.
Ses amertumes, ses combats, son succès, partageaient
toutes ses réflexions. Ce n'était plus cette fille simple
dont une éducation provinciale avait rétréci les idées.
L'amour et le malheur l'avaient formée. Le sentiment
avait fait autant de progrès en elle que la raison en avait
fait dans l'esprit de son amant infortuné. Les filles
apprennent à sentir plus aisément que les hommes
n'apprennent à penser. Son aventure était plus instructive que quatre ans de couvent.

Son habit était d'une simplicité extrême. Elle voyait
avec horreur les ajustements sous lesquels elle avait paru
devant son funeste bienfaiteur; elle avait laissé ses
boucles de diamants à sa compagne sans même les regarder. Confuse et charmée, idolâtre de l'Ingénu et se
haïssant elle-même, elle arrive enfin à la porte

> De cet affreux château, palais de la vengeance,
> Qui renferma souvent le crime et l'innocence.[1]

Quand il fallut descendre du carrosse, les forces lui
manquèrent; on l'aida; elle entra, le cœur palpitant, les
yeux humides, le front consterné. On la présente au

gouverneur; elle veut lui parler, sa voix expire; elle montre son ordre en articulant à peine quelques paroles. Le gouverneur aimait son prisonnier; il fut très aise de sa délivrance. Son cœur n'était pas endurci comme celui de quelques honorables geôliers ses confrères, qui, ne pensant qu'à la rétribution attachée à la garde de leurs captifs, fondant leurs revenus sur leurs victimes, et vivant du malheur d'autrui, se faisaient en secret une joie affreuse des larmes des infortunés.

Il fait venir le prisonnier dans son appartement. Les deux amants se voient, et tous deux s'évanouissent. La belle Saint-Yves resta longtemps sans mouvement et sans vie : l'autre rappela bientôt son courage. « C'est apparemment là madame votre femme, lui dit le gouverneur; vous ne m'aviez point dit que vous fussiez marié. On me mande que c'est à ses soins généreux que vous devez votre délivrance. — Ah! je ne suis pas digne d'être sa femme », dit la belle Saint-Yves d'une voix tremblante, et elle retomba encore en faiblesse.

Quand elle eut repris ses sens, elle présenta, toujours tremblante, le brevet de la gratification et la promesse par écrit d'une compagnie. L'Ingénu, aussi étonné qu'attendri, s'éveillait d'un songe pour retomber dans un autre. « Pourquoi ai-je été enfermé ici? comment avez-vous pu m'en tirer? où sont les monstres qui m'y ont plongé? Vous êtes une divinité qui descendez du ciel à mon secours. »

La belle Saint-Yves baissait la vue, regardait son amant, rougissait, et détournait, le moment d'après, ses yeux mouillés de pleurs. Elle lui apprit enfin tout ce qu'elle savait et tout ce qu'elle avait éprouvé, excepté ce qu'elle aurait voulu se cacher pour jamais, et ce qu'un autre que l'Ingénu, plus accoutumé au monde et plus instruit des usages de la cour, aurait deviné facilement.

« Est-ce possible qu'un misérable comme ce bailli ait
eu le pouvoir de me ravir ma liberté? Ah! je vois bien
qu'il en est des hommes comme des plus vils animaux;
tous peuvent nuire. Mais est-il possible qu'un moine, un
jésuite confesseur du roi, ait contribué à mon infortune
autant que ce bailli, sans que je puisse imaginer sous
quel prétexte ce détestable fripon m'a persécuté? M'a-
t-il fait passer pour un janséniste? Enfin, comment vous
êtes-vous souvenue de moi? Je ne le méritais pas, je
n'étais alors qu'un sauvage. Quoi! vous avez pu, sans
conseil, sans secours, entreprendre le voyage de Versailles! Vous y avez paru, et on a brisé mes fers! Il est
donc dans la beauté et dans la vertu un charme invincible qui fait tomber les portes de fer et qui amollit les
cœurs de bronze! »

A ce mot de *vertu,* des sanglots échappèrent à la belle
Saint-Yves. Elle ne savait pas combien elle était vertueuse dans le crime qu'elle se reprochait.

Son amant continua ainsi : « Ange qui avez rompu
mes liens, si vous avez eu (ce que je ne comprends
pas encore) assez de crédit pour me faire rendre
justice, faites-la donc rendre aussi à un vieillard qui
m'a le premier appris à penser, comme vous m'avez
appris à aimer. La calamité nous a unis; je l'aime
comme un père, je ne peux vivre ni sans vous ni sans
lui.

— Moi! que je sollicite le même homme qui...! — Oui,
je veux tout vous devoir, et je ne veux devoir jamais
rien qu'à vous : écrivez à cet homme puissant, comblez-
moi de vos bienfaits, achevez ce que vous avez commencé, achevez vos prodiges. » Elle sentait qu'elle devait
faire tout ce que son amant exigeait. Elle voulut écrire,
sa main ne pouvait obéir. Elle recommença trois fois sa
lettre, la déchira trois fois; elle écrivit enfin, et les

deux amants sortirent après avoir embrassé le vieux martyr de la grâce efficace.

L'heureuse et désolée Saint-Yves savait dans quelle maison logeait son frère; elle y alla; son amant prit un appartement dans la même maison.

A peine y furent-ils arrivés que son protecteur lui envoya l'ordre de l'élargissement du bonhomme Gordon, et lui demanda un rendez-vous pour le lendemain. Ainsi, à chaque action honnête et généreuse qu'elle faisait, son déshonneur en était le prix. Elle regardait avec exécration cet usage de vendre le malheur et le bonheur des hommes. Elle donna l'ordre de l'élargissement à son amant, et refusa le rendez-vous d'un bienfaiteur qu'elle ne pouvait plus voir sans expirer de douleur et de honte. L'Ingénu ne pouvait se séparer d'elle que pour aller délivrer un ami. Il y vola. Il remplit ce devoir en réfléchissant sur les étranges événements de ce monde, et en admirant la vertu courageuse d'une jeune fille à qui deux infortunés devaient plus que la vie.

CHAPITRE DIX-NEUVIÈME

L'Ingénu, la belle Saint-Yves et leurs parents sont rassemblés

La généreuse et respectable infidèle était avec son frère l'abbé de Saint-Yves, le bon prieur de la Montagne et la dame de Kerkabon. Tous étaient également étonnés, mais leurs situations et leurs sentiments étaient bien différents. L'abbé de Saint-Yves pleurait ses torts aux pieds de sa sœur, qui lui pardonnait. Le prieur et sa tendre sœur pleuraient aussi, mais de joie. Le vilain bailli et son insupportable fils ne troublaient point cette scène touchante : ils étaient partis au premier bruit de l'élargissement de leur ennemi; ils couraient ensevelir dans leur province leur sottise et leur crainte.

Les quatre personnages, agités de cent mouvements divers, attendaient que le jeune homme revînt avec l'ami qu'il devait délivrer. L'abbé de Saint-Yves n'osait lever les yeux devant sa sœur; la bonne Kerkabon disait : « Je reverrai donc mon cher neveu. — Vous le reverrez, dit la charmante Saint-Yves, mais ce n'est plus le même homme, son maintien, son ton, ses idées, son esprit, tout est changé; il est devenu aussi respectable qu'il était naïf et étranger à tout. Il sera l'honneur et la consolation de votre famille; que ne puis-je être aussi l'honneur de la mienne! — Vous n'êtes point non plus la même, dit le prieur; que vous est-il donc arrivé qui ait fait en vous un si grand changement? »

Au milieu de cette conversation, l'Ingénu arrive, tenant par la main son janséniste. La scène alors devint plus neuve et plus intéressante. Elle commença par les tendres embrassements de l'oncle et de la tante. L'abbé de Saint-Yves se mettait presque aux genoux de l'Ingénu, qui n'était plus l'*ingénu*. Les deux amants se parlaient par des regards qui exprimaient tous les sentiments dont ils étaient pénétrés. On voyait éclater la satisfaction, la reconnaissance, sur le front de l'un; l'embarras était peint dans les yeux tendres et un peu égarés de l'autre. On était étonné qu'elle mêlât de la douleur à tant de joie.

Le vieux Gordon devint en peu de moments cher à toute la famille. Il avait été malheureux avec le jeune prisonnier, et c'était un grand titre. Il devait sa délivrance aux deux amants, cela seul le réconciliait avec l'amour; l'âpreté de ses anciennes opinions sortait de son cœur; il était changé en homme, ainsi que le Huron. Chacun raconta ses aventures avant le souper. Les deux abbés, la tante, écoutaient comme des enfants, qui entendent des histoires de revenants, et comme des hommes qui s'intéressaient tous à tant de désastres. « Hélas! dit Gordon, il y a peut-être plus de cinq cents personnes vertueuses qui sont à présent dans les mêmes fers que Mlle de Saint-Yves a brisés : leurs malheurs sont inconnus. On trouve assez de mains qui frappent sur la foule des malheureux, et rarement une secourable. » Cette réflexion si vraie augmentait sa sensibilité et sa reconnaissance; tout redoublait le triomphe de la belle Saint-Yves; on admirait la grandeur et la fermeté de son âme. L'admiration était mêlée de ce respect qu'on sent malgré soi pour une personne qu'on croit avoir du crédit à la cour. Mais l'abbé de Saint-Yves disait quelquefois : « Comment ma sœur a-t-elle pu faire pour obtenir sitôt ce crédit? »

On allait se mettre à table de très bonne heure. Voilà que la bonne amie de Versailles arrive sans rien savoir de tout ce qui s'était passé; elle était en carrosse à six chevaux, et on voit bien à qui appartenait l'équipage. Elle entre avec l'air imposant d'une personne de cour qui a de grandes affaires, salue très légèrement la compagnie, et, tirant la belle Saint-Yves à l'écart : « Pourquoi vous faire tant attendre? Suivez-moi; voilà vos diamants que vous aviez oubliés. » Elle ne put dire ces paroles si bas que l'Ingénu ne les entendît; il vit les diamants; le frère fut interdit; l'oncle et la tante n'éprouvèrent qu'une surprise de bonnes gens qui n'avaient jamais vu une telle magnificence. Le jeune homme, qui s'était formé par un an de réflexions, en fit malgré lui, et parut troublé un moment. Son amante s'en aperçut; une pâleur mortelle se répandit sur son beau visage, un frisson la saisit, elle se soutenait à peine. « Ah! Madame, dit-elle à la fatale amie, vous m'avez perdue! vous me donnez la mort! » Ces paroles percèrent le cœur de l'Ingénu; mais il avait déjà appris à se posséder; il ne les releva point, de peur d'inquiéter sa maîtresse devant son frère; mais il pâlit comme elle.

Saint-Yves, éperdue de l'altération qu'elle apercevait sur le visage de son amant, entraîne cette femme hors de la chambre dans un petit passage, jette les diamants à terre devant elle. « Ah! ce ne sont pas eux qui m'ont séduite vous le savez; mais celui qui les a donnés ne me reverra jamais. » L'amie les ramassait, et Saint-Yves ajoutait : « Qu'il les reprenne ou qu'il vous les donne; allez, ne me rendez plus honteuse de moi-même. » L'ambassadrice enfin s'en retourna, ne pouvant comprendre les remords dont elle était témoin.

La belle Saint-Yves, oppressée, éprouvant dans son corps une révolution qui la suffoquait, fut obligée de se mettre au lit; mais pour n'alarmer personne elle ne parla point de ce qu'elle souffrait, et, ne prétextant que sa lassitude, elle demanda la permission de prendre du repos; mais ce fut après avoir rassuré la compagnie par des paroles consolantes et flatteuses, et jeté sur son amant des regards qui portaient le feu dans son âme.

Le souper, qu'elle n'animait pas, fut triste dans le commencement, mais de cette tristesse intéressante qui fournit des conversations attachantes et utiles, si supérieures à la frivole joie qu'on recherche, et qui n'est d'ordinaire qu'un bruit importun.

Gordon fit en peu de mots l'histoire du jansénisme et du molinisme,[1] des persécutions dont un parti accablait l'autre, et de l'opiniâtreté de tous les deux. L'Ingénu

en fit la critique, et plaignit les hommes qui, non contents
de tant de discorde que leurs intérêts allument, se font
de nouveaux maux pour des intérêts chimériques, et
pour des absurdités inintelligibles. Gordon racontait,
l'autre jugeait; les convives écoutaient avec émotion et
s'éclairaient d'une lumière nouvelle. On parla de la longueur de nos infortunes et de la brièveté de la vie. On
remarqua que chaque profession a un vice et un danger
qui lui sont attachés, et que, depuis le prince jusqu'au
dernier des mendiants, tout semble accuser la nature.
Comment se trouve-t-il tant d'hommes qui, pour si peu
d'argent, se font les persécuteurs, les satellites, les bour-
reaux des autres hommes? Avec quelle indifférence
inhumaine un homme en place signe la destruction d'une
famille, et avec quelle joie plus barbare des mercenaires
l'exécutent!

« J'ai vu dans ma jeunesse, dit le bonhomme Gordon,
un parent du maréchal de Marillac,[1] qui, étant poursuivi
dans sa province pour la cause de cet illustre malheureux, se cachait dans Paris sous un nom supposé. C'était
un vieillard de soixante et douze ans. Sa femme, qui
l'accompagnait, était à peu près de son âge. Ils avaient
eu un fils libertin qui, à l'âge de quatorze ans, s'était
enfui de la maison paternelle; devenu soldat, puis déser-
teur, il avait passé par tous les degrés de la débauche
et de la misère; enfin, ayant pris un nom de terre, il
était dans les gardes du cardinal de Richelieu (car ce
prêtre, ainsi que le Mazarin, avait des gardes); il avait
obtenu un bâton d'exempt dans cette compagnie de
satellites. Cet aventurier fut chargé d'arrêter le vieillard
et son épouse, et s'en acquitta avec toute la dureté d'un
homme qui voulait plaire à son maître. Comme il les
conduisait, il entendit ces deux victimes déplorer la
longue suite des malheurs qu'elles avaient éprouvés

depuis leur berceau. Le père et la mère comptaient parmi leurs plus grandes infortunes les égarements et la perte de leur fils. Il les reconnut; il ne les conduisit pas moins en prison, en les assurant que Son Éminence devait être servie de préférence à tout. Son Éminence récompensa son zèle.

« J'ai vu un espion du père de La Chaise trahir son propre frère, dans l'espérance d'un petit bénéfice qu'il n'eut point; et je l'ai vu mourir, non de remords, mais de douleur d'avoir été trompé par le jésuite.

« L'emploi de confesseur, que j'ai longtemps exercé, m'a fait connaître l'intérieur des familles; je n'en ai guère vu qui ne fussent plongées dans l'amertume, tandis qu'au-dehors couvertes du masque du bonheur elles paraissaient nager dans la joie, et j'ai toujours remarqué que les grands chagrins étaient le fruit de notre cupidité effrénée.

— Pour moi, dit l'Ingénu, je pense qu'une âme noble, reconnaissante et sensible peut vivre heureuse; et je compte bien jouir d'une félicité sans mélange avec la belle et généreuse Saint-Yves. Car je me flatte, ajouta-t-il, en s'adressant à son frère avec le sourire de l'amitié, que vous ne me refuserez pas, comme l'année passée, et que je m'y prendrai d'une manière plus décente. » L'abbé se confondit en excuses du passé et en protestations d'un attachement éternel.

L'oncle Kerkabon dit que ce serait le plus beau jour de sa vie. La bonne tante, en s'extasiant et en pleurant de joie, s'écriait : « Je vous l'avais bien dit que vous ne seriez jamais sous-diacre; ce sacrement-ci vaut mieux que l'autre; plût à Dieu que j'en eusse été honorée! mais je vous servirai de mère. » Alors ce fut à qui renchérirait sur les louanges de la tendre Saint-Yves.

Son amant avait le cœur trop plein de ce qu'elle avait

fait pour lui, il l'aimait, trop pour que l'aventure des diamants eût fait sur son cœur une impression dominante. Mais ces mots qu'il avait trop entendus : *vous me donnez la mort,* l'effrayaient encore en secret et corrompaient toute sa joie, tandis que les éloges de sa belle maîtresse augmentaient encore son amour. Enfin on n'était plus occupé que d'elle; on ne parlait que du bonheur que ces deux amants méritaient, on s'arrangeait pour vivre tous ensemble dans Paris, on faisait des projets de fortune et d'agrandissement, on se livrait à toutes ces espérances que la moindre lueur de félicité fait naître si aisément. Mais l'Ingénu, dans le fond de son cœur, éprouvait un sentiment secret qui repoussait cette illusion. Il relisait ces promesses signées Saint-Pouange, et les brevets signés Louvois; on lui dépeignit ces deux hommes tels qu'ils étaient, ou qu'on les croyait être. Chacun parla des ministres et du ministère avec cette liberté de table regardée en France comme la plus précieuse liberté qu'on puisse goûter sur la terre.

« Si j'étais roi de France, dit l'Ingénu, voici le ministre de la Guerre que je choisirais : je voudrais un homme de la plus haute naissance, par la raison qu'il donne des ordres à la noblesse. J'exigerais qu'il eût été lui-même officier, qu'il eût passé par tous les grades, qu'il fût au moins lieutenant général des armées, et digne d'être maréchal de France; car n'est-il pas nécessaire qu'il ait servi lui-même pour mieux connaître les détails du service? et les officiers n'obéiront-ils pas avec cent fois plus d'allégresse à un homme de guerre qui aura comme eux signalé son courage, qu'à un homme de cabinet qui ne peut que deviner tout au plus les opérations d'une campagne, quelque esprit qu'il puisse avoir? Je ne serais pas fâché que mon ministre fût généreux, quoique mon garde du trésor royal en fût quelquefois un peu embarrassé. J'aimerais qu'il eût un travail facile, et que même il se distinguât par cette gaieté d'esprit, partage d'un homme supérieur aux affaires, qui plaît tant à la nation et qui rend tous les devoirs moins pénibles. » Il désirait qu'un ministre eût ce caractère, parce qu'il avait toujours remarqué que cette belle humeur est incompatible avec la cruauté.

Mons de Louvois n'aurait peut-être pas été satisfait des souhaits de l'Ingénu : il avait une autre sorte de mérite.

Mais, pendant qu'on était à table, la maladie de cette fille malheureuse prenait un caractère funeste; son sang s'était allumé, une fièvre dévorante s'était déclarée, elle souffrait, et ne se plaignait point, attentive à ne pas troubler la joie des convives.

Son frère, sachant qu'elle ne dormait pas, alla au chevet de son lit; il fut surpris de l'état où elle était. Tout le monde accourut; l'amant se présentait à la suite du frère. Il était sans doute le plus alarmé et le plus attendri de tous; mais il avait appris à joindre la discrétion à tous les dons heureux que la nature lui avait prodigués, et le sentiment prompt des bienséances commençait à dominer dans lui.

On fit venir aussitôt un médecin du voisinage. C'était un de ceux qui visitent leurs malades en courant, qui confondent la maladie qu'ils viennent de voir avec celles qu'ils voient, qui mettent une pratique aveugle dans une science à laquelle toute la maturité d'un discernement sain et réfléchi ne peut ôter son incertitude et ses dangers. Il redoubla le mal par sa précipitation à prescrire un remède alors à la mode. De la mode jusque dans la médecine! Cette manie était trop commune dans Paris.

La triste Saint-Yves contribuait encore plus que son médecin à rendre sa maladie dangereuse. Son âme tuait son corps. La foule des pensées qui l'agitaient portait dans ses veines un poison plus dangereux que celui de la fièvre la plus brûlante.

CHAPITRE VINGTIÈME

La belle Saint-Yves meurt, et ce qui en arrive

On appela un autre médecin : celui-ci, au lieu d'aider la nature et de la laisser agir dans une jeune personne dans qui tous les organes rappelaient la vie, ne fut occupé que de contrecarrer son confrère. La maladie devint mortelle en deux jours. Le cerveau, qu'on croit le siège de l'entendement, fut attaqué aussi violemment que le cœur, qui est, dit-on, le siège des passions.

Quelle mécanique incompréhensible a soumis les organes au sentiment et à la pensée? comment une seule idée douloureuse dérange-t-elle le cours du sang, et comment le sang à son tour porte-t-il ses irrégularités dans l'entendement humain? quel est ce fluide inconnu et dont l'existence est certaine, qui, plus prompt, plus actif que la lumière, vole en moins d'un clin d'œil dans tous les canaux de la vie, produit les sensations, la mémoire, la tristesse ou la joie, la raison ou le vertige, rappelle avec horreur ce qu'on voudrait oublier, et fait d'un animal pensant ou un objet d'admiration, ou un sujet de pitié et de larmes?

C'était là ce que . disait le bon Gordon; et cette réflexion si naturelle, que rarement font les hommes, ne dérobait rien à son attendrissement; car il n'était pas de ces malheureux philosophes qui s'efforcent d'être insensibles. Il était touché du sort de cette jeune fille, comme un père qui voit mourir lentement son enfant chéri.

L'abbé de Saint-Yves était désespéré, le prieur et sa sœur répandaient des ruisseaux de larmes. Mais qui pourrait peindre l'état de son amant? Nulle langue n'a des expressions qui répondent à ce comble des douleurs; les langues sont trop imparfaites.

La tante, presque sans vie, tenait la tête de la mourante dans ses faibles bras, son frère était à genoux au pied du lit. Son amant pressait sa main, qu'il baignait de pleurs, et éclatait en sanglots; il la nommait sa bienfaitrice, son espérance, sa vie, la moitié de lui-même, sa maîtresse, son épouse. A ce mot d'*épouse,* elle soupira, le regarda avec une tendresse inexprimable, et soudain jeta un cri d'horreur; puis, dans un de ces intervalles où l'accablement et l'oppression des sens, et les souffrances suspendues, laissent à l'âme sa liberté et sa force, elle s'écria : « Moi, votre épouse! Ah! cher amant, ce nom, ce bonheur, ce prix, n'étaient plus faits pour moi; je meurs, et je le mérite. Ô dieu de mon cœur! ô vous que j'ai sacrifié à des démons infernaux, c'en est fait, je suis punie, vivez heureux. » Ces paroles tendres et terribles ne pouvaient être comprises; mais elles portaient dans tous les cœurs l'effroi et l'attendrissement; elle eut le courage de s'expliquer. Chaque mot fit frémir d'étonnement, de douleur et de pitié tous les assistants. Tous se réunissaient à détester l'homme puissant qui n'avait réparé une horrible injustice que par un crime, et qui avait forcé la plus respectable innocence à être sa complice.

« Qui? vous, coupable! lui dit son amant; non, vous ne l'êtes pas; le crime ne peut être que dans le cœur, le vôtre est à la vertu et à moi. »

Il confirmait ce sentiment par des paroles qui semblaient ramener à la vie la belle Saint-Yves. Elle se sentit consolée, et s'étonnait d'être aimée encore. Le vieux Gordon l'aurait condamnée dans le temps qu'il n'était que janséniste; mais, étant devenu sage, il l'estimait et il pleurait.

Au milieu de tant de larmes et de craintes, pendant que le danger de cette fille si chère remplissait tous les cœurs, que tout était consterné, on annonce un courrier de la cour. Un courrier! et de qui? et pourquoi? C'était de la part du confesseur du roi pour le prieur de la Montagne; ce n'était pas le père de La Chaise qui écrivait, c'était le frère Vadbled, son valet de chambre, homme très important dans ce temps-là, lui qui mandait aux archevêques les volontés du révérend père, lui qui donnait audience, lui qui promettait des bénéfices, lui qui faisait quelquefois expédier des lettres de cachet. Il écrivait à l'abbé de la Montagne *que Sa Révérence était informée des aventures de son neveu, que sa prison n'était qu'une méprise, que ces petites disgrâces arrivaient fréquemment, qu'il ne fallait pas y faire attention, et qu'enfin il convenait que lui prieur vînt lui présenter son neveu le lendemain, qu'il devait amener avec lui le bonhomme Gordon, que lui frère Vadbled les introduirait chez Sa Révérence et chez mons de Louvois, lequel leur dirait un mot dans son antichambre.*

Il ajoutait que l'histoire de l'Ingénu et son combat contre les Anglais avaient été contés au roi, que sûrement le roi daignerait le remarquer quand il passerait dans la galerie, et peut-être même lui ferait un signe de tête. La lettre finissait par l'espérance dont on le flattait que toutes les dames de la cour s'empresseraient de faire venir son neveu à leurs toilettes, que plusieurs d'entre elles lui diraient : « Bonjour, monsieur l'Ingénu »; et qu'assurément il serait question de lui au souper du roi.

La lettre était signée : *Votre affectionné Vadbled, frère jésuite.*

Le prieur ayant lu la lettre tout haut, son neveu, furieux, et commandant un moment à sa colère, ne dit rien au porteur; mais, se tournant vers le compagnon de ses infortunes, il lui demanda ce qu'il pensait de ce style. Gordon lui répondit : « C'est donc ainsi qu'on traite les hommes comme les singes! On les bat et on les fait danser. » L'Ingénu, reprenant son caractère, qui revient toujours dans les grands mouvements de l'âme, déchira la lettre par morceaux et les jeta au nez du courrier : « Voilà ma réponse. » Son oncle, épouvanté, crut voir le tonnerre et vingt lettres de cachet tomber sur lui. Il alla vite écrire et excuser, comme il put, ce qu'il prenait pour l'emportement d'un jeune homme, et qui était la saillie d'une grande âme.

Mais des soins plus douloureux s'emparaient de tous les cœurs. La belle et infortunée Saint-Yves sentait déjà sa fin approcher; elle était dans le calme, mais dans ce calme affreux de la nature affaissée qui n'a plus la force de combattre. « Ô mon cher amant! dit-elle d'une voix tombante, la mort me punit de ma faiblesse; mais j'expire avec la consolation de vous savoir libre. Je vous ai adoré en vous trahissant, et je vous adore en vous disant un éternel adieu. »

Elle ne se parait pas d'une vaine fermeté; elle ne concevait pas cette misérable gloire de faire dire à quelques voisins : « Elle est morte avec courage. » Qui peut perdre à vingt ans son amant, sa vie, et ce qu'on appelle l'*honneur*, sans regrets et sans déchirements? Elle sentait toute l'horreur de son état, et le faisait sentir par ces mots et par ces regards mourants qui parlent avec tant d'empire. Enfin elle pleurait comme les autres dans les moments où elle eut la force de pleurer.

Que d'autres cherchent à louer les morts fastueuses de ceux qui entrent dans la destruction avec insensibilité : c'est le sort de tous les animaux. Nous ne mourons comme eux avec indifférence que quand l'âge ou la maladie nous rend semblables à eux par la stupidité de nos organes. Quiconque fait une grande perte a de grands regrets; s'il les étouffe, c'est qu'il porte la vanité jusque dans les bras de la mort.

Lorsque le moment fatal fut arrivé, tous les assistants jetèrent des larmes et des cris. L'Ingénu perdit l'usage de ses sens. Les âmes fortes ont des sentiments bien plus violents que les autres quand elles sont tendres. Le bon Gordon le connaissait assez pour craindre qu'étant revenu à lui il ne se donnât la mort. On écarta toutes les armes; le malheureux jeune homme s'en aperçut, il dit à ses parents et à Gordon, sans pleurer, sans gémir, sans s'émouvoir : « Pensez-vous donc qu'il y ait quelqu'un sur la terre qui ait le droit et le pouvoir de m'empêcher de finir ma vie? » Gordon se garda bien de lui étaler ces lieux communs fastidieux par lesquels on essaie de prouver qu'il n'est pas permis d'user de sa liberté pour cesser d'être quand on est horriblement mal, qu'il ne faut pas sortir de sa maison quand on ne peut plus y demeurer, que l'homme est sur la terre comme un soldat à son poste : comme s'il importait à l'Être des êtres que l'assemblage de quelques parties de matière fût dans un lieu ou dans un autre; raisons impuissantes qu'un désespoir ferme et réfléchi dédaigne d'écouter et auxquelles Caton ne répondit que par un coup de poignard.

Le morne et terrible silence de l'Ingénu, ses yeux sombres, ses lèvres tremblantes, les frémissements de son corps portaient dans l'âme de tous ceux qui le regardaient ce mélange de compassion et d'effroi qui

enchaîne toutes les puissances de l'âme, qui exclut tout
discours, et qui ne se manifeste que par des mots entre-
coupés. L'hôtesse et sa famille étaient accourues; on
tremblait de son désespoir, on le gardait à vue, on observait tous ses mouvements. Déjà le corps glacé de la
belle Saint-Yves avait été porté dans une salle basse, loin
des yeux de son amant, qui semblait la chercher encore
quoiqu'il ne fût plus en état de rien voir.

Au milieu de ce spectacle de la mort, tandis que le
corps est exposé à la porte de la maison, que deux
prêtres à côté d'un bénitier récitent des prières d'un air
distrait, que des passants jettent quelques gouttes d'eau
bénite sur la bière par oisiveté, que d'autres poursuivent
leur chemin avec indifférence, que les parents pleurent
et qu'un amant est prêt de s'arracher la vie, le Saint-
Pouange arrive avec l'amie de Versailles.

Son goût passager, n'ayant été satisfait qu'une fois,
était devenu de l'amour. Le refus de ses bienfaits l'avait
piqué. Le père de La Chaise n'aurait jamais pensé à
venir dans cette maison; mais Saint-Pouange, ayant tous
les jours devant les yeux l'image de la belle Saint-Yves,
brûlant d'assouvir une passion qui par une seule jouissance avait enfoncé dans son cœur l'aiguillon des désirs
ne balança pas à venir lui-même chercher celle qu'il
n'aurait peut-être pas voulu revoir trois fois si elle était
venue d'elle-même.

Il descend de carrosse; le premier objet qui se présente à lui est une bière; il détourne les yeux avec ce
simple dégoût d'un homme nourri dans les plaisirs, qui
pense qu'on doit lui épargner tout spectacle qui pourrait
le ramener à la contemplation de la misère humaine. Il
veut monter. La femme de Versailles demande par curiosité qui on va enterrer; on prononce le nom de
Mlle de Saint-Yves. A ce nom, elle pâlit et poussa un

cri affreux; Saint-Pouange se retourne; la surprise et la douleur remplissent son âme. Le bon Gordon était là, les yeux remplis de larmes. Il interrompt ses tristes prières pour apprendre à l'homme de cour toute cette horrible catastrophe. Il lui parle avec cet empire que donnent la douleur et la vertu. Saint-Pouange n'était point né méchant; le torrent des affaires et des amusements avait emporté son âme, qui ne se connaissait pas encore. Il ne touchait point à la vieillesse, qui endurcit d'ordinaire le cœur des ministres; il écoutait Gordon les yeux baissés, et il en essuyait quelques pleurs qu'il était étonné de répandre : il connut le repentir.

« Je veux voir absolument, dit-il, cet homme extraordinaire dont vous m'avez parlé; il m'attendrit presque autant que cette innocente victime dont j'ai causé la mort. » Gordon le suit jusqu'à la chambre où le prieur, la Kerkabon, l'abbé de Saint-Yves et quelques voisins rappelaient à la vie le jeune homme retombé en défaillance.

« J'ai fait votre malheur, lui dit le sous-ministre; j'emploierai ma vie à le réparer. » La première idée qui vint à l'Ingénu fut de le tuer et de se tuer lui-même après. Rien n'était plus à sa place; mais il était sans armes et veillé de près. Saint-Pouange ne se rebutait point des refus accompagnés du reproche, du mépris et de l'horreur qu'il avait mérités, et qu'on lui prodigua. Le temps adoucit tout. Mons de Louvois vint enfin à bout de faire un excellent officier de l'Ingénu, qui a paru sous un autre nom à Paris et dans les armées, avec l'approbation de tous les honnêtes gens, et qui a été à la fois un guerrier et un philosophe intrépide.

Il ne parlait jamais de cette aventure sans gémir; et cependant sa consolation était d'en parler. Il chérit la mémoire de la tendre Saint-Yves jusqu'au dernier moment de sa vie. L'abbé de Saint-Yves et le prieur eurent chacun un bon bénéfice; la bonne Kerkabon aima mieux voir son neveu dans les honneurs militaires que dans le sous-diaconat. La dévote de Versailles garda les boucles de diamants, et reçut encore un beau présent. Le père Tout-à-Tous eut des boîtes de chocolat, de café, de sucre candi, de citrons confits, avec les *Méditations du révérend père Croiset* et *la Fleur des Saints* reliées en maroquin. Le bon Gordon vécut avec l'Ingénu jusqu'à sa mort dans la plus intime amitié; il eut un bénéfice aussi, et oublia pour jamais la grâce efficace et le concours concomitant. Il prit pour sa devise : *malheur est bon à quelque chose*. Combien d'honnêtes gens dans le monde ont pu dire : *malheur n'est bon à rien!*

L'HOMME AUX QUARANTE ÉCUS

Notice

L'HOMME AUX QUARANTE ÉCUS *paraît en 1768 chez Cramer
sans nom d'auteur. Les physiocrates sont à l'honneur. Cette
école, fondée par Quesnay en 1758, et à laquelle devaient adhé-
rer Mirabeau et Dupont de Nemours, eut d'emblée les faveurs
de Voltaire (voir le jardin de* Candide : « *la petite terre
rapporta beaucoup »). Mais avec les années, et avant de
revenir à de meilleurs sentiments, puisqu'il prendra parti pour
Turgot, il fut davantage sensible au côté systématique de ce qui
avait tendance à devenir une secte. Le Mercier de la Rivière,
qui venait de se faire connaître par un traité d'inspiration
physiocratique,* De l'ordre naturel et essentiel des sociétés
politiques, *est appelé en consultation par la grande Catherine.
Voltaire, dans sa correspondance, en prend ombrage. Est-ce là
l'origine de cette supposition ironique qu'il fit d'un Français
moyen disposant d'un revenu annuel de quarante écus, soit
cent vingt livres ou cent vingt francs, et devant en verser la
moitié à la « puissance législatrice et exécutrice », alors que les
financiers, les monastères échappent à l'impôt? Mis en appétit,
Voltaire se lance à la poursuite d'autres chimères; il prend
parti, d'ailleurs souvent à tort, dans la querelle sur le trans-
formisme du consul de Maillet, tel qu'il apparaît à travers son*

Telliamed, dans la controverse entre ovistes et animalculistes, dans la théorie de Maupertuis sur la génération par attraction...

Mais, tel qu'il est, L'Homme aux quarante écus *eut un franc succès : dix éditions en un an, avec, comme revers de la médaille, une condamnation par le Parlement de Paris, et la mise à l'index par la Cour de Rome.*

V. den H.

L'HOMME AUX QUARANTE ÉCUS

Un vieillard, qui *toujours plaint le présent et vante le passé*, me disait : « Mon ami, la France n'est pas aussi riche qu'elle l'a été sous Henri IV. Pourquoi? C'est que les terres ne sont pas si bien cultivées; c'est que les hommes manquent à la terre, et que le journalier ayant enchéri son travail, plusieurs colons laissent leurs héritages en friche.

— D'où vient cette disette de manœuvres?

— De ce que quiconque s'est senti un peu d'industrie a embrassé les métiers de brodeur, de ciseleur, d'horloger, d'ouvrier en soie, de procureur, ou de théologien. C'est que la révocation de l'édit de Nantes a laissé un très grand vide dans le royaume; que les religieuses et les mendiants se sont multipliés, et qu'enfin chacun a fui, autant qu'il a pu, le travail pénible de la culture, pour laquelle Dieu nous a fait naître, et que nous avons rendue ignominieuse, tant nous sommes sensés!

« Une autre cause de notre pauvreté est dans nos besoins nouveaux. Il faut payer à nos voisins quatre millions d'un article, et cinq ou six d'un autre, pour mettre dans notre nez une poudre puante venue de l'Amérique; le café, le thé, le chocolat, la cochenille, l'indigo, les épiceries, nous coûtent plus de soixante

millions par an. Tout cela était inconnu du temps de
Henri IV, aux épiceries près, dont la consommation
était bien moins grande. Nous brûlons cent fois plus
de bougie, et nous tirons plus de la moitié de notre
cire de l'étranger, parce que nous négligeons les
ruches. Nous voyons cent fois plus de diamants aux
oreilles, au cou, aux mains de nos citoyennes de Paris
et de nos grandes villes qu'il n'y en avait chez toutes les
dames de la cour de Henri IV, en comptant la reine.
Il a fallu payer presque toutes ces superfluités argent
comptant.

« Observez surtout que nous payons plus de quinze
millions de rentes sur l'Hôtel de Ville aux étrangers, et
que Henri IV, à son avènement, en ayant trouvé pour
deux millions en tout sur cet hôtel imaginaire, en rem-
boursa sagement une partie pour délivrer l'État de ce
fardeau.

« Considérez que nos guerres civiles avaient fait verser
en France les trésors du Mexique, lorsque don *Phelippo
el discreto* [1] voulait acheter la France, et que depuis ce
temps-là les guerres étrangères nous ont débarrassés de
la moitié de notre argent.

« Voilà en partie les causes de notre pauvreté. Nous
la cachons sous des lambris vernis, et par l'artifice des
marchandes de modes : nous sommes pauvres avec
goût. Il y a des financiers, des entrepreneurs, des négociants très riches; leurs enfants, leurs gendres, sont très
riches; en général la nation ne l'est pas. »

Le raisonnement de ce vieillard, bon ou mauvais, fit
sur moi une impression profonde : car le curé de ma
paroisse, qui a toujours eu de l'amitié pour moi, m'a
enseigné un peu de géométrie et d'histoire, et je commence à réfléchir, ce qui est très rare dans ma province.
Je ne sais s'il avait raison en tout; mais, étant fort

pauvre, je n'eus pas grand peine à croire que j'avais beaucoup de compagnons*.

DÉSASTRE DE L'HOMME AUX QUARANTE ÉCUS

Je suis bien aise d'apprendre à l'univers que j'ai une terre qui me vaudrait net quarante écus de rente, n'était la taxe à laquelle elle est imposée.

Il parut plusieurs édits de quelques personnes qui, se trouvant de loisir, gouvernent l'État au coin de leur feu. Le préambule de ces édits était que la puissance *législatrice et exécutrice est née de droit divin copropriétaire de ma terre,* et que je lui dois au moins la moitié de ce que je mange. L'énormité de l'estomac de la puissance législatrice et exécutrice me fit faire un grand signe de croix. Que serait-ce si cette puissance, qui préside à l'*ordre essentiel des sociétés,*[1] avait ma terre en entier! L'un est encore plus divin que l'autre.

Monsieur le contrôleur général sait que je ne payais en tout que douze livres; que c'était un fardeau très

*. Madame de Maintenon, qui en tout genre était une femme fort entendue, excepté dans celui sur lequel elle consultait le trigaud et processif abbé Gobelin, son confesseur; Madame de Maintenon, dis-je, dans une de ses lettres, fait le compte du ménage de son frère et de sa femme, en 1680. Le mari et la femme avaient à payer le loyer d'une maison agréable; leurs domestiques étaient au nombre de dix; ils avaient quatre chevaux et deux cochers, un bon dîner tous les jours. Madame de Maintenon évalue le tout à neuf mille francs par an, et met trois mille livres pour le jeu, les spectacles, les fantaisies, et les magnificences de monsieur et de madame.

Il faudrait à présent environ quarante mille livres pour mener une telle vie dans Paris; il n'en eût fallu que six mille du temps de Henri IV. Cet exemple prouve assez que le vieux bonhomme ne radote pas absolument.

pesant pour moi, et que j'y aurais succombé si Dieu ne m'avait donné le génie de faire des paniers d'osier, qui m'aidaient à supporter ma misère. Comment donc pourrai-je tout d'un coup donner au roi vingt écus?

Les nouveaux ministres disaient encore dans leur préambule qu'on ne doit taxer que les terres, parce que tout vient de la terre, jusqu'à la pluie, et que par conséquent il n'y a que les fruits de la terre qui doivent l'impôt.

Un de leurs huissiers vint chez moi dans la dernière guerre; il me demanda pour ma quote-part trois setiers de blé et un sac de fèves, le tout valant vingt écus, pour soutenir la guerre qu'on faisait, et dont je n'ai jamais su la raison, ayant seulement entendu dire que, dans cette guerre, il n'y avait rien à gagner du tout pour mon pays, et beaucoup à perdre. Comme je n'avais alors ni blé, ni fèves, ni argent, la puissance législatrice et exécutrice me fit traîner en prison, et on fit la guerre comme on put.

En sortant de mon cachot, n'ayant que la peau sur les os, je rencontrai un homme joufflu et vermeil dans un carrosse à six chevaux; il avait six laquais, et donnait à chacun d'eux pour gages le double de mon revenu. Son maître d'hôtel, aussi vermeil que lui, avait deux mille francs d'appointements, et lui en volait par an vingt mille. Sa maîtresse lui coûtait quarante mille écus en six mois; je l'avais connu autrefois dans le temps qu'il était moins riche que moi : il m'avoua, pour me consoler, qu'il jouissait de quatre cent mille livres de rente. « Vous en payez donc deux cent mille à l'État, lui dis-je, pour soutenir la guerre avantageuse que nous avons; car moi, qui n'ai juste que mes cent vingt livres, il faut que j'en paye la moitié.

— Moi, dit-il, que je contribue aux besoins de l'État! Vous voulez rire, mon ami; j'ai hérité d'un oncle qui avait gagné huit millions à Cadix et à Surate; je n'ai pas un pouce de terre, tout mon bien est en contrats, en billets sur la place : je ne dois rien à l'État; c'est à vous de donner la moitié de votre subsistance, vous qui êtes un seigneur terrien. Ne voyez-vous pas que, si le ministre des finances exigeait de moi quelques secours pour la patrie, il serait un imbécile qui ne saurait pas calculer? Car tout vient de la terre; l'argent et les billets ne sont que des gages d'échange : au lieu de mettre sur une carte au pharaon cent setiers de blé, cent bœufs, mille moutons, et deux cents sacs d'avoine, je joue des rouleaux d'or qui représentent ces denrées dégoûtantes. Si, après avoir mis l'*impôt unique* sur ces denrées, on venait encore me demander de l'argent, ne voyez-vous pas que ce serait un double emploi? que ce serait demander deux fois la même chose? Mon oncle vendit à Cadix pour deux millions de votre blé, et pour deux millions d'étoffes fabriquées avec votre laine : il gagna plus de cent pour cent dans ces deux affaires. Vous concevez bien que ce profit fut fait sur des terres déjà taxées : ce que mon oncle achetait dix sous de vous, il le revendait plus de cinquante francs au Mexique; et, tous frais faits, il est revenu avec huit millions.

« Vous sentez bien qu'il serait d'une horrible injustice de lui redemander quelques oboles sur les dix sous qu'il vous donna. Si vingt neveux comme moi, dont les oncles auraient gagné dans le bon temps chacun huit millions au Mexique, à Buenos-Ayres, à Lima, à Surate ou à Pondichéry, prêtaient seulement à l'État chacun deux cent mille francs dans les besoins urgents de la patrie, cela produirait quatre millions : quelle horreur! Payez mon ami, vous qui jouissez en paix d'un revenu

clair et net de quarante écus; servez bien la patrie, et
venez quelquefois dîner avec ma livrée. »

Ce discours plausible me fit beaucoup réfléchir, et ne
me consola guère.

ENTRETIEN AVEC UN GÉOMÈTRE

Il arrive quelquefois qu'on ne peut rien répondre, et
qu'on n'est pas persuadé. On est atterré sans pouvoir
être convaincu. On sent dans le fond de son âme un
scrupule, une répugnance qui nous empêche de croire
ce qu'on nous a prouvé. Un géomètre vous démontre
qu'entre un cercle et une tangente vous pouvez faire
passer une infinité de lignes courbes, et que vous n'en
pouvez faire passer une droite : vos yeux, votre raison,
vous disent le contraire. Le géomètre vous répond gra-
vement que c'est là un infini du second ordre. Vous vous
taisez, et vous vous en retournez tout stupéfait, sans
avoir aucune idée nette, sans rien comprendre, et sans
rien répliquer.

Vous consultez un géomètre de meilleure foi, qui vous
explique le mystère. « Nous supposons, dit-il, ce qui ne
peut être dans la nature, des lignes qui ont de la longueur sans largeur : il est impossible, physiquement
parlant, qu'une ligne réelle en pénètre une autre. Nulle
courbe, ni nulle droite réelle ne peut passer entre deux
lignes réelles qui se touchent : ce ne sont là que des jeux
de l'entendement, des chimères idéales; et la véritable
géométrie est l'art de mesurer les choses existantes. »

Je fus très content de l'aveu de ce sage mathématicien,
et je me mis à rire, dans mon malheur, d'apprendre
qu'il y avait de la charlatanerie jusque dans la science
qu'on appelle la *haute science*.

Mon géomètre était un citoyen philosophe qui avait daigné quelquefois causer avec moi dans ma chaumière. Je lui dis : « Monsieur, vous avez tâché d'éclairer les badauds de Paris sur le plus grand intérêt des hommes, la durée de la vie humaine. Le ministère a connu par vous seul ce qu'il doit donner aux rentiers viagers, selon leurs différents âges. Vous avez proposé de donner aux maisons de la ville l'eau qui leur manque, et de nous sauver enfin de l'opprobre et du ridicule d'entendre toujours crier *à l'eau,* et de voir des femmes enfermées dans un cerceau oblong porter deux seaux d'eau, pesant ensemble trente livres, à un quatrième étage auprès d'un privé. Faites-moi, je vous prie, l'amitié de me dire combien il y a d'animaux à deux mains et à deux pieds en France.

LE GÉOMÈTRE

On prétend qu'il y en a environ vingt millions, et je veux bien adopter ce calcul très probable*, en attendant qu'on le vérifie; ce qui serait très aisé, et qu'on n'a pas encore fait, *parce qu'on ne s'avise jamais de tout.*

L'HOMME AUX QUARANTE ÉCUS

Combien croyez-vous que le territoire de France contienne d'arpents?

LE GÉOMÈTRE

Cent trente millions, dont presque la moitié est en chemins, en villes, villages, landes, bruyères, marais,

---

*. Cela est prouvé par les mémoires des intendants, faits à la fin du xviie siècle, combinés avec le dénombrement par feux, composé en 1753 par ordre de M. le comte d'Argenson, et surtout avec l'ouvrage très exact de M. de Mezence, fait sous les yeux de M. l'intendant de la Michaudière, l'un des hommes les plus éclairés.

sables, terres stériles, couvents inutiles, jardins de plaisance plus agréables qu'utiles, terrains incultes, mauvais terrains mal cultivés. On pourrait réduire les terres d'un bon rapport à soixante et quinze millions d'arpents carrés; mais comptons-en quatre-vingts millions : on ne saurait trop faire pour sa patrie.

L'HOMME AUX QUARANTE ÉCUS

Combien croyez-vous que chaque arpent rapporte l'un dans l'autre, année commune, en blés, en semence de toute espèce, vins, étangs, bois, métaux, bestiaux, fruits, laines, soies, lait, huiles, tous frais faits, sans compter l'impôt?

LE GÉOMÈTRE

Mais, s'ils produisent chacun vingt-cinq livres, c'est beaucoup; cependant mettons trente livres, pour ne pas décourager nos concitoyens. Il y a des arpents qui produisent des valeurs renaissantes estimées trois cents livres; il y en a qui produisent trois livres. La moyenne proportionnelle entre trois et trois cents est trente : car vous voyez bien que trois est à trente comme trente est à trois cents. Il est vrai que, s'il y avait beaucoup d'arpents à trente livres, et très peu à trois cents livres, notre compte ne s'y trouverait pas; mais, encore une fois, je ne veux point chicaner.

L'HOMME AUX QUARANTE ÉCUS

Eh bien! monsieur, combien les quatre-vingts millions d'arpents donneront-ils de revenu, estimé en argent?

LE GÉOMÈTRE

Le compte est tout fait : cela produit par an deux milliards quatre cents millions de livres numéraires au cours de ce jour.

L'HOMME AUX QUARANTE ÉCUS

J'ai lu que Salomon possédait lui seul vingt-cinq milliards d'argent comptant; et certainement il n'y a pas deux milliards quatre cents millions d'espèces circulantes dans la France, qu'on m'a dit être beaucoup plus grande et plus riche que le pays de Salomon.

LE GÉOMÈTRE

C'est là le mystère : il y a peut-être à présent environ neuf cents millions d'argent circulant dans le royaume, et cet argent, passant de main en main, suffit pour payer toutes les denrées et tous les travaux; le même écu peut passer mille fois de la poche du cultivateur dans celle du cabaretier et du commis des aides.

L'HOMME AUX QUARANTE ÉCUS

J'entends. Mais vous m'avez dit que nous sommes vingt millions d'habitants, hommes et femmes, vieillards et enfants : combien pour chacun, s'il vous plaît.

LE GÉOMÈTRE

Cent vingt livres, ou quarante écus.

L'HOMME AUX QUARANTE ÉCUS

Vous avez deviné tout juste mon revenu : j'ai quatre arpents qui, en comptant les années de repos mêlées avec les années de produit, me valent cent vingt livres; c'est peu de chose.

Quoi! si chacun avait une portion égale, comme dans l'âge d'or, chacun n'aurait que cinq louis d'or par an?

LE GÉOMÈTRE

Pas davantage, suivant notre calcul, que j'ai un peu enflé. Tel est l'état de la nature humaine. La vie et la fortune sont bien bornées : on ne vit à Paris, l'un portant l'autre, que vingt-deux à vingt-trois ans; l'un portant l'autre, on n'a tout au plus que cent vingt livres par an à dépenser : c'est-à-dire que votre nourriture, votre vêtement, votre logement, vos meubles, sont représentés par la somme de cent vingt livres.

L'HOMME AUX QUARANTE ÉCUS

Hélas! que vous ai-je fait pour m'ôter ainsi la fortune et la vie? Est-il vrai que je n'aie que vingt-trois ans à vivre, à moins que je ne vole la part de mes camarades.

LE GÉOMÈTRE

Cela est incontestable dans la bonne ville de Paris; mais de ces vingt-trois ans il en faut retrancher au moins dix de votre enfance : car l'enfance n'est pas une jouissance de la vie, c'est une préparation, c'est le vestibule de l'édifice, c'est l'arbre qui n'a pas encore donné de fruits, c'est le crépuscule d'un jour. Retranchez des treize années qui vous restent le temps du sommeil et celui de l'ennui, c'est au moins la moitié : reste six ans et demi que vous passez dans le chagrin, les douleurs, quelques plaisirs, et l'espérance.

L'HOMME AUX QUARANTE ÉCUS

Miséricorde! votre compte ne va pas à trois ans d'une existence supportable.

LE GÉOMÈTRE

Ce n'est pas ma faute. La nature se soucie fort peu des individus. Il y a d'autres insectes qui ne vivent qu'un jour, mais dont l'espèce dure à jamais. La nature est comme ces grands princes qui comptent pour rien la perte de quatre cent mille hommes, pourvu qu'ils viennent à bout de leurs augustes desseins.

L'HOMME AUX QUARANTE ÉCUS

Quarante écus, et trois ans à vivre! quelle ressource imagineriez-vous contre ces deux malédictions?

LE GÉOMÈTRE

Pour la vie, il faudrait rendre dans Paris l'air plus pur, que les hommes mangeassent moins, qu'ils fissent plus d'exercice, que les mères allaitassent leurs enfants, qu'on ne fût plus assez malavisé pour craindre l'inoculation : c'est ce que j'ai déjà dit, et pour la fortune, il n'y a qu'à se marier, et faire des garçons et des filles.

L'HOMME AUX QUARANTE ÉCUS

Quoi! le moyen de vivre commodément est d'associer ma misère à celle d'un autre?

LE GÉOMÈTRE

Cinq ou six misères ensemble font un établissement très tolérable. Ayez une brave femme, deux garçons et deux filles seulement, cela fait sept cent vingt livres pour votre petit ménage, supposé que justice soit faite, et que chaque individu ait cent vingt livres de rente. Vos enfants en bas âge ne vous coûtent presque rien; devenus grands, ils vous soulagent; leurs secours mutuels vous sauvent presque toutes les dépenses, et vous vivez très heureusement en philosophe, pourvu que ces messieurs qui gouvernent l'État n'aient pas la barbarie de vous extorquer à chacun vingt écus par an; mais le malheur est que nous ne sommes plus dans l'âge d'or, où les hommes, nés tous égaux, avaient également part aux productions succulentes d'une terre non cultivée. Il s'en faut beaucoup aujourd'hui que chaque être à deux mains et à deux pieds possède un fonds de cent vingt livres de revenu.

L'HOMME AUX QUARANTE ÉCUS

Ah! vous nous ruinez. Vous nous disiez tout à l'heure que dans un pays où il y a quatre-vingts millions d'arpents de terre assez bonne, et vingt millions d'habitants, chacun doit jouir de cent vingt livres de rente, et vous nous les ôtez.

LE GÉOMÈTRE

Je comptais suivant les registres du siècle d'or, et il faut compter suivant le siècle de fer. Il y a beaucoup d'habitants qui n'ont que la valeur de dix écus de rente, d'autres qui n'en ont que quatre ou cinq, et plus de six millions d'hommes qui n'ont absolument rien.

L'HOMME AUX QUARANTE ÉCUS

Mais ils mourraient de faim au bout de trois jours.

LE GÉOMÈTRE

Point du tout : les autres qui possèdent leurs portions les font travailler, et partagent avec eux; c'est ce qui paye le théologien, le confiturier, l'apothicaire, le prédicateur, le comédien, le procureur et le fiacre. Vous vous êtes cru à plaindre de n'avoir que cent vingt livres à dépenser par an, réduites à cent huit livres à cause de votre taxe de douze francs; mais regardez les soldats qui donnent leur sang pour la patrie : ils ne disposent, à quatre sous par jour, que de soixante et treize livres, et ils vivent gaiement en s'associant par chambrées.

L'HOMME AUX QUARANTE ÉCUS

Ainsi donc un ex-jésuite a plus de cinq fois la paye du soldat. Cependant les soldats ont rendu plus de services à l'État sous les yeux du roi à Fontenoy, à Laufelt, au siège de Fribourg, que n'en a jamais rendu le révérend père La Valette.[1]

LE GÉOMÈTRE

Rien n'est plus vrai; et même chaque jésuite devenu libre a plus à dépenser qu'il ne coûtait à son couvent : il y en a même qui ont gagné beaucoup d'argent à faire des brochures contre les parlements, comme le révérend père Patouillet et le révérend père Nonotte. Chacun s'ingénie dans ce monde : l'un est à la tête d'une manufacture d'étoffes; l'autre de porcelaine; un autre entreprend l'opéra; celui-ci fait la gazette ecclésiastique; cet autre, une tragédie bourgeoise, ou un roman dans le goût anglais; il entretient le papetier, le marchand d'encre, le libraire, le colporteur, qui sans lui demanderaient l'aumône. Ce n'est enfin que la restitution de cent vingt livres à ceux qui n'ont rien qui fait fleurir l'État.

L'HOMME AUX QUARANTE ÉCUS

Parfaite manière de fleurir!

LE GÉOMÈTRE

Il n'y en a point d'autre : par tout pays le riche fait vivre le pauvre. Voilà l'unique source de l'industrie du commerce. Plus la nation est industrieuse, plus elle gagne sur l'étranger. Si nous attrapions de l'étranger dix millions par an pour la balance du commerce, il y aurait dans vingt ans deux cents millions de plus dans l'État : ce serait dix francs de plus à répartir loyalement

sur chaque tête, c'est-à-dire que les négociants feraient
gagner à chaque pauvre dix francs de plus, dans l'espérance de faire des gains encore plus considérables; mais
le commerce a ses bornes, comme la fertilité de la terre :
autrement la progression irait à l'infini; et puis il n'est
pas sûr que la balance de notre commerce nous soit toujours favorable : il y a des temps où nous perdons.

L'HOMME AUX QUARANTE ÉCUS

J'ai entendu parler beaucoup de population. Si nous
nous avisions de faire le double d'enfants de ce que nous
en faisons, si notre patrie était peuplée du double, si
nous avions quarante millions d'habitants au lieu de
vingt, qu'arriverait-il?

LE GÉOMÈTRE

Il arriverait que chacun n'aurait à dépenser que
vingt écus, l'un portant l'autre, ou qu'il faudrait que la
terre rendît le double de ce qu'elle rend, ou qu'il y aurait
le double de pauvres, ou qu'il faudrait avoir le double
d'industrie, et gagner le double sur l'étranger, ou
envoyer la moitié de la nation en Amérique, ou que la
moitié de la nation mangeât l'autre.

L'HOMME AUX QUARANTE ÉCUS

Contentons-nous donc de nos vingt millions d'hommes, et de nos cent vingt livres par tête, réparties comme
il plaît à Dieu; mais cette situation est triste, et votre
siècle de fer est bien dur.

LE GÉOMÈTRE

Il n'y a aucune nation qui soit mieux, et il en est
beaucoup qui sont plus mal. Croyez-vous qu'il y ait dans
le Nord de quoi donner la valeur de cent vingt livres à

chaque habitant? S'ils avaient eu l'équivalent, les Huns, les Goths, les Vandales et les Francs n'auraient pas déserté leur patrie pour aller s'établir ailleurs, le fer et la flamme à la main.

L'HOMME AUX QUARANTE ÉCUS

Si je vous laissais dire, vous me persuaderiez bientôt que je suis heureux avec mes cent vingt francs.

LE GÉOMÈTRE

Si vous pensiez être heureux, en ce cas vous le seriez.

L'HOMME AUX QUARANTE ÉCUS

On ne peut s'imaginer être ce qu'on n'est pas, à moins qu'on ne soit fou.

LE GÉOMÈTRE

Je vous ai déjà dit que, pour être plus à votre aise et plus heureux que vous n'êtes, il faut que vous preniez une femme; mais j'ajouterai qu'elle doit avoir comme vous cent vingt livres de rente, c'est-à-dire quatre arpents à dix écus l'arpent. Les anciens Romains n'en avaient chacun que trois. Si vos enfants sont industrieux, ils pourront en gagner chacun autant en travaillant pour les autres.

L'HOMME AUX QUARANTE ÉCUS

Ainsi ils ne pourront avoir de l'argent sans que d'autres en perdent.

LE GÉOMÈTRE

C'est la loi de toutes les nations; on ne respire qu'à ce prix.

L'HOMME AUX QUARANTE ÉCUS

Et il faudra que ma femme et moi nous donnions chacun la moitié de notre récolte à la puissance législatrice et exécutrice, et que les nouveau ministres d'État nous enlèvent la moitié du prix de nos sueurs et de la substance de nos pauvres enfants avant qu'ils puissent gagner leur vie! Dites-moi, je vous prie, combien nos nouveaux ministres font entrer d'argent de droit divin dans les coffres du roi.

LE GÉOMÈTRE

Vous payez vingt écus pour quatre arpents qui vous en rapportent quarante. L'homme riche qui possède quatre cents arpents payera deux mille écus par ce nouveau tarif, et les quatre-vingts millions d'arpents rendront au roi douze cents millions de livres par année, ou quatre cents millions d'écus.

L'HOMME AUX QUARANTE ÉCUS

Cela me paraît impraticable et impossible.

LE GÉOMÈTRE

Vous avez très grande raison, et cette impossibilité est une démonstration géométrique qu'il y a un vice fondamental de raisonnement dans nos nouveaux ministres.

L'HOMME AUX QUARANTE ÉCUS

N'y a-t-il pas aussi une prodigieuse injustice démontrée à me prendre la moitié de mon blé, de mon chanvre, de la laine de mes moutons, etc., et de n'exiger aucun secours de ceux qui auront gagné dix ou vingt, ou trente mille livres de rente avec mon chanvre, dont ils ont tissu de la toile; avec ma laine, dont ils ont fabriqué des draps; avec mon blé, qu'ils auront vendu plus cher qu'ils ne l'ont acheté?

LE GÉOMÈTRE

L'injustice de cette administration est aussi évidente que son calcul est erroné. Il faut que l'industrie soit favorisée; mais il faut que l'industrie opulente secoure l'État. Cette industrie vous a certainement ôté une partie de vos cent vingt livres, et se les est appropriées en vous vendant vos chemises et votre habit vingt fois plus cher qu'ils ne vous auraient coûté si vous les aviez faits vous-même. Le manufacturier, qui s'est enrichi à vos dépens, a, je l'avoue, donné un salaire à ses ouvriers, qui n'avaient rien par eux-mêmes; mais il a retenu pour lui, chaque année, une somme qui lui a valu enfin trente mille livres de rente : il a donc acquis cette fortune à vos dépens; vous ne pourrez jamais lui vendre vos denrées assez cher pour vous rembourser de ce qu'il a gagné sur vous : car, si vous tentiez ce surhaussement, il en ferait venir de l'étranger à meilleur prix. Une preuve que cela est ainsi, c'est qu'il reste toujours possesseur de ses trente mille livres de rente, et vous restez avec vos cent vingt livres, qui diminuent souvent, bien loin d'augmenter.

Il est donc nécessaire et équitable que l'industrie raffinée du négociant paye plus que l'industrie grossière du laboureur. Il en est de même des receveurs des deniers publics. Votre taxe avait été jusqu'ici de douze francs avant que nos grands ministres vous eussent pris vingt écus. Sur ces douze francs, le publicain retenait dix sols pour lui. Si dans votre province il y a cinq cent mille âmes, il aura gagné deux cent cinquante mille francs par an. Qu'il en dépense cinquante, il est clair qu'au bout de dix ans il aura deux millions de bien. Il est très juste

qu'il contribue à proportion, sans quoi tout serait per-
verti et bouleversé.

L'HOMME AUX QUARANTE ÉCUS

Je vous remercie d'avoir taxé ce financier, cela soulage
mon imagination; mais puisqu'il a si bien augmenté
son superflu, comment puis-je faire pour accroître aussi
ma petite fortune?

LE GÉOMÈTRE

Je vous l'ai déjà dit, en vous mariant, en travaillant,
en tâchant de tirer de votre terre quelques gerbes de plus
que ce qu'elle vous produisait.

L'HOMME AUX QUARANTE ÉCUS

Je suppose que j'aie bien travaillé; que toute la nation
en ait fait autant; que la puissance législatrice et exécutrice en ait reçu un plus gros tribut : combien la nation
a-t-elle gagné au bout de l'année?

LE GÉOMÈTRE

Rien du tout; à moins qu'elle n'ait fait un commerce
étranger utile; mais elle aura vécu plus commodément.
Chacun aura eu à proportion plus d'habits, de chemises,
de meubles, qu'il n'en avait auparavant. Il y aura eu
dans l'État une circulation plus abondante; les salaires
auront été augmentés avec le temps à peu près en proportion du nombre de gerbes de blé, de toisons de moutons, de cuirs de bœufs, de cerfs et de chèvres, qui auront
été employés, de grappes de raisin qu'on aura foulées
dans le pressoir. On aura payé au roi plus de valeurs
de denrées en argent, et le roi aura rendu plus de valeurs
à tous ceux qu'il aura fait travailler sous ses ordres; mais
il n'y aura pas un écu de plus dans le royaume.

L'HOMME AUX QUARANTE ÉCUS

Que restera-t-il donc à la puissance au bout de l'année?

LE GÉOMÈTRE

Rien, encore une fois; c'est ce qui arrive à toute puissance : elle ne thésaurise pas; elle a été nourrie, vêtue, logée, meublée; tout le monde l'a été aussi, chacun suivant son état; et, si elle thésaurise, elle a arraché à la circulation autant d'argent qu'elle en a entassé; elle a fait autant de malheureux qu'elle a mis de fois quarante écus dans ses coffres.

L'HOMME AUX QUARANTE ÉCUS

Mais ce grand Henri IV n'était donc qu'un vilain, un ladre, un pillard : car on m'a conté qu'il avait encaqué dans la Bastille plus de cinquante millions de notre monnaie d'aujourd'hui?

LE GÉOMÈTRE

C'était un homme aussi bon, aussi prudent que valeureux. Il allait faire une juste guerre, et en amassant dans ses coffres vingt-deux millions de son temps, en ayant encore à recevoir plus de vingt autres qu'il laissait circuler, il épargnait à son peuple plus de cent millions qu'il en aurait coûté s'il n'avait pas pris ces utiles mesures. Il se rendait moralement sûr du succès contre un ennemi qui n'avait pas les mêmes précautions. Le calcul des probabilités était prodigieusement en sa faveur. Ces vingt-deux millions encaissés prouvaient qu'il y avait alors dans le royaume la valeur de vingt-deux millions d'excédent dans les biens de la terre : ainsi personne ne souffrait.

L'HOMME AUX QUARANTE ÉCUS

Mon vieillard me l'avait bien dit qu'on était à proportion plus riche sous l'administration du duc de Sully que sous celle des nouveaux ministres, qui ont mis l'impôt unique, et qui m'ont pris vingt écus sur quarante. Dites-moi, je vous prie, y a-t-il une nation au monde qui jouisse de ce beau bénéfice de l'impôt unique?

LE GÉOMÈTRE

Pas une nation opulente. Les Anglais, qui ne rient guère, se sont mis à rire quand ils ont appris que des gens d'esprit avaient proposé parmi nous cette administration. Les Chinois exigent une taxe de tous les vaisseaux marchands qui abordent à Kanton; les Hollandais payent à Nangasaqui, quand ils sont reçus au Japon, sous prétexte qu'ils ne sont pas chrétiens; les Lapons et les Samoyèdes, à la vérité, sont soumis à un impôt unique en peaux de martres; la république de Saint-Marin ne paye que des dîmes pour entretenir l'État dans sa splendeur.

Il y a dans notre Europe une nation célèbre par son équité et par sa valeur qui ne paye aucune taxe : c'est le peuple helvétien. Mais voici ce qui est arrivé : ce peuple s'est mis à la place des ducs d'Autriche et de Zeringue; les petits cantons sont démocratiques et très pauvres; chaque habitant y paye une somme très modique pour les besoins de la petite république. Dans les cantons riches, on est chargé envers l'État des redevances que les archiducs d'Autriche et les seigneurs fonciers exigeaient : les cantons protestants sont à proportion du double plus riches que les catholiques, parce que l'État y possède les biens des moines. Ceux qui étaient sujets des archiducs d'Autriche, des ducs de Zeringue, et des moines, le sont aujourd'hui de la patrie; ils payent à cette patrie les mêmes dîmes, les mêmes droits, les mêmes lods et ventes qu'ils payaient à leurs anciens maîtres; et, comme les sujets en général ont très peu de commerce, le né-goce n'est assujetti à aucune charge, excepté de petits droits d'entrepôt : les hommes trafiquent de leur valeur avec les puissances étrangères, et se vendent pour quel-ques années, ce qui fait entrer quelque argent dans leur pays à nos dépens; et c'est un exemple aussi unique dans le monde policé que l'est l'impôt établi par vos nou-veaux législateurs.

L'HOMME AUX QUARANTE ÉCUS

Ainsi, monsieur, les Suisses ne sont pas de droit divin dépouillés de la moitié de leurs biens; et celui qui pos-sède quatre vaches n'en donne pas deux à l'État?

LE GÉOMÈTRE

Non, sans doute. Dans un canton, sur treize tonneaux de vin on en donne un et on en boit douze. Dans un autre canton, on paye la douzième partie et on en boit onze.

L'HOMME AUX QUARANTE ÉCUS

Ah! qu'on me fasse Suisse! Le maudit impôt que l'impôt unique et inique qui m'a réduit à demander l'aumône! Mais trois ou quatre cents impôts, dont les noms même me sont impossibles à retenir et à pronon-cer, sont-ils plus justes et plus honnêtes? Y a-t-il jamais eu un législateur qui, en fondant un État, ait imaginé de créer des conseillers du roi mesureurs de charbons, jau-geurs de vin, mouleurs de bois, langueyeurs[1] de porcs, contrôleurs de beurre salé? d'entretenir une armée de faquins deux fois plus nombreuse que celle d'Alexandre,

commandée par soixante généraux qui mettent le pays à
contribution, qui remportent des victoires signalées tous
les jours, qui font des prisonniers, et qui quelquefois les
sacrifient en l'air ou sur un petit théâtre de planches,
comme faisaient les anciens Scythes, à ce que m'a dit
mon curé?

Une telle législation, contre laquelle tant de cris s'élevaient, et qui faisait verser tant de larmes, valait-elle
mieux que celle qui m'ôte tout d'un coup nettement et
paisiblement la moitié de mon existence? J'ai peur qu'à
bien compter on ne m'en prît en détail les trois quarts
sous l'ancienne finance.

LE GÉOMÈTRE

Iliacos intra muros peccatur et extra.
Est modus in rebus. Caveas ne quid nimis.[1]

L'HOMME AUX QUARANTE ÉCUS

J'ai appris un peu d'histoire et de géométrie, mais je
ne sais pas le latin.

LE GÉOMÈTRE

Cela signifie à peu près : « On a tort des deux côtés.
Gardez le milieu en tout. Rien de trop. »

L'HOMME AUX QUARANTE ÉCUS

Oui, rien de trop, c'est ma situation; mais je n'ai pas
assez.

LE GÉOMÈTRE

Je conviens que vous périrez de faim, et moi aussi, et
l'État aussi, supposé que la nouvelle administration dure
seulement deux ans; mais il faut espérer que Dieu aura
pitié de nous.

L'HOMME AUX QUARANTE ÉCUS

On passe sa vie à espérer, et on meurt en espérant. Adieu, monsieur; vous m'avez instruit, mais j'ai le cœur navré.

LE GÉOMÈTRE

C'est souvent le fruit de la science.

AVENTURE AVEC UN CARME

Quand j'eus bien remercié l'académicien de l'Académie des sciences de m'avoir mis au fait, je m'en allai tout pantois, louant la Providence, mais grommelant entre mes dents ces tristes paroles : « Vingt écus de rente seulement pour vivre, et n'avoir que vingt-deux ans à vivre! » Hélas! puisse notre vie être encore plus courte, puisqu'elle est si malheureuse!

Je me trouvai bientôt vis-à-vis d'une maison superbe. Je sentais déjà la faim; je n'avais pas seulement la cent vingtième partie de la somme qui appartient de droit à chaque individu; mais, dès qu'on m'eut appris que ce palais était le couvent des révérends pères carmes déchaussés, je conçus de grandes espérances, et je dis : « Puisque ces saints sont assez humbles pour marcher pieds nus, ils seront assez charitables pour me donner à dîner. »

Je sonnai; un carme vint : « Que voulez-vous, mon fils? — Du pain, mon révérend père; les nouveaux édits m'ont tout ôté. — Mon fils, nous demandons nous-mêmes l'aumône; nous ne la faisons pas. — Quoi! votre saint institut vous ordonne de n'avoir pas de souliers, et vous avez une maison de prince, et vous me refusez à manger! — Mon fils, il est vrai que nous sommes sans souliers et sans bas : c'est une dépense de moins; mais nous n'avons pas plus froid aux pieds qu'aux mains; et si notre saint institut nous avait ordonné d'aller cul nu, nous n'aurions point froid au derrière. A l'égard de notre belle maison, nous l'avons aisément bâtie, parce que nous avons cent mille livres de rente en maisons dans la même rue. — Ah! ah! vous me laissez mourir de faim, et vous avez cent mille livres de rente! Vous en rendez donc cinquante mille au nouveau gouvernement? — Dieu nous préserve de payer une obole! Le seul produit de la terre cultivée par des mains laborieuses, endurcies de calus et mouillées de larmes, doit des tributs à la puissance législatrice et exécutrice. Les aumônes qu'on nous a données nous ont mis en état de faire bâtir ces maisons, dont nous tirons cent mille livres par an; mais ces aumônes venant des fruits de la terre, ayant déjà payé le tribut, elles ne doivent pas payer deux fois : elles ont sanctifié les fidèles qui se sont appauvris en nous enrichissant, et nous continuons à demander l'aumône et à mettre à contribution le faubourg Saint-Germain pour sanctifier encore les fidèles. » Ayant dit ces mots, le carme me ferma la porte au nez.

Je passai par-devant l'hôtel des mousquetaires gris; je contai la chose à un de ces messieurs : ils me donnèrent un bon dîner et un écu. L'un d'eux proposa d'aller brûler le couvent; mais un mousquetaire plus sage lui montra que le temps n'était pas encore venu, et le pria d'attendre encore deux ou trois ans.

AUDIENCE DE MONSIEUR LE CONTRÔLEUR GÉNÉRAL

J'allai, avec mon écu, présenter un placet à monsieur le contrôleur général, qui donnait audience ce jour-là.

Son antichambre était remplie de gens de toute espèce. Il y avait surtout des visages encore plus pleins, des ventres plus rebondis, des mines plus fières que mon homme aux huit millions. Je n'osais m'approcher; je les voyais, et ils ne me voyaient pas.

Un moine, gros décimateur, avait intenté un procès à des citoyens qu'il appelait *ses paysans*. Il avait déjà plus de revenu que la moitié de ses paroissiens ensemble, et de plus il était seigneur de fief. Il prétendait que ses vassaux, ayant converti avec des peines extrêmes leurs bruyères en vignes, ils lui devaient la dixième partie de leur vin, ce qui faisait, en comptant le prix du travail et des échalas, et des futailles, et du cellier, plus du quart de la récolte. « Mais comme les dîmes, disait-il, sont de droit divin, je demande le quart de la substance de mes paysans au nom de Dieu. » Le ministre lui dit : « Je vois combien vous êtes charitable! »

Un fermier général, fort intelligent dans les aides, lui dit alors : « Monseigneur, ce village ne peut rien donner à ce moine : car, ayant fait payer aux paroissiens l'année passée trente-deux impôts pour leur vin, et les ayant fait condamner ensuite à payer le trop bu, ils sont entièrement ruinés. J'ai fait vendre leurs bestiaux et leurs meubles, ils sont encore mes redevables. Je m'oppose aux prétentions du révérend père.

— Vous avez raison d'être son rival, repartit le ministre; vous aimez l'un et l'autre également votre prochain, et vous m'édifiez tous deux. »

Un troisième, moine et seigneur, dont les paysans sont mainmortables, attendait aussi un arrêt du conseil qui le mît en possession de tout le bien d'un badaud de Paris, qui, ayant par inadvertance demeuré un an et un jour dans une maison sujette à cette servitude et enclavée dans les États de ce prêtre, y était mort au bout de l'année. Le moine réclamait tout le bien du badaud, et cela de droit divin.

Le ministre trouva le cœur du moine aussi juste et aussi tendre que les deux premiers.

Un quatrième, qui était contrôleur du domaine, présenta un beau mémoire par lequel il se justifiait d'avoir réduit vingt familles à l'aumône. Elles avaient hérité de leurs oncles ou tantes, ou frères, ou cousins; il avait fallu payer les droits. Le domanier leur avait prouvé généreusement qu'elles n'avaient pas assez estimé leurs héritages, qu'elles étaient beaucoup plus riches qu'elles ne croyaient, et, en conséquence, les ayant condamnées à l'amende du triple, les ayant ruinées en frais, et fait mettre en prison les pères de famille, il avait acheté leurs meilleures possessions sans bourse délier.

Le contrôleur général lui dit (d'un ton un peu amer à la vérité) : « *Euge!* contrôleur *bone et fidelis; quia supra pauca fuisti fidelis,* fermier général *te constituam*[*1]» Cependant il dit tout bas à un maître des requêtes qui était à côté de lui : « Il faudra bien faire rendre gorge à ces sangsues sacrées et à ces sangsues profanes : il est temps de soulager le peuple, qui, sans nos soins et notre équité, n'aurait jamais de quoi vivre que dans l'autre monde[**]»

Des hommes d'un génie profond lui présentèrent des projets. L'un avait imaginé de mettre des impôts sur l'esprit. « Tout le monde, disait-il, s'empressera de payer, personne ne voulant passer pour un sot. » Le ministre lui dit : « Je vous déclare exempt de la taxe. »

---

*. Je me fis expliquer ces paroles par un savant à quarante écus : elles me réjouirent.

**. Le cas à peu près semblable est arrivé dans la province que j'habite, et le contrôleur du domaine a été forcé à faire restitution; mais il n'a pas été puni.

Un autre proposa d'établir l'impôt unique sur les chansons et sur le rire, attendu que la nation était la plus gaie du monde, et qu'une chanson la consolait de tout; mais le ministre observa que depuis quelque temps on ne faisait plus guère de chansons plaisantes, et il craignit que, pour échapper à la taxe, on ne devînt trop sérieux.

Vint un sage et brave citoyen qui offrit de donner au roi trois fois plus, en faisant payer par la nation trois fois moins. Le ministre lui conseilla d'apprendre l'arithmétique.

Un cinquième prouvait au roi, *par amitié,* qu'il ne pouvait recueillir que soixante et quinze millions; mais qu'il allait lui en donner deux cent vingt-cinq. « Vous me ferez plaisir, dit le ministre, quand nous aurons payé les dettes de l'État. »

Enfin arriva un commis de l'auteur nouveau qui fait la puissance législatrice copropriétaire de toutes nos terres par le droit divin, et qui donnait au roi douze cents millions de rente. Je reconnus l'homme qui m'avait mis en prison pour n'avoir pas payé mes vingt écus. Je me jetai aux pieds de monsieur le contrôleur général, et je lui demandai justice; il fit un grand éclat de rire, et me dit que c'était un tour qu'on m'avait joué. Il ordonna à ces mauvais plaisants de me donner cent écus de dédommagements, et m'exempta de taille pour le reste de ma vie. Je lui dis : « Monseigneur, Dieu vous bénisse! »

LETTRE À L'HOMME AUX QUARANTE ÉCUS

Quoique je sois trois fois aussi riche que vous, c'est-à-dire quoique je possède trois cent soixante livres ou

francs de revenu, je vous écris cependant comme d'égal
à égal, sans affecter l'orgueil des grandes fortunes.

J'ai lu l'histoire de votre désastre et de la justice que
monsieur le contrôleur général vous a rendue; je vous en
fais mon compliment; mais par malheur je viens de lire
le *Financier citoyen,* malgré la répugnance que m'avait
inspirée le titre, qui paraît contradictoire à bien des
gens. Ce citoyen vous ôte vingt francs de vos rentes, et à
moi soixante : il n'accorde que cent francs à chaque individu sur la totalité des habitants; mais, en récompense,
un homme non moins illustre enfle nos rentes jusqu'à
cent cinquante livres; je vois que votre géomètre a pris
un juste milieu. Il n'est point de ces magnifiques seigneurs qui d'un trait de plume peuplent Paris d'un
million d'habitants, et vous font rouler quinze cents
millions d'espèces sonnantes dans le royaume, après
tout ce que nous en avons perdu dans nos guerres dernières.

Comme vous êtes grand lecteur, je vous prêterai le
Financier citoyen; mais n'allez pas le croire en tout : il
cite le testament du grand ministre Colbert, et il ne sait
pas que c'est une rapsodie ridicule faite par un Gatien
de Courtilz; il cite la *Dîme* du maréchal de Vauban, et il
ne sait pas qu'elle est d'un Boisguilbert; il cite le testament du cardinal de Richelieu, et il ne sait pas qu'il est
de l'abbé de Bourzeis. Il suppose que ce cardinal assure
que *quand la viande enchérit, on donne une paye plus forte
au soldat.* Cépendant la viande enchérit beaucoup sous
son ministère, et la paye du soldat n'augmenta point :
ce qui prouve, indépendamment de cent autres preuves,
que ce livre reconnu pour supposé dès qu'il parut, et
ensuite attribué au cardinal même, ne lui appartient pas
plus que les testaments du cardinal Alberoni et du maréchal de Belle-Isle ne leur appartiennent.

Défiez-vous toute votre vie des testaments et des systèmes : j'en ai été la victime comme vous. Si les Solons et les Lycurgues modernes se sont moqués de vous, les nouveaux Triptolèmes se sont encore plus moqués de moi, et, sans une petite succession qui m'a ranimé, j'étais mort de misère.

J'ai cent vingt arpents labourables dans le plus beau pays de la nature, et le sol le plus ingrat. Chaque arpent ne rend, tous frais faits, dans mon pays, qu'un écu de trois livres. Dès que j'eus lu dans les journaux qu'un célèbre agriculteur avait inventé un nouveau semoir, et qu'il labourait sa terre par planches, afin qu'en semant moins il recueillît davantage, j'empruntai vite de l'argent, j'achetai un semoir, je labourai par planches; je perdis ma peine et mon argent, aussi bien que l'illustre agriculteur qui ne sème plus par planches.

Mon malheur voulut que je lusse le *Journal économique,* qui se vend à Paris chez Boudot. Je tombai sur l'expérience d'un Parisien ingénieux qui, pour se réjouir, avait fait labourer son parterre quinze fois, et y avait semé du froment, au lieu d'y planter des tulipes; il eut une récolte très abondante. J'empruntai encore de l'argent. « Je n'ai qu'à donner trente labours, me disais-je, j'aurai le double de la récolte de ce digne Parisien, qui s'est formé des principes d'agriculture à l'Opéra et à la Comédie; et me voilà enrichi par ses leçons et par son exemple. »

Labourer seulement quatre fois dans mon pays est une chose impossible; la rigueur et les changements soudains des saisons ne le permettent pas; et d'ailleurs le malheur que j'avais eu de semer par planches, comme l'illustre agriculteur dont j'ai parlé, m'avait forcé à vendre mon attelage. Je fais labourer trente fois mes cent vingt arpents par toutes les charrues qui sont à quatre lieues à la ronde. Trois labours pour chaque arpent coûtent douze livres, c'est un prix fait; il fallut donner trente façons par arpent; le labour de chaque arpent me coûta cent vingt livres : la façon de mes cent vingt arpents me revint à quatorze mille quatre cents livres. Ma récolte, qui se monte, année commune, dans mon maudit pays, à trois setiers, monta, il est vrai, à trois cent trente, qui, à vingt livres le setier, me produisirent six mille six cents livres : je perdis sept mille huit cents livres; il est vrai que j'eus la paille.

J'étais ruiné, abîmé, sans une vieille tante qu'un grand médecin dépêcha dans l'autre monde, en raisonnant aussi bien en médecine que moi en agriculture.

Qui croirait que j'eus encore la faiblesse de me laisser séduire par le *Journal* de Boudot? Cet homme-là, après tout, n'avait pas juré ma perte. Je lis dans son recueil qu'il n'y a qu'à faire une avance de quatre mille francs pour avoir quatre mille livres de rente en artichauts : certainement Boudot me rendra en artichauts ce qu'il m'a fait perdre en blé. Voilà mes quatre mille francs dépensés, et mes artichauts mangés par des rats de campagne. Je fus hué dans mon canton comme le diable de Papefiguière.[1]

J'écrivais une lettre de reproche fulminante à Boudot. Pour toute réponse le traître s'égaya dans son *Journal* à mes dépens. Il me nia impudemment que les Caraïbes fussent nés rouges; je fus obligé de lui envoyer une attestation d'un ancien procureur du roi de la Guadeloupe, comme quoi Dieu a fait les Caraïbes rouges ainsi que les Nègres noirs. Mais cette petite victoire ne m'empêcha pas de perdre jusqu'au dernier sou toute la succession de ma tante, pour avoir trop cru les nouveaux systèmes. Mon cher monsieur, encore une fois, gardez-vous des charlatans.

NOUVELLES DOULEURS OCCASIONNÉES
PAR LES NOUVEAUX SYSTÈMES
(Ce petit morceau est tiré des manuscrits d'un vieux solitaire)

Je vois que si de bons citoyens se sont amusés à gouverner les États, et à se mettre à la place des rois; si d'autres se sont crus des Triptolèmes et des Cérès, il y en a de plus fiers qui se sont mis sans façon à la place de Dieu, et qui ont créé l'univers avec leur plume, comme Dieu le créa autrefois par la parole.

Un des premiers qui se présenta à mes adorations fut un descendant de Thalès, nommé Telliamed,[1] qui m'apprit que les montagnes et les hommes sont produits par les eaux de la mer. Il y eut d'abord de beaux hommes marins qui ensuite devinrent amphibies. Leur belle queue fourchue se changea en cuisses et en jambes. J'étais encore tout plein des *Métamorphoses* d'Ovide, et d'un livre où il était démontré que la race des hommes était bâtarde d'une race de babouins : j'aimais autant descendre d'un poisson que d'un singe.

Avec le temps j'eus quelques doutes sur cette généalogie, et même sur la formation des montagnes. « Quoi! me dit-il, vous ne savez pas que les courants de la mer, qui jettent toujours du sable à droite et à gauche à dix ou douze pieds de hauteur, tout au plus, ont produit, dans une suite infinie de siècles, des montagnes de vingt mille pieds de haut, lesquelles ne sont pas de sable? Apprenez que la mer a nécessairement couvert tout le globe. La preuve en est qu'on a vu des ancres de vaisseau sur le mont Saint-Bernard, qui étaient là plusieurs siècles avant que les hommes eussent des vaisseaux. Figurez-vous que la terre est un globe de verre qui a été longtemps tout couvert d'eau. »

Plus il m'endoctrinait, plus je devenais incrédule.

« Quoi donc! me dit-il, n'avez-vous pas vu le falun de Touraine à trente-six lieues de la mer? C'est un amas de coquilles avec lesquelles on engraisse la terre comme avec du fumier. Or, si la mer a déposé dans la succession des temps une mine entière de coquilles à trente-six lieues de l'Océan, pourquoi n'aura-t-elle pas été jusqu'à trois mille lieues pendant plusieurs siècles sur notre globe de verre? »

Je lui répondis : « Monsieur Telliamed, il y a des gens qui font quinze lieues par jour à pied; mais ils ne peuvent en faire cinquante. Je ne crois pas que mon jardin soit de verre; et quant à votre falun, je doute encore qu'il soit un lit de coquilles de mer. Il se pourrait bien que ce ne fût qu'une mine de petites pierres calcaires qui prennent aisément la forme des fragments de coquilles, comme il y a des pierres qui sont figurées en langues, et qui ne sont point des langues; en étoiles, et qui ne sont point des astres; en serpents roulés sur eux-mêmes, et qui ne sont point des serpents; en parties naturelles du beau sexe, et qui ne sont point pourtant les dépouilles des dames. On voit des dendrites, des pierres figurées, qui représentent des arbres et des maisons, sans que jamais ces petites pierres aient été des maisons et des chênes.

« Si la mer avait déposé tant de lits de coquilles en Touraine, pourquoi aurait-elle négligé la Bretagne, la Normandie, la Picardie, et toutes les autres côtes? J'ai bien peur que ce falun tant vanté ne vienne pas plus de la mer que les hommes. Et quand la mer se serait répandue à trente-six lieues, ce n'est pas à dire qu'elle ait été jusqu'à trois mille, et même jusqu'à trois cents, et que toutes les montagnes aient été produites par les eaux. J'aimerais autant dire que le Caucase a formé la mer, que de prétendre que la mer a fait le Caucase.

— Mais, monsieur l'incrédule, que répondrez-vous aux huîtres pétrifiées qu'on a trouvées sur le sommet des Alpes?

— Je répondrai, monsieur le créateur, que je n'ai pas vu plus d'huîtres pétrifiées que d'ancres de vaisseau sur le haut du mont Cenis. Je répondrai ce qu'on a déjà dit, qu'on a trouvé des écailles d'huîtres (qui se pétrifient aisément) à de très grandes distances de la mer, comme on a déterré des médailles romaines à cent lieues de Rome; et j'aime mieux croire que des pèlerins de Saint-Jacques ont laissé quelques coquilles vers Saint-Maurice que d'imaginer que la mer a formé le mont Saint-Bernard.

« Il y a des coquillages partout; mais est-il bien sûr qu'ils ne soient pas les dépouilles des testacés et des crustacés de nos lacs et de nos rivières, aussi bien que des petits poissons marins?

— Monsieur l'incrédule, je vous tournerai en ridicule dans le monde que je me propose de créer.

— Monsieur le créateur, à vous permis; chacun est le maître dans son monde; mais vous ne me ferez jamais croire que celui où nous sommes soit de verre, ni que quelques coquilles soient des démonstrations que la mer a produit les Alpes et le mont Taurus. Vous savez qu'il n'y a aucune coquille dans les montagnes d'Amérique. Il faut que ce ne soit pas vous qui ayez créé cet hémisphère, et que vous vous soyez contenté de former l'ancien monde : c'est bien assez.

— Monsieur, monsieur, si on n'a pas découvert de coquilles sur les montagnes d'Amérique, *on en découvrira*.

— Monsieur, c'est parler en créateur qui sait son secret, et qui est sûr de son fait. Je vous abandonne, si vous voulez, votre falun, pourvu que vous me laissiez mes montagnes. Je suis d'ailleurs le très humble et très obéissant serviteur de votre providence. »

Dans le temps que je m'instruisais ainsi avec Telliamed, un jésuite irlandais[1] déguisé en homme, d'ailleurs grand observateur, et ayant de bons microscopes, fit des anguilles avec de la farine de blé ergoté. On ne douta pas alors qu'on ne fît des hommes avec de la farine de bon froment. Aussitôt on créa des particules organiques qui composèrent des hommes. Pourquoi non? Le grand géomètre Fatio[2] avait bien ressuscité des morts à Londres : on pouvait tout aussi aisément faire à Paris des vivants avec des particules organiques; mais, malheureusement les nouvelles anguilles de Needham ayant disparu, les nouveaux hommes disparurent aussi, et s'enfuirent chez les nomades, qu'ils rencontrèrent dans le plein au milieu de la matière subtile, globuleuse, et cannelée.

Ce n'est pas que ces créateurs de systèmes n'aient rendu de grands services à la physique; à Dieu ne plaise que je méprise leurs travaux! On les a comparés à des alchimistes qui, en faisant de l'or (qu'on ne fait point), ont trouvé de bons remèdes, ou du moins des choses très curieuses. On peut être un homme d'un rare mérite, et se tromper sur la formation des animaux et sur la structure du globe.

Les poissons changés en hommes, et les eaux changées en montagne, ne m'avaient pas fait autant de mal que M. Boudot. Je me bornais tranquillement à douter, lorsqu'un Lapon[3] me prit sous sa protection. C'était un profond philosophe, mais qui ne pardonnait jamais aux gens qui n'étaient pas de son avis. Il me fit d'abord connaître clairement l'avenir en exaltant mon âme. Je fis de si prodigieux efforts d'exaltation que j'en tombai malade; mais il me guérit en m'enduisant de poix-résine de la tête aux pieds. A peine fus-je en état de marcher qu'il me proposa un voyage aux terres australes pour y disséquer des têtes de géants, ce qui nous ferait connaître clairement la nature de l'âme. Je ne pouvais supporter la mer; il eut la bonté de me mener par terre. Il fit creuser un grand trou dans le globe terraqué : ce trou allait droit chez les Patagons. Nous partîmes; je me cassai une jambe à l'entrée du trou; on eut beaucoup de peine à me redresser la jambe : il s'y forma un calus qui m'a beaucoup soulagé.

J'ai déjà parlé de tout cela dans une de mes diatribes pour instruire l'univers très attentif à ces grandes choses. Je suis bien vieux; j'aime quelquefois à répéter mes contes, afin de les inculquer mieux dans la tête des petits garçons pour lesquels je travaille depuis si longtemps.

MARIAGE DE L'HOMME AUX QUARANTE ÉCUS

L'homme aux quarante écus s'étant beaucoup formé, et ayant fait une petite fortune, épousa une jolie fille qui possédait cent écus de rente. Sa femme devint bientôt grosse. Il alla trouver son géomètre, et lui demanda si elle lui donnerait un garçon ou une fille. Le géomètre lui répondit que les sages-femmes, les femmes de chambre, le savaient pour l'ordinaire; mais que les physiciens, qui prédisent les éclipses, n'étaient pas si éclairés qu'elles.

Il voulut savoir ensuite si son fils ou sa fille avait déjà une âme. Le géomètre dit que ce n'était pas son affaire, et qu'il en fallait parler au théologien du coin.

L'homme aux quarante écus, qui était déjà l'homme aux deux cents écus pour le moins, demanda en quel endroit était son enfant. « Dans une petite poche, lui dit son ami, entre la vessie et l'intestin rectum — Ô

Dieu paternel! s'écria-t-il, l'âme immortelle de mon
fils née et logée entre de l'urine et quelque chose de
pis! — Oui, mon cher voisin, l'âme d'un cardinal n'a
point eu d'autre berceau; et avec cela on fait le fier,
on se donne des airs.

— Ah! monsieur le savant, ne pourriez-vous point
me dire comment les enfants se font?

— Non, mon ami; mais, si vous voulez, je vous dirai
ce que les philosophes ont imaginé, c'est-à-dire comment les enfants ne se font point.

« Premièrement, le révérend père Sanchez, dans son
excellent livre *de Matrimonio*, est entièrement de l'avis
d'Hippocrate; il croit comme un article de foi que les
deux véhicules fluides de l'homme et de la femme
s'élancent et s'unissent ensemble, et que dans le moment
l'enfant est conçu par cette union; et il est si persuadé
de ce système physique, devenu théologique, qu'il examine, chapitre xxi du livre second, *utrum virgo Maria
semen emiserit in copulatione cum Spiritu Sancto*.[1]

— Eh! monsieur, je vous ai déjà dit que je n'entends
pas le latin; expliquez-moi en français l'oracle du père
Sanchez. »

Le géomètre lui traduisit le texte, et tous deux fré-
mirent d'horreur.

Le nouveau marié, en trouvant Sanchez prodigieusement ridicule, fut pourtant assez content d'Hippocrate;
et il se flattait que sa femme avait rempli toutes les conditions imposées par ce médecin pour faire un enfant.

« Malheureusement, lui dit le voisin, il y a beaucoup
de femmes qui ne répandent aucune liqueur, qui ne
reçoivent qu'avec aversion les embrassements de leurs
maris, et qui cependant en ont des enfants. Cela seul
décide contre Hippocrate et Sanchez.

« De plus, il y a très grande apparence que la nature

agit toujours dans les mêmes cas par les mêmes principes : or il y a beaucoup d'espèces d'animaux qui
engendrent sans copulation, comme les poissons écaillés,
les huîtres, les pucerons. Il a donc fallu que les physiciens cherchassent une mécanique de génération qui
convînt à tous les animaux. Le célèbre Harvey, qui le
premier démontra la circulation, et qui était digne de
découvrir le secret de la nature, crut l'avoir trouvé dans
les poules : elles pondent des œufs; il jugea que les
femmes pondaient aussi. Les mauvais plaisants dirent
que c'est pour cela que les bourgeois, et même quelques
gens de cour, appellent leur femme ou leur maîtresse *ma
poule,* et qu'on dit que toutes les femmes sont coquettes,
parce qu'elles voudraient que les coqs les trouvassent
belles. Malgré ces railleries, Harvey ne changea point
d'avis, et il fut établi dans toute l'Europe que nous
venons d'un œuf.

L'HOMME AUX QUARANTE ÉCUS

Mais, monsieur, vous m'avez dit que la nature est toujours semblable à elle-même, qu'elle agit toujours par le
même principe dans le même cas : les femmes, les
juments, les ânesses, les anguilles, ne pondent point;
vous vous moquez de moi.

LE GÉOMÈTRE

Elles ne pondent point en dehors, mais elles pondent
en dedans; elles ont des ovaires comme tous les oiseaux;
les juments, les anguilles, en ont aussi. Un œuf se détache
de l'ovaire; il est couvé dans la matrice. Voyez tous les
poissons écaillés, les grenouilles : ils jettent des œufs,
que le mâle féconde. Les baleines et les autres animaux
marins de cette espèce font éclore leurs œufs dans leur
matrice. Les mites, les teignes, les plus vils insectes, sont

visiblement formés d'un œuf : tout vient d'un œuf; et notre globe est un grand œuf qui contient tous les autres.

L'HOMME AUX QUARANTE ÉCUS

Mais vraiment ce système porte tous les caractères de la vérité; il est simple, il est uniforme, il est démontré aux yeux dans plus de la moitié des animaux; j'en suis fort content, je n'en veux point d'autre : les œufs de ma femme me sont fort chers.

LE GÉOMÈTRE

On s'est lassé à la longue de ce système : on a fait les enfants d'une autre façon.

L'HOMME AUX QUARANTE ÉCUS

Et pourquoi, puisque celle-là est si naturelle?

LE GÉOMÈTRE

C'est qu'on a prétendu que nos femmes n'ont point d'ovaire, mais seulement de petites glandes.

L'HOMME AUX QUARANTE ÉCUS

Je soupçonne que des gens qui avaient un autre système à débiter ont voulu décréditer les œufs.

LE GÉOMÈTRE

Cela pourrait bien être. Deux Hollandais[1] s'avisèrent d'examiner la liqueur séminale au microscope, celle de l'homme, celle de plusieurs animaux, et ils crurent y apercevoir des animaux déjà tout formés qui couraient avec une vitesse inconcevable. Ils en virent même dans le fluide séminal du coq. Alors on jugea que les mâles faisaient tout, et les femelles rien; elles ne servirent plus qu'à porter le trésor que le mâle leur avait confié.

L'HOMME AUX QUARANTE ÉCUS

Voilà qui est bien étrange. J'ai quelques doutes sur tous ces petits animaux qui frétillent si prodigieusement dans une liqueur, pour être ensuite immobiles dans les œufs des oiseaux, et pour être non moins immobiles neuf mois, à quelques culbutes près, dans le ventre de la femme; cela ne me paraît pas conséquent. Ce n'est pas, autant que j'en puis juger, la marche de la nature. Comment sont faits, s'il vous plaît, ces petits hommes qui sont si bons nageurs dans la liqueur dont vous me parlez?

LE GÉOMÈTRE

Comme des vermisseaux. Il y avait surtout un médecin, nommé Andry, qui voyait des vers partout, et qui voulait absolument détruire le système d'Harvey. Il aurait, s'il l'avait pu, anéanti la circulation du sang, parce qu'un autre l'avait découverte. Enfin deux Hollandais et monsieur Andry, à force de tomber dans le péché d'Onan et de voir les choses au microscope, réduisirent l'homme à être chenille. Nous sommes d'abord un ver comme elle; de là, dans notre enveloppe, nous devenons comme elle, pendant neuf mois, une vraie chrysalide, que les paysans appellent *fève*. Ensuite, si la chenille devient papillon, nous devenons hommes : voilà nos métamorphoses.

L'HOMME AUX QUARANTE ÉCUS

Eh bien! s'en est-on tenu là? N'y a-t-il point eu depuis de nouvelle mode?

LE GÉOMÈTRE

On s'est dégoûté d'être chenille. Un philosophe extrêmement plaisant a découvert dans une *Vénus phy-*

sique[1]que l'attraction faisait les enfants; et voici comment
la chose s'opère. Le germe étant tombé dans la matrice,
l'œil droit attire l'œil gauche, qui arrive pour s'unir à
lui en qualité d'œil; mais il en est empêché par le nez,
qu'il rencontre en chemin, et qui l'oblige de se placer
à gauche. Il en est de même des bras, des cuisses et des
jambes, qui tiennent aux cuisses. Il est difficile d'expliquer, dans cette hypothèse, la situation des mamelles
et des fesses. Ce grand philosophe n'admet aucun dessein de l'Être créateur dans la formation des animaux;
il est bien loin de croire que le cœur soit fait pour recevoir le sang et pour le chasser, l'estomac pour digérer,
les yeux pour voir, les oreilles pour entendre : cela lui
paraît trop vulgaire; tout se fait par attraction.

L'HOMME AUX QUARANTE ÉCUS

Voilà un maître fou. Je me flatte que personne n'a pu
adopter une idée aussi extravagante.

LE GÉOMÈTRE

On en rit beaucoup; mais ce qu'il y eut de triste, c'est
que cet insensé ressemblait aux théologiens, qui persécutent autant qu'ils le peuvent ceux qu'ils font rire.

D'autres philosophes ont imaginé d'autres manières
qui n'ont pas fait une plus grande fortune : ce n'est plus
le bras qui va chercher le bras; ce n'est plus la cuisse qui
court après la cuisse; ce sont de petites molécules, de
petites particules de bras et de cuisse qui se placent les
unes sur les autres. On sera peut-être enfin obligé d'en
revenir aux œufs, après avoir perdu bien du temps.

L'HOMME AUX QUARANTE ÉCUS

J'en suis ravi; mais quel a été le résultat de toutes ces
disputes?

LE GÉOMÈTRE

Le doute. Si la question avait été débattue entre des théologaux, il y aurait eu des excommunications et du sang répandu; mais entre des physiciens la paix est bientôt faite : chacun a couché avec sa femme, sans penser le moins du monde à son ovaire, ni à ses trompes de Fallope. Les femmes sont devenues grosses ou enceintes, sans demander seulement comment ce mystère s'opère. C'est ainsi que vous semez du blé, et que vous ignorez comment le blé germe en terre.

L'HOMME AUX QUARANTE ÉCUS

Oh! je le sais bien; on me l'a dit il y a longtemps : c'est par pourriture. Cependant il me prend quelquefois des envies de rire de tout ce qu'on m'a dit.

LE GÉOMÈTRE

C'est une fort bonne envie. Je vous conseille de douter de tout, excepté que les trois angles d'un triangle sont égaux à deux droits, et que les triangles qui ont même base et même hauteur sont égaux entre eux, ou autres propositions pareilles, comme, par exemple, que deux et deux font quatre.

L'HOMME AUX QUARANTE ÉCUS

Oui, je crois qu'il est fort sage de douter; mais je sens que je suis curieux depuis que j'ai fait fortune et que j'ai du loisir. Je voudrais, quand ma volonté remue mon bras ou ma jambe, découvrir le ressort par lequel ma volonté les remue : car sûrement il y en a un. Je suis quelquefois tout étonné de pouvoir lever et abaisser mes yeux, et de ne pouvoir dresser mes oreilles. Je pense, et je voudrais connaître un peu... là... toucher au doigt ma

pensée. Cela doit être fort curieux. Je cherche si je pense
par moi-même, si Dieu me donne mes idées, si mon âme
est venue dans mon corps à six semaines ou à un jour,
comment elle s'est logée dans mon cerveau; si je pense
beaucoup quand je dors profondément, et quand je suis
en léthargie. Je me creuse la cervelle pour savoir comment un corps en pousse un autre. Mes sensations ne
m'étonnent pas moins : j'y trouve du divin, et surtout
dans le plaisir.

J'ai fait quelquefois mes efforts pour imaginer un nouveau sens, et je n'ai jamais pu y parvenir. Les géomètres
savent toutes ces choses; ayez la bonté de m'instruire.

LE GÉOMÈTRE

Hélas! nous sommes aussi ignorants que vous; adressez-vous à la Sorbonne. »

L'HOMME AUX QUARANTE ÉCUS, DEVENU PÈRE, RAISONNE SUR LES MOINES

Quand l'homme aux quarante écus se vit père d'un
garçon, il commença à se croire un homme de quelque
poids dans l'État; il espéra donner au moins dix sujets
au roi, qui seraient tous utiles. C'était l'homme du
monde qui faisait le mieux des paniers; et sa femme était
une excellente couturière. Elle était née dans le voisinage
d'une grosse abbaye de cent mille livres de rente. Son
mari me demanda un jour pourquoi ces messieurs, qui
étaient en petit nombre, avaient englouti tant de parts
de quarante écus. « Sont-ils plus utiles que moi à la
patrie? — Non, mon cher voisin. — Servent-ils comme
moi à la population du pays? — Non, au moins en apparence. — Cultivent-ils la terre? défendent-ils l'État

quand il est attaqué? — Non, ils prient Dieu pour vous.
— Eh bien! je prierai Dieu pour eux, et partageons.

« Combien croyez-vous que les couvents renferment
de ces gens utiles, soit en hommes, soit en filles, dans le
royaume?

— Par les mémoires des intendants, faits sur la fin du
dernier siècle, il y en avait environ quatre-vingt-dix mille.

— Par notre ancien compte, ils ne devraient, à quarante écus par tête, posséder que dix millions huit cent
mille livres : combien en ont-ils?

— Cela va à cinquante millions, en comptant les
messes et les quêtes des moines mendiants, qui mettent
réellement un impôt considérable sur le peuple. Un frère
quêteur d'un couvent de Paris s'est vanté publiquement
que sa besace valait quatre-vingt mille livres de rente.

— Voyons combien cinquante millions répartis entre
quatre-vingt-dix mille têtes tondues donnent à chacune.

— Cinq cent cinquante-cinq livres.

— C'est une somme considérable dans une société
nombreuse, où les dépenses diminuent par la quantité
même des consommateurs : car il en coûte bien moins
à dix personnes pour vivre ensemble que si chacun avait
séparément son logis et sa table.

« Les ex-jésuites, à qui on donne aujourd'hui quatre
cents livres de pension, ont donc réellement perdu à ce
marché?

— Je ne le crois pas : car ils sont presque tous retirés
chez des parents qui les aident; plusieurs disent la messe
pour de l'argent, ce qu'ils ne faisaient pas auparavant;
d'autres se sont faits précepteurs; d'autres ont été sou-
tenus par des dévotes; chacun s'est tiré d'affaire, et peut-
être y en a-t-il peu aujourd'hui qui, ayant goûté du
monde et de la liberté, voulussent reprendre leurs anciennes chaînes. La vie monacale, quoi qu'on en dise,

n'est point du tout à envier. C'est une maxime assez connue que les moines sont des gens qui s'assemblent sans se connaître, vivent sans s'aimer, et meurent sans se regretter.

— Vous pensez donc qu'on leur rendrait un très grand service de les défroquer tous?

— Ils y gagneraient beaucoup sans doute, et l'État encore davantage; on rendrait à la patrie des citoyens et des citoyennes qui ont sacrifié témérairement leur liberté dans un âge où les lois ne permettent pas qu'on dispose d'un fonds de dix sous de rente; on tirerait ces cadavres de leurs tombeaux : ce serait une vraie résurrection. Leurs maisons deviendraient des hôtels de ville, des hôpitaux, des écoles publiques, ou seraient affectées à des manufactures; la population deviendrait plus grande, tous les arts seraient mieux cultivés. On pourrait du moins diminuer le nombre de ces victimes volontaires en fixant le nombre des novices : la patrie aurait plus d'hommes utiles et moins de malheureux. C'est le sentiment de tous les magistrats, c'est le vœu unanime du public, depuis que les esprits sont éclairés. L'exemple de l'Angleterre et de tant d'autres États est une preuve évidente de la nécessité de cette réforme. Que ferait aujourd'hui l'Angleterre, si au lieu de quarante mille hommes de mer, elle avait quarante mille moines? Plus les arts se sont multipliés, plus le nombre des sujets laborieux est devenu nécessaire. Il y a certainement dans les cloîtres beaucoup de talents ensevelis qui sont perdus pour l'État. Il faut, pour faire fleurir un royaume, le moins de prêtres possible, et le plus d'artisans possible. L'ignorance et la barbarie de nos pères, loin d'être une règle pour nous, n'est qu'un avertissement de faire ce qu'ils feraient s'ils étaient en notre place avec nos lumières.

— Ce n'est donc point par haine contre les moines que vous voulez les abolir? C'est par pitié pour eux; c'est par amour pour la patrie. Je pense comme vous. Je ne voudrais point que mon fils fût moine; et si je croyais que je dusse avoir des enfants pour le cloître, je ne coucherais plus avec ma femme.

— Quel est en effet le bon père de famille qui ne gémisse de voir son fils et sa fille perdus pour la société? Cela s'appelle *se sauver;* mais un soldat qui se sauve quand il faut combattre est puni. Nous sommes tous des soldats de l'État; nous sommes à la solde de la société, nous devenons des déserteurs quand nous la quittons. Que dis-je? les moines sont des parricides qui étouffent uns postérité tout entière. Quatre-vingt-dix mille cloîtrés, qui braillent ou qui nasillent du latin, pourraient donner à l'État chacun deux sujets : cela fait cent soixante mille hommes qu'ils font périr dans leur germe. Au bout de cent ans la perte est immense : cela est démontré.

« Pourquoi donc le monachisme a-t-il prévalu? parce que le gouvernement fut presque partout détestable et absurde depuis Constantin; parce que l'empire romain eut plus de moines que de soldats; parce qu'il y en avait cent mille dans la seule Égypte; parce qu'ils étaient exempts de travail et de taxe; parce que les chefs des nations barbares qui détruisirent l'empire, s'étant faits chrétiens pour gouverner des chrétiens, exercèrent la plus horrible tyrannie; parce qu'on se jetait en foule dans les cloîtres pour échapper aux fureurs de ces tyrans, et qu'on se plongeait dans un esclavage pour en éviter un autre; parce que les papes, en instituant tant d'ordres différents de fainéants sacrés, se firent autant de sujets dans les autres États; parce qu'un paysan aime mieux être appelé *mon révérend père,* et donner des bénédictions, que de conduire la charrue; parce qu'il ne sait pas que la charrue est plus noble que le froc; parce qu'il aime mieux vivre aux dépens des sots que par un travail honnête; enfin parce qu'il ne sait pas qu'en se faisant moine il se prépare des jours malheureux, tissus d'ennui et de repentir.

— Allons, monsieur, plus de moines, pour leur bonheur et pour le nôtre. Mais je suis fâché d'entendre dire au seigneur de mon village, père de quatre garçons et de trois filles, qu'il ne saura où les placer s'il ne fait pas ses filles religieuses.

— Cette allégation trop souvent répétée est inhumaine, antipatriotique, destructive de la société.

« Toutes les fois qu'on peut dire d'un état de vie, quel qu'il puisse être : si tout le monde embrassait cet état le genre humain serait perdu, il est démontré que cet état ne vaut rien, et que celui qui le prend nuit au genre humain autant qu'il est en lui.

« Or il est clair que si tous les garçons et toutes les filles s'encloîtraient le monde périrait : donc la moinerie est par cela seul l'ennemie de la nature humaine, indépendamment des maux affreux qu'elle a causés quelquefois.

— Ne pourrait-on pas en dire autant des soldats?

— Non assurément : car si chaque citoyen porte les armes à son tour, comme autrefois dans toutes les républiques, et surtout dans celle de Rome, le soldat n'en est que meilleur cultivateur; le soldat citoyen se marie, il combat pour sa femme et pour ses enfants. Plût à Dieu que tous les laboureurs fussent soldats et mariés! ils seraient d'excellents citoyens. Mais un moine, en tant que moine, n'est bon qu'à dévorer la substance de ses compatriotes. Il n'y a point de vérité plus reconnue.

— Mais les filles, monsieur, les filles des pauvres gentilshommes, qu'on ne peut marier, que feront-elles?

— Elles feront, on l'a dit mille fois, comme les filles d'Angleterre, d'Écosse, d'Irlande, de Suisse, de Hollande, de la moitié de l'Allemagne, de Suède, de Norvège, du Danemark, de Tartarie, de Turquie, d'Afrique, et de presque tout le reste de la terre; elles seront bien meilleures épouses, bien meilleures mères, quand on se sera accoutumé, ainsi qu'en Allemagne, à prendre des femmes sans dot. Une femme ménagère et laborieuse fera plus de bien dans une maison que la fille d'un financier, qui dépense plus en superfluités qu'elle n'a porté de revenu chez son mari.

« Il faut qu'il y ait des maisons de retraite pour la vieillesse, pour l'infirmité, pour la difformité. Mais, par le plus détestable des abus, les fondations ne sont que pour la jeunesse et pour les personnes bien conformées. On commence, dans le cloître, par faire étaler aux novices des deux sexes leur nudité, malgré toutes les lois de la pudeur; on les examine attentivement devant et derrière. Qu'une vieille bossue aille se présenter pour entrer dans un cloître, on la chassera avec mépris, à moins qu'elle ne donne une dot immense. Que dis-je? toute religieuse doit être dotée, sans quoi elle est le rebut du couvent. Il n'y eut jamais d'abus plus intolérable.

— Allez, allez, monsieur, je vous jure que mes filles ne seront jamais religieuses. Elles apprendront à filer, à coudre, à faire de la dentelle, à broder, à se rendre utiles. Je regarde les vœux comme un attentat contre la patrie et contre soi-même. Expliquez-moi, je vous prie, comment il se peut faire qu'un de mes amis, pour contredire le genre humain, prétende que les moines sont très utiles à la population d'un État, parce que leurs bâtiments sont mieux entretenus que ceux des seigneurs, et leurs terres mieux cultivées?

— Eh! quel est donc votre ami qui avance une proposition si étrange?

— C'est l'*Ami des hommes*,[1] ou plutôt celui des moines.

— Il a voulu rire; il sait trop bien que dix familles qui ont chacune cinq mille livres de rente en terre sont cent fois, mille fois plus utiles qu'un couvent qui jouit d'un revenu de cinquante mille livres, et qui a toujours un trésor secret. Il vante les belles maisons bâties par les moines, et c'est précisément ce qui irrite les citoyens : c'est le sujet des plaintes de l'Europe. Le vœu de pauvreté condamne les palais, comme le vœu d'humilité contredit l'orgueil, et comme le vœu d'anéantir sa race contredit la nature.

— Je commence à croire qu'il faut beaucoup se défier des livres.

— Il faut en user avec eux comme avec les hommes : choisir les plus raisonnables, les examiner, et ne se rendre jamais qu'à l'évidence. »

DES IMPÔTS PAYÉS À L'ÉTRANGER

Il y a un mois que l'homme aux quarante écus vint me trouver en se tenant les côtés de rire, et il riait de si grand cœur que je me mis à rire aussi sans savoir de quoi il était question : tant l'homme est né imitateur! tant l'instinct nous maîtrise! tant les grands mouvements de l'âme sont contagieux!

> Ut ridentibus arrident, ita flentibus adflent*
> Humani vultus.[2]

---

*. Le jésuite Sanadon a mis *adsunt* pour *adflent*. Un amateur d'Horace prétend que c'est pour cela qu'on a chassé les jésuites.

Quand il eut bien ri, il me dit qu'il venait de rencontrer un homme qui se disait protonotaire du St. Siège, et que cet homme envoyait une grosse somme d'argent à trois cents lieues d'ici, à un Italien, au nom d'un Français à qui le roi avait donné un petit fief, et que ce Français ne pourrait jamais jouir des bienfaits du roi s'il ne donnait à cet Italien la première année de son revenu.

« La chose est très vraie, lui dis-je; mais elle n'est pas si plaisante. Il en coûte à la France environ quatre cent mille livres par an en menus droits de cette espèce; et, depuis environ deux siècles et demi que cet usage dure, nous avons déjà porté en Italie quatre-vingts millions.

— Dieu paternel! s'écria-t-il, que de fois quarante écus! Cet Italien-là nous subjugua donc, il y a deux siècles et demi? Il nous imposa ce tribut?

— Vraiment, répondis-je, il nous en imposait autrefois d'une façon bien plus onéreuse. Ce n'est là qu'une bagatelle en comparaison de ce qu'il leva longtemps sur notre pauvre nation et sur les autres pauvres nations de l'Europe. » Alors je lui racontai comment ces saintes usurpations s'étaient établies. Il sait un peu d'histoire; il a du bon sens : il comprit aisément que nous avions été des esclaves auxquels il restait encore un petit bout de chaîne. Il parla longtemps avec énergie contre cet abus; mais avec quel respect pour la religion en général! Comme il révérait les évêques! comme il leur souhaitait beaucoup de quarante écus, afin qu'ils les dépensassent dans leurs diocèses en bonnes œuvres!

Il voulait aussi que tous les curés de campagne eussent un nombre de quarante écus suffisant pour les faire vivre avec décence. « Il est triste, disait-il, qu'un curé soit obligé de disputer trois gerbes de blé à son ouaille, et qu'il ne soit pas largement payé par la province. Il est honteux que ces messieurs soient toujours en procès avec leurs seigneurs. Ces contestations éternelles pour des droits imaginaires, pour des dîmes, détruisent la considération qu'on leur doit. Le malheureux cultivateur, qui a déjà payé aux préposés son dixième, et les deux sous pour livre, et la taille, et la capitation, et le rachat du logement des gens de guerre, après qu'il a logé des gens de guerre, etc., etc., etc.; cet infortuné, dis-je, qui se voit encore enlever le dixième de sa récolte par son curé, ne le regarde plus comme son pasteur, mais comme son écorcheur, qui lui arrache le peu de peau qui lui reste. Il sent bien qu'en lui enlevant la dixième gerbe de droit divin, on a la cruauté diabolique de ne pas lui tenir compte de ce qu'il lui en a coûté pour faire croître cette gerbe. Que lui reste-t-il, pour lui et pour sa famille? Les pleurs, la disette, le découragement, le désespoir; et il meurt de fatigue et de misère. Si le curé était payé par la province, il serait la consolation de ses paroissiens, au lieu d'être regardé par eux comme leur ennemi. »

Ce digne homme s'attendrissait en prononçant ces paroles; il aimait sa patrie, et était idolâtre du bien public. Il s'écriait quelquefois : « Quelle nation que la française, si on voulait! »

Nous allâmes voir son fils, à qui sa mère, bien propre et bien lavée, donnait un gros téton blanc. L'enfant était fort joli. « Hélas! dit le père, te voilà donc, et tu n'as que vingt-trois ans de vie, et quarante écus à prétendre! »

DES PROPORTIONS

Le produit des extrêmes est égal au produit des moyens; mais deux sacs de blé volés ne sont pas à ceux qui les ont pris comme la perte de leur vie l'est à l'intérêt de la personne volée.

Le prieur de ***, à qui deux de ses domestiques de campagne avaient dérobé deux setiers de blé, vient de faire pendre les deux délinquants. Cette exécution lui a plus coûté que toute sa récolte ne lui a valu, et, depuis ce temps, il ne trouve plus de valets.

Si les lois avaient ordonné que ceux qui voleraient le blé de leur maître laboureraient son champ toute leur vie, les fers aux pieds et une sonnette au cou, attachée à un carcan, ce prieur aurait beaucoup gagné.

Il faut effrayer le crime : oui, sans doute; mais le travail forcé et la honte durable l'intimident plus que la potence.

Il y a quelques mois qu'à Londres un malfaiteur fut condamné à être transporté en Amérique pour y travailler aux sucreries avec les nègres. Tous les criminels en Angleterre, comme en bien d'autres pays, sont reçus à présenter requête au roi, soit pour obtenir grâce entière, soit pour diminution de peine. Celui-ci présenta requête pour être pendu : il alléguait qu'il haïssait mortellement le travail, et qu'il aimait mieux être étranglé une minute que de faire du sucre toute sa vie.

D'autres peuvent penser autrement, chacun a son goût; mais on a déjà dit, et il faut répéter, qu'un pendu n'est bon à rien, et que les supplices doivent être utiles.

Il y a quelques années que l'on condamna dans la Tartarie deux jeunes gens à être empalés, pour avoir regardé, leur bonnet sur la tête, passer une procession de lamas. L'empereur de la Chine, qui est un homme de beaucoup d'esprit, dit qu'il les aurait condamnés à marcher nu-tête à la procession pendant trois mois.

Proportionnez les peines aux délits, a dit le marquis Beccaria; ceux qui ont fait les lois n'étaient pas géomètres.

Si l'abbé Guyon, ou Cogé, ou l'ex-jésuite Nonotte, ou l'ex-jésuite Patouillet, ou le prédicant La Beaumelle, font de misérables libelles où il n'y a ni vérité, ni raison, ni esprit, irez-vous les faire pendre, comme le prieur de *** a fait pendre ses deux domestiques; et cela, sous prétexte que les calomniateurs sont plus coupables que les voleurs?

Condamnerez-vous Fréron même aux galères, pour avoir insulté le bon goût, et pour avoir menti toute sa vie dans l'espérance de payer son cabaretier?

Ferez-vous mettre au pilori le sieur Larcher, parce qu'il a été très pesant, parce qu'il a entassé erreur sur erreur, parce qu'il n'a jamais su distinguer aucun degré de probabilité, parce qu'il veut que, dans une antique et immense cité renommée par sa police et par la jalousie des maris, dans Babylone enfin, où les femmes étaient gardées par des eunuques, toutes les princesses allassent par dévotion donner publiquement leurs faveurs dans la cathédrale aux étrangers pour de l'argent? Contentons-nous de l'envoyer sur les lieux courir les bonnes fortunes; soyons modérés en tout; mettons de la proportion entre les délits et les peines.

Pardonnons à ce pauvre Jean-Jacques, lorsqu'il n'écrit que pour se contredire, lorsqu'après avoir donné une comédie sifflée sur le théâtre de Paris, il injurie ceux qui en font jouer à cent lieues de là; lorsqu'il cherche des protecteurs, et qu'il les outrage; lorsqu'il déclame contre les romans, et qu'il fait des romans dont le héros est un sot précepteur qui reçoit l'aumône d'une Suissesse à laquelle il a fait un enfant, et qui va dépenser son argent dans un bordel de Paris; laissons-le croire qu'il a surpassé Fénelon et Xénophon, en élevant un jeune homme de qualité dans le métier de menuisier : ces extravagantes platitudes ne méritent pas un décret de prise de corps;

les petites maisons suffisent avec de bons bouillons, de la saignée, et du régime.

Je hais les lois de Dracon, qui punissaient également les crimes et les fautes, la méchanceté et la folie. Ne traitons point le jésuite Nonotte, qui n'est coupable que d'avoir écrit des bêtises et des injures, comme on a traité les jésuites Malagrida, Oldcorn, Garnet, Guignard, Gueret, et comme on devait traiter le jésuite Le Tellier, qui trompa son roi, et qui troubla la France. Distinguons principalement dans tout procès, dans toute contention, dans toute querelle, l'agresseur de l'outragé, l'oppresseur de l'opprimé. La guerre offensive est d'un tyran; celui qui se défend est un homme juste.

Comme j'étais plongé dans ces réflexions, l'homme aux quarante écus me vint voir tout en larmes. Je lui demandai avec émotion si son fils, qui devait vivre vingt-trois ans, était mort. « Non, dit-il, le petit se porte bien, et ma femme aussi; mais j'ai été appelé en témoignage contre un meunier à qui on a fait subir la question ordinaire et extraordinaire, et qui s'est trouvé innocent; je l'ai vu s'évanouir dans les tortures redoublées; j'ai entendu craquer ses os; j'entends encore ses cris et ses hurlements, ils me poursuivent; je pleure de pitié, et je tremble d'horreur. » Je me mis à pleurer et à frémir aussi, car je suis extrêmement sensible.

Ma mémoire alors me représenta l'aventure épouvantable des Calas : une mère vertueuse dans les fers, ses filles éplorées et fugitives, sa maison au pillage; un père de famille respectable brisé par la torture, agonisant sur la roue, et expirant dans les flammes; un fils chargé de chaînes, traîné devant les juges, dont un lui dit : « Nous venons de rouer votre père, nous allons vous rouer aussi. »

Je me souvins de la famille des Sirven, qu'un de mes

amis rencontra dans des montagnes couvertes de glaces, lorsqu'elle fuyait la persécution d'un juge aussi inique qu'ignorant. « Ce juge, me dit-il, a condamné toute cette famille innocente au supplice, en supposant, sans la moindre apparence de preuve, que le père et la mère, aidés de deux de leurs filles, avaient égorgé et noyé la troisième, de peur qu'elle n'allât à la messe. » Je voyais à la fois, dans des jugements de cette espèce, l'excès de la bêtise, de l'injustice et de la barbarie.

Nous plaignions la nature humaine, l'homme aux quarante écus et moi. J'avais dans ma poche le discours d'un avocat général[1] de Dauphiné, qui roulait en partie sur ces matières intéressantes; je lui en lus les endroits suivants :

« Certes, ce furent des hommes véritablement grands qui osèrent les premiers se charger de gouverner leurs semblables, et s'imposer le fardeau de la félicité publique; qui, pour le bien qu'ils voulaient faire aux hommes, s'exposèrent à leur ingratitude, et, pour le repos d'un peuple, renoncèrent au leur; qui se mirent, pour ainsi dire, entre les hommes et la Providence, pour leur composer, par artifice, un bonheur qu'elle semblait leur avoir refusé.

. . . .

« Quel magistrat, un peu sensible à ses devoirs, à la seule humanité, pourrait soutenir ces idées? Dans la solitude d'un cabinet pourra-t-il, sans frémir d'horreur et de pitié, jeter les yeux sur ces papiers, monuments infortunés du crime ou de l'innocence? Ne lui semble-t-il pas entendre des voix gémissantes sortir de ces fatales écritures, et le presser de décider du sort d'un citoyen, d'un époux, d'un père, d'une famille? Quel juge impitoyable (s'il est chargé d'un seul procès criminel) pourra passer de sang-froid devant une prison? C'est donc moi, dira-

t-il, qui retiens dans ce détestable séjour mon semblable,
peut-être mon égal, mon concitoyen, un homme enfin!
c'est moi qui le lie tous les jours, qui ferme sur lui ces
odieuses portes! Peut-être le désespoir s'est emparé de
son âme; il pousse vers le ciel mon nom avec des malédictions, et sans doute il atteste contre moi le grand Juge
qui nous observe et doit nous juger tous les deux.

. . . .

« Ici un spectacle effrayant se présente tout à coup à
mes yeux; le juge se lasse d'interroger par la parole; il
veut interroger par les supplices : impatient dans ses
recherches, et peut-être irrité de leur inutilité, on apporte
des torches, des chaînes, des leviers, et tous ces instruments inventés pour la douleur. Un bourreau
vient se mêler aux fonctions de la magistrature, et
terminer par la violence un interrogatoire commencé
par la liberté.

« Douce philosophie! toi qui ne cherches la vérité
qu'avec l'attention et la patience, t'attendais-tu que,
dans ton siècle, on employât de tels instruments pour
la découvrir?

« Est-il bien vrai que nos lois approuvent cette
méthode inconcevable, et que l'usage la consacre?

. . . .

« Leurs lois imitent leurs préjugés; les punitions
publiques sont aussi cruelles que les vengeances particulières, et les actes de leur raison ne sont guère moins
impitoyables que ceux de leurs passions. Quelle est donc
la cause de cette bizarre opposition? C'est que nos préjugés sont anciens, et que notre morale est nouvelle;
c'est que nous sommes aussi pénétrés de nos sentiments
qu'inattentifs à nos idées; c'est que l'avidité des plaisirs
nous empêche de réfléchir sur nos besoins, et que nous
sommes plus empressés de vivre que de nous diriger;

c'est, en un mot, que nos mœurs sont douces, et qu'elles ne sont pas bonnes; c'est que nous sommes polis, et nous ne sommes seulement pas humains. »

Ces fragments, que l'éloquence avait dictés à l'humanité, remplirent le cœur de mon ami d'une douce consolation. Il admirait avec tendresse. « Quoi! disait-il dans son transport, on fait des chefs-d'œuvre en province! on m'avait dit qu'il n'y a que Paris dans le monde.

— Il n'y a que Paris, lui dis-je, où l'on fasse des opéras-comiques; mais il y a aujourd'hui dans les provinces beaucoup de magistrats qui pensent avec la même vertu, et qui s'expriment avec la même force. Autrefois les oracles de la justice, ainsi que ceux de la morale, n'étaient que ridicules. Le docteur Balouard déclamait au barreau, et Arlequin dans la chaire. La philosophie est enfin venue, elle a dit : « Ne parlez en public que pour dire des vérités neuves et utiles, avec l'éloquence du sentiment et de la raison.

« — Mais si nous n'avons rien de neuf à dire? se sont écriés les parleurs. — Taisez-vous alors, a répondu la philosophie; tous ces vains discours d'appareil, qui ne contiennent que des phrases, sont comme le feu de la St. Jean, allumé le jour de l'année où l'on a le moins besoin de se chauffer : il ne cause aucun plaisir, et il n'en reste pas même la cendre.

« Que toute la France lise les bons livres. Mais, malgré les progrès de l'esprit humain, on lit très peu; et, parmi ceux qui veulent quelquefois s'instruire, la plupart lisent très mal. Mes voisins et mes voisines jouent, après dîner, un jeu anglais, que j'ai beaucoup de peine à prononcer, car on l'appelle *wisk*! Plusieurs bons bourgeois, plusieurs grosses têtes, qui se croient de bonnes têtes,

vous disent avec un air d'importance que les livres ne
sont bons à rien. Mais, messieurs les Velches, savez-vous
que vous n'êtes gouvernés que par des livres? Savez-vous
que l'ordonnance civile, le code militaire, et l'Évangile,
sont des livres dont vous dépendez continuellement?
Lisez, éclairez-vous; ce n'est que par la lecture qu'on
fortifie son âme; la conversation la dissipe, le jeu la
resserre.

— J'ai bien peu d'argent, me répondit l'homme aux
quarante écus; mais, si jamais je fais une petite fortune,
j'achèterai des livres chez Marc-Michel Rey. »

DE LA VÉROLE

L'homme aux quarante écus demeurait dans un petit
canton où l'on n'avait jamais mis de soldats en garnison depuis cent cinquante années. Les mœurs, dans ce
coin de terre inconnu, étaient pures comme l'air qui
l'environne. On ne savait pas qu'ailleurs l'amour pût
être infecté d'un poison destructeur, que les générations
fussent attaquées dans leur germe, et que la nature, se
contredisant elle-même, pût rendre la tendresse horrible
et le plaisir affreux; on se livrait à l'amour avec la sécu-
rité de l'innocence. Des troupes vinrent, et tout changea.

Deux lieutenants, l'aumônier du régiment, un caporal,
et un soldat de recrue qui sortait du séminaire, suffirent
pour empoisonner douze villages en moins de trois
mois. Deux cousines de l'homme aux quarante écus se
virent couvertes de pustules calleuses; leurs beaux cheveux tombèrent; leur voix devint rauque; les pau-
pières de leurs yeux, fixes et éteints, se chargèrent
d'une couleur livide, et ne se fermèrent plus pour laisser entrer le repos dans des membres disloqués,
qu'une carie secrète commençait à ronger comme

ceux de l'Arabe Job, quoique Job n'eût jamais eu cette maladie.

Le chirurgien-major du régiment, homme d'une grande expérience, fut obligé de demander des aides à la cour pour guérir toutes les filles du pays. Le ministre de la guerre, toujours porté d'inclination à soulager le beau sexe, envoya une recrue de fraters, qui gâtèrent d'une main ce qu'ils rétablirent de l'autre.

L'homme aux quarante écus lisait alors l'histoire philosophique de *Candide,* traduite de l'allemand du docteur Ralph, qui prouve évidemment que tout est bien, et qu'il était absolument *impossible,* dans le meilleur des mondes *possibles,* que la vérole, la peste, la pierre, la gravelle, les écrouelles, la chambre de Valence, et l'Inquisition, n'entrassent dans la composition de l'univers, de cet univers uniquement fait pour l'homme, roi des animaux et image de Dieu, auquel on voit bien qu'il ressemble comme deux gouttes d'eau.

Il lisait, dans l'histoire véritable de *Candide,* que le fameux docteur Pangloss avait perdu dans le traitement un œil et une oreille. « Hélas! dit-il, mes deux cousines, mes deux pauvres cousines, seront-elles borgnes ou borgnesses et essorillées? — Non, lui dit le major consolateur; les Allemands ont la main lourde; mais, nous autres, nous guérissons les filles promptement, sûrement, et agréablement. »

En effet les deux jolies cousines en furent quittes pour avoir la tête enflée comme un ballon pendant six semaines, pour perdre la moitié de leurs dents, en tirant la langue d'un demi-pied, et pour mourir de la poitrine au bout de six mois.

Pendant l'opération, le cousin et le chirurgien-major raisonnèrent ainsi.

L'HOMME AUX QUARANTE ÉCUS

Est-il possible, monsieur, que la nature ait attaché de si épouvantables tourments à un plaisir si nécessaire, tant de honte à tant de gloire, et qu'il y ait plus de risque à faire un enfant qu'à tuer un homme? Serait-il vrai au moins, pour notre consolation, que ce fléau diminue un peu sur la terre, et qu'il devienne moins dangereux de jour en jour?

LE CHIRURGIEN-MAJOR

Au contraire, il se répand de plus en plus dans toute l'Europe chrétienne; il s'est étendu jusqu'en Sibérie; j'en ai vu mourir plus de cinquante personnes, et surtout un grand général d'armée et un ministre d'État fort sage. Peu de poitrines faibles résistent à la maladie et au remède. Les deux sœurs, la petite et la grosse, se sont liguées encore plus que les moines pour détruire le genre humain.

L'HOMME AUX QUARANTE ÉCUS

Nouvelle raison pour abolir les moines, afin que, remis au rang des hommes, ils réparent un peu le mal que font les deux sœurs. Dites-moi, je vous prie, si les bêtes ont la vérole.

LE CHIRURGIEN

Ni la petite, ni la grosse, ni les moines, ne sont connus chez elles.

L'HOMME AUX QUARANTE ÉCUS

Il faut donc avouer qu'elles sont plus heureuses et plus prudentes que nous dans ce meilleur des mondes.

LE CHIRURGIEN

Je n'en ai jamais douté ; elles éprouvent bien moins de maladies que nous : leur instinct est bien plus sûr que notre raison ; jamais ni le passé ni l'avenir ne les tourmentent.

L'HOMME AUX QUARANTE ÉCUS

Vous avez été chirurgien d'un ambassadeur de France en Turquie : y a-t-il beaucoup de vérole à Constantinople ?

LE CHIRURGIEN

Les Francs l'ont apportée dans le faubourg de Péra, où ils demeurent. J'y ai connu un capucin qui en était mangé comme Pangloss ; mais elle n'est point parvenue dans la ville : les Francs n'y couchent presque jamais. Il n'y a presque point de filles publiques dans cette ville immense. Chaque homme riche a des femmes esclaves de Circassie, toujours gardées, toujours surveillées, dont la beauté ne peut être dangereuse. Les Turcs appellent la vérole *le mal chrétien,* et cela redouble le profond mépris qu'ils ont pour notre théologie ; mais, en récompense, ils ont la peste, maladie d'Égypte, dont ils font peu de cas, et qu'ils ne se donnent jamais la peine de prévenir.

L'HOMME AUX QUARANTE ÉCUS

En quel temps croyez-vous que ce fléau commença dans l'Europe ?

LE CHIRURGIEN

Au retour du premier voyage de Christophe Colomb chez des peuples innocents qui ne connaissaient ni l'avarice ni la guerre, vers l'an 1494. Ces nations, simples et justes, étaient attaquées de ce mal de temps immémorial, comme la lèpre régnait chez les Arabes et chez les Juifs, et la peste chez les Égyptiens. Le premier fruit que les Espagnols recueillirent de cette conquête du nouveau monde fut la vérole; elle se répandit plus promptement que l'argent du Mexique, qui ne circula que longtemps après en Europe. La raison en est que, dans toutes les villes, il y avait alors de belles maisons publiques appelées *bordels,* établies par l'autorité des souverains pour conserver l'honneur des dames. Les Espagnols portèrent le venin dans ces maisons privilégiées dont les princes et les évêques tiraient les filles qui leur étaient nécessaires. On a remarqué qu'à Constance il y avait eu sept cent dix-huit filles pour le service du concile qui fit brûler si dévotement Jean Hus et Jérôme de Prague.

On peut juger par ce seul trait avec quelle rapidité le mal parcourut tous les pays. Le premier seigneur qui en mourut fut l'illustrissime et révérendissime évêque et vice-roi de Hongrie, en 1499, que Bartholomeo Montanagua, grand médecin de Padoue, ne put guérir. Gualtieri assure que l'archevêque de Mayence Berthold de Henneberg, « attaqué de la grosse vérole, rendit son âme à Dieu en 1504 ». On sait que notre roi François Ier en mourut. Henri III la prit à Venise; mais le jacobin Jacques Clément prévint l'effet de la maladie.

Le parlement de Paris, toujours zélé pour le bien public, fut le premier qui donna un arrêt contre la vérole, en 1497. Il défendit à tous les vérolés de rester dans Paris *sous peine de la hart;* mais, comme il n'était pas facile de prouver juridiquement aux bourgeois et bourgeoises qu'ils étaient en délit, cet arrêt n'eut pas plus d'effet que ceux qui furent rendus depuis contre l'émétique; et, malgré le parlement, le nombre des coupables augmenta toujours. Il est certain que, si on les avait exorcisés, au lieu de les faire pendre, il n'y en aurait plus aujourd'hui sur la terre; mais c'est à quoi malheureusement on ne pensa jamais.

L'HOMME AUX QUARANTE ÉCUS

Est-il bien vrai ce que j'ai lu dans *Candide,* que, parmi nous, quand deux armées de trente mille hommes chacune marchent ensemble en front de bandière, on peut parier qu'il y a vingt mille vérolés de chaque côté?

LE CHIRURGIEN

Il n'est que trop vrai. Il en est de même dans les licences de Sorbonne. Que voulez-vous que fassent de jeunes bacheliers à qui la nature parle plus haut et plus ferme que la théologie? Je puis vous jurer que, proportion gardée, mes confrères et moi nous avons traité plus de jeunes prêtres que de jeunes officiers.

L'HOMME AUX QUARANTE ÉCUS

N'y aurait-il point quelque manière d'extirper cette contagion qui désole l'Europe? On a déjà tâché d'affaiblir le poison d'une vérole, ne pourra-t-on rien tenter sur l'autre?

LE CHIRURGIEN

Il n'y aurait qu'un seul moyen, c'est que tous les princes de l'Europe se liguassent ensemble, comme dans les temps de Godefroy de Bouillon. Certainement une croisade contre la vérole serait beaucoup plus raisonnable que ne l'ont été celles qu'on entreprit autrefois si malheureusement contre Saladin, Melecsala, et les Albigeois. Il vaudrait bien mieux s'entendre pour repousser l'ennemi commun du genre humain que d'être continuellement occupé à guetter le moment favorable de dévaster la terre et de couvrir les champs de morts, pour arracher à son voisin deux ou trois villes et quelques villages. Je parle contre mes intérêts : car la guerre et la vérole font ma fortune; mais il faut être homme avant d'être chirurgien-major.

C'est ainsi que l'homme aux quarante écus se formait, comme on dit, *l'esprit et le cœur*. Non seulement il hérita de ses deux cousines, qui moururent en six mois; mais il eut encore la succession d'un parent fort éloigné, qui avait été sous-fermier des hôpitaux des armées, et qui s'était fort engraissé en mettant les soldats blessés à la diète. Cet homme n'avait jamais voulu se marier; il avait un assez joli sérail. Il ne reconnut aucun de ses parents, vécut dans la crapule, et mourut à Paris d'indigestion. C'était un homme, comme on voit, fort utile à l'État.

Notre nouveau philosophe fut obligé d'aller à Paris pour recueillir l'héritage de son parent. D'abord les fermiers du domaine le lui disputèrent. Il eut le bonheur de gagner son procès, et la générosité de donner aux pauvres de son canton, qui n'avaient pas leur contingent de quarante écus de rente, une partie des dépouilles du richard. Après quoi il se mit à satisfaire sa grande passion d'avoir une bibliothèque.

Il lisait tous les matins, faisait des extraits, et le soir il consultait les savants pour savoir en quelle langue le serpent avait parlé à notre bonne mère; si l'âme est dans le corps calleux ou dans la glande pinéale; si St. Pierre avait demeuré vingt-cinq ans à Rome; quelle différence spécifique est entre un trône et une domination, et pourquoi les nègres ont le nez épaté. D'ailleurs il se proposa de ne jamais gouverner l'État, et de ne faire aucune brochure contre les pièces nouvelles. On l'appelait monsieur André; c'était son nom de baptême. Ceux qui l'ont connu rendent justice à sa modestie et à ses qualités, tant acquises que naturelles. Il a bâti une maison commode dans son ancien domaine de quatre arpents. Son fils sera bientôt en âge d'aller au collège; mais il veut qu'il aille au collège d'Harcourt, et non à celui de Mazarin, à cause du professeur Cogé, qui fait des libelles, et parce qu'il ne faut pas qu'un professeur de collège fasse des libelles.

Madame André lui a donné une fille fort jolie, qu'il espère marier à un conseiller de la cour des aides, pourvu que ce magistrat n'ait pas la maladie que le chirurgien-major veut extirper dans l'Europe chrétienne.

GRANDE QUERELLE

Pendant le séjour de monsieur André à Paris, il y eut une querelle importante. Il s'agissait de savoir si Marc-Antonin était un honnête homme, et s'il était en enfer ou en purgatoire, ou dans les limbes, en attendant qu'il ressuscitât. Tous les honnêtes gens prirent le parti de Marc-Antonin.[1] Ils disaient : « Antonin a toujours été juste, sobre, chaste, bienfaisant. Il est vrai qu'il n'a pas en paradis une place aussi belle que St. Antoine; car il faut des proportions, comme nous l'avons vu; mais certainement l'âme de l'empereur Antonin n'est point à la broche dans l'enfer. Si elle est en purgatoire, il faut l'en tirer; il n'y a qu'à dire des messes pour lui. Les jésuites n'ont plus rien à faire; qu'ils disent trois mille messes pour le repos de l'âme de Marc-Antonin; ils y gagneront, à quinze sous la pièce, deux mille deux cent cinquante livres. D'ailleurs, on doit du respect à une tête couronnée; il ne faut pas la damner légèrement. »

Les adversaires de ces bonnes gens prétendaient au contraire qu'il ne fallait accorder aucune composition à Marc-Antonin; qu'il était un hérétique; que les carpocratiens et les aloges n'étaient pas si méchants que lui; qu'il était mort sans confession; qu'il fallait faire un exemple; qu'il était bon de le damner pour apprendre à vivre aux empereurs de la Chine et du Japon, à ceux de Perse, de Turquie et de Maroc, aux rois d'Angleterre, de Suède, de Danemark, de Prusse, au stathouder de Hollande, et aux avoyers du canton de Berne, qui n'allaient pas plus à confesse que l'empereur Marc-Antonin; et qu'enfin c'est un plaisir indicible de donner des décrets contre des souverains morts, quand on ne peut en lancer contre eux de leur vivant, de peur de perdre ses oreilles.

La querelle devint aussi sérieuse que le fut autrefois celle des Ursulines et des Annonciades, qui disputèrent à qui porterait plus longtemps des œufs à la coque entre les fesses sans les casser. On craignit un schisme, comme du temps des cent et un contes de ma mère l'oie, et de certains billets payables au porteur dans l'autre monde. C'est une chose bien épouvantable qu'un schisme : cela signifie *division dans les opinions,* et, jusqu'à ce moment fatal, tous les hommes avaient pensé de même.

Monsieur André, qui est un excellent citoyen, pria les chefs des deux partis à souper. C'est un des bons convives que nous ayons; son humeur est douce et vive, sa gaieté n'est point bruyante; il est facile et ouvert; il n'a point cette sorte d'esprit qui semble vouloir étouffer celui des autres; l'autorité qu'il se concilie n'est due qu'à ses grâces, à sa modération, et à une physionomie ronde qui est tout à fait persuasive. Il aurait fait souper gaiement ensemble un Corse et un Génois, un représentant de Genève et un négatif, le muphti et un archevêque. Il fit tomber habilement les premiers

coups que les disputants se portaient, en détournant
la conversation, et en faisant un conte très agréable
qui réjouit également les damnants et les damnés. Enfin,
quand ils furent un peu en pointe de vin, il leur fit signer
que l'âme de l'empereur Marc-Antonin resterait *in statu
quo,* c'est-à-dire je ne sais où, en attendant un jugement
définitif.

Les âmes des docteurs s'en retournèrent dans leurs
limbes paisiblement après le souper : tout fut tranquille.
Cet accommodement fit un très grand honneur à
l'homme aux quarante écus; et toutes les fois qu'il s'élevait une dispute bien acariâtre, bien virulente entre des
gens lettrés ou non lettrés, on disait aux deux partis :
« Messieurs, allez souper chez monsieur André. »

Je connais deux factions acharnées qui, faute d'avoir
été souper chez monsieur André, se sont attiré de grands
malheurs.

SCÉLÉRAT CHASSÉ

La réputation qu'avait acquise monsieur André d'apaiser les querelles en donnant de bons soupers lui attira,
la semaine passée, une singulière visite. Un homme noir,
assez mal mis, le dos voûté, la tête penchée sur une
épaule, l'œil hagard, les mains fort sales, vint le conjurer
de lui donner à souper avec ses ennemis.

« Quels sont vos ennemis, lui dit monsieur André, et
qui êtes-vous? — Hélas! dit-il, j'avoue, monsieur, qu'on
me prend pour un de ces maroufles qui font des libelles
pour gagner du pain, et qui crient : *Dieu, Dieu, Dieu,
religion, religion,* pour attraper quelque petit bénéfice.
On m'accuse d'avoir calomnié les citoyens les plus véritablement religieux, les plus sincères adorateurs de la

Divinité, les plus honnêtes gens du royaume. Il est vrai, monsieur, que, dans la chaleur de la composition, il échappe souvent aux gens de mon métier de petites inadvertances qu'on prend pour des erreurs grossières, des écarts que l'on qualifie de mensonges impudents. Notre zèle est regardé comme un mélange affreux de friponnerie et de fanatisme. On assure que tandis que nous surprenons la bonne foi de quelques vieilles imbéciles, nous sommes le mépris et l'exécration de tous les honnêtes gens qui savent lire.

« Mes ennemis sont les principaux membres des plus illustres académies de l'Europe, des écrivains honorés, des citoyens bienfaisants. Je viens de mettre en lumière un ouvrage que j'ai intitulé *Antiphilosophique*.[1] Je n'avais que de bonnes intentions mais personne n'a voulu acheter mon livre. Ceux à qui je l'ai présenté l'ont jeté dans le feu, en me disant qu'il n'était pas seulement antiraisonnable, mais antichrétien et très antihonnête.

— Eh bien! lui dit monsieur André, imitez ceux à qui vous avez présenté votre libelle; jetez-le dans le feu, et qu'il n'en soit plus parlé. Je loue fort votre repentir; mais il n'est pas possible que je vous fasse souper avec des gens d'esprit qui ne peuvent être vos ennemis, attendu qu'ils ne vous liront jamais.

— Ne pourriez-vous pas du moins, monsieur, dit le cafard, me réconcilier avec les parents de feu monsieur de Montesquieu, dont j'ai outragé la mémoire pour glorifier le révérend père Routh, qui vint assiéger ses derniers moments, et qui fut chassé de sa chambre?

— Morbleu! lui dit monsieur André, il y a longtemps que le révérend père Routh est mort; allez-vous-en souper avec lui. »

C'est un rude homme que monsieur André, quand il a affaire à cette espèce méchante et sotte. Il sentit que le cafard ne voulait souper chez lui avec des gens de mérite que pour engager une dispute, pour les aller ensuite calomnier, pour écrire contre eux, pour imprimer de nouveaux mensonges. Il le chassa de sa maison comme on avait chassé Routh de l'appartement du président de Montesquieu.

On ne peut guère tromper monsieur André. Plus il était simple et naïf quand il était l'homme aux quarante écus, plus il est devenu avisé quand il a connu les hommes.

LE BON SENS DE MONSIEUR ANDRÉ

Comme le bon sens de monsieur André s'est fortifié depuis qu'il a une bibliothèque! Il vit avec les livres comme avec les hommes; il choisit; et il n'est jamais la dupe des noms. Quel plaisir de s'instruire et d'agrandir son âme pour un écu, sans sortir de chez soi!

Il se félicite d'être né dans un temps où la raison humaine commence à se perfectionner.

« Que je serais malheureux, dit-il, si l'âge où je vis était celui du jésuite Garasse, du jésuite Guignard, ou du docteur Boucher, du docteur Aubry, du docteur Guincestre, ou du temps que l'on condamnait aux galères ceux qui écrivaient contre les catégories d'Aristote. »

La misère avait affaibli les ressorts de l'âme de monsieur André, le bien-être leur a rendu leur élasticité. Il y a mille Andrés dans le monde auxquels il n'a manqué qu'un tour de roue de la fortune pour en faire des hommes d'un vrai mérite.

Il est aujourd'hui au fait de toutes les affaires de l'Europe, et surtout des progrès de l'esprit humain.

« Il me semble, me disait-il mardi dernier, que la Raison voyage à petites journées, du nord au midi, avec ses deux intimes amies, l'Expérience et la Tolérance. L'Agriculture et le Commerce l'accompagnent. Elle s'est présentée en Italie; mais la Congrégation de l'*Indice* l'a repoussée. Tout ce qu'elle a pu faire a été d'envoyer secrètement quelques-uns de ses facteurs, qui ne laissent pas de faire du bien. Encore quelques années, et le pays des Scipions ne sera plus celui des Arlequins enfroqués.

« Elle a de temps en temps de cruels ennemis en France; mais elle y a tant d'amis qu'il faudra bien à la fin qu'elle y soit premier ministre.

« Quand elle s'est présentée en Bavière et en Autriche, elle a trouvé deux ou trois grosses têtes à perruque qui l'ont regardée avec des yeux stupides et étonnés. Ils lui ont dit : « Madame, nous n'avons jamais entendu parler de vous; nous ne vous connaissons pas. — Messieurs, leur a-t-elle répondu, avec le temps vous me connaîtrez et vous m'aimerez. Je suis très bien reçue à Berlin, à Moscou, à Copenhague, à Stockholm. Il y a longtemps que, par le crédit de Locke, de Gordon, de Trenchard, de milord Shaftesbury, et de tant d'autres, j'ai reçu mes lettres de naturalité en Angleterre. Vous m'en accorderez un jour. Je suis la fille du Temps, et j'attends tout de mon père. »

« Quand elle a passé sur les frontières de l'Espagne et du Portugal, elle a béni Dieu de voir que les bûchers de l'Inquisition n'étaient plus si souvent allumés; elle a espéré beaucoup en voyant chasser les jésuites, mais elle a craint qu'en purgeant le pays de renards on ne le laissât exposé aux loups.

« Si elle fait encore des tentatives pour entrer en Italie, on croit qu'elle commencera par s'établir à Venise, et qu'elle séjournera dans le royaume de Naples, malgré toutes les liquéfactions de ce pays-là, qui lui donnent des vapeurs. On prétend qu'elle a un secret infaillible pour détacher les cordons d'une couronne qui sont embarrassés, je ne sais comment, dans ceux d'une tiare, et pour empêcher les haquenées d'aller faire la révérence aux mules. »

Enfin la conversation de monsieur André me réjouit beaucoup; et plus je le vois, plus je l'aime.

D'UN BON SOUPER CHEZ MONSIEUR ANDRÉ

Nous soupâmes hier ensemble avec un docteur de Sorbonne, monsieur Pinto, célèbre juif, le chapelain de la chapelle réformée de l'ambassadeur batave, le secrétaire de monsieur le prince Gàllitzin, du rite grec, un capitaine suisse calviniste, deux philosophes, et trois dames d'esprit.

Le souper fut fort long, et cependant on ne disputa pas plus sur la religion que si aucun des convives n'en avait jamais eu : tant il faut avouer que nous sommes devenus polis; tant on craint à souper de contrister ses frères! Il n'en est pas ainsi du régent Cogé, et de l'ex-jésuite Nonotte, et de l'ex-jésuite Patouillet, et de l'ex-jésuite Rotalier, et de tous les animaux de cette espèce. Ces croquants-là vous disent plus de sottises dans une brochure de deux pages que la meilleure compagnie de Paris ne peut dire de choses agréables et instructives dans un souper de quatre heures. Et, ce qu'il y a d'étrange, c'est qu'ils n'oseraient dire en face à personne ce qu'ils ont l'impudence d'imprimer.

La conversation roula d'abord sur une plaisanterie des *Lettres persanes,* dans laquelle on répète, d'après plusieurs graves personnages, que le monde va non seulement en empirant, mais en se dépeuplant tous les jours ; de sorte que si le proverbe *plus on est de fous, plus on rit* a quelque vérité, le rire sera incessamment banni de la terre.

Le docteur de Sorbonne assura qu'en effet le monde était réduit presque à rien. Il cita le père Petau,[1] qui démontre qu'en moins de trois cents ans un seul des fils de Noé (je ne sais si c'est Sem ou Japhet) avait procréé de son corps une série d'enfants qui se montait à six cent vingt-trois milliards six cent douze millions trois cent cinquante-huit mille fidèles, l'an 285 après le déluge universel.

Monsieur André demanda pourquoi, du temps de Philippe le Bel, c'est-à-dire environ trois cents ans après Hugues Capet, il n'y avait pas six cent vingt-trois milliards de princes de la maison royale ? « C'est que la foi est diminuée », dit le docteur de Sorbonne.

On parla beaucoup de Thèbes-aux-cent-portes, et du million de soldats qui sortait par ces portes avec vingt mille chariots de guerre. « Serrez, serrez, disait monsieur André ; je soupçonne, depuis que je me suis mis à lire, que le même génie qui a écrit *Gargantua* écrivait autrefois toutes les histoires.

— Mais enfin, lui dit un des convives, Thèbes, Memphis, Babylone, Ninive, Troie, Séleucie, étaient de grandes villes, et n'existent plus. — Cela est vrai, répondit le secrétaire de monsieur le prince Gallitzin ; mais Moscou, Constantinople, Londres, Paris, Amsterdam, Lyon qui vaut mieux que Troie, toutes les villes de France, d'Allemagne, d'Espagne, et du Nord, étaient alors des déserts. »

Le capitaine suisse, homme très instruit, nous avoua que quand ses ancêtres voulurent quitter leurs montagnes et leurs précipices pour aller s'emparer, comme de raison, d'un pays plus agréable, César, qui vit de ses yeux le dénombrement de ces émigrants, trouva qu'il se montait à trois cent soixante et huit mille, en comptant les vieillards, les enfants, et les femmes. Aujourd'hui, le seul canton de Berne possède autant d'habitants : il n'est pas tout à fait la moitié de la Suisse, et je puis vous assurer que les treize cantons ont au-delà de sept cent vingt mille âmes, en comptant les natifs qui servent ou qui négocient en pays étrangers. Après cela, messieurs les savants, faites des calculs et des systèmes, ils seront aussi faux les uns que les autres.

Ensuite on agita la question si les bourgeois de Rome, du temps des Césars, étaient plus riches que les bourgeois de Paris, du temps de monsieur Silhouette!

« Ah! ceci me regarde, dit monsieur André. J'ai été longtemps l'homme aux quarante écus; je crois bien que les citoyens romains en avaient davantage. Ces illustres voleurs de grand chemin avaient pillé les plus beaux pays de l'Asie, de l'Afrique, et de l'Europe. Ils vivaient fort splendidement du fruit de leurs rapines; mais enfin il y avait des gueux à Rome. Et je suis persuadé que parmi ces vainqueurs du monde il y eut des gens réduits à quarante écus de rente comme je l'ai été.

— Savez-vous bien, lui dit un savant de l'Académie des inscriptions et belles-lettres, que Lucullus dépensait, à chaque souper qu'il donnait dans le salon d'Apollon, trente-neuf mille trois cent soixante et douze livres treize sous de notre monnaie courante? mais qu'Atticus, le célèbre épicurien Atticus, ne dépensait point par mois, pour sa table, au-delà de deux cent trente-cinq livres tournois?

— Si cela est, dis-je, il était digne de présider à la confrérie de la lésine, établie depuis peu en Italie. J'ai lu comme vous, dans Florus, cette incroyable anecdote;

mais apparemment que Florus n'avait jamais soupé chez
Atticus, ou que son texte a été corrompu, comme tant
d'autres, par les copistes. Jamais Florus ne me fera croire
que l'ami de César et de Pompée, de Cicéron et d'Antoine,
qui mangeaient souvent chez lui, en fût quitte pour un
peu moins de dix louis d'or par mois.

Et voilà justement comme on écrit l'histoire.[1] »

Madame André, prenant la parole, dit au savant que,
s'il voulait défrayer sa table pour dix fois autant, il lui
ferait grand plaisir.

Je suis persuadé que cette soirée de monsieur André
valait bien un mois d'Atticus; et les dames doutèrent
fort que les soupers de Rome fussent plus agréables que
ceux de Paris. La conversation fut très gaie, quoique un
peu savante. Il ne fut parlé ni des modes nouvelles, ni
des ridicules d'autrui, ni de l'histoire scandaleuse du
jour.

La question du luxe fut traitée à fond. On demanda si
c'était le luxe qui avait détruit l'empire romain, et il fut
prouvé que les deux empires d'Occident et d'Orient
n'avaient été détruits que par la controverse et par les
moines. En effet, quand Alaric prit Rome, on n'était
occupé que de disputes théologiques; et quand Mahomet II prit Constantinople, les moines défendaient beaucoup plus l'éternité de la lumière du Tabor, qu'ils
voyaient à leur nombril, qu'ils ne défendaient la ville
contre les Turcs.

Un de nos savants fit une réflexion qui me frappa
beaucoup : c'est que ces deux grands empires sont
anéantis, et que les ouvrages de Virgile, d'Horace, et
d'Ovide, subsistent.

On ne fit qu'un saut du siècle d'Auguste au siècle de
Louis XIV. Une dame demanda pourquoi, avec beau-

coup d'esprit, on ne faisait plus guère aujourd'hui d'ouvrages de génie?

Monsieur André répondit que c'est parce qu'on en avait fait dans le siècle passé. Cette idée était fine et pourtant vraie; elle fut approfondie. Ensuite on tomba rudement sur un Écossais, qui s'est avisé de donner des règles de goût et de critiquer les plus admirables endroits de Racine sans savoir le français*. On traita encore plus sévèrement un Italien nommé Denina, qui a dénigré l'*Esprit des lois* sans le comprendre, et qui surtout a censuré ce que l'on aime le mieux dans cet ouvrage.

Cela fit souvenir du mépris affecté que Boileau étalait pour le Tasse. Quelqu'un des convives avança que le Tasse, avec ses défauts, était autant au-dessus d'Homère, que Montesquieu, avec ses défauts encore plus grands, est au-dessus du fatras de Grotius. On s'éleva contre ces mauvaises critiques, dictées par la haine nationale et le préjugé. Le signor Denina fut traité comme il le

---

*. Ce Monsieur Home, grand juge d'Écosse, enseigne la manière de faire parler les héros d'une tragédie avec esprit; et voici un exemple remarquable qu'il rapporte de la tragédie de *Henri IV*, du divin Shakespeare. Le divin Shakespeare introduit milord Falstaff, chef de justice, qui vient de prendre prisonnier le chevalier Jean Coleville, et qui le présente au roi :

« Sire, le voilà, je vous le livre; je supplie Votre Grâce de faire enregistrer ce fait d'armes parmi les autres de cette journée, ou pardieu je le ferai mettre dans une ballade avec mon portrait à la tête; on verra Coleville me baisant les pieds. Voilà ce que je ferai si vous ne rendez pas ma gloire aussi brillante qu'une pièce de deux sous dorée; et alors vous me verrez, dans le clair ciel de la renommée, ternir votre splendeur comme la pleine lune efface les charbons éteints de l'élément de l'air, qui ne paraissent autour d'elle que comme des têtes d'épingle. »

C'est cet absurde et abominable galimatias, très fréquent dans le divin Shakespeare, que M. Jean Home propose pour le modèle du bon goût et de l'esprit dans la tragédie. Mais en récompense M. Home trouve l'*Iphigénie* et la *Phèdre* de Racine extrêmement ridicules.

méritait, et comme les pédants le sont par les gens d'esprit.

On remarqua surtout avec beaucoup de sagacité que la plupart des ouvrages littéraires du siècle présent, ainsi que les conversations, roulent sur l'examen des chefs-d'œuvre du dernier siècle. Notre mérite est de discuter leur mérite. Nous sommes comme des enfants déshérités qui font le compte du bien de leurs pères. On avoua que la philosophie avait fait de très grands progrès; mais que la langue et le style s'étaient un peu corrompus.

C'est le sort de toutes les conversations de passer d'un sujet à un autre. Tous ces objets de curiosité, de science, et de goût disparurent bientôt devant le grand spectacle que l'impératrice de Russie et le roi de Pologne donnaient au monde. Ils venaient de relever l'humanité écrasée, et d'établir la liberté de conscience dans une partie de la terre beaucoup plus vaste que ne le fut jamais l'empire romain. Ce service rendu au genre humain, cet exemple donné à tant de cours qui se croient politiques, fut célébré comme il devait l'être. On but à la santé de l'impératrice, du roi philosophe, et du primat philosophe, et on leur souhaita beaucoup d'imitateurs. Le docteur de Sorbonne même les admira : car il y a quelques gens de bon sens dans ce corps, comme il y eut autrefois des gens d'esprit chez les Béotiens.

Le secrétaire russe nous étonna par le récit de tous les grands établissements qu'on faisait en Russie. On demanda pourquoi on aimait mieux lire l'histoire de Charles XII, qui a passé sa vie à détruire, que celle de Pierre le Grand, qui a consumé la sienne à créer. Nous conclûmes que la faiblesse et la frivolité sont la cause de cette préférence; que Charles XII fut le don Quichotte du Nord, et que Pierre en fut le Solon; que les esprits superficiels préfèrent l'héroïsme extravagant aux grandes

vues d'un législateur; que les détails de la fondation
d'une ville leur plaisent moins que la témérité d'un
homme qui brave dix mille Turcs avec ses seuls domestiques; et qu'enfin la plupart des lecteurs aiment mieux
s'amuser que s'instruire. De là vient que cent femmes
lisent les *Mille et une Nuits* contre une qui lit deux chapitres de Locke.

De quoi ne parla-t-on point dans ce repas, dont je me
souviendrai longtemps! Il fallut bien enfin dire un mot
des acteurs et des actrices, sujet éternel des entretiens
de table de Versailles et de Paris. On convint qu'un bon
déclamateur était aussi rare qu'un bon poëte. Le souper
finit par une chanson très jolie qu'un des convives fit
pour les dames. Pour moi, j'avoue que le banquet de
Platon ne m'aurait pas fait plus de plaisir que celui de
monsieur et de madame André.

Nos petits-maîtres et nos petites-maîtresses s'y seraient
ennuyés sans doute : ils prétendent être la bonne compagnie; mais ni monsieur André ni moi ne soupons jamais
avec cette bonne compagnie-là.

LES LETTRES D'AMABED

Notice

IMPRIMÉES à *Genève chez Cramer en 1769, au tome premier des* Choses utiles *et* agréables. *Le 20 mai, Voltaire les adressait à la duchesse de Choiseul en ces termes :* « *Rapport que Votre Excellence m'a ordonné de lui envoyer les livres facétieux qui pourraient m'arriver de Hollande, je vous dépêche celui-ci, dans lequel il me paraît qu'il y a force choses concernant la Cour de Rome, dans le temps qu'on s'y réjouissait, et que le Saint-Esprit créait des papes de trente-cinq ans.* » *Le 29 du même mois, dans une lettre à Thiriot :* « *Avez-vous entendu parler des aventures d'un Indien et d'une Indienne mis à l'Inquisition de Goa, du temps de Léon X, et conduits à Rome pour y être jugés ? Il y a dans cet ouvrage une comparaison continuelle de la religion et des mœurs des brames avec celles de Rome. L'ouvrage m'a paru un peu libre, mais curieux, naïf et intéressant. Il est écrit en forme de lettres, dans le goût de* Paméla *de Richardson. Le titre est* Lettres d'Amabed *et* d'Adaté. *Mais dans les six tomes de* Paméla *il n'y a rien : ce n'est qu'une petite fille qui ne veut pas coucher avec son maître à moins qu'il ne l'épouse ; et les* Lettres d'Amabed *sont le tableau du monde entier, depuis les rives du Gange jusqu'au Vatican.* »

Au moment où elles paraissent, l'indianisme est en pleine vogue. Voltaire se passionne pour cette civilisation antérieure *à la prétentieuse civilisation judéo-chrétienne, et pour un peuple en lequel il voit le peuple le plus ancien du monde. De cet enthousiasme pour la chose indienne procède le ressort essentiel du conte, l'idylle exotique d'un jeune couple de Bénarès, Amabed et Adaté, qui est compromise par l' « irruption des barbares d'Europe dans ces heureux climats », alors qu'ils s'apprêtaient à goûter le bonheur au sein de la nature et de leur religion. Pour s'assurer les faveurs d'Adaté, le dominicain Fa tutto arrive en effet à faire enfermer les deux jeunes Indiens dans les geôles de l'Inquisition de Goa. Sur la plainte d'Adaté, ils sont transférés à Rome (« Roume ») pour être jugés par le vice-Dieu en personne, et le mélodrame s'achève en une laborieuse mascarade.*

Du Voltaire déchaîné, comme on le voit, du Voltaire fastidieux, malheureusement aussi. La critique fut unanime sur ce point, et Diderot lui-même ne mâcha pas ses mots : « Ce dernier ouvrage est sans goût, sans finesse, sans invention, un rabâchage de toutes les vieilles polissonneries que l'auteur a débitées contre Moïse et Jésus-Christ. »

V. den H.

LES LETTRES D'AMABED, ETC.

TRADUITES PAR L'ABBÉ TAMPONET

PREMIÈRE LETTRE

D'AMABED À SHASTASID, GRAND BRAME DE MADURÉ

A Bénarès, le second du mois de la souris,
l'an du renouvellement du monde 115652*.

LUMIÈRE de mon âme, père de mes pensées, toi qui conduis les hommes dans les voies de l'Éternel, à toi, savant Shastasid, respect et tendresse.

Je me suis déjà rendu la langue chinoise si familière, suivant tes sages conseils, que je lis avec fruit leurs cinq Kings, qui me semblent égaler en antiquité notre *Shasta*, dont tu es l'interprète, les sentences du premier Zoroastre, et les livres de l'Égyptien Thaut.

Il paraît à mon âme, qui s'ouvre toujours devant toi, que ces écrits et ces cultes n'ont rien pris les uns des

---

*. Cette date répond à l'année de notre être vulgaire 1512, deux ans après qu'Alphonse d'Albuquerque eut pris Goa. Il faut savoir que les brames comptaient 111100 années depuis la rébellion et la chute des êtres célestes, et 4552 ans depuis la promulgation du *Shasta*, leur premier livre sacré : ce qui faisait 115652 pour l'année correspondante à notre année 1512, temps auquel régnaient : Babar, dans le Mogol; Ismaël Sophi, en Perse; Sélim, en Turquie; Maximilien Ier, en Allemagne; Louis XII, en France; Jules II, à Rome; Jeanne la Folle, en Espagne; Emmanuel, en Portugal.

autres : car nous sommes les seuls à qui Brama, confident de l'Éternel, ait enseigné la rébellion des créatures célestes, le pardon que l'Éternel leur accorde, et la formation de l'homme; les autres peuples n'ont rien dit, ce me semble, de ces choses sublimes.

Je crois surtout que nous ne tenons rien, ni nous, ni les Chinois, des Égyptiens. Ils n'ont pu former une société policée et savante que longtemps après nous, puisqu'il leur a fallu dompter leur Nil avant de pouvoir cultiver les campagnes et bâtir leurs villes.

Notre *Shasta* divin n'a, je l'avoue, que quatre mille cinq cent cinquante-deux ans d'antiquité; mais il est prouvé par nos monuments que cette doctrine avait été enseignée de père en fils plus de cent siècles avant la publication de ce sacré livre. J'attends sur cela les instructions de ta paternité.

Depuis la prise de Goa par les Portugais, il est venu quelques docteurs d'Europe à Bénarès. Il y en a un à qui j'enseigne la langue indienne; il m'apprend en récompense un jargon qui a cours dans l'Europe, et qu'on nomme l'*italien*. C'est une plaisante langue. Presque tous les mots se terminent en *a,* en *e,* en *i,* en *o;* je l'apprends facilement, et j'aurai bientôt le plaisir de lire les livres européens.

Ce docteur s'appelle le père Fa tutto; il paraît poli et insinuant; je l'ai présenté à *Charme des yeux,* la belle Adaté, que mes parents et les siens me destinent pour épouse; elle apprend l'italien avec moi. Nous avons conjugué ensemble le verbe *j'aime* dès le premier jour. Il nous a fallu deux jours pour tous les autres verbes. Après elle, tu es le mortel le plus près de mon cœur. Je prie Birmah et Brama de conserver tes jours jusqu'à l'âge de cent trente ans, passé lequel la vie n'est plus qu'un fardeau.

RÉPONSE

DE SHASTASID

J'ai reçu ta lettre, esprit enfant de mon esprit. Puisse Drugha*, montée sur son dragon, étendre toujours sur toi ses dix bras vainqueurs des vices!

Il est vrai (et nous n'en devons tirer aucune vanité) que nous sommes le peuple de la terre le plus anciennement policé. Les Chinois eux-mêmes n'en disconviennent pas. Les Égyptiens sont un peuple tout nouveau qui fut lui-même enseigné par les Chaldéens. Ne nous glorifions pas d'être les plus anciens, et songeons à être toujours les plus justes.

Tu sauras, mon cher Amabed, que depuis très peu de temps une faible image de notre révélation sur la chute des êtres célestes et le renouvellement du monde a pénétré jusqu'aux Occidentaux. Je trouve, dans une traduction arabe d'un livre syriaque, qui n'est composé que depuis environ quatorze cents ans, ces propres paroles : *L'Éternel tient liées de chaînes éternelles, jusqu'au grand jour du jugement, les puissances célestes qui ont souillé leur dignité première***. L'auteur cite en preuve un livre composé par un de leurs premiers hommes, nommé Enoch. Tu vois par là que les

---

*. Drugha est le mot indien qui signifie *vertu*. Elle est représentée avec dix bras, et montée sur un dragon pour combattre les vices, qui sont l'intempérance, l'incontinence, le larcin, le meurtre, l'injure, la médisance, la calomnie, la fainéantise, la résistance à ses père et mère, l'ingratitude. C'est cette figure que plusieurs missionnaires ont prise pour le diable.

**. On voit que Shastasid avait lu notre Bible en arabe, et qu'il en a en vue de l'épître de saint Jude, où se trouvent en effet ces paroles au verset 6. Le livre apocryphe qui n'a jamais existé est celui d'Enoch, cité par saint Jude au verset 14.

nations barbares n'ont jamais été éclairées que par un rayon faible et trompeur qui s'est égaré vers eux du sein de notre lumière.

Mon cher fils, je crains mortellement l'irruption des barbares d'Europe dans nos heureux climats. Je sais trop quel est cet Albuquerque qui est venu des bords de l'Occident dans ce pays cher à l'astre du jour. C'est un des plus illustres brigands qui aient désolé la terre. Il s'est emparé de Goa contre la foi publique. Il a noyé dans leur sang des hommes justes et paisibles. Ces Occidentaux habitent un pays pauvre qui ne leur produit que très peu de soie : point de coton, point de sucre, nulle épicerie. La terre même dont nous fabriquons la porcelaine leur manque. Dieu leur a refusé le cocotier, qui ombrage, loge, vêtit, nourrit, abreuve les enfants de Brama. Ils ne connaissent qu'une liqueur qui leur fait perdre la raison. Leur vraie divinité est l'or; ils vont chercher ce dieu à une autre extrémité du monde.

Je veux croire que ton docteur est un homme de bien; mais l'Éternel nous permet de nous défier de ces étrangers. S'ils sont moutons à Bénarès, on dit qu'ils sont tigres dans les contrées où les Européens se sont établis.

Puissent ni la belle Adaté ni toi n'avoir jamais à se plaindre du père Fa tutto! Mais un secret pressentiment m'alarme. Adieu. Que bientôt Adaté, unie à toi par un saint mariage, puisse goûter dans tes bras les joies célestes.

Cette lettre te parviendra par un banian, qui ne partira qu'à la pleine lune de l'éléphant.

SECONDE LETTRE

D'AMABED À SHASTASID

Père de mes pensées, j'ai eu le temps d'apprendre ce jargon d'Europe avant que ton marchand banian ait pu arriver sur le rivage du Gange. Le père Fa tutto me témoigne toujours une amitié sincère. En vérité je commence à croire qu'il ne ressemble point aux perfides dont tu crains, avec raison, la méchanceté. La seule chose qui pourrait me donner de la défiance, c'est qu'il me loue trop, et qu'il ne loue jamais assez Charme des yeux; mais d'ailleurs il me paraît rempli de vertu et d'onction. Nous avons lu ensemble un livre de son pays, qui m'a paru bien étrange. C'est une histoire universelle du monde entier, dans laquelle il n'est pas dit un mot de notre antique empire, rien des immenses contrées au-delà du Gange, rien de la Chine, rien de la vaste Tartarie. Il faut que les auteurs, dans cette partie de l'Europe, soient bien ignorants. Je les compare à des villageois qui parlent avec emphase de leurs chaumières, et qui ne savent pas où est la capitale; ou plutôt à ceux qui pensent que le monde finit aux bornes de leur horizon.

Ce qui m'a le plus surpris, c'est qu'ils comptent les temps depuis la création de leur monde tout autrement que nous. Mon docteur européan m'a montré un de ses almanachs sacrés, par lequel ses compatriotes sont à présent dans l'année de leur création 5552, ou dans l'année 6244, ou bien dans l'année 6940*, comme on voudra. Cette bizarrerie m'a surpris. Je lui ai demandé comment on pouvait avoir trois époques différentes de la même

---

*. C'est la différence du texte hébreu, du samaritain et des Septante.

aventure. « Tu ne peux, lui ai-je dit, avoir à la fois trente ans, quarante ans, et cinquante ans. Comment ton monde peut-il avoir trois dates qui se contrarient? » Il m'a répondu que ces trois dates se trouvent dans le même livre, et qu'on est obligé chez eux de croire les contradictions pour humilier la superbe de l'esprit.

Ce même livre traite d'un premier homme qui s'appelait Adam, d'un Caïn, d'un Mathusalem, d'un Noé qui planta des vignes après que l'océan eut submergé tout le globe; enfin d'une infinité de choses dont je n'ai jamais entendu parler et que je n'ai lues dans aucun de nos livres. Nous en avons ri, la belle Adaté et moi, en l'absence du père Fa tutto : car nous sommes trop bien élevés et trop pénétrés de tes maximes pour rire des gens en leur présence.

Je plains ces malheureux d'Europe, qui n'ont été créés que depuis 6940 ans tout au plus, tandis que notre ère est de 115652 années. Je les plains davantage de manquer de poivre, de cannelle, de gérofle, de thé, de café, de soie, de coton, de vernis, d'encens, d'aromates, et de tout ce qui peut rendre la vie agréable : il faut que la Providence les ait longtemps oubliés. Mais je les plains encore plus de venir de si loin, parmi tant de périls, ravir nos denrées, les armes à la main. On dit qu'ils ont commis à Calicut des cruautés épouvantables pour du poivre : cela fait frémir la nature indienne, qui est en tout différente de la leur, car leurs poitrines et leurs cuisses sont velues. Ils portent de longues barbes, leurs estomacs sont carnassiers. Ils s'enivrent avec le jus fermenté de la vigne, plantée, disent-ils, par leur Noé. Le père Fa tutto lui-même, tout poli qu'il est, a égorgé deux petits poulets; il les a fait cuire dans une chaudière, et il les a mangés impitoyablement. Cette action barbare lui a attiré la haine de tout le voisinage, que nous n'avons apaisé qu'avec peine. Dieu me pardonne! je crois que cet étranger aurait mangé nos vaches sacrées, qui nous donnent du lait, si on l'avait laissé faire. Il a bien promis qu'il ne commettrait plus de meurtres envers les poulets, et qu'il se contenterait d'œufs frais, de laitage, de riz, de nos excellents légumes, de pistaches, de dattes, de cocos, de gâteaux, d'amandes, de biscuits, d'ananas, d'oranges, et de tout ce que produit notre climat béni de l'Éternel.

Depuis quelques jours, il paraît plus attentif auprès de Charme des yeux. Il a même fait pour elle deux vers italiens qui finissent en *o*. Cette politesse me plaît beaucoup, car tu sais que mon bonheur est qu'on rende justice à ma chère Adaté.

Adieu. Je me mets à tes pieds, qui t'ont toujours conduit dans la voie droite, et je baise tes mains, qui n'ont jamais écrit que la vérité.

RÉPONSE

DE SHASTASID

Mon cher fils en Birmah, en Brama, je n'aime point ton Fa tutto, qui tue des poulets, et qui fait des vers pour ta chère Adaté. Veuille Birmah rendre vains mes soupçons!

Je puis te jurer qu'on n'a jamais connu son Adam ni son Noé dans aucune partie du monde, tout récents qu'ils sont. La Grèce même, qui était le rendez-vous de toutes les fables quand Alexandre approcha de nos frontières, n'entendit jamais parler de ces noms-là. Je ne m'étonne pas que des amateurs du vin, tels que les peuples occidentaux, fassent un si grand cas de celui qui, selon eux, planta la vigne; mais sois sûr que Noé a été ignoré de toute l'antiquité connue.

Il est vrai que du temps d'Alexandre il y avait dans un coin de la Phénicie un petit peuple de courtiers et d'usuriers, qui avait été longtemps esclave à Babylone. Il se forgea une histoire pendant sa captivité, et c'est dans cette seule histoire qu'il ait jamais été question de Noé. Quand ce petit peuple obtint depuis des privilèges dans Alexandrie, il y traduisit ses annales en grec. Elles furent ensuite traduites en arabe, et ce n'est que dans nos derniers temps que nos savants en ont eu quelque connaissance; mais cette histoire est aussi méprisée par eux que la misérable horde qui l'a écrite*.

Il serait plaisant, en effet, que tous les hommes, qui sont frères, eussent perdu leurs titres de famille, et que ces titres ne se retrouvassent que dans une petite branche composée d'usuriers et de lépreux. J'ai peur, mon cher ami, que les concitoyens de ton père Fa tutto, qui ont, comme tu me le mandes, adopté ces idées, ne soient aussi insensés, aussi ridicules, qu'ils sont intéressés, perfides, et cruels.

Épouse au plus tôt ta charmante Adaté, car, encore une fois, je crains les Fa tutto plus que les Noé.

TROISIÈME LETTRE

D'AMABED À SHASTASID

Béni soit à jamais Birmah, qui a fait l'homme pour la femme! Sois béni, ô cher Shastasid, qui t'intéresses tant à mon bonheur! Charme des yeux est à moi; je l'ai épou-

---

*. On voit bien que Shastasid parle ici en brame qui n'a pas le don de la foi, et à qui la grâce a manqué.

sée. Je ne touche plus à la terre; je suis dans le ciel : il n'a manqué que toi à cette divine cérémonie. Le docteur Fa tutto a été témoin de nos saints engagements; et, quoiqu'il ne soit pas de notre religion, il n'a fait nulle difficulté d'écouter nos chants et nos prières : il a été fort gai au festin des noces. Je succombe à ma félicité. Tu jouis d'un autre bonheur : tu possèdes la sagesse; mais l'incomparable Adaté me possède. Vis longtemps heureux, sans passions, tandis que la mienne m'absorbe dans une mer de voluptés. Je ne puis t'en dire davantage : je revole dans les bras d'Adaté.

QUATRIÈME LETTRE

D'AMABED À SHASTASID

Cher ami, cher père, nous partons, la tendre Adaté et moi, pour te demander ta bénédiction. Notre félicité serait imparfaite si nous ne remplissions pas ce devoir de nos cœurs; mais, le croirais-tu? nous passons par Goa, dans la compagnie de Coursom, le célèbre marchand, et de sa femme. Fa tutto dit que Goa est devenue la plus belle ville de l'Inde; que le grand Albuquerque nous recevra comme des ambassadeurs; qu'il nous donnera un vaisseau à trois voiles pour nous conduire à Maduré. Il a persuadé ma femme, et j'ai voulu le voyage dès qu'elle l'a voulu. Fa tutto nous assure qu'on parle italien plus que portugais à Goa. Charme des yeux brûle d'envie de faire usage d'une langue qu'elle vient d'apprendre. Je partage tous ses goûts. On dit qu'il y a des gens qui ont eu deux volontés; mais Adaté et moi nous n'en avons qu'une, parce que nous n'avons qu'une âme à nous deux. Enfin nous partons demain avec la douce espérance de

verser dans tes bras, avant deux mois, des larmes de joie
et de tendresse.

PREMIÈRE LETTRE

D'ADATÉ À SHASTASID

A Goa, le 5 du mois du tigre, l'an
du renouvellement du monde 115652.

Birmah, entends mes cris, vois mes pleurs, sauve mon
cher époux! Brama, fils de Birmah, porte ma douleur et
ma crainte à ton père! Généreux Shastasid, plus sage
que nous, tu avais prévu nos malheurs. Mon cher Amabed, ton disciple, mon tendre époux, ne t'écrira plus; il
est dans une fosse que les barbares appellent _prison_. Des
gens que je ne puis définir, on les nomme ici _inquisitori_,
je ne sais ce que ce mot signifie; ces monstres, le lendemain de notre arrivée, saisirent mon mari et moi, et nous
mirent chacun dans une fosse séparée comme si nous
étions morts. Mais si nous l'étions, il fallait du moins
nous ensevelir ensemble. Je ne sais ce qu'ils ont fait de
mon cher Amabed. J'ai dit à mes anthropophages : « Où
est Amabed? Ne le tuez pas, et tuez-moi. » Ils ne m'ont
rien répondu. « Où est-il? pourquoi m'avez-vous séparée
de lui! » Ils ont gardé le silence : ils m'ont enchaînée. J'ai
depuis une heure un peu plus de liberté; le marchand
Coursom a trouvé moyen de me faire tenir du papier,
du coton, un pinceau et de l'encre. Mes larmes imbibent
tout, ma main tremble, mes yeux s'obscurcissent, je me
meurs.

SECONDE LETTRE

D'ADATÉ À SHASTASID

ÉCRITE DE LA PRISON DE L'INQUISITION

Divin Shastasid, je fus hier longtemps évanouie; je ne pus achever ma lettre : je la pliai quand je repris un peu mes sens; je la mis dans mon sein, qui n'allaitera pas les enfants que j'espérais avoir d'Amabed; je mourrai avant que Birmah m'ait accordé la fécondité.

Ce matin au point du jour, sont entrés dans ma fosse deux spectres armés de hallebardes, portant au cou des grains enfilés, et ayant sur la poitrine quatre petites bandes rouges croisées. Ils m'ont prise par les mains, toujours sans me rien dire, et m'ont menée dans une chambre où il y avait pour tous meubles une grande table, cinq chaises, et un grand tableau qui représentait un homme tout nu, les bras étendus et les pieds joints.

Aussitôt entrent cinq personnages vêtus de robes noires avec une chemise par-dessus leur robe, et deux longs pendants d'étoffe bigarrée par-dessus leur chemise. Je suis tombée à terre de frayeur. Mais quelle a été ma surprise! J'ai vu le père Fa tutto parmi ces cinq fantômes. Je l'ai vu, il a rougi; mais il m'a regardée d'un air de douceur et de compassion qui m'a un peu rassurée pour un moment. « Ah! père Fa tutto, ai-je dit, où suis-je? Qu'est devenu Amabed? dans quel gouffre m'avez-vous jetée? On dit qu'il y a des nations qui se nourrissent de sang humain : va-t-on nous tuer? va-t-on nous dévorer? » Il ne m'a répondu qu'en levant les yeux et les mains au ciel; mais avec une attitude si douloureuse et si tendre que je ne savais plus que penser.

Le président de ce conseil de muets a enfin délié sa langue, et m'a adressé la parole; il m'a dit ces mots : « Est-il vrai que vous avez été baptisée? » J'étais si abîmée dans mon étonnement et dans ma douleur que d'abord je n'ai pu répondre. Il a recommencé la même question d'une voix terrible. Mon sang s'est glacé, et ma langue s'est attachée à mon palais. Il a répété les mêmes mots pour la troisième fois, et à la fin j'ai dit *oui;* car il ne faut jamais mentir. J'ai été baptisée dans le Gange comme tous les fidèles enfants de Brama le sont, comme tu le fus, divin Shastasid, comme l'a été mon cher et malheureux Amabed. Oui, je suis baptisée, c'est ma consolation, c'est ma gloire. Je l'ai avoué devant ces spectres.

A peine cette parole *oui,* symbole de la vérité, est sortie de ma bouche, qu'un des cinq monstres noirs et blancs s'est écrié : *Apostata!* Les autres ont répété : *Apostata!* Je ne sais ce que ce mot veut dire; mais ils l'ont prononcé d'un ton si lugubre et si épouvantable que mes trois doigts sont en convulsion en te l'écrivant.

Alors le père Fa tutto, prenant la parole et me regardant toujours avec des yeux bénins, les a assurés que j'avais dans le fond de bons sentiments, qu'il répondait de moi, que la grâce opérerait, qu'il se chargeait de ma conscience; et il a fini son discours, auquel je ne comprenais rien, par ces paroles : *Io la convertero.* Cela signifie en italien, autant que j'en puis juger : *Je la retournerai.*

« Quoi! disais-je en moi-même, il me retournera! Qu'entend-il par me retourner! Veut-il dire qu'il me rendra à ma patrie? Ah! père Fa tutto, lui ai-je dit, retournez donc le jeune Amabed, mon tendre époux, rendez-moi mon âme, rendez-moi ma vie. »

Alors il a baissé les yeux; il a parlé en secret aux

quatre fantômes dans un coin de la chambre. Ils sont partis avec les deux hallebardiers. Tous ont fait une profonde révérence au tableau qui représente un homme tout nu; et le père Fa tutto est resté seul avec moi.

Il m'a conduite dans une chambre assez propre, et m'a promis que, si je voulais m'abandonner à ses conseils, je ne serais plus enfermée dans une fosse. « Je suis désespéré comme vous, m'a-t-il dit, de tout ce qui est arrivé. Je m'y suis opposé autant que j'ai pu, mais nos saintes lois m'ont lié les mains; enfin, grâces au ciel et à moi, vous êtes libre dans une bonne chambre, dont vous ne pouvez pas sortir. Je viendrai vous y voir souvent; je vous consolerai, je travaillerai à votre félicité présente et future.

— Ah! lui ai-je répondu, il n'y a que mon cher Amabed qui puisse la faire, cette félicité, et il est dans une fosse! Pourquoi y ai-je été plongée? qui sont ces spectres qui m'ont demandé si j'avais été baignée? où m'avez-vous conduite? m'avez-vous trompée? est-ce vous qui êtes la cause de ces horribles cruautés? Faites-moi venir le marchand Coursom, qui est de mon pays et homme de bien. Rendez-moi ma suivante, ma compagne, mon amie Déra, dont on m'a séparée. Est-elle aussi dans un cachot pour avoir été baignée? Qu'elle vienne; que je revoie Amabed, ou que je meure! »

Il a répondu à mes discours et aux sanglots qui les entrecoupaient par des protestations de service et de zèle dont j'ai été touchée. Il m'a promis qu'il m'instruirait des causes de toute cette épouvantable aventure, et qu'il obtiendrait qu'on me rendît ma pauvre Déra, en attendant qu'il pût parvenir à délivrer mon mari. Il m'a plainte; j'ai vu même ses yeux un peu mouillés. Enfin, au son d'une cloche, il est sorti de ma chambre en me prenant la main, et en la mettant sur son cœur. C'est le signe visible, comme tu le sais, de la sincérité, qui est invisible. Puisqu'il a mis ma main sur son cœur, il ne me trompera pas. Eh! pourquoi me tromperait-il? que lui ai-je fait pour me persécuter? nous l'avons si bien traité à Bénarès, mon mari et moi! je lui a fait tant de présents quand il m'enseignait l'italien! Il a fait des vers italiens pour moi, il ne peut pas me haïr. Je le regarderai comme mon bienfaiteur s'il me rend mon malheureux époux, si nous pouvons tous deux sortir de cette terre envahie et habitée par des anthropophages, si nous pouvons venir embrasser tes genoux à Maduré, et recevoir tes saintes bénédictions.

TROISIÈME LETTRE

D'ADATÉ À SHASTASID

Tu permets sans doute, généreux Shastasid, que je t'envoie le journal de mes infortunes inouïes; tu aimes Amabed, tu prends pitié de mes larmes, tu lis avec intérêt dans un cœur percé de toutes parts, qui te déploie ses inconsolables afflictions.

On m'a rendu mon amie Déra, et je pleure avec elle. Les monstres l'avaient descendue dans une fosse, comme moi. Nous n'avons nulle nouvelle d'Amabed. Nous sommes dans la même maison, et il y a entre nous un espace infini, un chaos impénétrable. Mais voici des choses qui vont faire frémir ta vertu, et qui déchireront ton âme juste.

Ma pauvre Déra a su, par un de ces deux satellites qui marchent toujours devant les cinq anthropophages, que cette nation a un baptême comme nous. J'ignore comment nos sacrés rites ont pu parvenir jusqu'à eux. Ils ont prétendu que nous avions été baptisés suivant les rites de leur secte. Ils sont si ignorants qu'ils ne savent pas qu'ils tiennent de nous le baptême depuis très peu de siècles. Ces barbares se sont imaginé que nous étions de leur secte, et que nous avions renoncé à leur culte. Voilà ce que voulait dire ce mot *apostata,* que les anthropophages faisaient retentir à mes oreilles avec tant de férocité. Ils disent que c'est un crime horrible et digne des plus grands supplices d'être d'une autre religion que la leur. Quand le père Fa tutto leur disait : *Io la convertero,* je la retournerai, il entendait qu'il me ferait retourner à la religion des brigands. Je n'y conçois rien ; mon esprit est couvert d'un nuage, comme mes yeux. Peut-être mon désespoir trouble mon entendement ; mais je ne puis comprendre comment ce Fa tutto, qui me connaît si bien, a pu dire qu'il me ramènerait à une religion que je n'ai jamais connue, et qui est aussi ignorée dans nos climats que l'étaient les Portugais quand ils sont venus pour la première fois dans l'Inde chercher du poivre les armes à la main. Nous nous perdons dans nos conjectures, la bonne Déra et moi. Elle soupçonne le père Fa tutto de quelques desseins secrets ; mais me préserve Birmah de former un jugement téméraire !

J'ai voulu écrire au grand brigand Albuquerque pour implorer sa justice, et pour lui demander la liberté de mon cher mari ; mais on m'a dit qu'il était parti pour aller surprendre Bombay et le piller ! Quoi ! Venir de si loin dans le dessein de ravager nos habitations et de nous tuer ! et cependant ces monstres sont baptisés comme nous ! On dit pourtant que cet Albuquerque a fait quelques belles actions. Enfin je n'ai plus d'espérance que dans l'Être des êtres, qui doit punir le crime et protéger l'innocence. Mais j'ai vu ce matin un tigre qui dévorait deux agneaux. Je tremble de n'être pas assez

précieuse devant l'Être des êtres pour qu'il daigne me
secourir.

QUATRIÈME LETTRE

D'ADATÉ À SHASTASID

Il sort de ma chambre, ce père Fa tutto : quelle entre-
vue! quelle complication de perfidies, de passions, et de
noirceurs! Le cœur humain est donc capable de réunir
tant d'atrocités! Comment les écrirai-je à un juste?

Il tremblait quand il est entré. Ses yeux étaient baissés; j'ai tremblé plus que lui. Bientôt il s'est assuré. « Je
ne sais pas, m'a-t-il dit, si je pourrai sauver votre mari.
Les juges ont ici quelquefois de la compassion pour les
jeunes femmes; mais ils sont bien sévères pour les
hommes. — Quoi! la vie de mon mari n'est pas en
sûreté? » Je suis tombée en faiblesse. Il a cherché des
eaux spiritueuses pour me faire revenir; il n'y en avait
point. Il a envoyé ma bonne Déra en acheter à l'autre
bout de la rue chez un banian. Cependant il m'a délacée
pour donner passage aux vapeurs qui m'étouffaient. J'ai
été étonnée, en revenant à moi, de trouver ses mains sur
ma gorge et sa bouche sur la mienne. J'ai jeté un cri
affreux, je me suis reculée d'horreur. Il m'a dit : « Je
prenais de vous un soin que la charité commande. Il fallait que votre gorge fût en liberté, et je m'assurais de
votre respiration.

— Ah! prenez soin que mon mari respire. Est-il
encore dans cette fosse horrible? — Non, m'a-t-il
répondu. J'ai eu, avec bien de la peine, le crédit de le
faire transférer dans un cachot plus commode. — Mais,
encore une fois, quel est son crime? quel est le mien?

d'où vient cette épouvantable inhumanité? pourquoi violer envers nous les droits de l'hospitalité, celui des gens, celui de la nature? — C'est notre sainte religion qui exige de nous ces petites sévérités. Vous et votre mari vous êtes accusés d'avoir renoncé tous deux à votre baptême. »

Je me suis écriée alors : « Que voulez-vous dire? Nous n'avons jamais été baptisés à votre mode; nous l'avons été dans le Gange, au nom de Brama. Est-ce vous qui avez persuadé cette exécrable imposture aux spectres qui m'ont interrogée? Quel pouvait être votre dessein? »

Il a rejeté bien loin cette idée. Il m'a parlé de vertu, de vérité, de charité; il a presque dissipé un moment mes soupçons, en m'assurant que ces spectres sont des gens de bien, des hommes de Dieu, des juges de l'âme, qui ont partout de saints espions, et principalement auprès des étrangers qui abordent dans Goa. Ces espions ont, dit-il, juré à ses confrères, les juges de l'âme, devant le tableau de l'homme tout nu, qu'Amabed et moi nous avons été baptisés à la mode des brigands portugais, qu'Amabed est *apostato,* et que je suis *apostata.*

Ô vertueux Shastasid! ce que j'entends, ce que je vois de moment en moment me saisit d'épouvante depuis la racine des cheveux jusqu'à l'ongle du petit doigt du pied.

« Quoi! vous êtes, ai-je dit au père Fa tutto, un des cinq hommes de Dieu, un des juges de l'âme? — Oui, ma chère Adaté, oui, Charme des yeux, je suis un des cinq dominicains délégués par le vice-Dieu de l'univers pour disposer souverainement des âmes et des corps. — Qu'est-ce qu'un dominicain? qu'est-ce qu'un vice-Dieu? — Un dominicain est un prêtre, enfant de saint Dominique, inquisiteur pour la foi; et un vice-Dieu est un prêtre que Dieu a choisi pour le représenter, pour jouir de dix millions de roupies par an, et pour envoyer dans toute la terre des dominicains vicaires du vicaire de Dieu. »

J'espère, grand Shastasid, que tu m'expliqueras ce galimatias infernal, ce mélange incompréhensible d'absurdités et d'horreurs, d'hypocrisie et de barbarie.

Fa tutto me disait tout cela avec un air de componction, avec un ton de vérité qui, dans un autre temps, aurait pu produire quelque effet sur mon âme simple et ignorante. Tantôt il levait les yeux au ciel, tantôt il les arrêtait sur moi. Ils étaient animés et remplis d'attendrissement. Mais cet attendrissement jetait dans tout mon corps un frissonnement d'horreur et de crainte. Amabed est continuellement dans ma bouche comme dans mon cœur. « Rendez-moi mon cher Amabed! » c'était le commencement, le milieu, et la fin de tous mes discours.

Ma bonne Déra arrive dans ce moment; elle m'apporte des eaux de cinnamum et d'amomum. Cette charmante créature a trouvé le moyen de remettre au marchand Coursom mes trois lettres précédentes. Coursom part cette nuit; il sera dans peu de jours à Maduré. Je serai plainte du grand Shastasid; il versera des pleurs sur le sort de mon mari; il me donnera des conseils; un rayon de sa sagesse pénétrera dans la nuit de mon tombeau.

RÉPONSE

DU BRAME SHASTASID
AUX TROIS LETTRES PRÉCÉDENTES D'ADATÉ

Vertueuse et infortunée Adaté, épouse de mon cher disciple Amabed, Charme des yeux, les miens ont versé sur tes trois lettres des ruisseaux de larmes. Quel démon ennemi de la nature a déchaîné du fond des ténèbres de l'Europe les monstres à qui l'Inde est en proie! Quoi! tendre épouse de mon cher disciple, tu ne vois pas que le père Fa tutto est un scélérat qui t'a fait tomber dans le piège! Tu ne vois pas que c'est lui seul qui a fait enfermer ton mari dans une fosse, et qui t'y a plongée toi-même pour que tu lui eusses l'obligation de t'en avoir tirée! Que n'exigera-t-il pas de ta reconnaissance! Je tremble avec toi : je donne part de cette violation du droit des gens à tous les pontifes de Brama, à tous les omras, à tous les raïas, aux nababs, au grand empereur des Indes lui-même, le sublime Babar, roi des rois, cousin du soleil et de la lune, fils de Mirsamachamed, fils de Semcor, fils d'Abouchaïd, fils de Miracha, fils de Timur, afin qu'on s'oppose de tous côtés aux brigandages des voleurs d'Europe. Quelle profondeur de scélératesse! Jamais les prêtres de Timur, de Gengis-kan, d'Alexandre, d'Ogus-kan, de Sésac, de Bacchus, qui tour à tour vinrent subjuguer nos saintes et paisibles contrées, ne permirent de pareilles horreurs hypocrites; au contraire, Alexandre laissa partout des marques éternelles de sa générosité. Bacchus ne fit que du bien : c'était le favori du ciel; une colonne de feu conduisait son armée pendant la nuit, et une nuée marchait devant elle pendant le jour*; il traversait la mer Rouge à pied

---

*. Il est indubitable que les fables concernant Bacchus étaient fort communes en Arabie et en Grèce, longtemps avant que les nations fussent informées si les Juifs avaient une histoire ou non. Josèphe avoue même que les Juifs tinrent toujours leurs livres cachés à leurs voisins. Bacchus était révéré en Égypte, en Arabie, en Grèce, longtemps avant que le nom de Moïse pénétrât dans ces contrées. Les anciens vers orphiques appellent Bacchus *Misa ou Mosa*. Il fut élevé sur la montagne de Nisa, qui est précisément le mont Sina. Il s'enfuit vers la mer Rouge; il y rassembla une armée, et passa avec elle cette mer à pied sec. Il arrêta le soleil et la lune; son chien le suivit dans

sec; il commandait au soleil et à la lune de s'arrêter
quand il le fallait; deux gerbes de rayons divins sortaient
de son front; l'ange exterminateur était debout à ses
côtés, mais il employait toujours l'ange de la joie. Votre
Albuquerque, au contraire, n'est venu qu'avec des
moines, des fripons de marchands, et des meurtriers.
Coursom le juste m'a confirmé le malheur d'Amabed et
le vôtre. Puissé-je avant ma mort vous sauver tous deux,
ou vous venger! Puisse l'éternel Birmah vous tirer des
mains du moine Fa tutto! Mon cœur saigne des blessures
du vôtre.

N. B. Cette lettre ne parvint à Charme des yeux que
longtemps après, lorsqu'elle partit de la ville de Goa.

CINQUIÈME LETTRE

D'ADATÉ AU GRAND BRAME SHASTASID

De quels termes oserai-je me servir pour t'exprimer
mon nouveau malheur? comment la pudeur pourra-t-elle
parler de la honte? Birmah a vu le crime, et il l'a souffert! que deviendrai-je? La fosse où j'étais enterrée est
bien moins horrible que mon état.

Le père Fa tutto est entré ce matin dans ma chambre,

---

toutes ses expéditions, et le nom de *Caleb*, l'un des conquérants
hébreux, signifie *chien*.

Les savants ont beaucoup disputé, et ne sont pas convenus si Moïse
est antérieur à Bacchus, ou Bacchus à Moïse. Ils sont tous deux de
grands hommes; mais Moïse, en frappant un rocher avec sa baguette,
n'en fit sortir que de l'eau; au lieu que Bacchus, en frappant la terre
de son thyrse, en fit sortir du vin. C'est de là que toutes les chansons
de table célèbrent Bacchus, et qu'il n'y a peut-être pas deux chansons
en faveur de Moïse.

tout parfumé, et couvert d'une simarre de soie légère.
J'étais dans mon lit. « Victoire! m'a-t-il dit, l'ordre de
délivrer votre mari est signé. » A ces mots, les transports
de la joie se sont emparés de tous mes sens; je l'ai nommé
mon protecteur, mon père. Il s'est penché vers moi : il m'a
embrassée. J'ai cru d'abord que c'était une caresse innocente, un témoignage chaste de ses bontés pour moi;
mais, dans le même instant, écartant ma couverture,
dépouillant sa simarre, se jetant sur moi comme un
oiseau de proie sur une colombe, me pressant du poids
de son corps, ôtant de ses bras nerveux tout mouvement
à mes faibles bras, arrêtant sur mes lèvres ma voix plain-
tive par des baisers criminels, enflammé, invincible,
inexorable... quel moment! et pourquoi ne suis-je pas
morte!

Déra, presque nue, est venue à mon secours; mais
lorsque rien ne pouvait plus me secourir qu'un coup de
tonnerre. Ô Providence de Birmah! il n'a point tonné,
et le détestable Fa tutto a fait pleuvoir dans mon sein la
brûlante rosée de son crime. Non, Drugha elle-même,
avec ses dix bras célestes, n'aurait pu déranger ce Mosa-
sor* indomptable.

Ma chère Déra le tirait de toutes ses forces; mais
figurez-vous un passereau qui becquèterait le bout des
plumes d'un vautour acharné sur une tourterelle : c'est
l'image du père Fa tutto, de Déra, et de la pauvre Adaté.

Pour se venger des importunités de Déra, il la saisit
elle-même, la renverse d'une main en me retenant de
l'autre; il la traite comme il m'a traitée, sans miséricorde;

---

*. Ce Mosasor est l'un des principaux anges rebelles qui combat-
tirent contre l'Éternel, comme le rapporte l'*Autorashasta,* le plus
ancien livre des brahmanes; et c'est là probablement l'origine de la
guerre des Titans et de toutes les fables imaginées depuis sur ce
modèle.

ensuite il sort fièrement comme un maître qui a châtié deux esclaves, et nous dit : « Sachez que je vous punirai ainsi toutes deux quand vous ferez les mutines. »

Nous sommes restées, Déra et moi, un quart d'heure sans oser dire un mot, sans oser nous regarder. Enfin Déra s'est écriée : « Ah! ma chère maîtresse, quel homme! Tous les gens de son espèce sont-ils aussi cruels que lui? »

Pour moi, je ne pensais qu'au malheureux Amabed. On m'a promis de me le rendre, et on ne me le rend point. Me tuer, c'était l'abandonner; ainsi je ne me suis pas tuée.

Je ne m'étais nourrie depuis un jour que de ma douleur. On ne nous a point apporté à manger à l'heure accoutumée. Déra s'en étonnait, et s'en plaignait. Il me paraissait bien honteux de manger après ce qui nous était arrivé. Cependant nous avions un appétit dévorant; rien ne venait, et après nous être pâmées de douleur nous nous évanouissions de faim.

Enfin, sur le soir, on nous a servi une tourte de pigeonneaux, une poularde et deux perdrix, avec un seul petit pain; et, pour comble d'outrage, une bouteille de vin sans eau. C'est le tour le plus sanglant qu'on puisse jouer à deux femmes comme nous, après tout ce que nous avions souffert; mais que faire? je me suis mise à genoux : « Ô Birmah! ô Visnou! ô Brama! vous savez que l'âme n'est point souillée de ce qui entre dans le corps. Si vous m'avez donné une âme, pardonnez-lui la nécessité funeste où est mon corps de n'être pas réduit aux légumes; je sais que c'est un péché horrible de manger du poulet; mais on nous y force. Puissent tant de crimes retomber sur la tête du père Fa tutto! Qu'il soit, après sa mort, changé en une jeune malheureuse Indienne; que je sois changée en dominicain; que je lui rende tous les maux

qu'il m'a faits, et que je sois plus impitoyable encore
pour lui qu'il ne l'a été pour moi! » Ne sois point scandalisé; pardonne, vertueux Shastasid! Nous nous sommes
mises à table. Qu'il est dur d'avoir des plaisirs qu'on se
reproche!

Postscrit. Immédiatement après dîner, j'écris au modé-
rateur de Goa, qu'on appelle le corrégidor. Je lui
demande la liberté d'Amabed et la mienne; je l'instruis
de tous les crimes du père Fa tutto. Ma chère Déra dit
qu'elle lui fera parvenir ma lettre par cet alguazil des
inquisiteurs pour la foi, qui vient quelquefois la voir dans
mon antichambre, et qui a pour elle beaucoup d'estime.
Nous verrons ce que cette démarche hardie pourra produire.

SIXIÈME LETTRE

D'ADATÉ

Le croirais-tu, sage instructeur des hommes? Il y a des
justes à Goa! et don Jéronimo le corrégidor en est un.
Il a été touché de mon malheur et de celui d'Amabed.
L'injustice le révolte, le crime l'indigne. Il s'est transporté avec des officiers de justice à la prison qui nous ren-
ferme. J'apprends qu'on appelle ce repaire *le palais du
Saint-Office.* Mais, ce qui t'étonnera, on lui a refusé
l'entrée. Les cinq spectres, suivis de leurs hallebardiers,
se sont présentés à la porte, et on a dit à la justice : « Au
nom de Dieu tu n'entreras pas. — J'entrerai au nom du
roi, a dit le corrégidor; c'est un cas royal. — C'est un cas
sacré », ont répondu les spectres. Don Jéronimo le juste
a dit : « Je dois interroger Amabed, Adaté, Déra, et le
père Fa tutto. — Interroger un inquisiteur, un domini-

cain! s'est écrié le chef des spectres; c'est un sacrilège : *scommunicao, scommunicao.* » On dit que ce sont des mots terribles, et qu'un homme sur qui on les a prononcés meurt ordinairement au bout de trois jours.

Les deux partis se sont échauffés; ils étaient prêts d'en venir aux mains; enfin ils s'en sont rapportés à l'obispo de Goa. Un obispo est à peu près parmi ces barbares ce que tu es chez les enfants de Brama; c'est un intendant de leur religion; il est vêtu de violet, et il porte aux mains des souliers violets. Il a sur la tête, les jours de cérémonie, un pain de sucre fendu en deux. Cet homme a décidé que les deux partis avaient également tort, et qu'il n'appartenait qu'à leur vice-Dieu de juger le père Fa tutto. Il a été convenu qu'on l'enverrait par-devant sa divinité avec Amabed et moi, et ma fidèle Déra.

Je ne sais où demeure ce vice, si c'est dans le voisinage du grand-lama, ou en Perse, mais n'importe. Je vais revoir Amabed; j'irais avec lui au bout du monde, au ciel, en enfer. J'oublie dans ce moment ma fosse, ma prison, les violences de Fa tutto, ses perdrix, que j'ai eu la lâcheté de manger, et son vin, que j'ai eu la faiblesse de boire.

SEPTIÈME LETTRE

D'ADATÉ

Je l'ai revu, mon tendre époux; on nous a réunis, je l'ai tenu dans mes bras. Il a effacé la tache du crime dont cet abominable Fa tutto m'avait souillée; semblable à l'eau sainte du Gange, qui lave toutes les macules des âmes, il m'a rendu une nouvelle vie. Il n'y a que cette pauvre Déra qui reste encore profanée; mais tes prières et tes bénédictions remettront son innocence dans tout son éclat.

On nous fait partir demain sur un vaisseau qui fait voile pour Lisbonne. C'est la patrie du fier Albuquerque. C'est là sans doute qu'habite ce vice-Dieu qui doit juger entre Fa tutto et nous. S'il est vice-Dieu, comme tout le monde l'assure ici, il est bien certain qu'il damnera Fa tutto. C'est une petite consolation, mais je cherche bien moins la punition de ce terrible coupable que le bonheur du tendre Amabed.

Quelle est donc la destinée des faibles mortels, de ces feuilles que les vents emportent! Nous sommes nés, Amabed et moi, sur les bords du Gange; on nous emmène en Portugal; on va nous juger dans un monde inconnu, nous qui sommes nés libres! Reverrons-nous jamais notre patrie? pourrons-nous accomplir le pèlerinage que nous méditions vers ta personne sacrée?

Comment pourrons-nous, moi et ma chère Déra, être enfermées dans le même vaisseau avec le père Fa tutto? cette idée me fait trembler. Heureusement j'aurai mon brave époux pour me défendre. Mais que deviendra Déra, qui n'a point de mari? Enfin nous nous recommandons à la Providence.

Ce sera désormais mon cher Amabed qui t'écrira : il fera le journal de nos destins; il te peindra la nouvelle terre et les nouveaux cieux que nous allons voir. Puisse Brama conserver longtemps ta tête rase et l'entendement divin qu'il a placé dans la moelle de ton cerveau!

PREMIÈRE LETTRE

D'AMABED À SHASTASID, APRÈS SA CAPTIVITÉ

Je suis donc encore au nombre des vivants! C'est donc moi qui t'écris, divin Shastasid! J'ai tout su, et tu sais tout. Charme des yeux n'a point été coupable; elle ne peut l'être. La vertu est dans le cœur, et non ailleurs. Ce rhinocéros de Fa tutto, qui avait cousu à sa peau celle du renard, soutient hardiment qu'il nous a baptisés, Adaté et moi, dans Bénarès, à la mode de l'Europe; que je suis *apostato,* et que Charme des yeux est *apostata.* Il jure, par l'homme nu qui est peint ici sur presque toutes les murailles, qu'il est injustement accusé d'avoir violé ma chère épouse et ta jeune Déra. Charme des yeux, de son côté, et la douce Déra, jurent qu'elles ont été violées. Les esprits européens ne peuvent percer ce sombre abîme : ils disent tous qu'il n'y a que leur vice-Dieu qui puisse y rien connaître, attendu qu'il est infaillible.

Don Jéronimo, le corrégidor, nous fait tous embarquer demain pour comparaître devant cet être extraordinaire qui ne se trompe jamais. Ce grand juge des barbares ne siège point à Lisbonne, mais beaucoup plus loin, dans une ville magnifique qu'on nomme Roume. Ce nom est absolument inconnu chez nos Indiens. Voilà un terrible voyage. A quoi les enfants de Brama sont-ils exposés dans cette courte vie!

Nous avons pour compagnons de voyage des marchands d'Europe, des chanteuses, deux vieux officiers des troupes du roi de Portugal, qui ont gagné beaucoup d'argent dans notre pays, des prêtres du vice-Dieu, et quelques soldats.

C'est un grand bonheur pour nous d'avoir appris l'italien, qui est la langue courante de tous ces gens-là : car comment pourrions-nous entendre le jargon portugais? Mais, ce qui est horrible, c'est d'être dans la même barque avec un Fa tutto. On nous fait coucher ce soir à bord, pour démarrer demain au lever du soleil. Nous aurons une petite chambre de six pieds de long sur quatre de large pour ma femme et pour Déra. On dit que c'est une faveur insigne. Il faut faire ses petites provisions de toute espèce. C'est un bruit, c'est un tintamarre inexprimable. La foule du peuple se précipite pour nous regarder. Charme des yeux est en larmes; Déra tremble : il faut s'armer de courage. Adieu; adresse pour nous tes saintes prières à l'Éternel, qui créa les malheureux mortels il y a juste cent quinze mille six cent cinquante-deux révolutions annuelles du soleil autour de la terre, ou de la terre autour du soleil.

SECONDE LETTRE

D'AMABED, PENDANT SA ROUTE

Après un jour de navigation, le vaisseau s'est trouvé vis-à-vis de Bombay, dont l'exterminateur Albuquerque, qu'on appelle ici *le grand,* s'est emparé. Aussitôt un bruit infernal s'est fait entendre : notre vaisseau a tiré neuf coups de canon; on lui en a répondu autant des remparts de la ville. Charme des yeux et la jeune Déra ont cru être à leur dernier jour. Nous étions couverts d'une fumée épaisse. Croirais-tu, sage Shastasid, que ce sont là des politesses? C'est la façon dont ces barbares se saluent. Une chaloupe a apporté des lettres pour le Portugal : alors nous avons fait voile dans la grande mer, laissant à

notre droite les embouchures du grand fleuve Zonbou-
dipo, que les barbares appellent l'Indus.

Nous ne voyons plus que les airs, nommés *ciel* par ces
brigands, si peu dignes du ciel, et cette grande mer que
l'avarice et la cruauté leur ont fait traverser.

Cependant le capitaine paraît un homme honnête et
prudent. Il ne permet pas que le père Fa tutto soit sur
le tillac quand nous y prenons le frais; et lorsqu'il est
en haut, nous nous tenons en bas. Nous sommes comme
le jour et la nuit, qui ne paraissent jamais ensemble sur
le même horizon. Je ne cesse de réfléchir sur la destinée
qui se joue des malheureux mortels. Nous voguons sur
la mer des Indes avec un dominicain, pour aller être jugés
dans Roume, à six mille lieues de notre patrie.

Il y a dans le vaisseau un personnage considérable
qu'on nomme l'*aumônier*. Ce n'est pas qu'il fasse l'aumône; au contraire on lui donne de l'argent pour dire
des prières dans une langue qui n'est ni la portugaise
ni l'italienne, et que personne de l'équipage n'entend;
peut-être ne l'entend-il pas lui-même; car il est toujours
en dispute sur le sens des paroles avec le père Fa tutto.
Le capitaine m'a dit que cet aumônier est franciscain, et
que, l'autre étant dominicain, ils sont obligés en conscience de n'être jamais du même avis. Leurs sectes sont
ennemies jurées l'une de l'autre; aussi sont-ils vêtus
tout différemment pour marquer la différence de leurs
opinions.

Ce franciscain s'appelle Fa molto. Il me prête des
livres italiens concernant la religion du vice-Dieu devant
qui nous comparaîtrons. Nous lisons ces livres, ma chère
Adaté et moi. Déra assiste à la lecture. Elle y a eu d'abord
de la répugnance, craignant de déplaire à Brama; mais
plus nous lisons, plus nous nous fortifions dans l'amour
des saints dogmes que tu enseignes aux fidèles.

TROISIÈME LETTRE

DU JOURNAL D'AMABED

Nous avons lu avec l'aumônier des épîtres d'un des grands saints de la religion italienne et portugaise. Son nom est Pual. Toi, qui possèdes la science universelle, tu connais Pual sans doute. C'est un grand homme : il a été renversé de cheval par une voix, et aveuglé par un trait de lumière; il se vante d'avoir été comme moi au cachot; il ajoute qu'il a eu cinq fois trente-neuf coups de fouet, ce qui fait en tout cent quatre-vingt-quinze écourgées sur les fesses; plus, trois fois des coups de bâton, sans spécifier le nombre; plus, il dit qu'il a été lapidé une fois : cela est violent, car on n'en revient guère; plus, il jure qu'il a été un jour et une nuit au fond de la mer. Je le plains beaucoup; mais, en récompense, il a été ravi au troisième ciel. Je t'avoue, illuminé Shastasid, que je voudrais en faire autant, dussé-je acheter cette gloire par cent quatre-vingt-quinze coups de verges bien appliqués sur le derrière :

> Il est beau qu'un mortel jusques aux cieux s'élève;
> Il est beau même d'en tomber,

comme dit un de nos plus aimables poètes indiens, qui est quelquefois sublime.

Enfin je vois qu'on a conduit comme moi Pual à Roume pour être jugé. Quoi donc! mon cher Shastasid, Roume a donc jugé tous les mortels dans tous les temps? Il faut certainement qu'il y ait dans cette ville quelque chose de supérieur au reste de la terre : tous les gens qui sont dans le vaisseau ne jurent que par Roume; on faisait tout à Goa au nom de Roume.

Je te dirai bien plus. Le Dieu de notre aumônier Fa molto, qui est le même que celui de Fa tutto, naquit et mourut dans un pays dépendant de Roume, et il paya le tribut au zamorin qui régnait dans cette ville. Tout cela ne te paraît-il pas bien surprenant? Pour moi, je crois rêver, et que tous les gens qui m'entourent rêvent aussi.

Notre aumônier Fa molto nous a lu des choses encore plus merveilleuses. Tantôt c'est un âne qui parle, tantôt c'est un de leurs saints qui passe trois jours et trois nuits dans le ventre d'une baleine, et qui en sort de fort mauvaise humeur. Ici c'est un prédicateur qui s'en va prêcher dans le ciel, monté sur un char de feu traîné par quatre chevaux de feu. Un docteur passe la mer à pied sec, suivi de deux ou trois millions d'hommes qui s'enfuient avec lui. Un autre docteur arrête le soleil et la lune; mais cela ne me surprend point : tu m'as appris que Bacchus en avait fait autant.

Ce qui me fait le plus de peine, à moi qui me pique de propreté et d'une grande pudeur, c'est que le dieu de ces gens-là ordonne à un de ses prédicateurs de manger de la matière louable sur son pain; et à un autre, de coucher pour de l'argent avec des filles de joie, et d'en avoir des enfants.

Il y a bien pis. Ce savant homme nous a fait remarquer deux sœurs, Oolla et Ooliba. Tu les connais bien, puisque tu as tout lu. Cet article a fort scandalisé ma femme : le blanc de ses yeux en a rougi. J'ai remarqué que la bonne Déra était tout en feu à ce paragraphe. Il faut certainement que ce franciscain Fa molto soit un gaillard. Cependant il a fermé son livre dès qu'il a vu combien Charme des yeux et moi nous étions effarouchés, et il est sorti pour aller méditer sur le texte.

Il m'a laissé son livre sacré; j'en ai lu quelques pages

au hasard. Ô Brama! ô justice éternelle! quels hommes que tous ces gens-là! ils couchent tous avec leurs servantes dans leur vieillesse. L'un fait des infamies à sa belle-mère, l'autre à sa belle-fille. Ici c'est une ville tout entière qui veut absolument traiter un pauvre prêtre comme une jolie fille, là deux demoiselles de condition enivrent leur père, couchent avec lui l'une après l'autre et en ont des enfants.

Mais ce qui m'a le plus épouvanté, le plus saisi d'horreur, c'est que les habitants d'une ville magnifique à qui leur Dieu députa deux êtres éternels qui sont sans cesse au pied de son trône, deux esprits purs, resplendissants d'une lumière divine... ma plume frémit comme mon âme... le dirai-je? oui, ces habitants firent tout ce qu'ils purent pour violer ces messagers de Dieu. Quel péché abominable avec des hommes! mais avec des anges, cela est-il possible? Cher Shastasid, bénissons Birmah, Visnou, et Brama; remercions-les de n'avoir jamais connu ces inconcevables turpitudes. On dit que le conquérant Alexandre voulut autrefois introduire cette coutume superstitieuse parmi nous; qu'il polluait publiquement son mignon Ephestion. Le ciel l'en punit. Ephestion et lui périrent à la fleur de leur âge. Je te salue, maître de mon âme, esprit de mon esprit. Adaté, la triste Adaté, se recommande à tes prières.

QUATRIÈME LETTRE

D'AMABED À SHASTASID

Du cap qu'on appelle Bonne-Espérance,
le 15 du mois du rhinocéros.

Il y a longtemps que je n'ai étendu mes feuilles de
coton sur une planche, et trempé mon pinceau dans la
laque noire délayée, pour te rendre un compte fidèle.
Nous avons laissé loin derrière nous à notre droite le
golfe de Babelmandel, qui entre dans la fameuse mer
Rouge, dont les flots se séparèrent autrefois, et s'amon-
celèrent comme des montagnes pour laisser passer Bacchus et son armée. Je regrettais qu'on n'eût point mouillé
aux côtes de l'Arabie Heureuse, ce pays presque aussi
beau que le nôtre, dans lequel Alexandre voulait établir
le siège de son empire et l'entrepôt du commerce du
monde. J'aurais voulu voir cet Aden ou Eden, dont les
jardins sacrés furent si renommés dans l'antiquité; ce
Moka fameux par le café, qui ne croît jusqu'à présent que
dans cette province; Mecca, où le grand prophète des
musulmans établit le siège de son empire, et où tant de
nations de l'Asie, de l'Afrique et de l'Europe, viennent
tous les ans baiser une pierre noire descendue du ciel qui
n'envoie pas souvent de pareilles pierres aux mortels;
mais il ne nous est pas permis de contenter notre curiosité. Nous voguons toujours pour arriver à Lisbonne, et
de là à Roume.

Nous avons déjà passé la ligne équinoxiale; nous
sommes descendus à terre au royaume de Mélinde, où
les Portugais ont un port considérable. Notre équipage
y a embarqué de l'ivoire, de l'ambre gris, du cuivre, de

l'argent, et de l'or. Nous voici parvenus au grand Cap : c'est le pays des Hottentots. Ces peuples ne paraissent pas descendus des enfants de Brama. La nature y a donné aux femmes un tablier que forme leur peau; ce tablier couvre leur joyau, dont les Hottentots sont idolâtres, et pour lequel ils font des madrigaux et des chansons. Ces peuples vont tout nus. Cette mode est fort naturelle; mais elle ne me paraît ni honnête ni habile. Un Hottentot est bien malheureux : il n'a plus rien à désirer quend il a vu sa Hottentote par-devant et par-derrière. Le charme des obstacles lui manque. Il n'y a plus rien de piquant pour lui. Les robes de nos Indiennes, inventées pour être troussées, marquent un génie bien supérieur. Je suis persuadé que le sage Indien à qui nous devons le jeu des échecs et celui du trictrac imagina aussi les ajustements des dames pour notre félicité.

Nous resterons deux jours à ce cap, qui est la borne du monde, et qui semble séparer l'Orient de l'Occident. Plus je réfléchis sur la couleur de ces peuples, sur le glossement dont ils se servent pour se faire entendre au lieu d'un langage articulé, sur leur figure, sur le tablier de leurs dames, plus je suis convaincu que cette race ne peut avoir la même origine que nous.

Notre aumônier prétend que les Hottentots, les Nègres et les Portugais, descendent du même père. Cette idée est bien ridicule; j'aimerais autant qu'on me dît que les poules, les arbres, et l'herbe de ce pays-là, viennent des poules, des arbres et de l'herbe de Bénarès ou de Pékin.

CINQUIÈME LETTRE

D'AMABED

Du 16 au soir, au cap dit de Bonne-Espérance.

Voici bien une autre aventure. Le capitaine se promenait avec Charme des yeux et moi sur un grand plateau au pied duquel la mer du Midi vient briser ses vagues. L'aumônier Fa molto a conduit notre jeune Déra tout doucement dans une petite maison nouvellement bâtie, qu'on appelle *un cabaret*. La pauvre fille n'y entendait point finesse, et croyait qu'il n'y avait rien à craindre, parce que cet aumônier n'est pas dominicain. Bientôt nous avons entendu des cris. Figure-toi que le père Fa tutto a été jaloux de ce tête-à-tête. Il est entré dans le cabaret en furieux; il y avait deux matelots qui ont été jaloux aussi. C'est une terrible passion que la jalousie. Les deux matelots et les deux prêtres avaient beaucoup bu de cette liqueur qu'ils disent avoir été inventée par leur Noé, et dont nous prétendons que Bacchus est l'auteur : présent funeste, qui pourrait être utile s'il n'était pas si facile d'en abuser. Les Européens disent que ce breuvage leur donne de l'esprit : comment cela peut-il être, puisqu'il leur ôte la raison?

Les deux hommes de mer et les deux bonzes d'Europe se sont gourmés violemment, un matelot donnant sur Fa tutto, celui-ci sur l'aumônier, ce franciscain sur l'autre matelot qui rendait ce qu'il recevait; tous quatre changeant de main à tout moment, deux contre deux, trois contre un, tous contre tous, chacun jurant, chacun tirant à soi notre infortunée, qui jetait des cris lamentables. Le capitaine est accouru au bruit; il a frappé indifféremment sur les quatre combattants; et pour mettre Déra en sûreté, il l'a menée dans son quartier, où elle est enfermée avec lui depuis deux heures. Les officiers et les passagers, qui sont tous fort polis, se sont assemblés autour de nous, et nous ont assuré que les deux moines (c'est ainsi qu'ils les appellent) seraient punis sévèrement par le vice-Dieu dès qu'ils seraient arrivés à Roume. Cette espérance nous a un peu consolés.

Au bout de deux heures le capitaine est revenu en nous ramenant Déra avec des civilités et des compliments dont ma chère femme a été très contente. Ô Brama! qu'il arrive d'étranges choses dans les voyages, et qu'il serait bien plus sage de rester chez soi!

SIXIÈME LETTRE

D'AMABED, PENDANT SA ROUTE

Je ne t'ai point écrit depuis l'aventure de notre petite Déra. Le capitaine, pendant la traversée, a toujours eu pour elle des bontés très distinguées. J'avais peur qu'il ne redoublât de civilités pour ma femme; mais elle a feint d'être grosse de quatre mois. Les Portugais regardent les femmes grosses comme des personnes sacrées qu'il n'est pas permis de chagriner. C'est du moins une bonne coutume qui met en sûreté le cher honneur d'Adaté. Le dominicain a eu ordre de ne se présenter jamais devant nous, et il a obéi.

Le franciscain, quelques jours après la scène du cabaret, vint nous demander pardon. Je le tirai à part. Je lui demandai comment, ayant fait vœu de chasteté, il avait pu s'émanciper à ce point. Il me répondit : « Il est

vrai que j'ai fait ce vœu; mais si j'avais promis que mon
sang ne coulerait jamais dans mes veines, et que mes
ongles et mes cheveux ne croîtraient pas, vous m'avouerez que je ne pourrais accomplir cette promesse. Au lieu
de nous faire jurer d'être chastes, il fallait nous forcer à
l'être, et rendre tous les moines eunuques. Tant qu'un
oiseau a ses plumes, il vole. Le seul moyen d'empêcher
un cerf de courir est de lui couper les jambes. Soyez très
sûr que les prêtres vigoureux comme moi, et qui n'ont
point de femmes, s'abandonnent malgré eux à des excès
qui font rougir la nature, après quoi ils vont célébrer les
saints mystères. »

J'ai beaucoup appris dans la conversation avec cet
homme. Il m'a instruit de tous ces mystères de sa religion, qui m'ont tous étonné. « Le révérend père Fa tutto,
m'a-t-il dit, est un fripon qui ne croit pas un mot de
tout ce qu'il enseigne; pour moi, j'ai des doutes violents;
mais je les écarte, je me mets un bandeau sur les yeux,
je repousse mes pensées et je marche comme je puis
dans la carrière que je cours. Tous les moines sont
réduits à cette alternative : ou l'incrédulité leur fait
détester leur profession, ou la stupidité la leur rend
supportable. »

Croirais-tu bien qu'après ces aveux, il m'a proposé de
me faire chrétien? Je lui ai dit : « Comment pouvez-vous
me présenter une religion dont vous n'êtes pas persuadé
vous-même, à moi qui suis né dans la plus ancienne religion du monde, à moi dont le culte existait cent quinze
mille trois cents ans pour le moins, de votre aveu, avant
qu'il y eût des franciscains dans le monde?

— Ah! mon cher Indien, m'a-t-il dit, si je pouvais
réussir à vous rendre chrétien, vous et la belle Adaté, je
ferais crever de dépit ce maraud de dominicain, qui ne
croit pas à l'immaculée conception de la Vierge! Vous

feriez ma fortune; je pourrais devenir *obispo**; ce serait une bonne action, et Dieu vous en saurait gré. »

C'est ainsi, divin Shastasid, que parmi ces barbares d'Europe on trouve des hommes qui sont un composé d'erreur, de faiblesse, de cupidité et de bêtise, et d'autres qui sont des coquins conséquents et endurcis. J'ai fait part de ces conversations à Charme des yeux : elle a souri de pitié. Qui l'eût cru que ce serait dans un vaisseau, en voguant vers les côtes d'Afrique, que nous apprendrions à connaître les hommes!

SEPTIÈME LETTRE

D'AMABED

Quel beau climat que ces côtes méridionales! mais quels vilains habitants! quelles brutes! Plus la nature a fait pour nous, moins nous faisons pour elle. Nul art n'est connu chez tous ces peuples. C'est une grande question parmi eux s'ils sont descendus des singes, ou si les singes sont venus d'eux. Nos sages ont dit que l'homme est l'image de Dieu : voilà une plaisante image de l'Être éternel qu'un nez noir épaté, avec peu ou point d'intelligence! Un temps viendra, sans doute, où ces animaux sauront bien cultiver la terre, l'embellir par des maisons et par des jardins, et connaître la route des astres. Il faut du temps pour tout. Nous datons, nous autres, notre philosophie de cent quinze mille six cent cinquante-deux ans : en vérité, sauf le respect que je te dois, je pense que nous nous trompons; il me semble

---

  *. *Obispo* est le mot portugais qui signifie *episcopus*, évêque, en langage gaulois. Ce mot n'est dans aucun des quatre Évangiles.

qu'il faut bien plus de temps pour être arrivés au point
où nous sommes. Mettons seulement vingt mille ans
pour inventer un langage tolérable, autant pour écrire
par le moyen d'un alphabet, autant pour la métallurgie,
autant pour la charrue et la navette, autant pour la navigation; et combien d'autres arts encore exigent-ils de
siècles! Les Chaldéens datent de quatre cent mille ans,
et ce n'est pas encore assez.

Le capitaine a acheté, sur un rivage qu'on nomme
Angola, six nègres qu'on lui a vendus pour le prix courant de six bœufs. Il faut que ce pays-là soit bien plus
peuplé que le nôtre puisqu'on y vend les hommes si bon
marché. Mais aussi comment une si abondante population s'accorde-t-elle avec tant d'ignorance?

Le capitaine a quelques musiciens auprès de lui : il
leur a ordonné de jouer de leurs instruments, et aussitôt
ces pauvres nègres se sont mis à danser avec presque
autant de justesse que nos éléphants. Est-il possible
qu'aimant la musique ils n'aient pas su inventer le violon, pas même la musette? Tu me diras, grand Shastasid,
que l'industrie des éléphants mêmes n'a pas pu parvenir à cet effort, et qu'il faut attendre. A cela je n'ai rien
à répliquer.

HUITIÈME LETTRE

D'AMABED

L'année est à peine révolue, et nous voici à la vue de
Lisbonne, sur le fleuve du Tage, qui depuis longtemps
a la réputation de rouler de l'or dans ses flots. S'il est
ainsi, d'où vient donc que les Portugais vont en chercher si loin? Tous ces gens d'Europe répondent qu'on

n'en peut trop avoir. Lisbonne est, comme tu me l'avais dit, la capitale d'un très petit royaume. C'est la patrie de cet Albuquerque qui nous a fait tant de mal. J'avoue qu'il y a quelque chose de grand dans ces Portugais, qui ont subjugué une partie de nos belles contrées. Il faut que l'envie d'avoir du poivre donne de l'industrie et du courage.

Nous espérions, Charme des yeux et moi, entrer dans la ville; mais on ne l'a pas permis, parce qu'on dit que nous sommes prisonniers du vice-Dieu, et que le dominicain Fa tutto, le franciscain aumônier Fa molto, Déra, Adaté et moi, nous devons tous être jugés à Roume.

On nous a fait passer sur un autre vaisseau qui part pour la ville du vice-Dieu.

Le capitaine est un vieux Espagnol différent en tout du Portugais, qui en usait si poliment avec nous. Il ne parle que par monosyllabes, et encore très rarement; il porte à sa ceinture des grains enfilés qu'il ne cesse de compter : on dit que c'est une grande marque de vertu.

Déra regrette fort l'autre capitaine; elle trouve qu'il était bien plus civil. On a remis à l'Espagnol une grosse liasse de papiers, pour instruire notre procès en cour de Roume. Un scribe du vaisseau l'a lue à haute voix. Il prétend que le père Fa tutto sera condamné à ramer dans une des galères du vice-Dieu, et que l'aumônier Fa molto aura le fouet en arrivant. Tout l'équipage est de cet avis; le capitaine a serré les papiers sans rien dire. Nous mettons à la voile. Que Brama ait pitié de nous, et qu'il te comble de ses faveurs! Brama est juste; mais c'est une chose bien singulière qu'étant né sur le rivage du Gange j'aille être jugé à Roume. On assure pourtant que la même chose est arrivée à plus d'un étranger.

NEUVIÈME LETTRE

D'AMABED

Rien de nouveau; tout l'équipage est silencieux et morne comme le capitaine. Tu connais le proverbe indien : *Tout se conforme aux mœurs du maître*. Nous avons passé une mer qui n'a que neuf mille pas de large entre deux montagnes; nous sommes entrés dans une autre mer semée d'îles. Il y en a une fort singulière : elle est gouvernée par des religieux chrétiens qui portent un habit court et un chapeau, et qui font vœu de tuer tous ceux qui portent un bonnet et une robe. Ils doivent aussi faire l'oraison. Nous avons mouillé dans une île plus grande et fort jolie, qu'on nomme *Sicile*; elle était bien plus belle autrefois : on parle de villes admirables dont on ne voit plus que les ruines. Elle fut habitée par des dieux, des déesses, des géants, des héros; on y forgeait la foudre. Une déesse nommée Cérès la couvrit de riches moissons. Le vice-Dieu a ·changé tout cela; on y voit beaucoup de processions et de coupeurs de bourse.

DIXIÈME LETTRE

D'AMABED

Enfin nous voici sur la terre sacrée du vice-Dieu. J'avais lu dans le livre de l'aumônier que ce pays était d'or et d'azur; que les murailles étaient d'émeraudes et de rubis; que les ruisseaux étaient d'huile, les fontaines, de lait, les campagnes couvertes de vignes dont chaque cep produisait cent tonneaux de vin*. Peut-être trouverons-nous tout cela quand nous serons auprès de Roume.

Nous avons abordé avec beaucoup de peine dans un petit port fort incommode, qu'on appelle *la cité vieille*. Elle tombe en ruines, et est fort bien nommée.

On nous a donné, pour nous conduire, des charrettes attelées par des bœufs. Il faut que ces bœufs viennent de loin, car la terre à droite et à gauche n'est point cultivée : ce ne sont que des marais infects, des bruyères, des landes stériles. Nous n'avons vu dans le chemin que des gens couverts de la moitié d'un manteau, sans chemise, qui nous demandaient l'aumône fièrement. Ils ne se nourrissent, nous a-t-on dit, que de petits pains très plats qu'on leur donne gratis le matin, et ne s'abreuvent que d'eau bénite.

Sans ces troupes de gueux qui font cinq ou six mille pas pour obtenir, par leurs lamentations, la trentième partie d'une roupie, ce canton serait un désert affreux. On nous avertit même que quiconque y passe la nuit est en danger de mort. Apparemment que Dieu est fâché contre son vicaire, puisqu'il lui a donné un pays qui est le cloaque de la nature. J'apprends que cette contrée a été autrefois très belle et très fertile, et qu'elle n'est devenue misérable que depuis le temps où ces vicaires s'en sont mis en possession.

Je t'écris, sage Shastasid, sur ma charrette, pour me désennuyer. Adaté est bien étonnée. Je t'écrirai dès que je serai dans Roume.

---

*. Il veut apparemment parler de la sainte Jérusalem décrite dans le livre exact de l'Apocalypse, dans Justin, dans Tertullien, Irénée, et autres grands personnages; mais on voit bien que ce pauvre brame n'en avait qu'une idée très imparfaite.

ONZIÈME LETTRE

D'AMABED

Nous y voilà, nous y sommes, dans cette ville de Roume. Nous arrivâmes hier en plein jour, *le trois du mois de la brebis,* qu'on dit ici le 15 mars 1513. Nous avons d'abord éprouvé tout le contraire de ce que nous attendions.

A peine étions-nous à la porte dite de Saint-Pancrace*, que nous avons vu deux troupes de spectres, dont l'une est vêtue comme notre aumônier, et l'autre comme le père Fa tutto. Elles avaient chacune une bannière à leur tête, et un grand bâton sur lequel était sculpté un homme tout nu, dans la même attitude que celui de Goa. Elles marchaient deux à deux, et chantaient un air à faire bâiller toute une province. Quand cette procession fut parvenue à notre charrette, une troupe cria : « C'est saint Fa tutto! », l'autre : « C'est saint Fa molto! » On baisa leurs robes, le peuple se mit à genoux. « Combien avez-vous converti d'Indiens, mon révérend père? — Quinze mille sept cents, disait l'un. — Onze mille neuf cents, disait l'autre. — Bénie soit la vierge Marie! » Tout le monde avait les yeux sur nous, tout le monde nous entourait. « Sont-ce là de vos catéchumènes, mon révérend père? — Oui, nous les avons baptisés. — Vraiment ils sont bien jolis. Gloire dans les hauts! Gloire dans les hauts! »

Le père Fa tutto et le père Fa molto furent conduits, chacun par sa procession, dans une maison magnifique;

---

*. C'était autrefois la porte du Janicule; voyez comme la nouvelle Roume l'emporte sur l'ancienne.

et pour nous, nous allâmes à l'auberge. Le peuple nous y suivit en criant *Cazzo, Cazzo,* en nous donnant des bénédictions, en nous baisant les mains, en donnant mille éloges à ma chère Adaté, à Déra, et à moi-même. Nous ne revenions pas de notre surprise.

A peine fûmes-nous dans notre auberge qu'un homme vêtu d'une robe violette, accompagné de deux autres en manteau noir, vint nous féliciter sur notre arrivée. La première chose qu'il fit fut de nous offrir de l'argent de la part de la *Propaganda,* si nous en avions besoin. Je ne sais pas ce que c'est que cette propagande. Je lui répondis qu'il nous en restait encore avec beaucoup de diamants (en effet, j'avais eu le soin de cacher toujours ma bourse et une boîte de brillants dans mon caleçon). Aussitôt cet homme se prosterna presque devant moi, et me traita d'*excellence.* « Son Excellence la signora Adaté, n'est-elle pas bien fatiguée du voyage? Ne va-t-elle pas se coucher? Je crains de l'incommoder, mais je serai toujours à ses ordres. Le signor Amabed peut disposer de moi, je lui enverrai un Cicéron* qui sera à son service; il n'a qu'à commander. Veulent-ils tous deux, quand ils seront reposés, me faire l'honneur de venir prendre le rafraîchissement chez moi? J'aurai l'honneur de leur envoyer un carrosse. »

Il faut avouer, mon divin Shastasid, que les Chinois ne sont pas plus polis que cette nation occidentale. Ce seigneur se retira. Nous dormîmes six heures, la belle Adaté et moi. Quand il fut nuit, le carrosse vint nous prendre. Nous allâmes chez cet homme civil. Son appartement était illuminé et orné de tableaux bien plus agréables que celui de l'homme tout nu que nous avions

---

*. On sait qu'on appelle à Rome *Cicérons* ceux qui font métier de montrer aux étrangers les antiquailles.

vu à Goa. Une très nombreuse compagnie nous accabla de caresses, nous admira d'être Indiens, nous félicita d'être baptisés, et nous offrit ses services pour tout le temps que nous voudrions rester à Roume.

Nous voulions demander justice du père Fa tutto; on ne nous donna pas le temps d'en parler. Enfin nous fûmes reconduits, étonnés, confondus d'un tel accueil, et n'y comprenant rien.

DOUZIÈME LETTRE

D'AMABED

Aujourd'hui nous avons reçu des visites sans nombre, et une princesse de Piombino nous a envoyé deux écuyers nous prier de venir dîner chez elle. Nous y sommes allés dans un équipage magnifique. L'homme violet s'y est trouvé. J'ai su que c'est un des seigneurs, c'est-à-dire un des valets du vice-Dieu, qu'on appelle préférés, *prelati*. Rien n'est plus aimable, plus honnête que cette princesse de Piombino. Elle m'a placé à table à côté d'elle. Notre répugnance à manger des pigeons romains et des perdrix l'a fort surprise. Le *préféré* nous a dit que, puisque nous étions baptisés, il fallait manger des perdrix et boire du vin de Montepulciano; que tous les vice-Dieu en usaient ainsi; que c'était la marque essentielle d'un véritable chrétien.

La belle Adaté a répondu avec sa naïveté ordinaire qu'elle n'était pas chrétienne, qu'elle avait été baptisée dans le Gange. « Eh! mon Dieu! madame, a dit le *préféré*, dans le Gange, ou dans le Tibre, ou dans un bain, qu'importe? Vous êtes des nôtres. Vous avez été convertie par le père Fa tutto; c'est pour nous un honneur que nous ne voulons pas perdre. Voyez quelle supériorité notre religion a sur la vôtre ! » Et aussitôt il a couvert nos assiettes d'ailes de gelinottes. La princesse a bu à notre santé et à notre salut. On nous a pressés avec tant de grâce, on a dit tant de bons mots, on a été si poli, si gai, si séduisant, qu'enfin, ensorcelés par le plaisir (j'en demande pardon à Brama), nous avons fait, Adaté et moi, la meilleure chère du monde, avec un ferme propos de nous laver dans le Gange jusqu'aux oreilles, à notre retour, pour effacer notre péché. On n'a pas douté que nous ne fussions chrétiens. « Il faut, disait la princesse, que ce père Fa tutto soit un grand missionnaire ; j'ai envie de le prendre pour mon confesseur. » Nous rougissions et nous baissions les yeux, ma pauvre femme et moi.

De temps en temps la signora Adaté faisait entendre que nous venions pour être jugés par le vice-Dieu, et qu'elle avait la plus grande envie de le voir. « Il n'y en a point, nous a dit la princesse ; il est mort, et on est occupé à présent à en faire un autre : dès qu'il sera fait on vous présentera à Sa Sainteté. Vous serez témoin de la plus auguste fête que les hommes puissent jamais voir, et vous en serez le plus bel ornement. » Adaté a répondu avec esprit ; et la princesse s'est prise d'un grand goût pour elle.

Sur la fin du repas nous avons eu une musique qui était (si j'ose le dire) supérieure à celle de Bénarès et de Maduré.

Après dîner, la princesse a fait atteler quatre chars dorés : elle nous a fait monter dans le sien. Elle nous a fait voir de beaux édifices, des statues, des peintures. Le soir, on a dansé. Je comparais secrètement cette réception charmante avec le cul-de-basse-fosse où nous avions été renfermés dans Goa, et je comprenais à peine comment le même gouvernement, la même religion, pouvaient avoir tant de douceur et d'agrément dans Roume, et exercer au loin tant d'horreurs.

TREIZIÈME LETTRE

D'AMABED

Tandis que cette ville est partagée sourdement en petites factions pour élire un vice-Dieu, que ces factions, animées de la plus forte haine, se ménagent toutes avec une politesse qui ressemble à l'amitié, que le peuple regarde les pères Fa tutto et Fa molto comme les favoris de la Divinité, qu'on s'empresse autour de nous avec une curiosité respectueuse, je fais, mon cher Shastasid, de profondes réflexions sur le gouvernement de Roume.

Je le compare au repas que nous a donné la princesse de Piombino. La salle était propre, commode, et parée; l'or et l'argent brillaient sur les buffets; la gaieté, l'esprit et les grâces, animaient les convives; mais, dans les cuisines, le sang et la graisse coulaient; les peaux des quadrupèdes, les plumes des oiseaux et leurs entrailles, pêlemêle amoncelées, soulevaient le cœur, et répandaient l'infection.

Telle est, ce me semble, la cour romaine. Polie et flatteuse chez elle, ailleurs brouillonne et tyrannique. Quand nous disons que nous espérons avoir justice de Fa tutto, on se met doucement à rire; on nous dit que nous sommes trop au-dessus de ces bagatelles; que le gouvernement nous considère trop pour souffrir que nous gardions le souvenir d'une telle *facétie*; que les Fa tutto et les Fa molto sont des espèces de singes élevés avec soin pour faire des tours de passe-passe devant le peuple; et on finit par des protestations de respect et d'amitié pour nous. Quel parti veux-tu que nous prenions grand Shastasid? Je crois que le plus sage est de rire comme les autres, et d'être poli comme eux. Je veux étudier Roume, elle en vaut la peine.

QUATORZIÈME LETTRE

D'AMABED

Il y a un assez grand intervalle entre ma dernière lettre et la présente. J'ai lu, j'ai vu, j'ai conversé, j'ai médité. Je te jure qu'il n'y eut jamais sur la terre une contradiction plus énorme qu'entre le gouvernement romain et sa religion. J'en parlais hier à un théologien du vice-Dieu. Un théologien est, dans cette cour, ce que sont les derniers valets dans une maison : ils font la grosse besogne, portent les ordures, et, s'ils y trouvent quelque chiffon qui puisse servir, ils le mettent à part pour le besoin.

Je lui disais : « Votre Dieu est né dans une étable entre un bœuf et un âne; il a été élevé, a vécu, est mort dans la pauvreté; il a ordonné expressément la pauvreté à ses disciples; il leur a déclaré qu'il n'y aurait parmi eux ni premier ni dernier, et que celui qui voudrait commander aux autres les servirait.

« Cependant je vois ici qu'on fait exactement tout le contraire de ce que veut votre Dieu. Votre culte même est tout différent du sien. Vous obligez les hommes à croire des choses dont il n'a pas dit un seul mot.

— Tout cela est vrai, m'a-t-il répondu. Notre Dieu n'a pas commandé à nos maîtres formellement de s'enrichir aux dépens des peuples, et de ravir le bien d'autrui; mais il l'a commandé virtuellement. Il est né entre un bœuf et un âne; mais trois rois sont venus l'adorer dans une écurie. Les bœufs et les ânes figurent les peuples que nous enseignons, et les trois rois figurent tous les monarques qui sont à nos pieds. Ses disciples étaient dans l'indigence : donc nos maîtres doivent aujourd'hui regorger de richesses. Car, si ces premiers vice-Dieu n'eurent besoin que d'un écu, ceux d'aujourd'hui ont un besoin pressant de dix millions d'écus. Or, être pauvre, c'est n'avoir précisément que le nécessaire. Donc nos maîtres, n'ayant pas même le nécessaire, accomplissent la loi de la pauvreté à la rigueur.

« Quant aux dogmes, notre Dieu n'écrivit jamais rien, et nous savons écrire : donc c'est à nous d'écrire les dogmes; aussi les avons-nous fabriqués avec le temps selon le besoin. Par exemple nous avons fait du mariage le signe visible d'une chose invisible : cela fait que tous les procès suscités pour cause de mariage ressortissent de tous les coins de l'Europe à notre tribunal de Roume, parce que nous seuls pouvons voir des choses invisibles. C'est une source abondante de trésors qui coule dans notre chambre sacrée des finances pour étancher la soif de notre pauvreté. »

Je lui demandai si la chambre sacrée n'avait pas encore d'autres ressources. « Nous n'y avons pas manqué, dit-il; nous tirons parti des vivants et des morts. Par exemple, dès qu'une âme est trépassée, nous l'envoyons dans une infirmerie; nous lui faisons prendre médecine dans l'apothicairerie des âmes; et vous ne sauriez croire combien cette apothicairerie nous vaut d'argent. — Comment cela, monsignor? car il me semble que la bourse d'une âme est d'ordinaire assez mal garnie. — Cela est vrai, signor; mais elles ont des parents qui sont bien aises de retirer leurs parents morts de l'infirmerie, et de les faire placer dans un lieu plus agréable. Il est triste pour une

âme de passer toute une éternité à prendre médecine.
Nous composons avec les vivants : ils achètent la santé
des âmes de leurs défunts parents, les uns plus cher, les
autres à meilleur. compte, selon leurs facultés. Nous leur
délivrons des billets pour l'apothicairerie. Je vous assure
que c'est un de nos meilleurs revenus.

— Mais, monsignor, comment ces billets parviennent-
ils aux âmes? » Il se mit à rire. « C'est l'affaire des
parents, dit-il; et puis ne vous ai-je pas dit que nous
avons un pouvoir incontestable sur les choses invisibles? »

Ce monsignor me paraît bien dessalé; je me forme
beaucoup avec lui, et je me sens déjà tout autre.

QUINZIÈME LETTRE

D'AMABED

Tu dois savoir, mon cher Shastasid, que le Cicéron à
qui monsignor m'a recommandé, et dont je t'ai dit un
mot dans mes précédentes lettres, est un homme fort
intelligent qui montre aux étrangers les curiosités de
l'ancienne Roume et de la nouvelle. L'une et l'autre,
comme tu le vois, ont commandé aux rois; mais les premiers Romains acquirent leur pouvoir par leur épée, et
les derniers par leur plume. La discipline militaire
donna l'empire aux Césars, dont tu connais l'histoire;
la discipline monastique donne une autre espèce d'empire
à ces vice-Dieu qu'on appelle *Papes*. On voit des processions dans la même place où l'on voyait autrefois des
triomphes. Les Cicérons expliquent tout cela aux étrangers; ils leur fournissent des livres et des filles. Pour moi,
qui ne veux pas faire d'infidélité à ma belle Adaté (tout
jeune que je suis) je me borne aux livres; et j'étudie

principalement la religion du pays, qui me divertit beaucoup.

Je lisais avec mon Cicéron l'histoire de la vie du Dieu du pays. Elle est fort extraordinaire. C'était un homme qui séchait des figuiers d'une seule parole, qui changeait l'eau en vin, et qui noyait des cochons. Il avait beaucoup d'ennemis. Tu sais qu'il était né dans une bourgade appartenante à l'empereur de Roume. Ses ennemis étaient malins; ils lui demandèrent un jour s'ils devaient payer le tribut à l'empereur; il leur répondit : « Rendez au prince ce qui est au prince; mais rendez à Dieu ce qui est à Dieu. » Cette réponse me paraît sage; nous en parlions, mon Cicéron et moi, lorsque monsignor est entré. Je lui ai dit beaucoup de bien de son Dieu, et je l'ai prié de m'expliquer comment sa chambre des finances observait ce précepte en prenant tout pour elle, et en ne donnant rien à l'empereur. Car tu dois savoir que, bien que les Romains aient un vice-Dieu, ils ont un empereur aussi auquel même ils donnent le titre de *roi des Romains*. Voici ce que cet homme très avisé m'a répondu :

« Il est vrai que nous avons un empereur; mais il ne l'est qu'en peinture. Il est banni de Roume; il n'y a pas seulement une maison; nous le laissons habiter auprès d'un grand fleuve qui est gelé quatre mois de l'année, dans un pays dont le langage écorche nos oreilles. Le véritable empereur est le pape, puisqu'il règne dans la capitale de l'empire. Ainsi *Rendez à l'empereur* veut dire *Rendez au pape; Rendez à Dieu* signifie encore *Rendez au pape,* puisqu'en effet il est vice-Dieu. Il est seul le maître de tous les cœurs et de toutes les bourses. Si l'autre empereur qui demeure sur un grand fleuve osait seulement dire un mot, alors nous soulèverions contre lui tous les habitants des rives du grand fleuve, qui sont pour la plupart de gros corps sans esprit, et nous armerions contre lui les autres rois, qui partageraient avec lui ses dépouilles. »

Te voilà au fait, divin Shastasid, de l'esprit de Roume. Le pape est en grand ce que le dalaï-lama est en petit : s'il n'est pas immortel comme le lama, il est tout-puissant pendant sa vie, ce qui vaut bien mieux. Si quelquefois on lui résiste, si on le dépose, si on lui donne des soufflets, ou si même on le tue*entre les bras de sa maîtresse, comme il est arrivé quelquefois, ces inconvénients n'attaquent jamais son divin caractère. On peut lui donner cent coups d'étrivières; mais il faut toujours croire tout ce qu'il dit. Le pape meurt; la papauté est immortelle. Il y a eu trois ou quatre vice-Dieu à la fois qui disputaient cette place. Alors la divinité était partagée entre eux : chacun en avait sa part; chacun était infaillible dans son parti.

J'ai demandé à monsignor par quel art sa cour est parvenue à gouverner toutes les autres cours. « Il faut peu d'art, me dit-il, aux gens d'esprit pour conduire les sots. » J'ai voulu savoir si on ne s'était jamais révolté contre les décisions du vice-Dieu. Il m'a avoué qu'il y avait eu des hommes assez téméraires pour lever les yeux; mais qu'on les leur avait crevés aussitôt, ou qu'on avait exterminé ces misérables, et que ces révoltes

---

*. Jean VIII, assassiné à coups de marteau par un mari jaloux.

Jean X, amant de Théodora, étranglé dans son lit.

Étienne VIII, enfermé au château qu'on appelle aujourd'hui *Saint-Ange*.

Étienne IX, sabré au visage par les Romains.

Jean XII, déposé par l'empereur Othon I, assassiné chez une de ses maîtresses.

Benoît V, exilé par l'empereur Othon I.

Benoît VII, étranglé par le bâtard de Jean X.

Benoît IX, qui acheta le pontificat, lui troisième, et revendit sa part, etc., etc. Ils étaient tous infaillibles.

n'avaient jamais servi jusqu'à présent qu'à mieux affermir l'infaillibilité sur le trône de la vérité.

On vient de nommer un nouveau vice-Dieu. Les cloches sonnent, on frappe les tambours, les trompettes éclatent, le canon tire, cent mille voix lui répondent. Je t'informerai de tout ce que j'aurai vu.

SEIZIÈME LETTRE

D'AMABED

Ce fut le 25 du mois du crocodile, et le 13 de la planète de Mars, comme on dit ici, que des hommes vêtus de rouge et inspirés élurent l'homme infaillible devant qui je dois être jugé, aussi bien que Charme des yeux, en qualité d'*apostata*.

Ce dieu en terre s'appelle *Leone*, dixième du nom. C'est un très bel homme de trente-quatre à trente-cinq ans, et fort aimable; les femmes sont folles de lui. Il était attaqué d'un mal immonde qui n'est bien connu encore qu'en Europe, mais dont les Portugais commencent à faire part à l'Indoustan. On croyait qu'il en mourrait, et c'est pourquoi on l'a élu, afin que cette sublime place fût bientôt vacante; mais il est guéri, et il se moque de ceux qui l'ont nommé.

Rien n'a été si magnifique que son couronnement; il y a dépensé cinq millions de roupies pour subvenir aux nécessités de son Dieu, qui a été si pauvre! Je n'ai pu t'écrire dans le fracas de nos fêtes : elles se sont succédé si rapidement, il a fallu passer par tant de plaisirs, que le loisir a été impossible.

Le vice-Dieu Leone a donné des divertissements dont tu n'as point d'idée. Il y en a un surtout, qu'on appelle *comédie,* qui me plaît beaucoup plus que tous les autres ensemble. C'est une représentation de la vie humaine; c'est un tableau vivant : les personnages parlent et agissent; ils exposent leurs intérêts; ils développent leurs passions; ils remuent l'âme des spectateurs.

La comédie que je vis avant-hier chez le pape est intitulée *la Mandragore.* Le sujet de la pièce est un jeune homme adroit qui veut coucher avec la femme de son voisin. Il engage avec de l'argent un moine, un Fa tutto ou un Fa molto, à séduire sa maîtresse et à faire tomber son mari dans un piège ridicule. On se moque tout le long de la pièce de la religion que l'Europe professe, dont Roume est le centre, et dont le siège papal est le trône. De tels plaisirs te paraîtront peut-être indécents, mon cher et pieux Shastasid. Charme des yeux en a été scandalisée; mais la comédie est si jolie que le plaisir l'a emporté sur le scandale.

Les festins, les bals, les belles cérémonies de la religion, les danseurs de corde, se sont succédé tour à tour sans interruption. Les bals surtout sont fort plaisants. Chaque personne invitée au bal met un habit étranger et un visage de carton par-dessus le sien. On tient sous ce déguisement des propos à faire éclater de rire. Pendant les repas il y a toujours une musique très agréable; enfin, c'est un enchantement.

On m'a conté qu'un vice-Dieu prédécesseur de Leone, nommé Alexandre, sixième du nom, avait donné aux noces d'une de ses bâtardes une fête bien plus extraordinaire. Il y fit danser cinquante filles toutes nues. Les bracmanes n'ont jamais institué de pareilles danses : tu vois que chaque pays a ses coutumes. Je t'embrasse avec respect, et je te quitte pour aller danser avec ma belle Adaté. Que Birmah te comble de bénédictions.

DIX-SEPTIÈME LETTRE

D'AMABED

Vraiment, mon grand brame, tous les vice-Dieu n'ont pas été si plaisants que celui-ci. C'est un plaisir de vivre sous sa domination. Le défunt, nommé Jules, était d'un caractère différent; c'était un vieux soldat turbulent qui aimait la guerre comme un fou; toujours à cheval, toujours le casque en tête, distribuant des bénédictions et des coups de sabre, attaquant tous ses voisins, damnant leurs âmes, et tuant leurs corps, autant qu'il le pouvait : il est mort d'un accès de colère. Quel diable de vice-Dieu on avait là! Croirais-tu bien qu'avec un morceau de papier il s'imaginait dépouiller les rois de leurs royaumes? Il s'avisa de détrôner de cette manière le roi d'un pays assez beau, qu'on appelle *la France*. Ce roi était un fort bon homme. Il passe ici pour un sot, parce qu'il n'a pas été heureux. Ce pauvre prince fut obligé d'assembler un jour les plus savants hommes de son royaume* pour leur

---

*. Le pape Jules II excommunia le roi de France Louis XII, en 1510. Il mit le royaume de France en interdit, et le donna au premier qui voudrait s'en saisir. Cette excommunication et cette interdiction furent réitérées en 1512. On a peine à concevoir aujourd'hui cet excès d'insolence et de ridicule. Mais depuis Grégoire VII, il n'y eut presque aucun évêque de Rome qui ne fît ou qui ne voulût faire et défaire des souverains, selon son bon plaisir. Tous les souverains méritaient cet infâme traitement, puisqu'ils avaient été assez imbéciles pour fortifier eux-mêmes chez leurs sujets l'opinion de l'infaillibilité du pape et son pouvoir sur toutes les Églises. Ils s'étaient donné eux-mêmes des fers qu'il était très difficile de briser. Le gouvernement fut partout un chaos formé par la superstition. La raison n'a pénétré que très tard chez les peuples de l'Occident : elle a guéri quelques blessures que cette superstition, ennemie du genre humain, avait faites aux hommes; mais il en reste encore de profondes cicatrices.

demander s'il lui était permis de se défendre contre un vice-Dieu qui le détrônait avec du papier. C'est être bien bon que de faire une question pareille! J'en témoignais ma surprise au monsignor violet qui m'a pris en amitié. « Est-il possible, lui disais-je, qu'on soit si sot en Europe? — J'ai bien peur, me dit-il, que les vice-Dieu n'abusent tant de la complaisance des hommes qu'à la fin ils leur donneront de l'esprit. »

Il faudra donc qu'il y ait des révolutions dans la religion de l'Europe. Ce qui te surprendra, docte et pénétrant Shastasid, c'est qu'il ne s'en fit point sous le vice-Dieu Alexandre, qui régnait avant Jules. Il faisait assassiner, pendre, noyer, empoisonner impunément tous les seigneurs ses voisins. Un de ses cinq bâtards fut l'instrument de cette foule de crimes à la vue de toute l'Italie. Comment les peuples persistèrent-ils dans la religion de ce monstre! c'est celui-là même qui faisait danser les filles sans aucun ornement superflu. Ses scandales devaient inspirer le mépris, ses barbaries devaient aiguiser contre lui mille poignards : cependant il vécut honoré et paisible dans sa cour. La raison en est, à mon avis, que les prêtres gagnaient à tous ses crimes, et que les peuples n'y perdaient rien. Dès qu'on vexera trop les peuples, ils briseront leurs liens. Cent coups de bélier n'ont pu ébranler le colosse, un caillou le jettera par terre. C'est ce que disent ici les gens déliés qui se piquent de prévoir.

Enfin les fêtes sont finies; il n'en faut pas trop : rien ne lasse comme les choses extraordinaires devenues communes. Il n'y a que les besoins renaissants qui puissent donner du plaisir tous les jours. Je me recommande à tes saintes prières.

DIX-HUITIÈME LETTRE

D'AMABED

L'infaillible nous a voulu voir en particulier, Charme des yeux et moi. Notre monsignor nous a conduits dans son palais. Il nous a fait mettre à genoux trois fois. Le vice-Dieu nous a fait baiser son pied droit en se tenant les côtés de rire. Il nous a demandé si le père Fa tutto nous avait convertis, et si en effet nous étions chrétiens. Ma femme a répondu que le père Fa tutto était un insolent, et le pape s'est mis à rire encore plus fort. Il a donné deux baisers à ma femme et à moi aussi.

Ensuite il nous a fait asseoir à côté de son petit lit de baise-pieds. Il nous a demandé comment on faisait l'amour à Bénarès, à quel âge on mariait communément les filles, si le grand Brama avait un sérail. Ma femme rougissait; je répondais avec une modestie respectueuse. Ensuite il nous a congédiés, en nous recommandant le christianisme, en nous embrassant, et en nous donnant de petites claques sur les fesses en signe de bonté. Nous avons rencontré en sortant les pères Fa tutto et Fa molto, qui nous ont baisé le bas de la robe. Le premier moment, qui commande toujours à l'âme, nous a fait d'abord reculer avec horreur, ma femme et moi. Mais le violet nous a dit : « Vous n'êtes pas encore entièrement formés; ne manquez pas de faire mille caresses à ces bons pères : c'est un devoir essentiel dans ce pays-ci d'embrasser ses plus grands ennemis; vous les ferez empoisonner, si vous pouvez, à la première occasion; mais, en attendant, vous ne pouvez leur marquer trop d'amitié. » Je les embrassai donc, mais Charme des yeux leur fit une révé-

rence fort sèche, et Fa tutto la lorgnait du coin de l'œil
en s'inclinant jusqu'à terre devant elle. Tout ceci est un
enchantement. Nous passons nos jours à nous étonner.
En vérité je doute que Maduré soit plus agréable que
Roume.

DIX-NEUVIÈME LETTRE

D'AMABED

Point de justice du père Fa tutto. Hier notre jeune
Déra s'avisa d'aller le matin, par curiosité, dans un petit
temple. Le peuple était à genoux; un brame du pays,
vêtu magnifiquement, se courbait sur une table; il tournait le derrière au peuple. On dit qu'il faisait Dieu. Dès
qu'il eut fait Dieu, il se montra par-devant. Déra fit un
cri, et dit : « Voilà le coquin qui m'a violée! » Heureusement, dans l'excès de sa douleur et de sa surprise, elle
prononça ces paroles en indien. On m'assure que si le
peuple les avait comprises, la canaille se serait jetée sur
elle comme sur une sorcière. Fa tutto lui répondit en
italien : « Ma fille, la grâce de la vierge Marie soit avec
vous! parlez plus bas. » Elle revint tout éperdue nous
conter la chose. Nos amis nous ont conseillé de ne nous
jamais plaindre. Ils nous ont dit que Fa tutto est un saint
et qu'il ne faut jamais mal parler des saints. Que veux-tu!
ce qui est fait est fait. Nous prenons en patience tous
les agréments qu'on nous fait goûter dans ce pays-ci.
Chaque jour nous apprend des choses dont nous ne
nous doutions pas. On se forme beaucoup par les
voyages.

Il est venu à la cour de Leone un grand poète; son

nom est messer Arioste : il n'aime pas les moines; voici comme il parle d'eux :

> Non sa quel che sia amor, non sa che vaglia
> La caritade; e quindi avvien che i frati
> Sono si ingorda e si crudel canaglia.

Cela veut dire en indien :

> Modermen sebar eso
> La te ben sofa meso.

Tu sens quelle supériorité la langue indienne, qui est si antique, conservera toujours sur tous les jargons nouveaux de l'Europe : nous exprimons en quatre mots ce qu'ils ont de la peine à faire entendre en dix. Je conçois bien que cet Arioste dise que les moines sont de la canaille; mais je ne sais pourquoi il prétend qu'ils ne connaissent point l'amour. Hélas! nous en savons des nouvelles. Peut-être entend-il qu'ils jouissent et qu'ils n'aiment point.

VINGTIÈME LETTRE

D'AMABED

Il y a quelques jours, mon cher grand brame, que je ne t'ai écrit. Les empressements dont on nous honore en sont la cause. Notre monsignor nous donna un excellent repas, avec deux jeunes gens vêtus de rouge de la tête aux pieds. Leur dignité est *cardinal,* comme qui dirait *gond de porte* : l'un est le cardinal Sacripante, et l'autre le cardinal Faquinetti. Ils sont les premiers de la terre après le vice-Dieu : aussi sont-ils intitulés *vicaires du vicaire.* Leur droit, qui est sans doute droit divin, est d'être égaux aux rois et supérieurs aux princes, et d'avoir surtout d'immenses richesses. Ils méritent bien tout cela, vu la grande utilité dont ils sont au monde.

Ces deux gentilshommes, en dînant avec nous, proposèrent de nous mener passer quelques jours à leurs maisons de campagne : car c'est à qui nous aura. Après s'être disputé la préférence le plus plaisamment du monde, Faquinetti s'est emparé de la belle Adaté, et j'ai été le partage de Sacripante, à condition qu'ils changeraient le lendemain, et que le troisième jour nous nous rassemblerions tous quatre. Déra était du voyage. Je ne sais comment te conter ce qui nous est arrivé; je vais pourtant essayer de m'en tirer.

Ici finit le manuscrit des lettres d'Amabed. On a cherché dans toutes les bibliothèques de Maduré et de Bénarès la suite de ces lettres. Il est sûr qu'elle n'existe pas.

Ainsi, supposé que quelque malheureux faussaire imprime jamais le reste des aventures des deux jeunes Indiens, *nouvelles Lettres d'Amabed, nouvelles Lettres de Charme des yeux, réponses du grand brame Shastasid,* le lecteur peut être sûr qu'on le trompe et qu'on l'ennuie, comme il est arrivé cent fois en cas pareil.

LE TAUREAU BLANC

Notice

LE TAUREAU BLANC *est attesté dès juin 1772, date où le prince Galitzin séjourne à Ferney : « Un jour, le domestique de Voltaire lui apporte un cahier qui renfermait* Le Taureau blanc. *Voltaire en faisait présent à son hôte; mais ce dernier ne voulut pas l'emporter et, après son départ, le cahier fut trouvé sur une table dans la chambre qu'il occupait. » Le conte paraît dans la* Correspondance littéraire *en décembre 1773 et janvier 1774, « traduit du syriaque » et en onze chapitres. Simultanément sort à Genève chez Cramer un* Taureau blanc *« traduit du syriaque par Dom Calmet à Memphis ». De ce dernier, Voltaire avait pratiqué longuement les 24 tomes in-4° du* Commentaire littéral sur tous les livres de l'Ancien et du Nouveau Testament. Le Taureau blanc *représente le délassement né d'une nouvelle lecture qui devait aboutir en 1776 à* La Bible enfin expliquée. *Exploitant une dissertation de Dom Calmet sur la métamorphose de Nabuchodonosor en bœuf, Voltaire adopte, pour mieux faire éclater l'absurdité de la légende, la thèse de la métamorphose réelle. Autour d'une idylle entre la belle Amaside, fille du roi de Tanis, et ce bœuf d'origine royale, on voit évoluer le plus familièrement du monde tous les mythes, — animaux sacrés, dieux ou prophètes — les plus respectables des religions judaïque et égyptienne. Partout, la fable égypto-biblique est vécue comme la chose la plus naturelle du monde. Toutes ces singularités, et c'est la thèse philosophique que dégage la fantaisie même du conte, étaient sans doute chose banale dans l'enfance de l'humanité. Il en va différemment pour des esprits éclairés, et dans ce pernicieux amalgame entre merveilleux biblique et merveilleux chrétien, Voltaire peut donner libre cours à sa critique des textes sacrés.*

V. den H.

LE TAUREAU BLANC,

traduit du syriaque par Mr. Mamaki,
interprète du roi d'Angleterre pour les langues orientales

CHAPITRE PREMIER

COMMENT LA PRINCESSE AMASIDE RENCONTRE UN BŒUF

La jeune princesse Amaside, fille d'Amasis, roi de Tanis en Égypte, se promenait sur le chemin de Péluse avec les dames de sa suite. Elle était plongée dans une tristesse profonde; les larmes coulaient de ses beaux yeux. On sait quel était le sujet de sa douleur, et combien elle craignait de déplaire au roi son père par sa douleur même. Le vieillard Mambrès, ancien mage et eunuque des pharaons, était auprès d'elle, et ne la quittait presque jamais. Il la vit naître, il l'éleva, il lui enseigna tout ce qu'il est permis à une belle princesse de savoir des sciences de l'Égypte. L'esprit d'Amaside égalait sa beauté; elle était aussi sensible, aussi tendre que charmante, et c'était cette sensibilité qui lui coûtait tant de pleurs.

La princesse était âgée de vingt-quatre ans; le mage Mambrès en avait environ treize cents. C'était lui, comme on sait, qui avait eu avec le grand Moïse cette dispute fameuse dans laquelle la victoire fut longtemps balancée entre ces deux profonds philosophes. Si Mambrès succomba, ce ne fut que par la protection visible des puissances célestes, qui favorisèrent son rival : il fallut des dieux pour vaincre Mambrès.

Amasis le fit surintendant de la maison de sa fille, et il s'acquittait de cette charge avec sa sagesse ordinaire : la belle Amaside l'attendrissait par ses soupirs. « O mon amant! mon jeune et cher amant! s'écriait-elle quelquefois; ô le plus grand des vainqueurs, le plus accompli, le plus beau des hommes! quoi! depuis près de sept ans tu as disparu de la terre! Quel dieu t'a enlevé à ta tendre Amaside? tu n'es point mort, les savants prophètes de l'Égypte en conviennent; mais tu es mort pour moi, je suis seule sur la terre, elle est déserte. Par quel étrange prodige as-tu abandonné ton trône et ta maîtresse? Ton trône! il était le premier du monde, et c'est peu de chose; mais moi, qui t'adore, ô mon cher Na...! » Elle allait achever. « Tremblez de prononcer ce nom fatal, lui dit le sage Mambrès, ancien eunuque et mage des pharaons. Vous seriez peut-être décelée par quelqu'une de vos dames du palais. Elles vous sont toutes dévouées, et toutes les belles dames se font sans doute un mérite de servir les nobles passions des belles princesses; mais enfin il peut se trouver une indiscrète, et même à toute force une perfide. Vous savez que le roi votre père, qui d'ailleurs vous aime, a juré de vous faire couper le cou si vous prononciez ce nom terrible, toujours prêt à vous échapper. Pleurez, mais taisez-vous. Cette loi est bien dure, mais vous n'avez pas été élevée dans la sagesse égyptienne pour ne savoir pas commander à votre langue. Songez qu'Harpocrate, l'un de nos plus grands dieux, a toujours le doigt sur la bouche. » La belle Amaside pleura, et ne parla plus.

Comme elle avançait en silence vers les bords du Nil, elle aperçut de loin, sous un bocage baigné par le fleuve, une vieille femme couverte de lambeaux gris, assise sur un tertre. Elle avait auprès d'elle une ânesse, un chien, un bouc. Vis-à-vis d'elle était un serpent qui n'était pas comme les serpents ordinaires, car ses yeux étaient aussi tendres qu'animés; sa physionomie était noble et intéressante; sa peau brillait des couleurs les plus vives et les plus douces. Un énorme poisson, à moitié plongé dans le fleuve, n'était pas la moins étonnante personne de la compagnie. Il y avait sur une branche un corbeau et un pigeon. Toutes ces créatures semblaient avoir ensemble une conversation assez animée.

« Hélas! dit la princesse tout bas, ces gens-là parlent sans doute de leurs amours, et il ne m'est pas permis de prononcer le nom de ce que j'aime! »

La vieille tenait à la main une chaîne légère d'acier, longue de cent brasses, à laquelle était attaché un taureau qui paissait dans la prairie. Ce taureau était blanc, fait au tour, potelé, léger même, ce qui est bien rare. Ses cornes étaient d'ivoire. C'était ce qu'on vit jamais de plus beau dans son espèce. Celui de Pasiphaé, celui dont Jupiter prit la figure pour enlever Europe, n'approchaient pas de ce superbe animal. La charmante génisse en laquelle Isis fut changée aurait à peine été digne de lui.

Dès qu'il vit la princesse, il courut vers elle avec la rapidité d'un jeune cheval arabe qui franchit les vastes plaines et les fleuves de l'antique Saana, pour s'approcher de la brillante cavale qui règne dans son cœur, et qui fait dresser ses oreilles. La vieille faisait ses efforts pour le retenir; le serpent semblait l'épouvanter par ses sifflements; le chien le suivait et lui mordait ses belles jambes; l'ânesse traversait son chemin et lui détachait des ruades pour le faire retourner. Le gros poisson remontait le Nil, et, s'élançant hors de l'eau, menaçait de le dévorer; le bouc restait immobile et saisi de crainte; le corbeau volti-

geait autour de la tête du taureau, comme s'il eût voulu
s'efforcer de lui crever les yeux. La colombe seule
l'accompagnait par curiosité, et lui applaudissait par un
doux murmure.

Un spectacle si extraordinaire rejeta Mambrès dans ses
sérieuses pensées. Cependant le taureau blanc, tirant après
lui sa chaîne et la vieille, était déjà parvenu auprès de
la princesse, qui était saisie d'étonnement et de peur. Il
se jette à ses pieds, il les baise, il verse des larmes, il la
regarde avec des yeux où régnait un mélange inouï de
douleur et de joie. Il n'osait mugir, de peur d'effaroucher la belle Amaside. Il ne pouvait parler. Un faible
usage de la voix accordé par le ciel à quelques animaux
lui était interdit; mais toutes ses actions étaient élo-
quentes. Il plut beaucoup à la princesse. Elle sentit qu'un
léger amusement pouvait suspendre pour quelques
moments les chagrins les plus douloureux. « Voilà, disait-
elle, un animal bien aimable; je voudrais l'avoir dans
mon écurie. »

A ces mots, le taureau plia les quatre genoux, et baisa
la terre. « Il m'entend! s'écria la princesse; il me témoigne
qu'il veut m'appartenir. Ah! divin mage, divin eunuque,
donnez-moi cette consolation, achetez ce beau chérubin*; faites le prix avec la vieille, à laquelle il appartient
sans doute. Je veux que cet animal soit à moi; ne me
refusez pas cette consolation innocente. » Toutes les
dames du palais joignirent leurs instances aux prières de
la princesse. Mambrès se laissa toucher, et alla parler à
la vieille.

---

*. *Chérub,* en chaldéen et en syriaque, signifie un bœuf.

COMMENT LE SAGE MAMBRÈS, CI-DEVANT SORCIER DE PHARAON, RECONNUT UNE VIEILLE, ET COMME IL FUT RECONNU PAR ELLE

« MADAME, lui dit-il, vous savez que les filles, et surtout les princesses, ont besoin de se divertir. La fille du roi est folle de votre taureau; je vous prie de nous le vendre, vous serez payée argent comptant.

— Seigneur, lui répondit la vieille, ce précieux animal n'est point à moi. Je suis chargée, moi et toutes les bêtes que vous avez vues, de le garder avec soin, d'observer toutes ses démarches, et d'en rendre compte. Dieu me préserve de vouloir jamais vendre cet animal impayable! »

Mambrès, à ce discours, se sentit éclairé de quelques traits d'une lumière confuse qu'il ne démêlait pas encore. Il regarda la vieille en manteau gris avec plus d'attention : « Respectable dame, lui dit-il, ou je me trompe, ou je vous ai vue autrefois. — Je ne me trompe pas, répondit la vieille, je vous ai vu, seigneur, il y a sept cents ans, dans un voyage que je fis de Syrie en Égypte, quelques mois après la destruction de Troie, lorsque Hiram régnait à Tyr, et Néphel Kerès sur l'antique Égypte.

— Ah! madame, s'écria le vieillard, vous êtes l'auguste pythonisse d'Endor. — Et vous, seigneur, lui dit la pythonisse en l'embrassant, vous êtes le grand Mambrès d'Égypte.

— O rencontre imprévue! jour mémorable! décrets éternels! dit Mambrès. Ce n'est pas, sans doute, sans un ordre de la Providence universelle que nous nous retrou-

vons dans cette prairie sur les rivages du Nil, près de la
superbe ville de Tanis. Quoi! c'est vous, madame, qui
êtes si fameuse sur les bords de votre petit Jourdain, et
la première personne du monde pour faire venir des
ombres. — Quoi! c'est vous, Seigneur, qui êtes si fameux
pour changer les baguettes en serpents, le jour en
ténèbres, et les rivières en sang. — Oui, madame; mais
mon grand âge affaiblit une partie de mes lumières et de
ma puissance. J'ignore d'où vous vient ce beau taureau
blanc, et qui sont ces animaux qui veillent avec vous
autour de lui. » La vieille se recueillit, leva les yeux au
ciel, puis répondit en ces termes :

« Mon cher Mambrès, nous sommes de la même profession; mais il m'est expressément défendu de vous dire
quel est ce taureau. Je puis vous satisfaire sur les autres
animaux. Vous les reconnaîtrez aisément aux marques
qui les caractérisent. Le serpent est celui qui persuada
Ève de manger une pomme, et d'en faire manger à son
mari. L'ânesse est celle qui parla dans un chemin creux
à Balaam, votre contemporain. Le poisson qui a toujours
sa tête hors de l'eau, est celui qui avala Jonas il y a
quelques années. Ce chien est celui qui suivit l'ange
Raphaël et le jeune Tobie dans le voyage qu'ils firent à
Ragès en Médie, du temps du grand Salmanazar. Ce
bouc est celui qui expie tous les péchés d'une nation. Ce
corbeau et ce pigeon sont ceux qui étaient dans l'arche
de Noé, grand événement, catastrophe universelle, que
presque toute la terre ignore encore! Vous voilà au fait.
Mais pour le taureau, vous n'en saurez rien. »

Mambrès écoutait avec respect. Puis il dit : « L'Éternel
révèle ce qu'il veut et à qui il veut, illustre pythonisse.
Toutes ces bêtes, qui sont commises avec vous à la garde
du taureau blanc, ne sont connues que de votre généreuse et agréable nation, qui est elle-même inconnue à

presque tout le monde. Les merveilles que vous et les vôtres, et moi et les miens, nous avons opérées, seront un jour un grand sujet de doute et de scandale pour les faux sages. Heureusement elles trouveront croyance chez les sages véritables qui seront soumis aux voyants dans une petite partie du monde, et c'est tout ce qu'il faut. »

Comme il prononçait ces paroles, la princesse le tira par la manche, et lui dit : « Mambrès, est-ce que vous ne m'achèterez pas mon taureau ? » Le mage, plongé dans une rêverie profonde, ne répondit rien ; et Amaside versa des larmes.

Elle s'adressa alors elle-même à la vieille, et lui dit : « Ma bonne, je vous conjure par tout ce que vous avez de plus cher au monde, par votre père, par votre mère, par votre nourrice, qui sans doute vivent encore, de me vendre non seulement votre taureau, mais aussi votre pigeon, qui lui paraît fort affectionné. Pour vos autres bêtes, je n'en veux point ; mais je suis fille à tomber malade de vapeurs si vous ne me vendez ce charmant taureau blanc, qui fera toute la douceur de ma vie. »

La vieille lui baisa respectueusement les franges de sa robe de gaze, et lui dit : « Princesse, mon taureau n'est point à vendre, votre illustre mage en est instruit. Tout ce que je pourrais faire pour votre service, ce serait de le mener paître tous les jours près de votre palais ; vous pourriez le caresser, lui donner des biscuits, le faire danser à votre aise. Mais il faut qu'il soit continuellement sous les yeux de toutes les bêtes qui m'accompagnent, et qui sont chargées de sa garde. S'il ne veut point s'échapper, elles ne lui feront point de mal ; mais s'il essaye encore de rompre sa chaîne, comme il a fait dès qu'il vous a vue, malheur à lui ! je ne répondrais pas de sa vie. Ce gros poisson que vous voyez l'avalerait infailliblement, et le garderait plus de trois jours dans son ventre ; ou bien ce serpent, qui vous a paru peut-être assez doux et assez aimable, lui pourrait faire une piqûre mortelle. »

Le taureau blanc, qui entendait à merveille tout ce que disait la vieille, mais qui ne pouvait parler, accepta toutes ses propositions d'un air soumis. Il se coucha à ses pieds, mugit doucement; et, regardant Amaside avec tendresse, il semblait lui dire : « Venez me voir quelquefois sur l'herbe. » Le serpent prit alors la parole, et dit : « Princesse, je vous conseille de faire aveuglément tout ce que mademoiselle d'Endor vient de vous dire. » L'ânesse dit aussi son mot, et fut de l'avis du serpent. Amaside était affligée que ce serpent et cette ânesse parlassent si bien, et qu'un beau taureau, qui avait les sentiments si nobles et si tendres, ne pût les exprimer. « Hélas! rien n'est plus commun à la cour, disait-elle tout bas; on y voit tous les jours de beaux seigneurs qui n'ont point de conversation, et des malotrus qui parlent avec assurance.

— Ce serpent n'est point un malotru, dit Mambrès; ne vous y trompez pas. C'est peut-être la personne de la plus grande considération. »

Le jour baissait, la princesse fut obligée de s'en retourner, après avoir bien promis de revenir le lendemain à la même heure. Ses dames du palais étaient émerveillées, et ne comprenaient rien à ce qu'elles avaient vu et entendu. Mambrès faisait ses réflexions. La princesse, songeant que le serpent avait appelé la vieille *mademoiselle*, conclut au hasard qu'elle était pucelle, et sentit quelque affliction de l'être encore : affliction respectable, qu'elle cachait avec autant de scrupule que le nom de son amant.

CHAPITRE TROISIÈME

COMMENT LA BELLE AMASIDE
EUT UN SECRET ENTRETIEN
AVEC UN BEAU SERPENT

La belle princesse recommanda le secret à ses dames
sur ce qu'elles avaient vu. Elles le promirent toutes et
en effet le gardèrent un jour entier. On peut croire
qu'Amaside dormit peu cette nuit. Un charme inexplicable lui rappelait sans cesse l'idée de son beau taureau.
Dès qu'elle put être en liberté avec son sage Mambrès,
elle lui dit : « O sage! cet animal me tourne la tête. — Il
occupe beaucoup la mienne, dit Mambrès. Je vois clairement que ce chérubin est fort au-dessus de son espèce.
Je vois qu'il y a là un grand mystère, mais je crains un
événement funeste. Votre père Amasis est violent et
soupçonneux; toute cette affaire exige que vous vous
conduisiez avec la plus grande prudence.

— Ah! dit la princesse, j'ai trop de curiosité pour être
prudente; c'est la seule passion qui puisse se joindre
dans mon cœur à celle qui me dévore pour l'amant
que j'ai perdu. Quoi! ne pourrai-je savoir ce que c'est
que ce taureau blanc qui excite dans moi un trouble si
inouï?

— Madame, lui répondit Mambrès, je vous ai avoué
déjà que ma science baisse à mesure que mon âge avance;
mais je me trompe fort, ou le serpent est instruit de ce
que vous avez tant d'envie de savoir. Il a de l'esprit,
il s'explique en bons termes, il est accoutumé depuis
longtemps à se mêler des affaires des dames. — Ah! sans
doute, dit Amaside, c'est ce beau serpent de l'Égypte,

qui, en se mettant la queue dans la bouche, est le symbole de l'éternité, qui éclaire le monde dès qu'il ouvre les
yeux, et qui l'obscurcit dès qu'il les ferme. — Non,
madame. — C'est donc le serpent d'Esculape? — Encore
moins. — C'est peut-être Jupiter sous la forme d'un serpent? — Point du tout. — Ah! je vois, c'est votre
baguette, que vous changeâtes autrefois en serpent? —
Non, vous dis-je, madame; mais tous ces serpents-là
sont de la même famille. Celui-là a beaucoup de réputation dans son pays : il y passe pour le plus habile serpent
qu'on ait jamais vu. Adressez-vous à lui. Toutefois je
vous avertis que c'est une entreprise fort dangereuse. Si
j'étais à votre place, je laisserais là le taureau, l'ânesse,
le serpent, le poisson, le chien, le bouc, le corbeau, et la
colombe. Mais la passion vous emporte; tout ce que je
puis faire est d'en avoir pitié, et de trembler. »

La princesse le conjura de lui procurer un tête-à-tête
avec le serpent. Mambrès, qui était bon, y consentit; et,
en réfléchissant toujours profondément, il alla trouver sa
pythonisse. Il lui exposa la fantaisie de sa princesse avec
tant d'insinuation qu'il la persuada.

La vieille lui dit donc qu'Amaside était la maîtresse;
que le serpent savait très bien vivre, qu'il était fort poli
avec les dames; qu'il ne demandait pas mieux que de les
obliger, et qu'il se trouverait au rendez-vous.

Le vieux mage revint apporter à la princesse cette
bonne nouvelle; mais il craignait encore quelque malheur,
et faisait toujours ses réflexions. « Vous voulez parler au
serpent, madame; ce sera quand il plaira à Votre Altesse.
Souvenez-vous qu'il faut beaucoup le flatter, car tout
animal est pétri d'amour-propre, et surtout lui. On dit
même qu'il fut chassé autrefois d'un beau lieu pour son
excès d'orgueil. — Je ne l'ai jamais ouï dire, repartit la
princesse. — Je le crois bien », reprit le vieillard. Alors

il lui apprit tous les bruits qui avaient couru sur ce serpent si fameux. « Mais, madame, quelque aventure singulière qui lui soit arrivée, vous ne pouvez arracher son secret qu'en le flattant. Il passe dans un pays voisin pour avoir joué autrefois un tour pendable aux femmes; il est juste qu'à son tour une femme le séduise. — J'y ferai mon possible », dit la princesse.

Elle partit donc avec ses dames du palais et le bon mage eunuque. La vieille alors faisait paître le taureau blanc assez loin. Mambrès laissa Amaside en liberté, et alla entretenir sa pythonisse. La dame d'honneur causa avec l'ânesse; les dames de compagnie s'amusèrent avec le bouc, le chien, le corbeau, et la colombe; pour le gros poisson, qui faisait peur à tout le monde, il se replongea dans le Nil par ordre de la vieille.

Le serpent alla aussitôt au-devant de la belle Amaside dans le bocage, et ils eurent ensemble cette conversation :

LE SERPENT

Vous ne sauriez croire combien je suis flatté, madame, de l'honneur que Votre Altesse daigne me faire.

LA PRINCESSE

Monsieur, votre grande réputation, la finesse de votre physionomie et le brillant de vos yeux, m'ont aisément déterminée à rechercher ce tête-à-tête. Je sais, par la voix publique (si elle n'est point trompeuse), que vous avez été un grand seigneur dans le ciel empyrée.

LE SERPENT

Il est vrai, madame, que j'y avais une place assez distinguée. On prétend que je suis un favori disgracié : c'est

un bruit qui a couru d'abord dans l'Inde*. Les bracmanes sont les premiers qui ont donné une longue histoire de mes aventures. Je ne doute pas que des poètes
du Nord n'en fassent un jour un poème épique bien
bizarre, car, en vérité, c'est tout ce qu'on en peut faire.
Mais je ne suis pas tellement déchu que je n'aie encore
dans ce globe-ci un domaine très considérable. J'oserais
presque dire que toute la terre m'appartient.

LA PRINCESSE

Je le crois, monsieur, car on dit que vous avez le talent
de persuader tout ce que vous voulez, et c'est régner que
de plaire.

LE SERPENT

J'éprouve, madame, en vous voyant et en vous écou-
tant, que vous avez sur moi cet empire qu'on m'attribue
sur tant d'autres âmes.

LA PRINCESSE

Vous êtes, je le crois, un aimable vainqueur. On prétend que vous avez subjugué bien des dames, et que vous
commençâtes par notre mère commune, dont j'ai oublié
le nom.

LE SERPENT

On me fait tort : je lui donnai le meilleur conseil du
monde. Elle m'honorait de sa confiance. Mon avis fut
qu'elle et son mari devaient se gorger du fruit de l'arbre

---

*. Les bracmanes furent en effet les premiers qui imaginèrent une
révolte dans le ciel, et cette fable servit longtemps après de canevas
à l'histoire de la guerre des géants contre les dieux, et à quelques
autres histoires.

de la science. Je crus plaire en cela au maître des choses. Un arbre si nécessaire au genre humain ne me paraissait pas planté pour être inutile. Le maître aurait-il voulu être servi par des ignorants et des idiots? L'esprit n'est-il pas fait pour s'éclairer, pour se perfectionner? Ne faut-il pas connaître le bien et le mal pour faire l'un et pour éviter l'autre? Certainement on me devait des remerciements.

LA PRINCESSE

Cependant on dit qu'il vous en arriva mal. C'est apparemment depuis ce temps-là que tant de ministres ont été punis d'avoir donné de bons conseils, et que tant de vrais savants et de grands génies ont été persécutés pour avoir écrit des choses utiles au genre humain.

LE SERPENT

Ce sont apparemment mes ennemis, madame, qui vous ont fait ces contes. Ils vont criant que je suis mal en cour. Une preuve que j'y ai un très grand crédit, c'est qu'eux-mêmes avouent que j'entrai dans le conseil quand il fut question d'éprouver le bonhomme Job, et que j'y fus encore appelé quand on y prit la résolution de tromper un certain roitelet nommé Achab* : ce fut moi seul qu'on chargea de cette noble commission.

LA PRINCESSE

Ah! monsieur, je ne crois pas que vous soyez fait pour

---

*. Troisième livre des Rois, chap. XXII, v. 21 et 22. « Le Seigneur dit : « Qui trompera Achab, roi d'Israël, afin qu'il marche en Ramoth de Galaad, et qu'il y tombe? » Et un esprit s'avança et se présenta devant le Seigneur, et lui dit : « C'est moi qui le tromperai. » Et le Seigneur lui dit : « Comment? Oui, tu le tromperas; et tu prévaudras. Va, et fais ainsi. »

tromper. Mais, puisque vous êtes toujours dans le ministère, puis-je vous demander une grâce? J'espère qu'un
seigneur si aimable ne me refusera pas.

LE SERPENT

Madame, vos prières sont des lois. Qu'ordonnez-
vous?

LA PRINCESSE

Je vous conjure de me dire ce que c'est que ce beau
taureau blanc pour qui j'éprouve dans moi des sentiments
incompréhensibles, qui m'attendrissent, et qui m'épou-
vantent. On m'a dit que vous daigneriez m'en instruire.

LE SERPENT

Madame, la curiosité est nécessaire à la nature humaine,
et surtout à votre aimable sexe : sans elle on croupirait dans la plus honteuse ignorance. J'ai toujours satisfait, autant que je l'ai pu, la curiosité des dames. On
m'accuse de n'avoir eu cette complaisance que pour faire
dépit au maître des choses. Je vous jure que mon seul
but serait de vous obliger; mais la vieille a dû vous
avertir qu'il y a quelque danger pour vous dans la révélation de ce secret.

LA PRINCESSE

Ah! c'est ce qui me rend encore plus curieuse.

LE SERPENT

Je reconnais là toutes les belles dames à qui j'ai rendu
service.

LA PRINCESSE

Si vous êtes sensible, si tous les êtres se doivent des

secours mutuels, si vous avez pitié d'une infortunée, ne me refusez pas.

LE SERPENT

Vous me fendez le cœur; il faut vous satisfaire; mais ne m'interrompez pas.

LA PRINCESSE

Je vous le promets.

LE SERPENT

Il y avait un jeune roi, beau, fait à peindre, amoureux, aimé...

LA PRINCESSE

Un jeune roi! beau, fait à peindre, amoureux, aimé! et de qui? et quel était ce roi? quel âge avait-il? qu'est-il devenu? où est-il? où est son royaume? quel est son nom?

LE SERPENT

Ne voilà-t-il pas que vous m'interrompez, quand j'ai commencé à peine. Prenez garde : si vous n'avez pas plus de pouvoir sur vous-même, vous êtes perdue.

LA PRINCESSE

Ah! pardon, monsieur, cette indiscrétion ne m'arrivera plus; continuez, de grâce.

LE SERPENT

Ce grand roi, le plus aimable et le plus valeureux des hommes, victorieux partout où il avait porté ses armes, rêvait souvent en dormant; et, quand il oubliait ses rêves, il voulait que ses mages s'en ressouvinssent, et qu'ils lui apprissent ce qu'il avait rêvé, sans quoi il les faisait tous pendre, car rien n'est plus juste. Or il y a bientôt sept ans qu'il songea un beau songe dont il perdit la mémoire en se réveillant; et un jeune Juif, plein d'expérience, lui ayant expliqué son rêve, cet aimable roi fut soudain changé en bœuf*; car...

LA PRINCESSE

Ah! c'est mon cher Nabu...

Elle ne put achever; elle tomba évanouie. Mambrès, qui écoutait de loin, la vit tomber, et la crut morte.

CHAPITRE QUATRIÈME

COMMENT ON VOULUT SACRIFIER LE BŒUF ET EXORCISER LA PRINCESSE

MAMBRÈS court à elle en pleurant. Le serpent est attendri : il ne peut pleurer, mais il siffle d'un ton lugubre; il crie : « Elle est morte! » L'ânesse répète : « Elle est morte! » Le corbeau le redit; tous les autres animaux paraissent saisis de douleur, excepté le poisson de Jonas, qui a toujours été impitoyable. La dame d'honneur, les dames du palais, arrivent et s'arrachent les cheveux. Le taureau blanc, qui paissait au loin, et qui entend leurs clameurs, court au bosquet, et entraîne la vieille avec lui en poussant des mugissements dont les échos retentissent. En vain toutes les dames versaient sur Amaside expirante leurs flacons d'eau de rose, d'œillet, de myrte, de benjoin, de baume de la Mecque, de cannelle, d'amo-

---

*. Toute l'Antiquité employait indifféremment les termes de *bœuf* et de *taureau*.

mon, de gérofle, de muscade, d'ambre gris. Elle n'avait donné aucun signe de vie; mais, dès qu'elle sentit le beau taureau blanc à ses côtés, elle revint à elle plus fraîche, plus belle, plus animée que jamais. Elle donna cent baisers à cet animal charmant, qui penchait languissamment sa tête sur son sein d'albâtre. Elle l'appelle : « Mon maître, mon roi, mon cœur, ma vie. » Elle passe ses bras d'ivoire autour de ce cou plus blanc que la neige. La paille légère s'attache moins fortement à l'ambre, la vigne à l'ormeau, le lierre au chêne. On entendait le doux murmure de ses soupirs; on voyait ses yeux, tantôt étincelants d'une tendre flamme, tantôt offusqués par ces larmes précieuses que l'amour fait répandre.

On peut juger dans quelle surprise la dame d'honneur d'Amaside et les dames de compagnie étaient plongées. Dès qu'elles furent rentrées au palais, elles racontèrent toutes à leurs amants cette aventure étrange, et chacune avec des circonstances différentes, qui en augmentaient la singularité, et qui contribuent toujours à la variété de toutes les histoires.

Dès qu'Amasis, roi de Tanis, en fut informé, son cœur royal fut saisi d'une juste colère. Tel fut le courroux de Minos quand il sut que sa fille Pasiphaé prodiguait ses tendres faveurs au père du minotaure. Ainsi frémit Junon lorsqu'elle vit Jupiter son époux caresser la belle vache Io, fille du fleuve Inachus. Amachis fit enfermer la belle Amaside dans sa chambre, et mit une garde d'eunuques noirs à sa porte; puis il assembla son conseil secret.

Le grand mage Mambrès y présidait, mais il n'avait plus le même crédit qu'autrefois. Tous les ministres d'État conclurent que le taureau blanc était un sorcier. C'était tout le contraire : il était ensorcelé; mais on se trompe toujours à la cour dans ces affaires délicates.

On conclut à la pluralité des voix qu'il fallait exorciser la princesse, et sacrifier le taureau blanc et la vieille.

Le sage Mambrès ne voulut point choquer l'opinion du roi et du conseil. C'était à lui qu'appartenait le droit de faire les exorcismes; il pouvait les différer sous un prétexte très plausible. Le dieu Apis venait de mourir à Memphis. Un dieu bœuf meurt comme un autre. Il n'était permis d'exorciser personne en Égypte jusqu'à ce qu'on eût trouvé un autre bœuf qui pût remplacer le défunt.

Il fut donc arrêté dans le conseil qu'on attendrait la nomination qu'on devait faire du nouveau dieu à Memphis.

Le bon vieillard Mambrès sentait à quel péril sa chère princesse était exposée : il voyait quel était son amant. Les syllabes _Nabu_, qui lui étaient échappées, avaient décelé tout le mystère aux yeux de ce sage.

La dynastie* de Memphis appartenait alors aux Babyloniens : ils conservaient ce reste de leurs conquêtes passées, qu'ils avaient faites sous le plus grand roi du monde, dont Amasis était l'ennemi mortel. Mambrès avait besoin de toute sa sagesse pour se bien conduire parmi tant de difficultés. Si le roi Amasis découvrait l'amant de sa fille, elle était morte : il l'avait juré. Le grand, le jeune, le beau roi dont elle était éprise, avait détrôné son père, qui n'avait repris son royaume de Tanis que depuis près de sept ans qu'on ne savait ce qu'était devenu l'adorable monarque, le vainqueur et l'idole des nations, le tendre et généreux amant de la

---

*. Dynastie signifie proprement puissance. Ainsi on peut se servir de ce mot, malgré les cavillations de Larcher. Dynastie vient du phénicien _dunast_ et Larcher est un ignorant qui ne sait ni le phénicien, ni le syriaque, ni le cophte.

charmante Amaside. Mais aussi, en sacrifiant le taureau, on faisait mourir infailliblement la belle Amaside de douleur.

Que pouvait faire Mambrès dans des circonstances si épineuses? Il va trouver sa chère nourrissonne au sortir du conseil, et lui dit : « Ma belle enfant, je vous servirai; mais je vous le répète, on vous coupera le cou si vous prononcez jamais le nom de votre amant.

— Ah! que m'importe mon cou, dit la belle Amaside, si je ne puis embrasser celui de Nabucho!... Mon père est un bien méchant homme! Non seulement il refusa de me donner au beau prince que j'idolâtre, mais il lui déclara la guerre; et, quand il a été vaincu par mon amant, il a trouvé le secret de le changer en bœuf. A-t-on jamais vu une malice plus effroyable? Si mon père n'était pas mon père, je ne sais ce que je lui ferais.

— Ce n'est pas votre père qui lui a joué ce cruel tour, dit le sage Mambrès, c'est un Palestin, un de nos anciens ennemis, un habitant d'un petit pays compris dans la foule des États que votre auguste amant a domptés pour les policer. Ces métamorphoses ne doivent point vous surprendre; vous savez que j'en faisais autrefois de plus belles : rien n'était plus commun alors que ces changements qui étonnent aujourd'hui les sages. L'histoire véritable que nous avons lue ensemble nous a enseigné que Lycaon, roi d'Arcadie, fut changé en loup. La belle Callisto, sa fille, fut changée en ourse; Io, fille d'Inachus, notre vénérable Isis, en vache; Daphné, en laurier; Syrinx, en flûte. La belle Edith, femme de Loth, le meilleur, le plus tendre père qu'on ait jamais vu, n'est-elle pas devenue dans notre voisinage une grande statue de sel très belle et très piquante, qui a conservé toutes les marques de son sexe, et qui a régulièrement ses ordinaires* chaque mois, comme l'attestent les grands hommes qui l'ont vue? J'ai été témoin de ce changement dans ma jeunesse. J'ai vu cinq puissantes villes, dans le séjour du monde le plus sec et le plus aride, transformées tout à coup en un beau lac. On ne marchait dans mon jeune temps que sur des métamorphoses.

« Enfin madame, si les exemples peuvent adoucir votre peine, souvenez-vous que Vénus a changé les Cérastes en bœufs. — Je le sais, dit la malheureuse princesse, mais les exemples consolent-ils? Si mon amant était mort, me consolerais-je par l'idée que tous les hommes meurent? — Votre peine peut finir, dit le sage; et puisque votre tendre amant est devenu bœuf, vous voyez bien que de bœuf il peut devenir homme. Pour moi, il faudrait que je fusse changé en tigre ou en crocodile, si je n'employais pas le peu de pouvoir qui me reste pour le service d'une princesse digne des adorations de la terre, pour la belle Amaside, que j'ai élevée sur mes genoux, et que sa fatale destinée met à des épreuves si cruelles. »

CHAPITRE CINQUIÈME

COMMENT LE SAGE MAMBRÈS
SE CONDUISIT SAGEMENT

Le divin Mambrès ayant dit à la princesse tout ce qu'il fallait pour la consoler, et ne l'ayant point consolée,

---

*. Tertullien, dans son poème de _Sodome_, dit :
 Dicitur et vivens alio sub corpore sexus
 Munificos solito dispungere sanguine menses.
Saint Irénée, liv. IV, dit : _Per naturalia ea quæ sunt consuetudinis feminæ ostendens._

courut aussitôt à la vieille. « Ma camarade, lui dit-il, notre métier est beau, mais il est bien dangereux; vous courez risque d'être pendue, et votre bœuf d'être brûlé, ou noyé, ou mangé. Je ne sais pas ce qu'on fera de vos autres bêtes, car, tout prophète que je suis, je sais bien peu de choses; mais cachez soigneusement le serpent et le poisson; que l'un ne mette pas la tête hors de l'eau, et que l'autre ne sorte pas de son trou. Je placerai le bœuf dans une de mes écuries à la campagne; vous y serez avec lui, puisque vous dites qu'il ne vous est pas permis de l'abandonner. Le bouc émissaire pourra dans l'occasion servir d'expiatoire; nous l'enverrons dans le désert chargé des péchés de la troupe; il est accoutumé à cette cérémonie, qui ne lui fait aucun mal; et l'on sait que tout s'expie avec un bouc qui se promène. Je vous prie seulement de me prêter tout à l'heure le chien de Tobie, qui est un lévrier fort agile, l'ânesse de Balaam, qui court mieux qu'un dromadaire, le corbeau et le pigeon de l'arche, qui volent très rapidement. Je veux les envoyer en ambassade à Memphis pour une affaire de la dernière conséquence. »

La vieille repartit au mage : « Seigneur, vous pouvez disposer à votre gré du chien de Tobie, de l'ânesse de Balaam, du corbeau et du pigeon de l'arche, et du bouc émissaire; mais mon bœuf ne peut coucher dans une écurie. Il est dit qu'il doit être attaché à une chaîne d'acier, « être toujours mouillé de la rosée, et brouter l'herbe sur la terre*, et que sa portion sera avec les bêtes sauvages ». Il m'est confié, je dois obéir. Que penseraient de moi Daniel, Ezéchiel et Jérémie, si je confiais mon bœuf à d'autres qu'à moi-même? Je vois que vous savez le secret de cet étrange animal. Je n'ai pas à me repro-

---

*. Daniel, chap. v.

cher de vous l'avoir révélé. Je vais le conduire loin de cette terre impure, vers le lac Sirbon, loin des cruautés du roi de Tanis. Mon poisson et mon serpent me défendront : je ne crains personne quand je sers mon maître. »

Le sage Mambrès repartit ainsi : « Ma bonne, la volonté de Dieu soit faite! Pourvu que je retrouve notre taureau blanc, il ne m'importe ni du lac de Sirbon, ni du lac de Mœris, ni du lac de Sodome; je ne veux que lui faire du bien, et à vous aussi. Mais pourquoi m'avez-vous parlé de Daniel, d'Ezéchiel et de Jérémie?

— Ah! seigneur, reprit la vieille, vous savez aussi bien que moi l'intérêt qu'ils ont eu dans cette grande affaire. Mais je n'ai pas de temps à perdre; je ne veux point être pendue; je ne veux point que mon taureau soit brûlé, ou noyé ou mangé. Je m'en vais auprès du lac de Sirbon par Canope, avec mon serpent et mon poisson. Adieu! »

Le taureau la suivit tout pensif, après avoir témoigné au bienfaisant Mambrès la reconnaissance qu'il lui devait.

Le sage Mambrès était dans une cruelle inquiétude. Il voyait bien qu'Amasis, roi de Tanis, désespéré de la folle passion de sa fille pour cet animal, et la croyant ensorcelée, ferait poursuivre partout le malheureux taureau, et qu'il serait infailliblement brûlé, en qualité de sorcier, dans la place publique de Tanis, ou livré au poisson de Jonas, ou rôti, ou servi sur table. Il voulait, à quelque prix que ce fût, épargner ce désagrément à la princesse.

Il écrivit une lettre au grand prêtre de Memphis, son ami, en caractères sacrés, sur du papier d'Égypte qui n'était pas encore en usage. Voici les propres mots de sa lettre :

« Lumière du monde, lieutenant d'Isis, d'Osiris, et d'Horus, chef des circoncis, vous dont l'autel est élevé, comme de raison, au-dessus de tous les trônes; j'apprends que votre dieu le bœuf Apis est mort. J'en ai un autre à votre service. Venez vite avec vos prêtres le reconnaître, l'adorer, et le conduire dans l'écurie de votre temple. Qu'Isis, Osiris et Horus vous aient en leur sainte et digne garde; et vous, messieurs les prêtres de Memphis, en leur sainte garde!

                          « Votre affectionné ami,
                             « MAMBRÈS. »

Il fit quatre duplicata de cette lettre, de crainte d'accident, et les enferma dans des étuis de bois d'ébène le plus dur. Puis appelant à lui quatre courriers qu'il destinait à ce message (c'étaient l'ânesse, le chien, le corbeau et le pigeon), il dit à l'ânesse : « Je sais avec quelle fidélité vous avez servi Balaam, mon confrère; servez-moi de même. Il n'y a point d'onocrotale qui vous égale à la course; allez, ma chère amie, rendez ma lettre en main propre, et revenez. » L'ânesse lui répondit : « Comme j'ai servi Balaam, je servirai monseigneur; j'irai et je reviendrai. » Le sage lui mit le bâton d'ébène dans la bouche, et elle partit comme un trait.

Puis il fit venir le chien de Tobie, et lui dit : « Chien fidèle, et plus prompt à la course qu'Achille aux pieds légers, je sais ce que vous avez fait pour Tobie, fils de Tobie, lorsque vous et l'ange Raphaël vous l'accompagnâtes de Ninive à Ragès en Médie et de Ragès à Ninive, et qu'il rapporta à son père dix talents* que l'esclave Tobie père avait prêtés à l'esclave Gabelus; car ces esclaves étaient fort riches. Portez à son adresse cette

---

*. Vingt mille écus argent de France, au cours de ce jour.

lettre, qui est plus précieuse que dix talents d'argent. »
Le chien lui répondit : « Seigneur, si j'ai suivi autrefois
le messager Raphaël, je puis tout aussi bien faire votre
commission. » Mambrès lui mit la lettre dans la gueule.
Il en dit autant à la colombe. Elle lui répondit : « Seigneur, si j'ai rapporté un rameau dans l'arche, je vous
apporterai de même votre réponse. » Elle prit la lettre
dans son bec. On les perdit tous trois de vue en un
instant.

Puis il dit au corbeau : « Je sais que vous avez nourri
le grand prophète Élie*, lorsqu'il était caché auprès du
torrent Carith, si fameux dans toute la terre. Vous lui
apportiez tous les jours de bon pain et des poulardes
grasses; je ne vous demande que de porter cette lettre
à Memphis. »

Le corbeau répondit en ces mots : « Il est vrai, seigneur, que je portais tous les jours à dîner au grand
prophète Élie le Thesbite, que j'ai vu monter dans
l'atmosphère sur un char de feu traîné par quatre chevaux de feu, quoique ce ne soit pas la coutume; mais je
prenais toujours la moitié du dîner pour moi. Je veux
bien porter votre lettre, pourvu que vous m'assuriez de
deux bons repas chaque jour, et que je sois payé
d'avance en argent comptant pour ma commission. »

Mambrès, en colère, dit à cet animal : « Gourmand et
malin, je ne suis pas étonné qu'Apollon, de blanc que tu
étais comme un cygne, t'ait rendu noir comme une
taupe, lorsque dans les plaines de Thessalie tu trahis la
belle Coronis, malheureuse mère d'Esculape. Eh! dis-
moi donc, mangeais-tu tous les jours des aloyaux et des
poulardes quand tu fus dix mois dans l'arche? — Monsieur, nous y faisions très bonne chère, repartit le cor-

---

*. Troisième livre des *Rois*, chap. XVII.

beau. On servait du rôti deux fois par jour à toutes les
volatiles de mon espèce, qui ne vivent que de chair,
comme à vautours, milans, aigles, buses, éperviers, ducs,
émouchets, faucons, hiboux, et à la foule innombrable
des oiseaux de proie. On garnissait avec une profusion
bien plus grande les tables des lions, des léopards, des
tigres, des panthères, des onces, des hyènes, des loups,
des ours, des renards, des fouines et de tous les quadrupèdes carnivores. Il y avait dans l'arche huit personnes
de marque, et les seules qui fussent alors au monde,
continuellement occupées du soin de notre table, et de
notre garde-robe; savoir : Noé et sa femme, qui
n'avaient guère plus de six cents ans, leurs trois fils et
leurs trois épouses. C'était un plaisir de voir avec quel
soin, quelle propreté nos huit domestiques servaient plus
de quatre mille convives du plus grand appétit, sans
compter les peines prodigieuses qu'exigeaient dix à
douze mille autres personnes, depuis l'éléphant et la
girafe jusqu'aux vers à soie et aux mouches. Tout ce qui
m'étonne, c'est que notre pourvoyeur Noé soit inconnu
à toutes les nations, dont il est la tige; mais je ne m'en
soucie guère. Je m'étais déjà trouvé à une pareille fête*
chez le roi de Thrace Xissutre. Ces choses-là arrivent de
temps en temps pour l'instruction des corbeaux. En un
mot, je veux faire bonne chère, et être très bien payé en
argent comptant. »

Le sage Mambrès se garda bien de donner sa lettre à
une bête si difficile et si bavarde. Ils se séparèrent fort
mécontents l'un de l'autre.

---

*. Bérose, auteur chaldéen, rapporte en effet que la même aventure
advint au roi de Thrace Xissutre : elle était même encore plus merveilleuse, car son arche avait cinq stades de long sur deux de large.
Il s'est élevé une grande dispute entre les savants pour démêler
lequel est le plus ancien, du roi Xissutre ou de Noé.

Il fallait cependant savoir ce que deviendrait le beau
taureau, et ne pas perdre la piste de la vieille et du serpent. Mambrès ordonna à des domestiques intelligents
et affidés de les suivre; et, pour lui, il s'avança en litière
sur le bord du Nil, toujours faisant des réflexions.

« Comment se peut-il, disait-il en lui-même, que ce
serpent soit le maître de presque toute la terre, comme il
s'en vante, et comme tant de doctes l'avouent, et que
cependant il obéisse à une vieille? Comment est-il quelquefois appelé au conseil de là-haut, tandis qu'il rampe
sur la terre? Pourquoi entre-t-il tous les jours dans le
corps des gens par sa seule vertu, et que tant de sages
prétendent l'en déloger avec des paroles? Enfin comment passe-t-il chez un petit peuple du voisinage pour
avoir perdu le genre humain, et comment le genre
humain n'en sait-il rien? Je suis bien vieux, j'ai étudié
toute ma vie : mais je vois là une foule d'incompatibilités
que je ne puis concilier. Je ne saurais expliquer ce qui
m'est arrivé à moi-même, ni les grandes choses que j'ai
faites autrefois, ni celles dont j'ai été témoin. Tout bien
pesé, je commence à soupçonner que ce monde-ci subsiste de contradictions : *Rerum concordia discors,* comme
disait autrefois mon maître Zoroastre en sa langue. »

Tandis qu'il était plongé dans cette métaphysique
obscure, comme l'est toute métaphysique, un batelier,
en chantant une chanson à boire, amarra un petit bateau
près de la rive. On en vit sortir trois graves personnages
à demi vêtus de lambeaux crasseux et déchirés, mais
conservant sous ces livrées de la pauvreté l'air le plus
majestueux et le plus auguste. C'étaient Daniel, Ezéchiel,
et Jérémie.

CHAPITRE SIXIÈME

COMMENT MAMBRÈS
RENCONTRA TROIS PROPHÈTES,
ET LEUR DONNA UN BON DINER

CES trois grands hommes, qui avaient la lumière pro-
phétique sur le visage, reconnurent le sage Mambrès
pour un de leurs confrères, à quelques traits de cette
même lumière qui lui restaient encore, et se proster-
nèrent devant son palanquin. Mambrès les reconnut
aussi pour prophètes encore plus à leurs habits qu'aux
traits de feu qui partaient de leurs têtes augustes. Il se
douta bien qu'ils venaient savoir des nouvelles du taureau blanc; et, usant de sa prudence ordinaire, il descendit de sa voiture, et avança quelques pas au-devant d'eux
avec une politesse mêlée de dignité. Il les releva, fit dresser des tentes et apprêter un dîner dont il jugea que les
trois prophètes avaient grand besoin.

Il fit inviter la vieille, qui n'était encore qu'à cinq cents
pas. Elle se rendit à l'invitation, et arriva menant toujours le taureau blanc en laisse.

On servit deux potages, l'un de bisque, l'autre à la
reine; les entrées furent une tourte de langues de carpes,
des foies de lottes et de brochets, dès poulets aux pistaches, des innocents aux truffes et aux olives, deux din-
donneaux au coulis d'écrevisses, de mousserons et de
morilles, et un chipolata. Le rôti fut composé de faisan-
deaux, des perdreaux, de gelinottes, de cailles et d'orto-
lans, avec quatre salades. Au milieu était un surtout dans
le dernier goût. Rien ne fut plus délicat que l'entremets;
rien de plus magnifique, de plus brillant et de plus ingénieux que le dessert.

Au reste, le discret Mambrès avait eu grand soin que
dans ce repas il n'y eût ni pièce de bouilli, ni aloyau, ni
langue, ni palais de bœuf, ni tétines de vache, de peur
que l'infortuné monarque, assistant de loin au dîner, ne
crût qu'on lui insultât.

Ce grand et malheureux prince broutait l'herbe auprès
de la tente. Jamais il ne sentit plus cruellement la fatale
révolution qui l'avait privé du trône pour sept années
entières. « Hélas! disait-il en lui-même, ce Daniel, qui
m'a changé en taureau, et cette sorcière de pythonisse,
qui me garde, font la meilleure chère du monde; et moi,
le souverain de l'Asie, je suis réduit à manger du foin et
à boire de l'eau. »

On but beaucoup de vin d'Engaddi, de Tadmor et de
Chiraz. Quand les prophètes et la pythonisse furent un
peu en pointe de vin, on se parla avec plus de confiance
qu'aux premiers services. « J'avoue, dit Daniel, que je ne
faisais pas si bonne chère quand j'étais dans la fosse aux
lions. — Quoi! monsieur, on vous a mis dans la fosse
aux lions? dit Mambrès; et comment n'avez-vous pas
été mangé? — Monsieur, dit Daniel, vous savez que les
lions ne mangent jamais de prophètes. — Pour moi, dit
Jérémie, j'ai passé toute ma vie à mourir de faim; je n'ai
jamais fait un bon repas qu'aujourd'hui. Si j'avais à
renaître, et si je pouvais choisir mon état, j'avoue que
j'aimerais cent fois mieux être contrôleur général, ou
évêque à Babylone, que prophète à Jérusalem. »

Ezéchiel dit : « Il me fut ordonné une fois de dormir
trois cent quatre-vingt-dix jours de suite sur le côté
gauche, et de manger pendant tout ce temps-là du
pain d'orge, de millet, de vesces, de fèves et de froment, couvert de*... je n'ose pas dire. Tout ce que je

---

*. Ezéchiel, chap. IV.

pus obtenir, ce fut de ne le couvrir que de bouse de vache. J'avoue que la cuisine du seigneur Mambrès est plus délicate. Cependant le métier de prophète a du bon; et la preuve en est que mille gens s'en mêlent.

— A propos, dit Mambrès, expliquez-moi ce que vous entendez par votre Oolla et par votre Ooliba, qui faisaient tant de cas des chevaux et des ânes. — Ah! répondit Ezéchiel, ce sont des fleurs de rhétorique. »

Après ces ouvertures de cœur, Mambrès parla d'affaires. Il demanda aux trois pèlerins pourquoi ils étaient venus dans les États du roi de Tanis. Daniel prit la parole : il dit que le royaume de Babylone avait été en combustion depuis que Nabuchodonosor avait disparu; qu'on avait persécuté tous les prophètes, selon l'usage de la cour; qu'ils passaient leur vie tantôt à voir des rois à leurs pieds, tantôt à recevoir cent coups d'étrivières; qu'enfin ils avaient été obligés de se réfugier en Égypte, de peur d'être lapidés. Ezéchiel et Jérémie parlèrent aussi très longtemps dans un fort beau style, qu'on pouvait à peine comprendre. Pour la pythonisse, elle avait toujours l'œil sur son animal. Le poisson de Jonas se tenait dans le Nil, vis-à-vis de la tente, et le serpent se jouait sur l'herbe.

Après le café, on alla se promener sur le bord du Nil. Alors le taureau blanc, apercevant les trois prophètes ses ennemis, poussa des mugissements épouvantables; il se jeta impétueusement sur eux, il les frappa de ses cornes, et, comme les prophètes n'ont jamais que la peau sur les os, il les aurait percés d'outre en outre, et leur aurait ôté la vie; mais le maître des choses, qui voit tout et qui remédie à tout, les changea sur-le-champ en pies; et ils continuèrent à parler comme auparavant. La même chose arriva depuis aux Piérides, tant la fable a imité l'histoire.

Ce nouvel incident produisait de nouvelles réflexions dans l'esprit du sage Mambrès. « Voilà, disait-il, trois grands prophètes changés en pies : cela doit nous apprendre à ne pas trop parler, et à garder toujours une discrétion convenable. » Il concluait que sagesse vaut mieux qu'éloquence, et pensait profondément selon sa coutume, lorsqu'un grand et terrible spectacle vint frapper ses regards.

CHAPITRE SEPTIÈME

LE ROI TANIS ARRIVE.
SA FILLE ET LE TAUREAU
VONT ÊTRE SACRIFIÉS

Des tourbillons de poussière s'élevaient du midi au nord. On entendait le bruit des tambours, des trompettes, des fifres, des psaltérions, des cythares, des sambuques; plusieurs escadrons avec plusieurs bataillons s'avançaient, et Amasis, roi de Tanis, était à leur tête sur un cheval caparaçonné d'une housse écarlate brochée d'or; et les hérauts criaient : « Qu'on prenne le taureau blanc, qu'on le lie, qu'on le jette dans le Nil, et qu'on le donne à manger au poisson de Jonas; car le roi mon seigneur, qui est juste, veut se venger du taureau blanc, qui a ensorcelé sa fille. »

Le bon vieillard Mambrès fit plus de réflexions que jamais. Il vit bien que le malin corbeau était allé tout dire au roi, et que la princesse courait grand risque d'avoir le cou coupé. Il dit au serpent : « Mon cher ami, allez vite consoler la belle Amaside, ma nourrissonne; dites-lui qu'elle ne craigne rien, quelque chose qui arrive, et faites-lui des contes pour charmer son inquiétude, car les contes amusent toujours les filles, et ce n'est que par des contes qu'on réussit dans le monde. »

Puis il se prosterna devant Amasis, roi de Tanis, et lui dit : « O roi! vivez à jamais. Le taureau blanc doit être sacrifié, car Votre Majesté a toujours raison; mais le maître des choses a dit : « Ce taureau ne doit être mangé par le poisson de Jonas qu'après que Memphis aura trouvé un dieu pour mettre à la place de son dieu qui est mort. » Alors vous serez vengé, et votre fille sera exorcisée, car elle est possédée. Vous avez trop de piété pour ne pas obéir aux ordres du maître des choses. »

Amasis, roi de Tanis, resta tout pensif; puis il dit : « Le bœuf Apis est mort; Dieu veuille avoir son âme! Quand croyez-vous qu'on aura trouvé un autre bœuf pour régner sur la féconde Égypte? — Sire, dit Mambrès, je ne vous demande que huit jours. » Le roi, qui était très dévôt, dit : « Je les accorde, et je veux rester ici huit jours; après quoi je sacrifierai le séducteur de ma fille. » Et il fit venir ses tentes, ses cuisiniers, ses musiciens, et resta huit jours en ce lieu, comme il est dit dans Manéthon.

La vieille était au désespoir de voir que le taureau qu'elle avait en garde n'avait plus que huit jours à vivre. Elle faisait apparaître toutes les nuits des ombres au roi pour le détourner de sa cruelle résolution. Mais le roi ne se souvenait plus le matin des ombres qu'il avait vues la nuit, de même que Nabuchodonosor avait oublié ses songes.

CHAPITRE HUITIÈME

COMMENT LE SERPENT
FIT DES CONTES À LA PRINCESSE,
POUR LA CONSOLER

CEPENDANT le serpent contait des histoires à la belle
Amaside pour calmer ses douleurs. Il lui disait comment
il avait guéri autrefois tout un peuple de la morsure de
certains petits serpents, en se montrant seulement au
bout d'un bâton. Il lui apprenait les conquêtes d'un
héros qui fit un si beau contraste avec Amphion, architecte de Thèbes en Béotie. Cet Amphion faisait venir les
pierres de taille au son du violon : un rigodon et un
menuet lui suffisaient pour bâtir une ville; mais l'autre
les détruisait au son du cornet à bouquin; il fit pendre
trente et un rois très puissants dans un canton de quatre
lieues de long et de large; il fit pleuvoir de grosses pierres
du haut du ciel sur un bataillon d'ennemis fuyant devant
lui; et, les ayant ainsi exterminés, il arrêta le soleil et la
lune en plein midi, pour les exterminer encore entre
Gabaon et Aïalon sur le chemin de Bethoron, à l'exemple
de Bacchus, qui avait arrêté le soleil et la lune dans son
voyage aux Indes.

La prudence que tout serpent doit avoir ne lui permit
pas de parler à la belle Amaside du puissant bâtard
Jephté, qui coupa le cou à sa fille parce qu'il avait gagné
une bataille; il aurait jeté trop de terreur dans le cœur
de la belle princesse; mais il lui conta les aventures du
grand Samson, qui tuait mille Philistins avec une mâ-
choire d'âne, qui attachait ensemble trois cents renards
par la queue, et qui tomba dans les filets d'une fille

moins belle, moins tendre et moins fidèle que la charmante Amaside.

Il lui racontait les amours malheureux de Sichem et de l'agréable Dina, âgée de six ans, et les amours plus fortunés de Booz et de Ruth, ceux de Juda avec sa bru Thamar, ceux de Loth avec ses deux filles qui ne voulaient pas que le monde finît; ceux d'Abraham et de Jacob avec leurs servantes, ceux de Ruben avec sa mère, ceux de David et de Bethsabée, ceux du grand roi Salomon, enfin tout ce qui pouvait dissiper la douleur d'une belle princesse.

CHAPITRE NEUVIÈME

COMMENT LE SERPENT NE LA CONSOLA POINT

« Tous ces contes-là m'ennuient, répondit la belle Amaside, qui avait de l'esprit et du goût. Ils ne sont bons que pour être commentés chez les Irlandais par ce fou d'Abbadie, ou chez les Velches par ce phraseur d'Houteville. Les contes qu'on pouvait faire à la quadrisaïeule de la quadrisaïeule de ma grand-mère ne sont plus bons pour moi, qui ai été élevée par le sage Mambrès, et qui ai lu l'*Entendement humain* du philosophe égyptien nommé Locke, et la *Matrone d'Éphèse*. Je veux qu'un conte soit fondé sur la vraisemblance, et qu'il ne ressemble pas toujours à un rêve. Je désire qu'il n'ait rien de trivial ni d'extravagant. Je voudrais surtout que, sous le voile de la fable, il laissât entrevoir aux yeux exercés quelque vérité fine qui échappe au vulgaire. Je suis lasse du soleil et de la lune dont une vieille dispose à son gré, des montagnes qui dansent, des fleuves qui remontent à leur source, et des morts qui ressuscitent; mais surtout quand ces fadaises sont écrites d'un style ampoulé et inintelligible, cela me dégoûte horriblement. Vous sentez qu'une fille qui craint de voir avaler son amant par un gros poisson, et d'avoir elle-même le cou coupé par son propre père, a besoin d'être amusée; mais tâchez de m'amuser selon mon goût.

— Vous m'imposez là une tâche bien difficile, répondit le serpent. J'aurais pu autrefois vous faire passer quelques quarts d'heure assez agréables; mais j'ai perdu depuis quelque temps l'imagination et la mémoire. Hélas! où est le temps où j'amusais les filles! Voyons cependant si je pourrai me souvenir de quelque conte moral pour vous plaire.

« Il y a vingt-cinq mille ans que le roi Gnaof et la reine Patra étaient sur le trône de Thèbes aux cent portes. Le roi Gnaof était fort beau, et la reine Patra encore plus belle; mais ils ne pouvaient avoir d'enfants. Le roi Gnaof proposa un prix pour celui qui enseignerait la meilleure méthode de perpétuer la race royale.

« La faculté de médecine et l'académie de chirurgie firent d'excellents traités sur cette question importante : pas un ne réussit. On envoya la reine aux eaux; elle fit des neuvaines; elle donna beaucoup d'argent au temple de Jupiter Ammon, dont vient le sel ammoniac : tout fut inutile. Enfin un jeune prêtre de vingt-cinq ans se présenta au roi, et lui dit : « Sire, je crois savoir faire la conjuration qui opère ce que Votre Majesté désire avec tant d'ardeur. Il faut que je parle en secret à l'oreille de madame votre femme; et, si elle ne devient féconde, je consens d'être pendu. — J'accepte votre proposition », dit le roi Gnaof. On ne laissa la reine et le prêtre qu'un quart d'heure ensemble. La reine devint grosse, et le roi voulut faire pendre le prêtre.

— Mon Dieu! dit la princesse, je vois où cela mène : ce conte est trop commun; je vous dirai même qu'il alarme ma pudeur. Contez-moi quelque fable bien vraie, bien avérée, et bien morale, dont je n'aie jamais entendu parler, pour achever *de me former l'esprit et le cœur,* comme dit le professeur égyptien Linro.

— En voici une, madame, dit le beau serpent, qui est des plus authentiques.

« Il y avait trois prophètes, tous trois également ambitieux et dégoûtés de leur état. Leur folie était de vouloir être rois : car il n'y a qu'un pas du rang de prophète à celui de monarque, et l'homme aspire toujours à monter tous les degrés de l'échelle de la fortune. D'ailleurs leurs goûts, leurs plaisirs, étaient absolument différents. Le premier prêchait admirablement ses frères assemblés, qui lui battaient des mains; le second était fou de la musique, et le troisième aimait passionnément les filles. L'ange Ituriel vint se présenter à eux, un jour qu'ils étaient à table, et qu'ils s'entretenaient des douceurs de la royauté.

« Le maître des choses, leur dit l'ange, m'envoie vers vous pour récompenser votre vertu. Non seulement vous serez rois, mais vous satisferez continuellement vos passions dominantes. Vous, premier prophète, je vous fais roi d'Égypte, et vous tiendrez toujours votre conseil, qui applaudira à votre éloquence et à votre sagesse. Vous, second prophète, vous régnerez sur la Perse, et vous entendrez continuellement une musique divine. Et vous, troisième prophète, je vous fais roi de l'Inde, et je vous donne une maîtresse charmante, qui ne vous quittera jamais. »

« Celui qui eut l'Égypte en partage commença par assembler son conseil privé, qui n'était composé que de deux cents sages. Il leur fit, selon l'étiquette, un long discours, qui fut très applaudi, et le monarque goûta la douce satisfaction de s'enivrer de louanges qui n'étaient corrompues par aucune flatterie.

« Le conseil des affaires étrangères succéda au conseil privé. Il fut beaucoup plus nombreux; et un nouveau discours reçut encore plus d'éloges. Il en fut de même des autres conseils. Il n'y eut pas un moment de relâche aux plaisirs et à la gloire du prophète roi d'Égypte. Le bruit de son éloquence remplit toute la terre.

« Le prophète roi de Perse commença par se faire donner un opéra italien dont les chœurs étaient chantés par quinze cents châtrés. Leurs voix lui remuaient l'âme jusqu'à la moelle des os, où elle réside. A cet opéra en succédait un autre, et à ce second un troisième, sans interruption.

« Le roi de l'Inde s'enferma avec sa maîtresse, et goûta une volupté parfaite avec elle. Il regardait comme le souverain bonheur la nécessité de la caresser toujours, et il plaignait le triste sort de ses deux confrères, dont l'un était réduit à tenir toujours son conseil, et l'autre à être toujours à l'opéra.

« Chacun d'eux, au bout de quelques jours, entendit par la fenêtre des bûcherons qui sortaient d'un cabaret pour aller couper du bois dans la forêt voisine, et qui tenaient sous le bras leurs douces amies dont ils pouvaient changer à volonté. Nos rois prièrent Ituriel de vouloir bien intercéder pour eux auprès du maître des choses, et de les faire bûcherons.

— Je ne sais pas, interrompit la tendre Amaside, si le maître des choses leur accorda leur requête, et je ne m'en soucie guère; mais je sais bien que je ne demanderais rien à personne si j'étais enfermée tête à tête avec mon amant, avec mon cher Nabuchodonosor. »

Les voûtes du palais retentirent de ce grand nom.

D'abord Amaside n'avait prononcé que Na, ensuite Nabu, puis Nabucho; mais, à la fin, la passion l'emporta, elle prononça le nom fatal tout entier, malgré le serment qu'elle avait fait au roi son père. Toutes les dames du palais répétèrent Nabuchodonosor, et le malin corbeau ne manqua pas d'en aller avertir le roi. Le visage d'Amasis, roi de Tanis, fut troublé, parce que son cœur était plein de trouble. Et voilà comment le serpent, qui était le plus prudent et le plus subtil des animaux, faisait toujours du mal aux femmes en croyant bien faire.

Or Amasis en courroux envoya sur-le-champ chercher sa fille Amaside par douze de ses alguazils, qui sont toujours prêts à exécuter toutes les barbaries que le roi commande, et qui disent pour raison : « Nous sommes payés pour cela. »

CHAPITRE DIXIÈME

COMMENT ON VOULUT COUPER LE COU À LA PRINCESSE, ET COMMENT ON NE LE LUI COUPA POINT

Dès que la princesse fut arrivée toute tremblante au camp du roi son père, il lui dit : « Ma fille, vous savez qu'on fait mourir toutes les princesses qui désobéissent aux rois leurs pères, sans quoi un royaume ne pourrait être bien gouverné. Je vous avais défendu de proférer le nom de votre amant Nabuchodonosor, mon ennemi mortel, qui m'avait détrôné, il y a bientôt sept ans, et qui a disparu de la terre. Vous avez choisi à sa place un taureau blanc, et vous avez crié Nabuchodonosor! Il est juste que je vous coupe le cou. »

La princesse lui répondit : « Mon père, soit fait selon votre volonté; mais donnez-moi du temps pour pleurer ma virginité. — Cela est juste, dit le roi Amasis; c'est une loi établie chez tous les princes éclairés et prudents. Je vous donne toute la journée pour pleurer votre virginité, puisque vous dites que vous l'avez. Demain, qui est le huitième jour de mon campement, je ferai avaler le taureau blanc par le poisson, et je vous couperai le cou à neuf heures du matin. »

La belle Amaside alla donc pleurer le long du Nil, avec ses dames du palais, tout ce qui lui restait de virginité. Le sage Mambrès réfléchissait à côté d'elle, et comptait les heures et les moments. « Eh bien! mon cher Mambrès, lui dit-elle, vous avez changé les eaux du Nil en sang, selon la coutume, et vous ne pouvez changer le cœur d'Amasis mon père, roi de Tanis! Vous souffrirez qu'il me coupe le cou demain à neuf heures du matin? — Cela dépendra, répondit le réfléchissant Mambrès, de la diligence de mes courriers. »

Le lendemain, dès que les ombres des obélisques et des pyramides marquèrent sur la terre la neuvième heure du jour, on lia le taureau blanc pour le jeter au poisson de Jonas, et on apporta au roi son grand sabre. « Hélas! hélas! disait Nabuchodonosor dans le fond de son cœur, moi, le roi, je suis bœuf depuis près de sept ans, et à peine j'ai retrouvé ma maîtresse qu'on me fait manger par un poisson. »

Jamais le sage Mambrès n'avait fait des réflexions si profondes. Il était absorbé dans ses tristes pensées, lorsqu'il vit de loin tout ce qu'il attendait. Une foule innombrable approchait. Les trois figures d'Isis, d'Osiris, et d'Horus, unies ensemble, avançaient portées sur un brancard d'or et de pierreries par cent sénateurs de Memphis, et précédées de cent filles jouant du sistre sacré. Quatre mille prêtres, la tête rasée et couronnée de fleurs, etaient montés chacun sur un hippopotame. Plus loin paraissaient dans la même pompe la brebis de Thèbes, le chien de Bubaste, le chat de Phœbé, le crocodile d'Arsinoé, le bouc de Mendès, et tous les dieux inférieurs de l'Égypte, qui venaient rendre hommage au grand bœuf, au grand dieu Apis, aussi puissant qu'Isis, Osiris, et Horus, réunis ensemble.

Au milieu de tous ces demi-dieux, quarante prêtres portaient une énorme corbeille remplie d'oignons sacrés, qui n'étaient pas tout à fait des dieux, mais qui leur ressemblaient beaucoup.

Aux deux côtés de cette file de dieux suivis d'un peuple innombrable, marchaient quarante mille guerriers, le casque en tête, le cimeterre sur la cuisse gauche, le carquois sur l'épaule, l'arc à la main.

Tous les prêtres chantaient en chœur, avec une harmonie qui élevait l'âme et qui l'attendrissait :

> Notre bœuf est au tombeau,
> Nous en aurons un plus beau.

Et, à chaque pause, on entendait résonner les sistres, les castagnettes, les tambours de basque, les psaltérions, les cornemuses, les harpes, et les sambuques.

CHAPITRE ONZIÈME

COMMENT LA PRINCESSE ÉPOUSA SON BŒUF

Amasis, roi de Tanis, surpris de ce spectacle, ne coupa point le cou à sa fille : il remit son cimeterre dans son fourreau. Mambrès lui dit : « Grand roi ! l'ordre des

choses est changé; il faut que Votre Majesté donne
l'exemple. O roi! déliez vous-même promptement le
taureau blanc, et soyez le premier à l'adorer. » Amasis
obéit, et se prosterna avec tout son peuple. Le grand
prêtre de Memphis présenta au nouveau bœuf Apis la
première poignée de foin. La princesse Amaside attachait à ses belles cornes des festons de roses, d'ané-
mones, de renoncules, de tulipes, d'œillets, et d'hya-
cinthes. Elle prenait la liberté de le baiser, mais avec un
profond respect. Les prêtres jonchaient de palmes et
de fleurs le chemin par lequel on le conduisait à Memphis. Et le sage Mambrès, faisant toujours ses réflexions,
disait tout bas à son ami le serpent : « Daniel a changé
cet homme en bœuf, et j'ai changé ce bœuf en dieu. »

On s'en retournait à Memphis dans le même ordre.
Le roi de Tanis, tout confus, suivait la marche. Mambrès, l'air serein et recueilli, était à son côté. La vieille
suivait tout émerveillée; elle était accompagnée du serpent, du chien, de l'ânesse, du corbeau, de la colombe,
et du bouc émissaire. Le grand poisson remontait le Nil.
Daniel, Ézéchiel, et Jérémie, transformés en pies, fer-
maient la marche.

Quand on fut arrivé aux frontières du royaume, qui
n'étaient pas fort loin, le roi Amasis prit congé du bœuf
Apis, et dit à sa fille : « Ma fille, retournons dans nos
États, afin que je vous y coupe le cou, ainsi qu'il a été
résolu dans mon cœur royal, parce que vous avez prononcé le nom de Nabuchodonosor, mon ennemi, qui
m'avait détrôné il y a sept ans. Lorsqu'un père a juré de
couper le cou à sa fille, il faut qu'il accomplisse son serment, sans quoi il est précipité pour jamais dans les
enfers, et je ne veux pas me damner pour l'amour de
vous. » La belle princesse répondit en ces mots au roi
Amasis : « Mon cher père, allez couper le cou à qui vous

voudrez ; mais ce ne sera pas à moi. Je suis sur les terres d'Isis, d'Osiris, d'Horus, et d'Apis ; je ne quitterai point mon beau taureau blanc ; je le baiserai tout le long du chemin, jusqu'à ce que j'aie vu son apothéose dans la grande écurie de la sainte ville de Memphis : c'est une faiblesse pardonnable à une fille bien née. »

A peine eut-elle prononcé ces paroles que le bœuf Apis s'écria : « Ma chère Amaside, je t'aimerai toute ma vie ! » C'était pour la première fois qu'on avait entendu parler Apis en Égypte depuis quarante mille ans qu'on l'adorait. Le serpent et l'ânesse s'écrièrent : « Les sept années sont accomplies ! » et les trois pies répétèrent : « Les sept années sont accomplies ! » Tous les prêtres d'Égypte levèrent les mains au ciel. On vit tout d'un coup le dieu perdre ses deux jambes de derrière ; ses deux jambes de devant se changèrent en deux jambes humaines ; deux beaux bras charnus, musculeux et blancs, sortirent de ses épaules ; son mufle de taureau fit place au visage d'un héros charmant ; il redevint le plus bel homme de la terre, et dit : « J'aime mieux être l'amant d'Amaside que dieu. Je suis Nabuchodonosor, roi des rois. »

Cette nouvelle métamorphose étonna tout le monde, hors le réfléchissant Mambrès. Mais, ce qui ne surprit personne, c'est que Nabuchodonosor épousa sur-le-champ la belle Amaside en présence de cette grande assemblée.

Il conserva le royaume de Tanis à son beau-père, et fit de belles fondations pour l'ânesse, le serpent, le chien, la colombe, et même pour le corbeau, les trois pies et le gros poisson ; montrant à tout l'univers qu'il savait pardonner comme triompher. La vieille eut une grosse pension. Le bouc émissaire fut envoyé pour un jour dans le désert, afin que tous les péchés passés fussent expiés ;

après quoi, on lui donna douze chèvres pour sa récompense. Le sage Mambrès retourna dans son palais faire des réflexions. Nabuchodonosor, après l'avoir embrassé, gouverna tranquillement le royaume de Memphis, celui de Babylone, de Damas, de Balbec, de Tyr, la Syrie, l'Asie Mineure, la Scythie, les contrées de Chiraz, de Mosok, du Tubal, de Madaï, de Gog, de Magog, de Javan, la Sogdiane, la Bactriane, les Indes, et les îles.

Les peuples de cette vaste monarchie criaient tous les matins : « Vive le grand Nabuchodonosor, roi des rois, qui n'est plus bœuf! » Et depuis ce fut une coutume dans Babylone que toutes les fois que le souverain, ayant été grossièrement trompé par ses satrapes, ou par ses mages, ou par ses trésoriers, ou par ses femmes, reconnaissait enfin ses erreurs, et corrigeait sa mauvaise conduite, tout le peuple criait à sa porte : « Vive notre grand roi, qui n'est plus bœuf! »

HISTOIRE DE JENNI
OU L'ATHÉE ET LE SAGE

Notice

PARUE en 1775 à Genève chez Cramer l'*Histoire de Jenni
est construite, une fois de plus, autour d'un voyage. Cette fois,
le héros est un jeune Anglais, qui n'a pas encore vingt ans, avec
la figure « la plus aimable et la plus engageante, qui annonce
du courage et de l'esprit ». Emmené en Espagne par son père,
le respectable Freind, chapelain de l'armée anglaise, il a voulu
participer à l'attaque de Montjouy; mais il est blessé, fait prisonnier, et mis lui aussi dans les geôles de l'Inquisition par le
R. P. don Jeronimo Bueno Caracucarador. La ville est prise
par les Anglais, il retourne à Londres, tombe sous la coupe
d'une Mrs. Clive-Heart, « jeune mariée très emportée, très
masculine, très méchante », et vit dans la société des « libertins
non craignant Dieu ». Pour le détacher de la Clive-Heart,
son père lui présente une adorable jeune personne, bien née,
belle, spirituelle, et même assez riche, Lady Primerose. Mais
la Clive-Heart jalouse empoisonne Primerose et entraîne Jenni
en Amérique : Freind part à leur recherche, retrouve Jenni
au milieu d'une tribu d'Indiens des « Montagnes Bleues »,
qui ont mangé la Clive-Heart. Il le ramène en Angleterre, où
il épouse Primerose, qui n'était pas morte de son empoisonnement. Tel est le prologue narratif, quelque peu languissant,*

*à deux dialogues qui s'équilibrent et ne manquent pas d'élé-
vation, entre Freind et le bachelier de Salamanque d'une part
— le sage en face du fanatique —, entre le même Freind et
un ami de Jenni, d'autre part, — le sage en face de l'athée.
Image de Voltaire lui-même qui, depuis la campagne maté-
rialiste déclenchée vers 1770 par d'Holbach, en est réduit à
combattre sur deux fronts.*

V. den H.

HISTOIRE DE JENNI
OU L'ATHÉE ET LE SAGE

PAR MR. SHERLOC

Traduit par Mr. de la Caille

CHAPITRE PREMIER

Vous me demandez, monsieur, quelques détails sur notre ami le respectable Freind, et sur son étrange fils. Le loisir dont je jouis enfin après la retraite de milord Peterborou me permet de vous satisfaire. Vous serez aussi étonné que je l'ai été, et vous partagerez tous mes sentiments.

Vous n'avez guère vu ce jeune et malheureux Jenni, ce fils unique de Freind, que son père mena avec lui en Espagne lorsqu'il était chapelain de notre armée, en 1705. Vous partîtes pour Alep avant que milord assiégeât Barcelone; mais vous avez raison de me dire que Jenni était de la figure la plus aimable et la plus engageante, et qu'il annonçait du courage et de l'esprit. Rien n'est plus vrai; on ne pouvait le voir sans l'aimer. Son père l'avait d'abord destiné à l'Église; mais le jeune homme ayant marqué de la répugnance pour cet état, qui demande tant d'art, de ménagement, et de finesse, ce père sage aurait cru faire un crime et une sottise de forcer la nature.

Jenni n'avait pas encore vingt ans. Il voulut absolu-

ment servir en volontaire à l'attaque du Mont-Jouy, que
nous emportâmes, et où le prince de Hesse fut tué.
Notre pauvre Jenni, blessé, fut prisonnier et mené dans
la ville. Voici un récit très fidèle de ce qui lui arriva
depuis l'attaque de Mont-Jouy jusqu'à la prise de Barcelone. Cette relation est d'une Catalane un peu trop
libre et trop naïve; de tels écrits ne vont point jusqu'au
cœur du sage. Je pris cette relation chez elle lorsque
j'entrai dans Barcelone à la suite de milord Peterborou.
Vous la lirez sans scandale comme un portrait fidèle des
mœurs du pays.

AVENTURE D'UN JEUNE ANGLAIS
NOMMÉ JENNI,

écrite de la main de Dona las Nalgas

Lorsqu'on nous dit que les mêmes sauvages qui étaient
venus, par l'air, d'une île inconnue, nous prendre
Gibraltar, venaient assiéger notre belle ville de Barcelone, nous commençâmes par faire des neuvaines à la
Sainte Vierge de Manreze; ce qui est assurément la meilleure manière de se défendre.

Ce peuple, qui venait nous attaquer de si loin, s'ap-
pelle d'un nom qu'il est difficile de prononcer, car c'est
English. Notre révérend père inquisiteur don Jeronimo
Bueno Caracucarador prêcha contre ces brigands. Il
lança contre eux une excommunication majeure dans
Notre-Dame d'Elpino. Il nous assura que les English

avaient des queues de singes, des pattes d'ours, et des têtes de perroquets; qu'à la vérité ils parlaient quelquefois comme les hommes, mais qu'ils sifflaient presque toujours; que de plus ils étaient notoirement hérétiques; que la Sainte Vierge, qui est très favorable aux autres pécheurs et pécheresses, ne pardonnait jamais aux hérétiques, et que par conséquent ils seraient tous infailliblement exterminés, surtout s'ils se présentaient devant le Mont-Jouy. A peine avait-il fini son sermon que nous apprîmes que le Mont-Jouy était pris d'assaut.

Le soir, on nous conta qu'à cet assaut nous avions blessé un jeune English, et qu'il était entre nos mains. On cria dans toute la ville : *Vittoria, vittoria,* et on fit des illuminations.

La dona Boca Vermeja, qui avait l'honneur d'être maîtresse du révérend père inquisiteur, eut une extrême envie de voir comment un animal english et hérétique était fait. C'était mon intime amie. J'étais aussi curieuse qu'elle. Mais il fallut attendre qu'il fût guéri de sa blessure; ce qui ne tarda pas.

Nous sûmes bientôt après qu'il devait prendre les bains chez mon cousin germain Elvob, le baigneur, qui est, comme on sait, le meilleur chirurgien de la ville. L'impatience de voir ce monstre redoubla dans mon amie Boca Vermeja. Nous n'eûmes point de cesse, point de repos, nous n'en donnâmes point à mon cousin le baigneur, jusqu'à ce qu'il nous eût cachées dans une petite garde-robe, derrière une jalousie par laquelle on voyait la baignoire. Nous y entrâmes sur la pointe du pied, sans faire aucun bruit, sans parler, sans oser respirer, précisément dans le temps que l'English sortait de l'eau. Son visage n'était pas tourné vers nous; il ôta un petit bonnet sous lequel étaient renoués ses cheveux blonds, qui descendirent en grosses boucles sur la plus

belle chute de reins que j'aie vue de ma vie; ses bras,
ses cuisses, ses jambes, me parurent d'un charnu, d'un
fini, d'une élégance qui approche, à mon gré, l'Apollon
du Belvédère de Rome, dont la copie est chez mon oncle
le sculpteur.

Dona Boca Vermeja était extasiée de surprise et d'enchantement. J'étais saisie comme elle; je ne pus m'empêcher de dire : *Oh que hermoso muchacho!* Ces paroles,
qui m'échappèrent, firent tourner le jeune homme. Ce
fut bien pis alors; nous vîmes le visage d'Adonis sur le
corps d'un jeune Hercule. Il s'en fallut peu que dona
Boca Vermeja ne tombât à la renverse, et moi aussi. Ses
yeux s'allumèrent et se couvrirent d'une légère rosée, à
travers laquelle on entrevoyait des traits de flamme. Je
ne sais ce qui arriva aux miens.

Quand elle fut revenue à elle : « Saint Jacques, me dit-
elle, et Sainte Vierge! est-ce ainsi que sont faits les hérétiques? Eh! qu'on nous a trompées! »

Nous sortîmes le plus tard que nous pûmes. Boca Vermeja fut bientôt éprise du plus violent amour pour le
monstre hérétique. Elle est plus belle que moi, je
l'avoue; et j'avoue aussi que je me sentis doublement
jalouse. Je lui représentai qu'elle se damnait en trahissant le révérend père inquisiteur don Jeronimo Bueno
Caracucarador pour un English. « Ah! ma chère Las
Nalgas, me dit-elle (car Las Nalgas est mon nom), je
trahirais Melchisédech pour ce beau jeune homme. »
Elle n'y manqua pas, et, puisqu'il faut tout dire, je
donnai secrètement plus de la dîme des offrandes.

Un des familiers de l'Inquisition, qui entendait quatre
messes par jour pour obtenir de Notre-Dame de Manreze la destruction des English, fut instruit de nos actes
de dévotion. Le révérend père don Caracucarador nous
donna le fouet à toutes deux. Il fit saisir notre cher

English par vingt-quatre alguazils de la Sainte-Herman-
dad. Jenni en tua cinq, et fut pris par les dix-neuf qui
restaient. On le fit reposer dans un caveau bien frais. Il
fut destiné à être brûlé le dimanche suivant en cérémonie, orné d'un grand san-benito et d'un bonnet en pain
de sucre, en l'honneur de notre Sauveur et de la vierge
Marie sa mère. Don Caracucarador prépara un beau
sermon; mais il ne put le prononcer, car le dimanche
même la ville fut prise à quatre heures du matin.

Ici finit le récit de dona Las Nalgas. C'était une femme
qui ne manquait pas d'un certain esprit que les Espagnols appellent *agudezza*.

CHAPITRE SECOND

SUITE DES AVENTURES DU JEUNE ANGLAIS JENNI ET DE CELLES DE MR. SON PÈRE, DOCTEUR EN THÉOLOGIE, MEMBRE DU PARLEMENT ET DE LA SOCIÉTÉ ROYALE

Vous savez quelle admirable conduite tint le comte de
Peterborou dès qu'il fut maître de Barcelone; comme il
empêcha le pillage; avec quelle sagacité prompte il mit
ordre à tout; comme il arracha la duchesse de Popoli
des mains de quelques soldats allemands ivres, qui la
volaient et qui la violaient. Mais vous peindrez-vous
bien la surprise, la douleur, l'anéantissement, la colère,
les larmes, les transports de notre ami Freind, quand il
apprit que Jenni était dans les cachots du saint-office,
et que son bûcher était préparé? Vous savez que les têtes
les plus froides sont les plus animées dans les grandes

occasions. Vous eussiez vu ce père, que vous avez connu si grave et si imperturbable, voler à l'antre de l'Inquisition plus vite que nos chevaux de race ne courent à Newmarket. Cinquante soldats, qui le suivaient hors d'haleine, étaient toujours à deux cents pas de lui. Il arrive, il entre dans la caverne. Quel moment! que de pleurs et que de joie! Vingt victimes destinées à la même cérémonie que Jenni sont délivrées. Tous ces prisonniers s'arment; tous se joignent à nos soldats; ils démolissent le saint-office en dix minutes et déjeunent sur ses ruines avec le vin et les jambons des inquisiteurs.

Au milieu de ce fracas, et des fanfares, et des tambours, et du retentissement de quatre cents canons qui annonçaient notre victoire à la Catalogne, notre ami Freind avait repris la tranquillité que vous lui connaissez. Il était calme comme l'air dans un beau jour après un orage. Il élevait à Dieu un cœur aussi serein que son visage, lorsqu'il vit sortir du soupirail d'une cave un spectre noir en surplis, qui se jeta à ses pieds et qui lui criait miséricorde. « Qui es-tu? lui dit notre ami; viens-tu de l'enfer? — A peu près, répondit l'autre; je suis don Jeronimo Bueno Caracucarador, inquisiteur pour la foi; je vous demande très humblement pardon d'avoir voulu cuire monsieur votre fils en place publique : je le prenais pour un juif.

— Eh! quand il serait juif, répondit notre ami avec son sang-froid ordinaire, vous sied-il bien, monsieur Caracucarador, de cuire des gens parce qu'ils sont descendus d'une race qui habitait autrefois un petit canton pierreux tout près du désert de Syrie? Que vous importe qu'un homme ait un prépuce ou qu'il n'en ait pas, et qu'il fasse sa pâque dans la pleine lune rousse, ou le dimanche d'après? Cet homme est juif, donc il faut que je le brûle, et tout son bien m'appartient : voilà un très

mauvais argument; on ne raisonne point ainsi dans la
Société royale de Londres.

« Savez-vous bien, monsieur Caracucarador, que
Jésus-Christ était juif, qu'il naquit, vécut, et mourut juif;
qu'il fit sa pâque en juif dans la pleine lune; que tous ses
apôtres étaient juifs; qu'ils allèrent dans le Temple juif
après son malheur, comme il est dit expressément; que
les quinze premiers évêques secrets de Jérusalem étaient
juifs? Mon fils ne l'est pas, il est anglican : quelle idée
vous a passé par la tête de le brûler? »

L'inquisiteur Caracucarador, épouvanté de la science
de Mr. Freind, et toujours prosterné à ses pieds, lui dit :
« Hélas! nous ne savions rien de tout cela dans l'université de Salamanque. Pardon, encore une fois; mais la
véritable raison est que monsieur votre fils m'a pris ma
maîtresse Boca Vermeja. — Ah! s'il vous a pris votre
maîtresse, repartit Freind, c'est autre chose : il ne faut
jamais prendre le bien d'autrui. Il n'y a pourtant pas là
une raison suffisante comme dit Leibnitz pour brûler un
jeune homme. Il faut proportionner les peines aux délits.
Vous autres, chrétiens de delà la mer britannique en
tirant vers le sud, vous avez plus tôt fait cuire un de vos
frères, soit le conseiller Anne Dubourg, soit Michel Ser-
vet, soit tous ceux qui furent ards sous Philippe second
surnommé *le discret,* que nous ne faisons rôtir un rostbif
à Londres. Mais qu'on m'aille chercher mademoiselle
Boca Vermeja, et que je sache d'elle la vérité. »

Boca Vermeja fut amenée pleurante, et embellie par
ses larmes comme c'est l'usage. « Est-il vrai, mademoiselle, que vous aimiez tendrement don Caracucarador, et
que mon fils Jenni vous ait prise à force? — A force!
monsieur l'Anglais! c'était assurément du meilleur de
mon cœur. Je n'ai jamais rien vu de si beau et de si
aimable que monsieur votre fils; et je vous trouve bien

heureux d'être son père. C'est moi qui lui ai fait toutes
les avances; il les mérite bien : je le suivrai jusqu'au
bout du monde, si le monde a un bout. J'ai toujours,
dans le fond de mon âme, détesté ce vilain inquisiteur;
il m'a fouettée presque jusqu'au sang, moi et mademoiselle Las Nalgas. Si vous voulez me rendre la vie douce,
vous ferez pendre ce scélérat de moine à ma fenêtre,
tandis que je jurerai à monsieur votre fils un amour éternel : heureuse si je pouvais jamais lui donner un fils qui
vous ressemble! »

En effet, pendant que Boca Vermeja prononçait ces
paroles naïves, milord Peterborou envoyait chercher l'inquisiteur Caracucarador pour le faire pendre. Vous ne
serez pas surpris quand je vous dirai que Mr. Freind s'y
opposa fortement. « Que votre juste colère, dit-il, respecte votre générosité : il ne faut jamais faire mourir un
homme que quand la chose est absolument nécessaire
pour le salut du prochain. Les Espagnols diraient que
les Anglais sont des barbares qui tuent tous les prêtres
qu'ils rencontrent. Cela pourrait faire grand tort à monsieur l'archiduc, pour lequel vous venez de prendre Barcelone. Je suis assez content que mon fils soit sauvé, et
que ce coquin de moine soit hors d'état d'exercer ses
fonctions inquisitoriales. » Enfin le sage et charitable
Freind en dit tant que milord se contenta de faire fouet-
ter Caracucarador, comme ce misérable avait fouetté
miss Boca Vermeja et miss Las Nalgas.

Tant de clémence toucha le cœur des Catalans. Ceux
qui avaient été délivrés des cachots de l'Inquisition
conçurent que notre religion valait infiniment mieux que
la leur. Ils demandèrent presque tous à être reçus dans
l'Église anglicane; et même quelques bacheliers de l'université de Salamanque, qui se trouvaient dans Barcelone,
voulurent être éclairés. La plupart le furent bientôt. Il

n'y en eut qu'un seul nommé don Inigo y Medroso y Comodios y Papalamiendo, qui fut un peu rétif.

Voici le précis de la dispute honnête que notre cher ami Freind et le bachelier don Papalamiendo eurent ensemble en présence de milord Peterborou. On appela cette conversation familière le dialogue des *Mais*. Vous verrez aisément pourquoi, en le lisant.

CHAPITRE TROISIÈME

PRÉCIS DE LA CONTROVERSE DES MAIS ENTRE MR. FREIND ET DON INIGO Y MEDROSO Y PAPALAMIENDO, BACHELIER DE SALAMANQUE

LE BACHELIER

MAIS, monsieur, malgré toutes les belles choses que vous venez de me dire, vous m'avouerez que votre Église anglicane, si respectable, n'existait pas avant don Luther et avant don Oecolampade. Vous êtes tout nouveaux, donc vous n'êtes pas de la maison.

FREIND

C'est comme si on me disait que je ne suis pas le fils de mon grand-père, parce qu'un collatéral, demeurant en Italie, s'était emparé de son testament et de mes titres. Je les ai heureusement retrouvés, et il est clair que je suis le petit-fils de mon grand-père. Nous sommes, vous et moi, de la même famille, à cela près que nous autres Anglais nous lisons le testament de notre grand-père dans notre propre langue, et qu'il vous est défendu de le lire dans la vôtre. Vous êtes esclaves d'un étranger, et nous ne sommes soumis qu'à notre raison.

Mais si votre raison vous égare?... car enfin vous ne croyez point à notre université de Salamanque, laquelle a déclaré l'infaillibilité du pape, et son droit incontestable sur le passé, le présent, le futur, et le paulo-post-futur.

Hélas! les apôtres n'y croyaient pas non plus. Il est écrit que ce Pierre, qui renia son maître Jésus, fut sévèrement tancé par Paul. Je n'examine point ici lequel des deux avait tort; ils l'avaient peut-être tous deux, comme il arrive dans presque toutes les querelles; mais enfin il n'y a pas un seul endroit dans les Actes des Apôtres où Pierre soit regardé comme le maître de ses compagnons et du paulo-post-futur.

Mais certainement saint Pierre fut archevêque de Rome, car Sanchez nous enseigne que ce grand homme y arriva du temps de Néron, et qu'il y occupa le trône archiépiscopal pendant vingt-cinq ans sous ce même Néron, qui n'en régna que treize. De plus il est de foi, et c'est don Grillandus, le prototype de l'Inquisition, qui l'affirme (car nous ne lisons jamais la sainte Bible), il est de foi, dis-je, que saint Pierre était à Rome une certaine année; car il date une de ses lettres de Babylone; car, puisque Babylone est visiblement l'anagramme de Rome, il est clair que le pape est de droit divin le maître de toute la terre; car, de plus, tous les licenciés de Salamanque ont démontré que Simon Vertu-Dieu, premier sorcier, conseiller d'État de l'empereur Néron, envoya faire des compliments par son chien à saint Simon Barjone, autrement dit saint Pierre, dès qu'il fut à Rome; que saint Pierre, n'étant pas moins poli, envoya aussi son chien complimenter Simon Vertu-Dieu; qu'ensuite ils jouèrent à qui ressusciterait le plus tôt un cousin germain de Néron, que Simon Vertu-Dieu ne ressuscita son mort qu'à moitié, et que Simon Barjone gagna la partie en ressuscitant le cousin tout à fait; que Vertu-Dieu voulut avoir sa revanche en volant dans les airs comme saint Dédale, et que saint Pierre lui cassa les deux jambes en le faisant tomber. C'est pourquoi saint Pierre reçut la couronne du martyre, la tête en bas et les jambes en haut*; donc il est démontré *a posteriori* que notre saint-père le pape doit régner sur tous ceux qui ont des couronnes sur la tête, et qu'il est le maître du passé, du présent, et de tous les futurs du monde.

FREIND

Il est clair que toutes ces choses arrivèrent dans le temps où Hercule, d'un tour de main, sépara les deux montagnes, Calpée et Abila, et passa le détroit de Gibraltar dans son gobelet; mais ce n'est pas sur ces histoires, tout authentiques qu'elles sont, que nous fondons notre religion : c'est sur l'Évangile.

LE BACHELIER

Mais, monsieur, sur quels endroits de l'Évangile? Car j'ai lu une partie de cet Évangile dans nos cahiers de théologie. Est-ce sur l'ange descendu des nuées pour annoncer à Marie qu'elle sera engrossée par le saint

---

*. Toute cette histoire est racontée par Abdias, Marcel et Hégésippe; Eusèbe en rapporte une partie.

Esprit? Est-ce sur le voyage des trois rois et d'une étoile?
sur le massacre de tous les enfants du pays? sur la peine
que prit le diable d'emporter Dieu dans le désert, au
faîte du temple et à la cime d'une montagne, dont on
découvrait tous les royaumes de la terre? sur le miracle
de l'eau changée en vin à une noce de village? sur le
miracle de deux mille cochons que le diable noya dans
un lac par ordre de Jésus? sur...

FREIND

Monsieur, nous respectons toutes ces choses, parce
qu'elles sont dans l'Évangile, et nous n'en parlons jamais, parce qu'elles sont trop au-dessus de la faible raison humaine.

LE BACHELIER

Mais on dit que vous n'appelez jamais la sainte Vierge
mère de Dieu.

FREIND

Nous la révérons, nous la chérissons; mais nous
croyons qu'elle se soucie peu des titres qu'on lui donne
ici-bas. Elle n'est jamais nommée mère de Dieu dans
l'Évangile. Il y eut une grande dispute, en 431, à un
concile d'Éphèse, pour savoir si Marie était *théotocos,* et
si, Jésus-Christ étant Dieu à la fois et fils de Marie, il se
pouvait que Marie fût à la fois mère de Dieu le Père et
de Dieu le Fils. Nous n'entrons point dans ces querelles
d'Éphèse, et la Société royale de Londres ne s'en mêle
pas.

LE BACHELIER

Mais, monsieur, vous me donnez là du *théotocos!*
qu'est-ce que *théotocos,* s'il vous plaît?

FREIND

Cela signifie mère de Dieu. Quoi! vous êtes bachelier de Salamanque, et vous ne savez pas le grec?

LE BACHELIER

Mais le grec, le grec! de quoi cela peut-il servir à un Espagnol? Mais, monsieur, croyez-vous que Jésus ait une nature, une personne et une volonté? ou deux natures, deux personnes, et deux volontés? ou une volonté, une nature, et deux personnes? ou deux volontés, deux personnes, et une nature? ou...

FREIND

Ce sont encore les affaires d'Éphèse; cela ne nous importe en rien.

LE BACHELIER

Mais qu'est-ce donc qui vous importe? Pensez-vous qu'il n'y ait que trois personnes en Dieu, ou qu'il y ait trois dieux en une personne? La seconde personne procède-t-elle de la première personne, et la troisième procède-t-elle des deux autres, ou de la seconde *intrinsecus,* ou de la première seulement? Le Fils a-t-il tous les attributs du Père, excepté la paternité? et cette troisième personne vient-elle par infusion, ou par identification, ou par spiration?

FREIND

L'Évangile n'agite pas cette question, et jamais saint Paul n'écrit le nom de Trinité.

LE BACHELIER

Mais vous me parlez toujours de l'Évangile, et jamais

de saint Bonaventure, ni d'Albert le Grand, ni de Tambourini, ni de Grillandus, ni d'Escobar.

FREIND

C'est que je ne suis ni dominicain, ni cordelier, ni jésuite; je me contente d'être chrétien.

LE BACHELIER

Mais si vous êtes chrétien, dites-moi, en conscience, croyez-vous que le reste des hommes soit damné éternellement?

FREIND

Ce n'est point à moi à mesurer la justice de Dieu et sa miséricorde.

LE BACHELIER

Mais enfin, si vous êtes chrétien, que croyez-vous donc?

FREIND

Je crois, avec Jésus-Christ, qu'il faut aimer Dieu et son prochain, pardonner les injures et réparer ses torts. Croyez-moi, adorez Dieu, soyez juste et bienfaisant : voilà tout l'homme. Ce sont là des maximes de Jésus. Elles sont si vraies qu'aucun législateur, aucun philosophe n'a jamais eu d'autres principes avant lui, et qu'il est impossible qu'il y en ait d'autres. Ces vérités n'ont jamais eu et ne peuvent avoir pour adversaires que nos passions.

LE BACHELIER

Mais... ah! ah! à propos de passions, est-il vrai que vos évêques, vos prêtres, et vos diacres, vous êtes tous mariés?

FREIND

Cela est très vrai. Saint Joseph, qui passa pour être
père de Jésus, était marié. Il eut pour fils Jacques le
Mineur, surnommé *Oblia,* frère de notre Seigneur;
lequel, après la mort de Jésus, passa sa vie dans le
temple. Saint Paul, le grand saint Paul, était marié.

LE BACHELIER

Mais Grillandus et Molina disent le contraire.

FREIND

Molina et Grillandus diront tout ce qu'ils voudront,
j'aime mieux croire saint Paul lui-même, car il dit dans
sa première aux Corinthiens* : « N'avons-nous pas le
droit de boire et de manger à vos dépens? N'avons-
nous pas le droit de mener avec nous nos femmes, notre
sœur, comme font les autres apôtres et les frères de
notre Seigneur et Céphas? Va-t-on jamais à la guerre à
ses dépens? Quand on a planté une vigne, n'en mange-
t-on pas le fruit? etc. »

LE BACHELIER

Mais, monsieur, est-il bien vrai que saint Paul ait dit
cela?

FREIND

Oui, il a dit cela, et il en a dit bien d'autres.

LE BACHELIER

Mais quoi! ce prodige, cet exemple de la grâce efficace!...

*. Chap. IX.

FREIND

Il est vrai, monsieur, que sa conversion était un grand prodige. J'avoue que, suivant les Actes des Apôtres, il avait été le plus cruel satellite des ennemis de Jésus. Les Actes disent qu'il servit à lapider saint Étienne; il dit lui-même que, quand les Juifs faisaient mourir un suivant de Jésus, c'était lui qui portait la sentence, *detuli sententiam**. J'avoue qu'Abdias, son disciple, et Jules Africain, son traducteur, l'accusent aussi d'avoir fait mourir Jacques Oblia, frère de notre Seigneur*,* mais ses fureurs rendent sa conversion plus admirable, et ne l'ont pas empêché de trouver une femme. Il était marié, vous dis-je, comme saint Clément d'Alexandrie le déclare expressément.

LE BACHELIER

Mais c'était donc un digne homme, un brave homme que saint Paul! Je suis fâché qu'il ait assassiné saint Jacques et saint Étienne, et fort surpris qu'il ait voyagé au troisième ciel; mais poursuivez, je vous prie.

FREIND

Saint Pierre, au rapport de saint Clément d'Alexandrie, eut des enfants, et même on compte parmi eux une sainte Pétronille. Eusèbe, dans son *Histoire de l'Église,* dit que saint Nicolas, l'un des premiers disciples, avait une très belle femme, et que les apôtres lui reprochèrent d'en être trop occupé, et d'en paraître jaloux... « Messieurs, leur dit-il, la prenne qui voudra, je vous la cède*.** »

---

*. Actes, chap. XXVI.

**. *Histoire apostolique d'Abdias.* Traduction de Jules Africain, liv. VI, p. 395 et suiv.

***. Eusèbe, liv. III, chap. XXX.

Dans l'économie juive, qui devait durer éternellement, et à laquelle cependant a succédé l'économie chrétienne, le mariage était non seulement permis, mais expressément ordonné aux prêtres, puisqu'ils devaient être de la même race; et le célibat était une espèce d'infamie.

Il faut bien que le célibat ne fût pas regardé comme un état bien pur et bien honorable par les premiers chrétiens, puisque parmi les hérétiques anathématisés dans les premiers conciles, on trouve principalement ceux qui s'élevaient contre le mariage des prêtres, comme saturniens, basilidiens, montanistes, encratistes, et autres *ens* et *istes*. Voilà pourquoi la femme d'un saint Grégoire de Nazianze accoucha d'un autre saint Grégoire de Nazianze, et qu'elle eut le bonheur inestimable d'être femme et mère d'un canonisé, ce qui n'est pas même arrivé à sainte Monique, mère de saint Augustin.

Voilà pourquoi je pourrais vous nommer autant et plus d'anciens évêques mariés que vous n'avez autrefois eu d'évêques et de papes concubinaires, adultères, ou pédérastes : ce qu'on ne trouve plus aujourd'hui en aucun pays. Voilà pourquoi l'Église grecque, mère de l'Église latine, veut encore que les curés soient mariés. Voilà enfin pourquoi, moi qui vous parle, je suis marié, et j'ai le plus bel enfant du monde.

Et dites-moi, mon cher bachelier, n'avez-vous pas dans votre Église sept sacrements de compte fait, qui sont tous des signes visibles d'une chose invisible? Or un bachelier de Salamanque jouit des agréments du baptême dès qu'il est né; de la confirmation dès qu'il a des culottes; de la confession dès qu'il a fait quelques fredaines ou qu'il entend celles des autres; de la communion, quoique un peu différente de la nôtre, dès qu'il a treize ou quatorze ans; de l'ordre quand il est tondu sur le haut de la tête, et qu'on lui donne un bénéfice de

vingt, ou trente, ou quarante mille piastres de rente;
enfin de l'extrême-onction quand il est malade. Faut-il
le priver du sacrement de mariage quand il se porte
bien? surtout après que Dieu lui-même a marié Adam
et Ève; Adam, le premier des bacheliers du monde,
puisqu'il avait la science infuse, selon votre école; Ève,
la première bachelette, puisqu'elle tâta de l'arbre de la
science avant son mari.

LE BACHELIER

Mais, s'il est ainsi, je ne dirai plus *mais*. Voilà qui est
fait, je suis de votre religion : je me fais anglican. Je veux
me marier à une femme honnête qui fera toujours semblant de m'aimer, tant que je serai jeune, qui aura soin
de moi dans ma vieillesse, et que j'enterrerai proprement
si je lui survis : cela vaut mieux que de cuire des hommes
et de déshonorer des filles, comme a fait mon cousin
don Caracucarador, inquisiteur pour la foi.

Tel est le précis fidèle de la conversation qu'eurent
ensemble le docteur Freind et le bachelier don Papalamiendo, nommé depuis par nous Papa Dexando. Cet
entretien curieux fut rédigé par Jacob Hulf, l'un des
secrétaires de milord.

Après cet entretien, le bachelier me tira à part et me
dit : « Il faut que cet Anglais, que j'avais cru d'abord
anthropophage, soit un bien bon homme, car il est théologien, et il ne m'a point dit d'injures. » Je lui appris
que Mr. Freind était tolérant, et qu'il descendait de la
fille de Guillaume Penn, le premier des tolérants, et le
fondateur de Philadelphie. « Tolérant et Philadelphie!
s'écria-t-il; je n'avais jamais entendu parler de ces
sectes-là. » Je le mis au fait : il ne pouvait me croire,
il pensait être dans un autre univers, et il avait raison.

CHAPITRE QUATRIÈME

RETOUR À LONDRES;
JENNI COMMENCE À SE CORROMPRE

TANDIS que notre digne philosophe Freind éclairait ainsi les Barcelonais, et que son fils Jenni enchantait les Barcelonaises, milord Peterborou fut perdu dans l'esprit de la reine Anne, et dans celui de l'archiduc, pour leur avoir donné Barcelone. Les courtisans lui reprochèrent d'avoir pris cette ville contre toutes les règles, avec une armée moins forte de moitié que la garnison. L'archiduc en fut d'abord très piqué, et l'ami Freind fut obligé d'imprimer l'apologie du général. Cependant cet archiduc, qui était venu conquérir le royaume d'Espagne, n'avait pas de quoi payer son chocolat. Tout ce que la reine Anne lui avait donné était dissipé. Montecuculli dit dans ses Mémoires qu'il faut trois choses pour faire la guerre : 1º de l'argent; 2º de l'argent; 3º de l'argent. L'archiduc écrivit de Guadalaxara, où il était le 11 auguste 1706, à milord Peterborou, une grande lettre signée *yo el rey,* par laquelle il le conjurait d'aller sur-le-champ à Gênes lui chercher, sur son crédit, cent mille livres sterling pour régner*. Voilà donc notre Sertorius devenu banquier génois de général d'armée. Il confia sa détresse à l'ami Freind : tous deux allèrent à Gênes; je les suivis, car vous savez que mon cœur me mène. J'admirai l'habileté et l'esprit de conciliation de mon ami dans cette affaire délicate. Je vis qu'un bon esprit peut

---

*. Elle est imprimée dans l'*Apologie du comte de Peterborou,* par le docteur Freind, p. 143, chez Jonas Bourer.

suffire à tout; notre grand Locke était médecin : il fut le seul métaphysicien de l'Europe, et il rétablit les monnaies d'Angleterre.

Freind, en trois jours, trouva les cent mille livres sterling, que la cour de Charles VI mangea en moins de trois semaines. Après quoi il fallut que le général, accompagné de son théologien, allât se justifier à Londres, en plein parlement, d'avoir conquis la Catalogne contre les règles, et de s'être ruiné pour le service de la cause commune. L'affaire traîna en longueur et en aigreur, comme tous les affaires de parti.

Vous savez que Mr. Freind avait été député en parlement avant d'être prêtre, et qu'il est le seul à qui l'on ait permis d'exercer ces deux fonctions incompatibles. Or, un jour que Freind méditait un discours qu'il devait prononcer dans la chambre des communes, dont il était un digne membre, on lui annonça une dame espagnole qui demandait à lui parler pour affaire pressante. C'était dona Boca Vermeja elle-même. Elle était tout en pleurs; notre bon ami lui fit servir à déjeuner. Elle essuya ses larmes, déjeuna, et lui parla ainsi :

« Il vous souvient, mon cher monsieur, qu'en allant à Gênes vous ordonnâtes à monsieur votre fils Jenni de partir de Barcelone pour Londres, et d'aller s'installer dans l'emploi de clerc de l'Échiquier que votre crédit lui a fait obtenir. Il s'embarqua sur le *Triton* avec le jeune bachelier don Papa Dexando, et quelques autres que vous aviez convertis. Vous jugez bien que je fus du voyage avec ma bonne amie Las Nalgas. Vous savez que vous m'avez permis d'aimer monsieur votre fils, et que je l'adore...

— Moi, mademoiselle! je ne vous ai point permis ce petit commerce; je l'ai toléré : cela est bien différent. Un bon père ne doit être ni le tyran de son fils ni son mercure. La fornication entre deux personnes libres a été peut-être autrefois une espèce de droit naturel dont Jenni peut jouir avec discrétion sans que je m'en mêle; je ne le gêne pas plus sur ses maîtresses que sur son dîner et sur son souper : s'il s'agissait d'un adultère, j'avoue que je serais plus difficile, parce que l'adultère est un larcin; mais pour vous, mademoiselle, qui ne faites tort à personne, je n'ai rien à vous dire.

— Eh bien! monsieur, c'est d'adultère qu'il s'agit. Le beau Jenni m'abandonne pour une jeune mariée qui n'est pas si belle que moi. Vous sentez bien que c'est une injure atroce. — Il a tort », dit alors Mr. Freind. Boca Vermeja, en versant quelques larmes, lui conta comment Jenni avait été jaloux, ou fait semblant d'être jaloux du bachelier; comment madame Clive-Hart, jeune mariée très effrontée, très emportée, très masculine, très méchante, s'était emparée de son esprit; comment il vivait avec des libertins non craignant Dieu; comment enfin il méprisait sa fidèle Boca Vermeja pour la coquine de Clive-Hart, parce que la Clive-Hart avait une nuance ou deux de blancheur et d'incarnat au-dessus de la pauvre Boca Vermeja.

« J'examinerai cette affaire-là à loisir, dit le bon Freind. Il faut que j'aille en parlement pour celle de milord Peterborou. » Il alla donc en parlement : je l'y entendis prononcer un discours ferme et serré, sans aucun lieu commun, sans épithète, sans ce que nous appelons des phrases; il n'*invoquait* point un témoignage, une loi; il les attestait, il les citait, il les réclamait; il ne disait point qu'on avait *surpris la religion* de la cour en accusant milord Peterborou d'avoir hasardé les troupes de la reine Anne, parce que ce n'était pas une affaire de religion; il ne prodiguait pas à une conjecture le nom de démonstration; il ne manquait pas de respect à l'au-

guste assemblée du parlement par de fades plaisanteries
bourgeoises; il n'appelait pas milord Peterborou son
client, parce que le mot de client signifie un homme
de la bourgeoisie protégé par un sénateur. Freind parlait avec autant de modestie que de fermeté : on l'écoutait en silence; on ne l'interrompait qu'en disant :
« *Hear him, hear him :* écoutez-le, écoutez-le. » La
Chambre des Communes vota qu'on remercierait le
comte de Peterborou au lieu de le condamner. Milord
obtint la même justice de la Cour des Pairs, et se prépara à repartir avec son cher Freind pour aller donner
le royaume d'Espagne à l'archiduc : ce qui n'arriva
pourtant pas, par la raison que rien n'arrive dans ce
monde précisément comme on le veut.

Au sortir du parlement nous n'eûmes rien de plus
pressé que d'aller nous informer de la conduite de
Jenni. Nous apprîmes en effet qu'il menait une vie débordée et crapuleuse avec madame Clive-Hart et une
troupe de jeunes athées, d'ailleurs gens d'esprit, à qui
leurs débauches avaient persuadé que « l'homme n'a
rien au-dessus de la bête; qu'il naît et meurt comme la
bête; qu'ils sont également formés de terre; qu'ils
retournent également à la terre; et qu'il n'y a rien de
bon et de sage que de se réjouir dans ses œuvres, et de
vivre avec celle que l'on aime, comme le conclut Salomon à la fin de son chapitre troisième du *Coheleth,* que
nous nommons *Ecclésiastès* ».

Ces idées leur étaient principalement insinuées par un
nommé Wirburton, méchant garnement très impudent.
J'ai lu quelque chose des manuscrits de ce fou : Dieu
nous préserve de les voir imprimés un jour! Wirburton
prétend que Moïse ne croyait pas à l'immortalité de
l'âme; et comme en effet Moïse n'en parla jamais, il en
conclut que c'est la seule preuve que sa mission était

divine. Cette conclusion absurde fait malheureusement conclure que la secte juive était fausse; les impies en concluent par conséquent que la nôtre, fondée sur la juive, est fausse aussi, et que cette nôtre, qui est la meilleure de toutes, étant fausse, toutes les autres sont encore plus fausses; qu'ainsi il n'y a point de religion. De là quelques gens viennent à conclure qu'il n'y a point de Dieu; ajoutez à ces conclusions que ce petit Wirburton est un intrigant et un calomniateur. Voyez quel danger!

Un autre fou nommé Needham, qui est en secret jésuite, va bien plus loin. Cet animal, comme vous le savez d'ailleurs, et comme on vous l'a tant dit, s'imagine qu'il a créé des anguilles avec de la farine de seigle et du jus de mouton; que sur-le-champ ces anguilles en ont produit d'autres sans accouplement. Aussitôt nos philosophes décident qu'on peut faire des hommes avec de la farine de froment et du jus de perdrix, parce qu'ils doivent avoir une origine plus noble que celle des anguilles; ils prétendent que ces hommes en produiront d'autres incontinent; qu'ainsi ce n'est point Dieu qui a fait l'homme; que tout s'est fait de soi-même; qu'on peut très bien se passer de Dieu; qu'il n'y a point de Dieu. Juger quels ravages le *Coheleth* mal entendu, et Wirburton et Needham bien entendus, peuvent faire dans de jeunes cœurs tout pétris de passions, et qui ne raisonnent que d'après elles.

Mais, ce qu'il y avait de pis, c'est que Jenni avait des dettes par-dessus les oreilles; il les payait d'une étrange façon. Un de ses créanciers était venu le jour même lui demander cent guinées pendant que nous étions en parlement. Le beau Jenni, qui jusque-là paraissait très doux et très poli, s'était battu avec lui, et lui avait donné pour tout payement un bon coup d'épée. On craignait que le blessé n'en mourût : Jenni allait être mis en prison et risquait d'être pendu, malgré la protection de milord Peterborou.

CHAPITRE CINQUIÈME

ON VEUT MARIER JENNI

Il nous souvient, mon cher ami, de la douleur et de l'indignation qu'avait ressenties le vénérable Freind quand il apprit que son cher Jenni était à Barcelone dans les prisons du Saint-Office; croyez qu'il fut saisi d'un plus violent transport en apprenant les déportements de ce malheureux enfant, ses débauches, ses dissipations, sa manière de payer ses créanciers, et son danger d'être pendu. Mais Freind se contint. C'est une chose étonnante que l'empire de cet excellent homme sur lui-même. Sa raison commande à son cœur, comme un bon maître à un bon domestique. Il fait tout à propos, et agit prudemment avec autant de célérité que les imprudents se déterminent. « Il n'est pas temps, dit-il, de prêcher Jenni; il faut le tirer du précipice. »

Vous saurez que notre ami avait touché la veille une très grosse somme de la succession de George Hubert, son oncle. Il va chercher lui-même notre grand chirurgien Cheselden. Nous le trouvons heureusement, nous allons ensemble chez le créancier blessé. Mr. Freind fait visiter sa plaie, elle n'était pas mortelle. Il donne au patient les cent guinées pour premier appareil, et cinquante autres en forme de réparation; il lui demande pardon pour son fils; il lui exprime sa douleur avec tant de tendresse, avec tant de vérité, que ce pauvre homme, qui était dans son lit, l'embrasse en versant des larmes, et veut lui rendre son argent. Ce spectacle étonnait et attendrissait le jeune Mr. Cheselden, qui commence à se faire une grande réputation, et dont le cœur est aussi bon que son coup d'œil et sa main sont habiles. J'étais ému, j'étais hors de moi; je n'avais jamais tant révéré, tant aimé notre ami.

Je lui demandai, en retournant à sa maison, s'il ne ferait pas venir son fils chez lui, s'il ne lui représenterait pas ses fautes. « Non, dit-il; je veux qu'il les sente avant que je lui en parle. Soupons ce soir tous deux; nous verrons ensemble ce que l'honnêteté m'oblige de faire. Les exemples corrigent bien mieux que les réprimandes. »

J'allai, en attendant le souper, chez Jenni; je le trouvai comme je pense que tout homme est après son premier crime, pâle, l'œil égaré, la voix rauque et entrecoupée, l'esprit agité, répondant de travers à tout ce qu'on lui disait. Enfin je lui appris ce que son père venait de faire. Il resta immobile, me regarda fixement, puis se détourna un moment pour verser quelques larmes. J'en augurai bien; je conçus une grande espérance que Jenni pourrait être un jour très honnête homme. J'allais me jeter à son cou, lorsque madame Clive-Hart entra avec un jeune étourdi de ses amis, nommé Birton.

« Eh bien! dit la dame en riant, est-il vrai que tu as tué un homme aujourd'hui? C'était apparemment quelque ennuyeux; il est bon de délivrer le monde de ces gens-là. Quand il te prendra envie d'en tuer quelque autre, je te prie de donner la préférence à mon mari, car il m'ennuie furieusement. »

Je regardais cette femme des pieds jusqu'à la tête. Elle était belle; mais elle me parut avoir quelque chose de

sinistre dans la physionomie. Jenni n'osait répondre, et
baissait les yeux, parce que j'étais là. « Qu'as-tu donc,
mon ami? lui dit Birton, il semble que tu aies fait quelque mal; je viens te remettre ton péché. Tiens, voici un
petit livre que je viens d'acheter chez Lintot; il prouve,
comme deux et deux font quatre, qu'il n'y a ni Dieu, ni
vice, ni vertu : cela est consolant. Buvons ensemble. »

A cet étrange discours je me retirai au plus vite. Je fis
sentir discrètement à Mr. Freind combien son fils avait
besoin de sa présence et de ses conseils. « Je le conçois
comme vous, dit ce bon père; mais commençons par
payer ses dettes. » Toutes furent acquittées dès le lendemain matin. Jenni vint se jeter à ses pieds. Croiriez-vous
bien que le père ne lui fit aucun reproche. Il l'aban-
donna à sa conscience, et lui dit seulement : « Mon fils,
souvenez-vous qu'il n'y a point de bonheur sans la
vertu. »

Ensuite il maria Boca Vermeja avec le bachelier de
Catalogne, pour qui elle avait un penchant secret, malgré les larmes qu'elle avait répandues pour Jenni : car
tout cela s'accorde merveilleusement chez les femmes.
On dit que c'est dans leurs cœurs que toutes les contradictions se rassemblent. C'est, sans doute, parce qu'elles
ont été pétries originairement d'une de nos côtes.

Le généreux Freind paya la dot des deux mariés; il
plaça bien tous ses nouveaux convertis, par la protection
de milord Peterborou : car ce n'est pas assez d'assurer le
salut des gens, il faut les faire vivre.

Ayant dépêché toutes ces bonnes actions avec ce sang-
froid actif qui m'étonnait toujours, il conclut qu'il n'y
avait d'autre parti à prendre pour remettre son fils dans
le chemin des honnêtes gens que de le marier avec une
personne bien née qui eût de la beauté, des mœurs, de
l'esprit, et même un peu de richesse; et que c'était le seul

moyen de détacher Jenni de cette détestable Clive-Hart, et des gens perdus qu'il fréquentait.

J'avais entendu parler de mademoiselle Primerose, jeune héritière élevée par milady Hervey, sa parente. Milord Peterborou m'introduisit chez milady Hervey. Je vis miss Primerose, et je jugeai qu'elle était bien capable de remplir toutes les vues de mon ami Freind. Jenni, dans sa vie débordée, avait un profond respect pour son père, et même de la tendresse. Il était touché principalement de ce que son père ne lui faisait aucun reproche de sa conduite passée. Ses dettes payées sans l'en avertir, des conseils sages donnés à propos et sans réprimandes, des marques d'amitié échappées de temps en temps sans aucune familiarité qui eût pu les avilir, tout cela pénétrait Jenni, né sensible et avec beaucoup d'esprit. J'avais toutes les raisons de croire que la fureur de ses désordres céderait aux charmes de Primerose et aux étonnantes vertus de mon ami.

Milord Peterborou lui-même présenta d'abord le père, et ensuite Jenni chez milady Hervey. Je remarquai que l'extrême beauté de Jenni fit d'abord une impression profonde sur le cœur de Primerose : car je la vis baisser les yeux, les relever, et rougir. Jenni ne parut que poli, et Primerose avoua à milady Hervey qu'elle eût bien souhaité que cette politesse fût de l'amour.

Peu à peu notre beau jeune homme démêla tout le mérite de cette incomparable fille, quoiqu'il fût subjugué par l'infâme Clive-Hart. Il était comme cet Indien invité par un ange à cueillir un fruit céleste, et retenu par les griffes d'un dragon. Ici le souvenir de ce que j'ai vu me suffoque. Mes pleurs mouillent mon papier. Quand j'aurai repris mes sens, je reprendrai le fil de mon histoire.

CHAPITRE SIXIÈME

AVENTURE ÉPOUVANTABLE

L'ON était prêt de conclure le mariage de la belle Primerose avec le beau Jenni. Notre ami Freind n'avait jamais goûté une joie plus pure; je la partageais. Voici comme elle fut changée en un désastre que je puis à peine comprendre.

La Clive-Hart aimait Jenni en lui faisant continuellement des infidélités. C'est le sort, dit-on, de toutes les femmes qui, en méprisant trop la pudeur, ont renoncé à la probité. Elle trahissait surtout son cher Jenni pour son cher Birton et pour un autre débauché de la même trempe. Ils vivaient ensemble dans la crapule. Et, ce qui ne se voit peut-être que dans notre nation, c'est qu'ils avaient tous de l'esprit et de la valeur. Malheureusement ils n'avaient jamais plus d'esprit que contre Dieu. La maison de madame Clive-Hart était le rendez-vous des athées. Encore s'ils avaient été des athées gens de bien, comme Épicure et Leontium, comme Lucrèce et Memmius, comme Spinosa, qu'on dit avoir été un des plus honnêtes hommes de la Hollande; comme Hobbes, si fidèle à son infortuné monarque Charles Ier... Mais!...

Quoi qu'il en soit, Clive-Hart, jalouse avec fureur de la tendre et innocente Primerose, sans être fidèle à Jenni, ne put souffrir cet heureux mariage. Elle médite une vengeance dont je ne crois pas qu'il y ait d'exemple dans notre ville de Londres, où nos pères ont vu cependant tant de crimes de tant d'espèces.

Elle sut que Primerose devait passer devant sa porte en revenant de la Cité, où cette jeune personne était allée faire des emplettes avec sa femme de chambre. Elle prend ce temps pour faire travailler à un petit canal souterrain qui conduisait l'eau dans ses offices.

Le carrosse de Primerose fut obligé, en revenant, de s'arrêter vis-à-vis cet embarras. La Clive-Hart se présente à elle, la prie de descendre, de se reposer, d'accepter quelques rafraîchissements, en attendant que le chemin soit libre. La belle Primerose tremblait à cette proposition; mais Jenni était dans le vestibule. Un mouvement involontaire, plus fort que la réflexion, la fit descendre. Jenni courait au-devant d'elle, et lui donnait déjà la main. Elle entre; le mari de la Clive-Hart était un ivrogne imbécile, odieux à sa femme autant que soumis, à charge même par ses complaisances. Il présente d'abord, en balbutiant, des rafraîchissements à la demoiselle qui honore sa maison, il en boit après elle. La dame Clive-Hart les emporte sur-le-champ, et en fait présenter d'autres. Pendant ce temps la rue est débarrassée. Primerose remonte en carrosse et rentre chez sa mère.

Au bout d'un quart d'heure elle se plaint d'un mal de cœur et d'un étourdissement. On croit que ce petit dérangement n'est que l'effet du mouvement du carrosse. Mais le mal augmente de moment en moment, et le lendemain elle était à la mort. Nous courûmes chez elle, Mr. Freind et moi. Nous trouvâmes cette charmante créature, pâle, livide, agitée de convulsions, les lèvres retirées, les yeux tantôt éteints, tantôt étincelants, et toujours fixes. Des taches noires défiguraient sa belle gorge et son beau visage. Sa mère était évanouie à côté de son lit. Le secourable Cheselden prodiguait en vain toutes les ressources de son art. Je ne vous peindrai point le désespoir de Freind, il était inexprimable. Je vole au logis de la Clive-Hart. J'apprends que son mari vient de mourir, et que la femme a déserté la maison.

Je cherche Jenni; on ne le trouve pas. Une servante me dit que sa maîtresse s'est jetée aux pieds de Jenni, et l'a conjuré de ne la pas abandonner dans son malheur; qu'elle est partie avec Jenni et Birton, et qu'on ne sait où elle est allée.

Écrasé de tant de coups si rapides et si multipliés, l'esprit bouleversé par des soupçons horribles que je chassais et qui revenaient, je me traîne dans la maison de la mourante. « Cependant, me disais-je à moi-même, si cette abominable femme s'est jetée aux genoux de Jenni, si elle l'a prié d'avoir pitié d'elle, il n'est donc point complice. Jenni est incapable d'un crime si lâche, si affreux, qu'il n'a eu nul intérêt, nul motif de commettre, qui le priverait d'une femme adorable et de sa fortune, qui le rendrait exécrable au genre humain. Faible, il se sera laissé subjuguer par une malheureuse dont il n'aura pas connu les noirceurs. Il n'a point vu comme moi Primerose expirante; il n'aurait pas quitté le chevet de son lit pour suivre l'empoisonneuse de sa femme. » Dévoré de ces pensées, j'entre en frissonnant chez celle que je craignais de ne plus trouver en vie. Elle respirait. Le vieux Clive-Hart avait succombé en un moment, parce que son corps était usé par les débauches; mais la jeune Primerose était soutenue par un tempérament aussi robuste que son âme était pure. Elle m'aperçut, et d'une voix tendre elle me demanda où était Jenni. A ce mot j'avoue qu'un torrent de larmes coula de mes yeux. Je ne pus lui répondre; je ne pus parler au père. Il fallut la laisser enfin entre les mains fidèles qui la servaient.

Nous allâmes instruire milord de ce désastre. Vous connaissez son cœur : il est aussi tendre pour ses amis que terrible à ses ennemis. Jamais homme ne fut plus compatissant avec une physionomie plus dure. Il se donna autant de peine pour secourir la mourante, pour découvrir l'asile de Jenni et de sa scélérate, qu'il en avait pris pour donner l'Espagne à l'archiduc. Toutes nos recherches furent inutiles. Je crus que Freind en mourrait. Nous volions tantôt chez Primerose, dont l'agonie était longue, tantôt à Rochester, à Douvres, à Portsmouth; on envoyait des courriers partout, on était partout, on errait à l'aventure, comme des chiens de chasse qui ont perdu la voie; et cependant la mère infortunée de l'infortunée Primerose voyait d'heure en heure mourir sa fille.

Enfin nous apprenons qu'une femme assez jeune et assez belle, accompagnée de trois jeunes gens et de quelques valets, s'est embarquée à Neuport dans le comté de Pembroke, sur un petit vaisseau qui était à la rade, plein de contrebandiers, et que ce bâtiment est parti pour l'Amérique septentrionale.

Freind, à cette nouvelle, poussa un profond soupir; puis, tout à coup se recueillant et me serrant la main : « Il faut, dit-il, que j'aille en Amérique. » Je lui répondis en l'admirant et en pleurant : « Je ne vous quitterai pas; mais que pourrez-vous faire? — Ramener mon fils unique, dit-il, à sa patrie et à la vertu, ou m'ensevelir auprès de lui. » Nous ne pouvions douter en effet aux indices qu'on nous donna que ce ne fût Jenni qui s'était embarqué avec cette horrible femme et Birton, et les garnements de son cortège.

Le bon père, ayant pris son parti, dit adieu à milord Peterborou, qui retourna bientôt en Catalogne; et nous allâmes fréter à Bristol un vaisseau pour la rivière de Delaware et pour la baie de Maryland. Freind concluait que, ces parages étant au milieu des possessions anglaises, il fallait y diriger sa navigation, soit que son fils fût vers le sud, soit qu'il eût marché vers le septentrion. Il se munit d'argent, de lettres de change et de vivres, laissant à Londres un domestique affidé, chargé de lui donner des nouvelles par les vaisseaux qui allaient toutes les semaines dans le Maryland ou dans la Pensylvanie.

Nous partîmes; les gens de l'équipage, en voyant la sérénité sur le visage de Freind, croyaient que nous faisions un voyage de plaisir. Mais, quand il n'avait que moi pour témoin, ses soupirs m'expliquaient assez sa douleur profonde. Je m'applaudissais quelquefois en secret de l'honneur de consoler une si belle âme. Un vent d'ouest nous retint longtemps à la hauteur des Sorlingues. Nous fûmes obligés de diriger notre route vers la Nouvelle-Angleterre. Que d'informations nous fîmes sur toute la côte! Que de temps et de soins perdus! Enfin un vent de nord-est s'étant levé, nous tournâmes vers Maryland. C'est là qu'on nous dépeignit Jenni, la Clive-Hart, et leurs compagnons.

Ils avaient séjourné sur la côte pendant plus d'un mois, et avaient étonné toute la colonie par des débauches et des magnificences inconnues jusqu'alors dans cette partie du globe; après quoi ils étaient disparus, et personne ne savait de leurs nouvelles.

Nous avançâmes dans la baie avec le dessein d'aller jusqu'à Baltimore prendre de nouvelles informations.

CHAPITRE SEPTIÈME

CE QUI ARRIVA EN AMÉRIQUE

Nous trouvâmes dans la route, sur la droite, une habitation très bien entendue. C'était une maison basse, commode et propre, entre une grange spacieuse et une vaste étable, le tout entouré d'un jardin où croissaient tous les fruits du pays. Cet enclos appartenait à un vieillard qui nous invita à descendre dans sa retraite. Il n'avait pas l'air d'un Anglais, et nous jugeâmes bientôt à son accent qu'il était étranger. Nous ancrâmes; nous descendîmes; ce bonhomme nous reçut avec cordialité, et nous donna le meilleur repas qu'on puisse faire dans le nouveau monde.

Nous lui insinuâmes discrètement notre désir de savoir à qui nous avions l'obligation d'être si bien reçus. « Je suis, dit-il, un de ceux que vous appelez sauvages. Je naquis sur une des montagnes bleues qui bordent cette contrée, et que vous voyez à l'occident. Un gros vilain serpent à sonnette m'avait mordu dans mon enfance sur une de ces montagnes; j'étais abandonné; j'allais mourir. Le père de milord Baltimore d'aujourd'hui me rencontra, me mit entre les mains de son médecin, et je lui dus la vie. Je lui rendis bientôt ce que je lui devais, car je lui sauvai la sienne dans un combat contre une horde voisine. Il me donna pour récompense cette habitation, où je vis heureux. »

Mr. Freind lui demanda s'il était de la religion du lord Baltimore. « Moi! dit-il, je suis de la mienne; pourquoi voudriez-vous que je fusse de la religion d'un autre homme? » Cette réponse courte et énergique nous fit rentrer un peu en nous-mêmes. « Vous avez donc, lui dis-je, votre dieu et votre loi? — Oui, nous répondit-il avec une assurance qui n'avait rien de la fierté; mon dieu est là », et il montra le ciel; « ma loi est là-dedans », et il mit la main sur son cœur.

Mr. Freind fut saisi d'admiration, et, me serrant la main : « Cette pure nature, me dit-il, en sait plus que tous les bacheliers qui ont raisonné avec nous dans Barcelone. »

Il était pressé d'apprendre, s'il se pouvait, quelque nouvelle certaine de son fils Jenni. C'était un poids qui l'oppressait. Il demanda si on n'avait pas entendu parler de cette bande de jeunes gens qui avaient fait tant de fracas dans les environs. « Comment! dit le vieillard, si on m'en a parlé! Je les ai vus, je les ai reçus chez moi, et ils ont été si contents de ma réception qu'ils sont partis avec une de mes filles. »

Jugez quel fut le frémissement et l'effroi de mon ami à ce discours. Il ne put s'empêcher de s'écrier dans son premier mouvement : « Quoi! votre fille a été enlevée par mon fils! — Bon Anglais, lui repartit le vieillard, ne te fâche point; je suis très aise que celui qui est parti de chez moi avec ma fille soit ton fils, car il est beau, bien fait, et paraît courageux. Il ne m'a point enlevé ma chère Parouba : car il faut que tu saches que Parouba est son nom, parce que Parouba est le mien. S'il m'avait pris ma Parouba, ce serait un vol; et mes cinq enfants mâles, qui sont à présent à la chasse dans le voisinage, à quarante ou cinquante milles d'ici, n'auraient pas souffert cet affront. C'est un grand péché de voler le bien d'autrui. Ma fille s'en est allée de son plein gré avec ces jeunes gens; elle a voulu voir le pays : c'est une petite satisfaction qu'on ne doit pas refuser à une personne de son âge. Ces voyageurs me la rendront avant qu'il soit un mois; j'en suis sûr, car ils me l'ont promis. » Ces paroles m'auraient fait rire, si la douleur où je voyais mon ami plongé n'avait pas pénétré mon âme, qui en était tout occupée.

Le soir, tandis que nous étions prêts à partir et à profiter du vent, arrive un des fils de Parouba tout essoufflé, la pâleur, l'horreur et le désespoir sur le visage. « Qu'as-tu donc, mon fils? d'où viens-tu? je te croyais à la chasse. Que t'est-il arrivé? Es-tu blessé par quelque bête sauvage?

— Non, mon père, je ne suis point blessé, mais je me meurs.

— Mais d'où viens-tu, encore une fois, mon cher fils?

— De quarante milles d'ici sans m'arrêter; mais je suis mort. »

Le père, tout tremblant, le fait reposer. On lui donne des restaurants; nous nous empressons autour de lui, ses petits frères, ses petites sœurs, Mr. Freind, et moi, et nos domestiques. Quand il eut repris ses sens, il se jeta au cou du bon vieillard Parouba. « Ah! dit-il en sanglotant, ma sœur Parouba est prisonnière de guerre, et probablement va être mangée. »

Le bonhomme Parouba tomba par terre à ces paroles. Mr. Freind, qui était père aussi, sentit ses entrailles s'émouvoir. Enfin Parouba le fils nous apprit qu'une troupe de jeunes Anglais fort étourdis avaient attaqué par passe-temps des gens de la montagne bleue. « Ils avaient, dit-il, avec eux une très belle femme et sa suivante; et je ne sais comment ma sœur se trouvait dans cette compagnie. La belle Anglaise a été tuée et mangée; ma sœur a été prise, et sera mangée tout de même. Je viens ici chercher du secours contre les gens de la montagne bleue; je veux les tuer, les manger à mon tour, reprendre ma chère sœur, ou mourir. »

Ce fut alors à Mr. Freind de s'évanouir; mais l'habitude de se commander à lui-même le soutint. « Dieu m'a donné un fils, me dit-il; il reprendra le fils et le père quand le moment d'exécuter ses décrets éternels sera venu. Mon ami, je serais tenté de croire que Dieu agit quelquefois par une providence particulière, soumise à ses lois générales, puisqu'il punit en Amérique les crimes commis en Europe, et que la scélérate Clive-Hart est morte comme elle devait mourir. Peut-être le souverain fabricateur de tant de mondes aura-t-il arrangé les

choses de façon que les grands forfaits commis dans
un globe sont expiés quelquefois dans ce globe même.
Je n'ose le croire, mais je le souhaite; et je le croirais
si cette idée n'était pas contre toutes les règles de la
bonne métaphysique. »

Après des réflexions si tristes sur de si fatales aventures, fort ordinaires en Amérique, Freind prit son parti
incontinent selon sa coutume. « J'ai un bon vaisseau,
dit-il à son hôte, il est bien approvisionné; remontons
le golfe avec la marée le plus près que nous pourrons
des montagnes bleues. Mon affaire la plus pressée est à
présent de sauver votre fille. Allons vers vos anciens
compatriotes; vous leur direz que je viens leur apporter
le calumet de la paix, et que je suis le petit-fils de Penn :
ce nom seul suffira. »

A ce nom de Penn, si révéré dans toute l'Amérique
boréale, le bon Parouba et son fils sentirent les mouvements du plus profond respect et de la plus chère
espérance. Nous nous embarquons, nous mettons à
la voile, nous abordons en trente-six heures auprès de
Baltimore.

A peine étions-nous à la vue de cette petite place,
alors presque déserte, que nous découvrîmes de loin
une troupe nombreuse d'habitants des montagnes
bleues qui descendaient dans la plaine, armés de casse-
têtes, de haches, et de ces mousquets que les Européans
leur ont si sottement vendus pour avoir des pelleteries.
On entendait déjà leurs hurlements effroyables. D'un
autre côté s'avançaient quatre cavaliers suivis de quelques hommes de pied. Cette petite troupe nous prit
pour des gens de Baltimore qui venaient les combattre.
Les cavaliers courent sur nous à bride abattue, le sabre
à la main. Nos compagnons se préparaient à les recevoir. Mr. Freind, ayant regardé fixement les cavaliers,

frissonna un moment; mais, reprenant tout à coup son sang-froid ordinaire : « Ne bougez, mes amis, nous dit-il d'une voix attendrie; laissez-moi agir seul. » Il s'avance en effet seul, sans armes, à pas lents, vers la troupe. Nous voyons en un moment le chef abandonner la bride de son cheval, se jeter à terre, et tomber prosterné. Nous poussons un cri d'étonnement; nous approchons : c'était Jenni lui-même qui baignait de larmes les pieds de son père, qui l'embrassait de ses mains tremblantes. Ni l'un ni l'autre ne pouvait parler. Birton et les deux jeunes cavaliers qui l'accompagnaient descendirent de cheval. Mais Birton, conservant son caractère, lui dit : « Pardieu, mon cher Freind, je ne t'attendais pas ici. Toi et moi nous sommes faits pour les aventures. Pardieu! je suis bien aise de te voir. »

Freind, sans daigner lui répondre, se retourna vers l'armée des montagnes bleues qui s'avançait. Il marcha à elle avec le seul Parouba, qui lui servait d'interprète. « Compatriotes, leur dit Parouba, voici le descendant de Penn qui vous apporte le calumet de la paix. »

A ces mots, le plus ancien du peuple répondit, en élevant les mains et les yeux au ciel : « Un fils de Penn! que je baise ses pieds et ses mains, et ses parties sacrées de la génération! Qu'il puisse faire une longue race de Penn! que les Penn vivent à jamais! le grand Penn est notre Manitou, notre Dieu. Ce fut presque le seul des gens d'Europe qui ne nous trompa point, qui ne s'empara point de nos terres par la force. Il acheta le pays que nous lui cédâmes; il le paya libéralement; il entretint chez nous la concorde; il apporta des remèdes pour le peu de maladies que notre commerce avec les gens d'Europe nous communiquait; il nous enseigna des arts que nous ignorions. Jamais nous ne fumâmes contre lui ni contre ses enfants le calumet de la guerre;

nous n'avons avec les Penn que le calumet de l'adoration. »

Ayant parlé ainsi au nom de son peuple, il courut en effet baiser les pieds et les mains de Mr. Freind; mais il s'abstint de parvenir aux parties sacrées dès qu'on lui dit que ce n'était pas l'usage en Angleterre, et que chaque pays a ses cérémonies.

Freind fit apporter sur-le-champ une trentaine de jambons, autant de grands pâtés et de poulardes à la daube, deux cents gros flacons de vin de Pontac qu'on tira du vaisseau; il plaça à côté de lui le commandant des montagnes bleues. Jenni et ses compagnons furent du festin; mais Jenni aurait voulu être cent pieds sous terre. Son père ne lui disait mot; et ce silence augmentait encore sa honte.

Birton, à qui tout était égal, montrait une gaieté évaporée. Freind, avant qu'on se mît à manger, dit au bon Parouba : « Il nous manque ici une personne bien chère, c'est votre fille. » Le commandant des montagnes bleues la fit venir sur-le-champ; on ne lui avait fait aucun outrage; elle embrassa son père et son frère, comme si elle fût revenue de la promenade.

Je profitai de la liberté du repas pour demander par quelle raison les guerriers des montagnes bleues avaient tué et mangé madame Clive-Hart, et n'avaient rien fait à la fille de Parouba. « C'est parce que nous sommes justes, répondit le commandant. Cette fière Anglaise était de la troupe qui nous attaqua; elle tua un des nôtres d'un coup de pistolet par-derrière. Nous n'avons rien fait à la Parouba dès que nous avons su qu'elle était la fille d'un de nos anciens camarades, et qu'elle n'était venue ici que pour s'amuser : il faut rendre à chacun selon ses œuvres. »

Freind fut touché de cette maxime, mais il représenta

que la coutume de manger des femmes était indigne de si braves gens, et qu'avec tant de vertu on ne devait pas être anthropophage.

Le chef des montagnes nous demanda alors ce que nous faisions de nos ennemis lorsque nous les avions tués. « Nous les enterrons, lui répondis-je. — J'entends, dit-il; vous les faites manger par les vers. Nous voulons avoir la préférence; nos estomacs sont une sépulture plus honorable. »

Birton prit plaisir à soutenir l'opinion des montagnes bleues. Il dit que la coutume de mettre son prochain au pot ou à la broche était la plus ancienne et la plus naturelle puisqu'on l'avait trouvée établie dans les deux hémisphères; qu'il était par conséquent démontré que c'était là une idée innée, qu'on avait été à la chasse aux hommes avant d'aller à la chasse aux bêtes, par la raison qu'il était bien plus aisé de tuer un homme que de tuer un loup; que si les Juifs, dans leurs livres si longtemps ignorés, ont imaginé qu'un nommé Caïn tua un nommé Abel, ce ne peut être que pour le manger; que ces Juifs eux-mêmes avouent nettement s'être nourris plusieurs fois de chair humaine; que, selon les meilleurs historiens, les Juifs dévorèrent les chairs sanglantes des Romains assassinés par eux en Égypte, en Chypre, en Asie, dans leurs révoltes contre les empereurs Trajan et Adrien.

Nous lui laissâmes débiter ces dures plaisanteries, dont le fond pouvait malheureusement être vrai, mais qui n'avaient rien de l'atticisme grec et de l'urbanité romaine.

Le bon Freind, sans lui répondre, adressa la parole aux gens du pays. Parouba l'interprétait phrase à phrase. Jamais le grave Tillotson ne parla avec tant d'énergie, jamais l'insinuant Smalridge n'eut des grâces

si touchantes. Le grand secret est de démontrer avec
éloquence. Il leur démontra donc que ces festins où l'on
se nourrit de la chair de ses semblables sont des repas
de vautours, et non pas d'hommes; que cette exécrable
coutume inspire une férocité destructive du genre humain; que c'était la raison pour laquelle ils ne connaissaient ni les consolations de la société, ni la culture de la
terre; enfin ils jurèrent par leur grand Manitou qu'ils
ne mangeraient plus ni hommes ni femmes.

Freind, dans une seule conversation, fut leur législateur; c'était Orphée qui apprivoisait les tigres. Les Jésuites ont beau s'attribuer des miracles dans leurs
Lettres curieuses et édifiantes, qui sont rarement l'un et
l'autre, ils n'égaleront jamais notre ami Freind.

Après avoir comblé de présents les seigneurs des montagnes bleues, il ramena dans son vaisseau le bonhomme
Parouba vers sa demeure. Le jeune Parouba fut du
voyage avec sa sœur; les autres frères avaient poursuivi
leur chasse du côté de la Caroline. Jenni, Birton, et leurs
camarades, s'embarquèrent dans le vaisseau; le sage
Freind persistait toujours dans sa méthode de ne faire
aucun reproche à son fils quand ce garnement avait fait
quelque mauvaise action; il le laissait s'examiner lui-
même et dévorer son cœur, comme dit Pythagore. Cependant il reprit trois fois la lettre qu'on lui avait
apportée d'Angleterre; et, en la relisant, il regardait son
fils, qui baissait toujours les yeux; et on lisait sur le
visage de ce jeune homme le respect et le repentir.

Pour Birton, il était aussi gai et aussi désinvolte que
s'il était revenu de la comédie : c'était un caractère à
peu près dans le goût du feu comte de Rochester, extrême dans la débauche, dans la bravoure, dans ses idées,
dans ses expressions, dans sa philosophie épicurienne,
n'étant attaché à rien, sinon aux choses extraordinaires,

dont il se dégoûtait bien vite; ayant cette sorte d'esprit qui tient les vraisemblances pour des démonstrations; plus savant, plus éloquent qu'aucun jeune homme de son âge, mais ne s'étant jamais donné la peine de rien approfondir.

Il échappa à Mr. Freind, en dînant avec nous dans le vaisseau, de me dire : « En vérité, mon ami, j'espère que Dieu inspirera des mœurs plus honnêtes à ces jeunes gens, et que l'exemple terrible de la Clive-Hart les corrigera. »

Birton, ayant entendu ces paroles, lui dit d'un ton un peu dédaigneux : « J'étais depuis longtemps très mécontent de cette méchante Clive-Hart : je ne me soucie pas plus d'elle que d'une poularde grasse qu'on aurait mise à la broche; mais, en bonne foi, pensez-vous qu'il existe, je ne sais où, un être continuellement occupé à faire punir toutes les méchantes femmes, et tous les hommes pervers qui peuplent et dépeuplent les quatre parties de notre petit monde? Oubliez-vous que notre détestable Marie, fille de Henri VIII, fut heureuse jusqu'à sa mort? et cependant elle avait fait périr dans les flammes plus de huit cents citoyens et citoyennes sur le seul prétexte qu'ils ne croyaient ni à la transsubstantiation ni au pape. Son père, presque aussi barbare qu'elle, et son mari, plus profondément méchant, vécurent dans les plaisirs. Le pape Alexandre VI, plus criminel qu'eux tous, fut aussi le plus fortuné : tous ses crimes lui réussirent, et il mourut à soixante et douze ans, puissant, riche, courtisé de tous les rois. Où donc est le Dieu juste et vengeur? Non, pardieu! il n'y a point de Dieu. »

Mr. Freind, d'un air austère, mais tranquille, lui dit : « Monsieur, vous ne devriez pas, ce me semble, jurer par Dieu même que ce Dieu n'existe pas. Songez que Newton et Locke n'ont prononcé jamais ce nom sacré sans un air de recueillement et d'adoration secrète qui a été remarqué de tout le monde.

— *Pox!* repartit Birton; je me soucie bien de la mine que deux hommes ont faite. Quelle mine avait donc Newton quand il commentait l'*Apocalypse?* et quelle grimace faisait Locke lorsqu'il racontait la longue conversation d'un perroquet · avec le prince Maurice? » Alors Freind prononça ces belles paroles d'or qui se gravèrent dans mon cœur : « Oublions les rêves des grands hommes, et souvenons-nous des vérités qu'ils nous ont enseignées. » Cette réponse engagea une dispute réglée, plus intéressante que la conversation avec le bachelier de Salamanque; je me mis dans un coin, j'écrivis en notes tout ce qui fut dit : on se rangea autour des deux combattants; le bonhomme Parouba, son fils, et surtout sa fille, les compagnons des débauches de Jenni, écoutaient, le cou tendu, les yeux fixés; et Jenni, la tête baissée, les deux coudes sur ses genoux, les mains sur ses yeux, semblait plongé dans la plus profonde méditation.

Voici mot à mot la dispute.

CHAPITRE HUITIÈME

DIALOGUE DE FREIND ET DE BIRTON SUR L'ATHÉISME

FREIND

JE ne vous répéterai pas, monsieur, les arguments métaphysiques de notre célèbre Clarke. Je vous exhorte seulement à les relire; ils sont plus faits pour vous éclai-

rer que pour vous toucher : je ne veux vous apporter
que des raisons qui peut-être parleront plus à votre
cœur.

Vous me ferez plaisir; je veux qu'on m'amuse et qu'on
m'intéresse; je hais les sophismes : les disputes métaphysiques ressemblent à des ballons remplis de vent
que les combattants se renvoient. Les vessies crèvent,
l'air en sort, il ne reste rien.

Peut-être, dans les profondeurs du respectable arien
Clarke, y a-t-il quelques obscurités, quelques vessies;
peut-être s'est-il trompé sur la réalité de l'infini actuel
et de l'espace, etc.; peut-être, en se faisant commenta-
teur de Dieu, a-t-il imité quelquefois les commentateurs
d'Homère, qui lui supposent des idées auxquelles Homère ne pensa jamais.

> *A ces mots d'infini, d'espace, d'Homère, de commen-*
> *tateurs, le bonhomme Parouba et sa fille, et quelques*
> *Anglais même, voulurent aller prendre l'air sur le til-*
> *lac; mais Freind ayant promis d'être intelligible, ils*
> *demeurèrent; et moi, j'expliquais tout bas à Parouba*
> *quelques mots un peu scientifiques que des gens nés*
> *sur les montagnes bleues ne pouvaient entendre aussi*
> *commodément que des docteurs d'Oxford et de Cam-*
> *bridge.*
> *L'ami Freind continua donc ainsi :*

Il serait triste que, pour être sûr de l'existence de
Dieu, il fût nécessaire d'être un profond métaphysicien :
il n'y aurait tout au plus en Angleterre qu'une centaine

d'esprits bien versés ou renversés dans cette science ardue du pour et du contre qui fussent capables de sonder cet abîme, et le reste de la terre entière croupirait dans une ignorance invincible, abandonné en proie à ses passions brutales, gouverné par le seul instinct, et ne raisonnant passablement que sur les grossières notions de ses intérêts charnels. Pour savoir s'il est un Dieu, je ne vous demande qu'une chose, c'est d'ouvrir les yeux.

BIRTON

Ah! je vous vois venir : vous recourez à ce vieil argument tant rebattu que le soleil tourne sur son axe en vingt-cinq jours et demi, en dépit de l'absurde Inquisition de Rome; que la lumière nous arrive réfléchie de Saturne en quatorze minutes, malgré les suppositions absurdes de Descartes; que chaque étoile fixe est un soleil comme le nôtre, environné de planètes; que tous ces astres innombrables, placés dans les profondeurs de l'espace, obéissent aux lois mathématiques découvertes et démontrées par le grand Newton; qu'un catéchiste annonce Dieu aux enfants, et que Newton le prouve aux sages, comme le dit un philosophe *frenchman,* persécuté dans son drôle de pays pour l'avoir dit.

Ne vous tourmentez pas à m'étaler cet ordre constant qui règne dans toutes les parties de l'univers : il faut bien que tout ce qui existe soit dans un ordre quelconque; il faut bien que la matière plus rare s'élève sur la plus massive, que le plus fort en tout sens presse le plus faible, que ce qui est poussé avec plus de mouvement coure plus vite que son égal; tout s'arrange ainsi de soi-même. Vous auriez beau, après avoir bu une pinte de vin comme Esdras, me parler comme lui neuf cent soixante heures de suite sans fermer la bouche, je ne vous en croirais pas davantage. Voudriez-vous que

j'adoptasse un Être éternel, infini et immuable, qui
s'est plu, dans je ne sais quel temps, à créer de rien des
choses qui changent à tout moment, et à faire des arai-
gnées pour éventrer des mouches? Voudriez-vous que je
disse, avec ce bavard impertinent de Nieuventyd, que
« Dieu nous a donné des oreilles pour avoir la foi, parce
que la foi vient par ouï-dire »? Non, non, je ne croirai
point à des charlatans qui ont vendu cher leurs drogues
à des imbéciles; je m'en tiens au petit livre d'un *frenchman* qui dit que rien n'existe et ne peut exister, sinon la
nature; que la nature fait tout, que la nature est tout,
qu'il est impossible et contradictoire qu'il existe quelque
chose au-delà du tout; en un mot, je ne crois qu'à la
nature.

FREIND

Et si je vous disais qu'il n'y a point de nature, et que
dans nous, autour de nous, et à cent mille millions de
lieues, tout est art sans aucune exception!

BIRTON

Comment! tout est art! en voici bien d'une autre!

FREIND

Presque personne n'y prend garde; cependant rien
n'est plus vrai. Je vous dirai toujours : « Servez-vous de
vos yeux, et vous reconnaîtrez, vous adorerez un Dieu.
Songez comment ces globes immenses, que vous voyez
rouler dans leur immense carrière, observent les lois
d'une profonde mathématique : il y a donc un grand
mathématicien que Platon appelait l'éternel géomètre.
Vous admirez ces machines d'une nouvelle invention,
qu'on appelle Oréri, parce que milord Oréri les a mises
à la mode en protégeant l'ouvrier par ses libéralités :

c'est une très faible copie de notre monde planétaire et de ses révolutions, la période même du changement des solstices et des équinoxes, qui nous amène de jour en jour une nouvelle étoile polaire.

Cette période, cette course si lente d'environ vingt-six mille ans, n'a pu être exécutée par des mains humaines dans nos oréri. Cette machine est très imparfaite : il faut la faire tourner avec une manivelle; cependant c'est un chef-d'œuvre de l'habileté de nos artisans. Jugez donc quelle est la puissance, quel est le génie de l'éternel architecte, si l'on peut se servir de ces termes impropres si mal assortis à l'Être suprême. »

Je donnai une légère idée d'un oréri à Parouba. Il dit : « S'il y a du génie dans cette copie, il faut bien qu'il y en ait dans l'original. Je voudrais voir un oréri : mais le ciel est plus beau. » Tous les assistants, Anglais et Américains, entendant ces mots, furent également frappés de la vérité, et levèrent les mains au ciel. Birton demeura tout pensif, puis il s'écria : « Quoi! tout serait art, et la nature ne serait que l'ouvrage d'un suprême artisan! serait-il possible? » Le sage Freind continua ainsi :

Portez à présent vos yeux sur vous-même; examinez avec quel art étonnant, et jamais assez connu, tout y est construit en dedans et en dehors pour tous vos usages et pour tous vos désirs; je ne prétends pas faire ici une leçon d'anatomie, vous savez assez qu'il n'y a pas un viscère qui ne soit nécessaire, et qui ne soit secouru dans ses dangers par le jeu continuel des viscères voisins. Les secours dans le corps sont si artificieusement préparés de tous côtés qu'il n'y a pas une seule veine qui n'ait ses valvules et ses écluses, pour ouvrir au sang des passages. Depuis la racine des cheveux jusqu'aux orteils des pieds, tout est art, tout est préparation, moyen, et fin. Et, en vérité, on ne peut que se sentir de l'indignation contre ceux qui osent nier les véritables causes finales, et qui ont assez de mauvaise foi ou de fureur pour dire que la bouche n'est pas faite pour parler et pour manger; que ni les yeux ne sont merveilleusement disposés pour voir, ni les oreilles pour entendre, ni les parties de la génération pour engendrer. Cette audace est si folle que j'ai peine à la comprendre.

Avouons que chaque animal rend le témoignage au suprême fabricateur.

La plus petite herbe suffit pour confondre l'intelligence humaine, et cela est si vrai qu'il est impossible aux efforts de tous les hommes réunis de produire un brin de paille si le germe n'est pas dans la terre; et il ne faut pas dire que les germes pourrissent pour produire, car ces bêtises ne se disent plus.

> *L'assemblée sentit la vérité de ces preuves plus vivement que tout le reste, parce qu'elles étaient plus palpables. Birton disait entre ses dents : « Faudra-t-il se soumettre à reconnaître un Dieu? Nous verrons cela, pardieu! c'est une affaire à examiner. » Jenni rêvait toujours profondément, et était touché, et notre Freind acheva sa phrase :*

Non, mes amis, nous ne faisons rien; nous ne pouvons rien faire : il nous est donné d'arranger, d'unir, de désunir, de nombrer, de peser, de mesurer; mais faire! quel mot! Il n'y a que l'être nécessaire, l'être existant éternellement par lui-même, qui fasse; voilà pourquoi les charlatans qui travaillent à la pierre philosophale sont de si grands imbéciles, ou de si grands fripons. Ils se vantent de créer de l'or, et ils ne pourraient pas créer de la crotte.

Avouons donc, mes amis, qu'il est un Être suprême, nécessaire, incompréhensible, qui nous a faits.

BIRTON

Et où est-il, cet Être? S'il y en a un, pourquoi se cache-t-il? Quelqu'un l'a-t-il jamais vu? Doit-on se cacher quand on a fait du bien?

FREIND

Avez-vous jamais vu Christophe Ken, qui a bâti Saint-Paul de Londres? Cependant il est démontré que cet édifice est l'ouvrage d'un architecte très habile.

BIRTON

Tout le monde conçoit aisément que Ken a bâti avec beaucoup d'argent ce vaste édifice, où Burgess nous endort quand il prêche. Nous savons bien pourquoi et comment nos pères ont élevé ce bâtiment. Mais pourquoi et comment un Dieu aurait-il créé de rien cet univers? Vous savez l'ancienne maxime de toute l'antiquité : *Rien ne peut rien créer, rien ne retourne à rien.* C'est une vérité dont personne n'a jamais douté. Votre Bible même dit expressément que votre Dieu fit le ciel et la terre, quoique le ciel, c'est-à-dire l'assemblage de tous les astres, soit beaucoup plus supérieur à la terre que cette terre ne l'est au plus petit des grains de sable; mais votre Bible n'a jamais dit que Dieu fit le ciel et la terre avec rien du tout : elle ne prétend point que le Seigneur ait fait la femme de rien. Il la pétrit fort singulièrement d'une côte qu'il arracha à son mari. Le chaos existait, selon la Bible même, avant la terre : donc la matière était aussi éternelle que votre Dieu.

> *Il s'éleva alors un petit murmure dans l'assemblée ;*
> *on disait : « Birton pourrait bien avoir raison » ;*
> *mais Freind répondit :*

Je vous ai, je pense, prouvé qu'il existe une intelligence suprême, une puissance éternelle à qui nous devons une vie passagère : je ne vous ai point promis de vous expliquer le pourquoi et le comment. Dieu m'a donné assez de raison pour comprendre qu'il existe, mais non assez pour savoir au juste si la matière lui a été éternellement soumise ou s'il l'a fait naître dans le temps. Que vous importe l'éternité ou la création de la matière, pourvu que vous reconnaissiez un Dieu, un maître de la matière et de vous ? Vous me demandez où Dieu est ; je n'en sais rien, et je ne dois pas le savoir. Je sais qu'il est ; je sais qu'il est notre maître, qu'il fait tout, que nous devons tout attendre de sa bonté.

BIRTON

De sa bonté ! vous vous moquez de moi. Vous m'avez dit : « Servez-vous de vos yeux » ; et moi je vous dis : « Servez-vous des vôtres. Jetez seulement un coup d'œil sur la terre entière, et jugez si votre Dieu serait bon. »

> *Mr. Freind sentit bien que c'était là le fort de la*
> *dispute, et que Birton lui préparait un rude assaut ;*
> *il s'aperçut que les auditeurs, et surtout les Améri*
> *cains, avaient besoin de prendre haleine pour écouter,*
> *et lui pour parler. Il se recommanda à Dieu ; on alla*
> *se promener sur le tillac ; on prit ensuite du thé dans*
> *le yacht, et la dispute réglée recommença.*

CHAPITRE NEUVIÈME

SUR L'ATHÉISME

BIRTON

Pardieu ! monsieur, vous n'aurez pas si beau jeu sur l'article de la bonté que vous l'avez eu sur la puissance et sur l'industrie; je vous parlerai d'abord des énormes défauts de ce globe, qui sont précisément l'opposé de cette industrie tant vantée; ensuite je mettrai sous vos yeux les crimes et les malheurs perpétuels des habitants, et vous jugerez de l'affection paternelle que, selon vous, le maître a pour eux.

Je commence par vous dire que les gens de Glocestershire, mon pays, quand ils ont fait naître des chevaux dans leurs haras, les élèvent dans de beaux pâturages, leur donnent ensuite une bonne écurie, et de l'avoine et de la paille à foison; mais, s'il vous plaît, quelle nourriture et quel abri avaient tous ces pauvres Américains du Nord quand nous les avons découverts après tant de siècles? Il fallait qu'ils courussent trente et quarante milles pour avoir de quoi manger. Toute la côte boréale de notre ancien monde languit à peu près sous la même nécessité; et depuis la Laponie suédoise jusqu'aux mers septentrionales du Japon, cent peuples traînent leur vie, aussi courte qu'insupportable, dans une disette affreuse, au milieu de leurs neiges éternelles.

Les plus beaux climats sont exposés sans cesse à des fléaux destructeurs. Nous y marchons sur des précipices enflammés, recouverts de terrains fertiles qui sont des pièges de mort. Il n'y a point d'autres enfers sans doute; et ces enfers se sont ouverts mille fois sous nos pas.

On nous parle d'un déluge universel, physiquement impossible, et dont tous les gens sensés rient; mais du moins on nous console en nous disant qu'il n'a duré que dix mois : il devait éteindre ces feux qui depuis ont détruit tant de villes florissantes. Votre saint Augustin nous apprend qu'il y eut cent villes entières d'embrasées et d'abîmées en Libye par un seul tremblement de terre; ces volcans ont bouleversé toute la belle Italie. Pour comble de maux, les tristes habitants de la zone glaciale ne sont pas exempts de ces gouffres souterrains; les Islandais, toujours menacés, voient la faim devant eux, cent pieds de glace et cent pieds de flamme à droite et à gauche sur leur mont Hécla : car tous les grands volcans sont placés sur ces montagnes hideuses.

On a beau nous dire que ces montagnes de deux mille toises de hauteur ne sont rien par rapport à la terre, qui a trois mille lieues de diamètre; que c'est un grain de la peau d'une orange sur la rondeur de ce fruit, que ce n'est pas un pied sur trois mille. Hélas! qui sommes-nous donc, si les hautes montagnes ne font sur la terre que la figure d'un pied sur trois mille pieds, et de quatre pouces sur neuf mille pieds? Nous sommes donc des animaux absolument imperceptibles; et cependant nous sommes écrasés par tout ce qui nous environne, quoique notre infinie petitesse, si voisine du néant, semblât devoir nous mettre à l'abri de tous les accidents. Après cette innombrable quantité de villes détruites, rebâties et détruites encore comme des fourmilières, que dirons-nous de ces mers de sable qui traversent le milieu de l'Afrique, et dont les vagues brûlantes, amoncelées par les vents, ont englouti des armées entières? A quoi servent ces vastes déserts à côté de la belle Syrie? déserts si affreux, si inhabitables, que ces animaux féroces appelés *Juifs* se crurent dans le paradis terrestre quand ils

passèrent de ces lieux d'horreur dans un coin de terre
dont on pouvait cultiver quelques arpents.

Ce n'est pas encore assez que l'homme, cette noble
créature, ait été si mal logé, si mal vêtu, si mal nourri
pendant tant de siècles. Il naît entre de l'urine et de la
matière fécale pour respirer deux jours; et, pendant ces
deux jours, composés d'espérances trompeuses et de
chagrins réels, son corps, formé avec un art inutile, est
en proie à tous les maux qui résultent de cet art même :
il vit entre la peste et la vérole; la source de son être est
empoisonnée; il n'y a personne qui puisse mettre dans
sa mémoire la liste de toutes les maladies qui nous
poursuivent; et le médecin des urines en Suisse prétend
les guérir toutes!

> *Pendant que Birton parlait ainsi, la compagnie était*
> *tout attentive et tout émue; le bonhomme Parouba*
> *disait : « Voyons comme notre docteur se tirera de là. »*
> *Jenni même laissa échapper ces paroles à voix basse :*
> *« Ma foi, il a raison; j'étais bien sot de m'être laissé*
> *toucher des discours de mon père. » Mr. Freind laissa*
> *passer cette première bordée, qui frappait toutes les*
> *imaginations, puis il dit :*

Un jeune théologien répondrait par des sophismes à
ce torrent de tristes vérités et vous citerait saint Basile
et saint Cyrille qui n'ont que faire ici; pour moi, messieurs, je vous avouerai sans détour qu'il y a beaucoup
de mal physique sur la terre; je n'en diminue pas l'existence; mais Mr. Birton l'a trop exagérée. Je m'en rapporte à vous, mon cher Parouba; votre climat est fait
pour vous, et il n'est pas si mauvais, puisque ni vous ni
vos compatriotes n'avez voulu le quitter. Les Esquimaux,
les Islandais, les Lapons, les Ostiaks, les Samoyèdes,

n'ont jamais voulu sortir du leur. Les rangifères, ou rennes, que Dieu leur a donnés pour les nourrir, les vêtir et les traîner, meurent quand on les transporte dans une autre zone. Les Lapons mêmes aussi meurent dans les climats un peu méridionaux : le climat de la Sibérie est trop chaud pour eux; ils se trouveraient brûlés dans le parage où nous sommes.

Il est clair que Dieu a fait chaque espèce d'animaux et de végétaux pour la place dans laquelle ils se perpétuent. Les nègres, cette espèce d'hommes si différente de la nôtre, sont tellement nés pour leur patrie que des milliers de ces animaux noirs se sont donné la mort quand notre barbare avarice les a transportés ailleurs. Le chameau et l'autruche vivent commodément dans les sables de l'Afrique; le taureau et ses compagnes bondissent dans les pays gras où l'herbe se renouvelle continuellement pour leur nourriture; la cannelle et le girofle ne croissent qu'aux Indes; le froment n'est bon que dans le peu de pays où Dieu le fait croître. On a d'autres nourritures dans toute votre Amérique, depuis la Californie jusqu'au détroit de Lemaire; nous ne pouvons cultiver la vigne dans notre fertile Angleterre, non plus qu'en Suède et en Canada. Voilà pourquoi ceux qui fondent dans quelques pays l'essence de leurs rites religieux sur du pain et du vin n'ont consulté que leur climat; ils font très bien, eux, de remercier Dieu de l'aliment et de la boisson qu'ils tiennent de sa bonté; et vous ferez très bien, vous Américains, de lui rendre grâce de votre maïs, de votre manioc et de votre cassave. Dieu, dans toute la terre, a proportionné les organes et les facultés des animaux, depuis l'homme jusqu'au limaçon, aux lieux où il leur a donné la vie : n'accusons donc pas toujours la Providence, quand nous lui devons souvent des actions de grâces.

Venons aux fléaux, aux inondations, aux volcans, aux tremblements de terre. Si vous ne considérez que ces calamités, si vous ne ramassez qu'un assemblage affreux de tous les accidents qui ont attaqué quelques roues de la machine de cet univers, Dieu est un tyran à vos yeux; si vous faites attention à ses innombrables bienfaits, Dieu est un père. Vous me citez saint Augustin le rhéteur, qui, dans son livre des miracles, parle de cent villes englouties à la fois en Libye; mais songez que cet Africain, qui passa sa vie à se contredire, prodiguait dans ses écrits la figure de l'exagération : il traitait les tremblements de terre comme la grâce efficace et la damnation éternelle de tous les petits enfants morts sans baptême. N'a-t-il pas dit, dans son trente-septième sermon, avoir vu en Éthiopie des races d'hommes pourvues d'un grand œil au milieu du front, comme les cyclopes, et des peuples entiers sans tête?

Nous, qui ne sommes pas Pères de l'Église, nous ne devons aller ni au-delà ni en deçà de la vérité : cette vérité est que, sur cent mille habitations, on en peut compter tout au plus une détruite chaque siècle par les feux nécessaires à la formation de ce globe.

Le feu est tellement nécessaire à l'univers entier que, sans lui, il n'y aurait sur la terre ni animaux, ni végétaux, ni minéraux : il n'y aurait ni soleil ni étoiles dans l'espace. Ce feu, répandu sous la première écorce de la terre, obéit aux lois générales établies par Dieu même; il est impossible qu'il n'en résulte quelques désastres particuliers : or on ne peut pas dire qu'un artisan soit un mauvais ouvrier quand une machine immense, formée par lui seul, subsiste depuis tant de siècles sans se déranger. Si un homme avait inventé une machine hydraulique qui arrosât toute une province et la rendît fertile, lui reprocheriez-vous que l'eau qu'il vous donnerait noyât quelques insectes?

Je vous ai prouvé que la machine du monde est l'ouvrage d'un être souverainement intelligent et puissant : vous, qui êtes intelligents, vous devez l'admirer; vous, qui êtes comblés de ses bienfaits, vous devez l'aimer.

Mais les malheureux, dites-vous, condamnés à souffrir toute leur vie, accablés de maladies incurables, peuvent-ils l'admirer et l'aimer? Je vous dirai, mes amis, que ces maladies si cruelles viennent presque toutes de notre faute, ou de celle de nos pères, qui ont abusé de leurs corps, et non de la faute du grand fabricateur. On ne connaissait guère de maladie que celle de la décrépitude dans toute l'Amérique septentrionale, avant que nous vous y eussions apporté cette eau de mort que nous appelons *eau-de-vie,* et qui donne mille maux divers à quiconque en a trop bu. La contagion secrète des Caraïbes, que vous autres jeunes gens vous appelez *pox,* n'était qu'une indisposition légère dont nous ignorons la source, et qu'on guérissait en deux jours, soit avec du gayac, soit avec du bouillon de tortue; l'incontinence des Européens transplanta dans le reste du monde cette incommodité, qui prit parmi nous un caractère si funeste, et qui est devenue un fléau si abominable. Nous lisons que le pape Jules II, le pape Léon X, un archevêque de Mayence nommé Henneberg, le roi de France François Ier, en moururent.

La petite vérole, née dans l'Arabie Heureuse, n'était qu'une faible éruption, une ébullition passagère sans danger, une simple dépuration du sang : elle est devenue mortelle en Angleterre, comme dans tant d'autres climats; notre avarice l'a portée dans ce nouveau monde; elle l'a dépeuplé.

Souvenons-nous que, dans le poème de Milton, ce benêt d'Adam demande à l'ange Gabriel s'il vivra

longtemps. « Oui, lui répond l'ange, si tu observes la
grande règle *Rien de trop.* » Observez tous cette règle,
mes amis; oseriez-vous exiger que Dieu vous fît vivre
sans douleur des siècles entiers pour prix de votre gour-
mandise, de votre ivrognerie, de votre incontinence, de
votre abandonnement à d'infâmes passions qui cor-
rompent le sang, et qui abrègent nécessairement la vie?

J'approuvai cette réponse, Parouba en fut assez content;
mais Birton ne fut pas ébranlé, et je remarquai dans
les yeux de Jenni qu'il était encore très indécis. Birton
répliqua en ces termes :

Puisque vous vous êtes servi de lieux communs mêlés
avec quelques réflexions nouvelles, j'emploierai aussi un
lieu commun auquel on n'a jamais pu répondre que par
des fables et du verbiage. S'il existait un Dieu si puissant,
si bon, il n'aurait pas mis le mal sur la terre; il n'aurait
pas dévoué ses créatures à la douleur et au crime. S'il n'a
pu empêcher le mal, il est impuissant; s'il l'a pu et ne
l'a pas voulu, il est barbare.

Nous n'avons des annales que d'environ huit mille
années, conservées chez les bracmanes; nous n'en avons
que d'environ cinq mille ans chez les Chinois; nous ne
connaissons rien que d'hier; mais dans cet hier tout est
horreur. On s'est égorgé d'un bout de la terre à l'autre,
et on a été assez imbécile pour donner le nom de grands
hommes, de héros, de demi-dieux, de dieux même, à
ceux qui ont fait assassiner le plus grand nombre des
hommes leurs semblables.

Il restait dans l'Amérique deux grandes nations civi-
lisées qui commençaient à jouir des douceurs de la paix :
les Espagnols arrivent, et en massacrent douze millions;
ils vont à la chasse aux hommes avec des chiens, et

Ferdinand, roi de Castille, assigne une pension à ces chiens pour l'avoir si bien servi. Les héros vainqueurs du nouveau monde, qui massacrent tant d'innocents désarmés et nus, font servir sur leur table des gigots d'hommes et de femmes, des fesses, des avant-bras, des mollets en ragoût. Ils font rôtir sur des brasiers le roi Gatimozin au Mexique; ils courent au Pérou convertir le roi Atabalipa. Un nommé Almagro, prêtre, fils de prêtre, condamné à être pendu en Espagne pour avoir été voleur de grand chemin, vient, avec un nommé Pizarro, signifier au roi, par la voix d'un autre prêtre, qu'un troisième prêtre, nommé Alexandre VI, souillé d'incestes, d'assassinats, et d'homicides, a donné, de son plein gré, *proprio motu,* et de sa pleine puissance, non seulement le Pérou, mais la moitié du nouveau monde, au roi d'Espagne; qu'Atabalipa doit sur-le-champ se soumettre sous peine d'encourir l'indignation des apôtres saint Pierre et saint Paul. Et, comme ce roi n'entendait pas la langue latine plus que le prêtre qui lisait la bulle, il fut déclaré sur-le-champ incrédule et hérétique : on fit brûler Atabalipa, comme on avait brûlé Gatimozin; on massacra sa nation, et tout cela pour ravir de la boue jaune endurcie, qui n'a servi qu'à dépeupler l'Espagne et à l'appauvrir, car elle lui a fait négliger la véritable boue, qui nourrit les hommes quand elle est cultivée.

Çà, mon cher Mr. Freind, si l'être fantastique et ridicule qu'on appelle le diable avait voulu faire des hommes à son image, les aurait-il formés autrement? Cessez donc d'attribuer à un Dieu un ouvrage si abominable.

> *Cette tirade fit revenir toute l'assemblée au sentiment de Birton. Je voyais Jenni en triompher en secret ; il n'y eut pas jusqu'à la jeune Parouba qui ne fut saisie d'horreur contre le prêtre Almagro, contre le*

*prêtre qui avait lu la bulle en latin, contre le prêtre
Alexandre VI, contre tous les chrétiens qui avaient
commis tant de crimes inconcevables par dévotion, et
pour voler de l'or. J'avoue que je tremblais pour
l'ami Freind : je désespérais de sa cause ; voici pourtant comme il répondit sans s'étonner :*

Mes amis, souvenez-vous toujours qu'il existe un Être
suprême ; je vous l'ai prouvé, vous en êtes convenus, et,
après avoir été forcés d'avouer qu'il est, vous vous
efforcez de lui chercher des imperfections, des vices,
des méchancetés.

Je suis bien loin de vous dire, comme certains raison-
neurs, que les maux particuliers forment le bien général.
Cette extravagance est trop ridicule. Je conviens avec
douleur qu'il y a beaucoup de mal moral et de mal physique ; mais puisque l'existence de Dieu est certaine, il
est aussi très certain que tous ces maux ne peuvent empêcher que Dieu existe. Il ne peut être méchant, car quel
intérêt aurait-il à l'être ? Il y a des maux horribles, mes
amis ; eh bien ! n'en augmentons pas le nombre. Il est
impossible qu'un Dieu ne soit pas bon ; mais les hommes
sont pervers : ils font un détestable usage de la liberté
que ce grand Être leur a donnée et dû leur donner,
c'est-à-dire de la puissance d'exécuter leurs volontés,
sans quoi ils ne seraient que de pures machines formées
par un être méchant pour être brisées par lui.

Tous les Espagnols éclairés conviennent qu'un petit
nombre de leurs ancêtres abusa de cette liberté jusqu'à
commettre des crimes qui font frémir la nature. Don
Carlos, second du nom (de qui Mr. l'archiduc puisse être
le successeur !), a réparé, autant qu'il a pu, les atrocités
auxquelles les Espagnols s'abandonnèrent sous Ferdinand et sous Charles-Quint.

Mes amis, si le crime est sur la terre, la vertu y est aussi.

BIRTON

Ah! ah! ah! la vertu! voilà une plaisante idée; pardieu! je voudrais bien savoir comment la vertu est faite, et où l'on peut la trouver.

> *A ces paroles je ne me contins pas; j'interrompis Birton à mon tour. « Vous la trouverez chez Mr. Freind, lui dis-je, chez le bon Parouba, chez vous-même, quand vous aurez nettoyé votre cœur des vices qui le couvrent. » Il rougit, Jenni aussi; puis Jenni baissa les yeux, et parut sentir des remords. Son père le regarda avec quelque compassion, et poursuivit ainsi son discours :*

FREIND

Oui, mes chers amis, il y eut toujours des vertus, s'il y eut des crimes. Athènes vit des Socrate, si elle vit des Anitus; Rome eut des Caton, si elle eut des Sylla; Caligula, Néron, effrayèrent la terre par leurs atrocités; mais Titus, Trajan, Antonin le Pieux, Marc-Aurèle, la consolèrent par leur bienfaisance : mon ami Sherloc dira en peu de mots au bon Parouba ce qu'étaient les gens dont je parle. J'ai heureusement mon Epictète dans ma poche : cet Epictète n'était qu'un esclave, mais égal à Marc-Aurèle par ses sentiments. Écoutez, et puissent tous ceux qui se mêlent d'enseigner les hommes écouter ce qu'Épictète se dit à lui-même! « C'est Dieu qui m'a créé, je le porte dans moi; oserais-je le déshonorer par des pensées infâmes, par des actions criminelles, par d'indignes désirs? » Sa vie fut conforme à ses discours.

Marc-Aurèle, sur le trône de l'Europe et de deux autres
parties de notre hémisphère, ne pensa pas autrement
que l'esclave Epictète : l'un ne fut jamais humilié de sa
bassesse, l'autre ne fut jamais ébloui de sa grandeur; et,
quand il écrivirent leurs pensées, ce fut pour eux-
mêmes et pour leurs disciples, et non pour être loués
dans des journaux. Et, à votre avis, Locke, Newton,
Tillotson, Penn, Clarke, le bonhomme qu'on appelle *the
man of Ross,* tant d'autres dans notre île et hors de notre
île, que je pourrais vous citer, n'ont-ils pas été des mo-
dèles de vertu?

Vous m'avez parlé, Mr. Birton, des guerres aussi
cruelles qu'injustes dont tant de nations se sont ren-
dues coupables; vous avez peint les abominations des
chrétiens au Mexique et au Pérou, vous pouvez y ajouter la Saint-Barthélemy de France, et les massacres
d'Irlande; mais n'est-il pas des peuples entiers qui ont
toujours eu l'effusion de sang en horreur? Les bracmanes n'ont-ils pas donné de tout temps cet exemple
au monde? Et, sans sortir du pays où nous sommes,
n'avons-nous pas auprès de nous la Pensylvanie, où nos
primitifs, qu'on défigure en vain par le nom de quakers,
ont toujours détesté la guerre? N'avons-nous pas la
Caroline, où le grand Locke a dicté ses lois? Dans ces
deux patries de la vertu, tous les citoyens sont égaux,
toutes les consciences sont libres, toutes les religions
sont bonnes pourvu qu'on adore un Dieu; tous les
hommes y sont frères. Vous avez vu, Mr. Birton, comme
au seul nom d'un descendant de Penn les habitants des
montagnes bleues, qui pouvaient vous exterminer, ont
mis bas les armes. Ils ont senti ce que c'est que la vertu,
et vous vous obstinez à l'ignorer! Si la terre produit des
poisons comme des aliments salutaires, voudrez-vous ne
vous nourrir que de poisons?

BIRTON

Ah! monsieur, pourquoi tant de poisons? Si Dieu a tout fait, ils sont son ouvrage; il est le maître de tout; il fait tout, il dirige la main de Cromwell qui signe la mort de Charles Ier; il conduit le bras du bourreau qui lui tranche la tête : non, je ne puis admettre un Dieu homicide.

FREIND

Ni moi non plus. Écoutez, je vous prie; vous conviendrez avec moi que Dieu gouverne le monde par des lois générales. Selon ces lois, Cromwell, monstre de fanatisme et d'hypocrisie, résolut la mort de Charles Ier pour son intérêt, que tous les hommes aiment nécessairement et qu'ils n'entendent pas tous également. Selon les lois du mouvement établies par Dieu même, le bourreau coupa la tête de ce roi. Mais certainement Dieu n'assassina pas Charles Ier par un acte particulier de sa volonté. Dieu ne fut ni Cromwell, ni Jeffris, ni Ravaillac, ni Balthazar Gérard, ni le frère prêcheur Jacques Clément. Dieu ne commet, ni n'ordonne, ni ne permet le crime; mais il a fait l'homme, et il a fait les lois du mouvement; ces lois éternelles du mouvement sont également exécutées par la main de l'homme charitable, qui secourt le pauvre, et par la main du scélérat, qui égorge son frère. De même que Dieu n'éteignit point son soleil et n'engloutit point l'Espagne sous la mer pour punir Cortez, Almagro et Pizarro, qui avaient inondé de sang humain la moitié d'un hémisphère, de même aussi il n'envoie point une troupe d'anges à Londres, et ne fait point descendre du ciel cent mille tonneaux de vin de Bourgogne, pour faire plaisir à ses chers Anglais quand ils ont fait une bonne action. Sa providence générale serait ridicule si elle descendait dans chaque moment à chaque individu; et cette vérité est si palpable que jamais Dieu ne punit sur-le-champ un criminel par un coup éclatant de sa toute-puissance : il laisse luire son soleil sur les bons et sur les méchants. Si quelques scélérats sont morts immédiatement après leurs crimes, ils sont morts par les lois générales qui président au monde. J'ai lu dans le gros livre d'un *frenchman* nommé Mézeray que Dieu avait fait mourir notre grand Henri V de la fistule à l'anus parce qu'il avait osé s'asseoir sur le trône du roi très chrétien; non, il mourut parce que les lois générales émanées de la toute-puissance avaient tellement arrangé la matière que la fistule à l'anus devait terminer la vie de ce héros. Tout le physique d'une mauvaise action est l'effet des lois générales imprimées par la main de Dieu à la matière; tout le mal moral de l'action criminelle est l'effet de la liberté dont l'homme abuse.

Enfin, sans nous replonger dans les brouillards de la métaphysique, souvenons-nous que l'existence de Dieu est démontrée; il n'y a plus à disputer sur son existence. Otez .Dieu au monde, l'assassinat de Charles Ier en devient-il plus légitime? Son bourreau vous en sera-t-il plus cher? Dieu existe, il suffit; s'il existe, il est juste. Soyez donc justes.

BIRTON

Votre petit argument sur le concours de Dieu a de la finesse et de la force, quoiqu'il ne disculpe pas Dieu entièrement d'être l'auteur du mal physique et du mal moral. Je vois que la manière dont vous excusez Dieu fait quelque impression sur l'assemblée; mais ne pouvait-il pas faire en sorte que ses lois générales n'entraînassent pas tant de malheurs particuliers? Vous m'avez prouvé un Être éternel et puissant, et, Dieu me pardonne! j'ai craint un moment que vous ne me fissiez croire en Dieu; mais j'ai de terribles objections à vous faire. Allons, Jenni, prenons courage; ne nous laissons point abattre.

CHAPITRE DIXIÈME

SUR L'ATHÉISME

La nuit était venue, elle était belle, l'atmosphère était une voûte d'azur transparent, semée d'étoiles d'or; ce spectacle touche toujours les hommes, et leur inspire une douce rêverie : le bon Parouba admirait le ciel, comme un Allemand admire Saint-Pierre de Rome, ou l'opéra de Naples, quand il le voit pour la première fois. « Cette voûte est bien hardie », disait Parouba à Freind; et Freind lui disait : « Mon cher Parouba, il n'y a point de voûte; ce cintre bleu n'est autre chose qu'une étendue de vapeurs, de nuages légers, que Dieu a tellement disposés et combinés avec la mécanique de vos yeux qu'en quelque endroit que vous soyez vous êtes toujours au centre de votre promenade, et vous voyez ce qu'on nomme le ciel, et qui n'est point le ciel, arrondi sur votre tête. — Et ces étoiles Mr. Freind? — Ce sont, comme je vous l'ai déjà dit, autant de soleils autour desquels tournent d'autres mondes; loin d'être attachées à cette voûte bleue, souvenez-vous qu'elles en sont à des distances différentes et prodigieuses : cette étoile, que vous voyez, est à douze cents millions de mille pas de notre soleil. » Alors il lui montra le télescope qu'il avait apporté : il lui fit voir nos planètes, Jupiter avec ses quatre lunes, Saturne avec ses cinq lunes et son inconcevable anneau lumineux; « c'est la même lumière, lui disait-il, qui part de tous ces globes, et qui arrive à nos yeux : de cette planète-ci, en un quart d'heure; de cette étoile-ci, en six mois. » Parouba se mit à genoux et dit : « Les cieux annoncent Dieu. » Tout l'équipage était autour du vénérable Freind, regardait, et admirait. Le coriace Birton avança sans rien regarder, et parla ainsi :

BIRTON

Eh bien, soit! il y a un Dieu, je vous l'accorde; mais qu'importe à vous et à moi? Qu'y a-t-il entre l'Être infini et nous autres vers de terre? Quel rapport peut-il exister de son essence à la nôtre? Épicure, en admettant des dieux dans les planètes, avait bien raison d'enseigner qu'ils ne se mêlaient nullement de nos sottises et de nos horreurs; que nous ne pouvions ni les offenser ni leur plaire; qu'ils n'avaient nul besoin de nous, ni nous d'eux : vous admettez un Dieu plus digne de l'esprit humain que les dieux d'Epicure et que tous ceux des Orientaux et des Occidentaux. Mais si vous disiez, comme tant d'autres, que ce Dieu a formé le monde et nous pour sa gloire; qu'il exigea autrefois des sacrifices de bœufs pour sa gloire; qu'il apparut, pour sa gloire, sous notre forme de bipèdes, etc., vous diriez, ce me semble, une chose absurde, qui ferait rire tous les gens qui pensent. L'amour de la gloire n'est autre chose que de l'orgueil, et l'orgueil n'est que de la vanité; un orgueilleux est un fat que Shakespeare jouait sur son théâtre : cette épithète ne peut pas plus convenir à Dieu que celle d'injuste, de cruel, d'inconstant. Si Dieu a daigné faire, ou plutôt arranger l'univers, ce ne doit être que dans la vue d'y faire des heureux. Je vous laisse à penser s'il est venu à bout de ce dessein, le seul pourtant qui pût convenir à la nature divine.

FREIND

Oui, sans doute, il y a réussi avec toutes les âmes honnêtes : elles seront heureuses un jour, si elles ne le sont pas aujourd'hui.

BIRTON

Heureuses! quel rêve! quel conte de Peau d'Ane! où, quand, comment? qui vous l'a dit?

FREIND

Sa justice.

BIRTON

N'allez-vous pas me dire, après tant de déclamateurs, que nous vivrons éternellement quand nous ne serons plus; que nous possédons une âme immortelle, ou plutôt qu'elle nous possède, après nous avoir avoué que les Juifs aux-mêmes, les Juifs, auxquels vous vous vantez d'avoir été subrogés, n'ont jamais soupçonné seulement cette immortalité de l'âme jusqu'au temps d'Hérode? Cette idée d'une âme immortelle avait été inventée par les bracmanes, adoptée par les Perses, les Chaldéens, les Grecs, ignorée très longtemps de la malheureuse petite horde judaïque, mère des plus infâmes superstitions. Hélas! monsieur, savons-nous seulement si nous avons une âme? Savons-nous si les animaux, dont le sang fait la vie, comme il fait la nôtre, qui ont comme nous des volontés, des appétits, des passions, des idées, de la mémoire, de l'industrie; savez-vous, dis-je, si ces êtres aussi incompréhensibles que nous, ont une âme, comme on prétend que nous en avons une?

J'avais cru jusqu'à présent qu'il est dans la nature une force active dont nous tenons le don de vivre dans tout notre corps, de marcher par nos pieds, de prendre par

nos mains, de voir par nos yeux, d'entendre par nos
oreilles, de sentir par nos nerfs, de penser par notre tête,
et que tout cela était ce que nous appelons l'âme : mot
vague qui ne signifie au fond que le principe inconnu de
nos facultés. J'appellerai Dieu, avec vous, ce principe
intelligent et puissant qui anime la nature entière; mais
a-t-il daigné se faire connaître à nous?

FREIND

Oui, par ses œuvres.

BIRTON

Nous a-t-il dicté ses lois? nous a-t-il parlé?

FREIND

Oui, par la voix de votre conscience. N'est-il pas vrai
que si vous aviez tué votre père et votre mère, cette conscience vous déchirerait par des remords aussi affreux
qu'involontaires? Cette vérité n'est-elle pas sentie et
avouée par l'univers entier? Descendons maintenant à
de moindres crimes. Y en a-t-il un seul qui ne vous
effraye au premier coup d'œil, qui ne vous fasse pâlir
la première fois que vous le commettez, et qui ne laisse
dans votre cœur l'aiguillon du repentir?

BIRTON

Il faut que je l'avoue.

FREIND

Dieu vous a donc expressément ordonné, en parlant
à votre cœur, de ne vous souiller jamais d'un crime évident. Et quant à toutes ces actions équivoques, que les
uns condamnent et que les autres justifient, qu'avons-
nous de mieux à faire que de suivre cette grande loi du

premier des Zoroastres, tant remarquée de nos jours par
un auteur français : « Quand tu ne sais si l'action que tu
médites est bonne ou mauvaise, abstiens-toi » ?

BIRTON

Cette maxime est admirable; c'est sans doute ce qu'on
a jamais dit de plus beau, c'est-à-dire de plus utile en
morale; et cela me ferait presque penser que Dieu a
suscité de temps en temps des sages qui ont enseigné la
vertu aux hommes égarés. Je vous demande pardon
d'avoir raillé de la vertu.

FREIND

Demandez-en pardon à l'Être éternel, qui peut la
récompenser éternellement, et punir les transgresseurs.

BIRTON

Quoi! Dieu me punirait éternellement de m'être livré
à des passions qu'il m'a données!

FREIND

Il vous a donné des passions avec lesquelles on peut
faire du bien et du mal. Je ne vous dis pas qu'il vous
punira à jamais, ni comment il vous punira, car personne n'en peut rien savoir; je vous dis qu'il le peut. Les
bracmanes furent les premiers qui imaginèrent une prison éternelle pour les substances célestes qui s'étaient
révoltées contre Dieu dans son propre palais : il les
enferma dans une espèce d'enfer qu'ils appelaient
ondéra; mais, au bout de quelques milliers de siècles,
il adoucit leurs peines, les mit sur la terre, et les fit
hommes; c'est de là que vint notre mélange de vices et
de vertus, de plaisirs et de calamités. Cette imagination
est ingénieuse; la fable de *Pandore* et de *Prométhée* l'est

encore davantage. Des nations grossières ont imité grossièrement la belle fable de *Pandore*; ces inventions sont
des rêves de la philosophie orientale; tout ce que je
puis vous dire, c'est que, si vous avez commis des
crimes en abusant de votre liberté, il vous est impossible
de prouver que Dieu soit incapable de vous en punir :
je vous en défie.

BIRTON

Attendez; vous pensez que je ne peux pas vous démontrer qu'il est impossible au grand Être de me punir :
par ma foi, vous avez raison; j'ai fait ce que j'ai pu pour
me prouver que cela était impossible, et je n'en suis
jamais venu à bout. J'avoue que j'ai abusé de ma liberté,
et que Dieu peut m'en châtier; mais, pardieu! je ne
serai pas puni quand je ne serai plus.

FREIND

Le meilleur parti que vous ayez à prendre est d'être
honnête homme tandis que vous existez.

BIRTON

D'être honnête homme pendant que j'existe?... oui, je
l'avoue; oui, vous avez raison : c'est le parti qu'il faut
prendre.

> *Je voudrais, mon cher ami, que vous eussiez été témoin
> de l'effet que firent les discours de Freind sur tous
> les Anglais et sur tous les Américains. Birton, si
> évaporé et si audacieux, prit tout à coup un air
> recueilli et modeste; Jenni, les yeux mouillés de
> larmes, se jeta aux genoux de son père, et son père
> l'embrassa. Voici enfin la dernière scène de cette
> dispute si épineuse et si intéressante.*

CHAPITRE ONZIÈME

DE L'ATHÉISME

BIRTON

Je conçois bien que le grand Être, le maître de la nature, est éternel; mais nous, qui n'étions pas hier, pouvons-nous avoir la folle hardiesse de prétendre à une éternité future? Tout périt sans retour autour de nous, depuis l'insecte dévoré par l'hirondelle jusqu'à l'éléphant mangé des vers.

FREIND

Non, rien ne périt, tout change; les germes impalpables des animaux et des végétaux subsistent, se développent, et perpétuent les espèces. Pourquoi ne voudriez-vous pas que Dieu conservât le principe qui vous fait agir et penser, de quelque nature qu'il puisse être? Dieu me garde de faire un système, mais certainement il y a dans nous quelque chose qui pense et qui veut : ce quelque chose, que l'on appelait autrefois une monade, ce quelque chose est imperceptible. Dieu nous l'a donnée, ou peut-être, pour parler plus juste, Dieu nous a donnés à elle. Êtes-vous bien sûr qu'il ne peut la conserver? Songez, examinez, pouvez-vous m'en fournir quelque démonstration?

BIRTON

Non; j'en ai cherché dans mon entendement, dans tous les livres des athées, et surtout dans le troisième chant de Lucrèce; j'avoue que je n'ai jamais trouvé que des vraisemblances.

FREIND

Et, sur ces simples vraisemblances, nous nous abandonnerions à toutes nos passions funestes! Nous vivrions en brutes, n'ayant pour règle que nos appétits, et pour frein que la crainte des autres hommes rendus éternellement ennemis les uns des autres par cette crainte mutuelle! car on veut toujours détruire ce qu'on craint. Pensez-y bien, Mr. Birton; réfléchissez-y sérieusement, mon fils Jenni : n'attendre de Dieu ni châtiment ni récompense, c'est être véritablement athée. A quoi servirait l'idée d'un Dieu qui n'aurait sur vous aucun pouvoir? C'est comme si on disait : il y a un roi de la Chine qui est très puissant; je réponds : grand bien lui fasse; qu'il reste dans son manoir et moi dans le mien : je ne me soucie pas plus de lui qu'il ne se soucie de moi; il n'a pas plus de juridiction sur ma personne qu'un chanoine de Windsor n'en a sur un membre de notre parlement; alors je suis mon Dieu à moi-même, je sacrifie le monde entier à mes fantaisies si j'en trouve l'occasion; je suis sans loi, je ne regarde que moi. Si les autres êtres sont moutons, je me fais loup; s'ils sont poules, je me fais renard.

Je suppose (ce qu'à Dieu ne plaise) que toute notre Angleterre soit athée par principes; je conviens qu'il pourra se trouver plusieurs citoyens qui, nés tranquilles et doux, assez riches pour n'avoir pas besoin d'être injustes, gouvernés par l'honneur, et par conséquent attentifs à leur conduite, pourront vivre ensemble en société : ils cultiveront les beaux-arts, par qui les mœurs s'adoucissent; ils pourront vivre dans la paix, dans l'innocente gaieté des honnêtes gens; mais l'athée pauvre et violent, sûr de l'impunité, sera un sot s'il ne vous assassine pas pour voler votre argent. Dès lors tous les liens de la société sont rompus, tous les crimes secrets

inondent la terre, comme les sauterelles, à peine d'abord
aperçues, viennent ravager les campagnes; le bas peuple
ne sera qu'une horde de brigands, comme nos voleurs,
dont on ne pend pas la dixième partie à nos sessions;
ils passent leur misérable vie dans des tavernes avec des
filles perdues, ils les battent, ils se battent entre eux; ils
tombent ivres au milieu de leurs pintes de plomb dont
ils se sont cassé la tête; ils se réveillent pour voler et
pour assassiner; ils recommencent chaque jour ce cercle
abominable de brutalités.

Qui retiendra les grands et les rois dans leurs vengeances, dans leur ambition, à laquelle ils veulent tout
immoler? Un roi athée est plus dangereux qu'un Ravaillac fanatique.

Les athées fourmillaient en Italie au xve siècle; qu'en
arriva-t-il? Il fut aussi commun d'empoisonner que de
donner à souper, et d'enfoncer un stylet dans le cœur
de son ami que de l'embrasser; il y eut des professeurs
du crime, comme il y a aujourd'hui des maîtres de musique et de mathématique. On choisissait exprès les
temples pour y assassiner les princes au pied des autels.
Le pape Sixte IV et un archevêque de Florence firent
assassiner ainsi les deux princes les plus accomplis de
l'Europe. (Mon cher Sherloc, dites, je vous prie, à Parouba et à ses enfants ce que c'est qu'un pape et un
archevêque, et dites-leur surtout qu'il n'est plus de
pareils monstres.) Mais continuons. Un duc de Milan
fut assassiné de même au milieu d'une église. On ne
connaissait que trop les étonnantes horreurs d'Alexandre VI. Si de telles mœurs avaient subsisté, l'Italie aurait
été plus déserte que ne l'a été le Pérou après son inva-
sion.

La croyance d'un Dieu rémunérateur des bonnes
actions, punisseur des méchants, pardonneur des fautes

légères, est donc la croyance la plus utile au genre humain : c'est le seul frein des hommes puissants, qui commettent insolemment les crimes publics; c'est le seul frein des hommes qui commettent adroitement les crimes secrets. Je ne vous dis pas, mes amis, de mêler à cette croyance nécessaire des superstitions qui la déshonoreraient, et qui même pourraient la rendre funeste : l'athée est un monstre qui ne dévorera que pour apaiser sa faim; le superstitieux est un autre monstre qui déchirera les hommes par devoir. J'ai toujours remarqué qu'on peut guérir un athée, mais on ne guérit jamais le superstitieux radicalement; l'athée est un homme d'esprit qui se trompe, mais qui pense par lui-même, le superstitieux est un sot brutal qui n'a jamais eu que les idées des autres. L'athée violera Iphigénie prête d'épouser Achille, mais le fanatique l'égorgera pieusement sur l'autel, et croira que Jupiter lui en aura beaucoup d'obligation; l'athée dérobera un vase d'or dans une église pour donner à souper à des filles de joie, mais le fanatique célébrera un auto-da-fé dans cette église, et chantera un cantique juif à plein gosier, en faisant brûler des juifs. Oui, mes amis, l'athéisme et le fanatisme sont les deux pôles d'un univers de confusion et d'horreur. La petite zone de la vertu est entre ces deux pôles : marchez d'un pas ferme dans ce sentier; croyez un Dieu bon, et soyez bons. C'est tout ce que les grands législateurs Locke et Penn demandent à leurs peuples.

Répondez-moi, Mr. Birton, vous et vos amis; quel mal peut vous faire l'adoration d'un Dieu jointe au bonheur d'être honnête homme? Nous pouvons tous être attaqués d'une maladie mortelle au moment où je vous parle : qui de nous alors ne voudrait pas avoir vécu dans l'innocence? Voyez comme notre méchant Richard III meurt dans Shakespeare; comme les spectres de tous ceux qu'ils ont tués viennent épouvanter son imagination. Voyez comme expire Charles IX de France après sa Saint-Barthélemy. Son chapelain a beau lui dire qu'il a bien fait, son crime le déchire, son sang jaillit par ses pores, et tout le sang qu'il fit couler crie contre lui. Soyez sûr que de tous ces monstres, il n'en est aucun qui n'ait vécu dans les tourments du remords, et qui n'ait fini dans la rage du désespoir.

CHAPITRE DOUZIÈME

RETOUR EN ANGLETERRE. MARIAGE DE JENNI

BIRTON et ses amis ne purent tenir davantage : ils se jetèrent aux genoux de Freind. « Oui, dit Birton, je crois en Dieu et en vous. »

On était déjà près de la maison de Parouba. On y soupa, mais Jenni ne put souper : il se tenait à l'écart, il fondait en larmes; son père alla le chercher pour le consoler. « Ah! lui dit Jenni, je ne méritais pas d'avoir un père tel que vous; je mourrai de douleur d'avoir été séduit par cette abominable Clive-Hart : je suis la cause, quoique innocente, de la mort de Primerose, et tout à l'heure, quand vous nous avez parlé d'empoisonnement, un frisson m'a saisi; j'ai cru voir Clive-Hart présentant le breuvage horrible à Primerose. O ciel! ô Dieu! comment ai-je pu avoir l'esprit assez aliéné pour suivre une créature si coupable! Mais elle me trompa; j'étais aveugle; je ne fus détrompé que peu de temps avant qu'elle fût prise par les sauvages : elle me fit presque l'aveu de son crime dans un mouvement de colère; depuis ce moment je l'eus en horreur, et, pour mon supplice, l'image de Primerose est sans cesse devant mes yeux; je la vois, je l'entends; elle me dit : « Je suis morte, parce que je t'aimais. »

Mr. Freind se mit à sourire d'un sourire de bonté dont Jenni ne put comprendre le motif; son père lui dit qu'une vie irréprochable pouvait seule réparer les fautes passées : il le ramena à table comme un homme qu'on vient de retirer des flots où il se noyait; je l'embrassai, je le flattai, je lui donnai du courage : nous étions tous attendris. Nous appareillâmes le lendemain pour retourner en Angleterre, après avoir fait des présents à toute la famille de Parouba : nos adieux furent mêlés de larmes sincères; Birton et ses camarades, qui n'avaient jamais été qu'évaporés, semblaient déjà raisonnables.

Nous étions en pleine mer quand Freind dit à Jenni en ma présence : « Eh bien! mon fils, le souvenir de la belle, de la vertueuse et tendre Primerose, vous est donc toujours cher? » Jenni se désespéra à ces paroles; les traits d'un repentir inutile et éternel perçaient son cœur, et je craignis qu'il ne se précipitât dans la mer. « Eh bien! lui dit Freind, consolez-vous; Primerose est vivante, et elle vous aime. »

Freind en effet en avait reçu des nouvelles sûres de ce domestique affidé, qui lui écrivait par tous les vaisseaux qui partaient pour Maryland. Mr. Mead, qui a depuis acquis une si grande réputation pour la connaissance de tous les poisons, avait été assez heureux pour tirer Primerose des bras de la mort. Mr. Freind fit voir à son fils cette lettre qu'il avait relue tant de fois, et avec tant d'attendrissement.

Jenni passa en un moment de l'excès du désespoir à celui de la félicité. Je ne vous peindrai point les effets de ce changement si subit : plus j'en suis saisi, moins je puis les exprimer; ce fut le plus beau moment de la vie de Jenni. Birton et ses camarades partagèrent une joie si pure. Que vous dirai-je enfin ? L'excellent Freind leur a servi de père à tous ; les noces du beau Jenni et de la belle Primerose se sont faites chez le docteur Mead ; nous avons marié aussi Birton, qui était tout changé. Jenni et lui sont aujourd'hui les plus honnêtes gens de l'Angleterre. Vous conviendrez qu'un sage peut guérir des fous.

LES OREILLES
DU COMTE DE CHESTERFIELD
ET LE CHAPELAIN GOUDMAN

Notice

PHILIPPE STANHOPE, *comte de Chesterfield, affligé de surdité dans les dernières années de sa vie, était mort en 1773. Les* Oreilles *paraissent en 1775 dans les* Nouveaux Mélanges *à Genève chez Cramer. Elles commencent comme un nouveau conte sur les méfaits de la destinée, par l'aventure du pauvre prêtre Goudman qui voit lui échapper, pour la simple raison que Milord Chesterfield est sourd, le bénéfice qu'il convoitait, qui perd Miss Fidler sa bien-aimée, mais qui récupère l'un et l'autre d'une manière assez inattendue. Bien vite d'ailleurs cet embryon de récit cède la place à de longues discussions sur la nature, la Providence, entre des gens aussi sérieux que Goudman lui-même, le chirurgien Sidrac, le docteur Grou, qui revient d'Otaïti. L'érudition et la polémique voltairienne trouvent l'occasion de s'y déployer largement.*

V. den H.

LES OREILLES
DU COMTE DE CHESTERFIELD
ET LE CHAPELAIN GOUDMAN

Ah ! la fatalité gouverne irrémissiblement toutes les choses de ce monde. J'en juge, comme de raison, par mon aventure.

Milord Chesterfield, qui m'aimait´fort, m'avait promis de me faire du bien. Il vaquait un bon *preferment**
à sa nomination. Je cours du fond de ma province à Londres ; je me présente à milord ; je le fais souvenir de ses promesses ; il me serre la main avec amitié, et me dit qu'en effet j'ai bien mauvais visage. Je lui réponds que mon plus grand mal est la pauvreté. Il me réplique qu'il veut me faire guérir, et me donne sur-le-champ une lettre pour Mr. Sidrac, près de Guildhall.

Je ne doute pas que Mr. Sidrac ne soit celui qui doit m'expédier les provisions de ma cure. Je vole chez lui. Mr. Sidrac, qui était le chirurgien de milord, se met incontinent en devoir de me sonder, et m'assure que, si j'ai la pierre, il me taillera très heureusement.

Il faut savoir que milord avait entendu que j'avais un grand mal à la vessie, et qu'il avait voulu, selon sa générosité ordinaire, me faire tailler à ses dépens. Il

---

*. *Preferment* signifie *bénéfice* en anglais.

était sourd, aussi bien que monsieur son frère, et je n'en étais pas encore instruit.

Pendant le temps que je perdis à défendre ma vessie contre Mr. Sidrac, qui voulait me sonder à toute force, un des cinquante-deux compétiteurs qui prétendaient au même bénéfice arriva chez milord, demanda ma cure, et l'emporta.

J'étais amoureux de Miss Fidler, que je devais épouser dès que je serais curé; mon rival eut ma place et ma maîtresse.

Le comte, ayant appris mon désastre et sa méprise, me promit de tout réparer, mais il mourut deux jours après.

Mr. Sidrac me fit voir clair comme le jour, que mon bon protecteur ne pouvait pas vivre une minute de plus, vu la constitution présente de ses organes, et me prouva que sa surdité ne venait que de l'extrême sécheresse de la corde et du tambour de son oreille. Il m'offrit même d'endurcir mes deux oreilles avec de l'esprit-de-vin, de façon à me rendre plus sourd qu'aucun pair du royaume.

Je compris que Mr. Sidrac était un très savant homme. Il m'inspira du goût pour la science de la nature. Je voyais d'ailleurs que c'était un homme charitable qui me taillerait gratis dans l'occasion, et qui me soulagerait dans tous les accidents qui pourraient m'arriver vers le col de la vessie.

Je me mis donc à étudier la nature sous sa direction, pour me consoler de la perte de ma cure, et de ma maîtresse.

CHAPITRE SECOND

APRÈS bien des observations sur la nature, faites avec mes cinq sens, des lunettes, des microscopes, je dis un jour à Mr. Sidrac : « On se moque de nous; il n'y a point de nature, tout est art. C'est par un art admirable que toutes les planètes dansent régulièrement autour du soleil, tandis que le soleil fait la roue sur lui-même. Il faut assurément que quelqu'un d'aussi savant que la Société royale de Londres ait arrangé les choses de manière que le carré des révolutions de chaque planète soit toujours proportionnel à la racine du cube de leur distance à leur centre; et il faut être sorcier pour le deviner.

« Le flux et le reflux de notre Tamise me paraît l'effet constant d'un art non moins profond et non moins difficile à connaître.

« Animaux, végétaux, minéraux, tout me paraît arrangé avec poids, mesure, nombre, mouvement. Tout est ressort, levier, poulie, machine hydraulique, laboratoire de chimie, depuis l'herbe jusqu'au chêne, depuis la puce jusqu'à l'homme, depuis un grain de sable jusqu'à nos nuées.

« Certainement il n'y a que de l'art, et la nature est une chimère.

— Vous avez raison, me répondit Mr. Sidrac, mais vous n'en avez pas les gants; cela a déjà été dit par un rêveur delà la Manche*, mais on n'y a pas fait attention. — Ce qui m'étonne, et ce qui me plaît le plus, c'est que, par cet art incompréhensible, deux machines en produisent toujours une troisième; et je suis bien fâché de n'en avoir pas fait une avec miss Fidler; mais je vois bien qu'il était arrangé de toute éternité que miss Fidler emploierait une autre machine que moi.

— Ce que vous dites, me répliqua Mr. Sidrac, a été encore dit, et tant mieux : c'est une probabilité que vous

---

*. *Questions encyclopédiques,* article *Nature*.

pensez juste. Oui, il est fort plaisant que deux êtres en
produisent un troisième; mais cela n'est pas vrai de tous
les êtres. Deux roses ne produisent point une troisième
rose en se baisant. Deux cailloux, deux métaux, n'en
produisent pas un troisième; et cependant un métal, une
pierre, sont des choses que toute l'industrie humaine ne
saurait faire. Le grand, le beau miracle continuel, est
qu'un garçon et une fille fassent un enfant ensemble,
qu'un rossignol fasse un rossignolet à sa rossignole, et
non pas à une fauvette. Il faudrait passer la moitié de sa
vie à les imiter, et l'autre moitié à bénir celui qui inventa
cette méthode. Il y a dans la génération mille secrets
tout à fait curieux. Newton dit que la nature se ressemble partout : *Natura est ubique sibi consona*. Cela est faux
en amour; les poissons, les reptiles, les oiseaux, ne font
point l'amour comme nous : c'est une variété infinie. La
fabrique des êtres sentants et agissants me ravit. Les
végétaux ont aussi leur prix. Je m'étonne toujours qu'un
grain de blé jeté en terre en produise plusieurs autres.

— Ah! lui dis-je comme un sot que j'étais encore,
c'est que le blé doit mourir pour naître, comme on l'a
dit dans l'école. »

Mr. Sidrac me reprit en riant avec beaucoup de cir-
conspection. « Cela était vrai du temps de l'école, dit-il;
mais le moindre laboureur sait bien aujourd'hui que la
chose est absurde. — Ah! monsieur Sidrac, je vous
demande pardon; mais j'ai été théologien, et on ne se
défait pas tout d'un coup de ses habitudes. »

CHAPITRE TROISIÈME

QUELQUE temps après ces conversations entre le pauvre
prêtre Goudman et l'excellent anatomiste Sidrac, ce

chirurgien le rencontra dans le parc St. James, tout pensif, tout' rêveur, et l'air plus embarrassé qu'un algébriste qui vient de faire un faux calcul. « Qu'avez-vous? lui dit Sidrac; est-ce la vessie ou le côlon qui vous tourmente? — Non, dit Goodman, c'est la vésicule du fiel. Je viens de voir passer dans un bon carrosse l'évêque de Glocester, qui est un pédant bavard et insolent. J'étais à pied, et cela m'a irrité. J'ai songé que si je voulais avoir un évêché dans ce royaume, il y a dix mille à parier contre un que je ne l'aurais pas, attendu que nous sommes dix mille prêtres en Angleterre. Je suis sans aucune protection depuis la mort de milord Chesterfield, qui était sourd. Posons que les dix mille prêtres anglicans aient chacun deux protecteurs, il y aurait en ce cas vingt mille à parier contre un que je n'aurais pas l'évêché. Cela fâche quand on y fait attention.

« Je me suis souvenu qu'on m'avait proposé autrefois d'aller aux grandes Indes en qualité de mousse; on m'assurait que j'y ferais une grande fortune, mais je ne me sentis pas propre à devenir un jour amiral. Et, après avoir examiné toutes les professions, je suis resté prêtre sans être bon à rien.

— Ne soyez plus prêtre, lui dit Sidrac, et faites-vous philosophe. Ce métier n'exige ni ne donne des richesses. Quel est votre revenu? — Je n'ai que trente guinées de rente, et, après la mort de ma vieille tante, j'en aurai cinquante. — Allons, mon cher Goodman, c'est assez pour vivre libre et pour penser. Trente guinées font six cent trente shellings : c'est près de deux shellings par jour. Philips n'en voulait qu'un seul. On peut, avec ce revenu assuré, dire tout ce qu'on pense de la compagnie des Indes, du parlement, de nos colonies, du roi, de l'être en général, de l'homme et de Dieu, ce qui est un grand amusement. Venez dîner avec moi, cela vous épargnera de l'argent; nous causerons, et votre faculté pensante aura le plaisir de se communiquer à la mienne par le moyen de la parole : ce qui est une chose merveilleuse que les hommes n'admirent pas assez. »

CHAPITRE QUATRIÈME

CONVERSATION DU DOCTEUR GOUDMAN ET DE L'ANATOMISTE SIDRAC SUR L'ÂME ET SUR QUELQUE AUTRE CHOSE

GOUDMAN

Mais, mon cher Sidrac, pourquoi dites-vous toujours *ma faculté pensante*? Que ne dites-vous *mon âme,* tout court? cela serait plus tôt fait, et je vous entendrais tout aussi bien.

SIDRAC

Et moi, je ne m'entendrais pas. Je sens bien, je sais bien que Dieu m'a donné la faculté de penser et de parler; mais je ne sens ni ne sais s'il m'a donné un être qu'on appelle âme.

GOUDMAN

Vraiment, quand j'y réfléchis, je vois que je n'en sais rien non plus, et que j'ai été longtemps assez hardi pour croire le savoir. J'ai remarqué que les peuples orientaux appelèrent l'âme d'un nom qui signifiait la vie. A leur exemple, les Latins entendirent d'abord par *anima* la vie de l'animal. Chez les Grecs on disait : la respiration est l'âme. Cette respiration est un souffle. Les Latins tra-

duisirent le mot *souffle* par *spiritus* : de là le mot qui
répond à *esprit* chez presque toutes les nations modernes.
Comme personne n'a jamais vu ce souffle, cet esprit, on
en a fait un être que personne ne peut voir ni toucher.
On a dit qu'il logeait dans notre corps sans y tenir de
place, qu'il remuait nos organes sans les atteindre. Que
n'a-t-on pas dit? Tous nos discours, à ce qu'il me semble, ont été fondés sur des équivoques. Je vois que le
sage Locke a bien senti dans quel chaos ces équivoques
de toutes les langues avaient plongé la raison humaine.
Il n'a fait aucun chapitre sur l'âme dans le seul livre de
métaphysique raisonnable qu'on ait jamais écrit. Et si,
par hasard, il prononce ce mot en quelques endroits, ce
mot ne signifie chez lui que notre intelligence.

En effet, tout le monde sent bien qu'il a une intelligence, qu'il reçoit des idées, qu'il en assemble, qu'il en
décompose; mais personne ne sent qu'il ait dans lui un
autre être qui lui donne du mouvement, des sensations
et des pensées. Il est, au fond, ridicule de prononcer des
mots qu'on n'entend pas, et d'admettre des êtres dont
on ne peut avoir la plus légère connaissance.

SIDRAC

Nous voilà donc déjà d'accord sur une chose qui a été
un objet de dispute pendant tant de siècles.

GOUDMAN

Et j'admire que nous soyons d'accord.

SIDRAC

Cela n'est pas étonnant, nous cherchons le vrai de
bonne foi. Si nous étions sur les bancs de l'école, nous
argumenterions comme les personnages de Rabelais. Si
nous vivions dans les siècles de ténèbres affreuses qui

enveloppèrent si longtemps l'Angleterre, l'un de nous deux ferait peut-être brûler l'autre. Nous sommes dans un siècle de raison; nous trouvons aisément ce qui nous paraît la vérité, et nous osons la dire.

GOUDMAN

Oui, mais j'ai peur que cette vérité ne soit bien peu de chose. Nous avons fait en mathématique des prodiges qui étonneraient Apollonius et Archimède, et qui les rendraient nos écoliers; mais en métaphysique, qu'avons-nous trouvé? Notre ignorance.

SIDRAC

Et n'est-ce rien? Vous convenez que le grand Être vous a donné une faculté de sentir et de penser, comme il a donné à vos pieds la faculté de marcher, à vos mains le pouvoir de faire mille ouvrages, à vos viscères le pouvoir de digérer, à votre cœur le pouvoir de pousser votre sang dans vos artères. Nous tenons tout de lui; nous n'avons rien pu nous donner; et nous ignorerons toujours la manière dont le maître de l'univers s'y prend pour nous conduire. Pour moi, je lui rends grâce de m'avoir appris que je ne sais rien des premiers principes.

On a toujours recherché comment l'âme agit sur le corps. Il fallait d'abord savoir si nous en avions une. Ou Dieu nous a fait ce présent, ou il nous a communiqué quelque chose qui en est l'équivalent. De quelque manière qu'il s'y soit pris, nous sommes sous sa main. Il est notre maître, voilà tout ce que je sais.

GOUDMAN

Mais, au moins, dites-moi ce que vous en soupçonnez. Vous avez disséqué des cerveaux, vous avez vu des embryons et des fœtus : y avez-vous découvert quelque apparence d'âme?

SIDRAC

Pas la moindre, et je n'ai jamais pu comprendre comment un être immatériel, immortel, logeait pendant neuf mois inutilement caché dans une membrane puante entre de l'urine et des excréments. Il m'a paru difficile de concevoir que cette prétendue âme simple existât avant la formation de son corps : car à quoi aurait-elle servi pendant des siècles sans être âme humaine? Et puis comment imaginer un être simple, un être métaphysique, qui attend pendant une éternité le moment d'animer de la matière pendant quelques minutes? Que devient cet être inconnu si le fœtus qu'il doit animer meurt dans le ventre de sa mère?

Il m'a paru encore plus ridicule que Dieu créât une âme au moment qu'un homme couche avec une femme. Il m'a semblé blasphématoire que Dieu attendît la consommation d'un adultère, d'un inceste, pour récompenser ces turpitudes en créant des âmes en leur faveur. C'est encore pis quand on me dit que Dieu tire du néant des âmes immortelles pour leur faire souffrir éternellement des tourments incroyables. Quoi! brûler des êtres simples, des êtres qui n'ont rien de brûlable! Comment nous y prendrions-nous pour brûler un son de voix, un vent qui vient de passer? Encore ce son, ce vent, étaient matériels dans le petit moment de leur passage; mais un esprit pur, une pensée, un doute? Je m'y perds. De quelque côté que je me tourne, je ne trouve qu'obscurité, contradiction, impossibilité, ridicule, rêverie, impertinence, chimère, absurdité, bêtise, charlatanerie.

Mais je suis à mon aise quand je me dis : Dieu est le maître. Celui qui fait graviter des astres innombrables

les uns vers les autres, celui qui fit la lumière, est bien assez puissant pour nous donner des sentiments et des idées, sans que nous ayons besoin d'un petit atome étranger, invisible, appelé *âme*.

Dieu a donné certainement du sentiment, de la mémoire, de l'industrie à tous les animaux. Il leur a donné la vie, et il est bien aussi beau de faire présent de la vie que de faire présent d'une âme. Il est assez reçu que les animaux vivent; il est démontré qu'ils ont du sentiment, puisqu'ils ont les organes du sentiment. Or, s'ils ont tout cela sans âme, pourquoi voulons-nous à toute force en avoir une?

GOUDMAN

Peut-être c'est par vanité. Je suis persuadé que si un paon pouvait parler, il se vanterait d'avoir une âme, et il dirait que son âme est dans sa queue. Je me sens très enclin à soupçonner avec vous que Dieu nous a faits mangeants, buvants, marchants, dormants, sentants, pensants, pleins de passions, d'orgueil et de misère, sans nous dire un mot de son secret. Nous n'en savons pas plus sur cet article que ces paons dont je parle; et celui qui a dit que nous naissons, vivons, et mourons sans savoir comment, a dit une grande vérité.

Celui qui nous appelle les marionnettes de la Providence me paraît nous avoir bien définis. Car enfin, pour que nous existions, il faut une infinité de mouvements. Or nous n'avons pas fait le mouvement; ce n'est pas nous qui en avons établi les lois. Il y a quelqu'un qui, ayant fait la lumière, la fait mouvoir du soleil à nos yeux, et y arriver en sept minutes. Ce n'est que par le mouvement que mes cinq sens sont remués; ce n'est que par ces cinq sens que j'ai des idées : donc c'est l'auteur du mouvement qui me donne mes idées. Et, quand il

me dira de quelle manière il me les donne, je lui rendrai
de très humbles actions de grâces. Je lui en rends déjà
beaucoup de m'avoir permis de contempler pendant
quelques années le magnifique spectacle de ce monde,
comme disait Épictète. Il est vrai qu'il pouvait me rendre
plus heureux, et me faire avoir un bon bénéfice et ma
maîtresse miss Fidler; mais enfin, tel que je suis avec
mes six cent trente shellings de rente, je lui ai encore
bien de l'obligation.

SIDRAC

Vous dites que Dieu pouvait vous donner un bon
bénéfice et qu'il pouvait vous rendre plus heureux que
vous n'êtes. Il y a des gens qui ne vous passeront pas
cette proposition. Eh! ne vous souvenez-vous pas que
vous-même vous vous êtes plaint de la fatalité? Il n'est
pas permis à un homme qui a voulu être curé de se
contredire. Ne voyez-vous pas que, si vous aviez eu la
cure et la femme que vous demandiez, ce serait vous qui
auriez fait un enfant à miss Fidler, et non pas votre
rival? L'enfant dont elle aurait accouché aurait pu être
mousse, devenir amiral, gagner une bataille navale à
l'embouchure du Gange et achever de détrôner le Grand
Mogol. Cela seul aurait changé la constitution de l'univers. Il aurait fallu un monde tout différent du nôtre
pour que votre compétiteur n'eût pas la cure, pour qu'il
n'épousât pas miss Fidler, pour que vous ne fussiez
pas réduit à six cent trente shellings, en attendant la
mort de votre tante. Tout est enchaîné et Dieu n'ira pas
rompre la chaîne éternelle pour mon ami Goudman.

GOUDMAN

Je ne m'attendais pas à ce raisonnement quand je parlais de fatalité; mais enfin, si cela est ainsi, Dieu est
donc esclave tout comme moi?

SIDRAC

Il est esclave de sa volonté, de sa sagesse, des propres lois qu'il a faites, de sa nature nécessaire. Il ne peut les enfreindre, parce qu'il ne peut être faible, inconstant, volage, comme nous, et que l'Être nécessairement éternel ne peut être une girouette.

GOUDMAN

Mr. Sidrac, cela pourrait mener tout droit à l'irréligion : car, si Dieu ne peut rien changer aux affaires de ce monde, à quoi bon chanter ses louanges, à quoi bon lui adresser des prières ?

SIDRAC

Eh! qui vous dit de prier Dieu et de le louer ? Il a vraiment bien affaire de vos louanges et de vos placets ! On loue un homme parce qu'on le croit vain; on le prie quand on le croit faible, et qu'on espère le faire changer d'avis. Faisons notre devoir envers Dieu, adorons-le, soyons justes : voilà nos vraies louanges et nos vraies prières.

GOUDMAN

Mr. Sidrac, nous avons embrassé bien du terrain, car, sans compter miss Fidler, nous examinons si nous avons une âme, s'il y a un Dieu, s'il peut changer, si nous sommes destinés à deux vies, si... Ce sont là de profondes études, et peut-être je n'y aurais jamais pensé si j'avais été curé. Il faut que j'approfondisse ces choses nécessaires et sublimes puisque je n'ai rien à faire.

SIDRAC

Eh bien! demain le docteur Grou vient dîner chez moi : c'est un médecin fort instruit; il a fait le tour du

monde avec MM. Banks et Solander; il doit certainement connaître Dieu et l'âme, le vrai et le faux, le juste
et l'injuste, bien mieux que ceux qui ne sont jamais sortis de Covent-Garden. De plus, le docteur Grou a vu
presque toute l'Europe dans sa jeunesse; il a été témoin
de cinq ou six révolutions en Russie; il a fréquenté le
bacha comte de Bonneval, qui était devenu, comme on
sait, un parfait musulman à Constantinople. Il a été lié
avec le prêtre papiste Makarti, Irlandais, qui se fit
couper le prépuce à l'honneur de Mahomet, et avec
notre presbytérien écossais Ramsay, qui en fit autant,
et qui ensuite servit en Russie, et fut tué dans une
bataille contre les Suédois, en Finlande. Enfin il a
conversé avec le révérend père Malagrida, qui a été brûlé
depuis à Lisbonne, parce que la Sainte Vierge lui avait
révélé tout ce qu'elle avait fait lorsqu'elle était dans le
ventre de sa mère sainte Anne.

Vous sentez bien qu'un homme comme Mr. Grou,
qui a vu tant de choses, doit être le plus grand métaphysicien du monde. A demain donc chez moi à dîner.

GOUDMAN

Et après-demain encore, mon cher Sidrac : car il faut
plus d'un dîner pour s'instruire.

CHAPITRE CINQUIÈME

Le lendemain, les trois penseurs dînèrent ensemble;
et comme ils devenaient un peu plus gais sur la fin du
repas, selon la coutume des philosophes qui dînent, on
se divertit à parler de toutes les misères, de toutes les sottises, de toutes les horreurs qui affligent le genre animal,

depuis les terres australes jusqu'auprès du pôle arctique, et depuis Lima jusqu'à Méaco. Cette diversité d'abominations ne laisse pas d'être fort amusante. C'est un plaisir que n'ont point les bourgeois casaniers et les vicaires de paroisse, qui ne connaissent que leur clocher, et qui croient que tout le reste de l'univers est fait comme Exchange-alley à Londres, ou comme la rue de la Huchette à Paris.

« Je remarque, dit le docteur Grou, que, malgré la variété infinie répandue sur ce globe, cependant tous les hommes que j'ai vus, soit noirs à laine, soit noirs à cheveux, soit bronzés, soit rouges, soit bis, qui s'appellent blancs, ont également deux jambes, deux yeux, et une tête sur leurs épaules, quoi qu'en ait dit saint Augustin, qui, dans son trente-septième sermon, assure qu'il a vu des acéphales, c'est-à-dire des hommes sans tête, des monocules qui n'ont qu'un œil, et des monopèdes qui n'ont qu'une jambe. Pour des anthropophages, j'avoue qu'on en regorge, et que tout le monde l'a été.

« On m'a souvent demandé si les habitants de ce pays immense nommé la Nouvelle-Zélande, qui sont aujourd'hui les plus barbares de tous les barbares, étaient baptisés. J'ai répondu que je n'en savais rien, que cela pouvait être; que les Juifs, qui étaient plus barbares qu'eux, avaient eu deux baptêmes au lieu d'un, le baptême de justice et le baptême de domicile.

— Vraiment, je les connais, dit Mr. Goudman, et j'ai eu sur cela de grandes disputes avec ceux qui croient que nous avons inventé le baptême. Non, messieurs, nous n'avons rien inventé, nous n'avons fait que rapetasser. Mais, dites-moi, je vous en prie, monsieur Grou, de quatre-vingts ou cent religions que vous avez vues en chemin, laquelle vous a paru la plus agréable : est-ce celle des Zélandais ou celle des Hottentots?

MR. GROU

C'est celle de l'île d'Otaïti, sans aucune comparaison.
J'ai parcouru les deux hémisphères; je n'ai rien vu
comme Otaïti et sa religieuse reine. C'est dans Otaïti
que la nature habite. Je n'ai vu ailleurs que des masques;
je n'ai vu que des fripons qui trompent des sots, des
charlatans qui escamotent l'argent des autres pour avoir
de l'autorité, et qui escamotent de l'autorité pour avoir
de l'argent impunément; qui vous vendent des toiles
d'araignée pour manger vos perdrix; qui vous pro-
mettent richesses et plaisirs quand il n'y aura plus personne, afin que vous tourniez la broche pendant qu'ils
existent.

Pardieu! il n'en est pas de même dans l'île d'Aïti, ou
d'Otaïti. Cette île est bien plus civilisée que celle de
Zélande et que le pays des Cafres, et, j'ose dire, que
notre Angleterre, parce que la nature l'a favorisée d'un
sol plus fertile; elle lui a donné l'arbre à pain, présent
aussi utile qu'admirable, qu'elle n'a fait qu'à quelques
îles de la mer du Sud. Otaïti possède d'ailleurs beaucoup
de volailles, de légumes et de fruits. On n'a pas besoin
dans un tel pays de manger son semblable; mais il y a
un besoin plus naturel, plus doux, plus universel, que la
religion d'Otaïti ordonne de satisfaire en public. C'est
de toutes les cérémonies religieuses la plus respectable
sans doute; j'en ai été témoin, aussi bien que tout l'équipage de notre vaisseau. Ce ne sont point ici des fables
de missionnaires, telles qu'on en trouve quelquefois dans
les *Lettres édifiantes et curieuses* des révérends pères jésuites.
Le docteur Jean Hakerovorth achève actuellement de
faire imprimer nos découvertes dans l'hémisphère méridional. J'ai toujours accompagné Mr. Banks, ce jeune
homme si estimable qui a consacré son temps et son

bien à observer la nature vers le pôle antarctique, tandis que messieurs Dakins et Wood revenaient des ruines de Palmyre et de Balbek, où ils avaient fouillé les plus anciens monuments des arts, et que Mr. Hamilton apprenait aux Napolitains étonnés l'histoire naturelle de leur mont Vésuve. Enfin j'ai vu avec messieurs Banks, Solander, Cook, et cent autres, ce que je vais vous raconter.

La princesse Obéira, reine de l'île d'Otaïti... »

Alors on apporta le café, et, dès qu'on l'eut pris, Mr. Grou continua ainsi son récit.

CHAPITRE SIXIÈME

« LA princesse Obéira, dis-je, après nous avoir comblés de présents avec une politesse digne d'une reine d'Angleterre, fut curieuse d'assister un matin à notre service anglican. Nous le célébrâmes aussi pompeusement que nous pûmes. Elle nous invita au sien l'après-dîné; c'était le 14 mai 1769. Nous la trouvâmes entourée d'environ mille personnes des deux sexes rangées en demi-cercle, et dans un silence respectueux. Une jeune fille très jolie, simplement parée d'un déshabillé galant, était couchée sur une estrade qui servait d'autel. La reine Obéira ordonna à un beau garçon d'environ vingt ans d'aller sacrifier. Il prononça une espèce de prière, et monta sur l'autel. Les deux sacrificateurs étaient à demi nus. La reine, d'un air majestueux, enseignait à la jeune victime la manière la plus convenable de consommer le sacrifice. Tous les Otaïtiens étaient si attentifs et si respectueux qu'aucun de nos matelots n'osa troubler

la cérémonie par un rire indécent. Voilà ce que j'ai vu,
vous dis-je; voilà tout ce que notre équipage a vu : c'est
à vous d'en tirer les conséquences.

— Cette fête sacrée ne m'étonne pas, dit le docteur
Goudman. Je suis persuadé que c'est la première fête
que les hommes aient jamais célébrée, et je ne vois pas
pourquoi on ne prierait pas Dieu lorsqu'on va faire un
être à son image, comme nous le prions avant les repas
qui servent à soutenir notre corps. Travailler à faire
naître une créature raisonnable est l'action la plus noble
et la plus sainte. C'est ainsi que pensaient les premiers
Indiens, qui révérèrent le Lingam, symbole de la génération; les anciens Égyptiens, qui portaient en procession le Phallus; les Grecs, qui érigèrent des temples à
Priape. S'il est permis de citer la misérable petite nation
juive, grossière imitatrice de tous ses voisins, il est dit
dans ses livres que ce peuple adora Priape, et que la
reine mère du roi juif Asa fut sa grande prêtresse*.

« Quoi qu'il en soit, il est très vraisemblable que
jamais aucun peuple n'établit ni ne put établir un culte
par libertinage. La débauche s'y glisse quelquefois dans
la suite des temps; mais l'institution est toujours innocente et pure. Nos premières agapes, dans lesquelles
les garçons et les filles se baisaient modestement sur la
bouche, ne dégénérèrent qu'assez tard en rendez-vous
et en infidélités; et plût à Dieu que je pusse sacrifier
avec miss Fidler devant la reine Obéira en tout bien
et en tout honneur! Ce serait assurément le plus beau
jour et la plus belle action de ma vie. »

Mr. Sidrac, qui avait jusque-là gardé le silence, parce
que messieurs Goudman et Grou avaient toujours parlé,
sortit enfin de sa taciturnité, et dit : « Tout ce que je

---

*. Troisième livre des Rois, chap. XIII; et Paralipomènes, chap. XV.

viens d'entendre me ravit en admiration. La reine Obéira
me paraît la première reine de l'hémisphère méridional;
je n'ose dire des deux hémisphères. Mais parmi tant de
gloire et tant de félicité, il y a un article qui me fait
frémir, et dont Mr. Goudman vous a dit un mot auquel
vous n'avez pas répondu. Est-il vrai, monsieur Grou,
que le capitaine Wallis, qui mouilla dans cette île fortunée avant vous, y porta les deux plus horribles fléaux
de la terre, les deux véroles? — Hélas! reprit Mr. Grou,
ce sont les Français qui nous en accusent, et nous en
accusons les Français. Mr. Bougainville dit que ce sont
ces maudits Anglais qui ont donné la vérole à la reine
Obéira; et Mr. Cook prétend que cette reine ne l'a
acquise que de Mr. Bougainville lui-même. Quoi qu'il
en soit, la vérole ressemble aux beaux-arts : on ne sait
point qui en fut l'inventeur; mais, à la longue, ils font
le tour de l'Europe, de l'Asie, de l'Afrique et de l'Amérique.

— Il y a longtemps que j'exerce la chirurgie, dit
Sidrac, et j'avoue que je dois à cette vérole la plus
grande partie de ma fortune; mais je ne la déteste pas
moins. Madame Sidrac me la communiqua dès la première nuit de ses noces; et, comme c'est une femme
excessivement délicate sur ce qui peut entamer son
honneur, elle publia dans tous les papiers publics de
Londres qu'elle était à la vérité attaquée du mal immonde, mais qu'elle l'avait apporté du ventre de
madame sa mère, et que c'était une ancienne habitude
de famille.

« A quoi pensa ce qu'on appelle *la nature*, quand elle
versa ce poison dans les sources de la vie? On l'a dit,
et je le répète, c'est la plus énorme et la plus détestable
de toutes les contradictions. Quoi! l'homme a été fait,
dit-on, à l'image de Dieu, *finxit in effigiem moderantum*

cuncta deorum : et c'est dans les vaisseaux spermatiques de cette image qu'on a mis la douleur, l'infection, et la mort! Que deviendra ce beau vers de milord Rochester : « L'amour ferait adorer Dieu dans un pays d'athées »?

— Hélas! dit alors le bon Goudman, j'ai peut-être à remercier la Providence de n'avoir pas épousé ma chère miss Fidler : car sait-on ce qui serait arrivé? On n'est jamais sûr de rien dans ce monde. En tout cas, Mr. Sidrac, vous m'avez promis votre aide dans tout ce qui concernerait ma vessie. — Je suis à votre service, répondit Sidrac; mais il faut chasser ces mauvaises pensées. » Goudman, en parlant ainsi, semblait prévoir sa destinée.

CHAPITRE SEPTIÈME

Le lendemain, les trois philosophes agitèrent la grande question, quel est le premier mobile de toutes les actions des hommes. Goudman, qui avait toujours sur le cœur la perte de son bénéfice et de sa bien-aimée, dit que le principe de tout était l'amour et l'ambition. Grou, qui avait vu plus de pays, dit que c'était l'argent; et le grand anatomiste Sidrac assura que c'était la chaise percée. Les deux convives demeurèrent tout étonnés; et voici comme le savant Sidrac prouva sa thèse.

« J'ai toujours observé que toutes les affaires de ce monde dépendaient de l'opinion et de la volonté d'un principal personnage, soit roi, soit premier ministre, soit premier commis. Or cette opinion et cette volonté sont l'effet immédiat de la manière dont les esprits animaux se filtrent dans le cervelet, et de là dans la moelle

allongée; ces esprits animaux dépendent de la circulation
du sang; ce sang dépend de la formation du chyle; ce
chyle s'élabore dans le réseau du mésentère; ce mésentère est attaché aux intestins par des filets très déliés; ces
intestins, s'il m'est permis de le dire, sont remplis de
merde. Or, malgré les trois fortes tuniques dont chaque
intestin est vêtu, il est percé comme un crible; car tout
est à jour dans la nature, et il n'y a grain de sable si
imperceptible qui n'ait plus de cinq cents pores. On
ferait passer mille aiguilles à travers un boulet de canon
si on en trouvait d'assez fines et d'assez fortes. Qu'ar-
rive-t-il donc à un homme constipé? Les éléments les
plus ténus, les plus délicats de sa merde se mêlent au
chyle dans les veines d'Azellius, vont à la veine-porte et
dans le réservoir de Paquet. Ils passent dans la sous-
clavière; ils entrent dans le cœur de l'homme le plus
galant, de la femme la plus coquette. C'est une rosée
d'étron desséché qui court dans tout son corps. Si cette
rosée inonde les parenchymes, les vaisseaux et les glandes
d'un atrabilaire, sa mauvaise humeur devient férocité;
le blanc de ses yeux est d'un sombre ardent; ses lèvres
sont collées l'une sur l'autre; la couleur de son visage
a des teintes brouillées. Il semble qu'il vous menace :
ne l'approchez pas, et, si c'est un ministre d'État, gardez-vous de lui présenter une requête. Il ne regarde
tout papier que comme un secours dont il voudrait bien
se servir selon l'ancien et abominable usage des gens
d'Europe. Informez-vous adroitement de son valet de
chambre favori si monseigneur a poussé sa selle le
matin.

« Ceci est plus important qu'on ne pense. La consti-
pation a produit quelquefois les scènes les plus sanglantes. Mon grand-père, qui est mort centenaire, était
apothicaire de Cromwell; il m'a conté souvent que

Cromwell n'avait pas été à la garde-robe depuis huit jours lorsqu'il fit couper la tête à son roi.

« Tous les gens un peu instruits des affaires du continent savent que l'on avertit souvent le duc de Guise le Balafré de ne pas fâcher Henri III en hiver pendant un vent de nord-est. Ce monarque n'allait alors à la garde-robe qu'avec une difficulté extrême. Ses matières lui montaient à la tête; il était capable, dans ces temps-là, de toutes les violences. Le duc de Guise ne crut pas un si sage conseil; que lui en arriva-t-il? son frère et lui furent assassinés.

« Charles IX, son prédécesseur, était l'homme le plus constipé de son royaume. Les conduits de son côlon et de son rectum étaient si bouchés qu'à la fin son sang jaillit par ses pores. On ne sait que trop que ce tempérament aduste fut une des principales causes de la Saint-Barthélemy.

« Au contraire les personnes qui ont de l'embonpoint, les entrailles veloutées, le cholédoque coulant, le mouvement péristaltique aisé et régulier, qui s'acquittent tous les matins, dès qu'elles ont déjeuné, d'une bonne selle aussi aisément qu'on crache; ces personnes favorites de la nature sont douces, affables, gracieuses, prévenantes, compatissantes, officieuses. Un *non* dans leur bouche a plus de grâce qu'un *oui* dans la bouche d'un constipé.

« La garde-robe a tant d'empire qu'un dévoiement rend souvent un homme pusillanime. La dysenterie ôte le courage. Ne proposez pas à un homme affaibli par l'insomnie, par une fièvre lente, et par cinquante déjections putrides, d'aller attaquer une demi-lune en plein jour. C'est pourquoi je ne puis croire que toute notre armée eut la dysenterie à la bataille d'Azincourt, comme on le dit, et qu'elle remporta la victoire culottes bas.

Quelques soldats auront eu le dévoiement pour s'être gorgés de mauvais raisins dans la route, et les historiens auront dit que toute l'armée malade se battit à cul nu, et que, pour ne pas le montrer aux petits-maîtres français, elle les battit *à plate couture,* selon l'expression du jésuite Daniel.

Et voilà justement comme on écrit l'histoire.

« C'est ainsi que les Français ont tous répété, les uns après les autres, que notre grand Édouard III se fit livrer six bourgeois de Calais, la corde au cou, pour les faire pendre, parce qu'ils avaient osé soutenir le siège avec courage, et que sa femme obtint enfin leur pardon par ses larmes. Ces romanciers ne savent pas que c'était la coutume dans ces temps barbares que les bourgeois se présentassent devant leur vainqueur, la corde au cou, quand ils l'avaient arrêté trop longtemps devant une bicoque. Mais certainement le généreux Édouard n'avait nulle envie de serrer le cou de ces six otages, qu'il combla de présents et d'honneurs. Je suis las de toutes les fadaises dont tant d'historiens prétendus ont farci leurs chroniques, et de toutes les batailles qu'ils ont si mal décrites. J'aime autant croire que Gédéon remporta une victoire signalée avec trois cents cruches. Je ne lis plus, Dieu merci, que l'histoire naturelle, pourvu qu'un Burnet, et un Whiston, et un Woodward, ne m'ennuient plus de leurs maudits systèmes; qu'un Maillet ne me dise plus que la mer d'Irlande a produit le mont Caucase, et que notre globe est de verre; pourvu qu'on ne me donne pas de petits joncs aquatiques pour des animaux voraces, et le corail pour des insectes; pourvu que des charlatans ne me donnent pas insolemment leurs rêveries pour des vérités. Je fais plus de cas d'un bon régime qui entretient mes humeurs en équilibre, et qui

me procure une digestion louable et un sommeil plein.
Buvez chaud quand il gèle, buvez frais dans la canicule; rien de trop ni de trop peu en tout genre; digérez,
dormez, ayez du plaisir; et moquez-vous du reste. »

CHAPITRE HUITIÈME

COMME Mr. Sidrac proférait ces sages paroles, on
vint avertir Mr. Goudman que l'intendant du feu comte
de Chesterfield était à la porte dans son carrosse, et
demandait à lui parler pour une affaire très pressante.
Goudman court pour recevoir les ordres de monsieur
l'intendant, qui, l'ayant prié de monter, lui dit :

« Monsieur, vous savez sans doute ce qui arriva à
Mr. et à Mad. Sidrac la première nuit de leurs noces?

— Oui, monsieur; il me contait tout à l'heure cette
petite aventure.

— Eh bien! il en est arrivé tout autant à la belle
mademoiselle Fidler et à Mr. le curé, son mari. Le lendemain ils se sont battus; le surlendemain, ils se sont
séparés, et on a ôté à Mr. le curé son bénéfice. J'aime la
Fidler, je sais qu'elle vous aime; elle ne me hait pas. Je
suis au-dessus de la petite disgrâce qui est cause de son
divorce. Je suis amoureux et intrépide. Cédez-moi
miss Fidler, et je vous fais avoir la cure, qui vaut cent
cinquante guinées de revenu. Je ne vous donne que dix
minutes pour y rêver.

— Monsieur, la proposition est délicate : je vais
consulter mes philosophes Sidrac et Grou; je suis à vous
sans tarder. »

Il revole à ses deux conseillers. « Je vois, dit-il, que
la digestion ne décide pas seule des affaires de ce monde,

et que l'amour, l'ambition et l'argent, y ont beaucoup de part. » Il leur expose le cas et les prie de le déterminer sur-le-champ. Tous deux conclurent qu'avec cent cinquante guinées il aurait toutes les filles de sa paroisse, et encore miss Fidler par-dessus le marché.

Goudman sentit la sagesse de cette décision; il eut la cure, il eut miss Fidler en secret, ce qui était bien plus doux que de l'avoir pour femme. Mr. Sidrac lui prodigua ses bons offices dans l'occasion. Il est devenu un des plus terribles prêtres de l'Angleterre, et il est plus persuadé que jamais de la fatalité qui gouverne toutes les choses de ce monde.

AVENTURE DE LA MÉMOIRE

Notice

VOLTAIRE a toujours adhéré au credo sensualiste, tel qu'il s'exprime surtout chez Locke, mais aussi, plus près de lui, chez Condillac ou Helvétius. Pourchassant cette doctrine, la Nonsobre (lisons la Sorbonne) cherche à imposer la théorie des idées innées au détriment des cinq sens et de la mémoire. A cet effet se sont réconciliés les liolisteois (loyolistes ou jésuites) et les séjanistes (jansénistes), avec l'appui des grands philosophes que sont les dicastériques (juges du Parlement). Mais, si pour protester là — contre les Muses arrivaient à persuader Mnémosyne leur mère d'abandonner quelque temps la société des hommes, il se passerait de bien étranges choses : c'est là la matière de cette piquante allégorie, qui paraît en 1775, comme l'Éloge de la Raison, à la fois au tome XIII de l'édition encadrée et dans les Mélanges de poésie.

V. den H.

AVENTURE DE LA MÉMOIRE

Le genre humain pensant, c'est-à-dire la cent millième partie du genre humain tout au plus, avait cru long-temps, ou du moins avait souvent répété que nous n'avions d'idées que par nos sens, et que la mémoire est le seul instrument par lequel nous puissions joindre deux idées et deux mots ensemble.

C'est pourquoi Jupiter, représentant la nature, fut amoureux de Mnémosyne, déesse de la mémoire, dès le premier moment qu'il la vit; et de ce mariage naquirent les neuf muses, qui furent les inventrices de tous les arts.

Ce dogme, sur lequel sont fondées toutes nos connaissances, fut reçu universellement, et même la Nonsobre l'embrassa dès qu'elle fut née, quoique ce fût une vérité.

Quelque temps après vint un argumenteur, moitié géomètre, moitié chimérique, lequel argumenta contre les cinq sens et contre la mémoire; et il dit au petit nombre du genre humain pensant : « Vous vous êtes trompés jusqu'à présent, car vos sens sont inutiles, car les idées sont innées chez vous avant qu'aucun de vos sens pût agir, car vous aviez toutes les notions néces-saires lorsque vous vîntes au monde; vous saviez tout sans avoir jamais rien senti; toutes vos idées, nées avec vous, étaient présentes à votre intelligence, nommée *âme,* sans le secours de la mémoire. Cette mémoire n'est bonne à rien. »

La Nonsobre condamna cette proposition, non parce qu'elle était ridicule, mais parce qu'elle était nouvelle : cependant, lorsque ensuite un Anglais se fut mis à prouver, et même longuement, qu'il n'y avait point d'idées innées, que rien n'était plus nécessaire que les cinq sens, que la mémoire servait beaucoup à retenir les choses reçues par les cinq sens, elle condamna ses propres sentiments, parce qu'ils étaient devenus ceux d'un Anglais. En conséquence elle ordonna au genre humain de croire désormais aux idées innées, et de ne plus croire aux cinq sens et à la mémoire. Le genre humain, au lieu d'obéir, se moqua de la Nonsobre, laquelle se mit en telle colère qu'elle voulut faire brûler un philosophe. Car ce philosophe avait dit qu'il est impossible d'avoir une idée complète d'un fromage à moins d'en avoir vu et d'en avoir mangé; et même le scélérat osa avancer que les hommes et les femmes n'auraient jamais pu travailler en tapisserie s'ils n'avaient pas eu des aiguilles et des doigts pour les enfiler.

Les liolisteois se joignirent à la Nonsobre pour la première fois de leur vie, et les séjanistes, ennemis mortels des liolisteois, se réunirent pour un moment à eux. Ils appelèrent à leur secours les anciens dicastériques, qui étaient de grands philosophes; et tous ensemble, avant de mourir, proscrivirent la mémoire et les cinq sens, et l'auteur qui avait dit du bien de ces six choses.

Un cheval se trouva présent au jugement que prononcèrent ces messieurs, quoiqu'il ne fût pas de la même espèce, et qu'il y eût entre lui et eux plusieurs différences, comme celle de la taille, de la voix, de l'égalité, des crins et des oreilles; ce cheval, dis-je, qui avait du sens aussi bien que des sens, en parla un jour à Pégase dans mon écurie; et Pégase alla raconter aux muses cette histoire avec sa vivacité ordinaire.

Les muses, qui depuis cent ans avaient singulièrement favorisé le pays longtemps barbare où cette scène se passait, furent extrêmement scandalisées; elles aimaient tendrement Mémoire ou Mnémosyne leur mère, à laquelle ces neuf filles sont redevables de tout ce qu'elles savent. L'ingratitude des hommes les irrita. Elles ne firent point de satires contre les anciens dicastériques, les liolisteois, les séjanistes et la Nonsobre, parce que les satires ne corrigent personne, irritent les sots, et les rendent encore plus méchants. Elles imaginèrent un moyen de les éclairer en les punissant. Les hommes avaient blasphémé la mémoire; les muses leur ôtèrent ce don des dieux, afin qu'ils apprissent une bonne fois ce qu'on est sans son secours.

Il arriva donc qu'au milieu d'une belle nuit tous les cerveaux s'appesantirent, de façon que le lendemain matin tout le monde se réveilla sans avoir le moindre souvenir du passé. Quelques dicastériques, couchés avec leurs femmes, voulurent s'approcher d'elles par un reste d'instinct indépendant de la mémoire. Les femmes, qui n'ont eu que très rarement l'instinct d'embrasser leurs maris, rejetèrent leurs caresses dégoûtantes avec aigreur. Les maris se fâchèrent, les femmes crièrent, et la plupart des ménages en vinrent aux coups.

Messieurs, trouvant un bonnet carré, s'en servirent pour certains besoins que ni la mémoire ni le bon sens ne soulagent. Mesdames employèrent les pots de leur toilette aux mêmes usages. Les domestiques, ne se souvenant plus du marché qu'ils avaient fait avec leurs maîtres, entrèrent dans leurs chambres sans savoir où ils étaient; mais, comme l'homme est né curieux, ils ouvrirent tous les tiroirs; et comme l'homme aime naturellement l'éclat de l'argent et de l'or, sans avoir pour cela besoin de mémoire, ils prirent tout ce qu'ils en trouvèrent sous la main. Les maîtres voulurent crier au voleur; mais l'idée de voleur étant sortie de leur cerveau, le mot ne put arriver sur leur langue. Chacun ayant oublié son idiome articulait des sons informes. C'était bien pis qu'à Babel, où chacun inventait sur-le-champ une langue nouvelle. Le sentiment inné dans le sens des jeunes valets pour les jolies femmes agit si puissamment que ces insolents se jetèrent étourdiment sur les premières femmes ou filles qu'ils trouvèrent, soit cabaretières, soit présidentes; et celles-ci, ne se souvenant plus des leçons de pudeur, les laissèrent faire en toute liberté.

Il fallut dîner; personne ne savait plus comment il fallait s'y prendre. Personne n'avait été au marché ni pour vendre ni pour acheter. Les domestiques avaient pris les habits des maîtres, et les maîtres ceux des domestiques. Tout le monde se regardait avec des yeux hébétés. Ceux qui avaient le plus de génie pour se procurer le nécessaire (et c'étaient les gens du peuple) trouvèrent un peu à vivre : les autres manquèrent de tout. Le premier président, l'archevêque, allaient tout nus, et leurs palefreniers étaient les uns en robes rouges, les autres en dalmatiques : tout était confondu, tout allait périr de misère et de faim, faute de s'entendre.

Au bout de quelques jours les muses eurent pitié de cette pauvre race : elles sont bonnes, quoiqu'elles fassent sentir quelquefois leur colère aux méchants; elles supplièrent donc leur mère de rendre à ces blasphémateurs la mémoire qu'elle leur avait ôtée. Mnémosyne descendit au séjour des contraires, dans lequel on l'avait insultée avec tant de témérité, et leur parla en ces mots :

« Imbéciles, je vous pardonne; mais ressouvenez-vous que sans les sens il n'y a point de mémoire, et que sans la mémoire il n'y a point d'esprit. »

Les dicastériques la remercièrent assez sèchement, et arrêtèrent qu'on lui ferait des remontrances. Les séjanistes mirent toute cette aventure dans leur gazette; on s'aperçut qu'ils n'étaient pas encore guéris. Les liolisteois en firent une intrigue de cour. Maître Cogé, tout ébahi de l'aventure, et n'y entendant rien, dit à ses écoliers de cinquième ce bel axiome : « Non magis musis quam hominibus infensa est ista quae vocatur memoria. »

COMMENTAIRES

par

J. Van den Heuvel

L'originalité de l'œuvre

On a déjà vu une des originalités du conte voltairien en
ses plus beaux jours (cf. notre préface à *Candide*) : celui
d'être une confidence déguisée. Lorsque l'expérience intérieure qui faisait l'unité vivante de *Zadig* ou de *Candide* a
disparu avec les certitudes de la vieillesse, — il ne faut
jamais perdre de vue que Voltaire a écrit une grande
partie de ses contes après soixante-cinq ans ! — les deux
composantes de vérité et de fiction qui s'étaient longtemps trouvées fondues en un précieux alliage, tendent à
reprendre chacune leur indépendance, sans que la valeur
de ces nouveaux contes en souffre le moins du monde.
Simplement, la fantaisie, libérée des contraintes où la
tenaient les préventions de Voltaire, aura désormais tendance à s'exercer pour elle-même, sans qu'il renonce toutefois à un enseignement philosophique, et ce sont des
œuvres comme la très charmante *Princesse de Babylone*
(tome I), directement issue des grâces enchanteresses de
l'Arioste. Ou bien cette fantaisie se réduit au contraire à
sa plus simple expression, et la fable se ramène à ce
qu'elle fut souvent, un prétexte commode pour mettre en

circulation des idées toutes faites en leur vérité *solidifiée*. Alors s'applique pleinement la définition qu'en donnait Émile Faguet au début de ce siècle : « Un roman de Voltaire, c'est une idée de Voltaire se promenant à travers des aventures divertissantes destinées à lui servir d'illustration et de preuve. C'est un article du *Dictionnaire philosophique*, conté au lieu d'être déduit par Voltaire. »

Ainsi en va-t-il de l'*Histoire d'un bon bramin*, du *Blanc et Noir*, de *Jeannot et Colin*, de *L'Aventure indienne*, qui s'insèrent dans cette volumineuse partie de l'œuvre, située à l'extrême pointe du combat, et vouée à une sorte de contrebande des idées : dialogues, pamphlets, plaidoyers, sermons, et même articles de dictionnaires, puisque le *Dictionnaire philosophique* lui-même, qui se voulut offensif et maniable par rapport à l'encombrante *Encyclopédie*, n'est qu'un recueil alphabétique de libelles. Le perpétuel rabâchage des thèmes, joint à la fantaisie toujours jaillissante des variations, tout est mis en œuvre pour gagner la complicité du public et favoriser la diffusion des idées. Le personnel de service, fidèle à son poste, est toujours prêt à combattre : frère Bonhomme, l'abbé Tamponet, le révérend père l'Escarbotier, le docteur Rousseau-Pansophe, saint Cucufin, le cabaretier Ramponneau, le derviche Ben Bétif, et Ardassan Ougli, bacha à sept queues : soit un perpétuel maître Jacques philosophique, prêt à revêtir toutes les livrées. Cela tient à la fois du guignol et de la croisade. Sans doute, toutes les libertés possibles sont-elles prises avec le respect et avec la décence, — les « fusées volantes » et autres pamphlets ont puissamment contribué à fixer, et à fausser, l'image d'un Voltaire constamment sur la brèche, crispé, grimaçant, endiablé, et quelque peu satanique ; mais, si l'on fait abstraction des « mauvais procédés » — ils sont de mise dans le genre —, on ne peut que rester ébloui par le déchaînement d'une verve si impitoyablement efficace. Les dialogues que nous avons joints dans la présente édition justifieront, espérons-nous, ce point de vue.

Mais ce qui reste, en définitive, de toutes ces œuvres, c'est bien la fantaisie et la verve, qui en sont comme l'écume brillante. En fait, dense et léger tout à la fois, le conte voltairien offre cette particularité remarquable que le plus souvent la fantaisie et la vérité, intimement mêlées l'une à l'autre, s'y renforcent mutuellement. Voltaire gagne sur les deux plans : le besoin qu'il a de parler de lui, de se manifester, n'a d'égal que son extrême pudeur à faire trop directement allusion à ce qu'il y a de plus profond en lui-même. Fondamentalement inapte à la confession, ce professionnel de la pirouette nous permet rarement d'accéder à sa vie intérieure ; mais la forme du conte permet à son *credo* de se faire jour à travers un voile d'humour et d'ironie.

Une telle ambivalence se retrouve sur le plan de la technique et contribue à faire des contes de Voltaire, à travers tous les temps, une des expressions les plus réussies du conte philosophique. Lorsque, au mépris des lois de la pesanteur, du mouvement, de la vie, il s'installe joyeusement dans ce réseau d'invraisemblances héritées, nous l'avons vu, d'une longue tradition romanesque, Voltaire ne fait que retrouver les lois éternelles du genre : cette imagination qui se détruit sans cesse au fur et à mesure qu'elle s'enchante d'elle-même. Sa désinvolture à l'égard des « fadaises », des « contes de vieilles » le fait exceller en ce genre qui se veut désinvolte, et dont l'essence est de ne pas se prendre au sérieux ; l'accumulation des aventures, les décors pittoresques et fragiles, d'un exotisme de pacotille, les personnages au mode d'être incertain, marionnettes qui s'abolissent une fois qu'elles ont porté leur minuscule témoignage, tout cela en définitive a pour effet de symboliser la condition humaine. Le mythe, aussi gratuit semble-t-il à première vue, a toujours pour ultime objet la démystification.

« Ah ! s'il nous faut des fables, que ces fables soient du moins l'emblème de la vérité ! » Cette déclaration de l'Ingénu au vieillard Gordon s'appliquera à l'ensemble des *Contes*. Mais il ne faut pas perdre de vue que la vérité s'y engendre par un détour, et que c'est en ce détour même que résident leur prix et leur enchantement. Comme Cervantès, dans son *Don Quichotte,* Voltaire conserve tous les charmes de l'imagination qu'il dénonce. Et ce n'est pas le moindre intérêt de ces contes qu'ils atteignent la vérité de l'essence à travers les séductions du déguisement.

Les personnages : Zadig, Micromégas, l'Ingénu

ZADIG

Zadig figure d'une manière mythique les ambitions, les illusions et les déceptions de Voltaire à partir des années 40. On a vu — et le conte de *Micromégas,* s'il doit être daté de la période heureuse de Cirey, nous le confirme — que Voltaire s'est longtemps entretenu dans l'illusion que la science et la sagesse mènent au bonheur, lorsqu'elles se pratiquent à l'écart du monde. Or Voltaire finit par sortir de sa retraite et se réintroduit peu à peu dans la société parisienne. Vers 1745 (voir *supra* notre préface), il est même rentré en faveur auprès du roi et ambitionne de jouer un rôle officiel. Projeté dans le monde de la cour, traqué par l'envie, il se met à danser, lui le sage et le pur, le ballet de la faveur et de la disgrâce, et ne tarde pas à apprendre combien ce genre de réussite peut être périlleux : « Qu'il est dangereux de se mettre à la fenêtre, et qu'il est difficile d'être heureux dans cette vie ! »

Ainsi Voltaire soupire-t-il sous les traits de Zadig. Pour ce sage parmi les sages, jeté dans la presse de Babylone, la vérité n'est plus seulement un objet d'examen, elle se conquiert dans un combat sans trêve contre le mal et les démons. Malgré des échecs passagers, rien n'est définitivement compromis : l'espoir ne faiblit pas, et le héros, par sa valeur, finira par émerger de ses disgrâces : Zadig, esclave, fait la conquête de son maître Sétoc, et retrouve, intacte et fidèle, la reine Astarté. Ainsi le conte se termine en une radieuse apothéose.

Au bout de ses honneurs et de ses peines, Voltaire espérait sans doute retrouver l'idéal édénique de Cirey. Mais une première faille est apparue dans cet idéal : si la sagesse et la pureté mènent finalement au bonheur, c'est par des voies infiniment périlleuses, et au prix d'une constante vigilance.

Zadig a failli devenir borgne. Ce modèle d'humanité, qui réunit en lui toutes les qualités d'intelligence, de perspicacité, de sagesse, de courage, sans compter la beauté et la richesse, si importante aux yeux de Voltaire, ne semble pas trouver, selon les lois d'une juste rémunération, la destinée qui corresponde aux perfections dont l'a parée son créateur. D'où la question posée à travers tout le conte sur la Providence, la justice de Dieu *(Théodicée)* et en fin de compte sur la liberté de la créature : car il y a en Zadig une générosité toute cornélienne, qui se définit,

comme le voulait Descartes, « par le sentiment du libre-
arbitre, joint à la ferme détermination de n'en manquer
jamais ». En face de cette véritable foi (Zadig héros de
lumière luttant contre les ténèbres dans une entreprise de
régénération de l'humanité), l'expérience d'une vie ressen-
tie comme une aveugle nécessité. L'ange Jesrad (voir
notice de présentation) a beaucoup de mal à sauvegarder
l'idée d'une Providence se réalisant selon des voies
impénétrables. Le *Mais* de Zadig traduit le désarroi mo-
mentané de son créateur.

MICROMÉGAS

Dans cette petite pochade qu'est l'histoire de Micromégas, les traits du personnage principal ne sont en vérité
qu'esquissés, pour servir d'illustration à une thèse : un
être jeune, comme le seront ses frères à venir, Babouc,
Zadig, Memnon, Scarmentado, Candide, l'Ingénu ; singulièrement jeune, même, pour un habitant de Sirius, puisqu'il n'a que cent soixante-dix ans dans une planète où
l'on est appelé à vivre trente mille fois davantage ; souverainement libre, se mouvant avec aisance dans un univers limpide, où tout est rapport, proportion, harmonie.
Comment ne pas reconnaître en tout cela la marque
radieuse du paradis de Cirey ?

La situation du Sirien à l'égard des hommes, c'est aussi
celle d'un Voltaire confortablement installé dans son ob-
servatoire, et qui prend, à la suite de Locke, ses congé-
nères comme sujets d'expérience. On notera que ce super-
géant, comme d'ailleurs ce minigéant qu'est son confrère
le Saturnien, ne profitent en rien de leur taille pour s'imposer par la force aux humains : souvenir certes de la
« bienveillance gigantale » commune aux héros de Rabe-

lais et de Swift, mais aussi illustration de la thèse centrale du conte selon laquelle les êtres du cosmos communiquent entre eux et s'apprécient mutuellement selon les lois d'une intelligence et d'un langage universels.

L'INGÉNU

L'Ingénu, lui aussi, est un jeune homme libre, curieux de tout, exempt de préjugés, comme Micromégas ; il a l'esprit juste, le discernement et la noblesse d'âme de Zadig ; il a la simplicité et la fraîcheur de Candide. Au reste, un caractère bien à lui, martial et doux, indépendant, têtu, mélancolique à ses heures : c'est l'homme naturel de Jean-Jacques Rousseau, revu et corrigé par Voltaire (voir notre notice préliminaire au conte).

Ce « bon sauvage » américain s'est fourvoyé sur les côtes de Basse-Bretagne, mais il n'y reste pas longtemps un étranger. Adopté d'emblée par cette société provinciale, où d'ailleurs il ne tarde pas à retrouver un oncle et une tante, il s'y intègre et s'y adapte avec une aisance relative. Sans doute perd-il la belle Saint-Yves en des circonstances émouvantes, mais qui n'a ses malheurs en ce bas monde ? Sans doute paie-t-il son dévouement au roi de quelques désagréments, et l'enferme-t-on à la Bastille, mais ce séjour lui est somme toute profitable, et il s'y cultive. En revanche, que de sujets de réconfort : ce janséniste si humain et si traitable, en la personne du bon vieillard Gordon, cette bonne volonté partout répandue, cet attendrissement général !

Et Voltaire, à cette époque ? Ses affaires personnelles se sont bien rétablies depuis *Candide*. Dans sa correspondance, il note, pour s'en féliciter, l'immense progrès accompli, depuis quinze ans, par les lumières. La civilisa-

tion est en marche, les jésuites sont expulsés, l'exilé perpétuel s'est installé en maître et seigneur à Ferney, d'où il
dirige le mouvement philosophique. Voltaire s'est réconcilié avec beaucoup de choses : avec ses contemporains
dont il reçoit les hommages — lui aussi a cessé d'être un
étranger et a été adopté —, avec les pouvoirs publics,
avec la vie en général — tout finit quand même par
s'arranger lorsque chacun y met du sien, comme l'Ingénu
et le janséniste à la Bastille, faisant chacun la moitié du
chemin, pour trouver un terrain d'entente. Mais Voltaire
s'est surtout réconcilié avec lui-même et sa propre pureté.
L'ingénuité du Huron peut comporter une certaine dose
de candeur, elle n'est plus cette naïveté un peu irritante
de Candide, mais une sorte de sainteté naturelle et philosophique, contagieuse par l'exemple. Malgré la grande
différence d'âge — Voltaire se recrée toujours à neuf dans
cette sorte de personnages —, la situation de l'Ingénu
dans le roman est donc bien celle de l'apôtre de Ferney,
qui peu à peu fait prendre conscience aux hommes de
leur propre humanité.

Le travail de l'écrivain

Si l'on essaie de définir le travail du style chez Voltaire,
et ce que sa « manière » représente encore à nos yeux, on
trouve d'abord, et essentiellement, la traduction d'une
certaine *attitude* de pensée : aux antipodes du « bel esprit », avec ses « œufs de mouches pesés sur des balances
en toiles d'araignée », que Voltaire reprochait à Marivaux,
l'esprit voltairien, lui, a un sens, et n'existe que par et

pour la lutte ; toujours aux aguets devant la sottise et prêt à bondir, puisqu'il n'est point d'efficacité sans à-propos, et qu'il se veut avant tout efficace ; il sait que le ridicule tue à la longue, que ridiculiser, c'est rapetisser, rendre extérieur et absurde, en un mot *réduire*. Il sait qu'à ce prix sont permises toutes les profanations, que souvent la mauvaise foi aide la bonne cause.

Un badinage aussi tenace que les erreurs qu'il faut tuer et retuer encore, immédiat comme un réflexe, opiniâtre comme une machination, tel apparaît l'esprit de Voltaire. Une once de gaillardise peut venir s'ajouter pour relever la fête :

« Il crut être dans un marché où l'on vendait des chaises de paille ; mais, bientôt, voyant que plusieurs femmes se mettaient à genoux, en faisant semblant de regarder fixement devant elles et en regardant les hommes de côté, il s'aperçut qu'il était dans un temple. »

L'ironie de Voltaire nous enseigne à ne jamais être dupes : c'est l'arme, souvent déloyale, d'une loyauté et d'un être sincèrement affamé d'évidence, qui, selon le conseil qu'il donna un jour à d'Alembert, « marche toujours en ricanant sur le chemin de la vérité. » « Si la lumière vient des étoiles en vingt-cinq ans, lit-on dans les *Carnets,* Adam fut vingt-cinq ans sans en voir. » En ce sens, comme toute la pensée de Voltaire, cette ironie est une ascèse. Ce qu'elle a parfois à nos yeux de crispé traduit moins la certitude arrogante que l'amertume de la déréliction. Car l'essentiel de la leçon voltairienne reste cette détermination lucide de s'en tenir coûte que coûte aux résultats d'une enquête, quelque moroses qu'ils puissent être. C'est Memnon se réveillant de ses folies et jaugeant l'étendue du désastre. Les hommes comprennent, mais ont tendance à s'étourdir : au terme de son exploration,

Voltaire, lui, se refuse toujours les commodités d'une telle attitude, y compris celle de la foi. L'ironie voltairienne, le style voltairien, sont avant tout *dégrisement*.

Ce que Voltaire peut ôter aux uns par l'exercice cruel de son esprit, en quoi il manque certes de charité, il le prodigue aux autres, en quoi il se rachète. Cet accord intime entre l'ironie et la pitié agissante, c'est le secret du style de Voltaire.

Le livre et son public

XVIIIe siècle

« Il se trouve dans ce livre *[Zadig]* plusieurs principes qui ne seront pas approuvés généralement, mais on y découvre beaucoup de génie et d'invention, et l'auteur a le secret de paraître original même lorsqu'il n'est qu'imitateur. Son style est naturel, peut-être quelquefois négligé, mais toujours vif et agréable. Son héros est un philosophe charmant, qui joint aux lumières que fournit l'étude, toutes les grâces qu'on puise dans le commerce du grand monde. » *Mercure de France* (novembre 1748).

« Cet ouvrage *[Zadig]* est singulier partout, même dans l'approbation... L'auteur, qui nous est inconnu, doit avoir bien de l'esprit, un grand usage d'écrire, et beaucoup de connaissances. Il raconte avec légèreté et peint avec grâce. Son héros est Zadig, homme d'aventures et tout aimable. Il a toutes les qualités, celles même des philosophes ; il sait tout, parle de tout, juge toute espèce d'affaire sans pédanterie, sans affectation, sans prendre jamais le change. Un seul point ne lui est pas assez connu, c'est l'obligation de respecter les ordres de la Providence ; ses malheurs le font murmurer quelquefois contre elle ; mais sur la fin de l'ouvrage, un esprit céleste lui apprend « à ne « pas vouloir juger d'un tout dont il n'aperçoit que la plus « petite partie ». Telles sont les voies de la Providence, nous ne les envisageons ordinairement que d'un côté, tout le reste nous échappe. » *Mémoires de Trévoux* (novembre 1748).

« *Zadig ou la Destinée, histoire orientale,* est un nouveau roman qui mérite quelque attention. Il n'y a point d'intérêt ; ce sont des contes de quelques pages, détachés les uns des autres, et qui sont extrêmement froids. Point d'instruction ; ces contes roulent sur des matières frivoles ou sur quelques objets de morale superficiellement traités. Point de sentiment : je ne me souviens pas d'avoir guère lu rien d'aussi sec ; peu d'esprit, les pensées y sont rares et même fort communes. Il règne en revanche dans ce petit ouvrage une correction de style, un naturel d'expression, un respect pour les mœurs et pour le culte reçu, qu'on n'avait vu depuis longtemps dans aucun livre de ce genre. Les gens du monde, les femmes principalement, en font peu de cas ; les vrais connaisseurs et les gens de métier en pensent beaucoup plus avantageusement. » ABBÉ RAYNAL, *Nouvelles littéraires* (1749).

« Voltaire en veut à tous les piédestaux... Il aura beau faire, beau dégrader ; je vois une douzaine d'hommes dans la nation qui, sans s'élever sur la pointe du pied, le passeront toujours de la tête. Cet homme n'est que le second dans tous les genres. » DIDEROT, *Lettre à Sophie Volland* (12 août 1762).

« Comment se remplira le vide immense qu'il a laissé dans presque tous les genres de littérature ? Je dirais que ce fut le plus grand homme que la nature ait produit, que je trouverais des approbateurs ; mais si je dis qu'elle n'en avait point encore produit, et qu'elle n'en produira peut-être pas un aussi extraordinaire, il n'y aura guère que ses ennemis qui me contrediront. » DIDEROT, *Essai sur les règnes de Claude et de Néron*, II, XXVI (1778).

« Voltaire, en paraissant toujours croire en Dieu, n'a réellement jamais cru qu'au diable, puisque son Dieu prétendu n'est qu'un être malfaisant qui, selon lui, ne prend de plaisir qu'à nuire. L'absurdité de cette doctrine, qui saute aux yeux, est surtout révoltante dans un homme comblé de biens, qui, du sein du bonheur, cherche à désespérer ses semblables par l'image affreuse et cruelle de toutes les calamités dont il est exempt. Autorisé plus que lui à compter et peser les maux de la vie humaine, j'en fis l'équitable examen, et je lui prouvai que de tous ces maux, il n'y en avait pas un dont la Providence ne fût disculpée, et qui n'eût sa source dans l'abus que l'homme a fait de ses facultés plus que dans la nature elle-même... Depuis lors, Voltaire a publié cette réponse qu'il m'avait promise, mais qu'il ne m'a pas envoyée. Elle n'est autre que le roman de *Candide,* dont je ne puis parler, parce que je ne l'ai pas lu. » JEAN-JACQUES ROUSSEAU, *Confessions,* livre IX (vers 1769-1770).

XIXe siècle

« Voltaire édifie et renverse ; il donne les exemples et les préceptes les plus contraires. Il élève aux nues le siècle de Louis XIV, et attaque ensuite en détail la réputation des grands hommes de ce siècle ; tour à tour, il encense et dénigre l'antiquité. Tandis que son imagination vous ravit, il fait luire une fausse raison qui détruit le merveilleux, rapetisse l'âme et montre sous un jour hideusement gai l'homme à l'homme. Il charme et fatigue par sa mobilité ; il vous enchante et vous dégoûte ; on ne sait quelle est la forme qui lui est propre : il serait insensé s'il n'était sage, et méchant si sa vie n'était remplie de traits de bienfaisance. » CHATEAUBRIAND, *Génie du Christianisme* (1802).

« On se tromperait en croyant donner plus de piquant aux variétés philosophiques par le mélange des personnages et des aventures qui servent de prétexte aux raisonnements. On ôte à l'analyse sa profondeur, au roman son intérêt, en les réunissant ensemble. Pour que les événements inventés vous captivent, il faut qu'ils se succèdent avec une rapidité dramatique ; pour que les raisonnements amènent la conviction, il faut qu'ils soient suivis et conséquents ; et quand vous coupez l'intérêt par la discussion, et la discussion par l'intérêt, loin de reposer les bons esprits, vous fatiguez leur attention. » MADAME DE STAËL, *De la littérature* (1800).

« Dors-tu content, Voltaire, et ton hideux sourire
Voltige-t-il encor sur tes os décharnés ?
Ton siècle était, dit-on, trop jeune pour te lire ;

Le nôtre doit te plaire, et tes hommes sont nés.
Il est tombé sur nous, cet édifice immense
Que de tes larges mains tu sapais nuit et jour. »
ALFRED DE MUSSET, *Rolla* (1833).

« Sans sortir du ton de la conversation ordinaire, et comme en se jouant, Voltaire met en petites phrases portatives les plus grandes découvertes et les plus grandes hypothèses de l'esprit humain, les théories de Leibnitz, Malebranche, Locke et Newton, les diverses religions de l'antiquité et des temps modernes, tous les systèmes connus de physique, de physiologie, de géologie, de morale, de droit naturel, d'économie politique [...] Sa pente est si forte de ce côté qu'elle l'entraîne trop loin ; il rapetisse les grandes choses à force de les rendre accessibles [...] Mais quel attrait pour des Français, pour des gens du monde, et quel lecteur s'abstiendra d'un livre où tout le savoir humain est rassemblé en mots piquants ? » TAINE, *Essais de critique et d'histoire* (1865).

XXᵉ siècle

« C'est un lieu commun de dire qu'il n'y a pas de psychologie dans Voltaire. On a raison si, par psychologie, on entend l'invention de Racine ou de Marivaux. Voltaire, comme Lesage, est moraliste plus que psychologue. Il utilise la psychologie faite pour construire les bonshommes composés de sentiments moyens ou possédés de manies intenses dont ses thèses ont besoin. Il est artiste plus que psychologue, et c'est par là justement qu'il enrichit la psychologie. Il n'analyse pas des caractères, il dessine des silhouettes. Chacun des fantoches qui vont à la chasse au bonheur est saisi en son attitude expressive, qui révèle le ressort dont il est mû. Chacun a le pli, l'accent de son état, de sa nation... Ces légers croquis sont des charges. La pitié même et l'indignation se traduisent en sarcasmes, en bouffonneries. L'art mondain de donner des ridicules est mis au service de la philosophie. Toutes les misères de l'homme et du monde sont traduites devant l'intelligence et apparaissent en sottises : sûre tactique pour révolter des esprits clairs contre les causes de la souffrance morale. Les romans de Voltaire sont des descriptions du progrès par l'absurde. » G. LANSON, *Voltaire* (1906).

« Je ne connais pas de conteur qui se faufile avec plus d'agilité au milieu des événements, qui ne soit plus habile à se débarrasser de l'accessoire et à ne retenir que l'indispensable. Il n'a point l'imagination forte : il n'est point de ceux qui créent des Panurge et des Tartuffe. Il ne va jamais jusqu'à la grande peinture : il s'arrête à la silhouette, au croquis, à la fine caricature, à la pochade. Mais il y est inimitable. La vie qui sort de lui est une vie menue et grêle, mais c'est de la vie. Ses personnages ne sont pas à la taille humaine ; mais comme les Lilliputiens de Swift, ils font les gestes et nourrissent les passions des hommes. » A. BELLESSORT, *Essai sur Voltaire* (1926).

« Sainte-Beuve est le premier qui n'ait pas craint de parler du « pathétique » de Voltaire. « Sa grâce, écrit-il, « son brillant, sa pétulance, le sérieux et parfois le pathé-« tique qui se cachaient sous ces dehors légers, du premier « coup il eut tout cela. » Mais le pathétique de Voltaire est un pathétique discret. Nietzsche, son disciple, recommandait la discrétion jusque dans l'héroïsme. C'est une recommandation qu'on trouve tout au long de l'œuvre de Voltaire. » JEAN GUÉHENNO, *Article sur Voltaire,* in *Tableau de la littérature française des XVIIᵉ et XVIIIᵉ siècles,* N.R.F. (1938).

« La vie même de Voltaire a l'air d'un conte d'entre ses contes. Il y a du vaudeville, de la féerie, des reflets de drame et des apothéoses dans son histoire. Il se fait admirer, adorer, abhorrer, haïr et vénérer, bâtonner, couronner, avec une sorte de maîtrise encyclopédique dans l'art de susciter les sentiments les plus divers, de se créer des ennemis mortels, des dévots et des fanatiques, de n'être indifférent à personne, tandis que rien d'humain ne lui est étranger et qu'une curiosité jamais satisfaite le tourmente. Tout excite son désir de connaître, de réduire, de combattre... » PAUL VALÉRY, Discours prononcé à la Sorbonne le 10 décembre 1944.

« Voltaire s'amuse. Puis il est sérieux, paradoxal, ironique ; il traite des plus graves questions à partir des plus minces sujets, ou l'inverse. Il a une envergure de pensée qui fait défaut à un Saint-Simon ; ses expériences sont plus variées, ses curiosités plus étendues que celles de Montaigne. C'est une fête de l'esprit que de retrouver toutes les matières, ou peu s'en faut, de la culture humaine, repensées, et exprimées, au cours d'un long « propos » de plus d'un demi-siècle, par l'un des hommes les plus intelligents et les plus vivants qui aient jamais été. » R. POMEAU, *Voltaire par lui-même* (1955).

Pensées détachées (de Voltaire sur lui-même)

« Je voudrais, dans la recherche de l'homme, me conduire comme je fais dans l'étude de l'astronomie : ma pensée se transporte quelquefois hors du globe de la terre, de dessus laquelle tous les mouvements célestes paraîtraient irréguliers et confus. Et après avoir observé les mouvements des planètes comme si j'étais dans le soleil, je compare les mouvements apparents que je vois sur la terre avec les mouvements véritables que je verrais si j'étais dans le soleil. De même, je vais tâcher, en étudiant l'homme, de me mettre hors de sa sphère, et hors d'intérêt, et de me défaire de tous les préjugés d'éducation, de patrie, et surtout des préjugés de philosophie. » *(Traité de métaphysique.)*

« Ma chère amie, Paris est un gouffre où se perdent le repos et le recueillement de l'âme sans qui la vie n'est qu'un tumulte importun. Je ne vis point : je suis porté, entraîné loin de moi dans des tourbillons. Je vais, je viens, je soupe au bout de la ville pour souper le lendemain à l'autre. D'une société de trois ou quatre intimes amis, il faut voler à l'Opéra, à la comédie, voir des curiosités comme un étranger, embrasser cent personnes en un jour, faire et recevoir cent protestations ; pas un instant à soi, pas le temps d'écrire, de penser ni de dormir. Je suis comme cet ancien qui mourut accablé sous les fleurs qu'on lui jetait. » (A Mme de Champbonin, septembre 1739.)

« Asile des Beaux-Arts, solitude où mon cœur
Est toujours occupé dans une paix profonde,
C'est vous qui donnez le bonheur
Que promettait en vain le monde. »

(Quatrain gravé par Voltaire au-dessus de la porte de sa galerie, à « Cirey en Félicité ».)

« Regrettera qui veut le bon vieux temps,
Et l'âge d'or, et le règne d'Astrée,
Et les beaux jours de Saturne et de Rhée,
Et le jardin de nos premiers parents ;
Moi, je rends grâce à la nature sage,
Qui, pour mon bien, m'a fait naître en cet âge,
Tant décrié par nos pauvres docteurs :
Ce temps profane est tout à fait pour mes mœurs.
J'aime le luxe, et j'aime la mollesse,
Tous les plaisirs, les arts de toute espèce,
La propreté, le goût, les ornements :
Tout honnête homme a de tels sentiments. »

(*Le Mondain,* 1736.)

« Pour moi, loin des cités, sur les bords du Permesse,
Je suivais la nature et cherchais la sagesse ;
Et des bords de la sphère où s'emporta Milton,
Et de ceux de l'abîme où pénétra Newton,
Je les voyais franchir leur carrière infinie ;
Amant de tous les arts et de tout grand génie,
Implacable ennemi du calomniateur,
Du fanatique absurde et du vil délateur ;
Ami sans artifice, auteur sans jalousie,
Adorateur d'un Dieu, mais sans hypocrisie,
Dans un corps languissant, de cent maux attaqué,
Gardant un esprit libre à l'étude appliqué,

Et sachant qu'ici-bas la félicité pure
Ne fut jamais permise à l'humaine nature ! »
(*Discours en vers sur l'homme,* 1738.)

« Je passe ma vie, mon cher abbé, avec une dame qui fait travailler trois cents ouvriers, qui entend Newton, Virgile et le Tasse, et qui ne dédaigne pas de jouer au piquet : voilà l'exemple que je dois suivre de très loin. Je vous avoue, mon cher maître, que je ne vois pas pourquoi l'étude de la physique écraserait les fleurs de la poésie. La vérité est-elle si malheureuse qu'elle ne puisse souffrir les ornements ? » (A l'abbé d'Olivet, 20 octobre 1738.)

« Monsieur le Doyen, je suis bien aise d'apprendre que vous avez écrit contre moi un petit livre... Au reste, si jamais vous comprenez quelque chose aux monades, à l'harmonie préétablie,
    Si Monsieur le Doyen peut jamais concevoir
    Comment tout étant plein tout a pu se mouvoir,
si vous découvrez aussi comment, tout étant nécessaire, l'homme est libre, vous me ferez plaisir de m'en avertir. Quand vous aurez aussi démontré en vers ou autrement pourquoi tant d'hommes s'égorgent dans le meilleur des mondes possibles, je vous serai très obligé. » (A Martin Kahle, 1744.)

« Je vous avouerai, Monsieur, sans être flatteur comme Horace, que sous le gouvernement heureux où nous vivons, un homme qui tomberait aux disgrâces du roi ne devrait sentir que des remords. Ce roi est le plus indulgent des princes et le moins sensible à la calomnie. Je ne comprends pas sur quels fondements le bruit a couru qu'il m'avait retiré ses bontés... Voilà une plaisante vengeance

de dire d'un homme qui se porte bien qu'il est malade. Il
faut laisser parler les hommes et ne point faire dépendre
la réalité de notre bien-être des vanités de leurs discours.
Il est bien difficile, Monsieur, que je puisse connaître
l'adversité : je suis trop médiocre, trop borné dans mes
désirs, et placé trop bas pour tomber. Je suis placé soli-
dement parce que je ne suis pas élevé, et c'est peut-être
de toutes les conditions la plus douce. » (A M. de Crouzas,
1746.)

« Je ne vis point comme je voudrais vivre. Mais quel est
l'homme qui fait son destin ? Nous sommes dans cette vie
des marionnettes que Brioché mène et conduit sans qu'elles s'en doutent. » (A Cideville, janvier 1748.)

« Quelque parti qu'on prenne, on doit frémir sans doute.
Il n'est rien qu'on connaisse et rien qu'on ne redoute.
La nature est muette, on l'interroge en vain ;
On a besoin d'un Dieu qui parle au genre humain.
Il n'appartient qu'à lui d'expliquer son ouvrage,
De consoler le faible et d'éclairer le sage.
L'homme au doute, à l'erreur abandonné sans lui,
Cherche en vain des roseaux qui lui servent d'appui.
Leibniz ne m'apprend point par quels nœuds invi-
Dans le mieux ordonné des univers possibles, [sibles,
Un désordre éternel, un chaos de malheurs,
Mêle à de vains plaisirs de réelles douleurs,
Ni pourquoi l'innocent, ainsi que le coupable,
Subit également ce mal inévitable.
Je ne conçois pas plus comment tout serait bien :
Je suis comme un docteur, hélas ! je ne sais rien.
                    (*Poème sur le désastre de Lisbonne*, 1756.)

« Ô maison d'Aristippe, ô jardins d'Épicure !
Vous qui me présentez, dans vos enclos divers,
Ce qui souvent manque à mes vers,
Le mérite de l'art soumis à la nature,
Empire de Pomone et de Flore sa sœur,
Recevez votre possesseur !
Qu'il soit, ainsi que vous, solitaire et tranquille !
Je ne me vante pas d'avoir, en cet asile,
Rencontré le parfait bonheur :
Il n'est point retiré dans le fond d'un bocage.
Il est encor moins chez les rois,
Il n'est pas même chez le sage :
De cette courte vie il n'est point le partage.
Il y faut renoncer ; mais on peut quelquefois
Embrasser au moins son image. »

(*L'auteur arrivant dans sa terre,
près du lac de Genève,* mars 1755.)

« Bonjour, mon ami Job, tu es un des plus anciens originaux dont les livres fassent mention... J'ai été beaucoup plus riche que toi ; et, quoique j'aie perdu une grande partie de mon bien et que je sois malade comme toi, je n'ai point murmuré contre Dieu, comme tes amis semblent te le reprocher. » (*Dictionnaire philosophique,* article *Job,* 1764.)

« Qu'on remplisse la loterie, les rentes viagères tant qu'on voudra ; moi, je veux du blé, du bois, du vin et des fourrages. Une terre reste : un autre bien peut être englouti ; je veux mourir en laboureur et en berger. » (Ferney, octobre 1758.)

« J'ai enfin lu *Candide* ; il faut avoir perdu le sens pour m'attribuer cette coïonnerie ; j'ai, Dieu merci, de meilleures occupations. Si je pouvais excuser jamais l'Inquisition, je pardonnerais aux Inquisiteurs du Portugal d'avoir pendu le raisonneur Pangloss pour avoir soutenu l'optimisme. En effet, cet optimisme détruit visiblement les fondements de notre sainte religion ; il mène à la fatalité ; il fait regarder la chute de l'homme comme une fable, et la malédiction prononcée par Dieu même contre la terre, comme vaine. C'est le sentiment de toutes les personnes religieuses et instruites : elles regardent l'optimisme comme une impiété affreuse. » (Au pasteur Vernes, mars 1759.)

« Après tant de courses malheureuses, fatigué, harassé, honteux d'avoir cherché tant de vérités, et d'avoir trouvé tant de chimères, je suis revenu à Locke comme l'enfant prodigue qui retrouve un père ; je me suis rejeté dans les bras d'un homme modeste, qui ne feint jamais de savoir ce qu'il ne sait pas ; qui à la vérité, ne possède pas de richesses immenses, mais dont les fonds sont bien assurés, et qui jouit du bien le plus solide sans ostentation. » (*Le Philosophe ignorant*, 1767.)

Chronologie succincte (Des Lettres philosophiques *à sa mort : 1734-1778)*

1734. — Parution et scandale des *Lettres philosophiques*. Voltaire se réfugie chez son amie Mme du Châtelet, au château de Cirey, qui va être son point d'attache pendant dix ans.

1736. — Publication du *Mondain*. Début de la correspondance avec Frédéric, qui va devenir roi de Prusse en 1740.

1742. — *Mahomet, ou le fanatisme,* tragédie.

1743. — *Mérope,* tragédie. Voltaire est chargé officieusement par la cour d'une mission auprès de Frédéric II.

1745. — Rentré en grâce, il revient à Paris, est nommé historiographe du roi ; élu l'année suivante à l'Académie française.

1747. — Après l'incident du Jeu de la Reine, Voltaire est obligé à nouveau de s'enfuir, et s'installe à la cour du roi Stanislas, à Lunéville. Il y perd Mme du Châtelet dans des circonstances fort pénibles. Entre-temps est paru *Zadig*.

1750. — Désemparé, Voltaire accepte l'hospitalité de Frédéric II à Berlin.

1751. — Parution du *Siècle de Louis XIV.*

1753. — Brouille avec Maupertuis et Frédéric, départ de Berlin, arrestation à Francfort, où il doit restituer des papiers compromettants.

1754. — Année difficile à Colmar, crise de pessimisme : *Scarmentado*.

1755. — Voltaire s'installe en Suisse, aux *Délices* près de Genève.

1756. — Publication de l'*Essai sur les mœurs et l'esprit des nations. Poème sur le désastre de Lisbonne.*

1757. — Désastre français de Rossbach. Scandale de l'article *Genève* de l'Encyclopédie.

1758. — Année de la rédaction de *Candide*. A la fin de cette même année, Voltaire achète les domaines de Ferney et de Tournay.

1759. — Publication de *Candide* (janvier).

1762-1764. — Voltaire entreprend la réhabilitation de Jean Calas, protestant toulousain accusé du meurtre de son fils et injustement, semble-t-il, condamné à mort.

1763. — *Traité de la tolérance.*

1764. — Parution du *Dictionnaire philosophique portatif.*

1765-1766. — Affaire Sirven, affaire du chevalier de La Barre.

1770. — Défense par Voltaire des serfs de l'abbaye de Saint-Claude.

1771. — Voltaire en faveur des parlements Maupeou.

1773. — Première attaque de la strangurie dont mourra plus tard Voltaire (février-mars).

1774. — Avènement de Louis XVI, salué par Voltaire comme le début d'une ère nouvelle (10 mai).

1775. — Voltaire obtient un édit de Turgot affranchissant le pays de Gex de la gabelle.

1776. — *La Bible enfin expliquée.*

1778. — Voltaire arrive à Paris en février. Triomphe d'*Irène.* Il meurt le 30 mai.

Bibliographie

I. ÉDITIONS D'ŒUVRES ISOLÉES.

Candide ou l'optimisme, édition critique par André Morize, Paris, Droz, second tirage 1931.

Candide ou l'optimisme, édition critique par René Pomeau, Paris, Nizet, 1959.

Essai sur les mœurs, éd. René Pomeau, Paris, Garnier, 1963, 2 vol.

L'Ingénu, éd. William R. Jones, seconde édition, Genève, Droz et Paris, Minard, 1957.

L'Ingénu, éd. Jean Varloot, Paris, Éditions sociales, 1955.

Lettres d'Amabed, éd. A. Jovicevich, Paris, 1961.

Lettres philosophiques, édition critique par G. Lanson, Paris, Hachette, 1930, 2 vol.

Mélanges, éd. J. Van den Heuvel, Paris, N.R.F., La Pléiade, 1961.

Micromégas, a Study in the Fusion of Science, Myth and Art, édition critique par Ira O. Wade, Princeton University Press, 1950.

Notebooks, éd. Th. Besterman, Genève, 1952.

Œuvres historiques, éd. René Pomeau, Paris, N.R.F., La Pléiade, 1957.

Le Taureau blanc, édition critique par René Pomeau, Paris, Nizert, 1956.

Zadig ou la destinée. Histoire orientale, édition critique par G. Ascoli, revue et complétée par Jean Fabre, Paris, Didier, 1962.

Zadig ou la destinée, édition critique par V.L. Saulnier, Genève, Droz, et Lille, Giard, 1946.

II. ÉTUDES.

G. DESNOIRESTERRES, *Voltaire et la société de son temps,* Paris, 1867-1876, 8 vol.

G. LANSON, *Voltaire,* Paris, Hachette, 1906, revu et complété en 1960 par René Pomeau.

A. BELLESSORT, *Voltaire,* Paris, 1925.

R. NAVES, *Le Goût de Voltaire,* Paris, 1938.

R. NAVES, *Voltaire et l'Encyclopédie,* Paris, 1938.

N.L. TORREY, *The Spirit of Voltaire*, New York, 1938.

I.O. WADE, *Voltaire and Madame du Châtelet at Cirey*, Princeton, 1941.

R. NAVES, *Voltaire*, Paris, Hatier-Boivin, 1942.

P. VALÉRY, *Discours sur Voltaire*, prononcé le 10 décembre 1944 en Sorbonne, Paris, 1945.

R. POMEAU, *Voltaire par lui-même*, Paris, 1955.

R. POMEAU, *La Religion de Voltaire*, Paris, 1956.

J. VAN DEN HEUVEL, *Voltaire dans ses contes, de Micromégas à l'Ingénu*, Paris, A. Colin, 1968.

NOTES

Chaque conte est précédé d'une notice. Nous donnons ici quelques précisions concernant *Zadig*, *Micromégas*, *L'Ingénu* et *L'Homme aux quarante écus*.

Zadig ou la destinée

P. 7

1. Le sous-titre « ou la destinée » manque dans *Memnon*, premier état de *Zadig*. Une lettre de Voltaire à Bernis, « à Commercy, ce 17 octobre 1748 » nous donne une indication précieuse. Elle parle d'un « roman moral qu'on devrait intituler plutôt *la Providence* que *la Destinée*, si on osait se servir de ce mot respectable de Providence dans un ouvrage de pur amusement ». (Correspondance, Bibliothèque de la Pléiade, Lettre 2355, t. II, p. 1269.)

P. 10

1. Dixième mois du calendrier musulman.
2. L'origine du nom de Zadig a donné lieu à différentes hypothèses. On a signalé, en plus de Sadi, ici nommé, une Histoire de l'écuyer Saddyk (qui signifie en arabe le véridique) dans l'*Histoire de la sultane de Perse* de Chec Zadé ; le terme Zadik, qui en hébreu signifie le juste ; enfin le prêtre Zadog, héros d'un motet de Hændel, que Voltaire avait pu entendre à Westminster en 1727.

P. 11

1. Ouloug-Beg, petit-fils de Tamerlan, régna de 1416 à 1449.

P. 12

1. Plaisanteries grossières (Turlupin, auteur de farces au XVIIᵉ siècle).

P. 13

1. Ce nom rappelle celui de Semirem, ou Sémiramis, type de l'infidélité conjugale. Voltaire composait une tragédie de *Sémiramis* en même temps qu'il travaillait à *Zadig*.
2. L'actuel Himalaya.

P. 14

1. Allusion probable au grand Hermès Trismegiste considéré comme un des maîtres de la médecine antique, et dont Voltaire soutiendra l'origine égyptienne (d'où Memphis, capitale de l'ancienne Égypte). Cf. *La Princesse de Babylone* (in notre *Candide et autres contes*), chapitre premier.

P. 16

1. C'est dans les extraits du *Sadder* donnés par Hyde, dans son *Historia religionis veterum Persarum* (1700), que Voltaire a trouvé le nom de ce pont par lequel, selon la doctrine de Zoroastre, passent les âmes des justes avant de connaître une éternité de délices.

P. 17

1. Commentaire de l'Avesta, ou révélation de Zoroastre.
2. Allusions à des recherches ou des découvertes contemporaines. En 1732, par exemple, Pitot avait remis à l'Académie des Sciences un mémoire intitulé : *Description d'une machine pour mesurer la vitesse des eaux courantes.*

P. 19

1. Altération de Defterdar, « celui qui tient les rôles de la milice et des finances chez les Persans et chez les Turcs » (d'Herbelot, *Bibliothèque orientale,* 264 a).

2. Principe du bien dans la religion des mages. Terme hellénisé d'après l'original Ormuzd. Le principe du mal, Ahriman, va donner son nom à l'Envieux, Arimaze.

P. 21

1. Animal fabuleux, moitié aigle, moitié lion, dont il sera aussi question dans *La Princesse de Babylone.*

2. Anagramme pour le nom de l'évêque Boyer, précepteur du dauphin, conseiller du cardinal Fleury, et ennemi de Voltaire.

P. 23

1. Contrée de l'ancienne Perse, le long de la mer Caspienne.

P. 26

1. Idée chère à Voltaire. Cf. article « Chine » dans le *Dictionnaire philosophique* et début de *La Princesse de Babylone.*

P. 29

1. Conseil des vizirs présidé par le grand vizir.

P. 32

1. Allusion probable à la comédie larmoyante de Nivelle de la Chaussée.

P. 34

1. Déesse du Ciel chez les peuples sémitiques.

P. 38

1. L'étoile de Canope appartient à la constellation du Navire ou Argo. Mais il semble qu'ici Voltaire cherche une expression équivalente à pôle Sud. Cf. ses *Carnets,* éd. Besterman, 1968, t. I, p. 39 : « Pôle antarctique, autrefois Canope. »

P. 40

1. Parodie de la scène célèbre d'*Andromaque* de Racine (V, III).

P. 43

1. Avec le Sinaï, le mont Horeb est une des deux croupes du mont Thour. L'Arabie Déserte, par opposition à l'Arabie Heureuse, est le désert de Syrie.

P. 45

1. Cette religion des astres, originaire effectivement d'Arabie, porte le nom de sabéisme, ou sabisme, secte beaucoup plus ancienne, selon certaines traditions, que la religion de Zoroastre, et taxée ici par Voltaire d'idolâtrie, alors que parfois (cf. *Essai sur les mœurs,* ch. XV) il la défend contre cette accusation : « Leur religion était la plus naturelle et la plus simple de toutes : c'était le culte d'un Dieu et la vénération pour les étoiles. »

2. Peuple habitant la région de la rive occidentale du Gange, cité aussi dans *La Princesse de Babylone,* ch. III.

P. 48

1. Ou Bassorah, sur les bords de l'actuel golfe Persique, effectivement célèbre par ses marchés. Mais Voltaire commet, si l'on peut dire, un anachronisme, car elle ne fut construite que par le second khalife Omar, en 636 après J.-C.

2. Chine orientale et septentrionale.

P. 49

1. Le bœuf Apis.

2. Dieu chaldéen, moitié homme moitié poisson, qui serait sorti de la

mer Rouge pour enseigner aux hommes les lettres, les sciences et les arts.

P. 50

1. Capitale du Cathay, apparemment la même que Pékin.
2. Dieu de la religion druidique, à qui l'on offrait des sacrifices humains, et qui fut assimilé à Mercure par les Romains.

P. 52

1. Le soleil, la lune et les autres astres. En arabe, sabba, d'où le nom de sabéisme.

P. 53

1. Une des étoiles de la constellation de Pégase.
2. Deux villes de l'archipel des Moluques.

P. 54

1. Autre étoile brillante de la constellation de Pégase.

P. 59

1. Sans doute nom fantaisiste, Voltaire accolant par facétie un nom de consonance germanique à la réalité babylonienne.

P. 62

1. Serpent fabuleux dont le regard était mortel pour les êtres vivants, sauf pour les femmes.
2. Nom à la mode dans les romans dits orientaux de la première moitié du XVIIIᵉ siècle (cf. Mangogul dans *Les Bijoux indiscrets*, de Diderot, 1748). Par ailleurs, Ogul est l'anagramme du mot latin *gulo*, glouton.

P. 65

1. Plante narcotique. Ellébore : plante purgatoire.

P. 69

1. Art de déterminer l'avenir d'un enfant d'après la situation des astres à sa naissance.

P. 71

1. Tissu décoré de pierres précieuses, tendu au-dessus des personnalités importantes pour les abriter.

P. 80

. 1. La partie du ciel la plus proche de la lumière céleste.

2. Jezd signifie dans la langue ancienne des Perses *le Dieu tout-puissant*, et Jezdad *Dieudonné*, ange bienfaisant, envoyé du ciel. Jesrad récite le cathéchisme leibnizien, tel qu'on le trouve dans la *Théodicée* de Leibniz, et dans l'*Exposition du livre des Institutions physiques de Mme du Châtelet*, par Voltaire.

P. 81

1. Dans le système de Ptolémée (IIᵉ siècle après J.-C.), la terre est entourée de sphères concentriques, la dixième étant le séjour des bienheureux.

P. 85

1. Nom qui revient souvent dans les contes orientaux de l'époque, Ceylan, vraisemblablement, ou peut-être Sumatra.

P. 90

1. Épithète homérique décernée à Junon, et signifiant « aux yeux de vache ».

Micromégas

P. 95

1. Nom propre composé de deux adjectifs, pris au grec : *micros*, petit ;
megas, grand.

P. 96

1. In *La Vie de M. Pascal, écrite par Madame Périer, sa sœur.*
2. Membre du clergé musulman, chargé du maintien de la loi religieuse.

P. 97

1. Allusion au système de Newton.
2. Savant anglais, auteur d'une *Astrothéologie* (1715).
3. La toise valait à peu près deux mètres.

P. 98

1. Allusion à Fontenelle, secrétaire de l'Académie des Sciences.

P. 102

1. C'est Huyghens, auteur du *Systema Saturnium* (1659), admiré par
Voltaire.
2. Savant jésuite (1688-1757), inventeur du « clavecin oculaire », qui
avait publié en 1724 un *Traité de la pesanteur universelle* où il défendait le
système de Descartes contre celui de Newton.

P. 103

1. C'est-à-dire après la réforme du calendrier par le pape Grégoire VII, en 1582.

P. 107

1. *Quarts de cercle :* instruments servant à prendre les élévations sur
terre et sur mer. *Secteurs :* arcs de 20 à 30° sur lesquels est fixée une
lunette.

2. Naturalistes hollandais célèbres par leurs expériences sur les sper-
matozoïdes.

P. 110

1. Petites plaques de cuivre élevées perpendiculairement et percées
d'une fente pour laisser passer les rayons visuels.
2. Opérations successives effectuées pour un nivellement ou une mesure d'angle.

P. 111

1. Dans les *Géorgiques*, IV, 1 sqq.
2. *Swammerdam* : anatomiste et entomologiste hollandais (1637-1680).
— *Réaumur* : physicien et naturaliste français (1683-1757).

P. 112

1. Allusion à la guerre austro-russo-turque (1736-1739).

P. 114

1. Disciple ou sectataire d'Aristote.
2. Terme aristotélicien : toute réalité parvenue à son point de per-
fection.
3. Celle de Guillaume du Val, publiée en 1619. Référence exacte.

L'Ingénu

P. 121

1. Oratorien du XVIIᵉ siècle (1634-1719).
2. Personnage historique, successivement évêque de Worcester, Londres et Canterbury (924-988).

P. 123

1. Eau-de-vie, spécialité de la Barbade, île des Antilles.

P. 124

1. Femme de Basse-Bretagne.

P. 126

1. D'un ordre des frères mineurs. Voltaire possédait l'ouvrage du révérend père ; les termes cités sont authentiques.

P. 128

1. Souvenir de *Hamlet,* I, i.

P. 130

1. Allusion ironique à la doctrine leibnizienne, raillée souvent par Voltaire, et notamment dans *Candide.*

P. 132

1. C'est exactement le contraire qui s'était produit : par le traité de Paris (1763) la France avait abandonné à l'Angleterre le Canada, l'Ohio et le Mississippi.

P. 135

1. Épître de saint Jacques, V, 16.
2. « Battre. »

P. 137

1. Allusion aux Actes des apôtres, VIII, 26-39.

P. 138

1. Ecclésiaste, XL, 20.
2. Genèse, XLXIX, ii.

P. 147

1. Cette descente des Anglais en 1689 est historiquement attestée. Par

ailleurs, une incursion de ces mêmes Anglais avait eu lieu à Saint-Cast en 1758 pendant la guerre de Sept Ans.

P. 149

1. Chiffres exacts : conséquence de la Révocation de l'Édit de Nantes (1685).

P. 150

1. Virgile, *Bucoliques,* I, v. 3 : « Nous abandonnons nos doux champs, nous fuyons notre patrie. »

P. 151

1. Allusion à la querelle dite « de la Régale ».

P. 153

1. Il tint effectivement cet emploi auprès de Louvois.

P. 155

1. Périphrase humoristique pour la Bastille.
2. Polémiste anglais, mort en 1750. D'abord pasteur, il devint philosophe et grand adversaire de l'intolérance.

P. 156

1. Cordial qui aurait été inventé sous Cromwell par Jonathan Goddard (1617-1674).

P. 158

1. Vulgarisateur de la philosophie cartésienne (1620-1675).
2. Du père Malebranche.

P. 159

1. Laurent Boursier (1679-1749) avait fait un traité intitulé *L'Action de Dieu sur les créatures ou la Prémotion physique.*

2. Du Vergier de Hauranne (abbé de), (1581-1642) : ami de Jansénius et du grand Arnauld, il fut à partir de 1633 le directeur de conscience des Solitaires de Port-Royal, et fut mis à la Bastille par Richelieu.

P. 160

1. Fezensac, Fezensaguet : petits bourgs réunis au comté d'Armagnac en 1140. Le comté d'Astarac fut annexé en 1661 au duché de Roque-laure.

P. 162

1. Romans de chevalerie, souvent anonymes, que se transmettaient oralement trouvères et troubadours au Moyen Age.

P. 163

1. *Apédeutes*, « ignorants » ; *Linostoles*, littéralement, « habillés de lin » : « docteurs en Sorbonne » ; *Pastophores*, « prêtres ».
2. Visé, 1638-1710. Fondateur du *Mercure galant* (1672). — Faydit, 1640-1709 : oratorien, auteur d'une *Télémachomanie*.

P. 168

1. Adepte du « quiétisme » (1648-1717).

P. 170

1. Officier de la Maison du roi, chargé du vin, du pain, du fruit et du linge.

P. 172

1. Saint Prosper d'Aquitaine, disciple de saint Augustin (ve siècle après J.-C.).

P. 175

1. Traité de formation religieuse en plusieurs volumes, resté inachevé par la mort en 1652 de son auteur, Outreman.

P. 182

1. Voltaire, *La Henriade* (456-487).

P. 188

1. Du jésuite espagnol Molina, auteur en 1588 d'un *Traité sur le libre arbitre et la grâce.*

P. 189

1. Adversaire de Richelieu (1573-1632).

L'Homme aux quarante écus

P. 204

1. Philippe II, roi d'Espagne (1527-1598).

P. 205

1. Allusion au livre de Lemercier de la Rivière, *De l'ordre naturel et essentiel des sociétés politiques,* 1767.

P. 215

1. Ce jésuite (1708-1767), qui était le chef des missions à la Martinique, fit une banqueroute de plus de trois millions, qui fut à l'origine du bannissement de son ordre en 1764.

P. 223

1. Ouvriers qui examinent la langue d'un porc pour voir s'il est sain.

P. 224

1. Réunion de trois citations latines :
I. « On fait des fautes à l'intérieur des murs de Troie et à l'extérieur. » (Horace, *Épîtres,* I, 2, v. 16.)

II. « Il y a une limite dans les choses. » (Horace, *Satires,* I, I, v. 106.)

III. « Prends garde qu'il n'y ait rien de trop. » (Phèdre, *Fables,* II, 5.)

P. 228

1. Matthieu, XXV, 21-23 : « C'est bien, bon et fidèle serviteur, tu as été fidèle en des matières peu importantes, etc. »

P. 232

1. Allusion au *Quart Livre* de Rabelais, ch. XLVI.

P. 233

1. Allusion à Telliamed, ou *Entretiens d'un philosophe indien avec son missionnaire français,* 1748, par Benoît de Maillet.

P. 236

1. Il s'agit de Needham (1713-1781), qui croyait avoir démontré la génération spontanée.

2. Effectivement, Dufflier Fatio (1664-1753) avait affiché de telles prétentions.

3. Il s'agit de Maupertuis qui était allé en 1736 à Tornea mesurer un degré du méridien.

P. 238

1. « Si la vierge Marie a répandu aucune liqueur lors de son union avec l'Esprit Saint. »

P. 240

1. Leuvenhoek et Hartsoeker (voir note sur *Micromégas,* ch. v).

P. 242

1. Il s'agit encore de Maupertuis. Sa *Vénus physique* date de 1745.

P. 250

1. Du marquis de Mirabeau (1756).
2. Horace, *Art poétique*, v. 101.

P. 256

1. Joseph-Michel-Antoine Servan, auteur d'un discours sur l'*Administration de la justice criminelle* (1767).

P. 258

1. Il s'agit probablement du *whist*, ancêtre du bridge.

P. 266

1. Fils adoptif et successeur d'Hadrien. Cet empereur romain du IIᵉ siècle, qui fut appelé le pieux, passa pour un modèle de modération et de justice (86-161).

P. 269

1. *Dictionnaire antiphilosophique*, de Louis-Mayneul Chaudon (1767).

P. 273

1. Auteur de *De doctrina temporum* (1627).

P. 274

1. Contrôleur général des finances (1709-1767).

P. 275

1. Vers de Voltaire lui-même (*Charlot*, I, VIII).